D1754619

Dietfried Zink

Für einen Fingerhut Freiheit

Dietfried Zink

Für einen Fingerhut Freiheit

Roman

hora Verlag Hermannstadt/Sibiu
2008

Umschlaggestaltung: Anselm Roth nach einer Vorlage von Willy Dusil

Descrierea CIP a Bibliotecii Naţionale a României
ZINK, DIETFRIED
    Für einen Fingerhut Freiheit / Dietfried Zink. – Sibiu: hora 2008
    ISBN 978-973-8226-67-8

821.112.2(498)-31

© 2008 Dietfried Zink

Das Werk ist urheberrechtlich geschützt. Jede Verwertung in anderen als den gesetzlich zugelassenen Fällen bedarf der vorherigen schriftlichen Einwilligung des Autors.

Lektorat: Anselm Roth und Dr. Wolfgang Höppner, hora Verlag, Sibiu/Hermannstadt
Satz: Dr. Wolfgang Höppner, hora Verlag, Sibiu/Hermannstadt
  Str. N. D. Cocea 9; RO-550370 Sibiu; Rumänien
  Tel./Fax: 0040-269-21 18 39;
  office@hora-verlag.ro; www.hora-verlag.ro

Gesetzt mit TeX aus der Cheltenham

Druck und Bindung: Alföldi Nyomda, Debrecen (Ungarn)

Nur eine Welt, die sich in Unordnung befindet, ist in Ordnung, weil erst Gegensätze Kräfte freisetzen und Bewegungen schaffen, die den imaginären Zustand der absoluten Ordnung anstreben.

D. Z.

Inhalt

Vor-Sätze im Auftakt 9

Erster Satz: Die drei Geburtstage 11

Zweiter Satz: Dreimal Hausdurchsuchung 68

Dritter Satz: Drei Verschlüsselungen 145

Vierter Satz: Drei Fluchtvarianten 238

Fünfter Satz: Drei Menschen auf der Schwelle zum Tod
             und ein Mord 303

Sechster Satz: Und dreimal der Tod 367

Zugabe 467

Vor-Sätze im Auftakt

Wer die Augen vor der Wirklichkeit verschließt, setzt sich dem Verdacht aus, sie entstellen zu wollen. Auf unserer Wahrheitssuche müssen wir uns dem historischen Geschehen stellen und die Wirklichkeit als unveränderlich annehmen. Selbst dann, wenn wir geschichtliches Geschehen literarisch nachzeichnen oder nachgestalten wollen, dürfen wir den Überblick über die historischen Ereignisse nicht verlieren.

Dieser Roman erzählt vor einer weltverändernden historischen Kulisse die Geschichte einer großen Liebe, die nicht nur der Zeit sondern auch dem Terror und der Gewalt der Geheimpolizei getrotzt hat und die ihre Intensität nicht eingebüßt hat, obwohl sie siebzehn Jahre unterbrochen werden musste.

Bei der Niederschrift des Romans ließ ich mich von dem hypothetischen Gedanken leiten, dass „Geschichten" als Erzählungen von Erlebnissen, die man für endgültig abgeschlossen hält, irgendwann wieder aufleben und eine Fortsetzung erfahren; Geschichten sind nur dann zu Ende, wenn auch ihre Akteure aus dem Leben geschieden sind.

Die einzelnen Kapitel dieses Romans sind in Anlehnung an eine fiktive Musik-Komposition mit mehreren „Sätzen" gedacht, in dem die handelnden Personen wie Instrumente eines Orchesters ein Zusammenspiel ergeben, aus dessen Klängen die Vielfalt und der Reichtum, aber auch die Dissonanzen unseres Lebens herauszuhören sind. Diese „Sätze" haben architektonisch jeweils eine eigene Dynamik und Selbständigkeit. Jeder „Satz" für sich ist eine abgerundete Erzählung und kann auch als solche verstanden und gelesen werden. Die sechs „Sätze" werden allerdings durch eine Haupthandlung zusammengehalten.

Alle im Roman vorkommenden Personen sind frei erfunden. Sollte sich trotzdem der eine oder andere in einer der Romangestalten erkennen, so ist es mir gelungen, dem Romangeschehen den beabsichtigen Realitätsbezug zu geben und meinem Roman Leben einzuflößen, denn viele Personen haben dem Autor Modell gestanden und sind im „Atelier" des Schriftstellers lebensgetreu nachgestaltet worden.

Die durchgehende Haupthandlung ist ebenfalls frei erfunden, doch wird sie vor dem Hintergrund der unveränderten historischen Kulisse durch viele wahre Begebenheiten, die den Stellenwert von Zeitzeugenaussagen haben, belebt und zu einer realistischen Darstellung des gesamten Geschehens verarbeitet, in dessen Zentrum die Liebe und die Freiheit als Eckpfeiler des Lebens überdauernden Bestand haben.

Der Autor

Heilbronn, im Dezember 2007

Erster Satz

Die drei Geburtstage

Das Bündel Papier lag auf dem Schreibtisch des Kulturreferenten R. Românu, zu Deutsch „der Rumäne". Ich legte meine rechte Hand auf den Roman, der bisher nichts anderes als ein Typoskript war, ein Stapel von 163 DIN-A4-Seiten. Ich spreizte die Finger darüber, wie um meinen Besitzerstolz zu unterstreichen. Es war mein erster Roman, das, was ich in so vielen Tagen und Nächten geschrieben hatte, oftmals die Zeit und die Mahlzeiten vergessend, wachgehalten von unzähligen Tassen Kaffee. Das Schreiben war mir wichtiger gewesen als alles andere, und ich betrachtete diesen Roman fast wie ein eigenes Kind, das ich durch gewaltige Anstrengungen aus meinem tiefsten Inneren zur Welt gebracht hatte. Ich war stolz auf die Geburt meines Sprösslings. Es war mein Roman. Nun aber lag er auf dem Schreibtisch dieses Mannes, der über Leben oder Tod eines neugeborenen Buches zu entscheiden hatte, darüber nämlich, ob dieser Roman zur Veröffentlichung in einem anderen Land freigegeben werden durfte.

Ich spreizte also die Finger über das Typoskript und sagte: „Dies ist mein Roman, Genosse Românu." Er sah mich lauernd von der Seite her an und entgegnete: „Ja, das also wäre Ihr Roman, die Seiten, ja, die sind getippt und, na ja, das müssen wir im Protokoll festhalten, das nämlich, dass dieser Roman nur in einem einzigen Exemplar existiert, nicht wahr? Also, ich meine, dass dieser Roman nicht vervielfältigt wurde, ja, und dass dies das Originaltyposkript ist. Und wenn es nicht so ist, Sie verstehen, so müssen wir das doch so im Protokoll festhalten und es so formulieren, damit es hinterher keine Missverständnisse gibt." Er blinzelte mir ermutigend zu, und ich dachte: Mit diesem Mann kann man bestimmt Pferde stehlen. Dieser feine Herr, der mit „Genosse" angesprochen werden muss, steht bestimmt auf der Seite der Künstler und Schriftsteller. Er tut seine Pflicht, doch er hilft bestimmt auch den Menschen, die ein Herz für Kunst und Poesie haben. Der Mann war sehr freundlich, und es schien nicht, als wollte er einem Roman das Erscheinen verweigern. Auf meine Frage, wann denn mit einer Entscheidung über meinen Roman zu rechnen sei, antwortete er aber ziemlich ausweichend: „Ja, so rasch wird das nicht gehen, es könnte schon zwei bis drei, vielleicht auch vier Wochen dauern, doch dann haben Sie bestimmt eine Antwort, so oder so." Er machte mit der Hand das Zeichen der Rotation, mal nach oben, mal nach unten. Also gut, dachte ich, so lange kann ich ja warten, und dann wird man weitersehen. Ich musste nämlich für den Roman eine Bewilligung einholen, damit er die Grenze passieren durfte. Ich lebte schon seit längerer Zeit in der Bundesrepublik und wollte auf legalem Weg diesen in Rumänien geschriebenen Roman nach Deutschland bringen. Ein Kinderspiel, wie ich anfangs dachte.

* * *

Es war Frühling, und man konnte den herben Geruch der auftauenden Erde und der ersten Gräser spüren, eine Zeit, die zu Spaziergängen förmlich einlud. Mir war allerdings nicht danach zumute. Ich hatte eher einen starken Kaffee nötig, um die mich befallende Frühjahrsmüdigkeit zu überwinden. Ja, doch wo trinkt man hier in Bukarest einen guten, vor allem echten Kaffee? Nun, bei Mariana, schoss es mir durch den Kopf, und ich erschrak bei diesem plötzlichen Gedanken, auf dessen Durchführung ich nicht ernsthaft vorbereitet war. Allerdings müsste man in privatem Kreis Kaffee trinken. In den Konditoreien, Cafés und Restaurants bekam man nur Ersatzkaffee, das so genannte *„nechezol"* (gesprochen Nekesól), eine Art bräunliches Abwaschwasser. Kaffee war in diesem gelobten Land schon lange Mangelware und wurde auf dem Schwarzmarkt bereits mit 1200 Lei das Pfund gehandelt. Ja, ein Kaffee musste her, und ich griff den Gedanken von vorher auf, ihn bei Mariana zu genießen. Dies versetzte mich in angenehme Erregung.

Wer aber war Mariana? Sie war die einzige Tochter eines überaus gefürchteten Manns. Ihr Vater, Ion Banu, war der Chef des rumänischen Staatssicherheitsdienstes *„Securitate"* in Hermannstadt, der schon seit vielen Jahren das dortige Territorium und seine Bewohner beherrschte. Was die Pflichterfüllung der ihm aufgetragenen Aufgaben betraf, konnte man ihm nichts Schlechtes nachsagen. Er hat allen Intrigen, die ihn in seinem Amt bedrohten, standgehalten, getreu seiner Devise: „Was ich weiß, macht mich stark." Und er wusste tatsächlich viel, ich würde beinahe sagen, er wusste alles, doch das wäre natürlich ein wenig übertrieben. Er wusste jedoch vieles, was andere gar nicht vermutet hatten, dass er es wusste. Seinen gesamten Spionageapparat hat er fast ausschließlich mit Hilfe seiner Familie aufrechterhalten. Da mussten ausnahmslos alle mitmachen: Mutter und Vater, die Großeltern, sogar der arme alte Urgroßvater, dessen Tage gezählt waren. Ebenso Vettern und Cousinen, Nichten und Neffen, sogar Verwandte zweiten Grades. Enkel gab es leider keine! Dafür aber musste die einzige Tochter, Mariana, tüchtig mithelfen. Sie blieb leider nicht verschont und musste die Spionagespielchen von klein auf lernen und im Reigen mittanzen. Eine Zeit lang konnte Mariana das sehr gut, sie verstand schon viel davon, so lange, bis sie ihren Vater durchschaute. Da begann sie ihn zu verachten und aus tiefstem Herzen zu hassen, weil er, wie sie meinte, sie um ihre Kindheit und Jugend betrogen und einen Teil ihres Lebens geraubt hatte. Doch sie musste sich diesem einflussreichen Mann, diesem dienstlich vergifteten und verbissenen Vater, beugen, denn harte Strafen drohten. Man munkelte sogar, dass die Heirat Marianas auch eine Machenschaft ihres Vaters gewesen sei. Er hatte sie nämlich, weiß Gott durch welche Erpressung, gezwungen, einen der Großen des rumänischen Staatssicherheitsstabes aus der Elite des Staatsführers Nicolae Ceaușescu zu heiraten. Sie war vor siebzehn Jahren plötzlich in die Hauptstadt verzogen und hatte sich, soweit mir bekannt war, in ihrer Heimatstadt niemals oder nur sehr selten wieder blicken lassen.

Mit Mariana war ich einmal sehr gut befreundet gewesen. Ich war Schüler des Brukenthal-Lyzeums nach frisch bestandener Aufnahmeprüfung, fünfzehn Jahre alt. Mariana war damals bereits achtzehn und besuchte im Abendkurs die zwölfte Klasse. Lernen war nicht gerade ihre starke Seite, doch es ging irgendwie. Herumstrolchen, Schwimmen und Tanzen waren ihr allerdings lieber als die Schule. Doch so eine angesehene Familie, wie die Banus es waren, konnte es sich nicht leisten, die einzige Tochter auf eine Berufsschule zu geben – das wäre zu erniedrigend gewesen, obwohl ihr das Textilfach, die Weberei, mehr Spaß gemacht hätte als das Lernen. So musste also Mariana auf Wunsch, also auf

Befehl ihres Vaters die deutsche Abteilung im Abendkurs am Brukenthal-Lyzeum belegen und aus alten Schulbüchern büffeln, auch wenn sie daraus nur wenig behielt.

Tagsüber war sie pro forma als Betreuerin bei einer kinderreichen Familie beschäftigt, und ab 17 Uhr besuchte sie mehr oder weniger regelmäßig die Abendkurse. Ihre Versetzung von Klasse zu Klasse gelang nur mit Mühe, unterstützt durch den Namen ihres Vaters, durch die vielen Blumen aus der „Codlea"-Blumenhandlung und die zahlreichen Glaswaren, die aus Mediasch vom Vetter Petre, genauer gesagt aus der dortigen Glasbläserei, stammten. Diese Geschenke machten Mariana bei ihren Lehrern sehr beliebt. Doch auch wegen ihres Äußeren, ihrer kleinen damenhaften Erscheinung, wurde sie von Erziehern und Kollegen bewundert. Ihr Gesicht hatte fast klassisch griechische Züge, das Haar war dunkelbraun, fast schwarz, ihre Augen grau-grün, und um den schön geschwungenen Mund mit den sinnlichen Lippen lag fast immer ein Lächeln, wenn sie nicht gerade in Selbstmordstimmung war. Sie war wohlproportioniert, und ihr Gang erinnerte an ein Mannequin. Sie war schnippisch, sehr selbstbewusst, ein wenig zu vorlaut und neigte zum Angeben, doch wahrscheinlich versuchte sie dadurch eine innere Unrast zu verbergen. Es kam so weit, dass nicht sie ihre Lehrer, sondern die Lehrer Mariana verehrten, allerdings aber auch fürchteten, weil sie wussten, wer sie war: Nicht irgendeine Mariana Banu, sondern die Tochter des mächtigen örtlichen Chefs der Staatssicherheit, Ion Banu, der Stadt und Umkreis dermaßen beherrschte, als wäre das alles sein Eigentum. Sein Arm der Gerechtigkeit – oder auch Ungerechtigkeit – fuhr mit scharfer Klinge über Stadt und Land. Die Bewohner dieser Stadt waren weniger darum besorgt, ob sie am nächsten Tag noch ein Päckchen Zucker oder einen Kanten Brot haben würden, sondern vielmehr darum, dass einer ihrer Freunde, Bekannten oder gar Familienangehörigen dem Sicherheitsamt oder einem seiner vielen Mitarbeiter falsch auszulegende Informationen liefern könnte, mit entsprechend bösen Folgen. Das Heer der „Menschen mit steifen Ohren" war inzwischen dermaßen angewachsen, dass bereits jeder vierte als Geheimspitzel der *Securitate* gelten konnte. Die Angst, auch an ganz alltäglichen Gesprächen teilzunehmen, konnte jeden plötzlich überfallen.

Mariana war ja noch ein Kind. Etwas frühreif allerdings, doch frisch, froh und unbeschwert, wie es nur ein Mädchen von achtzehn Jahren sein konnte. Was kümmerte sie da schon die Gerechtigkeit oder gar das Gejammer einer Nachbarin, die das nächtliche Verschwinden ihres Familienoberhauptes beklagte? Beamte des Staatssicherheitsdienstes waren in den frühen Morgenstunden, als alle noch friedlich schlummerten, ins Haus eingedrungen, hatten Radu, den Familienvater, aus dem Schlaf gerissen, ihn geheißen, seine Arbeitskluft anzulegen, und ab ging's. Radu war ein tüchtiger Schlosser gewesen. Nun aber landete er in einem weißbezogenen Krankenbett in der Nervenklinik, weil er nach einer „sorgfältigen" Untersuchung von einem alten senilen Arzt für geisteskrank erklärt worden war. Und all das nur, weil Radu in einem Kreis von Freunden und Berufskollegen zwei Wochen vor Ostern geäußert haben soll, dass der Staatsführer dafür sorgen sollte, dass das heilige Osterlamm auch in den staatlichen Metzgereien und nicht nur auf dem Schwarzmarkt gekauft werden könne. Man sollte zumindest Lammfleisch kaufen können, da man Schweinefleisch eh schon lange nicht mehr zu Gesicht bekommen habe. Diese Äußerung hatte genügt, diesen kerngesunden Mann in die Nervenheilanstalt einzusperren. Beruhigungsspritzen sollten ihn wieder „zur Vernunft" bringen.

Mariana, das Mädchen mit überschäumender Lebensfreude, konnte allerdings die ganze Tragweite dieses Geschehens nicht erfassen. Ihr Vater hatte sie zwar von klein auf mit diesem „Gerechtigkeitsspiel" vertraut gemacht und sie in Strenge zu Gehorsam erzogen, nicht in christlichem, sondern in militärischem Sinn. „Du folgst meinem Rat, so wie die Offiziere einen Befehl ausführen. Wenn nicht, setzt es Strafe!" Diese bestand aus vielen Strafeinheiten, aus einer bunten Strafpalette. So war es nur natürlich, dass Mariana großen Respekt hatte. Nicht so sehr vor ihrem Vater als solchem oder als dem, was er war und was er darstellte, vielmehr hatte sie Respekt vor einem, der seine Drohungen wahr zu machen pflegte.

Ich, als fünfzehnjähriger, frisch gebackener und etwas schüchterner Gymnasiast, kannte Mariana eigentlich nur vom Hörensagen. „Weißt du, das ist die Tochter vom Chef!" Natürlich hatte ich sie auch manchmal gesehen, wenn sie so richtig damenhaft und etwas übertrieben für ihre achtzehn Jahre zur Schule geschlendert kam. Ich glaube, sie war nie pünktlich. Sie ließ sich absichtlich viel Zeit, um die Wirkung ihres Promenadenschritts auf die herumstehenden und gaffenden Schüler auszukosten. Mariana sah aber auch verdammt gut aus, das musste ich schon zugeben. Nicht nur einer meiner Mitschüler verrenkte sich die Halswirbel beim Auftauchen dieses ganz und gar nicht bescheidenen Mädchens.

Eines Abends kam dann der Auftrag ihres Vaters. Dieser dickleibige und kurzbeinige Mann hatte es sich mit einem Wodka im Lehnstuhl gemütlich gemacht. Gemütlichkeit bedeutete für ihn aber nicht Distanz vom Dienst, sondern vielmehr eine Gelegenheit, ungelöste Probleme, die sich tagsüber im Sicherheitsdienst ergeben hatten, zu überdenken und zu verarbeiten. Im Geiste schmiedete er dann Schlachtpläne, die zur Lösung noch unaufgeklärter Probleme führen würden. So kam es dann oft, dass ihn nach dem zweiten Gläschen ein Geistesblitz durchfuhr und sein breites Bulldoggengesicht selbstzufrieden grinste. Dann trank er sich noch einmal selbst zu und rief laut: „Mana, wo ist unsere kleine Mana?" War er guter Laune, so nannte er seine Tochter bei ihrem Kosenamen, war er jedoch zornig, so sprach er sie formell mit „meine Tochter" an. Diesmal hatte er Glück. Mariana war eben mit ihrer Kosmetik fertig und wollte auf und davon in die Welt des Abendlebens, als Ersatz für das Nachtleben, an dem sie nicht teilhaben konnte, da ihr abendlicher Ausgang zeitlich begrenzt war: Sie hatte spätestens um 22.30 Uhr zu Hause zu sein. Eine Ausnahme waren bloß hie und da die Samstagpartys, die bis in die frühen Morgenstunden dauerten und stillschweigend von ihren Eltern geduldet wurden. Mariana trippelte in ihren Stöckelschuhen heran. Schon an der Koseform ihres Rufnamens hatte sie erkannt, dass es sich diesmal nicht um eine strenge Ermahnung oder Zurechtweisung handeln konnte, und erwiderte kurz: „Ja, Chefchen!" So nannte auch sie gut gelaunt ihren Vater, für den sie sonst andere Namen und Ausdrücke bereit hatte, die sie je nach Laune verwendete. „Weißt du, meine kleine Mana, mir kam soeben eine Idee: Wir brauchen einen kleinen, oder sagen wir großen Vertrauensmann unter den Schülern, wie wir das auch in anderen Klassen eures Lyzeums haben. Du weißt ja, wir suchen uns von den Neuankömmlingen immer einen oder zwei, höchstens aber drei Schüler aus, die wir dann unter unsere Fittiche nehmen und die für uns, sagen wir es mal so, ein bisschen arbeiten. Sie können herumhören, was ihre Kollegen so sagen oder auch was ihre Lehrer verzapfen und was sich so im Allgemeinen in der Schülerwelt tut. Du weißt ja, kleine Mana, das gehört zu meinem Beruf, und du könntest uns diesmal ganz gut helfen. Mir würdest du einen Dienst erweisen, und dir wird es, wie ich dich kenne, auch Spaß machen." Bei diesen Worten versetzte er ihr als Zeichen seiner väterlichen Zuneigung einen freundschaftlichen Klaps auf das Hinterteil und wartete auf die Reaktion seiner Tochter. Diese drehte sich noch vor dem Spiegel hin und her, nahm kleine Korrekturen an ihrer Kleidung vor und antwortete dann gelangweilt: „Ja, sprich nur weiter, das hört sich gut an. Du willst also, ich soll mich an so einen Jüngling heranmachen und ihn das Fürchten lehren. Nein, da mache ich nicht mit! Erledigt selbst euren Kram!" „Aber nein, Manachen, so war das nicht gemeint, sagen wir, nicht ganz so. Du sollst diesen Jungen nur für dich gewinnen, so dass er eben mal auch zu uns ins Haus kommt, damit ich mich mit ihm dann besser unterhalten kann. Weißt du, er ist nämlich ein äußerst intelligenter, aufgeweckter Junge, der aber leider etwas widerspenstig ist und sich nicht von jedermann so einfach anfassen lässt. Wir haben das schon versucht, doch er bleibt stur auf seiner Position. Du, Manachen, könntest diesen Eisblock auftauen, dir ist ja noch anderes gelungen."

Mariana hielt in ihrem Hin und Her vor dem Spiegel inne: „Ja, Pappchen, und wer sollte dieser äußerst Begabte, Talentierte, Intelligente, dieser Einmalige, Nochniedagewesene sein?"

Oberstleutnant Banu lächelte siegesgewiss: „Na siehste, mein Manachen, so lässt es sich natürlich anders über die Dinge reden, du hast ja schon indirekt eingewilligt. Also, es handelt sich um den Schüler Ernst Buchner aus der 9a, Tageskurs. Du kennst ihn bestimmt, diesen brünetten, kurzgeschorenen Jüngling, dieses Mathe-Genie, diesen Sportler, von dem auch die Lehrer behaupten, dass durch ihn die Handballmannschaft bestimmt bei den nächsten Schülermeisterschaften ins Finale kommt."

„Ach nein, das ist doch der, der die Schüler älteren Jahrgangs nie grüßt und immer so verschlossen herumgeht. Väterchen, tu mir das nicht an, der weiß ja nicht einmal, was Liebe ist."

Oberstleutnant Banu erwiderte barsch: „Meine Tochter, so war das nicht gemeint, du sollst ja mit diesem Jungen nicht schlafen – und übrigens, was verstehst du schon von der Liebe?! Hier war von einem Auftrag die Rede, wo du rein freundschaftliche Bande knüpfen und nicht eine Liebesbeziehung beginnen sollst. Unser Gespräch ist beendet! Entweder tust du, was ich dir aufgetragen habe, oder du ziehst die Konsequenzen!" Er prostete sich noch mit einem randvollen Gläschen Wodka zu, während Mariana keck reagierte: „Also gut, alter Schweinebauch, wenn's dir wirklich nur darum geht, diesen Jungen ins Haus zu bringen, werde ich es ja in Gottes Namen tun. Bitte aber keine weiteren Verpflichtungen, denn du weißt, ich mag dies dreckige Spionieren nicht." Damit angelte sie sich aus der Garderobe ihre Umhängetasche und beeilte sich wegzukommen, fügte aber noch, angewidert vom Gespräch, hinzu: „Ich tu's, weil ich keinen anderen Ausweg habe, aber ganz so schön finde ich diese schmutzige Schauspielerei nicht. Und denk daran, dafür wird mein Taschengeld erhöht! Ich will's meinen, eine Hand wäscht die andere. Ja, ja, ich weiß schon, ohne Fehler im Auftrag, kenne ich alles schon. Adieu ..." Ihre letzten Worte verloren sich bereits im Flur.

Nun stand sie vor der mit Wucht zugeschlagenen Haustür, hielt inne, atmete tief durch und überdachte zum ersten Mal ernsthaft diesen scheinbar harmlosen Auftrag. „Eigentlich gar nicht so schwierig", dachte sie, „dabei werden meine Vorteile gewahrt, ich kann meine Ausgänge in die Stadt beliebig ausdehnen, habe dafür immer ein Alibi, mein Taschengeld wird aufgebessert. Wollen mal sehen, ob ich imstande bin, so einen Rotzlöffel von fünfzehn Jahren um den Finger zu wickeln. Das werde ich mir beweisen! Schlussfolgerung: keine Nachteile, auch wenn's nicht klappt!"

* * *

Für mich waren die ersten Schulwochen in der 9a am Brukenthal-Lyzeum nicht aufregend, wie erwartet, sondern eher langweilig. Die Schulstunden waren öde, der Unterricht beinahe einschläfernd, und was diese ehrenwerten Lehrer zu sagen hatten, wusste ich bereits. Ich blickte zum Fenster hinaus und konnte den ganzen Schulhof übersehen. Das Geschehen da draußen interessierte mich weit mehr als der bemüht lehrreich gestaltete, aber reichlich verstaubt anmutende Unterricht. Mehr als einmal sah ich die „Tochter des Chefs", dieses gut aussehende Mädchen im Minirock, das sich so übertrieben damenhaft gab und von der jedermann behauptete, dass sie kühl und unnahbar sei. Und ich sagte mir: „Ernst, lass die Finger weg, dort hast du keine Chancen. Außerdem ist sie ja viel älter als du, schau dich lieber unter deinesgleichen um", doch unter meinesgleichen war nichts, was mich hätte faszinieren können.

So trottete ich jeden Morgen unausgeschlafen zur Schule, denn ich schlief wenig, und die kurzen Schlafperioden waren unruhig und voll unerfüllbarer Träume. Bis mich einmal in der Zehn-Uhr-Pause mein Freund Rolf aufgeregt suchte: „Wo steckst du nur, du Weichtier? Eine Lady sucht dich, und du kramst zwischen deinen verstaubten Butterbroten herum!" „Ja gut, ist schon gut, wer sucht mich schon, die Russisch-Lehrerin oder meine Tante oder meine Freundin Babsi aus der Grundschule?" „Nein, du Schafskopf, dich sucht die Tochter des Chefs!" Was? Oh großer Gott, was wollte dies göttliche Wesen von mir? Da hatte ich bestimmt schon Hemmungen, ohne jemals mit ihr gesprochen zu haben. „Sie fragte nach dir und erwartet dich im Schulhof vor dem Teutsch-Denkmal!" Ich würgte rasch den letzten Bissen meines Schwarzbrotes hinunter, und schon war ich draußen. Plötzlich stand ich vor ihr. Sie musterte mich langsam von oben bis unten: „Du heißt Ernst und bist der große Mathematiker, den alle Mathe-Unbegabten beneiden müssten." „Ja", stotterte ich verlegen, „nein, ich weiß nicht, so schlimm ist das ja doch nicht, Mathe macht mir Spaß, aber ... ja, Mathe gefällt mir."

„Ich heiße Mariana Banu, bin schon in der 12. Klasse Abendkurs, komme aber mit der Mathematik nicht gut zurecht." Hoppla, dachte ich, Falle! Sie kommt mit der Mathe nicht zurecht, wendet sich aber an mich armen Teufel aus der Neunten. Warum fragt sie nicht einen Schüler der Zwölften, Tageskurs? Der dürfte ihr viel besser helfen können.

Sie spürte meine Zweifel und versuchte sofort, mich zu beruhigen. Sie habe mit ihrem Vetter eine Wette abgeschlossen. Es handle sich um eine Geometrieaufgabe aus dem Stoff der Neunten, und da sei sie in Verlegenheit geraten.

Ich glaubte zu verstehen. Vorsicht und Misstrauen waren verflogen. Da konnte ich mit ruhigem Gewissen einspringen und ihr helfen, ihren Vetter beim Wetten zu schlagen. Sie gab mir die Testaufgabe und bat mich: „Wenn's dir möglich ist, bitte bis 13 Uhr. Dann brauche ich die Lösung, dann läuft die Frist für unsere Wette ab."

Ich war stolz, ihr helfen zu können, und witterte keinerlei Gefahr. Außerdem handelte es sich um ein interessantes geometrisches Problem, in das ich mich nur zu gerne vertiefen wollte.

Während der Geschichte- und der Deutschstunde knobelte ich an der Geometrie-Aufgabe herum. Ich löste sie im Handumdrehen, war nachträglich noch sehr stolz darauf und fühlte, dass ich mich selbst übertroffen hatte. Wie verabredet übergab ich ihr um 13 Uhr die Lösung. Sie musste sie nur noch mit der eigenen Hand abschreiben.

Mariana war wie ausgewechselt. Ihre Freude schien mir ehrlich. Als Belohnung für meine Hilfe lud sie mich auf eine Limonade ein. Beim Wort „Limonade" lachte sie herzlich. Ich ließ es dabei bewenden und nahm die Einladung in die Konditorei „Zum Roten Mohn" an. So begann unsere Freundschaft.

Sie hatte mit der Durchführung ihres Auftrags begonnen. Mit ihrem ungezwungenen, natürlichen Szenenspiel hatte sie mich überrumpelt. Durch ihr Getue, ihren Liebreiz, ihre lockere Umgangsart mit Jungen bin ich ihr auf den Leim gegangen – ein fünfzehnjähriger Junge einem achtzehnjährigen Fräulein! Ich veränderte mich fast mit einem Schlag, vernachlässigte meine gleichaltrigen Klassenkollegen und betrachtete sie hochmütig wie kleine Würmer, die auf der Muttererde nutzlos herumkriechen. Ich kam mir sehr erwachsen und erhaben vor. Wenn das immer so leicht im Leben geht, dachte ich, kann ich rasch emporkommen. Oben angekommen, würde einen das erwarten, wofür man lebt.

* * *

Die Sonnenstrahlen erwärmten nach einem kalten Winter nicht nur die Luft und den Boden, sondern auch die Menschen. Einige Passanten zogen Jacke oder Mantel aus, blinzelten in die Sonne und hatten es gar nicht eilig. Auf dem breiten Magheru-Boulevard hatten etliche Gaststätten und Kaffeestuben bereits Tische und Stühle auf den Gehsteig gestellt. Auf den Tischen flatterten bunte Tischtücher, beschwert von gusseisernen Aschenbechern. Hie und da sah man junge Paare an den Tischen Platz nehmen, vereinzelt auch Rentner. Man bestellte einen Ersatzkaffee oder ein trübes, schaumarmes Bier – alles nur, um in der wärmenden Sonne zu sitzen, die einem die von der Winterkälte steif gewordenen Glieder wieder beweglicher werden ließ. Man vergaß beinahe, dass im eben vergangenen harten Winter bei niedrigsten Temperaturen die vielen Wohnblocks bloß zwei Stunden pro Tag beheizt worden waren, denn die Temperatur in den Räumen durfte 15 Grad nicht übersteigen. Doch man hatte Frost und Kälte wieder mal besiegt, man lebte noch und war dankbar für die wärmenden Sonnenstrahlen.

Warum ich nun ausgerechnet den Weg zu Mariana einschlug, die ich seit 17 Jahren nicht mehr gesehen hatte, war mir nicht ganz klar. Seit ihrer Heirat und der damit verbundenen endgültigen Übersiedlung nach Bukarest hatte ich sie ganz aus den Augen verloren. Warum eigentlich wollte ich nun zu Mariana? Ich wusste, dass sie verheiratet war, zwei Kinder hatte und bestimmt nicht mehr das bildhübsche Mädchen von einst war. Doch auch ich war ja nicht mehr der fünfzehnjährige unreife Junge. Ich hatte das 37. Lebensjahr erfüllt, und sie musste also jetzt irgendwann im April ihren 40. Geburtstag gefeiert haben. Damals, an ihrem 18. Geburtstag im April, war ich auch dabei gewesen.

Sie hatte mich zusammen mit etwa dreißig anderen Gästen in ihr Elternhaus in die Negoi-Straße eingeladen. Ich war der Jüngste unter ihnen und fühlte mich deshalb nicht sonderlich wohl in meiner Haut. Am liebsten hätte ich noch vor ihrer Haustür kehrtgemacht. Doch Mariana hatte darauf bestanden, dass ich kam. Sie erblickte mich bereits vom Fenster aus im Vorgarten, und ich wurde stürmisch empfangen und musste das ganze Zeremoniell der Vorstellung über mich ergehen lassen. Ich fühlte mich als Grünschnabel recht unangenehm in dieser Gesellschaft eingebildeter, hochnäsiger

Mannsbilder und geschmacklos aufgeplusterter Weiber. Ich musste mich ständig darum bemühen, mir ja keine Blöße zu geben. Mariana half mir dabei, so gut es ging, doch sie war damals schon nicht mehr die Schauspielerin im Auftrag des Vaters. Doch was war sie nun für mich und was bedeutete ich ihr? Um es kurz zu machen: Sie war für mich die erste Liebe und ich für sie eine harte Nuss, die sie nicht knakken konnte, zumindest nicht so, wie sie sich das vorgestellt hatte. Nun ja, ich bedeutete ihr vielleicht mehr, als sie es sich eingestehen wollte. Sie konnte einfach von mir, diesem fünfzehnjährigen Jungen, nicht mehr ablassen und wollte es inzwischen auch nicht mehr. Ich schritt also Hände schüttelnd an all diesen blasierten Jungen und aufgedonnerten Mädchen vorbei, wiederholte etwa dreißigmal meinen Namen laut und deutlich. Ich hatte niemanden von ihnen erkannt, wollte auch niemanden kennen lernen, obwohl mir Mariana über den einen oder anderen erklärende biographische Hinweise gab. Ich war der Jüngste unter ihnen, meine Knie zitterten, und ich musste das Kelchglas fest am Stiel fassen, damit es beim Anstoßen nicht vibrierte. Es war wie eine Geburtstagsparty der drei Generationen: Einige der Gäste waren dreißig, Marianas Physiklehrer, Udo Polder, als der älteste bereits 48 Jahre alt. Ihn kannte ich von der Schule her, doch niemand durfte wissen, dass er an Manas Geburtstagsfeier teilgenommen hatte. Seine Anstellung wäre in Gefahr gewesen, und sein Ruf als wirklich guter Lehrer hätte arg darunter gelitten. Er war aber der einzige Gast hier auf der Party, der außer mir Mariana etwas bedeutete. (Später erst, viel später, lernten wir uns besser kennen, und dann erst verstand ich, wieso Udo Polder im Hause Banu verkehrte.) Durch ihn verfiel ich auch auf die durchaus unbegründete Idee, dass Mariana sich eher für Männer interessierte, die ihr gegenüber einen beträchtlichen Alters- und Reifevorsprung hatten. Wie sich später herausstellte, täuschte ich mich bei dieser Annahme. Mariana war eher Jüngeren zugeneigt als ihren Altersgenossen oder Herren älteren Semesters.

Doch zurück zur Geburtstagsparty: Damals trank ich zum ersten Mal Champagner, und zwar echten französischen, von dem so viel vorhanden war, dass wir darin fast hätten baden können. Ich probierte auch zum ersten Mal echten russischen Kaviar, diese kleinen, schwarzen Kügelchen, die einem auf der Zunge zergehen. Es gab nur auserlesene Speisen und Getränke, alle vom Genossen Banu besorgt aus dem Laden, der im Parteigebäude eingerichtet war und zu dem nur hohe Funktionäre oder Sicherheitsorgane Zutritt hatten und *en gros* einkaufen durften. Genosse Banu musste sich allerdings nicht persönlich hinbemühen. Er wurde im Morgengrauen, wenn oft zahlreiche Verhaftungen von „Vaterlandsverrätern" vorgenommen wurden, von einem kleinen schwarzen Dienstwagen beliefert, der durch den Vorgarten bis vor die Haustür kam und gemäß einer telefonischen Bestellung das Gewünschte ins Haus brachte. Dafür durfte dann Ionel Tobaru, der Vertrauensmann und Hauptfahrer des Hermannstädter Sicherheitsstabes, der nur Ehrenaufträge und persönliche Wünsche des Chefs zu erledigen hatte, im Vestibül des Hauses allein und in aller Ruhe einen Țuica trinken. Dieser bekam ihm besonders gut, nachdem er alle bestellten Schachteln, Kisten und Pakete ausgeladen und direkt in die Vorratskammer der Banus geschafft hatte. Durch den Trunk auf nüchternen Magen wurde er wieder fit gemacht und bekam neuen Schwung für die Erledigung aller noch bevorstehenden Aufträge des eben angebrochenen Tages.

* * *

Warum nur musste ich heute den Weg zu Mariana einschlagen? Ihre Adresse hatte ich von Rolf Kerner bekommen, einem ehemaligen Schulfreund vom Brukenthal-Lyzeum. Rolf hält mich über alles auf dem Laufenden, was sich so in der Zibinsstadt ereignet und wovon er glaubt, es würde mich interessieren. Er arbeitet als Zeitungsschreiber beim *Siebenbürger Tageblatt* und führt ein normales, solides Familienleben. Tagsüber erfüllt er seine Pflicht bei der Zeitung, und abends widmet er sich seinem Hobby, dem Basteln von Flugzeugmodellen. An Sonn- und Feiertagen schnürt dann die Familie Kerner, Rolf, seine Frau Gerlinde und der elfjährige Mark, den Rucksack, und es geht hinaus in die Natur. Meist wird auch so ein selbst gebasteltes Flugzeugmodell mitgenommen, um es in die Lüfte steigen zu lassen.

Jedes Mal, wenn von Rolf die Rede ist oder auch wenn rein zufällig sein Name fällt, erinnere ich mich an die Piloten-Geschichte, die er mir einmal erzählt hat und die ich nicht vergessen kann. Auf dem Gebiet des Flugzeugwesens war er bewandert und wusste buchstäblich alles über Flugzeugbau und -technik. Wenn das Gespräch auf das Thema kam, begann er meist einen fanatischen Monolog. Doch die Geschichte mit dem Piloten hatte weder mit Flugzeugbau noch mit -technik zu tun. Es war vielmehr die Antwort auf die Frage: „Wenn ein Mensch das Liebste, was er auf der Welt hat, plötzlich verliert, kann er dann noch weiterleben?" Und dies erzählte Rolf:

Ein erfahrener Pilot, der nichts anders als fliegen konnte, war glücklich verheiratet mit einer Frau, deren Lebenszweck darin bestand, auf ihren Ehemann zu warten, hoffend, dass er heil von seinen Flügen heimkomme. Sie betete nicht, doch wenn ihr Mann unterwegs war, dachte sie nur an ihn und konnte in seiner Abwesenheit einfach nichts Vernünftiges tun. Diese innere Spannung ließ sie sich aber niemals anmerken, verrichtete die tägliche Arbeit so gut es eben ging, während ihre Gedanken ausschließlich bei ihm waren. Sie atmete jedes Mal auf und fand ihr Gleichgewicht erst dann wieder, wenn er wieder zu Hause war.

Der Pilot seinerseits beschäftigte sich während seiner Flüge in Gedanken auch mit seiner Frau. Er vertraute ihr voll und hätte ihr nie einen Seitensprung während seiner Abwesenheit zugetraut. Er dachte daran, dass ihr Charakter vollkommen war, dass sie gut aussah, im Freundeskreis bewundert wurde, und oftmals musste er sich die Frage stellen, wieso eigentlich gerade er eine so außergewöhnliche Partnerin verdient hatte, und war sich darüber klar, dass er dem Schicksal dafür nur dankbar sein konnte. Gemeinsam hatten sie einen sechsjährigen Sohn, der in der Obhut seiner Eltern aufwuchs, für diese ihr Ein und Alles war und dem sie sich voll widmeten. Der Becher des Glücks war in dieser Familie randvoll, und ein Tröpfchen Glück mehr hätte genügt, ihn überschwappen zu lassen.

Eines Morgens, am Tage seines 30. Geburtstags, sollte der Pilot wie üblich seinen Dienstflug antreten, und er saß bereits im Cockpit. Nur die Gangway war noch zu entfernen, dann sollte über Funk „Start klar!" gegeben werden. Die Motoren liefen bereits, 120 Fahrgäste der Boeing 307 hatten sich bereits angeschnallt, und die Stewardessen nahmen ihre Routinearbeit auf. Alles verlief planmäßig. Doch der Pilot, der diese Strecke viele Dutzend Male geflogen war, verspürte diesmal ein leichtes Drücken in der Magengegend. Wahrscheinlich rührte es daher, dass er sich morgens aus Zeitnot nicht wie üblich von seiner Frau verabschiedet und deshalb ein schlechtes Gewissen hatte, dachte er. Ihn beunruhigte auch, dass er sich für den zu seinem Geburtstag feierlich gedeckten Frühstückstisch mit den drei roten Rosen nicht einmal bedankt hatte. Doch nach seiner Rückkehr wollte er das alles nachholen und dann richtig feiern.

Im Kontrollturm lief indessen eine Schreckensnachricht ein: Das Haus des Piloten war vermutlich durch eine Gasexplosion völlig zerstört worden. Frau und Kind waren dabei ums Leben gekommen.

Dem Diensthabenden im Turm war klar: Der Start musste gestoppt werden. Der Pilot hatte ein Recht auf diese Nachricht, die ihm, der eigentlich als hartgesottener Typ bekannt war, allerdings schonend beigebracht werden musste. Wie aber erklärte man ihm das Stoppen des Flugs?

Das Nächstliegende war: Prüfung, die Motoren laufen nicht rund. Man holte also die Maschine vom Rollfeld zurück unter dem Vorwand, dass plötzlich ein technischer Fehler aufgetreten sei.

Als er zurückgerufen wurde, verspürte der Pilot wieder dieses seltsame Drücken in der Magengegend, da in den zehn Jahren seiner Tätigkeit so etwas noch nie vorgekommen war. Meistens wird das Flugzeug schon lange vor Abflug genau geprüft. Er stoppte also die Motoren, die Fluggäste wurden gebeten, auf ihren Plätzen zu bleiben. Eine Stewardess kümmerte sich um die Passagiere, während das restliche Personal das Flugzeug verließ.

Nun aber wurde es schwierig. Wer sollte die Katastrophennachricht überbringen? Keiner meldete sich freiwillig, da der Pilot bei allen Kollegen und Vorgesetzten sehr beliebt war. Er war tüchtig im Beruf, hatte sich nie was zuschulden kommen lassen und wurde oft als Vorbild genannt. Nun aber sollte man ihm diese Schreckensnachricht überbringen. Die auf dem Flughafen im Dienst Anwesenden blickten verlegen zu Boden, niemand hatte den Mut, diese schwere Aufgabe zu übernehmen. Schließlich musste es der Flughafenleiter selbst tun. Es fiel sehr militärisch aus, hart, unnachgiebig, ohne mildernde Umstände.

Der Pilot nahm wider Erwarten die Nachricht vom Tod seiner Frau und seines Sohnes gefasst auf. Nur eine Frage hatte er: „Kann ich meine Frau und meinen Sohn noch einmal sehen?" Man riet ihm davon ab – sie seien bis zur Unkenntlichkeit verstümmelt worden. Mit einem Schlag hatte er alles verloren: sein Zuhause, sein Hab und Gut, vor allem aber Frau und Sohn. Für ihn war alles vorbei! Er sah nicht auf, nicht gegen den Himmel, ballte auch die Fäuste nicht. Er stierte bloß mit offenen Augen tief hinunter in einen Abgrund. In ihm war alles leer und ausgebrannt. Nach wie vor dachte er an seine Frau, anders als sonst, doch intensiver denn je.

Die Geschichte ist aber noch nicht zu Ende. Die im Flugzeug wartenden Passagiere mussten an ihr Ziel gebracht werden. Zuerst aber musste man sie beruhigen, da so ein plötzlicher Motorstopp kurz vor dem Abflug ungewöhnlich war. Man entschuldigte sich also: Man habe die Notlüge mit dem technischen Fehler dazu benutzt, um den Piloten aus der Kabine herunterzuholen, da man bei der Blutprobe, die man ihm kurz vor Abflug im Labor entnommen habe, Alkohol gefunden hätte. Es sei unzulässig, dass ein betrunkener Pilot am Steuer sitze. Nun sei alles geklärt und startbereit. Die Passagiere amüsierten sich herrlich und bewiesen für diese Flugverzögerung volles Verständnis. Schon schwang sich auch der frische, nun garantiert alkoholfreie Flugkapitän auf den Pilotensitz, und es folgte prompt auch das Startklar-Zeichen. So war es der Fluggesellschaft noch in letzter Minute gelungen, ihren vielleicht besten und zuverlässigsten Piloten anzuschwärzen, indem sie ihn vor den Fahrgästen der Trunksucht bezichtigte, bloß um sein Abrufen aus dem Flugzeug glaubwürdig zu machen.

Die Maschine hob ab, und man sah einem ruhigen Flug in der Morgensonne entgegen. Doch schon nach etwa 45 Minuten erreichte den Kontrollturm eine zweite Schreckensnachricht: Die mit Verspätung abgeflogene Maschine, die Boeing 307, war abgestürzt. Keine Überlebenden, Ursache des Absturzes noch unbekannt, man suche nach dem Flugschreiber und vermute technisches Versagen. Diese Nachricht ereilte auch den verzweifelten Piloten, der auf diese Weise dem Tod entgangen war. Er schüttelte aber nur den Kopf und meinte: „Ich habe Pech gehabt!"

Über diese Worte haben wir mit Rolf noch oft diskutiert und immer wieder versucht, sie zu deuten. Hatte dieser Mann nun dem Schicksal dankbar zu sein, dass er dem Tod entronnen war, oder wurde er dadurch nur dazu verurteilt, weiterzuleben? Was bedeutet auch schon dies Leben, das willkürlich über Sollen, Müssen und Dürfen entscheidet? Und wer berücksichtigt die eigenen Ansprüche ans Leben, wo liegt die Grenze, wann und unter welchen Umständen hat das Leben einen Sinn? Und wenn dieser verloren geht, wie soll dann weitergelebt werden? Die so oft gehörten Worte „Leben um des Lebens willen" bedeuten auch nichts mehr. Das Leben bietet sich einem an: Nimm es und mach damit, was du willst! Ja, aber du machst es so, wie es das Leben will. Wie paradox! Wo liegt dann der eigene kreative Beitrag zum Leben, wer ist ihm schon gewachsen?

Noch ein kleiner Nachtrag zu dieser Geschichte: Der Pilot konnte sich nie mehr aufrichten. Er hat nie mehr geheiratet, denn alle Frauen, die er noch kennen lernte, musste er unwillkürlich mit seiner ersten Frau vergleichen. Er blieb ohne Haus und Heim, war aber nach wie vor der beste, zuverlässigste und ehrlichste Mensch. Doch es fehlte ihm an Herzlichkeit und Zugänglichkeit. Er hatte sich eingekapselt wie in eine Flugzeugkabine. Es war, als würde er ständig fliegen, ständig in der Luft, in Bewegung sein, wie um etwas Schweres abzuschütteln. Auch seinen Geburtstag hat er nie mehr gefeiert, da dieser auch der Todestag seiner Frau und seines Sohnes war.

* * *

Rolf hatte mir geschrieben: „Neulich ging ich in der Negoi-Straße an Marianas Haus vorbei. Es steht nach wie vor stolz und gepflegt da ..." Allerdings, wer ahnungslos an diesem Haus vorbeigeht, muss glauben, dass hier ordentliche, arbeitsame Menschen wohnen, die etwas von Haushalt und Gartenpflege verstehen. Niemand vermutet, dass hier in wilden Nächten mit Murfatlar-Weingeist manch ein Flugpilot zur Strecke gebracht worden ist, dass über manch einen Bürger schon beim Entkorken der Weinflasche das Urteil gefällt war. Dieser fiel, sinnbildlich gesprochen, ohne Fallschirm aus dem Flugzeug, landete oder prallte irgendwo auf, und wenn er Glück hatte, blieb er im grünen Geäst eines dichten Laubbaums hängen. Niemand vermutete hinter dieser traumhaft schönen Kulisse die schamloseste Sicherheitsspionage, die vor nichts zurückschreckte oder gar Halt machte und die für die Sicherheit des Staates nach ihren eigenen Statuten „verantwortlich" war.

Der in diesem Haus wohnende und lebende Oberstleutnant Banu, der seiner körperlichen Fülle wegen kurz rhythmisch atmete, entschied in den meisten Fällen eigenmächtig und hielt nur sehr selten Rücksprache mit den Bukarester staatlichen Sicherheitsorganen. Er hatte alles im Griff. Selten nur entglitt ihm das eine oder andere Opfer. Dieser kleine, untersetzte und dickbäuchige Kerl hatte eine Halbjüdin zur Frau. Sie stammte aus besten Kreisen und sprach Deutsch fast besser als Rumänisch oder Französisch. Aus dieser Ehe war die hübsche Mariana hervorgegangen, die im Elternhaus zwar deutsch, doch völlig falsch erzogen worden war. Im Leben hatte sie es eigentlich zu nichts gebracht. Beruflich war sie eine kleine Sekretärin, und als Ehefrau irgendwann bestimmt unzufrieden, eine, die einmal sicher Gesellschaften, Tanz und Champagner sattkriegen würde.

Rolf schrieb weiter: „Ich habe Mariana im Bus gesehen. Sie selbst konnte mich nicht sehen. Ich stand im Schatten eines Baumes bei der Harteneck-Mauer. Sie war es aber bestimmt. Sie lebt in Bukarest, und falls Du mal Lust verspürst, sie zu besuchen, schreibe ich Dir ihre Adresse auf." Der Brief endete mit den Worten: „So leicht kommt niemand von dieser Frau los!" Dieser letzte Satz machte mich stutzig. Wie gut hatte Rolf sie wohl gekannt? Alles, was er über sie wusste, hatte ich ihm erzählt, und durch mich hat er Mariana auch persönlich kennen gelernt. Rolf und ich waren unzertrennliche Freunde. Wir hatten voreinander keine Geheimnisse und sprachen über alles. Es kam nie vor, dass der eine ohne das Wissen des anderen etwas unternahm. Zumindest während der Schulzeit war das so. Sollte sich nun etwas zwischen uns geändert haben? Es muss wohl etwas vorgefallen sein, wovon ich nichts wusste und worüber Rolf eisern schwieg. Sollte ich mich in ihm getäuscht haben? Ist unsere Freundschaft ins Wanken geraten? Freilich wartet das Leben mit Überraschungen aller Art auf, doch Rolf war für mich immer wie ein aufgeschlagenes Buch gewesen. Zweifel über unsere Freundschaft will ich aber nicht aufkommen lassen. Wir haben sie uns im Verlauf der Jahre verdient und waren bis zu meiner Ausreise fast ständig zusammen. Was aber dann stimmte mich misstrauisch bei den letzten Worten in seinem Brief? Es werden nun bestimmt andere Stimmen laut, die da raunen: „Freunde? Das schlage dir aus dem Kopf, Freunde hast du nur, wenn du Geld hast, wenn du sie einlädst, wenn du ständig der Gebende bist ..." Ich musste aber auch an die alte Volksweisheit denken, die besagt: „In der Not erkennst du den wahren Freund!" Und eben in der Not hatte ich erkannt, dass Rolf ein wahrer Freund ist. Er hatte mir so geholfen, wie es bis dahin noch niemand getan hatte. Nicht einmal meine Eltern, weil ich mich als Fünfzehnjähriger ihnen nicht mit diesem Problem anvertrauen konnte und weil ich ihre Situation nicht gefährden wollte. So war es eben Rolf, der mir die ganze Zeit über beigestanden und mich in dieser schwierigen Zeit nicht allein gelassen hatte. Das, was er für mich getan hat, kann nur ein wahrer Freund tun, und ich bin stolz darauf, dass es diesen Freund gibt. Ich kann es mir einfach nicht vorstellen, dass Rolf mir etwas verschweigt.

Es war im Februar gewesen, zwei Tage vor meinem fünfzehnten Geburtstag. Ich habe dies alles so gut im Gedächtnis, weil dieser Geburtstag zu den düstersten Tagen meiner Jugend gehört. Schulsorgen waren für mich niemals ernste Sorgen, ich hatte höchstens manchmal ein ungutes Gefühl wegen einer unterlassenen Hausarbeit. Ansonsten bin ich aber, was Lernen und Zensuren betrifft, gut durch die Schule gekommen. Allerdings sind während meiner Schulzeit andere Schatten auf mein Leben gefallen, die einen großen Teil meiner Jugend verdunkelten.

Unser Schulleiter, Herr Miegel, kam während einer Pause auf unsere Klasse zu. Als er neben mir war, packte er mich plötzlich fest am Arm. Ich grüßte höflich und dachte, nun müsse wohl eine Zurechtweisung kommen. Doch er fragte nur, ob ich der Schüler Buchner sei und was für eine Stunde nun laut Stundenplan folge. „Sport", antwortete ich. Er sagte mir, dass ein Herr – er verbesserte sich gleich und betonte „Genosse" – auf mich warte, er wolle eine Auskunft von mir haben. Ob er wohl ahnte, wer dieser „Genosse" war und was er von mir wollte? Ich weiß es bis heute nicht. Beim Wort „Genosse" zog er die Augenbrauen hoch – nun ja, er musste auch seinen Dienstvorschriften nachkommen. Vielleicht aber wusste er nicht, wer dieser „Genosse" war und mit welcher Absicht er mich suchte. Herr Miegel meinte nur, dass meine Verspätung in der Sportstunde entschuldigt werden würde, und falls die Unterredung länger dauern sollte, könne ich beruhigt die ganze Stunde über wegbleiben. Alles klar. Ich war sauer, dass dieser liebe Herr Genosse mir gerade die Sportstunde vermasseln würde, die mir von allen Stunden die liebste war. So geschah es, dass ich beim Eintreten in die Direktion nicht gerade fröhlich schaute. Dieser besonders liebenswürdige Herr in schwarzer Lederjacke und hellem Hemd mit Krawatte empfing mich wie einen alten Bekannten. Ich staunte jedenfalls, wie gut er mich zu kennen schien. Er wusste alles über mich, ich konnte ihm kaum Neues über mich und meine Familie erzählen. Ab und zu sah er auf einen kleinen Zettel, den er in der Hand hielt. Er rauchte rasch seine stinkenden Carpați-Zigaretten, die im Laufe der Zeit braune Spuren auf seinem rechten Daumen, dem Mittel- und Zeigefinger hinterlassen hatten. Hie und da hüstelte er leicht, wofür er sich jedes Mal höflich entschuldigte. Es fiel mir auf, dass er im Umgang mit kleinen Jungen, wie ich einer war, nicht geübt war. Seine Umgangsformen waren mehr auf Erwachsene ausgerichtet, obwohl er sich große Mühe gab: Er suchte nach Worten, die meinem Alter und dem Schülermilieu besser angepasst waren, doch es gelang nicht recht. Er saß auf dem Sofa in die grüne Sitzecke gedrückt, paffte ununterbrochen vor sich hin und sprach drauflos. Der Mann konnte reden! Zum Schluss lud er mich auf ein Bier ein, und ich dachte, wenn ein 50-Jähriger einen Jungen wie mich auf ein Bier einlädt, so stinkt das arg nach Verführung. Zu meiner Beruhigung, wie er meinte, fügte er hinzu: „Du brauchst dir keine Sorgen zu machen, deine Eltern werden nichts davon erfahren." (Als ob meine Eltern nicht bereits gewusst hätten, dass ich ab und zu ein Bier mit meinen Freunden trank und hie und da mal versteckt eine Zigarette rauchte.) Doch so, wie er sein Anliegen vorbrachte, war es beinahe perfekt. Vielleicht aber ahnte er auch, dass ich seine Einladung nicht annehmen würde. Ich hatte wegen meiner vielen Hobbys einfach keine Zeit. Wie sich herausstellte, kannte er auch diese. Er sprach viel von Handball und tat so, als ob er auch etwas davon verstünde. Ich fragte mich aber, wie gut wohl dieser Lederjacken-Mann früher in seiner Jugend Handball gespielt haben mochte. Dem Aussehen nach hätte ich ihn eher als

Boxer eingestuft. Doch darüber verlor er kein Wort. Er sprach nur vom Handball und dass ich gute Aussichten hätte, in die Jugendauswahl, also in die Junioren-Nationalmannschaft zu kommen, die natürlich in der Hauptstadt zusammengestellt und dort auch trainiert wird. Handball war der Köder, den dieser Mann beharrlich auswarf. Anfangs wusste ich nicht recht, was er eigentlich von mir wollte, er redete wie die Katze um den heißen Brei herum. Doch dann wurde er allmählich deutlicher. Immer wieder ließ er durchblicken, dass sie (gemeint waren die Sicherheitsorgane) mich ja in der Hand hätten und ein winziger Fingerzeig genüge, mich und meine Familie zu vernichten. Doch gleich lenkte er wieder ein. Natürlich wollten sie das nicht, sie wollten mir bloß helfen, mir entgegenkommen, damit ich mir meine Sorgen vom Leib schaffe, dass ich ihnen alles mitteile, was mich so bewegt und belastet. Sie wollten – das drückte er freilich nicht gerade so direkt aus – für mich gute Psychologen sein, die mir über meine seelischen Tiefs hinweghelfen würden, denen ich voller Vertrauen alles erzählen könne, was ich weiß, was ich gehört und was ich erlebt habe. Bloß eines dürfte ich nicht: „Wenn du uns belügst, können wir dir nicht mehr helfen, und dann wird eben dein seelisches Gleichgewicht gestört, deine Gesundheit gefährdet, und dann musst du sehen, wie du allein zurechtkommst. Das wird dir allerdings nicht mehr gelingen, denn es ist ein wahrer Albtraum, wenn man plötzlich allein gelassen und verlassen von jedermann dasteht. Niemand kann mit sich allein zurechtkommen. Jeder braucht zumindest noch einen Menschen, am besten jedoch ein Kollektiv, um zu leben und um sich zu entfalten." Er redete drauflos und redete viel. Das konnte er gut. Ich war schüchtern und fühlte mich in die Enge getrieben. Ihm gegenüber war ich ein kleines schüchternes Bündel Mensch, bleich im Gesicht und beunruhigt durch den Wortschwall meines Gegenübers. Es mangelte mir auch an der notwendigen Konzentration, so dass mir nicht alle seine gut versteckten Drohungen bewusst wurden. Eines war mir jedoch klar: dass es um mich und meine Familie geschehen sei, wenn ich nicht mitmache. „Mitmachen" hieß, als Kind Spionagematerial für die Sicherheitsorgane zu liefern und dadurch mitzuhelfen, anderen Menschen das Genick zu brechen. Womöglich handelte es sich auch noch um Unschuldige oder um solche, die wirklich im Recht waren, den Sicherheitsorganen jedoch ein Dorn im Auge.

Inzwischen waren bereits zwei Stunden vergangen. Ich hatte nicht nur die Sportstunde, sondern auch meine ebenso geliebte Mathe-Stunde versäumt. Der Mann zeigte keinerlei Ermüdungserscheinungen und schickte sich nun an, alles in Kurzfassung zu wiederholen. Ich war müder als nach einem dreistündigen Handballtraining und bereits so mürbe geworden, dass ich nur noch geringen Widerstand leistete. Nachträglich musste ich oft an die schrecklichen Verhöre in den Konzentrationslagern denken, wo aus den Häftlingen buchstäblich alles herausgequetscht wurde, auch das, von dem sie keine Ahnung hatten, bis sie alles zugaben, nur um dem entsetzlichen Verhör endlich ein Ende zu setzen. Ich fühlte mich zerschlagen, erniedrigt und in meinem kindlichen Denken und Fühlen verletzt. Man hatte mich also doch angebohrt, die schwarze Ratte hatte mich angenagt, und ich wusste gar nicht, wie und ob ich mich gegen diese Rattenbisse würde wehren können. Gegen Ende unserer Unterredung betonte der Mann nochmals ausdrücklich: „Deinen Eltern darfst du von diesem Gespräch nichts erzählen. Sie haben ihre Probleme und wir die unseren. Wenn du aber ihnen gegenüber etwas erwähnst, so werden sie versuchen, dich weiter auszuhorchen, und uns dadurch Schwierigkeiten bereiten. Doch nicht nur uns. Auch für dich und deine Eltern könnten Schwierigkeiten entstehen, und das wollen wir doch alle nicht. Wir wollen euch ja nur helfen, und das ist nur dann möglich, wenn du uns vertraust und ihnen nichts erzählst. Sie haben nämlich nicht die richtige Einstellung unserer Arbeit gegenüber, obwohl wir genau genommen das gleiche Ziel verfolgen wie auch sie: Sie wollen dich erziehen, und wir wollen die Menschen im Allgemeinen erziehen, damit es ihnen auf dieser Welt besser geht. Das verstehst du doch, du bist ja bereits ein erwachsener Junge (beinahe hätte er „ausgewachsen" gesagt). Deshalb müssen wir uns auch öfter sprechen, und zwar jedes Mal anderswo, damit uns niemand beobachten kann. Du weißt ja: „Wände haben Ohren." Er lachte über diese uralte Redensart und klopfte mir dabei freundschaftlich auf die Schulter mit der Bemerkung, wir seien uns nun bereits viel näher gekommen. Während unseres Gesprächs hatte der Direktor nie versucht, in seine

Kanzlei zu kommen, um zu sehen, ob wir noch da seien. Er hatte uns ungestört „plaudern" lassen bei einem Glas abgestandenem Wasser und dem Gestank der Carpați-Zigaretten. Beinahe hätte ich mir auch eine angesteckt, und ich glaube, es wäre mir auch nicht verwehrt worden, sondern hätte im Gegenteil ein erstes Bindeglied zwischen uns geschaffen.

Ich stand bereits an der Tür und wollte nur hinaus, weg hier von diesem Mist, von diesem verdammten Schweinekerl. Aber er wollte noch wissen, wann ich Handball-Training habe. Nun, zweimal wöchentlich, Dienstag und Freitag von 17 bis 20 Uhr. „Am besten", meinte er, „wir sehen uns dann gleich Freitag, eine Stunde vor oder nach dem Training, unser eben geschlossener Bund muss besiegelt werden." Ich konnte ihn nur mit großen Augen ansehen: Von was für einem Bund sprach er da? Womöglich von einem Teufelspakt, den man mit Blut unterzeichnen müsste? Ich sagte also für Freitag zu, da ich keine andere Stunde des Tages für ein so stupides Gespräch mit diesem Schuft opfern wollte. Außerdem hatte ich Freitag Geburtstag, und eigentlich wollte ich ihn nicht mit diesem Gauner feiern. Ich spürte, dass ich nun schleunigst weg musste und nicht mehr die Kraft hatte, weitere Erklärungen abzugeben. Ich lief ins Freie, atmete tief durch, doch mir war speiübel, und ich musste zur Toilette und mich erbrechen. Ich verspürte nur den einen Wunsch, wieder gesund zu werden, befreit von diesem elenden Spionagezwang, hinaus aus diesem Schlamassel.

* * *

Ich atmete die frische Frühjahrsluft tief ein. Die Erinnerung an vergangene Zeiten drückte mir wieder auf den Magen. Ich kaufte mir ein Glas Mineralwasser, das ich auf einen Zug leerte. Ich befand mich noch immer auf dem Weg zu Mariana. Sie musste wohl hier ganz in der Nähe wohnen, und es zog mich magnetisch zu ihr. Ich musste sie wiedersehen, ihr sagen, dass ich noch oft, vielleicht zu oft, an sie gedacht hatte. Ich wollte ihr von mir erzählen, doch auch von ihr erfahren, was sie noch so dachte, wie sie aussah nach siebzehn Jahren. Wahrscheinlich versprach ich mir aber auch zu viel von dieser Begegnung.

Die Sonne wärmte angenehm meinen fröstelnden Körper, es war der erste schöne Frühlingstag. Meine Gedanken waren bei Rolf. Was, zum Teufel, meinte er wohl damit, dass man von dieser Frau nicht so leicht loskommen könne? Meinte er mich, meinte er sich oder noch viele andere, die es angeblich auch nicht geschafft hatten? Was steckte wohl hinter dieser so beiläufig hingeworfenen Bemerkung? Er weiß doch genau, dass ich von ihr losgekommen bin, genau genommen seit siebzehn Jahren! Er weiß über alles Bescheid, da er durch mich alles miterlebt hat. Vielleicht aber weiß ich nicht alles über ihn und Mariana, besonders aber über die zwei Jahre, da Mariana in Klausenburg Philologie studiert hat, Französisch und Rumänisch. Sie hatte mit ihrem Studium erst zwei Jahre nach dem Abitur begonnen, doch nach nur vier Semestern schon abgebrochen, da sie die Prüfungen nicht mehr auf Anhieb schaffte. Rolf hatte zur gleichen Zeit an derselben Hochschule Deutsch und Englisch studiert, so dass sie vier Semester lang Studienkollegen waren. Ich hatte ursprünglich in Klausenburg Mathematik studieren wollen, doch schaffte ich die Aufnahmeprüfung nicht und besuchte stattdessen eine zweijährige technische Schule in meiner Heimatstadt, wo ich zum technischen Zeichner ausgebildet wurde.

Ein leichter Wind kam auf und kräuselte das Wasser in den Pfützen, die noch vom Regen des Vortags herrührten. Die Frische des Windes und die wärmenden Sonnenstrahlen taten gut, man konnte buchstäblich das Herbe des Frühlings schmecken. Ja, Rolf hatte mir viel geholfen. Ihm hatte ich es eigentlich zu verdanken, dass sich die Schlinge um meinen Hals nicht ganz zugezogen hat. Hätte es ihn nicht gegeben, ich wüsste heute nicht, was aus mir geworden wäre!

Es war der gefürchtete Freitag, mein Trainingstag und diesmal gleichzeitig auch mein fünfzehnter Geburtstag. So sehr ich mich auf diesen Tag vorher gefreut hatte, so sehr war nun alle Freude dahin. Von dieser schamlos ergaunerten Verabredung versprachen sich beide Teile alles. Die Leute der Sicherheit waren überzeugt, mich durch das Gespräch in der Schule für ihre Drecksarbeit gewonnen zu haben, und ich war unterdessen dazu entschlossen, ihren Überredungskünsten die Stirn zu bieten und sie mit schlagharten Argumenten abzuwimmeln. Sie sollten für immer von mir ablassen und nicht mehr auf die Idee verfallen, mich als Informanten anzuheuern.

Ich wollte ihnen die Zähne zeigen. Es stimmt, ich war sehr verzweifelt, doch ich sah in dieser kommenden Unterredung eine Möglichkeit der Befreiung.

Ich ging pünktlich zum Handballtraining. Allerdings hatte ich weder die innere Ruhe, geschweige denn Lust zum Spielen. Und das bedeutete schon viel, denn Handballspielen liebte ich über alles. Für mich gab es keine größere Freude, als wenn der Ball in den Tormaschen landete oder gar durch die Torecke ging, während er leicht den Pfosten streifte. Heute aber war nichts von all diesen Gefühlen da. Heute musste ich einen gefährlicheren Gegner ausspielen, ihn überlisten. In meiner Naivität rechnete ich fest damit, ihn übertrumpfen zu können. Ich ging unruhig und in gespannter Erwartung auf der Harteneck-Promenade hin und her, wartete auf die Stunde der Unterredung und wollte von keinem Bekannten gesehen werden. In Gedanken wiederholte ich die schon fertig formulierten Sätze, mit denen ich in die Schlacht gegen meinen Feind ziehen wollte, um ihn schon mit den ersten Zügen schachmatt zu setzen.

Punkt 19 Uhr stellte ich mich also beim Sitz der Staatssicherheit ein. Der diensthabende Offizier fragte mich, ob ich vielleicht meinen Vater suche, der hier arbeite oder vielleicht gerade hier verhört werde – beinahe hätte ich gefragt, wen er damit meine – oder ob ich vielleicht eingeladen worden sei. Ich nannte meinen Namen, und er sah im Anmeldungsregister nach. Dann nickte er und sagte kurz: „Zimmer 103, Obergeschoss." Er rief noch kurz an, und dann durfte ich durch die Sperre, allerdings nicht ohne Begleitperson. Das waren die Sicherheitsvorkehrungen, die hier getroffen und peinlich genau befolgt wurden.

Mein Begleiter war ein junger Offizier mit niedrigem Dienstgrad, doch voller Elan. Er schritt vor mir her, sprach kein Wort und schien mich gar nicht zu beachten. Ich kam mir vor wie ein Gefangener, der zum Verhör geschleppt wird. Vor dem Zimmer 103 hielt er an, klopfte dreimal energisch, öffnete mir die Türe und grüßte stramm militärisch. Der Lederjackenmann, der offenbar einen hohen Dienstgrad hatte, dankte mit einem Kopfnicken und winkte mir dann einzutreten. „Ich wusste, dass du pünktlich erscheinen wirst. Du bist ja ein Prinzipienmensch, wollte sagen, Prinzipienschüler, und diese Prinzipien wollen wir auch weiterhin beibehalten und fördern ... " Mir war nicht ganz klar, was er damit meinte, doch er musste auf etwas angespielt haben. Ich hatte einfach den Eindruck, dass alles, was er sagte, sehr hintergründig war und dass er sich für solch ein Gespräch gründlich und gewissenhaft vorbereitet hatte. Alles, was er sagte, besaß Hand und Fuß, abgesehen mal von einigen kleinen unlogischen Gedankensprüngen. Er sprach so, wie eigentlich auch das ganze Sicherheitssystem aufgebaut war: mit logischer Absicht, die jedoch sehr oft unlogisch schien, zielbewusst gesteuert, oft zweideutig, wobei aber meist die eigentliche Richtung unverkennbar blieb. Letzten Endes durften keine Missverständnisse bleiben, die Lösung musste von allen Seiten gutgeheißen werden. Eigentlich waren diese Leute ausgezeichnete Redner, und es war schade, dass sie ihre Talente für solch eine schäbige Sache vergeudeten. Nachdem ich genötigt worden war, Platz zu nehmen, blickte ich mich verstohlen im Raum um. Der Lederjackenmann machte sich an einem Schrank zu schaffen, dem er einen Stoß Ordner entnahm. Diese Mappen legte er auf den Schreibtisch und nahm hinter ihm Platz. Diesmal schien unser Gespräch nicht mehr so familiär zu verlaufen wie damals in der Schule. Der Schreibtisch trennte uns voneinander, er stand zwischen dem Großen und dem Kleinen.

Inzwischen hatte ich mich wieder in der Gewalt, denn das Abgeführtwerden in die Gemächer der Geheimpolizei hatte eine deprimierende Wirkung auf mich gehabt, und ich war mir plötzlich um einige Zentimeter kleiner vorgekommen. Nun war ich aber wieder gefasst, meine Sehnen spannten sich wie vor einem Sprung, und ich rückte geräuschvoll meinen Stuhl näher an den Schreibtisch. Draußen begann es bereits dunkel zu werden, während mein Gegenüber ununterbrochen sprach. Er erwähnte beiläufige, alltägliche Dinge, dann wieder sprach er eindringlich auf mich ein. Seine Stimme klang die ganze Zeit über laut und rein, so als hätte er vor diesem Gespräch ein rohes Ei geschlürft. Das klare Sprechen, so hinterlistig es auch sein mag, gehört ja wohl zum Beruf dieser Leute, denen alle Mittel recht sind, um den ahnungslosen Bürger in die Falle zu locken.

Mir fiel auf, dass der Raum nicht allzu groß und nur karg ausgestattet war. Auch der Schreibtisch war klein, einfach und aus Tannenholz, ohne Aufsatz, ohne Verzierungen. Was ich da sah, entsprach nicht meinen Vorstellungen von früher, dass nämlich diese Beamten an massiven Schreibtischen sitzen, von denen Sicherheit und Wucht ausgehen und hinter denen sie sich wie hinter einem Bollwerk im Notfall hätten verschanzen können. Doch sie hatten es ja nicht nötig, sich zu verstecken. Vor wem hätten sie sich auch fürchten sollen, waren sie doch allmächtig. Trotzdem stand der Schreibtisch strategisch fast in der Mitte des Zimmers. Er war so ausgerichtet, dass der Besucher, der vor dem Schreibtisch saß, von dem einzigen Fenster in diesem Raum geblendet wurde, während der Sicherheitsmann hinter dem Schreibtisch im Schatten blieb und nur seine Silhouette, nicht aber auch sein Mienenspiel zu erkennen war. Auch die Schreibtischlampe, die er nun anknipste, beleuchtete ausschließlich das Gesicht des Besuchers. Rechts stand ein Rolltisch mit einem Kästchen, darauf eine Silbertasse mit drei Kognakschwenkern. Sieh mal an, dachte ich, diesen Leuten kommt es hier noch zu feiern, wer weiß, was für Erfolge diese Dunkelmänner begießen, oder können sie ohne Alkohol nicht mehr ihrer Drecksarbeit nachgehen?

An der rechten Wand befand sich ein brauner, niedriger Schrank, links neben der Tür ein Kleiderständer. Das Porträt des Staatsführers fehlte natürlich nicht. Zwei Kopien von Werken Grigorescus hingen an den beiden seitlichen Wänden. Doch es waren schlechte Drucke. Das bekannte Bild mit den beiden Ochsen im Joch sollte den Besucher offensichtlich daran erinnern, dass er durch seine Informationstätigkeit ebenfalls in ein Joch gespannt wird.

Im Raum war es eiskalt. Ich hatte meine grüne, pelzgefütterte Jacke an, fror also nicht, während mein Gegenüber sich ständig die kalten Hände rieb. Vielleicht wollte er dadurch aber auch seine Genugtuung darüber ausdrücken, mich endlich für sich gewonnen zu haben. Nun, der wird sich aber gewaltig täuschen, dachte ich. „Es ist allerdings kalt hier", meinte er, „doch wir sind abgehärtete Sportler und können vielleicht ein paar Turnübungen zwecks Erwärmung machen." Ich stellte mir vor, wie wir beide durch den Raum hetzen und um den Schreibtisch herum Fangen spielen – die Katze hinter der Maus. Ja, das fand hier statt: ein trügerisches, menschenunwürdiges Katz-und-Maus-Spiel voller Intrigen.

Der Mann hatte aber einen viel besseren Einfall. „Wir warten nur auf meinen Vorgesetzten", meinte er, „dann wollen wir uns einen Schluck Starkes zu Gemüte führen, das wirkt erwärmend und anregend, wir erledigen gleich zwei Fliegen auf einen Schlag!" Dabei töteten diese Männer meist mehr als zwei Fliegen auf einen Hieb.

Da flog die Tür auf, und herein stürzte, viel zu jugendlich, ein dicklicher, untersetzt wirkender Mann mit wulstigen Lippen: der Chef des Staatssicherheitsdienstes unserer Stadt. Ich sah ihn zum ersten Mal aus nächster Nähe. Er tat ganz freundlich, reichte mir seine Pranke, eine schwere, fleischige Hand, zum Gruß und drückte mich auf den Stuhl zurück. Auch er trug eine schwarze Lederjacke. Das muss wohl die Uniform dieser Leute sein, ging es mir durch den Kopf, oder zumindest ihr Markenzeichen. Mein Gegenüber stand stramm neben dem Schreibtisch, lächelte gekünstelt und lud seinen Chef ein, ebenfalls Platz zu nehmen. Ein schönes Trio hat sich hier eingefunden: zwei Männer in schwarzer Lederjacke und ein fünfzehnjähriger Schüler. Und das alles in einem nur karg ausgestatteten Zimmer, im „Palast" der Sicherheitsagenten, an einem kalten Februartag in den Abendstunden, wenn andere Menschen sich bereits auf einen gemütlichen Abend vorbereiteten.

Nun wurde das Rolltischkästchen in die Mitte des Raumes gebracht, zu meinem noch zwei Stühle hinzugerückt, und nun saßen wir „vereint in frohem Kreise" und waren uns noch nie so nahe gekommen wie jetzt. Mit einem Griff holte der Beamte aus dem Kästchen eine noch fast volle Kognakflasche hervor und schenkte geschickt ein, ohne dass auch nur ein Tröpfchen daneben gegangen wäre. Der hätte Kellner werden müssen, dachte ich. Als Kellner hätte er weniger Unheil unter seinen Mitmenschen angerichtet. Nachdem er mit Schlag auf den Korken die Flasche wieder verschlossen hatte, ließ er sie im Kästchen verschwinden. Es war, als wollte er durch seine Geste sagen: „So, das wär's. Dieses Narkotikum, dieser aufheizende und anregende Zaubertrank dürfte für unser heutiges Gespräch und seine Zielsetzung reichen." Und er reichte auch. Es reichte auch mir das Wasser bis zum Hals. Ich war wieder eingeschüchtert und fühlte mich wie in einer Zwangsjacke. Das Atmen fiel mir schwer, und beim Reden geriet ich öfters ins Stottern. Ich öffnete meine Jacke und den oberen

Hemdenknopf, sah stur auf meinen Kognakschwenker, den ich aus lauter Verlegenheit zu drehen begann.

„Tja", eröffnete mein Inquisitor, „wir haben heute guten Grund anzustoßen. Unser Freund", dabei hüstelte er und zeigte auf mich, „feiert heute seinen fünfzehnten Geburtstag. Siehst du", wandte er sich an mich, „wir wissen alles!" Das wusste ich auch, doch es widerstrebte mir, mit diesen Gaunern anzustoßen. Ich musste es aber tun, musste meinen Geburtstag mit diesen abgebrühten Spionageagenten feiern, gegen meinen Willen. Er fuhr aber mit seinem gut vorbereiteten Toast fort: „Ja, wir wissen alles, und wir denken an alles, warten auch gern mit Überraschungen auf (besonders mit unangenehmen, dachte ich), und wir wollen den Menschen, also unseren Kollegen, Freude bereiten."

Nun war ich also schon der „Kollege" für sie, was aber würde ich in ihren Augen wirklich sein? Wohl ein kleiner Fisch, der sich nicht mehr frei im Wasser bewegen konnte, der ihnen ins Netz gegangen war und den sie nun in ihrem Aquarium auffüttern wollten, damit er in die Richtung schwamm, die sie ihm vorgaben. Ein kleiner Fisch, der nicht einmal mehr an der Angelschnur zappeln musste, da sie ihn ja schon geangelt hatten, als Speise für die anderen, oberen Staatssicherheitsorgane, der kalt genossen werden durfte!

Doch die Rede war noch nicht zu Ende: „Wir würden es auch in Zukunft gerne sehen, wenn wir immer so gut miteinander auskämen. Wir haben ja aber auch keinen Grund dafür, nicht fest zusammenzuhalten und miteinander zu arbeiten, da wir ja letztendlich ein gemeinsames Ziel haben: Das Wohl unseres Staatsführers und unseres Volkes. In diesem Sinne erhebe ich mein Glas und leere es auf die Gesundheit unseres Staatsführers und wünsche unserem Kollegen alles Gute zum Geburtstag!"

Unwillkürlich musste ich mich fragen, wieso zum Teufel ich denn mit unserem Staatsführer quasi im selben Topf gelandet bin. Aber das war wohl eine Sache der Interpretation!

Im Raum hingen dicke Rauchschwaden. Es stank fürchterlich nach diesen ordinären Carpați-Zigaretten. Auch der Chef rauchte dieses Kraut. Jedes Mal, wenn er an der Zigarette zog, hatte er einen gequälten Gesichtsausdruck, so als ob ihm dies Zeug gar nicht schmeckte, er es aber einfach nur aus Solidarität mit seinen Untergebenen rauchte. Wie mit einer Pinzette führte er zwischen linkem Daumen und Zeigefinger die Zigarette an seine wulstigen Lippen, von denen er nach jedem Zug Tabakreste entfernen musste. Beide qualmten, und mich zwickte der Rauch in den Augen. Wahrscheinlich hatten sie auch den Zigarettenrauch als chemisch-strategische Waffe gegen mich eingesetzt. Wiederholt blickte der Chef auf seine russische Armbanduhr, als ob er damit zu verstehen geben wollte, dass es nun höchste Zeit sei, zur Sache zu kommen. Ich riss mich zusammen und begann mit meinem vorher gut einstudierten Vortrag. Es schien, als hätten die beiden plötzlich viel Zeit. Sie lehnten sich in ihren Sesseln zurück, verschränkten die Arme so, als wollten sie nun tatsächlich herausfinden, wie es um mich bestellt sei. Sie meinten wohl, mich bereits herumgekriegt zu haben und wollten bloß wissen, wo noch anzusetzen sei, um mich ganz zu fassen. Sie waren ganz Ohr, die aufmerksamsten Zuhörer, die ich je hatte. Von meiner Rede entging ihnen kein Wort, keine Geste. Durch ihr bescheiden wirkendes Zuhören wurde ich etwas unsicher und verlor den roten Faden. Ich wollte so viel sagen und hatte doch nur wenig vorbringen können. Durch ihre gespielte Geduld verlor ich die Fassung. Ich schwieg. Trotz der Kälte traten mir Schweißtropfen auf die Stirn, und im Nacken fühlte ich kalte Feuchtigkeit.

„Oh nein, lieber Freund, sprich nur weiter, wir hören gerne zu, sage uns ruhig alles, was dir am Herzen liegt und was du weißt. Dadurch erleichterst du dein Gewissen, und wir wollen alles hören und sind an allem interessiert." Mein Hauptargument war, dass ich mich eigentlich für eine Spionagearbeit überhaupt nicht eignete. Sie begannen, Punkt für Punkt meine Argumente zu widerlegen, und der Chef bemerkte: „Wir wissen ja, dass du dich dafür nicht eignest. Eben deshalb sind wir auf dich verfallen, haben dich unter vielen ausgewählt und zu unserem Freund, oder sagen wir zu unserem Aufpasser gemacht. Wir wissen, dass du dank deiner humanen Einstellung niemandem etwas Böses tun, keiner Fliege ein Haar krümmen könntest. Du sollst auch gar nicht spionieren, dies hässliche Wort sollst du nie mehr gebrauchen! Du sollst uns bloß wertvolle Hinweise geben, oder sagen wir: Bericht erstatten über den Verlauf von Alltagsgesprächen mit Schülern oder Lehrern. Deiner Wahrheitsliebe entsprechend sollst du uns alles möglichst genau und unverfälscht wiedergeben, nur um deinen Kollegen und Lehrern zu helfen. Wir wollen uns bloß von ihrer Ehrbarkeit und gesunden Gesinnung überzeugen. Deinerseits tust du nur deine Pflicht, deine Ehrenpflicht als rumänischer Staatsbürger. Dafür wirst du auch verschiedene Vorteile haben. Du wirst sehen, alles renkt sich ein, wird reibungslos verlaufen, vorausgesetzt, du bist deinen Mitschülern, Lehrern und, so Leid es tut, auch deinen Eltern gegenüber absolut verschwiegen."

Es war nichts zu machen. Für alles fanden sie eine Erklärung, meine Argumente wurden einfach in den Wind geschlagen. Ich saß auf dem gepolsterten Stuhl wie auf Stecknadeln, zerredet und zerschlagen. Ich rieb mir nervös die Hände, schwitzte, konterte und wurde schon wieder schlapp. Nichts von meinen Einwänden ließen sie gelten. Ich war der Verzweiflung nahe. Sie trieben mich mehr und mehr in die Enge, wurden immer witziger und ausgelassener. Die Gläser standen bereits leer. Ich hatte den Kognak sofort als unsere beste im Land hergestellte und erhältliche Marke erkannt. Doch es wurde nicht mehr nachgefüllt. Es gab keinen mehr, Schluss damit! Ich glaubte schon, dass das Gespräch beendet sei, doch nein, mein schwarzer Lederjackenmann legte mir noch die Hand begütigend auf die Schulter. „Nur noch eine kleine Formalität. Dann kannst du gehen und im Familienkreis deinen Geburtstag feiern. Du musst nur noch deinen Namen unter ein Schriftstück setzen, das besagt, dass du uns aus freiem Willen über das Schul- und Schülerleben auf dem Laufenden halten willst. Und das ist ja nicht weiter schlimm, denn dadurch hilfst du allen, auch deinen arbeitsamen Eltern. Die Wahrheit muss ja immer ans Licht kommen, und da wirst du uns behilflich sein. Wir wissen, dass du damit einverstanden bist und zu uns gehören willst."

Er entnahm aus einer Mappe ein Schriftstück und reichte es mir. Ich nahm es mit zitternden Händen an mich, wollte es durchlesen, doch die Zeilen verschwammen mir vor den Augen. Ich konnte nur einzelne, hochtrabende Phrasen entziffern. Sie sagten nicht viel aus, bloß dass ich ihnen gehorsam sein wollte und dass sie mich auf mein Verlangen hin verpflichtet hätten. Unmöglich! Das war wie mein eigenes Todesurteil, das konnte und wollte ich nicht unterschreiben. Nun ja, meinten sie wie nebenbei, nun würde ich auch einen Decknamen bekommen, das sei bei ihnen so üblich. Auch sie hätten alle Decknamen, das sei nun mal so in ihrem Beruf. Ob ich besondere Wünsche für einen zweiten, meinen Mitarbeiternamen habe. „Ernst" sei ja ein besonders schöner Vorname, doch er sei eben zu ernst, und ich sollte mir einen leichteren, heiteren Namen wählen. Beide lachten wie auf Bestellung – das war aber auch ein gelungener Witz, nicht wahr? Wenn ich noch im Besitz aller meiner Sinne gewesen wäre, hätte ich sehr gut mit einem Namen wie „Pinocchio" oder „Hanswurst" aufwarten können, doch mir war's gar nicht spaßig zumute. Dann schlug mein Peiniger vor, ich solle doch den Vornamen eines großen Sportlers wählen. Doch ich schwieg, es erdrückte mich einfach alles, und ich sann auf Rettung. Doch woher sollte diese kommen? Ich würde bestimmt nur entlassen werden, nachdem ich diesen elenden Wisch unterzeichnet hatte, der für mich einem Todesurteil gleichkam.

Doch nun begannen sich die Ereignisse zu überstürzen. Es kamen mir rettende Umstände zu Hilfe, die mich auf eine teuflische Idee brachten. Das Telefon schrillte. Der Mann hob ab: „Ja, ich bin's. Nein, ich bin nicht hier, nein, auch der Chef, der neben mir sitzt, ist nicht hier. Wir sind für niemanden da. Was diese Leute sich nur einbilden! Wir können nicht immer für alle da sein ..."

So ist das also, dachte ich. Diese feinen Genossen nehmen es ja mit der Ehrlichkeit nicht so genau. Sie lassen sich verleugnen – das gehört wohl auch zu ihren wahren Gesichtern! Der Mann sprach weiter: „Und sie können mich ...", doch da fiel sein Blick auf mich, und er sprach den Satz nicht zu Ende, hörte aber immer aufmerksamer der Stimme am anderen Ende der Leitung zu. Sein Gesicht wurde ernster, fast schien es verzweifelt, dann sagte er: „Ja, wenn die Sachen so stehen, dann kommen wir eben für fünf Minuten ins Zimmer 135. Mehr Zeit haben wir nicht, denn wir müssen hier unbedingt unsere begonnene Arbeit abschließen." Das klang, als wäre die Rede von einer handwerklichen Arbeit, die unverzüglich zu Ende gebracht werden musste. Dabei ging es ja hier um ein elendes Anwerbungsmanöver, das mit Erfolg abgeschlossen werden sollte.

Seinem Chef gegenüber bemerkte er: „Die hätten ja auch noch zehn Minuten warten können." Doch dieser sah ihn aus trüben, wässrigen Augen an und meinte: „Du weißt ja, wie es bei uns ist und wie es zugeht. Außerdem hat das Torten-Projekt Vorrang und befindet sich in der Endphase."

Ich hatte das Gefühl, als hätten die beiden nach diesem Telefongespräch schon fast ganz auf mich vergessen. Sie schienen ratlos. Dann wandte sich die Lederjacke an mich: „Entweder wartest du hier, bis wir kommen, oder du kommst am Dienstag wieder zur selben Zeit." „Ich warte." Es war mir lieber, so schnell wie möglich mit all diesem Kram fertig zu werden. „Na gut", meinte der Mann mit gespielter Freundlichkeit, „hier hast du eine Sportzeitung, damit du dich nicht langweilst. Wir sind in fünf Minuten wieder da." Ich war sicher, dass er log und es viel länger dauern würde. Hoffentlich aber nicht zu lange, denn ich hatte nicht vor, in diesem Gemäuer zu übernachten. Bevor der Mann ging, nahm er den riesigen Aktenstoß vom Schreibtisch, verschloss ihn wieder im Schrank, drehte den Schlüssel um, ließ ihn aber stecken. Wahrscheinlich war er mit den Gedanken bereits woanders. Beide verließen nun eilig den Raum, und man hörte sie noch im Weggehen laut miteinander sprechen. Der Begriff „Idiot" war mehrmals zu hören, nicht aber auf mich gemünzt, soviel ich ihren Wortfetzen entnehmen konnte.

Nun war ich allein. Gelegenheit macht bekanntlich Diebe, und mir kam eine rettende Idee: Ich würde den Vertrag für immer verschwinden lassen. Meine Verzweiflung brachte mich so weit, dass ich einfach die Nerven verlor. In meiner Naivität dachte ich, wenn dies Papier für immer verschwindet und ich den ganzen Kram aus dem Weg geräumt haben werde, dann wäre die Sache erledigt und ich würde nie mehr von diesen Dunkelmännern belästigt werden. Wie unvernünftig, beinahe idiotisch ich damals dachte!

Ich drehte den Schlüssel, öffnete die Schranktür und entnahm aus dem rechten Fach mit zitternden Händen einen cremefarbenen Ordner, auf dem in schöner schwarzer Druckschrift mein voller Name stand. Darunter eine etwa fünf Zentimeter lange leere Klammer, in die wahrscheinlich mein Deckname hätte eingetragen werden sollen. Die Knie wurden mir weich, ich musste mich setzen. Ich wollte noch rasch nachsehen, was die etwa zwanzig teils handgeschriebenen, teils getippten Seiten enthielten, doch ich zitterte zu sehr und konnte nicht mehr klar denken. Ich verstaute die Mappe in meiner großen Sporttasche, schloss den Schrank, legte die Sportzeitung gefaltet auf den Schreibtisch, löschte das Licht und schlich unbemerkt die Treppe hinunter. Durch den Vorhof kam ich zum Pförtnerhaus. Ich hatte Glück, anscheinend war gerade Schichtwechsel. Drei Offiziere unterhielten sich angeregt und brachen plötzlich in lautes Gelächter aus. So konnte ich geduckt an dem Pförtnerfenster vorbei durch das Haupttor hinaus auf die Straße gelangen. Ich ging immer schneller, bis ich nach einem regelrechten 400-m-Lauf durch die Berggasse völlig außer Atem bei Rolf ankam. Ich hätte laut Vereinbarung nach dem Handballtraining um 20 Uhr bei ihm sein sollen, war jedoch um eine geschlagene Stunde später dran.

* * *

Hier irgendwo in der Aurel-Vlaicu-Gasse muss Mariana wohnen. Ihre Anschrift hatte mir Rolf vermittelt, obwohl ich ihn eigentlich gar nicht darum gebeten hatte. Ich glaube, der Straßenname hatte es Rolf angetan, da Aurel Vlaicu ja zu den Pionieren des Flugwesens gehört und seinerzeit durch seine Flüge viel Aufsehen erregt hatte. Rolf könnte entschieden mehr über diesen Mann erzählen. Ich musste jetzt aber nach der Hausnummer suchen und gleichzeitig Acht geben, nicht in eine der vielen Pfützen zu treten. Außerdem war die Straße übersät von zerbrochenen Dachziegeln und Mörtelklumpen, Reste einer kürzlich beendeten Renovierung. Übrigens wurde in ganz Bukarest renoviert oder neu gebaut, die Stadt glich einer einzigen riesigen Baustelle. Nicht nur das Leben wurde hier neu gestaltet, sondern auch das Stadtbild erhielt andere Formen. Es schien fast, als hätte man sich dazu entschlossen, mit der ganzen Tradition zu brechen. Was bedeutete auch schon Tradition für diese intelligenten Führungsorgane? Wohl dass all das, was überholt und hinfällig geworden ist, nicht mehr weiter gepflegt werden darf, sondern kurzerhand verschwinden muss. Tradition ist keine Pflanze, die man begießen und am Leben erhalten muss, alles ist alter Plunder, ohne Daseinsberechtigung. Also ging die Führung daran, alles, was alt und verschmutzt schien, abzuschlagen und niederzutrampeln. Nur so konnte für das Neue, das Moderne, das Kommunistische Raum geschaffen werden. Wie könnte sonst in diesem Geflecht der Traditionen das Neue, das Erhabene, die vielseitig entwickelte Ideenpflanze des Staatsführers sprießen? Wie könnten sich seine „göttlichen Geistesblitze" im Unkraut der Traditionen frei entfalten? Folglich musste alles aus dem Weg geräumt werden, was diese Entwicklung behindern könnte. Das bedeutete, mal rasch mit dem Bagger und der Brechstange über und durch Bukarest zu fahren, um endlich mit dieser störenden Tradition aufzuräumen. Schließlich wurde schon viel durch Dummheit und Leichtsinn zerstört, warum nicht also auch diese wirklich schöne Stadt, die früher als das Paris des Ostens bezeichnet worden war. Warum also sollte man diese Stadt nicht auch den Launen und Hirngespinsten Ceaușescus entsprechend „neu gestalten"?

Endlich stand ich vor dem gesuchten Haus, einem älteren Bau. Hier also wohnte Mariana mit ihrem Mann und den beiden Kindern, Romeo und Iulia. Ich weiß nicht, was sie dazu veranlasst hatte, ihre Kinder so zu taufen. Vielleicht war es eine Art Verehrung für den alten Meister Shakespeare, dessen Liebesdrama *Romeo und Julia* sie gerührt haben mag. Es kann sein, ist aber nicht sicher, da aus dieser Frau sowieso niemand klug wird. Ich vermeinte zwar, sie gut zu kennen, doch bin ich nicht davon überzeugt, alles über sie zu wissen. Ich weiß bis heute nicht, ob ich sie immer durchschaut und richtig eingeschätzt habe. Manchmal war sie so überzeugend, dass überhaupt keine Zweifel aufkamen, doch dann wieder hatte ich den Eindruck, dass der Schein trog. Jedenfalls hat diese Frau mir – und nicht nur mir – genügend Rätsel aufgegeben.

Nun stand ich vor Marianas Haus und las auf dem Torschild ihren Mädchennamen, Mariana Banu. Das überraschte mich. Vielleicht hatte ihr der Name ihres Mannes nicht gefallen, und sie war deshalb weiter bei ihrem Mädchennamen geblieben. Ich klingelte. Man hörte den schrillen Glockenton bis auf die Gasse, und ich fragte mich unwillkürlich, weshalb sie sich wohl so eine „Schreckenssirene" angeschafft haben mochte. Im Haus rührte sich nichts. Ich drückte nochmals auf den Klingelknopf.

* * *

Und wieder überwältigten mich die Erinnerungen. So wie heute war ich auch damals, vor so vielen Jahren, vor Marianas Haus gestanden und hatte geläutet. Einmal kurz. Es war ihr achtzehnter Geburtstag. Ich stand da in meinem hellgrauen Sakko, weißem Hemd und mit einer blauen, von Rolf geliehenen Krawatte. Meine schwarzen Schuhe waren nagelneu. In der Hand hielt ich einen Strauß mit achtzehn dunkelroten Rosen. Es waren die schönsten, die ich speziell zu diesem Anlass bei einer Marktfrau bestellt hatte. Ja, so viel hatte mir Mariana damals bedeutet. Ich hätte ihr am liebsten alles, was ich hatte und was im Bereich der Möglichkeiten lag, schenken wollen. Ich war bereit, ihr jeden Wunsch von den Augen abzulesen und zu erfüllen. Sie wusste aber Gott sei Dank nichts von meinen Gefühlen. Vielleicht hätte sie mich ausgenützt, oder aber ich hätte sie nicht mehr interessiert, und sie hätte mich links liegen lassen. Sie sah mich damals vom Fenster aus durch den Vorgarten kommen und kam zur Türe. Sie öffnete diese aber nur, nachdem ich geläutet hatte. Sie trug ein fliederfarbenes Samtkleid und sah aus wie einer Modezeitschrift entstiegen. Beinahe wären mir die Blumen aus der Hand gefallen, so überrascht war ich von ihrer Erscheinung. Sie nahm mich an der Hand und führte mich ins geräumige Wohnzimmer, das durch die Vorbereitungen für die Geburtstagsparty völlig verändert war. Ihre Eltern ergriffen bei solchen Anlässen gewöhnlich die Flucht und suchten Unterschlupf bei einem Vetter oder bei Verwandten auf dem Land. Das geschah zweimal im Jahr – zu Marianas Geburtstag und Namenstag. Beide Tage wurden groß gefeiert. Die Verwandten aber rissen sich förmlich um den mächtigen General Banu mit Ehefrau. Jeder wollte mal dieses „Königspaar" bewirten. Die Banus besaßen einfach alles, was sie brauchten: Geld, Ansehen, und darüber hinaus wurden sie auch noch von allen gefürchtet.

Endlich hatte ich das ermüdende Vorstellungszeremoniell gut überstanden, meine Hände waren bereits feucht. Ich setzte mich mit meinem Champagnerglas in einen Fauteuil neben dem Fenster und blickte hinaus in den Garten. Überall war das erste Grün zu sehen, ein Blumenteppich, gepflanzt von geschickter Gärtnerhand, der sich bis unter drei stattliche, schlanke Birken ausdehnte. Meine anfängliche Nervosität hatte sich inzwischen gelegt. Ich bedauerte es nicht mehr, hergekommen zu sein. Alles war gut vorbereitet, es fehlte an nichts, und Mariana spielte großartig ihre Rolle als Gastgeberin. Sie plauderte locker und forderte die Herren auf, ihre Jacken abzulegen, da es inzwischen im Raum sehr warm geworden war und man den Zigarettenrauch beinahe schon schneiden konnte. Die Fenster wurden geöffnet und überflüssige Kleidungsstücke abgelegt. Neben mir zog ein junger, schmächtiger Mann sein Sakko aus. Beinahe hatte ich schon vergessen, in was für einem Haus ich mich befand, doch dieser junge Mann brachte es mir wieder in Erinnerung: Er trug am Gürtel seine Dienstpistole. Er reagierte sofort auf mein verdutztes Gesicht: „Dieses lästige Schießeisen muss ich auch noch mitnehmen", erklärte er mir. „Ich bin im Nachtdienst, befinde mich also ab 24 Uhr in Mission und gehe von hier direkt hin. Dienst ist Dienst in unserem Beruf, du verstehst ja." Ja, ich hatte verstanden, nur zu gut verstanden. Er war also auch einer von denen, die das Herumhorchen und Bespitzeln als Beruf ausübten, dafür bezahlt wurden und ihre Arbeit als ehrlich und notwendig betrachteten. So wie andere Schweine mästen oder Dachrinnen reparieren, übt er eben den Horcher- und Schnüfflerberuf aus und ist hinterher auch noch zufrieden, wenn er jemanden ans Messer geliefert hat. Unter diesen etwa 30 Gästen befanden sich sicher auch noch andere ähnliche Individuen im Auftrag ihres obersten Chefs. Mariana hat mich ja vorher gewarnt: „Bitte, mir zuliebe, begrenze deine Gespräche auf Sport und Frauen, bloß Themen deiner nüchternen Mathematik kannst du noch hinzunehmen. Für Mathe allerdings wirst du kaum Zuhörer finden, die hier können nämlich nicht bis drei zählen. Und wenn, dann bloß um ihre Dienststunden zu addieren und den Lohn dafür zu berechnen. Bleib dann lieber bei Sport und Frauen. Aus allem sonst Gesagten kann man auch dir einen Strick drehen. Du weißt ja nicht, wie ich diese Schweine hasse. Doch was soll ich tun? Das größte Schwein ist mein Vater – und ich möchte doch auch noch leben, ich bin noch so jung." Dabei fiel sie mir um den Hals und begann zu weinen. Doch weshalb die Tränen plötzlich flossen, konnte sie mir nicht sagen. Sie betonte bloß immer wieder, ich sei der Einzige, und wurde von heftigen Weinkrämpfen geschüttelt. Damals hatte sie mir alles erzählt: von dem Auftrag ihres Vaters, und dass sie mir gegenüber ein ständiges Schuldgefühl hatte. Ich erzählte ihr auch von den Ereignissen an meinem 15. Geburtstag.

Ich glaube, wir haben damals beide geweint, uns an den Händen gehalten, ein achtzehnjähriges Mädchen und ein fünfzehnjähriger Junge inmitten einer in Dämmerung getauchten Parklandschaft.

Aber die Geburtstagsparty war noch nicht zu Ende, nein sie hatte erst richtig begonnen. Mariana kam auf mich zu. Sie half mir beim Ausziehen meines Sakkos. Alles geschah wortlos. Sie sah mich nur durchdringend mit ihren großen grau-grünen Augen an. Eng aneinander geschmiegt tanzten wir zu den Klängen einer Tango-Melodie. Flüsternd bat sie mich, ihr behilflich zu sein. Aus dem Keller müsse noch Champagner-Nachschub geholt werden, denn, so sagte sie, „die Leute saufen wie die Löcher". Dann plötzlich schien sie es eilig zu haben. Ohne das Ende des Tanzes abzuwarten, machte sie vor mir einen eleganten Knicks, lächelte mich an, nahm mich bei der Hand, und wir verließen rasch das improvisierte Tanzparkett. Dann ließ sie mich los, und ich folgte ihr durch einen großen Vorraum in den Keller. Hier roch es dumpf, und durch die beiden schmalen Fenster, die im Winkel unter der Decke verliefen, drang nur spärliches Tageslicht. Als wir am Flaschenregal vorbeikamen, bemerkte sie kurz: „Die Flaschen nehmen wir nachher mit, hier brauchen wir nur eine." Sie ließ mich stehen, huschte an mir vorbei, holte aus dem Vorraum eine grüne Champagnerflasche und reichte sie mir stumm. Dann sperrte sie die Türe von innen ab und nahm den Schlüssel zu sich. Mit leuchtenden Augen sagte sie: „Jetzt bist du mein Gefangener." Dann warf sie den Schlüssel mit einer verächtlichen Geste weg und schubste ihn mit dem Fuß in eine Ecke des Raumes unter eine dort abgestellte weiße Gartenbank. „Hast du schon jemals mit einem Mädchen allein Champagner getrunken?", fragte sie mit leicht geneigtem Kopf.

„Ich habe noch nie echten Champagner getrunken, weder mit einem Mädchen noch mit sonst jemandem." Jetzt nachträglich weiß ich, dass es keine einfallsreiche, vor allem aber nicht die erwartete Antwort war. Doch in jenen Augenblicken war ich kaum imstande, noch richtig zu denken. Es übermannte mich ein intensives erotisches Gefühl und hielt mich gefangen. Sogar mein Atem beschleunigte sich rhythmisch. Sie bat mich, die Knöpfe ihres Kleides am Rücken zu öffnen, und ich musste mich sehr zusammennehmen, um in Ruhe und ohne Händezittern diese fünf schwarzen Perlenknöpfe aufzukriegen. Dann stellte ich noch eine recht dumme Frage: „Glaubst du, dass dieser Raum dazu geeignet ist, um Liebe zu machen? Wäre eines eurer Zimmer nicht besser gewesen?" Sie drehte sich zu mir, blickte mich traurig an und meinte: „Nein, für unsere Liebe wären unsere Zimmer nicht gut genug gewesen. Nein, aber das verstehst du nicht."

Ich hatte vorher noch nie mit einer Frau geschlafen und wusste nur aus Büchern, was da zu tun war. Zwar hatte ich gründlich die Partnerbeziehung und den Geschlechtsakt studiert, wusste auch, dass jeder Akt ein Vorspiel und ein Nachspiel haben muss, doch ich besaß darin überhaupt keine Erfahrung und war folglich sehr gehemmt.

Sie zog ihr elegantes, fliederfarbenes Samtkleid aus. Gern hätte ich sie gefragt, weshalb sie sich nicht ein einfacheres Kleid angelegt hatte, wenn sie wusste, was sie mit mir vorhat. Gott sei Dank unterließ ich diese Frage, denn sie hätte wohl den ganzen Zauber zerstört.

Sie schwang das Kleid, das wahrscheinlich aus einem französischen Modehaus stammte, über dem Kopf durch die Luft und ließ es fortfliegen. Dann schleuderte sie ihre Stöckelschuhe von sich, zog ihre Strumpfhose aus, knüllte sie wie einen Ball zusammen und rollte diesen über den Boden. Währenddessen ließ sie ihre Augen nicht von mir, als wollte sie in meinem Gesicht lesen, was ich eigentlich von ihr dachte. Ich verzog keine Miene, stand aber noch immer vollständig angezogen da, unschlüssig, was nun zu tun sei. Nun stand sie barfüßig auf dem kalten Zementboden, rieb die Füße aneinander und hatte nur noch ihr Höschen an aus blütenweißer, elastischer Spitze und den dazu passenden BH. Die schwarzen Haare fielen ihr lang über die Schulter, und einen Augenblick lang dachte ich, dass ein Maler dies Bild unbedingt festhalten müsste: „Mädchen in Rosa". Der Raum war nämlich durch die unbeworfenen Ziegelwände in rötliches Licht getaucht, und ihre weiße Unterwäsche schimmerte rosa. Ich konnte schon nicht mehr klar überlegen, war wie berauscht, doch nicht von dem Champagner, von dem ich nur wenig getrunken hatte. Auf die große grüne Flasche, die vor uns auf dem Boden stand, hatten wir bereits vergessen. Sie schwieg. Mit einem geübten Griff beider Hände öffnete sie nun den Verschluss ihres BHs. Ich gab mir einen Ruck. Zuerst küsste ich ihren Schwanenhals und ihre Schultern, fasste dann mit beiden Händen ihr Gesicht und suchte ihre Lippen. Ich küsste sie dann zaghaft, dann aber immer stürmischer und mit Heißhunger.

Mit der rechten Hand fuhr ich ihr kammartig durch die Haare und mit der linken streifte ich ihr Spitzenhöschen nach unten und fuhr mit den Fingern zwischen ihre Schenkel. Sie stieß mich leicht bebend von sich und forderte: „Komm!" Beinahe hätte ich gefragt: „Wohin?" Sie sah mich bloß flehend an und wiederholte eindringlicher: „Komm!" Kurz entschlossen drehte sie sich um, zerrte von der Gartenbank die mit Staub bedeckte Plastikplane, so dass diese einen großen Riss bekam. Dann entfernte sie geräuschvoll diesen störenden Bezug, stieg aus ihrem Slip, setzte sich mit angewinkelten Beinen, die sie mit den Armen umschlungen hielt, auf die Bank und sah bittend und verlangend zu mir auf. Als wollte ich alles noch hinauszögern, begann ich nur langsam, mich meiner Kleidungsstücke zu entledigen. Sie sah mir zwar zu, doch es schien sie nicht sonderlich zu beeindrucken.

Sie zog mich nahe zu sich heran und presste ihr heißes Gesicht an meinen Bauch. Dann ließ sie plötzlich von mir ab und streckte sich gemütlich auf der spartanischen Holzbank aus, den linken Arm als Kopfkissen benützend. Doch rasch besann sie sich, sprang auf, klaubte ihr Traumkleid vom staubigen Boden und breitete es auf der Bank aus. Dann legte sie sich wieder hin, reckte und streckte sich, als bereite sie sich auf ein Sonnen- und Luftbad vor. Ich stand bloß unbeholfen da und wusste nicht weiter. Dann aber drehte sie sich plötzlich auf den Bauch, ließ ein Bein herunterbaumeln und gab mir rasch und eindeutig zu verstehen, was sie wollte.

Ich bemühte mich, ihrem Wunsch gerecht zu werden. Dann sprang ich sofort auf und kramte in meiner Hose nach einem Taschentuch. Als sie merkte, was ich vorhatte, sagte sie bloß: „Nicht nötig", fingerte nach ihrem Spitzenhöschen unter der Bank und tupfte damit die ganze Feuchtigkeit auf. Dann atmete sie einmal tief durch, setzte sich elegant auf die Bank und lud mich ein, neben ihr Platz zu nehmen. Ich folgte ihrem Vorschlag. Wie jedes Mal bei ihr lag etwas Zwingendes in Gestik und Tonfall.

Ich wollte ihr ja soviel sagen, mich bei ihr wegen meiner Ungeschicklichkeit entschuldigen, es sei schließlich das erste Mal und daher sei ich viel zu erregt gewesen, bei einem zweiten Mal würde es bestimmt besser klappen und nicht mehr von so kurzer Dauer sein und so weiter und so fort. Doch wir schwiegen beide. Sie nahm meinen Kopf an ihre Brust, streichelte meinen Nacken und küsste mich immer wieder, fast schon wie im Rhythmus eines modernen Tanzes. Und dann schüttelte sie den Kopf und sagte in die Stille des Raumes: „Dies hat aber nicht zu meinem Auftrag gehört! Damit habe ich ein für allemal den Auftrag beendet und mit meinem Vater und mit diesem ganzen Kram abgeschlossen. Mich kann er für seine schmutzige Werbung und seine Bespitzelungen nicht mehr einspannen. Und wenn du nicht gewesen wärst, wäre ich niemals zur Besinnung gekommen. Du bist der Einzige, der ...". Und dann überfiel sie wieder dieser alles erschütternde Weinkrampf. Sie klammerte sich fest an mich und suchte Schutz bei mir, der ich selbst so schutzbedürftig war.

Mit verweinten Augen begann sie, sich wieder anzuziehen. Sie klopfte den Staub von ihrem Kleid, strich es glatt und empfand keinerlei Bedauern über das misshandelte Stück. Plötzlich hatte sie es aber sehr eilig. Schließlich waren oben Gäste, und diesen gegenüber hatte sie gewisse Verpflichtungen. Allerdings behauptete sie, dass es, mit wenigen Ausnahmen, eigentlich die Gäste ihres Vaters seien. Als wir dann in dieser kühlen, sternklaren Nacht durch den Garten bis zur Birkengruppe gingen, bemerkte sie noch: „Dies war mein schönstes Geschenk, heute, an meinem achtzehnten Geburtstag." Ich glaubte ihr, denn ihr ganzes Verhalten sprach dafür. Allerdings wusste ich auch, dass sie wertvolle Geschenke bekommen hatte: Goldring, Goldarmband, Goldkettchen mit Sternzeichen und auch dies Prunkstück von Kleid, das sie zu einer Unterlage für einen Liebesakt degradiert hatte. Vielleicht wollte sie damit auch beweisen, wie wenig Wert sie auf ein Geschenk ihrer Eltern legte, von denen sie wohl kaum Liebe erfahren hatte.

Aus dem eigentlichen betrügerischen Auftrag Marianas war Ernst geworden. Ursprünglich sollte eine Verführung inszeniert werden, aus der dann aber eine echte Liebesbeziehung zu Ernst Buchner wurde. Wir saßen nun gemeinsam in einem

Boot, aus dem weder sie noch ich so ohne weiteres aussteigen konnte, es sei denn, wir hätten uns tiefe seelische Wunden zugefügt. Vor allem aber durfte ihr Vater niemals etwas davon erfahren.

In solchen Spionageaffären wird wahre Liebe vorgeheuchelt und missbraucht. So hätte mich Mariana auch ausliefern können. Ich glaubte an sie, war ihr regelrecht hörig und hätte alles für sie getan. In meiner verliebten Verwirrung und noch kindlichen Unwissenheit hätte ich wahrscheinlich auch meine Eltern verkauft. Doch ich hatte Glück, das Schicksal hatte es gut gemeint und mir Mariana als Julia und nicht als Mata Hari geschickt. Sie hatte sich für mich entschieden, und das bedeutete, dass wir nun gemeinsam gegen ihren Vater und den ganzen Horcherklan Front machen mussten. Das war natürlich unsererseits schon eine Vermessenheit, doch wir mussten es versuchen, es blieb uns keine andere Wahl. Wir hatten unsere Liebe und vertrauten darauf, dass Gott die Liebenden schützt. Wir hatten uns, jung wie wir waren, auf etwas eingelassen, dessen Folgen kaum abzusehen waren.

* * *

Immerhin stand Rolf als treuer Freund zu uns und nahm ehrlich Anteil an unserem Schicksal. Rolf hatte mir seine Freundschaft schon an meinem fünfzehnten Geburtstag bewiesen, als ich außer Atem mit der gestohlenen Aktenmappe bei ihm eintraf. Den Tag werde ich immer als den Prüfstein unserer Freundschaft betrachten. Rolf meinte, es sehe mir ähnlich, dass ich niemals pünktlich erscheine und dazu auch noch aussehe wie ein Langstreckenläufer, der eben durchs Ziel geschossen sei. Ich setzte mich zuerst mal hin, um zu verschnaufen. Meine grüne Lodenjacke hatte ich auf die Bank geworfen, doch meine Sporttasche hielt ich noch immer fest in der Hand, enthielt sie doch das, was für mich das belastende Beweismaterial war. Dies könnte mich an den Galgen bringen und musste unbedingt vernichtet werden, damit ich wieder frei atmen konnte. Nachdem sich meine erste Aufregung gelegt hatte, erzählte ich Rolf von dem Verhör in der Schule und das eben erst durch den Diebstahl der Mappe beendete Verhör im Gebäude der Staatssicherheit. Rolf machte es sich im Lehnstuhl bequem und hörte seelenruhig zu, ohne mich auch nur ein einziges Mal zu unterbrechen. Er beugte sich zu mir, so, als wollte er unbedingt alles mitbekommen, was ich zu sagen hatte.

Als ich geendet hatte, stand Rolf auf, vergrub die Hände in den Hosentaschen und ging schweigend im Zimmer auf und ab. Ich vermutete, dass er entweder an der Wahrheit meiner Erzählung zweifelte oder dass er meinen geistigen Zustand in Frage stellte. In seinem Gesicht arbeitete es. Um meinen Bericht zu beweisen, zog ich den Reißverschluss meiner Sporttasche auf, holte die Aktenmappe hervor und schleuderte diese auf den Tisch. „Die kannst du dir mal angucken, durch diesen Dreck haben sie mich in ihrer Gewalt. Nun aber nichts als ins Feuer mit diesem belastenden Zeug. Wir gehen in den Garten hinters Haus, machen ein Feuer, verbrennen diesen Mist und können nachher noch etwas Speck grillen, es uns am Feuer gemütlich machen und meinen Geburtstag feiern."

Rolf reagierte nicht. Zu sehr war er mit seinen Gedanken beschäftigt, und ich war etwas enttäuscht, weil mein Freund so wenig Anteil nahm an meinen Erlebnissen. Plötzlich aber kam er auf mich zu, blieb dicht vor mir stehen und sagte: „Das geht nicht, Ernsti, das geht unmöglich. Du darfst dein Leben nicht so verpfuschen, du darfst es nicht einfach wegwerfen! Die Mappe wird weder vernichtet, noch darfst du sie behalten. Ich denke darüber nach, wie du diese ganze verkorkste Angelegenheit wieder ungeschehen machen könntest. Der Haken ist nämlich der: Was einmal geschehen ist, können wir nicht mehr ändern. Erinnerst du dich noch an den Aufsatz in der Schule: ‚Kann man Dinge, die einmal zerstört sind, wieder gut machen?' Das ist die Frage, über die wir so viel diskutiert haben. Du hattest damals einen ganz besonders guten Aufsatz mit vielen Erörterungen geschrieben. Nun aber scheint deine gesunde Denkweise irgendwie ins Durcheinander gekommen zu sein. Nein, du darfst nicht so unüberlegt handeln. Und wenn wir wirklich deiner Vernichtung durch den Sicherheitsdienst entgegenarbeiten wollen, dann müssen wir ab sofort rasch und überlegt vorgehen."

Sofort tat es mir Leid, hierher gekommen zu sein. Diese Angelegenheit ging eigentlich doch nur mich was an, und ich hätte sie allein lösen müssen. Es tat mir Leid, dass mein Freund so wenig Verständnis für meine Verzweiflung aufbrachte. Ich griff nach der Mappe, wollte sie wieder in meine Sporttasche stecken und verschwinden.

Doch als ich die Mappe nehmen wollte, schlug Rolf mir auf die Hand. „Du nimmst die Mappe nicht und gehst auch nicht weg. Du bleibst hier!" Dabei sah er mich wütend an. Ich lächelte ihn verächtlich an und griff nach der Mappe. Doch dann schlug Rolf zu, gezielt zwischen die Augen. Der Schlag kam völlig überraschend. Kleine tanzende Sternchen waren vor meinen Augen. Rolf, um einiges kleiner als ich, stand stumm und mutig vor mir. Ich hob den rechten Arm und holte aus. Als er aber nicht mal mit den Wimpern zuckte, hielt ich inne und ließ die geballte Faust sinken. Wir stierten uns an, und ich beruhigte mich allmählich.

Rolf kam wieder auf mich zu und sagte: „Du darfst diese Mappe weder behalten noch vernichten. Wenn du nicht in irgendeiner gottverlassenen Strafanstalt landen willst, musst du versuchen, die Sache ungeschehen zu machen, so, als hättest du diese Mappe niemals entwendet. Es gibt nur eine Lösung: Du musst die Mappe zurücktragen!"

Ich blickte ihn verständnislos an, doch er wiederholte: „Du musst die Mappe zurücktragen, bloß müssen wir überlegen, wie. Warum, das ist klar. Wir haben aber nicht mehr viel Zeit, das muss bald geschehen." Er sah mich gleichzeitig gutmütig und streng an, ich kam mir klein und hilflos vor und machte wohl den Eindruck eines geprügelten Hundes.

Allmählich begann ich zu begreifen. Rolf hatte Recht. Was hatte ich mir bloß bei diesem Diebstahl der Mappe gedacht?

Rolf sah auf die Uhr, so, als hätten wir nur noch Minuten: „Jetzt nimmst du mein Fahrrad und fährst nach Hause. Deine Sporttasche kannst du mitnehmen, die Mappe aber bleibt hier. Zu Hause sagst du, so wie es ausgemacht war, dass du deinen Geburtstag irgendwo mit Freunden feierst, auf keinen Fall aber bei mir, und dass sich alles etwas ausdehnen wird. Komm rasch zurück. Es kann nämlich sein, dass man schon auf der Suche nach dir und der Mappe ist." Ich gehorchte ohne Widerrede.

Zu Hause erwartete mich meine Mutter schon an der Tür: „Wo warst du noch nach dem Training? Vor einer guten halben Stunde war ein Mann da, der dich unbedingt sprechen wollte. Er sagte, dass aus der Garderobe, in der die Sportsachen aufbewahrt werden, einiges verschwunden sei, und er wollte dich befragen, so alle anderen auch." Ich erschrak zutiefst.

· Meine Mutter fragte sofort: „Was ist plötzlich los mit dir? Du siehst auf einmal so bleich und müde aus. Du wirst doch nicht etwas mit diesem Diebstahl zu tun haben? Doch nein, was rede ich da für dummes Zeug, so etwas tut mein Bub doch nicht. Aber du siehst wirklich abgearbeitet aus und solltest zu Bett gehen. Ich bringe dir einen heißen Tee, und dazu kannst du auch ein Stückchen von deiner Geburtstagstorte essen, von der du zu Mittag nicht essen konntest, weil du Bauchschmerzen hattest."

Aber ich musste zu Rolf zurück.

„Ich habe meinen Freunden versprochen, mit ihnen anzustoßen, und du weißt ja, Mami, was man verspricht, das muss man auch halten."

Mutter nickte und meinte: „Da hast du Recht. Du bist ja unser einziges Kind, und wir wollen nur dein Bestes. Doch bleib bitte nicht zu lange, morgen hast du Unterricht, und du weißt ja, zuerst die Schule und dann alles andere."

Rolf hatte schon ungeduldig auf mich gewartet. „Man hat mich bereits gesucht, der Mappe wegen," erklärte ich hastig.

„Das hab ich mir gleich gedacht. So ein Diebstahl bleibt nicht lange unbemerkt."

Er sah auf die Uhr.

„Trotzdem haben wir noch Zeit!" Wieder konnte ich mir nichts zusammenreimen. Wie das? Einerseits keine Zeit verlieren, andererseits noch viel Zeit, um alles in Ordnung zu bringen? „Zuerst einmal sehen wir uns in aller Ruhe diese Mappe an. Man hat nicht alle Tage so eine günstige Gelegenheit, in einer Personalakte aus dem Archiv des Sicherheitsdienstes zu blättern."

Rolf holte für jeden von uns ein Drei-Eichen-Bier in braunen Flaschen und füllte gelassen die dickbäuchigen Krüge. Es war ein wohl einmaliges Bild: zwei halb erwachsene Jungen auf einer Eckbank im Zimmer, jeweils ein Bierglas in der Hand und gebeugt über die aufgeschlagene Mappe mit Personalakten aus dem Archiv des rumänischen Geheimdienstes.

„Alles Gute zum Geburtstag! Prost! Auf die Mappe!", sagte Rolf feierlich. Er blinzelte mir zu und lächelte: „Nimm es nicht zu tragisch!" Er wollte mich aufheitern, wollte alles ins

Lächerliche ziehen und versuchte, dem ernsten Problem die Spitze zu brechen.

Ich hob meinen Becher: „Prost, Rolf, aller guten Dinge sind drei! Nun haben wir wenigstens einen Grund, uns zu besaufen!"

Doch Rolf blieb ernst: „Das dürfen wir auf keinen Fall, denn wir haben heute noch allerhand vor." Er reagierte nicht auf meinen fragenden Blick. Wir nahmen uns die Mappe vor. Sie enthielt sowohl maschinen- als auch handgeschriebene Seiten. Da wir aber noch unerfahren in solchen Sachen waren, fiel es uns nicht ein, Abzüge oder Fotokopien zu machen.

Wir kamen aus dem Staunen nicht mehr heraus: Da gab es Schriftstücke mit verschiedenen Aussagen über mich. Da wurde mein Charakter beschrieben, meine Verhaltensweise diversen Menschen, Mitschülern und Lehrern gegenüber, meine Lausbubenstücke in der Schule, ernste Charakterisierungen und primitive Formulierungen über meine Person. Alles war da, was mich nur irgendwie betraf. Alles zusammen ergab ein buntes Mosaik, in dem ich als der nur einmalig existierende Ernst Buchner zu erkennen war. Sogar mein Nachbar, der alte Bogensdorfer, den ich immer so nett grüßte, wenn er den Gehsteig fegte oder im Winter den Schnee schippte, hatte in einer zittrigen Schrift über mich Auskunft gegeben. Er schrieb, dass ich ein guter Junge sei, dass mir aber der Schalk im Nacken sitze und in meinen Augen ein böser Funke aufblitze. Vermutlich, weil ich ihm einmal ungewollt während eines Fußballspiels auf der Straße eine Scheibe eingeworfen hatte. Ich hatte ihm am aber schon am nächsten Tag die Scheibe ersetzt.

Die beste Charakterisierung, noch dazu in formvollendeten Sätzen, stammte von meinem Physiklehrer, Udo Polder. Ich war erstaunt, dass dieser Lehrer, der mich oftmals zusammengeputzt und mir vorgehalten hatte, dass ich zu wenig in Physik lerne, der mich oft viel strenger als die anderen behandelt hatte, nun doch so eine gute Meinung über mich hatte.

Mein Charakter, mein bisheriges kurzes Leben lag wie ein aufgeschlagenes Buch vor mir. Leider musste ich feststellen, dass ich wider alles Erwarten keineswegs hervorragend abschnitt. Das betrübte mich, mehr noch als der Diebstahl der Aktenmappe. Andererseits beruhigte es mich auch, dass ich nicht als Strolch dargestellt wurde.

Wir lasen fasziniert, ohne zu merken, wie schnell die Zeit verging. Doch dann sprang Rolf plötzlich auf und sah erschrocken auf seine Uhr – es war kurz nach Mitternacht. „Jetzt steht uns was Schwieriges bevor: Wir müssen dieses Dossier wieder an seinen Ursprungsort, an den Platz, woher du es entwendet hast, zurückbringen." Wieder sah ich Rolf verständnislos an, doch er sagte: „Gaff mich doch nicht so blöd an. Wir müssen den Fehler, den du begangen hast, wieder ausbügeln. Das geht aber nur, wenn wir erneut Diebe spielen und die Mappe zurücktragen."

Dass ich zum Einbrecher werden musste, um ein gestohlenes Gut an seinen Platz zurückzubringen, konnte ich einfach nicht fassen!

* * *

Ich drückte nochmals anhaltend auf den Klingelknopf, um mich zu vergewissern, dass niemand zu Hause war. Eigentlich hätte ich mir das denken können. Es war Mittag, und wahrscheinlich waren Mariana und ihr Mann im Dienst und die Kinder in der Schule. Ich hätte mich anmelden müssen, doch dann wäre die Überraschung meines Erscheinens nach siebzehnjähriger Trennung nur halb so groß gewesen. Doch wer weiß, vielleicht ist es überhaupt keine Überraschung für sie, wenn ich plötzlich vor ihr stehe. Bloß weil ich sie sehen und sprechen möchte, heißt das noch lange nicht, dass auch sie mich sehen will.

Weshalb zieht es den Menschen immer wieder zurück in die Vergangenheit? Vielleicht, weil diese einem vertrauter ist, man kennt bereits ihren Verlauf. Es ist wie mit einem bekannten Filmstreifen, den man immer wieder sehen möchte, obwohl man ihn in allen Einzelheiten kennt. In der Gegenwart zu leben ist eine ungewisse, unsichere Sache. Man tappt meist im Dunkeln, und wenn einmal ein Schritt getan ist, kann die eingeschlagene Richtung nicht mehr geändert werden. Andererseits kann man auch nicht in der Zukunft leben, die wie immer ein traumhaftes Gebilde bleibt. Deswegen also die Flucht in die Vergangenheit, wobei leider keine Möglichkeit besteht, Fehler wieder gutzumachen.

So ist auch mein fünfzehnter Geburtstag in meinem Gedächtnis haften geblieben, wie ein Geschoss, das sich tief in meine Seele eingebohrt hat und von dem im Laufe der Jahre immer noch ein Splitter übrig geblieben ist. Sein Kreisen in meiner Erinnerung verursacht jedes Mal ein schmerzliches Gefühl und hinterlässt einen bitteren Nachgeschmack.

Rolf behielt meistens Recht. Er war etwas reifer und viel besonnener als wir anderen gleichen Alters. Er hatte ein feines Gespür für gewisse Dinge, deren Ablauf und Ende er oft schon im Vorhinein wusste, so dass er uns darauf aufmerksam machen konnte. Außerdem besaß er einen stark ausgeprägten Gerechtigkeitssinn. Er war ein frühreifer Junge, dessen Sensibilität es ihm ermöglichte, in den schwierigsten Lebenslagen sofort und richtig zu handeln. Wahrscheinlich hatte er von seinen Eltern diese Erbanlage mitbekommen. Er sprach nie über sie, da er beide früh verloren hatte und von seinen Großeltern aufgezogen worden war. Sein Großvater hatte eine kleine Werkstatt für diverse Hausreparaturen betrieben und ist vor zwei Jahren gestorben. Man hatte eine Lungenentzündung falsch diagnostiziert. Seine Großmutter, die noch sehr rüstig war, verdiente ihr Geld mit dem Nähen von Weißwäsche und saß den lieben langen Tag an ihrer alten Singer-Nähmaschine. Für sie war Rolf immer noch der Kleine, sie für ihn aber „die Mutti". Die Beziehung zwischen Großmutter und Enkel war besser als in vielen anderen Familien zwischen Mutter und Sohn. Großmutter lebte genau nach der Uhr: Morgens Punkt 6 Uhr stand sie auf, selbstverständlich ohne Wecker, abends Punkt 22 Uhr ging sie zu Bett. Vorher aber genoss sie noch eine Tasse heißen Tee aus selbst gepflückten Himbeerblättern oder Lindenblüten, dazu eine Scheibe Butterbrot mit Konfitüre oder Honig. Schlug es dann 22 Uhr, wünschte sie ihrem „Kleinen" eine gute Nacht und zog sich in ihr Schlafzimmer zurück.

* * *

Rolf nahm die Aktenmappe mit den wertvollen Dokumenten, nach denen der Sicherheitsdienst bereits suchte, legte die Mappe in eine alte Regenpelerine seines Großvaters und machte daraus im Handumdrehen ein rechteckiges Paket. Ich sah ihm schweigend zu, doch plötzlich überkam mich eine unsagbare Angst. Eiskalt lief es mir den Rücken hinunter. Ich fühlte mich plötzlich kraftlos, elend und schwach.

Draußen begann ein schwerer Schneeregen – dicke, eisige Wassertropfen. Am liebsten hätte ich jetzt noch ein Bier getrunken, traute mich aber nicht, diesen Wunsch zu äußern. Rolf wäre damit ohnehin nicht einverstanden gewesen. Zu sehr war er auf eine Sache konzentriert, die ich für schier unmöglich hielt. Er sagte nur kurz: „Setz dich, ich muss noch etwas aus der Werkstatt meines Großvaters holen." Schon nach wenigen Minuten kam er mit einem riesigen Schlüsselbund zurück. Als ich ihn fragte, was er mit den Schlüsseln vorhabe, kam sofort seine Gegenfrage: „Glaubst du vielleicht, dass die Türen des staatlichen Sicherheitsdienstes sperrangelweit offen stehen?" Die Angst kroch mir immer tiefer unter die Haut. Dann nahm Rolf noch eine alte Feldtaschenlampe mit Abblenddeckel und steckte ein genau so altes Benzinfeuerzeug seines Großvaters ein. Wir zogen die handgestrickten Teufelsmützen über den Kopf und sahen nun tatsächlich wie echte Einbrecher aus. Bei Nacht und Nebel machten wir uns auf den Weg.

Es regnete noch immer heftig, die Straßen waren menschenleer und dunkel. Nur hie und da warf eine Straßenlampe ihr trübes Licht auf das Pflaster. Über dem großen Tor der *Securitate* waren zu beiden Seiten starke Lampen angebracht, die die Vorderfront des Hauses und den Zaun aus Eisenstäben erhellten. Vor dem Haupteingang stand diesmal kein Wachposten. Wahrscheinlich hatte er im Pförtnerhaus Zuflucht gesucht. Wir schlichen dicht an dieses heran, und tatsächlich: Der diensthabende Offizier und der Wachsoldat saßen am Tisch und spielten Karten. Von Zeit zu Zeit sprachen sie miteinander oder fluchten vor sich hin. Abwechselnd nahm mal der eine, mal der andere einen kräftigen Zug aus der Flasche. Es schien zu schmecken.

Rolf und ich drückten uns an die Mauer. Abwechselnd guckten wir in die Pförtnerstube. Mein Freund flüsterte: „Keine Angst, von hier ist nichts zu befürchten. Die beiden sind zu sehr in ihr Spiel vertieft und vom Schnaps benebelt. Die ahnen nichts davon, dass zwei Einbrecher mit einer Aktenmappe unterm Arm an der Mauer ihres Pförtnerhäuschens kauern und das Gestohlene wieder an seinen Platz bringen wollen. Zwei grundanständige Diebe, ehrliche Einbrecher, die nicht stehlen, sondern im Gegenteil etwas zurückbringen wollen.

Zwei Menschen mit Charakter und Anstand, die aus reinem Versehen etwas haben mitgehen lassen ..."

In meinem Kopf hämmerte es heftig, ich fror, es war eiskalt, inzwischen fielen große Flocken. Rolf zog sich am Zaun hinter dem Pförtnerhaus hinauf und verschwand in der Dunkelheit in den Zweigen eines Ahornbaumes, der sich im Hof des Sicherheitsdienstes befand. Ich folgte ihm. Vom tiefsten Ast mussten wir uns aus etwa zwei Meter Höhe fallen lassen. Wir warteten ab. Niemand hatte den doppelten Fall gehört.

Wir schlichen, von der Dunkelheit getarnt, zum Hauptgebäude. Ein Rundgang um dieses bestätigte uns, dass sich im Gebäude niemand mehr befand, nirgendwo brannte ein Licht. Rolf hatte im Hochparterre ein schmales, längliches Fenster entdeckt, wahrscheinlich zu einer Toilette gehörend, das einen Spalt breit offen stand. Wir flüsterten miteinander. Wenn es uns gelänge, dies Fenster zu erreichen, müssten wir die vermutlich laut klimpernden Schlüssel nicht benutzen. Dies Fenster schien unsere Rettung zu sein. Rolf wäre am liebsten ohne mich in das Gebäude eingestiegen, doch er wusste nicht, wohin mit der Mappe. Nach Erklärungen von mir hätte er den Raum nur schwer oder gar nicht gefunden. Also musste ich mit, obwohl ich ihm bei diesem Vorhaben bloß ein Hemmschuh war.

Er hatte sich das zugeschnürte „Postpaket" flach an die Brust gebunden und sah beinahe wie ein Drachenflieger aus. Ich lehnte mich an die Wand und machte die Räuberleiter. Er stieg in meine Hände und ich hob ihn an, so dass er auf meinen Schultern zu stehen kam. Von hier zog er sich am Fensterrahmen hoch und stieß mit dem Kopf das Fenster auf. Dann zwängte er sich seitlich hinein. Seine Füße zappelten noch in der Luft über mir, dann verschwand er im dunklen Raum. Er zog seinen Gürtel aus den Schlaufen und forderte mich auf, das gleiche zu tun. Ich warf meinen Gürtel hinauf. Rolf machte aus beiden eine Art Kette mit zwei großen, runden Gliedern. An dieser zog er mich zum Fenster hoch, bis ich mich am Sims festhalten konnte. Dann standen wir beide in einer Damentoilette. „Nur weg von hier", flüsterte er. „Es stinkt bestialisch!" Beim abgeblendeten Schein der Taschenlampe erreichten wir den Hauptflur, stiegen die Treppen hoch und gelangten in das Zimmer, wo ich vor sechs Stunden triumphal meinen Geburtstag gefeiert und das Dossier entwendet hatte, ohne mir dabei etwas zu denken. Der Raum war nicht verschlossen, dafür aber der Schrank, und es steckte auch kein Schlüssel im Schloss. Nun war guter Rat teuer. Rolf probierte aus seinem Schlüsselbund etwa 20 Schlüssel, doch keiner wollte passen. Allmählich wurde er ungeduldig, die Zeit lief ab, und wir konnten es uns nicht leisten, noch länger hier zu bleiben. Er holte das Dossier aus der Verpackung, stopfte den Strick in die Tasche und schubste die Mappe unter den Schreibtisch, so dass noch eine Ecke davon zu sehen war.

Auf dem Weg, den wir gekommen waren, verließen wir das Gebäude. Doch als wir uns dem Zaun nähern wollten, gab es plötzlich einen lauten Krach. Es klang, als würfe jemand mit Wasser gefüllte Einweckgläser aus großer Höhe aus dem Fenster. Gläser und Flaschen zerschellten auf der Straße, regelrechte Bomben erschütterten die stille, kalte Nacht. Auch die beiden wachhabenden Kumpane stellten sich neugierig vors Tor.

Für uns war nun äußerste Vorsicht geboten. So mir nichts, dir nichts über den Zaun zu steigen war nicht möglich. Wir mussten uns rechts vom Hauptgebäude bäuchlings auf den nassen, erdigen, schneematschigen Boden legen und abwarten. Wenn man uns jetzt erwischte, hätten wir nicht mal die Wahrheit sagen können und wären als Spione sofort verhaftet worden. Wir lagen flach auf der Erde, und ich spürte, wie Kälte und Feuchtigkeit in mich drangen. Auf der Straße sauste eine Polizeistreife mit Sirenengeheul vorbei, und wir befürchteten schon, dass dies das unrühmliche Ende unseres anständigen Einbruchs wäre.

Doch so plötzlich, wie dieser nächtliche Lärm begonnen hatte, hörte er auch wieder auf. Die beiden Diensthabenden standen noch immer vor dem Tor. Sie kommentierten fachmännisch die nächtliche Ruhestörung. Dann schien es ihnen aber doch kalt zu werden, und sie verzogen sich ins Häuschen.

Wir kletterten über den Zaun und liefen im Hundert-Meter-Lauf-Tempo davon. Hinter uns die Sintflut! Bei Rolf kamen wir schmutzig, morastig und völlig durchnässt an. Er holte einen hausgemachten Heidelbeerschnaps hervor. Auf leeren Magen schüttelte mich dieser Schnaps, obwohl er etwas erwärmte. Doch er bekam mir nicht gut, und ich wollte nur nach Hause, wollte in mein geborgenes Nest. Ich war ja doch noch klein, gerade fünfzehn Jahre alt geworden. Später hätte ich meinen Geburtstag gerne auf einen anderen Tag verlegt, da ich in den folgenden Jahren immer wieder an diesen erinnert wurde.

* * *

Dieser Geburtstag hatte auch noch ein Nachspiel. Am darauf folgenden Vormittag hatte mich der Lederjackenmann während einer Pause in der Schule gesucht, allerdings nicht offiziell, sondern rein privat. Ich war unausgeschlafen, hatte dunkle Ringe unter den Augen und sah aus wie nach einer langen Krankheit. Er kam und ließ mich durch einen Schüler vors Tor rufen. Er begrüßte mich freundlich: „Ich freue mich, dich zu sehen. Ich musste kommen, um dir einiges zu erklären, damit wir die Ungereimtheiten meines gestrigen Besuchs bei deinen Eltern aus dem Wege räumen. Du konntest dir sicherlich nichts unter dem Diebstahl dieses Sportartikels vorstellen. Ich gab das bloß vor, weil ich mit dir sprechen wollte, und es fiel mir als Ausrede nichts Besseres ein."

Ich merkte, wie er log, eine Lüge nach der anderen. Warum sagte er nicht die Wahrheit: dass er mich deshalb suchte, weil die Mappe verschwunden war und ich als einziger Tatverdächtiger in Frage kam? Da er so geschickt log, war mir klar, dass er die Mappe unter seinem Schreibtisch gefunden hatte und darüber hocherfreut war. Wahrscheinlich hatte er sich auch Vorwürfe deswegen gemacht, dass er kopflos zu mir nach Hause gelaufen war, ohne zuerst gründlich in seinem Büro zu suchen. Denn dass jemand so eine Aktenmappe des Sicherheitsdienstes stiehlt und sie nachher wieder zurückbringt, daran kann nur ein Geisteskranker glauben. Also war sie immer dort gewesen, und ergo ist alles in bester Ordnung!

Doch der Mann log weiter: „Du hast gut daran getan, wegzugehen, denn unsere Sitzung hat bis spät in die Nacht hinein gedauert. Sie war überaus wichtig!" Er selbst sei müde, er habe kaum vier Stunden geschlafen, und das alles nur wegen dieser Beratung. Er hätte ja viel lieber noch mit mir meinen Geburtstag gefeiert, doch diese Beratung habe ihm alles vermasselt. „Wir werden aber alles Versäumte noch nachholen ... " Das glaubst aber auch nur du, dachte ich, rede und lüge ruhig weiter! Kein Wort über Unterschrift und Decknamen. Nichts mehr davon.

Das Gespräch war aber noch nicht zu Ende. „Übrigens, fast hätte ich es vergessen. Ich hatte dich zu Hause nicht nur gesucht, um mit dir zu sprechen, sondern wollte dir auch ein Geburtstagsgeschenk überreichen, auf das wir bei mir im Büro leider vergessen haben. Wir haben mit dem Chef an ein praktisches Geschenk gedacht. Wir wissen, dass du eine Fahrradstrafe von 50 Lei bekommen hast. Die können wir zwar nicht ausradieren oder den ausgestellten Strafzettel einfach verschwinden lassen. Doch wir geben dir einen 100-Lei-Schein." Er zog einen weißen Briefumschlag hervor. „Damit kannst du die Strafe bezahlen, und es bleiben dir noch 50 Lei Taschengeld. Du musst uns dafür bloß eine kleine Unterschrift geben, da ja alles über die Buchhaltung geht."

Ich war wie erstarrt. Zum Glück läutete die Schulglocke, die Pause war zu Ende. So eine Gemeinheit, eine Unverfrorenheit sondergleichen. Was dachten sich diese Spione nur? Glaubten sie, ich würde mich durch dieses Geld erniedrigen lassen, das wohl für hinterlistige Informationen gedacht war? Ich stieß seine Hand mit dem Briefumschlag zurück, drehte mich auf den Fersen um und lief eilig und grußlos davon. Wie froh war ich doch, wieder in der langweiligen Geschichte-Stunde zu sitzen! Wie eklig doch diese plumpen Anbiederungsversuche waren! Ich hatte noch meinen Stolz und hätte mich niemals durch eine Geldsumme ködern lassen.

* * *

Ich stehe immer noch vor Marianas Haus in der Aurel-Vlaicu-Straße und weiß nicht so recht, was ich nun tun soll. Einerseits wollte ich sie gerne sehen, andererseits wollte ich so eine Liebe wie zu ihr nicht noch einmal erleben. Manchmal, wenn wir eng umschlungen im Bett lagen, war es mir plötzlich, als risse mich eine eiserne Hand von ihr weg und schleuderte mich ins Nichts. Alle meine reinen Gefühle wurden durch die Angst erdrosselt.

Ich sah zum Fenster des ersten Stockwerks hinauf, wo ich Marianas Wohnung vermutete. Dann entschloss ich mich, ein Restaurant zu suchen und nach einer Stunde wiederzukommen. Doch als ich mich umdrehte, sah ich Mariana auf mich zueilen. Sie umarmte und küsste mich, und ich musste feststellen, dass das Bild, das ich mir von ihr als einer alternden Frau gemacht hatte, völlig falsch war. Es stand zwar nicht mehr die jugendlich frische, leichtlebige Mana vor mir, sondern eine vom Lebenskampf gezeichnete Frau, doch mit ungebrochenem Lebenswillen und -hunger, der aus ihren großen grau-grünen Augen strahlte. Sie ist zwar älter geworden, hat aber nichts von ihren weiblichen Reizen eingebüßt. Diese sinnlichen Lippen – wie die doch lächeln konnten! Es scheint, als hätte Mana dieses besondere Lächeln erfunden, mit dem sie einer nur ihr eigenen Sprache Ausdruck verlieh. Wir sahen uns Sekunden lang an, so als wollten wir uns wieder finden, jeder in den Augen des anderen. Es war mir plötzlich, als wäre diese Trennung von siebzehn Jahren bloß eine einzige Nacht gewesen. Sie hätte nicht sprechen müssen, ich verstand ihr Lächeln auch so. Doch sie sagte: „Ich wusste, dass du kommst, ich habe es gespürt, habe auf dich gewartet, lange Zeit. Nun bist du endlich da!" „Wieso wusstest du, dass ich kommen würde?" „Dass du kommst, wusste ich schon, bevor du noch selbst im Land warst, das heißt, als du mit deinem Audi an der Grenze warst. Die Behörden des Sicherheitsdienstes werden per Telex über die Ankunft von Ausländern informiert. Bei einigen werden auch Sondervermerke durchgegeben, und du bist auch so ein Fall. Ich weiß sogar, weshalb du dich hier aufhältst: Du hast ein Manuskript zur Durchsicht abgegeben und um eine Bewilligung zwecks Veröffentlichung im Westen angesucht. Du hast also einen Roman geschrieben!" Sie holte tief Atem.

„Mein Vater hat mir gesagt, dass du im Land bist. Dass du mich auch besuchen wirst, das habe nur ich gespürt. Diese Schweinehunde von der Sicherheit, an der Spitze mit meinem Alten, ahnen nichts von deinem Besuch. Wenn mein Vater das vermutete, hätte er mir bestimmt nichts von deinem Rumänienaufenthalt erzählt, doch er wollte wahrscheinlich wieder etwas von mir herauslocken."

Wir gingen ins Haus und betraten eine geschmackvoll eingerichtete Wohnung, die man hier gar nicht vermutete. Mariana kannte mich gut und musste mich nicht erst fragen, ob ich eine Tasse Kaffee wünschte. Sie stellte zwei zarte Porzellantassen auf den niedrigen Glastisch. Dann machte sie sich am Kaffeeautomaten zu schaffen, der in der Mitte des

Tisches in einer ringförmigen Vertiefung in der Glasplatte eingelassen war. Dieser Tisch mit dem Kaffeefilter war wohl auch eine Sonderbestellung aus der Mediascher Glasfabrik.

Wir machten es uns auf dem geschmackvollen, grauledernen Ecksofa bequem, und ich dachte angestrengt darüber nach, wie ich mich nun nach der jahrelangen Trennung dieser Frau gegenüber verhalten sollte. Wie fest waren wir doch einmal zusammengewachsen gewesen, bis wir dann plötzlich getrennt wurden und uns fortan aus dem Wege gegangen sind. Doch nun saßen wir wieder wie früher gemeinsam an einem Tisch, tranken Kaffee und rauchten dazu eine feine Zigarette, auf die ich trotz dem Feldzug gegen das Rauchen nicht verzichten wollte.

Ein wenig Angst hatte ich vor diesem Wiedersehen schon gehabt. Ich befürchtete, wir würden uns stumm gegenübersitzen oder nichts sagende Höflichkeiten austauschen, doch Mariana nahm mir diese Angst sofort. Sie hatte sichere Umgangsformen, und mit wem sie auch sprach, durch ihre Ausstrahlung eroberte sie sofort den Freund oder Gast.

Mit dem Kaffeetrinken hatte Mariana es nicht so eilig. Sie ergriff meine Hand und führte sie an ihre Wange. Dabei sah sie mich lächelnd an, während ein paar Tränen aus ihren großen grau-grünen Augen über das Gesicht liefen. Mit ihren schlanken Fingern wischte sie diese weg und schüttelte den Kopf. Dabei flogen ihre langen schwarzen Haare, die sie immer noch offen trug, mal nach links, dann nach rechts. Auch ihr schien es noch nicht recht bewusst zu sein, dass ich nun da war und sie sich nicht bloß in einem Traum befand. Wir nippten schweigend an unserem Kaffee und bliesen genüsslich den Rauch unserer Zigaretten gegen die Zimmerdecke. So schweigend beisammen sitzen, das können nur zwei Menschen, die sich mögen, sehr gut kennen und auch alles andere gemeinsam unternehmen.

Schweigen verbindet ungemein. Über unsere Vergangenheit fiel kein einziges Wort. Die lag gut aufbewahrt in unseren Köpfen. Dazu gab es nichts mehr zu sagen. Was mir stets ein Rätsel geblieben ist, war unsere Trennung. Ich weiß bloß, wie es dazu gekommen ist, nicht aber warum. Der läppische Streit, den wir damals hatten, konnte unmöglich der Grund gewesen sein. Ich hatte mir aber vorgenommen, Mana niemals danach zu fragen, in der leisen Hoffnung, sie würde es mir einmal von sich aus erklären. Doch dazu kam es nie, und so hieß es offiziell unter uns, die Zeit habe uns getrennt.

Mir fiel plötzlich ein, dass ich mich noch gar nicht nach ihrem Ehemann und den beiden Kindern erkundigt hatte. Den Mann hatte ich nie kennen gelernt, da sie kurz nach meiner Ausreise nach Deutschland geheiratet hat. Nun erfuhr ich, dass es von Beginn keine gute Ehe war und dass es bald zur Scheidung kommen würde.

„Zu wenig Liebe, auch meinerseits. Und damit du es nur weißt", fügte Mariana etwas schärfer hinzu, „ich habe in meinem Leben mit mehreren Männern geschlafen, doch geliebt habe ich nur einen." Dabei sah sie mich unverwandt an, und ich musste den Blick senken. Wahrscheinlich hatte sie die Frage nach ihrem Mann als eine Herausforderung empfunden und glaubte nun, sich mir gegenüber rechtfertigen zu müssen. Ich solle ja nicht annehmen, dass sie mit ihrem Mann glücklich gewesen sei. Dann brach es aus ihr heraus: „Ich wollte es dir zwar nie sagen, doch nun sollst du es wissen: Du hättest niemals den Pass für Deutschland bekommen, wenn nicht mein Vater, dieser Metzgermeister, einen Kuhhandel mit mir abgeschlossen hätte: Wenn ich den jungen Mann aus dem Bukarester Staatssicherheitsdienst heirate, dann darf Ernst Buchner das Land auf legalem Weg verlassen. Und das wolltest du doch, für immer weg! Oder etwa nicht? Und nur um deinen Traum Wirklichkeit werden zu lassen, habe ich mich in die Arme dieses ungeliebten Mannes, dieses schizophrenen Trottels, geworfen. Kannst du das begreifen?"

Sie hatte sich in Wut geredet und lief rot an. „Ich wollte, dass du dies niemals erfährst und dass ich es als ein Geheimnis mit ins Grab nehme. Doch nun bin ich schwach geworden und musste es dir sagen."

Ich blickte noch immer hinunter auf die Glasplatte, konnte einfach nicht zu Mariana aufsehen. Nun war die Vergangenheit aus ihrer Versenkung doch wieder aufgestiegen und begann, heiß und schmerzhaft in meinem Inneren zu brennen. Ich hatte ja nicht geahnt, dass Mana sich selbst und unsere Liebe geopfert hatte, damit ich wieder ein freier Mensch sein konnte, der ich es seit meinem fünfzehnten Geburtstag nicht mehr gewesen war. Was für eine starke Frau musste das sein, die auf ihre Liebe verzichtet, auf ihr eigenes Glück, bloß um dem geliebten Menschen die Freiheit zu schenken!

Ich war fassungslos. Und ich schämte mich, weil ich Mariana nicht so viel Großmut zugetraut hatte. So gab es also immer noch Dinge, von denen ich keine Ahnung hatte, die Mariana jahrelang für sich behalten und nun, in einem Augenblick der Schwäche, preisgegeben hatte. Nun musste ich versuchen, damit fertig zu werden.

Zweiter Satz

Dreimal Hausdurchsuchung

Die Zeit, in der über die Veröffentlichung meines Romans entschieden werden sollte, war um – und nichts war geschehen. Auch die Prognose des Kulturreferenten Românu über eine Genehmigung hatte nicht gestimmt. Auf mein abgegebenes Typoskript war keinerlei Reaktion gekommen, obwohl ich drei verschiedene Adressen angegeben hatte, an denen ich zu erreichen gewesen wäre. Wahrscheinlich arbeitete aber auch die Kulturabteilung für schriftstellerische Zensur nach dem Motto „Gute Arbeit braucht Zeit". Allerdings hatte auch ich nicht an eine rasche Erledigung dieser Angelegenheit geglaubt. Schließlich bin ich selbst in diesem Land groß geworden und weiß, dass man es hierzulande mit der Wahrheit oder besser gesagt: mit der Pünktlichkeit in Erledigung eines Falles nicht so genau nimmt. Doch unerledigter Dinge wollte ich auch nicht abfahren und führte darum ein Telefongespräch mit der Bukarester Kulturabteilung. Der Genosse Românu meldete sich sofort, war sehr freundlich und wusste auch gleich, worum es ging. Er empfahl mir, noch ein wenig Geduld zu haben, denn „so schnell schießen auch die Preußen nicht". Dabei lachte er wie über einen gelungenen Witz. Dann aber kam er zur Sache und wurde ernst. „Sehen Sie, Ihr Typoskript wird parallel von drei Leuten gelesen. Dabei denken wir auch und halten den Kugelschreiber bereit, um gewisse Randbemerkungen zu machen, die wir dann gemeinsam besprechen. Ich bin nämlich nicht der einzige Begutachter Ihres Romans. Doch etwas kann ich Ihnen schon jetzt sagen: Selbst wenn wir einer Veröffentlichung jenseits der Grenzen zustimmen, kann der Roman in dieser Form nicht erscheinen. Wir müssen bestimmte Teile, die mit unseren Überzeugungen nicht übereinstimmen, streichen. Selbst wenn ich einzelne Szenen in Ihrem Roman für äußerst gelungen halte, so muss ich mich doch an meine Weisungen halten. Schließlich lebe ich in diesem Land und möchte meinen Posten nicht verlieren. Sie verstehen ja, wir haben eine bestimmte

Richtung einzuhalten, die in Ihrem Roman nicht immer berücksichtigt wurde. Ich glaube, deutlich genug gesprochen zu haben, und Sie haben mich bestimmt verstanden."

Nachdem der Mann sein erstaunlich aufrichtiges Palaver beendet hatte, war ich doch neugierig zu erfahren, was die Leute der Zensur in meinem Roman als störend empfunden hatten.

„Herr Românu, sagen Sie mir doch bitte, auf welche Passagen beziehen Sie sich? Ich weiß genau, dass ich keine politischen Anspielungen gemacht und mich allgemein vom Politisieren ferngehalten habe. Ich habe Rumänien nicht mit Schmutz beworfen, sondern im Gegenteil auch all die positiven Seiten des Lebens hier aufgezeichnet. Was stimmt also nicht?"

Seine Stimme klang jetzt etwas beleidigt: „Sie sind doch viel naiver, als ich dachte, das heißt, Sie sehen die Dinge viel zu rosig ...". Es knackte in der Leitung, und der Referent sprach weiter: „Ich gebe Ihnen ein Beispiel: Sie haben da eine Abtreibung beschrieben. Dabei wissen Sie genau, dass in unserem Land so etwas nicht erlaubt ist. Ich kann allerdings nicht behaupten, dass solche Abtreibungen nicht illegal vorgenommen werden, doch wir sollten so etwas nicht einmal in einem Roman billigen. In unserem Land darf so etwas nicht vorkommen, wir haben hier nur moralisch einwandfreie Menschen!" Wieder knackte es in der Leitung. Der Mann fuhr fort: „Außerdem darf in unserem Staat keine Korruption herrschen. Wir vertreten gesunde Lebensauffassungen und ...". Plötzlich war der Ton weg, das Gespräch unterbrochen. Es war mir klar, auch diese Unterredung war von den Beamten des Sicherheitsdienstes abgehört und aufgezeichnet worden, obwohl unser Gespräch recht harmlos war. Auch Românu hatte nicht damit gerechnet, abgehört zu werden, war aber durch das Knacken in der Leitung darauf aufmerksam geworden, wenn auch etwas spät. Immerhin konnte er seinen Standpunkt noch zurechtbiegen und im Sinne des Sicherheitsdienstes die politische Richtlinie vertreten.

Auch ein Gespräch unter vier Augen mit Românu hätte prinzipiell nichts geändert. Auf keine einzige Szene im Roman würde ich verzichten. Das käme einer Verstümmelung des Romans gleich, womit ich in keinem Fall einverstanden war. Sollte es nicht gelingen, den Roman auf legalem Weg und in seiner ursprünglichen Fassung nach Deutschland zu bringen, so müsste ich ihn eben schmuggeln. Ich wollte halt wieder mal nach dem Leitsatz meiner Eltern „Ehrlich währt am längsten" vorgehen, da ich in diesem Sinne erzogen worden war. Doch so oft ich auch versucht hatte, nach diesem Grundsatz zu handeln, sind die Dinge immer schief gelaufen. Ich hatte mir durch meine Haltung die Sache mit dem Roman und dessen Veröffentlichung im Westen nur erschwert, ja teilweise schon ganz verbaut. Bestimmt waren die Grenzposten schon darüber benachrichtigt worden, dass ein gewisser Ernst Buchner die Absicht habe, ein Romanmanuskript über die Grenze zu schmuggeln, und dass er also ohne Pardon durchsucht werden müsse.

Nun war guter Rat teuer. Durch meine Anständigkeit war ich in eine Zwickmühle geraten. Das Original und der zweite Durchschlag des Romans befanden sich bei Rolf, eingepackt in eine Plastiktüte unter den Kartoffeln in einer Gemüsekiste. Hier wäre der Roman auch bei einer Hausdurchsuchung nicht gefunden worden. Von den beiden Personen, die von Anfang an Kenntnis von diesem Roman hatten, Rolf und Winfried, war nur noch Rolf da. Winfried Algen war erst später als Dritter im Bunde zu uns gekommen. Anfangs hatten wir ihm nicht recht getraut. Es hatten uns aber besondere Umstände zusammengebracht, lange nachdem Rolf und ich unsere Erfahrung mit den Sicherheitsbehörden gemacht hatten.

* * *

Winis Eltern, das heißt die ganze Familie Algen, lebte in einer vornehmen Villa, um die sie nicht nur alle Bekannten und Freunde, sondern sicher auch die Agenten des Sicherheitsdienstes beneideten. Winis Mutter war Zahnärztin und durfte mit einer Sprechstunden- und einer Zahnarzthilfe noch in ihrer eigenen Praxis arbeiten. Sein Vater war Zahntechniker. Dadurch war die Praxis mit dem dazugehörenden Labor ein kleiner Familienbetrieb. An Patienten fehlte es nicht, und über zu kleine Einnahmen konnte man sich auch nicht beklagen. Alles lief sehr gut, bloß war den Beamten des Sicherheitsdienstes diese vierköpfige Familie – eine Tochter gehörte noch dazu – ein Dorn im Auge. Manch einer der Agenten hatte bereits ein Auge auf das große Haus mit Garten geworfen. Um das Haus zu beziehen, musste man zuerst das

Ansehen dieser Familie untergraben und ihnen Betrug und Scharlatanerie im Beruf nachweisen, um sie aus dem Haus zu kriegen. Doch was konnte man ihnen unterstellen? Sie hatten eine genaue Buchführung, in der sie sich keine Fehler oder Retuschen leisteten. Bei den auffallend häufigen Inspektionen des Gesundheitsamtes und der Wirtschaftspolizei war immer alles in bester Ordnung. Man konnte ihnen keine gesetzwidrigen oder betrügerischen Handlungen nachweisen. So weit, so gut. Doch dann machten sich die Männer im Lederrock schamloserweise an den Jungen, an Winfried Algen heran. Sie nahmen ihn, ähnlich wie mich, ins Gebet, bloß mit dem Unterschied, dass sie Winfried nicht zu ihrem Spitzel machen wollten. Sie versuchten mit Hilfe des Jungen, seinen Eltern eine Falle zu stellen.

Wir spielten gerade Fußball, als ein Herr stehen blieb und uns zusah, wie wir dem Leder hinterherhetzten. Wini war der beste von uns, und der Mann winkte ihn zu sich. Er gab sich als Direktor eines Fußballklubs aus. Er sprach von seiner Juniorenmannschaft und dass sie eben jetzt auf der Suche nach Nachwuchs seien – und bei Wini habe er sehr gute Ansätze festgestellt. Ich glaube, Wini fühlte sich wie gebauchpinselt, und wir anderen machten lange Gesichter und platzten fast vor Neid. Der Mann gab Wini eine Visitenkarte mit seinem Namen – nennen wir ihn Herr XY –, dem des Fußballklubs und der genauen Anschrift. Allerdings war die Karte nicht gedruckt, sondern in gut leserlicher Steilschrift geschrieben. Wini solle sich, wenn er Lust habe, an einem der folgenden Wochentage um 16 Uhr bei ihm melden, das aber nur, wenn er tatsächlich ein Fußballer werden möchte.

Wini war überglücklich und verstaute die Karte in seiner blauen Sporthose. Ein paar Tage später ging er zu dem Klub, doch ausgerechnet an jenem Tag war kein Training, und deshalb konnte Wini nicht dem Trainer vorgestellt werden. Dafür aber blieb Herrn XY umso mehr Zeit, mit Wini über alles Mögliche zu sprechen, denn der technische Leiter des Klubs hatte ja ein Recht darauf, zu wissen, mit was für einem Menschen – nicht mit was für einem Fußballer – er es zu tun hatte. Also sprachen sie über dies und jenes. Wichtig war zunächst zu wissen, was die Eltern beruflich und vor allem aber privat machten. Der Mann wollte auch noch wissen, ob Wini neben Sport auch noch ein anderes Hobby habe, vielleicht einen Ausgleich zum Sport, eine stille Beschäftigung. Ja, Wini besaß etwas, woran er einen Riesenspaß hatte: eine gut bestückte Münzensammlung, die er in einem kleinen schwarzen Lederkoffer aufbewahrte.

XY interessierte sich sehr dafür. Wini könne diese Sammlung ja mal mitbringen, meinte er. Er, XY, habe einen guten Freund, der Münzensammler sei, der auch Tauschmünzen besitze. Vielleicht könnte es zu einem für beide günstigen Tausch kommen. Auch er selbst, der XY-Mann, besitze zu Hause irgendwo im Schrank noch einige Münzen, darunter auch ein altes römisches Stück, das von irgendwelchen Ausgrabungen stamme. Wenn er diese Münzen finde, so könne Wini diese als sein Eigentum betrachten.

Ich glaube, Wini war in seinem Leben noch nie so glücklich wie an diesem Nachmittag. In seiner Leichtgläubigkeit hatte er es als einen glücklichen Zufall betrachtet, dass er diesen freundlichen und großzügigen Mann kennen gelernt hatte. Das Schicksal hatte ihm diesen Mann über den Weg geführt, der ihm gleich zwei seiner Träume erfüllen sollte: ein richtiger Fußballspieler mit Ausweis in einem Juniorenklub zu werden und die Bereicherung seiner Münzensammlung.

Am nächsten Tag, pünktlich um 16 Uhr, stellte sich Wini mit seinem schwarzen Lederköfferchen und der grauen Sporttasche ein und konnte es kaum erwarten, dass seine beiden Träume erfüllt würden. Doch er hatte Pech. Das versprochene Vorstellungsgespräch mit dem Trainer und das anschließende Training fielen ins Wasser. Der Trainer sei plötzlich an einer schweren Grippe erkrankt, das Training auf ungewisse Zeit verschoben worden, hieß es. Dafür aber warte bereits der gute Freund, ein Münzensammler erster Klasse, auf Wini. Dass der gute Mann aber nicht Münzen, sondern Informationen für den Sicherheitsdienst sammelte, ahnte Wini damals noch nicht und ging arglos in die gestellte Falle.

„Nun wollen wir mal sehen, was für Münzen du zusammengetragen hast. Aha, na ja, das sind die üblichen, die gewöhnlichen, aber hast du vielleicht auch Wertmünzen?" O ja, die wertvollste Münze hatte sich Wini bis zuletzt aufgespart, damit wollte er auftrumpfen. Stolz entnahm er dem Köfferchen eine kleine braune Samtschatulle, in der sich die rumänische Cocoș-Goldmünze, 6,6 Gramm schwer, befand. Die kleine 20-Lei-Goldmünze hatte auf der Kehrseite einen Hahn. Der angebliche Sammler steckte die Münze rasch zwischen seine hässlichen nikotinbraunen Zähne und biss kräftig drauf, um sich von der Echtheit des Goldstücks zu überzeugen. Immer wieder musste Wini versichern, dass er wirklich nur dies eine Exemplar besaß. Dann nahm er seine Münze, rieb sie am Jackenärmel blank und verstaute sie wieder im Kästchen.

Und nun, wo ist die versprochene Sammlung des guten Freundes? Dieser hatte sich eine plausible Antwort zurechtgelegt: „Was glaubst du, Junge, ich hätte diese vielen Schachteln alle bringen können? Meine Sammlung umfasst nahezu 700 Münzen. Dafür hätte ich mir ein Taxi bestellen müssen, um alle herzubringen. Aber du kannst diese Münzen in aller Ruhe bei mir zu Hause ansehen. Hier ist meine Anschrift..." Er schrieb seine Adresse auf ein Papier und gab es Wini. Dieser war zuerst etwas enttäuscht, doch dann fiel ihm ein, dass ihm ja der XY-Mann Münzen versprochen hatte. Dieser hatte auch schon lange auf Winis Frage gewartet: „Leider habe ich diese Münzen nicht mehr gefunden. Entweder hat sie mir jemand geklaut, oder sie sind in ein Lädchen gerutscht, wo man sie nicht vermutet. Doch die Suche geht weiter." Er habe noch jedes Mal sein Versprechen gehalten, sobald sie zum Vorschein kämen, gehörten sie Winfried Algen. Dann aber wollte der falsche Sammler noch wissen, woher denn der kleine Winfried Algen dies schöne Goldstück habe. Wiederum wurde Wini in Versuchung geführt und konnte es nicht unterlassen, sich zu brüsten: „Als ich die Aufnahmeprüfung aufs Gymnasium bestanden hatte, überreichte mir mein Vater in feierlichem Rahmen als Belohnung diese Goldmünze, und ich durfte zum ersten Mal bei Tisch eine Zigarette rauchen. Wenn ich auch beim Abitur so erfolgreich wäre, meinte Vater, dann würde eine zweite Goldmünze auf mich warten." Wini lächelte stolz, denn bis zum Abitur hatte er nur noch ein Jahr, und es sah gar nicht so aus, als würde er den Abschluss nicht schaffen. Von den viel sagenden Blicken, die diese Männer untereinander tauschten, hatte Wini natürlich nichts mitbekommen.

Noch am Abend des gleichen Tages wurde in der Algen-Villa eine groß angelegte Hausdurchsuchung durchgeführt. Weder gab es einen Durchsuchungsbefehl, noch war eine Anzeige erstattet worden. Das ganze fand als eine Art „Freizeitsport" einiger Sicherheitsleute statt. Danach sah die Wohnung wie ein Schlachtfeld aus. Die Männer fanden, was sie gesucht hatten. Ob alles oder nur einen Teil davon, ist uns nicht bekannt. Es wurden insgesamt 750 Gramm Gold in Münzen und Zahngold beschlagnahmt, und dass sie dies gefunden hatten, war reiner Zufall. Als die Hausdurchsuchung schon fast abgeschlossen schien und alle Räume vom Keller bis zum Aufboden durchsucht worden waren, als man alle Nischen, Schränke und Laden durchwühlt, Daunenkissen und -decken aufgeschlitzt hatte, blieb nur noch die Speisekammer übrig. Einer der Männer sah sich die Vorräte etwas genauer an: Da gab es schon allerhand: Dosen mit Austern, Ringeln und anderen Meeresfrüchten, einen großen Schinken, Würste, Gänseleberpastete, ein halbes Lamm hing an einem Haken, Tafeltrauben an einer Schnur. Die vielen vollen Einweckgläser waren in Reih und Glied aufgestellt, die Stellagen bogen sich. Dem Mann lief das Wasser im Mund zusammen, am liebsten hätte er in eine Wurst gebissen, doch das erlaubte ihm seine Berufsethik nicht. Er wollte möglichst schnell diesen Raum verlassen, denn weder im Schinken noch in der Wurst oder in den Original-Konserven konnte Gold aufbewahrt sein. Indem er eine rasche Drehung zur Tür hin machte, berührte er mit der Stiefelspitze ein Einweckglas, das in der rechten Ecke unter der Stellage gestanden hatte. Das Glas zerbrach, und über den Steinboden und den Stiefel des Mannes ergoss sich altes, verbranntes Speiseöl. Als alles ausgeflossen war, starrte der Stiefelmann auf eine kleine grüne Blechdose, die sich auf dem Grund des zerschlagenen Glases befand und in der ursprünglich Hustenbonbons aufbewahrt worden waren. Doch statt der Bonbons befanden sich in der Dose schöne Münzen, alle aus reinem Gold. Daraufhin wurden sämtliche Einweckgläser, in denen sich eine Flüssigkeit, Schmalz oder Eingekochtes befand, mit einem Besenstiel zerschlagen. Das Innere ergoss sich wie ein Lavastrom in die Speisekammer. In weiteren drei Gläsern fand man noch je eine Packung von Goldstücken.

Noch in derselben Nacht wurden Winis Eltern wegen des verbotenen Goldschatzes verhaftet. Seine Mutter ist im Prozess freigesprochen worden, der Vater wurde zu zehn Jahren Zwangsarbeit am Donau-Schwarzmeer-Kanal verurteilt. Er hatte die Schuld auf sich genommen, damit den Kindern die

Mutter erhalten blieb. Er starb gottverlassen mitten im Donauschilf, angeblich an einer Darminfektion, es könnte aber auch Ruhr gewesen sein.

Die Familie musste die Villa räumen. Es wurde alles, auch was nicht ihnen gehörte, beschlagnahmt, die Zahnarztpraxis ging ebenfalls in den Besitz des Staates über. Weil aber das Wohnungsamt keine andere Wohnung zur Verfügung stellen konnte, durfte die Mutter mit ihren beiden Kindern im eigenen Haus als Untermieter wohnen bleiben, allerdings nur in der Waschküche. In den anderen Räumen machten sich Leute vom Sicherheitsdienst breit. Die Mutter durfte also mit den beiden Kindern Irmgard und Winfried im Erdgeschoss hausen. Und falls ihnen die Feuchtigkeit die Zähne angreifen sollte, meinte einer der Lederrockmänner böse, so könne ja die Mutter als Zahnärztin sofort helfen. Schließlich und endlich sei sie ja dafür da!

* * *

Ich saß zerknirscht auf dem Bettrand und dachte an meine ermüdende Heimreise, an eine Strecke von 1500 km durch rumänisches Territorium, Ungarn, Österreich und dann über die deutschen Autobahnen, um wieder auf Heimatboden zu sein. Was bedeutete überhaupt „Heimat", „Zuhause"? Als Kind hatte ich diese Begriffe nie recht verstanden, dafür aber umso mehr empfunden. Zuhause bedeutete damals für mich die Geborgenheit im Kreise der Familie. Doch später in meiner Jugend war diese Geborgenheit gefährdet. Die Angst kam auf, Angst vor dem kommenden Tag. Die bange Frage, ob wir noch alle zusammen sein würden, plagte uns immer wieder. Wie leicht konnte es geschehen, dass einer von uns durch einen gemeinen Schachzug der Sicherheitsorgane einfach ausgehoben und wie eine Schachfigur auf ein anderes Spielfeld abgesetzt würde.

Als ich dann mein Abitur abgelegt hatte und meine Eltern und ich allen Grund gehabt hätten, den Erfolg zu feiern, gab es eine Zeit, in der unsere Geborgenheit sehr ins Wanken geriet und unserer kleinen Familie die Auflösung drohte.

* * *

Mein Vater arbeitete als Lagerleiter in einem großen Werk, in dem Maschinenteile hergestellt wurden. Er hatte keinen Hochschulabschluss. Umso mehr hatte er sich diesen für seinen Sohn gewünscht. Eltern wollen immer, dass ihre Kinder es weiter bringen, als sie selbst es gebracht haben, dass sie gut verdienen und eine gesicherte Existenz haben. Mein Vater hatte nur eine zweijährige Fachschule besucht, wo er im Versorgungsfach ausgebildet worden war. Dieser verantwortungsvolle Job war nicht sehr gut bezahlt und Anwärter sehr gesucht, da die meisten die Verantwortung scheuten, die einem dieser Posten auferlegte. Mein Vater aber hatte in seinem Leben weder Arbeit noch Verantwortung jemals gescheut und war somit die ganze Zeit über, seit meiner Kindheit und bis zu seinem Tod, im selben Unternehmen tätig. Er wurde sowohl von seinen Arbeits- und Berufskollegen wie auch von seinen vielen Vorgesetzten geschätzt. Einmal ist er sogar mit einer Auszeichnung bedacht worden, die ihm eine Freikarte für einen Urlaub am Meer in Eforie Nord einbrachte. Bei ihm war Dienst Dienst, und davon wich er nicht ab. Er war ein kerngesunder Mensch, der während meiner Kindheit mit mir Sport trieb. Niemals hatte er über seinen Beruf oder seine Anstellung geklagt, obwohl er seinen Job nicht so gern mochte, wie es aussah, da er lieber Rechtsanwalt geworden wäre. Neben seinem Beruf kümmerte er sich ausschließlich um seine Familie. Er war fast immer gut gelaunt und freute sich vor allem, wenn es Anlass gab, Familienfeste zu feiern.

Nachdem ich mein Abitur mit einer sehr guten Durchschnittsnote abgelegt hatte, gab es ein großes Fest. Dafür hatte mein Vater schon zwei Wochen vorher alles besorgt – schließlich war „Versorgung" sein Fach. Es war gutes Essen und auserlesenes Getränk vorhanden. Fast alle Gäste und Familienangehörige saßen bereits an der festlich gedeckten Tafel, da klopfte es um 19 Uhr an die Tür: Zwei Lederjackenmänner, die ich damals ja schon kannte, baten freundlich um Entschuldigung wegen der Störung, wollten aber dringend mit meinem Vater sprechen. Es handle sich um einen am Güterbahnhof abgestellten Waggon mit einer Ladung von Bestandteilen, um die sich mein Vater sofort kümmern müsse.

Meine Mutter war empört über diese Eindringlinge, die uns das ganze Familienfest durcheinander gebracht hatten, und meinte, es wäre schließlich auch morgen Zeit, sich um diese Bestandteile zu kümmern. Mein Vater aber blieb ernst und beschwichtigte uns: „Feiert das Fest so, wie wenn ich unter euch wäre. Ich werde versuchen, diese Angelegenheit so schnell wie möglich in Ordnung zu bringen, damit ich rasch zurück sein kann." Meiner Mutter, die neben mir stand, flüsterte er hastig zu: „Bitte mach dir ja keine Sorgen, auch wenn es etwas später wird." Wahrscheinlich hatte er schon gewusst oder zumindest geahnt, dass es sich hier nicht um einen abgestellten Waggon mit Maschinenbestandteilen handeln konnte.

Aus dem schönen Abiturfest wurde verständlicherweise, nach dem „Raub" des Familienoberhauptes aus der festlichen Runde, nichts. Es wollte keine Stimmung aufkommen, trotz dem leckeren Entenbraten und dem goldprämierten Kokeltaler Wein. Zwar witzelte der eine oder der andere darüber, dass Vater, wenn er kommt, nun essen müsse, was übrig bleibt oder dass er vielleicht schon längst in den Armen eines schönen Mädchens liege, doch eine richtige Unterhaltung kam nicht zustande. Es fehlte eben mein Vater, der ein ausgezeichneter Gesellschafter war, trockenen Humor besaß, auf alles eine Antwort parat hatte und nie um eine schlagfertige Entgegnung verlegen war. Das Fest war uns von den beiden zweifelhaften Individuen endgültig vermasselt worden.

Mein Vater kam aber bald eiligen Schrittes nach Hause und wollte noch kurz mit der Gesellschaft zusammen sein. Doch die Gäste waren schon im Gehen. Vater bat sie nicht, wie er es sonst getan hätte, noch zu bleiben, sondern versicherte ihnen, dass er volles Verständnis für ihren Aufbruch habe. Er bat sie um Entschuldigung, dass er aus beruflichen Gründen abberufen worden war.

Als die Gäste gegangen waren, setzten wir uns noch zu dritt an den langen Tisch, von dem die Kuchenteller und Becher noch nicht abgeräumt worden waren. Meine Mutter hatte für Vater ein schönes Stück Entenbraten aufbewahrt und setzte ihm nun dieses mit den entsprechenden Beilagen vor. „Nun feiern wir noch ein wenig zu dritt", meinte Mutter, „so ist es am allerschönsten, nur wir drei!" Doch Vater blieb sehr ernst. Er trank zwar etliche Gläschen von dem köstlichen Wein, den er allerdings für „viel zu trocken" hielt, da er einem den Mund zusammenziehe, doch das Essen ließ er fast unberührt stehen.

Er stocherte ein wenig darin herum, doch dann stieß er den Teller weg und begann von den jüngsten Erlebnissen zu erzählen, die er uns nicht mehr vorenthalten wollte. Wir saßen zusammen bis zu den frühen Morgenstunden und hatten noch nie so viel miteinander gesprochen. Ich war allerdings froh, ihnen nichts von meinen Geschichten erzählt zu haben, da ich sie dadurch nur in Panik versetzt hätte. So schwieg ich und hörte zu.

* * *

Ich saß noch immer unentschlossen auf dem Bettrand und dachte an meine weite Heimreise. Dann aber stand ich auf, griff mir die beiden Koffer vom Schrank und meine karierte Reisetasche und begann hastig, meine Sachen zu packen, so als müsste ich gleich noch einen Schnellzug erreichen. Allerdings hatte ich diese übertriebene Eile gar nicht nötig, denn draußen stand mein Audi A4, so dass ich an keine Abfahrtszeit gebunden war. Doch ich hatte allmählich genug von Rumänien. Innerlich habe ich ohnehin schon mit meiner alten Heimat abgeschlossen, das heißt, fast abgeschlossen, denn etwas bleibt immer zurück, was einen an vergangene Erlebnisse erinnert. Es stimmt nicht, dass man die Vergangenheit einfach verpacken und versiegeln kann und dabei meint, dass alles gestorben und vergessen wäre. Nein, so ist das nicht. Irgendwann löst sich der Knoten, und alle Erlebnisse aus der Vergangenheit quellen wieder hervor, zähflüssig, doch spürbar, und es brennt auf der Haut. Die Optik eines Erlebnisses wird dadurch verändert und sieht plötzlich anders aus, genau wie der Satz, den Mana über den Handel mit ihrem Vater ausgesprochen hatte. Über den Tausch meiner Freiheit gegen ihre Unfreiheit, meiner Ausreise nach Deutschland gegen ihre Ehe mit einem Sicherheitsbeamten. Dieser eine Satz von ihr hatte ein Stück meiner Vergangenheit plötzlich in einem ganz anderen Licht erscheinen lassen. Nun weiß ich, dass ich ohne Manas Hilfe, ohne ihre Selbstaufopferung niemals eine zweite Heimat und meine Freiheit erreicht hätte.

Ich brachte die Koffer und die Reisetasche zum Auto. Ich hatte nicht viel Gepäck: Etwas Kleidung, ein paar Andenken an vergangene Zeiten und einige Bücher, darunter eine 18-bändige Goethe-Ausgabe von Robert Petsch, von der ich annahm, dass sie bei den Grenzern keinen Anstoß erregen würden.

Ich verstaute das Gepäck und setzte mich ins Auto, ohne mich von jemandem verabschiedet zu haben. Das musste ich auch nicht, denn die Personen, die mir wirklich etwas bedeuteten und die ich während meines Rumänien-Aufenthaltes besucht hatte, kannten mich und meine blitzartigen Entschlüsse. Von meinem unpersönlichen Zimmer im Continental-Hotel fiel mir der Abschied leicht. Ich hatte mich in dem starren, kühlen Raum niemals sicher gefühlt und keine lauten Selbstgespräche geführt, da ich nicht wusste, ob vielleicht Wanzen in den Wänden angebracht waren.

Ich drehte den Schlüssel im Zündschloss und fuhr los, um Rumänien möglichst schnell hinter mich zu bringen. Ade, du schönes, heruntergewirtschaftetes Heimatland! Wie ist es doch schade um dies herrliche Land, das von allen Bodenformen und -schätzen, von allen Reichtümern etwas besitzt, kaum, dass es etwas nicht gibt, was auch andere große Länder haben. Und doch gibt es etwas, und zwar eine Führung mit einem geisteskranken Denken, eine buchstäblich destruktive Wirtschaft, phantastische Lügenblätter, die den kommunistischen Aufschwung und die vielseitige Entwicklung der Industrie preisen. Rumänien hat eines der besten Sicherheitssysteme der Welt, das dafür sorgt, dass dies ganze Lügengespinst nicht in der Luft zerrissen wird und dadurch der kranke Staatsapparat wie ein Streichholzturm zusammenfällt. Der Sicherheitsdienst, die berüchtigte *Securitate*, sorgt dafür, dass Lüge, Unfreiheit und Terror erhalten bleiben. Am meisten aber sorgen diese Leute auf die eigene Haut, damit diese ihnen nicht so mir nichts, dir nichts, sozusagen über Nacht, über die Ohren gezogen wird.

Inzwischen war auch der schöne Monat Mai angebrochen, der mit Tamtam, feierlichen Umzügen und vielversprechenden Losungen begonnen hatte, mit viel roter Seide, mit Verherrlichungen des Staatsführers, mit anhaltendem Applaus nach allen Reden der Demagogen, mit geschmückten Lastwagen, auf denen viele Symbole der einmaligen Wirtschaftsentwicklung zu sehen waren, und die Überschreitungsquote des Plansolls in Ziffern angegeben war. Es erinnerte an einen gut gelungenen Faschingsumzug der Deutschen. Doch nicht mit schalkhaften Grimassen und Masken, sondern mit hellen, offenen Gesichtern, froh über den phänomenalen Aufschwung und die kommunistischen Errungenschaften des Landes. So wurden der 1. und 2. Mai gefeiert, hymnisch eingeleitet mit viel Prunk und Verschwendung, alles abgespart von den Mündern der arbeitenden und stöhnenden Volksmasse. Es gab aber auch milde Gaben: ein wässriges Bier und kleine Knoblauchwürstchen, die von Jahr zu Jahr immer mehr schrumpften und nur noch einen Bissen ausmachten, den man mit einem „Ham" im Mund verschwinden lassen konnte. Es war ein Fleischbissen, locker und gut gewürzt, aber auch mit kleinen Flachsen durchzogen, die einen zu einem vorsichtigen und genießerischen Kauen anhalten sollten. Schmeckt das fein! So hatte man die ganze 1.-Mai-Feier im Magen, mit dem herrlichen Geschmack auf der Zunge und dem herben Nachgeschmack ...

Auch heute war ein schöner, warmer und sonniger Maitag. Ich kurbelte das linke Seitenfenster herunter und lupfte auch das Schiebedach. Es war ein Vergnügen, durch diesen Morgen eine Akazien-Allee entlangzufahren. Der herrliche, süße Duft erinnerte mich an Akazienhonig. Man hätte ihn trinken mögen, indem man diese Allee immer hinauf und herunter fuhr.

Doch ich musste vorwärts kommen, wollte ich noch vor Einbruch der Dunkelheit die rumänische Grenze erreichen.

Während der Fahrt musste ich unwillkürlich Bilanz ziehen über meinen dreiwöchigen Rumänien-Aufenthalt: Mein Vorhaben, den Roman offiziell nach Deutschland zu bringen, war gescheitert. Ihn nach drüben zu schmuggeln, ist fragwürdig geworden. Der Besuch bei Mariana war nicht vorgesehen, doch ich hatte einem unwiderstehlichen Drang nachgegeben und sie aufgesucht. Der Wunsch, sie zu sehen, muss in meinem tiefsten Inneren geschlummert haben. Ich war froh, Mariana gesehen zu haben. Sie hatte überaus beruhigend auf mich gewirkt, hatte, wie immer, ihr Leben fest im Griff, sie war eine selbstbewusste Frau und ließ sich vom Leben nicht unterkriegen. Sie war ein aufrechter und bestimmt auch aufrichtiger Mensch. Und sie liebte mich anscheinend noch immer. Sie wollte sogar mit mir ein paar Tage ans Meer fahren, ein Frühling am Meer hat auch seine Reize, doch ich hatte abgelehnt.

Kurz vor der Einfahrt nach Klausenburg kam mein Wagen plötzlich ins Schleudern. Es klang, als führe ich über schlecht zusammengefügte Zementplatten. Es war aber nicht die Landstraße schuld, sondern ein platter Reifen. Kein entgegenkommendes Auto versperrte mir den Weg, der Wagen blieb quer in der Straße stehen. Ich tauschte das Rad und fuhr bald in Klausenburg ein.

Dies ist eine Stadt, von der man sagen kann, dass sie dem Getriebe einer gut erhaltenen, kunstvoll gestalteten Maschine ähnelt, die gepflegt, gereinigt, immer wieder neu gestrichen wird und nach wie vor einwandfrei funktioniert. Es ist eine ungarische Stadt, ein Kulturzentrum in Rumänien mit jugendlichem Studenten-Pulsschlag, eine Stadt, die ihre trotzige Freiheit selbst in solchen Zwangszeiten wie den heutigen nicht vollständig eingebüßt hat. Man getraute sich hier noch, ein Leben nach eigener Vorstellung zu führen, selbst wenn schon viele Illusionen zertrümmert unter dem Matthias-Rex-Denkmal lagen. Immer wieder bestand das Risiko, eine Vorladung zu den Sicherheitsbehörden zu bekommen, doch man versuchte angestrengt, die teilweise noch nicht verschmutzte und unverbrauchte Luft Klausenburgs irgendwie einzufangen.

Dies ist die Stadt, in der wir uns zu viert – Rolf, Winfried, Mariana und ich – der Aufnahmeprüfung an verschiedenen Fakultäten der Babeș-Bolyai-Universität gestellt hatten. Der einzige, der die Prüfung in Mathe und Physik nicht bestanden hatte, war ich. Nicht, weil ich nicht genügend vorbereitet gewesen wäre, sondern weil an dieser Hochschule nicht ein normales Gerechtigkeitsprinzip herrschte. Man ging hier nach dem physikalischen Prinzip des Siebens vor, bei dem die Verunreinigungen in den Netzmaschen hängen blieben: Menschen, die noch zurechtgeschliffen werden konnten, die man nach „wissenschaftlichen" Prinzipien formen konnte, die den Sinn einer kommunistischen Gesellschaft einsahen. Wichtig war, dass sie in Denken, Handeln und Reden dem Vaterland ewig treu sein würden. So kam es, dass ich wegen meines gesunden Verhaltens und aus Mangel an Beziehungen zu hochgestellten Lehrerkapazitäten nicht zu den Auserlesenen zählte.

Doch manchmal unterlief diesen Siebern, diesen „Menschenkennern" von der Staatssicherheit, auch mal ein Fehler. Nun, solche Fehler waren meine beiden Freunde Rolf und Winfried. Nach dem Sicherheitsdienst allerdings waren es keine Fehler, denn bei Rolf kannte man weder seine Lebenseinstellung noch seine politische Gesinnung, und bei Winfried, der die Aufnahmeprüfung auf Stomatologie bestanden hatte, war es eine Art Wiedergutmachung. Man hatte ihm schließlich den Vater genommen, die Familie war gespalten und das schöne Haus enteignet worden. Nun wollte man ihm Gelegenheit geben, das zu werden, was seine Mutter einmal gewesen ist. Man wollte dem Mitglied einer Familie, die durch die *Securitate* zerstört worden war, wieder in den Sattel helfen.

Am untröstlichsten darüber, dass ich meine Aufnahmeprüfung nicht bestanden hatte, waren meine Eltern. Nicht, weil dadurch vielleicht ihr Glaube an mich erschüttert worden wäre, sondern weil ihr größter Wunsch, aus mir einen Akademiker zu machen, nicht in Erfüllung gegangen war. Der Traum war ein für allemal vorbei, und sie mussten an etwas anderem Halt finden. Die Auswahl war aber leider schon sehr klein geworden.

* * *

Als mein Vater damals nach meinem zerstörten Abiturfest wie ein alter, gebrochener Mann im Türrahmen erschienen war – die *Securitate* hatte ihn verhört –, hatte er sich verbittert zu uns an den Tisch gesetzt und an dem Entenbraten gewürgt. Dabei hatte meine Mutter sich so gefreut, dass wir nun zu dritt in aller Ruhe würden feiern können. Damals schon war mein Vater angeschlagen. Sein Nacken war gebeugt, er konnte den Kopf nicht mehr aufrecht tragen, und aus seinem normalen, ovalen Gesicht war plötzlich ein spitzes, kantiges Antlitz geworden, in dem die Mundwinkel zu beiden Seiten des Schnurrbarts herunterhingen.

Etwa drei Wochen vor meinem Abiturfest hatten meine Eltern ein großes Betriebsfest gefeiert. Damals war die Welt für sie noch in Ordnung gewesen, zumindest nach außen hin. Mein Vater, die Güte, Hilfsbereitschaft und Harmlosigkeit in Person, ist damals auf seine besten Freunde hereingefallen. Wir besaßen eine kleine alte Schreibmaschine der Marke „Erika", die mein Vater hin und wieder aus der schwarzen Schutzschachtel nahm, mit einer Zahnbürste reinigte und ölte, sie aber nie benutzte, weil wir keinen Anmeldeschein dafür hatten. So einen hätten wir laut bestimmten Vorschriften nur mit viel Zeitaufwand einholen können. Nur einmal musste Mutter einen Brief an Onkel Franz tippen, da sie eine verstauchte Hand hatte und mit zwei Fingern leichter im Schreiben auf der Maschine vorankam.

Martin, ein Freund und Berufskollege meines Vaters, wusste von der Existenz dieser Maschine und bat meinen Vater, er solle seinen Kollegen diese Maschine leihen, damit sie die Einladungen fürs Betriebsfest darauf tippen könnten. Das Unternehmen besaß ja auch Schreibmaschinen, doch diese waren streng überwacht, und man durfte darauf nicht einmal einen privaten Gruß an die eigene Familie, geschweige denn Einladungen zu einem Betriebsfest tippen. Dies wusste auch mein Vater. Also wollte er der guten Sache dienlich sein und gab seinem Freund die Maschine für 24 Stunden und unter dem Siegel größter Verschwiegenheit nach Hause. Die Maschine war pünktlich zurückgebracht worden und wanderte auf ihren alten Platz in einem Schrankfach. Was mein Vater aber nicht wusste, war, dass sein guter Freund Martin zusammen mit anderen guten Freunden und Berufskollegen auf der Maschine die ganze Nacht hindurch nicht nur Einladungen zum Betriebsfest, sondern auch politische Flugblätter getippt hatten. Solch ein Flugblatt wurde beim Verhör am Abend meines Abiturfestes meinem Vater vorgelegt. Er wurde gefragt, ob er die Flugblätter und deren Inhalt kenne und ob diese vielleicht auf einer Maschine getippt worden seien, deren Buchstaben ihm bekannt vorkämen? Natürlich hatte mein Vater alle Fragen verneint, da er ja wirklich mit diesem ganzen Kram nichts zu tun hatte und auch nichts zu tun haben wollte. Mein Vater soll nur den Kopf geschüttelt und gemeint haben: „In was für eine Schweinerei habt ihr mich hier hineingezogen?!" Martin versuchte, meinen Vater zu beruhigen, es würde nie im Leben herauskommen, wer der eigentliche Eigentümer der Maschine sei.

Insoweit war mein Vater wohl beruhigt, doch er hatte kein reines Gewissen, da man ihn mit Recht der Mittäterschaft bezichtigen könne. Es würde ihm keiner glauben, wenn er sagte, er habe zwar die Maschine zur Verfügung gestellt, doch keine Ahnung gehabt, was für verbotene Blätter damit getippt würden. Nach Martins Geständnis war seine Ruhe dahin. Zunächst trug er diese ganze Last, seine zweifelhafte Schuld, mit sich allein herum. Erst nach dem ersten Verhör, am Festabend meines Abiturs, tischte er uns die Wahrheit auf und erleichterte damit sein Herz. Meine Mutter wurde blass und meinte, man müsse sofort etwas unternehmen, um die Maschine zu vernichten oder zumindest aus dem Haus zu bringen. Möglichkeiten und Varianten dafür wurden lang und breit erwogen. Sie wurde in einer großen schwarzen Kiste auf dem Dachboden verstaut, in der sich noch alter Plunder meiner Großeltern befand. Wir hatten eine abgesperrte Dachkammer. Dorthin kam niemand.

In den Tagen nach dem Verhör verging die Zeit nur recht langsam und war ausgefüllt von banger und unruhiger Erwartung. Wir standen alle, am meisten aber mein armer Vater, unter dieser Belastung einer unverschuldeten Schuld. Immer wieder hoffte er, dass diese Gauner doch nicht ausgerechnet bei uns nach dieser Schreibmaschine suchen würden. Es beunruhigte ihn aber, dass er zum Verhör gerufen worden war. Das geschah aber auch mit all seinen anderen Berufskollegen, und fast alle waren in gleicher oder ähnlicher Weise nach der Maschine befragt worden. Man wollte auch wissen, was und worüber beim Betriebsfest gesprochen worden war. Doch warum hatten sie nur Vater konkret danach gefragt, ob er nicht wisse, auf was für einer Maschine diese Flugblätter getippt worden waren? Etwas musste ja doch den Verdacht auf ihn gelenkt haben. Es arbeitete und brodelte in seinem Inneren, und aus einem seelisch ausgeglichenen Menschen war plötzlich ein Nervenbündel geworden. Er fand im Haus kein Plätzchen mehr und besuchte öfters als sonst das Turm-Restaurant. Manchmal ging er auch allein hin, was bisher noch nie vorgekommen war. Er machte den Eindruck eines verletzten, gehetzten Tieres, das irgendwo Zuflucht sucht und diese nicht findet.

* * *

Es war ein warmer, sonniger Maitag. Die Stadt lag friedlich und unbekümmert in der wärmenden Vormittagssonne. Die Menschen öffneten wie auf Verabredung die Fenster. Überall schienen Sonnenblitze von den Reflexen der durch die Scheiben zurückgeworfenen Strahlen an den Häuserwänden aufzuleuchten. Ich stellte meinen Wagen auf dem großen Platz ab, wo immer noch das Matthias-Rex-Denkmal die Umgebung beherrschte. Ich musste zusehen, dass ich zu einem neuen Reservereifen kam, denn der neue Michelin-Reifen, den ich vor meiner Rumänienreise zusammen mit den drei anderen Reifen hatte aufmontieren lassen, um ja einer Reifenpanne vorzubeugen, war zerfranst und hing in Fetzen um die Alufelge. Ich kaufte also einen rumänischen Reifen, ließ ihn auf die Reservefelge montieren und legte das Reserverad an seinen Platz.

Ich ging auf einen kleinen Imbiss ins „KATONA" (ungarisch: „Soldat"). Hier bestellte ich eine Schinkenroulade und einen Fruchtsaft. Ich nahm an einem Ecktisch Platz und hatte von hier eine gute Aussicht auf das Straßengeschehen. Genießerisch nippte ich an meinem Erdbeersaft. Dies Lokal war schon immer ein Aushängeschild der Stadt gewesen. Früher hatte die Imbiss-Stube einer Familie gehört, deren Mitglieder alle hier Hand anlegten. Selbst die studierten Söhne halfen mit, da sie es besser fanden, ihren Kunden Leckerbissen aufzutischen als den Chemikerberuf in einem übel riechenden, ungesunden Chemiewerk auszuüben. Und weil diese kleine, gut gehende Gaststätte zu einer beliebten Attraktion geworden war, hatte man sie nicht geschlossen, sondern weiter als staatliche Imbiss-Stube erhalten, mit rascher Abfertigung und der guten Einnahmen wegen. Nach wie vor lief alles glatt, bloß dass da immer ein Lederjackenmann vom Dienst war, der Augen und Ohren aufsperrte, um das Verhalten der Leute zu überprüfen und um die kommunistische Ordnung zu wahren.

Von dieser kleinen Imbiss-Stube hatten Mariana und Rolf oft geschwärmt, als sie in den Semesterferien nach Hause in die Zibinstadt kamen. Rolf studierte Deutsch und Englisch und Mariana Französisch und Rumänisch an der Philologie-Fakultät der Babeş-Bolyai-Universität.

Bis zu diesem Zeitpunkt, einschließlich der Aufnahmeprüfung, waren Mariana und ich fast täglich zusammen. Wir waren unzertrennlich, hatten schon viel miteinander erlebt, und unsere offizielle Bindung war nur noch eine Frage der Zeit. Wir hatten uns geschworen, unsere Beziehung müsse ewig so bleiben, ohne Abbruch, ohne Einbruch, ohne Spaltung trotz aller Missbilligung seitens ihres Vaters. Trotz allen gehässigen Aussagen der Sicherheitsorgane wollten Mariana und ich fest zusammenhalten. Sie spielte sogar mit dem Gedanken, auf ihre bereits bestandene Aufnahmeprüfung zu verzichten, da diese von Banu persönlich unterstützt worden war, und zwar mit riesigen Geschenkpackungen in Form einer aus 36 Teilen bestehenden, schön geschliffenen Kristallglas-Garnitur und mit einem kleinen, bescheidenen Banknotenbündel. Mariana wollte auf die ganze Prüfung pfeifen und ihr Studium gar nicht erst beginnen, weil sie meinte, ohne meine Gegenwart nicht überleben zu können. Es kostete mich große Überzeugungskraft, sie trotz meiner Abwesenheit zu diesem Studium zu bewegen. Anfangs schrieb sie mir täglich Briefe, dann wöchentlich und später nur noch monatlich. Die Briefe wurden, wie sie schrieb, aus Zeitmangel immer kürzer. Auch die Zeit, die sie in den Semesterferien zu Hause verbrachte, wurde immer kürzer, und immer mehr sorgte sie sich darum, was nach ihrer Rückkehr alles an Aufgaben und Arbeiten auf sie zukommen würde. Viel häufiger als vorher erwähnte sie Rolf in ihren Briefen. Nicht dass ich eifersüchtig gewesen wäre, doch ich beneidete Rolf, weil er mit Mariana in einer richtigen Studentenstadt zusammen sein konnte.

Die Zeit blieb nicht stehen. Ich hatte mich inzwischen mit meinem Schicksal abgefunden, besuchte eine zweijährige technische Projektantenschule und hatte, was das Lernen betrifft, fast gar nichts zu tun. Das, was man uns vortrug, wusste ich schon fast alles, und was meine geliebte Mathematik betrifft, da konnte ich an dieser Schule wahrlich nichts Neues hinzulernen. Wir mussten zwar am Reißbrett zeichnen, doch auch diese so genannten Projekte fertigte ich fast mühelos an und musste nicht wie manche meiner Kollegen stundenlang über eventuelle Lösungen nachdenken. Alles in allem war dies eine mittelmäßige Schule mit Normalbetrieb und hatte nichts mit einer höheren, schon gar nicht mit einer Hochschule zu tun. Ich hatte in diesen zwei Jahren und auch später, als ich als technischer Zeichner in einem Projektantenbüro tätig war, sehr viel Zeit für mich und ging fast verantwortungslos, ja verschwenderisch damit um. Zum Glück änderte sich das in den nachfolgenden Jahren.

Der Entfremdungsprozess gegenüber Mariana hatte begonnen. Die so fest zusammengefügte Mauer des gegenseitigen Vertrauens und Verständnisses, der Zusammengehörigkeit, begann allmählich zu verwittern, einzelne Steine bröckelten heraus, die Mauer sackte in sich zusammen, verfiel und war nach zwei Jahren nur noch wie eine moosbewachsene Ruine. Das, was ich vor meinem Besuch bei Mana nicht wusste, war, ob diese so fest gefügte Mauer sich von selbst oder durch irgendwelche äußeren Einflüsse aufgelöst hatte.

Mein Besuch bei Mariana hatte so vieles aus der Vergangenheit wieder aufsteigen lassen. Sie war schon immer der Meinung gewesen, dass es zwischen Mann und Frau keine echte Freundschaft geben könne. Entweder werde das Verhältnis zur Liebe aufgewertet oder es werde zur egoistischen Benutzung degradiert, doch einen goldenen Mittelweg gebe es nicht.

Ein Gefühl, das nicht genährt wird, stirbt ab, genau wie eine Blume, der die Nährstoffe durch Wassermangel entzogen werden. Dadurch kann sie sich nicht weiter entfalten, kann nicht blühen, verwelkt und geht ein. So war das auch mit Mariana und mir. Der Nährboden unserer Gefühle wurde immer ärmer und trockener. Trotz wenigen Tagen oder einzelnen Nächten der Durststillung verebbte die Intensität des Gefühls, und dieses verwandelte sich in einen Zustand des Sich-Abfindens mit den Gegebenheiten.

Niemals hatte ich auch nur den leisesten Verdacht gehegt, dass Rolf mich hintergehen oder gar belügen könnte, und Mariana vertraute ich sowieso blind. Ich habe Gott sei Dank das verzehrende Gefühl der Eifersucht nie gekannt. Doch als ich dann Mariana besuchte, schien sie einen schwachen Moment zu haben, denn sie legte ein Geständnis nach dem anderen ab.

* * *

Rolf hatte als Philologiestudent der Babeş-Bolyai-Universität in Klausenburg eine kleine Studentenwohnung in der Kirchengasse bezogen, die er mit seinen bescheidenen finanziellen Mitteln sein ganzes Studium hindurch halten konnte. Er schränkte sich ein. Das konnte er gut, denn er hatte dies schon während seiner Kindheit gelernt und geübt. Ihm war sein Studium wichtiger als ein ausschweifendes Studentenleben. Anfangs spielte sich sein Leben überhaupt nur zwischen Hochschule, Bibliothek, Mensa und Wohnung ab, und damit war er auch hochzufrieden. Doch nun war auch Mariana da, die nicht so konsequent ihrem Studium nachging und keine Lust verspürte, sich in einen Bücherwurm zu verwandeln.

Anfangs trafen sich Mariana und Rolf nur rein zufällig auf den Korridoren der Hochschule, während der Pausen, gelegentlich in der Mensa oder aber seltener in der Bibliothek. Da sie sich gut kannten, hatten wir doch drei Jahre hindurch unsere Köpfe öfter zusammengesteckt, blieben sie oft länger im Gespräch, tranken hin und wieder auch gemeinsam Kaffee. Doch auf die Anspielungen Marianas bezüglich Rolfs Studentenwohnung, die sie gerne mal sehen wollte, ging Rolf nicht ein. So etwas überhörte er und gab dem Gespräch sofort eine andere Wendung. Es sah fast aus, als bewohnte Rolf ein Heiligtum, einen geweihten Raum, den kein Fremder betreten durfte.

Dann begann Rolf, häufiger, als es ihm eigentlich lieb war, Botendienste für Mariana zu übernehmen: Er brachte geliehenes Vorlesungsmaterial dem Besitzer und Bücher in die Bibliothek zurück, überbrachte manchmal auch eine private Briefbotschaft. So hatten sie öfter gleiche Wege, und auch der gemeinsame Heimweg wurde fast schon selbstverständlich. Dieser allerdings nur bis zur trennenden Wegkreuzung, an der Ecke des Platzes, wo sich die große Universitätsbibliothek befand. Von dort hatte jeder noch ein kurzes Stück zu gehen. Doch ein Leben, das nur aus Alltag besteht, ist einfach monoton, und da sorgte Mariana für etwas Abwechslung. Zuerst war das nur ein Kinobesuch am Nachmittag, dann auch ein kleiner Sonntagsausflug auf den nahegelegenen Bergrücken des Fäget, und das Eintreffen des Studiengeldes von zu Hause wurde am betreffenden Abend regelmäßig in einem kleinen Restaurant gefeiert. Dies war ebenfalls eine Idee Marianas, die sich das bei ihrer finanziellen Lage eher leisten konnte als Rolf. Doch er machte mit in seiner bescheidenen, etwas zurückhaltenden Art, immer sehr gesprächig, zuvorkommend und taktvoll und immer nur bis zu einer gewissen Grenze. Er war sehr darauf bedacht, diesen Grenzpunkt nie zu überschreiten.

Doch dann spürten sie auf einmal die beiderseitige magische Anziehungskraft, die ihrer Gemeinsamkeit entströmte. Die Tage, an denen sie sich nicht sahen, wurden seltener und waren für beide leer und öde. Sie mussten sich dann eben sehen, gerade so, als ob sie von heut auf morgen vergessen hätten, wie sie aussahen. Dazu Mariana: „Es war sehr seltsam. Wir wussten, was wir taten, und wussten es doch nicht. Ich hatte plötzlich den Eindruck, dass mir etwas fehlt, wenn ich Rolf einen Tag nicht gesehen hatte. Ihm erging es ebenso: Er wollte mich bloß sehen, mit mir zwei Worte wechseln, und dann konnte er wieder an seine Bücher gehen. Weißt du, Rolf schien mir irgendwie hilfsbedürftig zu sein, er kam mir irgendwie verloren vor, ich fühlte mich verpflichtet, mich seiner anzunehmen. Er hatte eigentlich Angst vor jeder näheren Berührung mit mir und vermied es, sich mit mir in einer Umgebung aufzuhalten, die unser intimes Zusammensein gefördert hätte. Aus diesem Grund hat er mir seine kleine gemütliche Studentenwohnung nie zeigen wollen. Er wollte es einfach nicht darauf ankommen lassen, mit mir zu schlafen, mit mir überhaupt eine Beziehung einzugehen, die nicht auf Anhieb wieder gelöst werden konnte. Weißt du, Ernsti, auch wenn wir beide am Bettrand saßen und uns still an den Händen hielten, warst du eigentlich immer wie ein Schatten zwischen uns. Einmal an einem warmen Sommerabend während der Prüfungszeit des vierten, meines letzten Semesters", bemerkte Mariana mit Wehmut, „damals kamen Rolf und ich aus einem Konzert. Wir hatten Beethovens fünftes Klavierkonzert ‚Imperial' gehört und keine Lust, schon nach Hause zu gehen. Wir waren immer noch von der Musik aufgewühlt, und Rolf meinte, es wäre eine Sünde, an solch einem Abend schon zu Bett zu gehen. So schlenderten wir durch den Park und ließen seine nächtliche Kulisse an uns vorbeiziehen. Da blieb Rolf plötzlich stehen und sagte: ‚Du wolltest immer meine Wohnung sehen, Mana, heute will ich deine Neugier befriedigen.' Dabei zitterte seine Stimme, und seine Worte klangen wie von weit her geholt, so als wäre dieser Satz schon lange vorbereitet gewesen und hätte nur darauf gewartet, ausgesprochen zu werden. Es hatte Rolf bestimmt große Überwindung gekostet, sich zu diesem Entschluss durchzuringen. Er nahm mich an der Hand, und ich ging wortlos mit. Ich war selbst überrascht, dass Rolf die so fest angezogenen Bremsen unseres Zusammenseins plötzlich losließ. So kam alles leicht ins Rollen."

Die Wohnung war ideal für Studenten. Sie hatte einen separaten Eingang, einen kurzen Hausflur, ein paar Treppen zum Eckzimmer eines Hochparterrehauses. Es gab zwei Appartements. Das größere bewohnte die Hausfrau, eine alleinstehende Arztwitwe, die Rolf kaum zu Gesicht bekam. In Rolfs Wohnung gab es neben einem großen, mit Leder überzogenen Stuhl aus Hartholz keine Sitzgelegenheiten. Dieser Stuhl hatte zwei geschwungene Armstützen und eine hohe, über den Kopf des Sitzenden hinausragende Rückenlehne. Dieser schwere Stuhl stand vor einem alten Schreibtisch, auf dem Rolf seine Hausarbeiten, Buchkonspekte und Referate schrieb. Ansonsten war das Zimmer fast leer. In einer Ecke stand ein breites Bett, an einer Wand ein kleiner, schmaler Schrank, und an der anderen hing ein Landschaftsbild. In der Mitte des Zimmers lag ein echter, handgeknüpfter Perserteppich, darauf zwei ganz einfache, selbst genähte Sitzkissen für die seltenen Besucher.

Mir hatte Rolf auch einmal bei einem Besuch solch ein Sitzkissen angeboten, und ich freute mich, endlich einmal zwanglos am Boden sitzen zu dürfen. Ich beneidete ihn genauso wie Mana um diese Studentenwohnung und vielleicht am meisten um diesen alten kurzen Schreibtisch, der ursprünglich sicher viel länger war. Ein Schreibtischende war nämlich aus unerklärlichen Gründen abgesägt und das gute Stück nicht mehr ganz fachmännisch zusammengefügt worden. Man merkte es dem Tisch an: Er war verstümmelt. Auch der Aufsatz fehlte, der zu solch einem Schreibtisch gehört, und das Nachstreichen mit schwarzer Farbe war ebenfalls dilettantisch ausgeführt worden. Doch Rolf hatte einen Schreibtisch, einen eigenen in seiner Studentenwohnung. Davon hatte ich schon als Kind immer geträumt. Ja, auch wir hatten zu Hause einen Schreibtisch, der uns allen dreien, Vater, Mutter und mir, gehörte. Jeder durfte ihn benützen, am häufigsten aber ich für meine Schulaufgaben. Es war allerdings kein richtiger Schreibtisch, sondern ein von meinem Vater gebastelter fester Holztisch mit Lädchen, der die Funktion eines Schreibtisches übernommen hatte.

* * *

Damals, als mein Vater voller Angst und Unrast wegen dieser Schreibmaschinen-Geschichte durch die Wohnung getrieben wurde, ist auch in den Schreibtischladen wieder mal Ordnung gemacht worden, da mein Vater der Meinung war, dass man auf alles vorbereitet sein müsse. Man könne nie wissen, ob es den Leuten von der Sicherheit nicht einfalle, eine Hausdurchsuchung vorzunehmen, da sie wohl alles daransetzen würden, besagte Schreibmaschine zu finden. Daher müssten alle Schriftstücke verschwinden, an denen man auch nur den geringsten Anstoß nehmen könnte. Alles, was politisch zweifelhaft war und nicht unbedingt der vorgeschriebenen Linie entsprach, musste vernichtet werden. So stand Vater oft mit einem Schriftstück in der Hand, las es wieder und wieder, legte es dann beiseite und meinte: „Das gehört in die Flammen!" Dann fand er sogar eine Bescheinigung auf den Namen meines Onkels, die diesen als Gefreiten der Deutschen Wehrmacht auswies. Niemand konnte sich erklären, wie dies Papier in die Mappe mit unseren Familiendokumenten gekommen war. Da verzog Vater das Gesicht und bemerkte: „Dies ist etwas ganz Böses, das muss sofort vernichtet werden!"

Drei Tage nach meinem missratenen Abiturfest und dem ersten Verhör meines Vaters kam er nach Dienstschluss niedergeschlagen nach Hause. Die vier Übeltäter, die es gewagt hatten, eines Nachts politische Flugblätter auf einer kleinen, unbekannten Schreibmaschine zu tippen, um das Volk gegen das Regime aufzuwiegeln, waren als Vaterlandsverräter festgenommen worden. Vater schien aber leicht aufzuatmen, da er annahm, die Ermittlungen seien nun abgeschlossen. Er dachte, es werde nun alles der Staatsanwaltschaft übergeben, die dann in einem Schnellverfahren die vier vor Gericht bringen und verurteilen würde. Niemand ahnte, dass sich unter diesen vier Personen auch der stellvertretende Direktor des Unternehmens befand, der nur noch ein paar Monate bis zur Rente hatte, ein Freund meines Vaters, der nicht nur einmal bei uns zu Gast gewesen war. Sie seien diesmal nicht von zu Hause, sondern aus dem Dienst mit einem schwarzen Kleinbus abgeholt worden, erzählte Vater. Dabei hätten die Berufskollegen Spalier gestanden, wie bei einer Hochzeit – allerdings ohne Blumen in der Hand, sondern mit geballten, versteckten Fäusten. Man müsse nun den Vorfall zwar bedauern, doch er könne aufatmen, denn wahrscheinlich war ihnen nun die unbekannte Schreibmaschine nicht mehr wichtig.

Doch er täuschte sich gewaltig. Schon am gleichen Abend kamen vier Stiefelmänner ins Haus. Sie gaben sich höflich, trugen schwarze Lederhandschuhe und zeigten meinem Vater den Hausdurchsuchungsbefehl.

Mein Vater gab sich Mühe, ruhig, gelassen und beherrscht zu bleiben. Doch meine Mutter war dem Weinen nahe und beteuerte immer wieder, dass wir überhaupt nichts Verbotenes im Hause hätten. Ich war felsenfest davon überzeugt, dass sie die Maschine nicht finden würden, und triumphierte bereits innerlich: „Sucht nur, ihr Hyänen, aber gründlich, das, was ihr sucht, ist viel zu gut versteckt, ihr findet das Ding eh nicht!"

Gegen 24 Uhr schien alles vorbei zu sein. Sie hatten gründlich gesucht und gut gewütet, allerdings erfolglos, und das merkte man auch an ihrem Verhalten. Sie wurden gehässiger und gereizter. Der älteste von ihnen, der sich einwandfrei benahm und von dem sogar meine Mutter behauptete, er müsse eine gute Kinderstube gehabt haben, setzte sich an den Schreibtisch, um ein Untersuchungsprotokoll mit dem Tätigkeitsbericht und den auszuwertenden Ergebnissen der Ermittlungen aufzusetzen. Der andere packte die Werkzeuge in den Kasten, der dritte bohrte gelangweilt in der Nase, und der jüngste unter ihnen, ein wahrer Flegel, wendete sich an seinen Vorgesetzten mit den Worten: „Wir sind ja noch lange nicht fertig. Jede Wohnung hat auch noch einen Keller und einen Dachboden." Da musste ihm dieser Recht geben. Die beiden älteren nahmen sich der beiden Kellerräume an, und die zwei jüngeren stiegen auf den Dachboden. Meine Eltern meinten, ich als der jüngste von uns dreien solle die beiden auf den Dachboden begleiten, da, wie mein Vater sagte, keiner von der Familie sonst etwas dort zu suchen habe. Es schien, als horchten sie bei diesen Worten auf. Sie nahmen große Taschenlampen, regelrechte Reflektoren, sowie einen kleinen Werkzeugkasten mit.

Sie tasteten mit den beiden Scheinwerfern den Raum ab und erblickten drei Kisten. Der eine stieß mit dem Stiefel gegen eine Lade und sagte: „Du, die ist voll Gold, es klingt nach Metall!" Der andere lachte und meinte, dass wir – er bezog mich mit ein – dann unser Lebtag lang nicht mehr arbeiten müssten. Ich dachte im Stillen, natürlich nicht, denn wir würden ein Leben lang hinter Gittern sitzen müssen. Er klappte den Deckel der Lade zurück, und eine kleine Staubwolke stieg auf. Er ließ den Deckel wieder zufallen und belehrte seinen Kollegen: „Wo so viel Staub ist, kann nicht vor kurzem die Truhe geöffnet worden sein." Dann wandte er sich zur Truhe in der Ecke. Er leuchtete die Kiste ab und meinte fachmännisch: „Diese Lade ist vor ganz kurzer Zeit geöffnet worden." Er rieb sich die Hände und war froh, dass ihr ausdauerndes Suchen doch nicht vergeblich zu sein schien. Er schlug den Deckel mit Wucht zurück. Beide glotzten in die Kiste und wurden plötzlich übermütig. Der eine holte den alten Spazierstock meines Großvaters hervor und begann damit Fechtübungen zu machen. Dann zog der andere einen Brautschleier hervor, den er seinem Kollegen über den Kopf warf. Beide bogen sich vor Lachen. Mir fiel vor Schreck fast das Herz in die Hose, und ich wusste nicht, wie ich sie von dieser Kiste abbringen sollte. Zu spät. Der eine hatte sich mit der Hand durch diesen alten Plunder bis hinunter durchgewühlt und stieß auf etwas großes Schachtelartiges. Er warf alles heraus und holte den in Lumpen gehüllten schwarzen Koffer hervor: mit der Erika-Schreibmaschine meines Vaters, auf der diese verräterischen Flugblätter getippt worden waren. Die übermütig-ausgelassene Stimmung der beiden schlug um in wichtigtuerischen Ernst. Mich beachteten sie gar nicht mehr, klemmten sich die Schreibmaschine unter den Arm, stiegen bedächtig die Treppen hinunter und stellten die Maschine auf den Schreibtisch vor die Nase ihres Vorgesetzten. Der klopfte den beiden Jungen anerkennend auf die Schulter und bat meinen Vater höflich, er solle sich den Überzieher oder die Windjacke anziehen, denn er müsse ihn mitsamt der Schreibmaschine gleich mitnehmen. Mein Vater sah plötzlich um Jahre gealtert aus, sagte mehrmals: „Ja", als hätte er gewusst, dass alles so kommen würde, sah Mutter und dann mich noch einmal an und verschwand in der Dunkelheit des Torbogens.

Zurück blieb ein achtzehnjähriger Abiturient mit Tränen der Wut in den Augen und seine viel zu früh gealterte Mutter mit grauen Strähnen in dem seidenweichen Haar. Bevor ich die Eingangstüre schließen konnte, brach Mutter zusammen. Ich konnte sie noch auffangen, so dass sie nur auf die Knie fiel, die Hände zum Gebet faltete, den Kopf schlaff hängen ließ und zwischen zusammengepressten Zähnen etwas Unverständliches murmelte.

* * *

Rolf befand sich in seiner Beziehung zu Mariana wie zwischen Hammer und Amboss. Einerseits war ich sein bester Freund, andererseits begehrte er Mariana. Einerseits sah er in der Erfüllung seiner Liebe zu Mariana einen nicht wieder gutzumachenden Verrat an unserer Freundschaft, andererseits hatte er nicht die Kraft, das Verlangen nach Mariana zu unterdrücken. Er litt zusehends unter diesem Zwiespalt, so dass er im vierten Semester seines Studiums nur noch Haut und Knochen war. Freunde rieten ihm dringend, einen Arzt aufzusuchen, da er ansonsten vor die Hunde gehen würde. Doch die gut gemeinten Ratschläge dieser Leute schlug er einfach in den Wind. Er wollte nur in Ruhe gelassen werden und wehrte sich gegen all die Fürsorge.

An jenem lauen Sommerabend nach dem Konzert, als er Mariana bei der Hand nahm und sie zu sich in seine Studentenwohnung führte, hatte er den Beschluss gefasst, Mariana zu besitzen, auf Kosten unserer Freundschaft. Er hatte sich nun für Mariana entschieden, und alles andere war ihm gleichgültig.

Solch einen lange gereiften Entschluss, den Sieg über einen langwährenden inneren Kampf, musste Rolf erst einmal mit einem starken Getränk feiern, außerdem sollte der Alkohol seine in Aufruhr geratenen, rebellischen Nerven beruhigen. Er holte aus seiner Schreibtischlade zwei Becher und eine Whiskyflasche hervor, die er schon vor Monaten für besondere Anlässe gekauft hatte. Er füllte also die Gläser zwei Finger voll und goss, ohne eines davon Mariana anzubieten, den Inhalt des einen schwungvoll und gierig hinunter. Zur überaus schweigsamen Mana sagte er nur: „Trink auch du, wenn es dir Spaß macht und du das Bedürfnis verspürst." Mana war irgendwie anders als sonst. Sie war wie gelähmt und konnte sich ihr Verhalten selbst nicht erklären. Es ist wahr, sie hatte nichts gegen Rolf und mochte ihn auch. Außerdem wollte sie ja schon immer auch Rolfs Studentenbude sehen, und es war ihr auch klar, was man in solch einer Wohnung tut, wenn man zu zweit darin Alkohol genießt. Sie kannte bereits den Ablauf der Dinge, und doch war sie sehr zurückhaltend und wirkte irgendwie überrascht.

Mana erzählte: „Irgendwie kam mir alles gekünstelt und unwirklich vor. Es kam alles viel zu überstürzt. Ich bin einfach überfallen worden. Ich wusste zwar, dass es eines Tages dazu kommen würde, und ich wünschte es mir auch, mit Rolf zu schlafen. Doch gerade während dieses herrlichen Klavierkonzertes musste ich fortwährend an dich, an uns beide denken. Du weißt ja, ich habe in meinem Leben kaum geweint, weil ich das immer als Schwäche gedeutet habe. Doch bei diesem Konzert musste ich ein Taschentuch hervorholen. Es war so, dass du immer zwischen Rolf und mir standest. Mal hatte er, mal hatte ich Gewissensbisse. Und da sah ich dich plötzlich deutlich vor mir: Ein Traum in wachem Zustand, mit Musikuntermalung. Du strecktest die Arme nach mir aus und batest: ‚Warte Mana, geh nicht weg, das Leben ist noch nicht zu Ende.' Ich wollte dir antworten, doch du warst bereits verschwunden, hattest dich irgendwo in den Klängen aufgelöst. Übrigens war ich in Rolfs Wohnung nie zu Hause. Auch später, als ich öfter bei ihm war, hatte ich immer das Gefühl, ich wäre nur zu Besuch da und auch das nur für kurze Zeit."

Mana saß wie erstarrt auf dem Bettrand. Rolf hatte bereits das zweite Gläschen hinuntergekippt und forderte sie auf, doch auch einen Whisky zu trinken. „Du spürst dann, wie alle Lebensgeister in dir erwachen." Mana griff stumm zu ihrem Glas, nippte daran und stellte es dann auf den Teppich. Auch Rolf bemerkte die Veränderung bei Mana, sie war wie umgewandelt und völlig abwesend. Dann aber trank sie ihr Glas leer und sagte: „Komm, Rolf, wir machen es. Das wolltest du doch auch oder nicht?" Rolf blickte verschämt zu Boden. „Ja", sagte er, „ich dachte die ganze Zeit über, du würdest das Gleiche wollen, doch ich muss mich wohl geirrt haben." „Nein", beeilte sich Mariana zu erwidern, „du hast dich nicht geirrt, es ist auch mein Wunsch. Doch da ist jemand, der versucht, mir die Hände zu binden, so dass ich mich gar nicht mehr bewegen kann."

Rolf sah plötzlich sehr müde aus und sagte: „Ich glaube, da habe ich etwas falsch gemacht, dass ich mit dir überhaupt alles falsch mache. Eines aber will ich betonen: dass ich auf meine Freundschaft mit Ernst, meinem besten Freund, verzichtet und dich gewählt habe, das ist keine Kleinigkeit. Das ist fast das Wertvollste, das ich für dich aufgegeben habe, doch du weißt überhaupt keine Werte, seien es menschliche oder materielle, zu schätzen. Du bist kalt und eisig wie der Polarstern am Himmel."

„Aber Rolf, du redest zu viel, du zerredest auch die Dinge, über die man am besten schweigen sollte. Komm, setz dich zu mir und sei so wie früher. Wir beide haben uns immer so gut verstanden bis heute, bis zu dieser Situation, die wir uns eigentlich beide herbeigewünscht haben." Mana bat um ein zweites Gläschen Whisky, das sie auf einen Zug leerte. Rolf trank bereits sein drittes Glas. Sie schwiegen mit Pausen, in denen sie mit wenigen Sätzen dies mühsam aufgestellte Liebeswerk zerstörten. Dann nahm Rolf Mana in die Arme und öffnete die Knöpfe ihrer weit ausgeschnittenen Bluse. Er spielte mit ihren kleinen Brüsten, und Mana war brav wie ein Lamm. Sie ließ alles mit sich geschehen. Er zog ihr die Bluse aus, sie trug keinen BH, streichelte ihre Knie und wollte seitlich ihren Rock öffnen. Doch der Reißverschluss klemmte. Da stand Mana auf, öffnete den Verschluss, zog den Rock aus und legte sich aufs Bett.

„Du frierst", stellte Rolf fest, doch Mana schüttelte den Kopf: „Nein, hier im Zimmer ist es warm, doch ich könnte noch einen Whisky vertragen." Rolf schenkte ihr noch einmal ein, dann entkleidete er sich und fiel förmlich über sie her. Sie hielt still und blieb passiv. Als sie fertig waren, bat sie wieder um Whisky.

Mana erzählte weiter: „Ja, ich habe mit Rolf geschlafen, doch nur unter dem Einfluss des Getränks. Ich glaube, auch Rolf hat es gemerkt, dass ich doch nicht ihm gehörte, auch während des ganzen Geschlechtsaktes nicht." Danach lagen beide noch lange Zeit wach. „Wir hörten die Turmuhr zwölf schlagen. Plötzlich packte mich ein wahnsinniges Gefühl der Unruhe. Ich drehte mich nach links und nach rechts und fand keinen Schlaf. Dann stand ich rasch auf und erklärte Rolf, dass ich nun gehen müsse, ich wisse selbst nicht, warum. Wir zogen uns an, und Rolf begleitete mich bis zur Straßenecke. Dort hielt er ein Taxi an, das mich dann zum Studentenheim brachte."

Ich hörte mir diese ganze Geschichte an und war wie vor den Kopf gestoßen. So hast du dich also auch mit meinem besten Freund eingelassen, hast mit ihm geschlafen. Beide habt ihr mich betrogen. Doch ich musste zugeben, dass seit damals viele Jahre verstrichen waren. Hatte ich überhaupt noch das Recht, so zornig zu reagieren? Mana hatte mir doch alles nur darum erzählt, weil ich es von ihr verlangt hatte. Und nach siebzehn Jahren konnte ich so in Wut geraten, war aufgebracht darüber, dass sie mit meinem besten Freund, für den ich ihn allzeit gehalten hatte, geschlafen hatte? Ich wollte sie schon zur Hure stempeln, doch dann beherrschte ich mich und sagte bloß: „Dann hast du ja mit Rolf auch genau so schöne Stunden erlebt wie mit mir..."

Doch sie sah mich nur traurig an und erwiderte: „Verstehst du nicht, dass du immer zwischen Rolf und mir gestanden hast? Dass ich Alkohol trinken musste, um mit Rolf zu schlafen, und dass er mich gebeten hat, dir alles zu erzählen, bloß das nicht, dass ich mit ihm geschlafen habe. Er wollte nicht, dass du jemals erfährst, wie sehr er mich geliebt hat. Er sagte mir, er könne im Leben nie mehr ein Mädchen lieben, weil er mich kennen gelernt hatte.

„Das sagen alle", meinte ich, doch Mariana ereiferte sich: „Dass er Gerlinde geheiratet hat, war allein das Resultat meiner Überzeugungskunst. Ich musste ihm klarmachen, dass er mich niemals bekommen würde."

„Ich glaube", sagte Mariana weiter, „du hast nie richtig verstanden, wie es um uns beide steht. Und das nicht einmal nach dieser langen Trennung, während der du ja Distanz zu allem gewonnen hast. Manchmal glaube ich fast, dass du nur meinen Körper geliebt hast, nicht aber auch meine Seele."

Doch ich blieb stumm und musste immerzu nur denken. Immerhin musste ich Rolf nun Recht geben: Von dieser Frau kommt niemand so leicht los. Auch ich bin mir da nicht so sicher, ob ich heute von ihr ganz losgekommen bin. Ich kann auch nicht sagen, worin ihr Zauber besteht.

In Gedanken hatte ich Rolf bereits vergeben, hatte er doch einen Teufelskampf zwischen Liebe und Freundschaft auszustehen gehabt, aus dem die Liebe als Siegerin hervorgegangen war. Kann man überhaupt einen Menschen verurteilen, bei dem die Liebe gesiegt hat? Und wenn dem so ist, wer von den beiden Beteiligten war Sieger, sie oder er oder beide, oder sind vielleicht beide die Besiegten, die Verlierer, wer kann das schon so genau sagen?

* * *

Als Mariana bei ihrem Studentenheim ankam, stand der Pförtner breitspurig im Eingang. „Heißen Sie Mariana Banu?" „Ja, die bin ich." „Dann rufen Sie im Hotel Continental an. Ihr Vater hat Sie um 20 Uhr gesucht und zwei Stunden hier in der Halle auf Sie gewartet. Rufen Sie rasch an, denn er hat einen ziemlich ungeduldigen Eindruck gemacht." „Oh, welch eine Freude", entfuhr es Mariana. Wahrscheinlich freuen sich alle anderen Mädchen, wenn ihre Väter zu Besuch kommen, einzig und allein Mariana nicht. „Ausgerechnet heute muss der Alte kommen, wo ich abends nicht zu Hause war. Einer von uns hat Pech gehabt, entweder Vater oder ich."

Marianas Vater, Genosse Banu, befand sich auf einer Dienstreise, die ihn bis nach Alba Iulia führte. Von dort war es nicht weit bis Klausenburg, und so wollte er einen kleinen Abstecher in die Studentenstadt machen und seine Tochter besuchen oder besser: kontrollieren.

* * *

Nachdem Genosse Banu das Studentenheim verlassen hatte, hielt er ein Taxi an und ließ sich bis in die Nähe des Continental-Hotels bringen. Dass er sich nicht bis vor das Hotel fahren ließ, war auch eine Sicherheitsvorkehrung, die ihm in seinem Beruf in Fleisch und Blut übergegangen war. Der Fahrer durfte nicht wissen, wo der berühmte Staatssicherheitsmann zu übernachten beabsichtigte. Er entlohnte den Fahrer und schritt missmutig auf das Eingangsportal des Hotels zu. Bevor er aber eintrat, drehte er sich noch einmal kurz um, warf einen Blick in die Runde, um sicher zu sein, dass ihm niemand gefolgt war.

Er trat an die Rezeption, an der eine hübsche, blonde junge Frau stand, die ihn höflich anlächelte. Er verlangte im geübten herrischen Ton den Schlüssel. Ihm fiel das schöne Gesicht gar nicht auf. Für so etwas hatte er überhaupt kein Auge, genauso wie ihm auch nicht die Schönheit seiner eigenen Tochter auffiel – er konnte einfach nichts damit anfangen. Ein Gesicht mit einer Narbe gezeichnet oder mit blitzenden Augen oder zitternden Lippen erregte eher sein Interesse. Für weibliche Schönheit hatte er einfach nichts übrig.

Banu sperrte die Türe auf und stand dann in einem schön ausgestatteten Zimmer des bekannten Klausenburger Continental-Hotels. Er rieb sich die Augen, wischte mit der Hand den Schweiß von der Stirn, knöpfte den obersten Hemdknopf auf und ließ sich dann aufs Bett fallen. Im Zimmer war es stickig warm und roch nach einem billigen Parfüm. Er schnupperte ein wenig und stellte dann fachmännisch fest: „Mein Vorgänger hat vor nicht allzu langer Zeit diesen Raum verlassen. Natürlich hatte er so ein Flittchen billiger Sorte mit, wer denn sonst benützt so was Minderwertiges? Das Bett wird ja wohl frisch bezogen sein, doch gelüftet wurde hier gewiss nicht."

Er war übel gelaunt, und die Gedanken liefen ihm davon. Er war nicht etwa missgestimmt, weil er seine Tochter nicht angetroffen hatte und deshalb zwei Stunden unnütz herumgestanden war. Schließlich hatte er nichts anderes von ihr erwartet, da er sie doch nur zu gut kannte. Nein, ihn, dem sein Beruf über alles ging, ließen heute unangenehme Berufsprobleme nicht zur Ruhe kommen. Da waren wieder diese aufrührerischen Ungarn am Werk gewesen, die eine geheime Organisation gegründet hatten. Selbstverständlich war diese aufgeflogen – wäre ja auch gelacht, bei so einem tüchtigen Staatssicherheitsdienst. Allerdings waren noch nicht alle Mitglieder gefasst worden, so dass die ganze Angelegenheit nun doch komplizierter war, als man zunächst angenommen hatte. Man hatte Banu als Experten nach Alba Iulia gerufen, damit er mit seinem gut ausgeprägten Spürsinn und als Taktiker mit viel Erfahrung diese ungarischen Banditen zur Strecke bringt. Die Ungarn wollten sich nicht beugen, ging es Banu durch den Kopf, sie wollten einfach keine Rumänen werden, wollten einfach ihr reines ungarisches Blut vor leichtfertiger Mischung mit rumänischem Blut bewahren. Deshalb rebellierten sie gegen alles, was ihnen nicht passte. Und es passte ihnen gar nichts. Obendrein wollten sie auch noch unser schönes Siebenbürgen, das wir im Laufe der Zeit so gut an die rumänischen Lande angeglichen hatten. Auch wenn es nicht ganz uns gehört, haben wir es doch zu unserem Heimatboden gemacht. Was wollen diese Magyaren überhaupt? Kein Wunder, dass unser weiser Staatsführer die ungarische Botschaft in Klausenburg hat sperren lassen. Wenn man diesen Ungarn nicht zeigt, wer der starke Mann ist, wachsen sie einem über den Kopf!

Soll unser Staatsführer sie doch einfach abhauen lassen oder vielleicht ein wenig nachhelfen und sie abschieben. Sowieso sind sie zu nichts zu gebrauchen und stehlen unserem

Herrgott nur die Zeit. Banu lächelte. Ja, so müsste man das machen: Die rumänische Natur reinigen, indem man die Ungarn nach Hause schickt, genau so, wie wir es mit den Siebenbürger Sachsen und den Banater Schwaben schon seit Jahren praktizieren. Ja, so ist es. Banu freute sich über seine gesunden Überlegungen. Er hatte die ganze Lage im Griff. Diese Rebellion der Ungarn ist der analoge Fall zum Aufbegehren der Siebenbürger Sachsen vor Jahren. Diese hatten sich damals „Edelsachsen" genannt und in einer öffentlichen Versammlung in Klausenburg am Fäget ihre Statuten verlesen, die sie unter den Sachsen verteilen wollten. Banu erinnerte sich gut an alles, da er auch damals wieder als Experte aus Hermannstadt nach Klausenburg beordert worden war. Damals war seine Aktion recht erfolgreich gewesen, hatte er doch alle aufrührerischen Elemente aus den Reihen der Sachsen ans Messer liefern können. War das eine aufregende Zeit gewesen! Mit einem Schlag hatten wir damals die Sachsen mundtot gemacht!

Aber da war auch etwas gewesen, ein Ereignis, auf das er nicht stolz sein und es nicht einfach so ohne weiteres vergessen konnte. Jedes Mal, wenn er an die Sachsen dachte, kam alles wieder hoch. Damals stand er als frisch gebackener Hauptmann des Sicherheitsdienstes noch am Anfang seiner Karriere und befand sich in einer Sondermission in Klausenburg. Waren das schöne Abende, wenn man mit den Berufskollegen so richtige Saufgelage veranstaltete! Mal in dem einen, mal in dem anderen Restaurant, doch auch in kleineren Wirtshäusern oder Spelunken. Wie hieß doch nur gleich diese kleine Bodega, diese Weinstube auf dem Weg zur Burg? Dort hatte er abends diese gute Bratwurst mit weißen Bohnen und Sauerkraut gegessen, die Spezialität des Hauses. Und dann der herrliche Alba-Iulia-Wein, dessen Name ihm nicht gleich einfallen wollte. Und da war es doch damals geschehen, zwei Tage nach seiner Ankunft in Klausenburg: Als sie von einer Sauftour heimkehrten, stolperte Banu über einen Pflasterstein im Fußgängerstreifen, wo Ausbesserungsarbeiten durchgeführt wurden. Er fiel so unglücklich hin, dass sein linker Fuß zwischen aufgehäuften Pflastersteinen und einem durch den Fall niedergerissenen Markierungsbrett eingeklemmt blieb. Der Knöchel war gebrochen, und der Fuß erhielt noch am selben Abend einen Gipsverband. Nun stand

Banu vor der Wahl: Sollte er von seinem Krankenrecht Gebrauch machen und wegen Arbeitsunfähigkeit nach Hause fahren, oder sollte er heldenhaft und trotz seiner Behinderung in Klausenburg den begonnenen Auftrag zu Ende führen? Er entschloss sich für die zweite Variante: „Ich bleibe", sagte er zu seinem Vorgesetzten, „der Auftrag ist wichtiger als mein verletzter Fuß. Wir müssen diese Sachsenhunde kriegen, zum Teufel mit ihnen! Ich bleibe auf meinem Posten, auch wenn ich meinen Fuß für immer verliere. Für unsere rumänische Nation und unseren Staatsführer würde ich noch mehr als nur ein Bein opfern. Versteht ihr das, leuchtet euch das wirklich ein?" Und, oh Wunder, alle verstanden ihn, seine Kollegen, sein Vorgesetzter, und er wurde sogar als Held gefeiert. Die Saufgelage wurden also fortgesetzt, und bei allen möglichen Anlässen wurde er als Vorbild genannt. Es hatte eben noch nie einen so tüchtigen Sicherheitsmann gegeben, der einen Auftrag über die eigene Gesundheit stellte und das Risiko einging, während der Mission einen Fuß zu verlieren.

Banu lag wie in Trance. Er atmete schwer und leckte sich seine wulstigen Lippen. Dann angelte er sich eine Wodkaflasche und nahm einige Schluck daraus. Waren das Zeiten, Junge, einmalig, wie er so als junger Hauptmann im Sicherheitsdienst gefeiert worden war. Drei Tage später geschah es dann. Sie saßen gemütlich in dieser Weinstube, verdammt, wie hieß sie nur, und waren im besten Zechen. Es war nicht gerade das vornehmste Restaurant, alles bestand aus Holz, die Weinfässer im Keller, die Tische, die Stühle, sogar die Theke, der Dachstuhl und auch der lange Korridor waren holzgetäfelt, bloß sein Bein war nicht aus Holz, sondern aus Gips. Er lachte laut auf und dachte krampfhaft darüber nach, ob nicht vielleicht auch das Besteck und die Teller aus Holz waren, doch daran konnte er sich nicht mehr so genau erinnern. Es war ein warmer Junitag, und in der Wirtsstube war es qualmig und heiß. Zuerst wunderten sie sich darüber, dass ein Junitag so heiß wie ein Hochsommertag sein konnte. Alle klagten über die zunehmende Hitze, knöpften zuerst die Kragen auf, lockerten die Krawatten, legten ihre Jacken ab und hängten sie über die Stuhllehnen, streiften die Hemdsärmel hoch, und Banu machte noch Witze und meinte, dass es nun bald zu einem Striptease kommen werde. In der Unterhose könne man schließlich auch gut dem Wein zusprechen.

Und gerade als er schwungvoll zu übertreiben begann, wie es zu seiner Beförderung zum Hauptmann gekommen sei, rief jemand schrill und entsetzt durch die Weinstube: „Es brennt!" Schon sah man die Flammen an der rechten Seitenwand vom Fußboden aufsteigen, die Fenstervorhänge erfassen, die wie Zunder verbrannten. Das Feuer stieg aus dem Keller hoch, dort musste sich der Brandherd befinden. Die braven Sicherheitsagenten, die sich so brüderlich mit Banu zu diesem Saufgelage eingefunden hatten, waren äußerst geistesgegenwärtig, ergriffen als erste die Flucht und ließen Banu allein zurück. Dieser griff nach seinen Krücken, doch es brannte bereits bei der Eingangstür. In den Augen derer, die nicht gleich panikartig die Flucht ergriffen hatten, malte sich nacktes Entsetzen. Dann brach ein Teil des Fußbodens ein, Tische und Stühle verschwanden in der Tiefe. Am Nebentisch der Sicherheitsbeamten hatten Studenten eine bestandene Prüfung gefeiert. Einer von ihnen hatte nicht gleich die Nerven verloren, stürzte nicht kopfüber in die Flammen, sondern sah sich rechts und links nach einem halbwegs günstigen Fluchtweg um. Dann sah er einen Menschen hilflos nach seinen Krücken greifen. Der junge Mann gehörte zu den Menschen, die andere nicht im Stich lassen und sich selbst in höchster Gefahr immer noch menschlich verhalten. Er sprang zur Theke, holte einen Servierwagen, und ohne ein Wort zu verlieren, riss er Banu mit kraftvollen Armen hoch, legte ihn der Länge nach auf den Wagen und brüllte ihm ins Ohr: „Halt dich fest!" Nun konnte er sich aber nicht mehr den günstigsten Fluchtweg aussuchen. Es gab nur noch den Weg durch den langen holzgetäfelten Korridor, der bereits auch schon in Rauch und Flammen stand. Halsbrecherisch stürzte sich der Student mit dem auf dem Serviertisch liegenden Menschen in die Flammen. Er jagte den Korridor bergab auf die Straße. Dass er davon ein paar Brandwunden abbekommen hatte, machte ihm weiter nichts aus, Hauptsache, er hatte ein Menschenleben gerettet – und was für eines! Wenn er gewusst hätte, wer da vor ihm lag, wäre er vielleicht doch nicht so menschenfreundlich gewesen. Er hat jedenfalls dem Genossen Banu, Hauptmann im Staatssicherheitsdienst, das Leben gerettet, er, der bescheidene Student Udo Polder – ein Siebenbürger Sachse und mein späterer Physiklehrer, einer von denen, die Banu ausrotten wollte.

Banu stöhnte. Er hatte nochmals wachen Blickes diese Flammenbilder durchlebt. Er benetzte seine dicken, trockenen Lippen mit Wodka, ließ die Flüssigkeit durch seine Kehle fließen und spülte mit Sprudel nach.

Ja, richtig, ihm war ein neues Leben geschenkt worden, doch nicht durch Gott, sondern durch diesen Studenten Udo Polder. Nachträglich hatte er ihn ja auch belohnt oder, besser gesagt, für die Rettung entschädigt. Wie er mir, Banu, geholfen hat, so habe auch ich ihm geholfen und aus ihm einen Menschen gemacht. Schließlich hatte er seine Anstellung am Brukenthal-Lyzeum auch Banu zu verdanken. Somit waren die beiden quitt.

Laut schrillte das Telefon. Banu fuhr zusammen und fluchte: „Wer zum Teufel muss jetzt mitten in der Nacht anrufen? Hier ist doch keine Notrufstation!" Er hatte bereits vergessen, dass ihn einzig und allein nur ein Mensch um diese Zeit anrufen konnte und seine Nachtruhe stören durfte, und das war seine Tochter Mariana. Verärgert über die Störung nahm er das Telefon ab und brüllte hinein: „Hier Banu, was fällt Ihnen ein, so mitten in der Nacht ..."

„Hallo, Paps, ich bin's, Mana."

„Ach ja, du bist es, ist ja gut, schön, dass du dich auch schon meldest, und gut, dass du auch schon von deiner Tour zurück bist. Du hast ja gut ausgehalten." Als er nun mit Vorwürfen und Zurechtweisungen beginnen wollte, schnitt ihm Mariana das Wort ab und meinte: „Weißt du, Pappendeckel, morgen ist auch ein Tag, und wir reden morgen weiter."

Banu knurrte nur noch ein „Ist ja gut" und legte den Hörer wieder auf die Gabel. Wo war der Film der Erinnerungen stehen geblieben? Ach ja, bei dem Höllenfeuer, bei der Fahrt durchs Inferno, wo er nicht durch Gottes Hände, sondern durch die Kraft und den Mut des Physikstudenten gerettet worden war. Die kleinen Brandwunden, die er damals abgekriegt hatte, waren kaum der Rede wert. Banu und Polder aber lagen Bett an Bett in einem weißen Krankenzimmer mit drei Betten. Obwohl Platzmangel in den Krankenhäusern war, wurde das dritte Bett nicht belegt. So konnten sich die beiden vier Tage hindurch ungestört unterhalten. Doch trotz den vielen und ausgiebigen Gesprächen gaben sie sich nicht zu erkennen. Weder wusste Banu, dass Udo Polder etwas mit den „Edelsachsen" zu tun hatte, noch wusste Polder, was dieser Herr

Banu beruflich tat und dass er selbst die Hauptuntersuchung im Fall „Edelsachsen" leitete. Nach der Entlassung aus dem Krankenhaus trennten sich ihre Wege. Banu saß schon wieder am Schreibtisch, ordnete Zettel, hörte Tonbandaufnahmen ab und verhörte aufrührerische Sachsen. Unermüdlich tat er dies von früh bis abends, bloß mit einer einstündigen Mittagspause, in der er sich das Mittagessen an den Schreibtisch bringen ließ.

Plötzlich trat ein junger Mann ein, der Banu nur allzu bekannt war: Udo Polder. Erstaunen auf beiden Seiten und prüfende Blicke. Gerne hätte jetzt jeder gewusst, was sich hinter der Stirn des anderen abspielte, was der eine vom anderen bei diesem unverhofften Wiedersehen dachte. Dann brach Banu das Schweigen: „Ich dachte nicht, dass wir uns schon nach so kurzer Zeit wieder sehen würden." „Dachte ich auch nicht", erwiderte Polder gelassen, „es tut mir leid, dass unser Wiedersehen in solch einer Umgebung stattfindet und in einer Angelegenheit, die fast einem brennenden Wirtshaus gleicht." Banu verstand nur zu gut, was Polder mit dem Vergleich sagen wollte: „Jetzt bist du an der Reihe, mir zu helfen. Du kannst es und gehst dabei nicht einmal das Risiko ein, in den Flammen ums Leben zu kommen. Du musst aber helfen wollen!" Banu nickte nur stumm, denn inzwischen hatte in ihm schon der Kampf zwischen Gut und Böse begonnen, zwischen Menschlichkeit und Berufsethos. Er brummte nur: „Was zum Teufel hast du mit dieser Edelsachsen-Schweinerei zu tun? Du musst mir alles sagen und dabei ehrlich sein, sonst kann ich dir nicht helfen."

Udo sagte alles, was er wusste. Vielleicht verschwieg er wirklich nichts oder aber doch einiges, was seine Freundin Ute Konrad zu sehr belastet hätte. Für Banu war die Lage klar: Udo hatte sich durch sein Verhalten laut Gesetz schuldig und strafbar gemacht. Nach seinem offenen Geständnis hätte Udo Polder mit einer Haftstrafe von mehreren Jahren rechnen können und natürlich mit dem Entzug des Hochschuldiploms. Dazu bemerkte Banu: „Mein Versprechen halte ich. Sagen wir, ich werde dir ebenfalls das Leben retten. Bloß muss ich sehen, wie ich dich aus dieser Sache heraushole. Ab sofort musst du alle meine Weisungen streng befolgen. Du brichst mit deinen Freunden sofort alle Kontakte ab, packst deine Sachen und verschwindest aus Klausenburg, sagen wir mal, für mindestens vier Wochen."

Udo war mit allem einverstanden, doch dann bat er um ein zweites Menschenleben, um das seiner Freundin Ute Konrad, die sich bereits seit einer Woche in Untersuchungshaft befand. Doch das konnte Banu nicht mehr versprechen. Polder ging, und Banu schickte zwei Männer los mit dem Auftrag, Ute Konrad zu holen.

Bald stand vor ihm ein schlankes, sportlich aussehendes, brünettes Mädchen mit braunen Augen, die trotzig blitzten. Ute Konrad wusste nicht, dass ihr Freund, Udo Polder, der Lebensretter dieses Genossen war und dass er vor kaum zwei Stunden diesen Raum als freier Mann verlassen hatte. Banu merkte, dass sie ganz unverfroren log, da er von Polder bereits vieles wusste. Bei einer wiederholten Lüge verlor Banu die Geduld, geriet in Wut, haute mit der Faust auf den Schreibtisch und brüllte das hilflose Mädchen an: „Du lügst wie gedruckt! Wenn du jetzt nicht gleich die Wahrheit sagst, mach ich dich fertig!" Von diesem Augenblick an schwieg Ute Konrad. Sie schwieg trotzig, obwohl sie sich dessen bewusst war, wie sehr sich ihre Lage dadurch verschlimmerte. Weil Banu kein Wort mehr aus ihr herausquetschen konnte, entließ er sie unter wüsten Drohungen. Den beiden Soldaten, die sie abführten, gab er den Befehl, sie nach Kammer III zu bringen. Das bedeutete, dass die Verhörte die Aussage verweigert hatte und in dieser Kammer ein wenig für das nächste Verhör „präpariert" werden sollte.

Am nächsten Morgen, als Banu seinen gewohnten Platz am Schreibtisch eingenommen hatte, erfuhr er von der Katastrophe: „Melde gehorsamst, Untersuchungshäftling Ute Konrad hat Selbstmord begangen!" Banu war wie vom Blitz getroffen. „Wie?", wollte er noch wissen. „Sie hat sich gestern an ihrem eigenen Seidenschal erhängt." „Und wo?" „Auf der Toilette." „Aber warum?" Es entstand eine kurze Pause, der Gesprächspartner am anderen Ende der Leitung hatte wohl mit den Achseln gezuckt, doch das hatte Banu ja nicht sehen können. Übrigens hätte er sich selbst am besten die Antwort geben können. Er hatte als Mensch versagt, und spätestens jetzt sah er dies ein, doch viel zu spät.

Banu, der noch immer angezogen auf dem Hotelbett lag, war schweißgebadet, die Kleider klebten ihm am Leib, und er musste rasch noch einen großen Schluck Wodka aus der fast leergetrunkenen Flasche nehmen. Er hatte plötzlich sehr deutlich dies trotzige Mädchengesicht mit den verschlossenen Lippen vor sich. Er fühlte, dass er eine furchtbare Schuld auf sich geladen hatte.

Udo Polder hat natürlich nie etwas darüber erfahren. Nie hatte er auch nur den leisesten Verdacht geschöpft, dass Banu hinter all dem steckte und dass er, statt Polders Freundin zu retten, diese in den Tod gejagt hatte. Wie war dieser Häuptling der Staatssicherheit doch mächtig, wie nahe lagen Leben und Tod beieinander. Am selben Nachmittag konnte er einem Liebespaar Leben und Tod schenken und somit die beiden für ewig trennen.

* * *

Mana verspürte keine Lust, mit ihrem Herrn Vater zu sprechen. So brach der nächste Tag für Vater und Tochter sehr grau und düster an. Banu hatte eine unruhige Nacht hinter sich, in der er sich schweißgebadet und angezogen im Bett hin und her gewälzt und gegen die Dämonen der Vergangenheit gekämpft hatte. Mana hatte ebenfalls keinen Schlaf gefunden, da sie immerzu an Rolf und an Ernst Buchner denken musste. Nach der gestrigen Bettgeschichte mit Rolf war ein bitterer Nachgeschmack geblieben. Nüchtern hatte sie überlegt, dass Rolf ihr niemals Ernst Buchner ersetzen konnte. Das wollte sie noch an diesem Tag mit Rolf ins Reine bringen, das musste sie tun, während das Gespräch mit ihrem Vater für sie eher nebensächlich war. Außerdem wussten beide, Vater und Tochter, schon im Voraus, wie das Gespräch verlaufen würde, da kannten sie sich schon viel zu gut.

„Gib auf, Mana", hieß es dann am Vormittag in der Verde-Konditorei. „Häng dein Studium an den Nagel, du schaffst es eh nicht. Das ist vergeudete Zeit. Was versprichst du dir überhaupt von einem Lehrerberuf? Willst du dein Leben lang ein kleiner Pauker bleiben, eine graue Kathedermaus, die von Lümmeln und Flegeln angepöbelt wird? Dazu ein mieses Einkommen, mit dem du dich gerade über Wasser halten kannst! Nein, Mana, das ist keine Zukunft!"

Banu hatte seiner Tochter ein besseres Los zugedacht und fuhr fort: „Mana, gib dein Studium auf, ich schicke dich in die Hauptstadt. Ich verschaffe dir eine Anstellung als Sekretärin in der deutschen Botschaft. Dort habe ich einen Freund sitzen, der mir verpflichtet ist. Der braucht mich und auch dich dort als einen zuverlässigen Menschen. Mana, nimm doch Vernunft an. Du musst nur eine kurze Zeit, zwei Jahre, eine Sekretärinnen-Schule besuchen. Dann hast du ein Diplom, und du wirst vielleicht sogar Chefsekretärin."

Mana sah ihren Vater gar nicht an, sondern beobachtete durch die großen Glasscheiben das Treiben auf der Straße. Junge Leute, vermutlich Studenten, blieben vor der Konditorei stehen. Mana verstand nicht, was sie sich zuriefen, doch an ihrem Gehabe konnte man erkennen, dass sie sich über etwas sehr freuen. Vielleicht über eine bestandene Prüfung oder über eine gelungene Testarbeit. „Überall glückliche Leute, unbeschwertes Leben", fuhr es Mana durch den Kopf, und unwillkürlich verglich sie es mit ihrem eigenen Leben, das ihr Vater fest in den Händen zu halten schien. Ihrer Ansicht nach hatte er ihr noch nie etwas Gutes getan. Er versuchte oft, sie mit Drohungen zu erpressen, und dafür hasste sie ihn. Was sollte sie ihm nun heute antworten?

Sie machte es kurz: „Ich gebe nicht auf! Ich habe es mir in den Kopf gesetzt zu studieren. Ich will mir selbst beweisen, dass ich imstande bin, es zu schaffen." Punkt. Somit war die Diskussion zu diesem Thema beendet.

„Deine Mutter lässt dich übrigens grüßen", sagte Banu nach einer kurzen Pause. „Sie liegt im Krankenhaus, hat Schmerzen, eine Gallenoperation steht ihr bevor. Du solltest nach Hause kommen und sie einmal besuchen." Mana nickte. Auch das Verhältnis zu ihrer Mutter war nicht gerade das beste. Die beiden hatten sich nie viel zu sagen gehabt. Die Mutter wollte, dass Mana nach den Vorschriften ihres Vaters lebe. Mana hatte nie verstanden, wie eine so schöne und gebildete Frau wie ihre Mutter so einen wie ihren Vater heiraten konnte.

Diesmal nahm sie sich aber fest vor, ihm Widerstand zu leisten und, wenn es nötig sein sollte, ihm die Zähne zu zeigen. Sie wollte einmal so handeln, wie sie es für richtig hielt, und genau das Gegenteil von dem tun, was ihr Vater wollte.

* * *

In der Zeit nach dem unglücklichen Liebesabend bei Rolf musste Mana viel nachdenken. Es tat ihr leid, die unkomplizierte Freundschaft zu Rolf durch einen mehr oder weniger erzwungenen Beischlaf zerstört zu haben. Sie bereute, was geschehen war, obwohl sie wusste, dass es einem in puncto Liebe um nichts leid tun sollte. Doch war das, was zwischen Rolf und ihr war, offensichtlich keine echte Liebe. Sie spürte, dass sie Ernst Buchner irgendwie verraten hatte. Am liebsten hätte sie diesen einen Abend in Rolfs Wohnung ungeschehen gemacht, doch dafür war es zu spät. Nun musste sie zusehen, wie sie mit allem zurechtkam. Über ihre Reuegefühle konnte sie am besten hinwegkommen, indem sie sich in die alltägliche Arbeit stürzte. Arbeit gab es zu jener Zeit sehr viel, da sie kurz vor den Prüfungen des vierten Semesters stand.

Für Rolf war ein langersehnter Wunsch in Erfüllung gegangen, doch darüber war er gar nicht so froh, obwohl er Mana über alles liebte. Auch er machte die Erfahrung, dass sich nach der Erfüllung eines großen Wunsches plötzlich eine Leere auftut und die erwartete Glückseligkeit ausbleibt. Zweifel kamen auf und immer wieder die unausgesprochene Frage, wie das nun alles weitergehen sollte. Allerdings waren Mana und Rolf noch oft zusammen, auch in Rolfs Wohnung, rein äußerlich schien sich zwischen ihnen nichts verändert zu haben. Sie gingen noch ihre gemeinsamen Wege, saßen vielleicht noch öfter als früher bei „KATONA". Sie saßen zusammen, doch ihre Blicke gingen sich aus dem Weg.

Dann erinnerte sich mal der eine, mal der andere daran, dass auch für die Schule, fürs Studium oder für eine Prüfung noch viel zu tun sei. Mana stürzte sich in Prüfungsvorbereitungen und tat sehr beschäftigt. Rolf konnte ihren frischen, neu entbrannten Arbeitseifer nicht verstehen. Er selbst war schon immer ein fleißiger Student gewesen und im Grunde genommen recht froh, wieder etwas mehr Zeit für seine Bücher und für seine einsamen Spaziergänge zu haben, die er wieder aufgenommen hatte. Er fuhr oft mit dem Bus zum Flughafen hinaus. Dort verfolgte er die silbernen Vögel bei ihrem Abflug oder ihrer Landung. Etwas Geheimes verband ihn mit den Flugzeugen, zog ihn immer wieder zum Flughafen hinaus. Er fragte sich oft, weshalb er nicht Pilot geworden war, was für ihn sein Traumberuf gewesen wäre. Die wirkliche, uneingeschränkte Freiheit konnte man doch nur in den Lüften haben. Stundenlang konnte er zusehen, wie sich diese Silbervögel ihren Weg durchs Blaue bahnten, wie sie mit ihren spitzen Schnäbeln den Luftraum durchteilten.

Rolf hatte seine Semesterprüfungen mit ausgezeichneten Zensuren bestanden. Die Prüfungen bedeuteten für ihn nur interessante Gespräche mit seinen Professoren. Für Mana aber waren es harte Brocken, da ihr Vater ihr jegliche Unterstützung verweigert hatte. Mana sollte das Studium an den Nagel hängen und sich in die Hauptstadt abschieben lassen, womit er bloß egoistische Zwecke verfolgte. Durch eine nicht bestandene Semesterprüfung ging Manas Studienzeit zu Ende, und der Traum, einmal Lehrerin zu werden, war ausgeträumt. Sie musste Klausenburg verlassen.

* * *

Ich musste meine Reise an die rumänische Grenze und zurück in die Bundesrepublik fortsetzen. Ich verließ meinen Fensterplatz beim „KATONA", wo ein fast sauberer weißer Porzellanteller, eine leer getrunkene Kaffeetasse und ein geleertes Fruchtsaftglas auf dem kurzbeinigen Holztisch zurückgeblieben waren, nickte dem freundlichen Mädchen an der Theke dankend zu und trat blinzelnd in die Maisonne vor die Imbiss-Stube. Tief atmete ich diese Klausenburger Mai-Stadtluft ein und strebte dann meinem Audi zu, den ich vor dem Matthias Rex abgestellt hatte. Der Wagen war von neugierigen Kindern umstellt. Ich bahnte mir einen Weg durch die Kinderschar und setzte mich ans Steuer. Ein kleiner, brünetter Junge in einer ärmlichen grauen Strickjacke hatte keine Hemmungen und fragte in gebrochenem Deutsch mit ungarischem Akzent, ob ich nichts zu verkaufen hätte: Kaugummi, Zigaretten oder Abziehbilder. Ich besaß noch eine kleine Reserve und verteilte je einen Kaugummi und ein Abziehbild unter die Kinder. Auf ihren Gesichtern zeigte sich echte Freude, und ich stellte erstaunt fest, wie leicht es doch manchmal ist, jemanden froh zu machen.

Ich fuhr auf Großwardein (Oradea) zu, eine Stadt nahe am Grenzübergang zu Ungarn gelegen. Dort wohnen Ungarn, Rumänen und Deutsche, liebe und vor allem gastfreundliche Menschen. Eigentlich hätte ich dem Ehepaar Karbe hier einen Besuch abstatten müssen. Sie hätten sich über mich sicher gefreut. Beide waren damals bereits gut über 70 Jahre alt, doch noch sehr rüstig, gingen oft spazieren und unternahmen auch noch kleinere Ausflüge auf ihren Fahrrädern. Sie freuten sich jedes Mal, wenn sie jemanden zu Gast hatten und ihn bewirten durften. Sie waren ein Ehepaar wie Philemon und Baucis, man sah sie stets nur zusammen. Einer stützte sich am anderen, beide alterten Sei te an Seite.

Ich kenne keine älteren Menschen, die sich noch so sehr an Kleinigkeiten im Leben freuen konnten wie diese beiden Karbes. Es gab zwei Kinder, Zwillinge, Rudolf und Christiane. Beide waren in meinem Alter, und mit beiden war ich in Hermannstadt während meiner Ausbildung als technischer Zeichner fast täglich zusammen gewesen. Wir waren wie ein dreiblättriges Kleeblatt und fast unzertrennlich.

Der Bruder des alten Karbe, Heinrich, wohnte in der Zibinsstadt, wo er sich noch vor dem Krieg als rechtschaffener Zimmermann niedergelassen hatte. Durch seiner Hände Fleiß hatte er sich emporgearbeitet und eine Holzhändler-Firma gegründet, die zusehends florierte. Diese gut gehende Firma hatte es ihm auch ermöglicht, ein einstöckiges Familienhaus nach seinem Geschmack und nach seinem eigenen, dem Architekten diktierten Bauplan zu bauen. Dies Haus mit Garten hatte alles, was dazugehört: einen ausgebauten Toreingang mit vorgezogener Terrasse, einen Haupteingang, zu dem fünf Steinstiegen hinaufführten, Hochparterre und ein Obergeschoss. An der Längsfront des Hauses war ein Hof, und daran anschließend trennte ein zwei Meter hoher Holzzaun das Grundstück vom Nachbarhaus. Rückwärts befand sich ein Schuppen, in dem eine Werkstatt eingerichtet war. Dahinter lag der Garten mit einer Sommerlaube, und da standen wenige, aber gesunde Obstbäume. Es war ein normales Einfamilienhaus mit vier Zimmern, Küche und Nebenräumen, jenseits des Zibins, am linken Ufer gelegen, auf der so genannten Konradwiese. Das Haus war gepflegt und der ganze Stolz des Holzhändlers Karbe.

Bei der Verstaatlichung wurde auch die Holzhändler-Firma „Heinrich Karbe" enteignet, ihm blieb nur noch das schmucke Wohnhaus in der Fortschritt-Straße. Das war wohl auch der einzige Trost dieses überaus sparsamen und arbeitsamen Mannes. Zweimal hatte er geheiratet, doch sowohl die erste wie auch die zweite Ehe wurden schon nach kurzer Zeit wieder gelöst. So war es ihm auch nicht vergönnt, eigene Kinder zu haben und diese großzuziehen. Dafür aber liebte er die beiden Kinder seines Bruders wie seine eigenen und tat alles für sie, was er nur mit den ihm verbliebenen finanziellen Mitteln tun konnte. Die beiden Kinder liebten ihren Onkel Heini auch sehr und verbrachten ihre Winter- und Sommerferien bei ihm, wo sie jedes Mal gut aufgenommen und verwöhnt wurden.

Im Sommer, als die beiden Kinder in Großwardein ihr Abitur ablegten, starb der Onkel plötzlich an Herzversagen. Für Rudolf und Christiane schien die schöne Ferienzeit in Hermannstadt nun ein für allemal ein Ende zu haben. Doch nach der Testament-Eröffnung wurde der letzte Wunsch des Onkels bekannt: Rudolf und Christiane erbten das Haus, aber mit der einschränkenden Klausel, dass sie beide dies Haus bewohnen mussten und dass es nicht verkauft werden durfte. Sie bezogen je ein Zimmer, besaßen ein gemeinsames Wohnzimmer sowie ein Gästezimmer. Nun mussten sie auch ihre weitere Ausbildung nach dem Schulangebot in Hermannstadt ausrichten. Rudolf Karbe war zeichnerisch äußerst talentiert und hätte gerne in Klausenburg eine Kunsthochschule besucht. Doch das war nun nicht mehr möglich. Er wurde mein Klassenkollege an der technischen Projektantenschule in der Zibinsstadt und fertigte am Reißbrett Projekte und technische Zeichnungen an. Seine Zwillingsschwester Christiane war musikalisch überaus begabt und hätte es durch ein Musikstudium bestimmt zu etwas gebracht. Doch auch dies war in Hermannstadt nicht möglich. So besuchte sie eine Berufsschule für Krankenschwestern und musizierte in ihrer Freizeit im neugegründeten Rentner-Orchester, obwohl sie selbst noch blutjung war. Sie spielte einwandfrei Klavier, Querflöte und Gitarre.

Mit Rudi Karbe teilten wir uns die Schulbank in der Klasse Ib der Projektantenschule, spielten zusammen Handball in einer Vereinsmannschaft, hatten zweimal wöchentlich Training, am Sonntag Spiele und waren obendrein noch gute Freunde. Das waren wir schon nach wenigen Wochen unseres Kennenlernens geworden. Zu jener Zeit waren Mana, Rolf und Wini Algen Studenten in Klausenburg, und ich kam mir in der Anfangszeit meiner Ausbildung so verlassen und verloren vor, als hätte jemand mit einem scharfen Messer alle Fäden durchschnitten, die mich mit den mir nahe stehenden Personen verbunden hatten. Und wie das so ist: Ein anderer

Lebensabschnitt bahnte sich an, eine andere Schulkulisse, andere Gepflogenheiten im Ablauf des Tagesprogramms, neue Bekanntschaften und auch neue Freunde. Der Begriff Freund ist ja überhaupt sehr heikel und diskutabel und Freundschaft etwas sehr Relatives. Wenn ich allerdings einen Vergleich anstelle und eine Einstufung des Freundschaftsgrades vornehme, muss ich zugeben, dass Rolf nach wie vor mein bester Freund war und es auch geblieben ist, trotz der Liebesbeziehung zu Mariana Banu. Doch soll dies mein Freundschaftsverhältnis zu Rudi Karbe nicht degradieren, obwohl auch dort verschiedene Vorkommnisse Schatten auf unsere Freundschaft geworfen haben.

Manchmal frage ich mich ernsthaft, ob alles im Leben nur Zufall ist oder ob man auch die Macht besitzt, einzelne Ereignisse selbst zu steuern. Nach reiflichem Überlegen muss ich jedoch feststellen, dass wir leider im Leben nur Marionetten sind, die von einer unsichtbaren Hand manipuliert und in den verschiedenen Szenen des Lebens bewegt werden. Für diese Hand haben wir Menschen bisher drei Benennungen gefunden: Gott, Schicksal und Zufall. Es ist wohl immer dieselbe Hand, die alle Marionettenfäden fest umklammert und damit ein sinnvolles oder widersinniges Spiel inszeniert. Wir müssen mitmachen, ob wir wollen oder nicht. Das, was wir als unseren eigenen Beitrag oder unser Sich-Dagegen-Sträuben bezeichnen, ist letzten Endes auch ein diktiertes Spiel von dem Etwas, dem wir hilflos ausgeliefert sind. Wir spielen unsere Rollen gut und könnten stolz sein auf unsere Leistungen, da wir ein reiches Repertoire an Szenenangeboten besitzen. Wir können dies sowohl in komödiantenhafter als auch in tragischer Weise bewältigen.

Mit Rudi habe ich mich anfangs sehr gut verstanden. Doch später hatte er fast keine Zeit mehr, denn er hatte neben Schule und Handballspielen noch etliche andere Hobbys. Er widmete sich mehr und mehr der Fotografie und der Malerei. Dadurch rückte ich von ihm ab und verbrachte viel mehr Zeit mit seiner Zwillingsschwester Christiane.

* * *

Anfangs war ich fast täglich bei Rudi. Er zeigte mir stolz sein neu eingerichtetes Fotostudio im Gästezimmer mit dem durch eine Holzwand abgetrennten kleinen Fotolabor. Dies hatte ich nur damals gesehen und danach nie wieder diesen Raum betreten. Er befand sich im ersten Stockwerk, links von der in der Mitte nach oben führenden Holzstiege. Rechts davon lagen die beiden Zimmer der Geschwister. An den beiden Eingangstüren hing jeweils eine von Rudi angefertigte Karikatur: eine von Christi und ein Selbstporträt in Tusche. Es sah irgendwie nach Damen- und Herrentoilette aus, wie wir das von den Bildchen her kennen, die an öffentlichen Toiletten angebracht sind.

Rudi führte mich durchs ganze Haus, zeigte mir die einzelnen Räume, unten, links vom Haupteingang, die fast vollautomatische Küche und rechts das geräumige Wohnzimmer, geschmackvoll eingerichtet mit einem schwarzen Bechstein-Flügel, an dem noch sein Onkel in guten Tagen gespielt hatte. Zwischen Küche und Wohnzimmer befand sich der breite Vorraum mit der in der Mitte hochführenden Holzstiege und der Türe zum Garten. Dann zeigte er mir noch den großen Schuppen, in dem eine Ecke zu einer Werkstatt ausgebaut war. Dort hatte sich Rudi neben die Hobelbank auch einen Schreibtisch gestellt und eine Staffelei aufgebaut. In den Stellagen befanden sich schön eingereiht viele Farbdosen und -töpfe und Pinsel.

Das Haus war ein einziges Schmuckstück. Man vermisste darin rein gar nichts. Es mangelte weder an Räumlichkeiten noch an technischer Apparatur. Überall herrschte Bequemlichkeit und himmlische Ruhe. Es war ein kleines Paradies, in dem sich auch die Besucher, deren es allerdings nur wenige gab, erfreuen konnten. Bloß ich war fast täglich dort, verbrachte meine ganze Freizeit bei Rudi und ging nur nach Hause, um nachts im eigenen Bett zu schlafen.

Rudi hatte immer viel Geld, und ich, als Schüler, hatte fast gar keins. Doch Rudi war großzügig und beglich anstandslos immer alle Rechnungen in den Lokalen. Auch sonst half er mir in schweren Zeiten oft mit einem Notgroschen aus. Das Geld, das er mir gab, betrachtete er niemals als geliehen, sondern einfach als eine milde Gabe, da er wusste, in welch schwieriger finanzieller Lage ich mich befand. Rudi hatte niemals eine Brieftasche besessen und hielt das Papiergeld in kleinen gefalteten Bündeln in der Hosentasche. Kleingeld, das er als

„Klimper" bezeichnete, kannte er nicht. Wenn wir gemeinsam Großeinkäufe oder auch nur Getränke für die Hausbar besorgten und die Rechnung etwa 709 Lei und 75 Bani ausmachte, stieß er mich mit dem Ellenbogen an und fragte: „Hast du Kleingeld?" Dann öffnete ich meine kleine hufeisenförmige Börse und entnahm ihr die noch fehlenden Moneten. Er protzte nie mit seinem vielen Geld. Es ging ihm nie aus, und er sprach nie über die Herkunft seines Geldes, über sein offenbar sehr einträgliches Nebeneinkommen. Als er wieder einmal ein Bündel Geld aus der Hosentasche hervorholte, konnte ich es nicht unterlassen zu bemerken: „Mir scheint, du hast heute Nacht wieder neue Geldscheine gedruckt." Er ging auf meinen Witz nicht ein und antwortete ausweichend: „Ja, ich arbeite auch fest für mein Geld. Weißt du, die Fotografie und das Malen bringen zusammengenommen schon etwas ein. Bloß darf es niemand erfahren, denn ich bin als Fotograf nicht angemeldet, und wenn mir diese Finanzer auf den Hals kommen, dann ziehen sie mir das Wams aus und die Haut vom Leibe."

Ich machte mir aber schon Gedanken über diese Riesensummen, die er immer wieder einstrich. Er hatte Geld wie Heu. Die Fotografie konnte einfach nicht so viel Geld bringen, er musste doch eine andere, vielleicht auch Christiane unbekannte Einnahmequelle haben. Doch welche, das blieb mir ein Rätsel. Er war gutmütig und äußerst schweigsam. Das hieß aber nicht, dass er Geselligkeit mied, denn öfter machte er den Vorschlag: „Los, jetzt gehen wir mal in den ‚Römischen Kaiser'". Dies war übrigens sein Lieblingslokal, wo ihn sämtliche Kellner, die Serviermädchen und vor allem der Barmann schon gut kannten, denn die Trinkgelder, die er verteilte, waren übertrieben hoch. In den Barfächern an der Wand standen angezapfte Flaschen, die um den Hals ein Kartontäfelchen mit seinem Namen trugen. Es waren Flaschen, die schon längst bezahlt, doch nicht leergetrunken waren und darauf warteten, von ihm, von uns geleert zu werden. Meist duldete er nicht viele Personen um sich. Am liebsten – und dieser Eindruck entstand bei mir schon zu Beginn und bestätigte sich mit der Zeit – saß er mit Christiane und mir zusammen. Dann ging er aus sich heraus.

Er liebte Christiane – fast möchte ich sagen: mehr, als es in einer Bruder-Schwester-Beziehung normal ist. Umgekehrt hatte ich den Eindruck, dass auch Christi ihren Bruder mehr als nur einen Bruder liebte und ihn nicht nur schwesterlich besorgte, behütete und ihm beistand. Ich ließ ihr Verhalten als kleine Ausrutscher gelten und akzeptierte sie. In dieser Hinsicht wurde mir erst später vieles klarer, als ich vermeinte, beide wirklich gut zu kennen. Ich begriff sie erst dann, als die Geschichte geschah, die ich eigentlich erzählen wollte, und die sich ungefähr zu jener Zeit zutrug, als Mana mitten in der Prüfungszeit steckte, verbissen lernte und dann die Prüfungssession im Herbst nicht bestand.

* * *

Ich fuhr in Oradea ein. Das schöne und sonnige Maiwetter war umgeschlagen. Dicke, schwarze Wolken waren aufgezogen. Die Passanten hetzten aneinander vorbei und wollten noch vor dem Regen ein Haus oder ein schützendes Dach erreichen. Ich holperte über die schlechten Straßen Oradeas in Richtung Borş, dem Grenzübergang zu Ungarn. Die graue, vom Gewitter bedrohte Stadt machte keinen guten Eindruck. Sie war sehr heruntergekommen. Es kam mir alles so verwahrlost vor, so, als wäre diese Stadt endgültig ihrem Schicksal überlassen worden. Niemand wollte Hand anlegen, um mit der Instandhaltung zu beginnen. Eine depressive Trägheit machte sich auf allen Straßen bemerkbar. Ich war überhaupt nicht in der Stimmung, die Karbes zu besuchen, obwohl sie sich gewiss über ein Wiedersehen gefreut hätten. Jedes Mal, wenn sie ihre Kinder in Hermannstadt besucht hatten, wurde auch ich zu einem Mittag- oder Abendessen dort eingeladen, oft auch für einen ganzen Tag. Wir hatten uns mit den beiden alten Karbes immer viel zu erzählen. Frau Karbe übernahm dann das Kochen. Es wurde immer gut gegessen, da alles noch nach der österreichisch-ungarischen Küche zubereitet wurde.

Neben den Eltern, die oft zu Besuch kamen, hieß es des Öfteren im Hause der Geschwister, dass Christianes Freund, ein gewisser Erwin O., zu Besuch komme. Dann wurde ich natürlich nicht eingeladen. Man gab mir zu verstehen, dass ich auf Christiane und Erwin Rücksicht nehmen müsse, die ein Recht auf ein gemeinsames Wochenende hätten. Doch als ich mich dann anstandsgemäß nach dem Wohlbefinden des mir unbekannten Erwin O. erkundigte, erhielt ich jedes Mal ausweichende Antworten: Er war leider verhindert zu kommen, er war durch eine Grippe ans Bett gefesselt gewesen oder hatte andere Gründe, nicht zu erscheinen. Ich vermutete, dass dieser Liebhaber und Freund Christianes gar nicht existierte, sondern nur ein Vorwand beider Karbe-Kinder war, um ihr eigenes Liebesverhältnis zu verbergen.

An einem kühlen regnerischen Herbstabend befand ich mich, nach einer Abwesenheit von 14 Tagen, wieder auf dem Weg zu Christiane und Rudolf. Es war außergewöhnlich, dass ich die beiden zwei Wochen lang nicht mehr besucht hatte, wo ich früher doch fast tagtäglich bei ihnen war. Doch ich musste mit mir selbst ins Reine kommen mit meiner Beziehung zu Christiane. Sie war genau vor vierzehn Tagen mit dem Rentner-Orchester auf eine Tournee nach Österreich gefahren. Rudi hatte ebenfalls in letzter Zeit so viel zu arbeiten, dass ich mir dachte, er könne diese Zeit von Christianes Abwesenheit gut für seine Fotografie und seine geliebte Malerei nützen. Dabei wollte ich ihn nicht stören. Von Christiane hatte ich die ganze Zeit über keine Nachricht, nicht einmal einen Kartengruß von ihrer Reise erhalten, obwohl wir uns wie zwei Menschen verabschiedet hatten, die einander für ewig in Liebe und Treue verbunden waren. Heute war der Tag, an dem sie zurückkommen sollte. Obwohl ich gekränkt war wegen Christianes Schweigen, besorgte ich für sie einen schönen Strauß bunter Astern.

Als ich auf dem Konradplatz ankam, war bereits die Dämmerung hereingebrochen. Eine einzige Straßenlampe warf spärliches Licht auf die Bushaltestelle. Gegenüber der Haltestelle stand ein Mann im Regenmantel mit hochgeschlagenem Kragen. Auf dem Kopf trug er einen braunen Hut, dessen Krempe tief ins Gesicht gezogen war. Die Hände steckten lässig in den Manteltaschen. Es fiel mir auf, dass er hier stand, obwohl kein Wetter zum Spazierengehen war. Außer ihm war weit und breit kein anderer Mensch zu sehen. Er stand dort so, als wartete er auf jemanden oder suchte nach einem Menschen, um diesen um eine Auskunft zu bitten. An diesem Mann musste ich vorbei, wenn ich nicht von meinem gewohnten Weg zu den Geschwistern Karbe abweichen wollte. Doch als ich rasch und uninteressiert an ihm vorbei wollte, packte er mich mit einem festen Griff am Arm und fragte mit tiefer Stimme: „Haben Sie Feuer?" Schon führte er eine Zigarette zum Mund, die er schon vorher in der Hand gehalten haben musste. Weil ich aber so plötzlich überrumpelt wurde, geriet ich ein wenig ins Stottern. Außerdem erinnerte ich mich an ähnliche Tricks aus Filmen und Romanen, in denen ein Mann seine Bitte um Feuer nur als Vorwand nutzte, um den anderen niederzuschlagen. So machte ich einen Schritt nach hinten und streifte seine Umklammerung ab. „Nein, nein", log ich und beklopfte meine Taschen. „Ich habe kein Feuer, ich bin Nichtraucher", und setzte zum Weitergehen an. „Schade", sagte er, „aber könnten Sie mir vielleicht sagen, wo ich die Fortschritt-Gasse finde?" „Doch, die kann ich Ihnen gerne zeigen, wenn Sie mich ein paar Schritte begleiten, mein Weg führt eben in diese Straße." „Aber das trifft sich ja wunderbar", antwortete er mit einer tiefen, melodischen Stimme. In der Dunkelheit spürte ich, dass er lächelte. Ich verlor die anfängliche Furcht vor diesem Mann im Regenmantel, der für mich nun zu einem harmlosen, verirrten Passanten geworden war, der nicht aus Hermannstadt stammte. Wir schritten weiter wie zwei Menschen, die bereits nach kurzer Zeit Vertrauen zueinander gefasst hatten.

„Sie sind wohl nicht von hier?", fragte ich.

„Ja, das heißt nein, ich bin nicht von hier." Die Antwort fiel etwas unsicher aus, so als überlegte der Fremde, was er antworten sollte, und nun überfiel mich eine sonderbare Vorahnung, dass mit diesem Mann doch etwas nicht stimmte. „Ich stamme aus Oradea", fügte er noch rasch hinzu. Dann müsste er bestimmt die Familie Karbe kennen, schoss es mir durch den Kopf. Kaum hatte ich diesen Gedanken zu Ende gedacht, bemerkte er auch schon: „Ja, ich komme aus Oradea und suche einen gewissen Herrn Rudolf Karbe, der hier irgendwo in der Fortschritt-Straße wohnt." Konnte das Zufall sein? „So, also zu Herrn Karbe wollen Sie, dann haben wir den gleichen Weg, ich gehe auch hin." Wieder schien der andere wissend zu lächeln, ich sah es nicht, spürte es aber, und es lief mir kalt über den Rücken. „Herr Karbe ist ja ein großartiger Maler." Als ich dies hörte, vermutete ich, dass er vielleicht einen Auftrag für Rudi hatte oder ein bestelltes Bild abholen wollte. Über meinen Freund Rudi als Maler wollte ich auch nicht sprechen. Ich wusste, dass er schwarz arbeitete, also bemerkte ich vage: „Ja, Malen kann nicht jeder, das ist wohl ein Geschenk des Himmels." „Ja, ja, doch Übung, viel Übung und Arbeit gehören dazu." Während dieses Hin- und Hergeplänkels waren wir vor Rudis Haus angekommen.

Christiane hatte mir vor etlichen Monaten einen Schlüssel übergeben, der zum Toreingang und zum Haupteingang des Hauses passte. Ich hatte diesen Schlüssel zwar in der Tasche, wollte aber vor diesem Fremden keinen Gebrauch davon machen und mich als Hausherr aufspielen. Ich betätigte die Klingel. Der Mann aber drückte die Türklinke hinunter, öffnete das Haustor und sagte: „Sie müssen sich keine Mühe machen, es ist offen, wir können eintreten." Wir traten ein. Auf mein Läuten hin erschien eine mir völlig unbekannte Frau. Was wurde hier gespielt? „Wo ist Rudi?" Sie antwortete einfach: „Er ist weg. Kommen Sie herein." Ich trat in den Vorraum und sah zwei Männer an der Hausbar sitzen und sich zuprosten. Ich fragte noch einmal eindringlich: „Wo ist Rudi?" Mein Begleiter kam mir nach, hängte seinen Regenmantel sorgfältig an der Garderobe ab, legte seinen braunen Hut auf die Hutablage, besah sich im Spiegel, zog den Krawattenknoten zurecht. Ich stand noch immer fassungslos im Raum. Dann trat er ganz nahe an mich heran: „Sie sind ja Herr Buchner, wenn ich nicht irre, Herrn Karbes bester Freund." Ich nickte nur, war leicht verstört. Woher kannte mich dieser Mann so gut, was wollten diese Leute von mir, was sollte dieses ganze Theater? Tausend Fragen schwirrten mir durch den Kopf, doch ich konnte mir keine einzige beantworten. Nachdem ich mich halbwegs gefasst hatte, fragte ich: „Was suchen Sie?" Dabei fixierte ich der Reihe nach alle vier Personen und setzte betont fort: „Hier, in diesem fremden Haus?" Da lachten plötzlich alle vier, doch keiner gab mir eine Erklärung. Es kam mir alles wie ein böser Traum vor, so, als wäre ich im Handlungsgeschehen eines Kafka-Romans verstrickt. Ich war einfach wie gelähmt. Der eine der beiden Männer an der Bar erfasste die Situation sofort, erkannte meine Schwäche und goss aus einer Kognakflasche, die ich noch vor einigen Wochen mit Rudis Geld besorgt hatte, guten Kognak ein. Dann hielt er mir den Kognakschwenker hin, beinahe so, wie wenn man einem Hund das Futter reicht: „Nimm und trink einmal, dann können wir uns besser unterhalten!" Ich nahm mit zitternder Hand das Getränk entgegen und leerte das Glas bis auf den letzten Tropfen. Es brannte in der Kehle, ich schüttelte mich: „Noch einen, bitte!" „O nein", sagte der eine, „du darfst dich nicht betrinken, sonst können wir mit dir nichts mehr anfangen."

* * *

Am Himmel hatten sich finstere Gewitterwolken zusammengeballt. Der Wind hatte an Stärke zugenommen und fuhr heftig durch das junge Grün der Bäume, die in gleichmäßigen Abständen zu beiden Seiten die Straße säumten. Die Zweige waren wie gespannte Bogen. Die ganze Atmosphäre war bedrohlich, es brodelte wie in einem düsteren Kessel. Gegen die Autoscheibe schlugen bereits dicke Regentropfen, und die Landschaft wurde durch zuckende Blitze erhellt, denen grollender Donner folgte. Ich hielt es für ratsam, an den Straßenrand heranzufahren und trotz Verbot am Bürgersteig anzuhalten. Das Gewitter wütete, es blitzte, donnerte und goss in Strömen – der Himmel hatte seine Schleusen geöffnet.

Ich verspürte überhaupt keine Lust mehr, die alten Karbes zu besuchen, obwohl ich eigentlich diesen Besuch eingeplant hatte. Doch wollte ich mir mein Handeln nicht von einer Stimmung vorschreiben lassen. Warum sollte ich also nicht diese beiden alten Leute besuchen, die mich ins Herz geschlossen hatten und von denen ich immer nur Gutes erfahren hatte? Im Gespräch mit ihnen würde ich bestimmt auch etwas über Rudi und Christi erfahren, die ich in Deutschland bloß einmal besucht hatte. Also entschloss ich mich, trotz Gewitter und mieser Stimmung die beiden alten Karbes zu besuchen.

Es war erst früher Nachmittag, doch fast abendlich dunkel, und es regnete ohne Unterlass. Ich wendete also meinen Wagen und bog in die Altstadt ab. Den Weg kannte ich nur zu gut. Ich fuhr dicht an das alte Haus heran, das über dem Toreingang ein verwittertes, altes Wappen trug. Den Wagen parkte ich vor dem Tor auf dem breiten Gehsteig, so dass ich nur wenige Schritte im Regen zu gehen hatte. Ich packte einige kleine Überraschungen für die beiden Alten in eine schöne große Tragetasche. Da war alles, was zwei alte Herzen erfreuen konnte: Seifen, Waschpulver, Kekse, Schokolade, Soßenbinder, Backpulver und dänischer Tabak für die

Pfeife des alten Karbe, ohne die ich mir den alten Mann gar nicht mehr vorstellen konnte.

Ich sprang aus dem Auto und lief zum Tor, das unverschlossen war. Ich läutete an der Eingangstür. Diese wurde einen Spalt breit geöffnet, und eine Frauenstimme fragte, wer da sei. „Ich bin's, Ernst Buchner!" „Ich kenne Sie nicht, wen suchen Sie?" „Wohnt denn hier nicht eine Familie Karbe, ein altes Ehepaar?" „Nein, nicht mehr", antwortete die junge, stämmige Frau, die nun im Türrahmen erschienen war. „Nein, die Karbes, das alte Ehepaar, das hier wohnte, ist verstorben. Wir sind die Nachmieter." Sie sagte das so einfach, vielleicht sogar froh darüber, dass sie durch den Tod der beiden alten Leute eine Wohnung erhalten hatte. Mir war's, als hätte ich einen Schlag ins Gesicht bekommen. Ich stand wie festgenagelt mit meiner Plastiktasche in der Hand und fragte: „Wieso sind die alten Karbes gestorben?" Die Frau wurde unwirsch. „Was heißt, wieso sind sie gestorben? Ich weiß nicht, wieso alte Leute sterben, erkundigen Sie sich aber bei den Nachbarn. Ich kann Ihnen nicht mehr über die Familie Karbe sagen." Hier würde ich nichts mehr erfahren. Ich verabschiedete mich und läutete bei den Nachbarn. Ein weißhaariger Kopf kam zum Vorschein. „Was gibt's?", fragte er etwas undeutlich wegen seiner schlecht sitzenden Prothese. „Entschuldigung, ich hätte so gern die Karbes ..." „Die sind auf dem Friedhof", unterbrach mich der Mann. „Ja, ja, das weiß ich, doch wie sind sie gestorben? Ging das so plötzlich, einer hinter dem anderen, oder wie war das?" Der Weißhaarige wischte sich mit dem Handrücken über den Mund, er musste gerade etwas gegessen oder getrunken haben und erwiderte: „Meine Frau kannte die beiden Karbes besser als ich, sie war ständig bei ihnen in der Wohnung. Der Alte gefiel ihr." Selbst im Alter noch eifersüchtig, dachte ich unwillkürlich. Die Frau des Alten, spindeldürr und hager, erschien auch im Türrahmen und stützte sich auf ihren gut genährten Lebensgefährten: „Ja, ja, das stimmt, junger Mann", sagte sie mit einer schönen Sopranstimme, „die beiden alten Karbes sind gestorben. Er war ein feiner Mann, ein Herr!" „Wie sind sie gestorben?", wollte ich wieder wissen. „Ja, wie, das wissen doch alle ...", meinte die Alte, so als hätte ich nach etwas Selbstverständlichem gefragt. Doch dann legte sie los: „Das war an einem Sonntag, genauer, in der Nacht von Sonntag auf Montag, letzten Sommer in der ersten oder zweiten Juliwoche. Sie sind beide an einer Pilzvergiftung gestorben, an selbstgeklaubten, giftigen Pilzen, an dem Essen, das sie zubereitet hatte. Seit damals brauche ich keine Pilze mehr, nicht ums Verrecken." Dann wollte mir die Frau alles haargenau und mit Einzelheiten erzählen, doch ich winkte ab. Das weitere konnte ich mir selbst zusammenreimen. Doch der Tod war ihnen gnädig. Er hatte sie gemeinsam mitgenommen, keiner ist im Alter mit sich allein geblieben. Ich musste diese beiden Alten unwillkürlich beneiden. Nicht um ihren gemeinsamen Tod, sondern um ihr Leben, das nie durch Unstimmigkeit, Gehässigkeit oder Böswilligkeit getrübt worden ist. So etwas ist nicht allen Paaren vergönnt, sondern nur den vom Leben und Tod Begnadigten, den Auserwählten des Herrn.

* * *

So wie ich unbeholfen und geschockt mit dieser Plastiktasche im Vorhof des alten, verwahrlosten Hauses stand und mir irgendwie überflüssig vorkam, so war ich damals mit dem schönen bunten Asternstrauß in der Hand mitten im holzgetäfelten Vorraum des Karbeschen Hauses gestanden. Plötzlich war der für Christi bestimmte Blumenstrauß völlig wertlos geworden, ich warf ihn einfach in eine Ecke der Garderobe. Dies war zugleich eine Art Kapitulation. Diesen Leuten, die mich aus irgendeinem Grund in eine Falle gelockt und eingefangen hatten, gab ich damit zu verstehen, dass ich die neue Lage akzeptiere und mich ihnen zur Verfügung stelle – allerdings wusste ich noch nicht, wozu. In Wirklichkeit dachte ich jedoch gar nicht daran, mich so mir nichts, dir nichts zu ergeben. Vor allem musste ich herausfinden, was diese vier wildfremden Personen von mir wollten, die mich fühlen ließen, dass ich ihr Gefangener war.

Da sich mir keiner in den Weg stellte, setzte ich mich auf einen der vier Barhocker, von denen zwei bereits von diesen fragwürdigen Gestalten besetzt waren, und schenkte mir nochmals ein. Die über die Theke geworfenen Regenmäntel schob ich beiseite, um Platz für meinen Becher und einen großen Aschenbecher zu schaffen. Nachdem ich mir eine Zigarette angesteckt hatte, blies ich seelenruhig den Rauch zur

Decke und überdachte rasch meine Situation. Wahrscheinlich hatten die Männer auf jemanden gewartet, der zu den Karbes zu Besuch kommen würde. Dass gerade ich dieser Jemand war, bedeutete für sie einen glücklichen Zufall. Doch es war eher anzunehmen, dass sie es speziell auf mich abgesehen hatten. Wahrscheinlich hatten sie damit gerechnet, dass ich über kurz oder lang zu Rudi kommen würde. Sie mussten mich also kennen, doch ich wusste nicht, woher. Es war mir klar, dass Rudi nicht im Hause war und auch Christiane von ihrer Österreich-Tournee wahrscheinlich noch gar nicht zurückgekommen war.

Ich fragte nochmals: „Wo ist Rudi?" Sie wollten alle zugleich antworten. Doch mein Regenmanteltyp setzte sich mit lauter Stimme und drohend durch: „Damit du es weißt, dein Rudi ist getürmt, er ist ins Ausland geflohen und hat uns alle beschissen. Wir sitzen in der Tinte, und du wirst uns helfen, wieder aus diesem Dreck herauszukommen. Du weißt alles, du warst ja sein bester Freund! Und jetzt", setzte er etwas leiser hinzu, „müssen wir beginnen. Es ist keine Zeit mehr zu verlieren, du musst uns helfen, sonst sind wir alle verloren, auch du!" Bei den letzten Worten zeigte er gehässig auf mich.

Für diese zweifelhaften Personen, die ich anfangs keiner Kategorie zuordnen konnte, nicht einmal zur *Securitate* – für sie hieß „beginnen" soviel wie eine verheerende und verzweifelte Hausdurchsuchung, die auf Teufel komm raus geführt werden musste –, wollte ich, wenn es sich irgend machen ließ, keinen Finger krumm machen. Ich wusste aber einfach nicht, was sie suchten. Im Hause selbst waren keine Wertgegenstände zu finden. Schmuck oder Gold hätte man allerdings bei Rudi vermuten können, da er ja immer viel Geld besaß. Dass er aber so weitsichtig gewesen war, sein Geld in Gold oder Schmuck anzulegen, war unwahrscheinlich. Sie hatten in einer Hosentasche von Rudis grauen Jeans ein Bündel Geldscheine gefunden und diese achtlos auf den Tisch geblättert. Es war also weder Gold noch Schmuck oder Geld, was sie suchten. Was aber war es dann? Mein Regenmantelmann wiederholte jetzt eindringlicher als vorher: „Jetzt aber los, wir müssen es finden, es muss ja da sein." Er stieß mit dem Fuß die Tür zum Wohnzimmer auf, und ich erstarrte. Das mit schwarzem Leder überzogene Ecksofa war an allen Ecken und Enden mit einer Rasierklinge oder einem scharfen Messer aufgeschlitzt worden, und der Kunststoff quoll hervor. Aus dem kurzbeinigen Tisch mit gekachelter Oberfläche waren einige Kacheln ausgestemmt worden. Wahrscheinlich hatten die Banditen ein Versteck unter der Tischplatte vermutet. Die Wohnwand war teilweise ausgeräumt und umgedreht worden, so dass sie nun mit der Vorderfront zur Wand stand. Platten, Bücher und die schönen alten Fotoapparate lagen verstreut auf dem Boden. Diese ganze Such- und Zerstörungsarbeit hatten die Vandalen mit dem schönen Werkzeug durchgeführt, das aus Rudis Werkzeugschrank stammte, der in seiner Werkstatt rückwärts im Schuppen stand. Also mussten sie bereits auch in der Werkstatt gewütet haben. Im Augenblick tat es mir am meisten um den schönen, schwarzen Bechsteinflügel leid, der sich in einem erbärmlichen Zustand befand. Die Füße waren herausgeschraubt, der Deckel aus den Scharnieren gerissen und einzelne Saiten hingen lose heraus und rollten sich wie kaputte Federn eines Uhrwerks nach allen Richtungen hin. Die erhöhte Holztäfelung der Zimmerwände war stellenweise aufgestemmt und die Verschalung herausgefetzt worden. Es schien mir, als wollten sich diese wildfremden, knallharten Typen für irgendetwas an Rudi rächen.

Nun wurde mein Regenmantelmann deutlicher: „Du siehst, wir haben gesucht, doch wahrscheinlich nicht gründlich genug. Nur du kannst uns helfen. Also, wo sind sie?" Ich antwortete ehrlich: „Wenn ihr mir endlich sagt, worum es geht, helfe ich euch. Doch zuerst muss ich wissen, was hier los ist und was ihr so verzweifelt sucht." Ich lehnte mich an den Türstock und versuchte, Haltung zu bewahren, denn offensichtlich war die Lage ernst. Der sportlich aussehende Mann mit dem fast kahl geschorenen Schädel antwortete anstelle des Wortführers, da dieser mit der Antwort zu zögern schien: „Du weißt es ja, du weißt ganz genau, was wir suchen, verstell' dich doch nicht, du warst ja mit Rudi gut befreundet und fast tagtäglich bei ihm. Und nun sollst du nicht wissen, was wir suchen? Er hat doch so viel gearbeitet, und du sollst nicht wissen woran?"

„Doch", beeilte ich mich zu sagen. „ich weiß genau, dass er zwei Hobbys hatte, das Malen und die Fotografie. Doch was hat dies mit eurer Suchaktion zu tun? Sucht ihr vielleicht ein bestimmtes Bild, ein Ölgemälde bei ihm?" Ja, das hätte möglich sein können, dass Rudi vielleicht im Besitz eines wertvollen Ölgemäldes war, von dem ich gar nichts wusste. Doch als ich das Ölgemälde erwähnte, brachen alle in schallendes Gelächter aus. Ich kam mir wie ein begriffsstutziger Trottel vor, der keine Ahnung hat, worum es geht. Jetzt, nachträglich, weiß ich, dass sie über meine Naivität gelacht und vielleicht eingesehen hatten, dass Rudi mir doch nicht alles erzählt hatte, was er während seiner vielen Arbeitsstunden und in seiner Freizeit so tat. Allerdings hatte ich mich auch niemals dafür interessiert, was er hinter geschlossenen Türen machte, was für Kunstwerke er schuf oder was für Fotos er entwickelte. Nein, ich hatte nie in seiner Privatsphäre herumspioniert oder mich sonst wie in seine Angelegenheiten eingemischt. Nun stellte ich mit Bedauern fest, dass ich eigentlich fast gar nichts über Rudi wusste, keine Ahnung von seiner „Schwarzarbeit" hatte.

„So, du weißt also nicht, womit sich dein Rudi während der vielen Arbeitsstunden beschäftigt hat, du hast keine Ahnung davon!" Er beobachtete mich von der Seite her, dann wendete er sich zu den anderen: „He, sollen wir ihm das abnehmen?" Die beiden anderen schüttelten den Kopf. Doch nun sah ich plötzlich ein, dass Rudi richtig gehandelt hatte, mich nicht in seine vermutlich schmutzige Arbeit einzuweihen. Ich war nach wie vor völlig aus dem Konzept gebracht und blieb immer dort stehen, wo diese Männer verzweifelt suchten und dabei immer weniger Schwung und Kraft aufbrachten, die Suche fortzusetzen. Sie schleppten sich müde und resigniert von einem Raum zum anderen, ohne mich dabei aus den Augen zu lassen. Sie hatten mich fälschlicherweise festgenommen – davon waren sie inzwischen überzeugt –, und nun drohte ihnen womöglich durch mich – so nahmen sie wohl an – auch noch Verrat. Mich einfach zu entlassen ging also nicht. Durch ein Wort von mir bei den Behörden wären sie verloren gewesen. Also schleppten sie mich als einerseits unnützes Stück, andererseits aber als gefährlichen Mitwisser überall mit, in der Hoffnung, durch ein Wunder doch noch in den Besitz dieser ominösen Schätze zu kommen.

* * *

Geschlagen und bedrückt ging ich die wenigen Schritte, ohne mich vor dem Regen zu schützen, zu meinem Wagen. Ich stand noch einige Sekunden still, hob mein Gesicht zum finsteren Himmel. Die Wassertropfen im Gesicht kühlten und belebten mich ein wenig. Ich hatte die Lebenden gesucht und die Toten gefunden, die beiden lieben alten Karbes, die mir nun nichts mehr über ihre Kinder Rudi und Christiane erzählen konnten. Vielleicht hätte ich sie nun auf dem Friedhof besuchen und statt der Geschenkartikel, die ich in der Plastiktüte hatte, Blumen auf ihre Gräber legen sollen. Doch die Blumen hätten ihnen nicht mehr geholfen. Wenn ein Mensch Blumen auf ein Grab legt, so tut er das meist, um sein eigenes Gewissen zu beruhigen. Die Toten gehören wie immer, auch ohne Blumen, zu den Toten, und die Lebenden, auch ohne Geschenke, zu den Lebenden. Es sind zwei völlig verschiedene Welten.

*** * ***

Inzwischen waren wir in Rudis Fotostudio angekommen, das auch sein Arbeitszimmer war, in dem neben den großen Fotolampen sein Schreibtisch stand. Ich hatte gewusst, dass Rudi hinter dieser Türe arbeitete und man ihn nicht stören durfte. Nun sah der Raum ganz anders aus. Nicht nur der Verwüstung wegen, die sich auch hier entfaltet hatte, sondern mehr wegen der Möbelstücke, die total umgestellt waren. Ich vermisste seinen Schreibtisch, an dem ich ihn in Gedanken immer hatte arbeiten sehen, wenn es hieß, man dürfe Rudi nicht stören. Er war nirgendwo im Zimmer zu sehen. Wie immer, wenn wir einen anderen Raum betraten, sahen die drei Männer zuerst mich an. Wahrscheinlich erwarteten sie eine Reaktion von mir, eine Veränderung in meinem Gesichtsausdruck, die ihnen vielleicht weiterhelfen konnte. Diesmal muss ich besonders erstaunt dreingesehen haben. Das fiel ihnen auf, und der eine fragte schnell: „Ist was? Fällt dir etwas Besonderes auf? Glaubst du, dass wir hier was finden?" Ich zuckte mit den Achseln und sagte: „Ich weiß es nicht, ich weiß ja nicht, was ihr sucht. Doch hier in diesem Raum stand früher ein Schreibtisch." Für den Bruchteil einer Sekunde leuchteten ihre Augen auf, und sie wurden aus ihrer Trägheit gerissen. Ich weiß nicht, wieso ich plötzlich die Eingebung hatte, auf die eventuelle Existenz eines Dachbodens hinzuweisen. Vielleicht deshalb, weil ich mich jetzt immer besser und deutlicher an die Hausdurchsuchung bei uns erinnerte, wo die Lederjackenmänner das gesuchte Objekt, die Erika-Schreibmaschine, auf dem Dachboden gefunden hatten. Und richtig! Sie schlugen sich fast gleichzeitig mit der Faust gegen die Stirne. Ja, sie hatten tatsächlich nicht an den Dachboden gedacht.

Die Schlüssel für sämtliche Kammern, Schuppen, Werkstatt, Keller und Dachboden befanden sich ordentlich an dem in der Küche angebrachten Schlüsselbrett. Jeder Schlüssel war mit einem Täfelchen versehen. Doch es fehlte der Schlüssel zum Dachboden. Die Frau, die auch zum Sucherteam gehörte, hatte sich inzwischen in der Küche häuslich niedergelassen und sich wie selbstverständlich ans Kochen gemacht. Sie scherte sich nicht darum, dass sie in dieser fremden Küche eigentlich gar nichts zu suchen hatte. Im Allgemeinen hatte man den Eindruck, als hätten sich diese Leute hier für eine gewisse Zeit, vielleicht auch nur für die Dauer der Suchaktion, häuslich niedergelassen.

Die dunkelhaarige, rassige Frau fragte ihre drei Kumpanen, ob sie Hunger hätten. Der eine nickte: „Irgendwann müssen wir ja auch ein warmes Essen zu uns nehmen, denn dies Leben, das wir hier führen, ist eine furchtbare Schinderei. Mir hat diese Sache bereits auf den Magen geschlagen. Ich müsste jetzt etwas Gutes essen, um wieder in Ordnung zu kommen." Der Regenmanteltyp klopfte ihm aber grob auf die Schulter und entschied kurz und bündig: „Jetzt ist keine Zeit zum Essen, wir haben Wichtigeres zu tun, wir müssen weiter suchen!" Im Gänsemarsch begaben wir uns zur breiten Holztreppe, die ins erste Obergeschoss führte. Die Männer nahmen mich in ihre Mitte. Aus dem ersten Obergeschoss führte eine schmale, steile Holztreppe zum Dachboden hinauf, der durch eine Falltür verschlossen war, an der das kleine Anhängeschloss hing. Der Mann, der zuerst das Schloss mit der Hand erreichen konnte, riss dies mitsamt den Messingringen heraus und warf es die Treppe hinunter. Dann stemmte er sich mit dem Nacken gegen die Falltür und hob diese langsam und fast lautlos hoch. Über uns gähnte ein schwarzes Loch, in das wir nun schön der Reihe nach einstiegen. Niemand fand den Lichtschalter, der gleich rechter Hand an der Seitenwand sein musste. Der kleinere Mann holte sein Feuerzeug hervor und leuchtete die rechte Seitenwand ab. Doch vergebens. Als er dann aber auch links einen Holzpfosten ausleuchtete, an dem die Falltür lehnte, fand er den Schalter an einem Balken.

Wir wurden vom gleißenden Licht einer Neonröhre geblendet. Nachdem wir uns ans Licht gewöhnt hatten, musste ich staunen: Wir befanden uns in einem richtig ausgebauten Mansardenzimmer, von dessen Existenz ich niemals etwas gewusst hatte. Der Raum war quadratisch und nicht allzu groß. An der linken Seitenwand befand sich eine Tür, die zum restlichen Teil des Dachbodens führte. Dies Zimmer war nur dürftig eingerichtet. Allerdings befand sich in ihm auch eine Schlafstelle, ein einfaches, niedriges, aber breites Holzbett mit einer dicken Schaumgummimatratze, zwei weichen Kamelhaardecken und zwei Kissen. Dann war da noch ein Holztischchen, daneben zwei kleine Sitzgelegenheiten, die aus Teilen eines abgesägten Baumstammes bestanden, mit einem Schaumgummipolster darauf. Eine kurze Holztruhe befand sich ebenfalls dort, und hier war auch der im Fotostudio fehlende Schreibtisch. Er stand an der linken Schrägwand, genau unter dem Fenster, durch das bei Tag das Licht direkt auf die Schreibtischplatte fallen musste. Ein Drehstuhl mit Rückenlehne war an den Schreibtisch gerückt. Das Bett war nicht gemacht und sah aus, als ob jemand, der aus dem tiefsten Schlaf gerissen worden war, das Zimmer fluchtartig verlassen hätte. Ich fragte mich, wozu dies Zimmer gedient haben könnte. Es sah nach einem provisorischen Unterschlupf aus, wo jemand gut für einige Tage unbemerkt für die Gäste des Karbeschen Hauses unterkommen konnte. Doch wen sollte Rudi hier einquartiert und versteckt gehalten haben? Trotz seiner dürftigen, doch wohl überlegten Einrichtung sah dieser Raum eher nach einem Liebesnest aus. Alles war für zwei Personen gedacht, nicht zuletzt die beiden Cocktailbecher auf der Truhe. Die Vermutung lag nahe, dass Rudi dies Zimmer für sich und seine Schwester eingerichtet hatte, um eine Intimsphäre zu schaffen, wo sie beide, abgeschlossen von der Außenwelt, ihre Liebesstunden verbringen konnten. Doch war das Haus nicht groß genug? Standen ihnen nicht genügend Räume zur Verfügung, in denen sie sich nach Herzenslust hätten lieben können? Ich weiß es nicht, doch der Gedanke, dass er sich mit seiner verbotenen Liebe zu seiner Schwester so sehr zurückziehen musste, schnitt mir ins Herz.

Wahrscheinlich fühlte er sich als Sünder, der unter furchtbaren Qualen litt, weil er nicht wie alle anderen Menschen war und weil er seine eigene Schwester, und nur diese, bis zur Selbstaufgabe liebte. Ich wäre nie hinter dies Geheimnis gekommen, wenn ich nicht rein zufällig einmal die beiden, Rudi und Christi, in einer verfänglichen Situation überrascht hätte.

* * *

Es war kurze Zeit nach einem besonders geselligen Abend, an dem auch der wortkarge Rudi, erwärmt durch einige Gläser Glühwein, aufgetaut war. Christiane hatte mir damals mit Rudis Einverständnis und zum Zeichen unserer Freundschaft und des vollen Vertrauens den Hausschlüssel übergeben. Dabei meinte sie: „Du bist bei uns schon fast wie zu Hause. Doch jedes Mal, wenn du läutest, muss einer von uns über den Hof zum Tor kommen und dir aufschließen. Nicht dass uns das vielleicht zu viel wäre, doch um diese überflüssigen Wege zu vermeiden, sollst du auch einen Schlüssel haben, mit dem du zu jedwelcher Tageszeit zu uns kommen kannst. Du weißt, wir sehen dich gerne. Nimm diesen Schlüssel als Geschenk für all das, was du uns im Haus geholfen und für die vielen Abende, die du in unserer Mitte verbracht hast." Ich war gerührt und etwas betreten. Tatsächlich war es so, dass ich hauptsächlich für Christiane da war, die mir zu jenem Zeitpunkt alles bedeutete. Viel mehr noch als Mariana Banu, da es in unserer Beziehung bergab ging.

Wenige Tage später hieß es, dass Rudi zu einer Ausstellung in die Hauptstadt fahre. Christiane, die anfangs hätte mitfahren sollen, musste wegen eines Konzertes zu Hause bleiben. Außerdem wusste ich, dass sie wegen dieses Konzertes eine Woche entschuldigt aus der Schule fehlen durfte und somit vormittags zu Hause war. Am Tage von Rudis Abreise sah ich endlich eine Gelegenheit, mit Christiane allein zu sein, und hatte mich schon gegen 9 Uhr vormittags auf den Weg zu ihr gemacht. Es war Anfang Februar und ein kalter Wintertag. Damals machte ich zum ersten Mal Gebrauch von dem Hausschlüssel. Nichts ahnend und im guten Glauben, Rudi wäre verreist, betrat ich die Wohnung. Es war still im Haus, nichts regte sich. Ich stand im Vorraum und hatte eigentlich erwartet, dass Christiane um diese Zeit noch schlief. Ich wollte mir diese einmalige Gelegenheit, sie zu wecken, nicht entgehen lassen, und schlich auf Zehenspitzen bis hinauf zu ihrem Schlafzimmer. Doch wenige Schritte davor musste ich innehalten. Aus dem Bad, das die beiden Schlafzimmer trennte, hörte man deutlich und unverkennbar die Stimmen der beiden Geschwister. Doch was da so deutlich an mein Ohr drang, war nichts anderes als Stöhnen und Liebesgestammel. Ich blieb wie gebannt stehen und wollte den endgültigen Beweis dafür haben, dass ich nicht aus einer harmlosen Neckerei unter Geschwistern im gemeinsamen Badezimmer falsche Schlüsse ziehe. Ich trat nahe heran, legte mein Ohr an die Tür. Es war unmissverständlich Liebesgeflüster, während des Ablaufs eines Aktes, der in einem anhaltenden Nachspiel endete. Nun hätte ich boshaft die Tür öffnen und sie während ihres verbotenen Liebesspiels entlarven können. Ich musste mich arg beherrschen, um nicht meiner Eifersucht Luft zu machen, hatte ich doch den Eindruck, dass sich jemand mit der Frau vergnügte, die ich liebte. Nur Bruchteile von Sekunden trennten mich vom Öffnen der Tür und der Bloßstellung ihrer geschwisterlichen Liebe. Ich war verletzt, doch auch um vieles der Realität näher gebracht. Meine Vermutung hatte sich bestätigt, die beiden Geschwister hatten tatsächlich ein Liebesverhältnis miteinander. Ich entfernte mich auf Zehenspitzen, um unbemerkt wieder auf demselben Weg zu verschwinden, auf dem ich gekommen war.

Ich kann heute nicht mehr sagen, was ich damals noch vom Leben hielt. Alles schien mir nur noch ein großer Betrug zu sein. Der Mensch ist regelrecht dazu verurteilt zu leben, ohne jemals das zu besitzen, was er sich am meisten wünscht. Wenn man der Erfüllung seines Wunsches nahe zu sein wähnt und davon überzeugt ist, dass nichts mehr verhindern kann, das Ziel zu erreichen, tritt ein Ereignis ein, das das Geschehen um 180 Grad wendet. Ich war knapp an solch einem Ziel angekommen, doch dann schlug etwas gegen mich, traf mich mit voller Wucht, ein Schlag aus dem Nichts, der mich zwar nicht zu Boden streckte, mir aber zu verstehen gab, dass ich sofort und mit der Maske des Nichtwissers umkehren müsse, um nicht alles oder wenigstens einen Teil meines noch jungen Lebens zu zerstören. In der Zeit danach hatte ich weder

Rudi noch Christiane wissen lassen, dass ich sie bei einem Liebesakt belauscht hatte, dass ich nur die Türe zum Bad hätte öffnen müssen, um ihnen zu beweisen, dass ich über ihre Beziehung Bescheid wusste. Ich wäre wahrscheinlich hochrot vor Zorn vor ihrer Nacktheit gestanden, hätte sie mit blitzenden Augen angesehen – und all das hätte für eine Anklage genügt. Doch ich hab es vernünftigerweise unterlassen. Auch später hatte ich es sie nie spüren lassen, dass ich etwas von ihrer Liebe wusste. Ich bin taktvoll darüber hinweggegangen, doch Christiane fühlte es instinktiv, dass ich es während der ganzen Zeit unseres Zusammenseins vermutet hatte. Ich musste beide bedauern. Besonders Rudi tat mir leid, der dem Liebeszauber seiner Schwester anheimgefallen war und von ihr nicht loskommen konnte. Er hatte nur sie, die ihm alles bedeutete. Bei Christiane war das nicht ganz so. Sie hatte nicht nur ihren Bruder, sie hatte auch noch andere, vielleicht auch mich irgendwann.

* * *

Ja, dies muss wohl das Liebesnest der beiden Geschwister gewesen sein, dies Mansardenzimmer, in dem wir nun standen und das ich selbst so unverhofft entdeckt hatte. Der ganze ungeheizte Raum strahlte eine anziehende Wärme aus. Diese ging auch vom flauschigen Teppichboden aus, mit dem der Raum ausgelegt war. Ich konnte mir gut vorstellen, dass sich in diesem Zimmer zwei Menschen lieben könnten. Doch sollte dies Mansardenzimmer tatsächlich nur diese Funktion erfüllt haben? Es hätte ja auch für andere Zwecke dienen können, zum Beispiel als Versteck für Personen, die vielleicht aus politischen Gründen untertauchen mussten. Da war aber auch noch dieser Schreibtisch, der auf rätselhafte Weise seinen Platz gewechselt und mit großer Anstrengung die steile Leiter hinauf ins Mansardenzimmer gebracht worden war.

Nachdem sich unsere Augen an die grelle Deckenbeleuchtung gewöhnt hatten, stürzten sich meine beiden Begleiter wie die Habichte auf den Schreibtisch, zogen sämtliche Laden heraus und begannen darin zu wühlen. Und als ich sie so fieberhaft beschäftigt sah, ganz eingenommen von ihrer Sucherei, überkam mich plötzlich das Bedürfnis, von hier zu fliehen. Ich musste weg aus dieser Gefangenschaft, die mir bis jetzt ohnehin nur Rätsel aufgegeben hatte. Ich fasste blitzschnell diesen Entschluss, weil sich jetzt die einmalige Gelegenheit bot zu entkommen. Die Männer waren so vertieft in ihre Wühlerei, dass sie mich vergessen hatten. Jetzt oder nie, dachte ich, und ging die wenigen Schritte unbemerkt und rückwärts bis zur hinabführenden Holzstiege. Um einen kleinen Vorsprung zu haben, schlug ich rasch hinter mir die Falltür zu, hetzte die Stiegen zur Plattform und dann die Holztreppe in die geräumige Vorhalle hinunter. Ich stürzte zur Tür, doch diese war verschlossen. Ich versuchte gar nicht erst, meinen Hausschlüssel aus der Tasche hervorzuholen und aufzusperren, dafür hätte mein knapper Vorsprung nicht gereicht. Ich lief in die Küche und hatte Glück. Es stiegen zwar Kochdünste vom Herd auf, und es roch nach Hühnerbrühe, doch die Dunkelhaarige war nicht dort. Hätte sie sich mir in den Weg gestellt, so hätte ich sie wahrscheinlich niedergeschlagen. Ich war einfach fest entschlossen, durch meine Flucht dieser ganzen verteufelten Gefangenschaft ein Ende zu setzen. Ich öffnete das Küchenfenster und sprang aus dem Hochparterre auf die Terrasse.

Doch mein knapper Vorsprung hatte sich inzwischen durch das Öffnen des Fensters noch mehr verringert. Einer der Männer jagte mir bereits mit großem Gepolter nach. Von der Terrasse ließ ich mich, mich an der Geländerstange festhaltend, mit einem Schwung auf den Kiesboden fallen, der sich etwa zwanzig Meter bis zum Nachbarzaun hinzog. Ich versuchte erst gar nicht, bis zum Tor zu laufen, da dies bestimmt, wie auch die Haupteingangstür, abgesperrt war, sondern fasste sofort den kürzesten Weg zum Nachbarzaun ins Auge. Mein Verfolger hatte inzwischen auch die Terrasse erreicht und verfolgte mich. Ich hatte noch die zwanzig Meter zurückzulegen und musste dann geschickt über den Zaun setzen. Einmal beim Nachbarn, wäre ich gerettet gewesen. Der Lederjackenkerl wäre nicht das Risiko eingegangen, mich weiter zu verfolgen. Ich lief wie um mein Leben und wusste, dass es hier um Bruchteile von Sekunden ging. Ich wusste auch genau, wo ich über den zwei Meter hohen Zaun setzen musste: Ich musste etwas schräg nach rechts abbiegen. Dort stand ein Pfosten, neben dem sich als Verstärkung noch ein zweiter, 60 Zentimeter hoher Holzpflock befand. Dort konnte ich aufsetzen und mich in den Nachbarhof hinüberschwingen. Dies konnte nur geschehen, wenn mir dieser knappe Vorsprung blieb.

Ich hörte meinen Verfolger bereits hinter mir her hetzen, wusste jedoch nicht, welcher von den dreien es war, da jedes Umdrehen einen Zeitverlust bedeutet hätte. Ich setzte schon den rechten Fuß auf diesen vorspringenden Pflock, glitt jedoch auf dem glitschigen, grünen Belag des Pfostens aus und fiel seitlich auf den nassen, vom Regen durchweichten Boden, mit dem Kopf nur wenige Zentimeter vom Pfosten entfernt. Mein Verfolger, der kleine gehässige Napoleon, stand keuchend neben mir und versetzte mir noch seitliche Fußtritte. „So also, du Schuft", sagte er wutentbrannt, „du wolltest auch fliehen wie dein Freund. Nachdem du uns nicht einmal geholfen hast, willst du uns jetzt auch noch verraten!" Inzwischen war aber auch mein Regenmanteltyp hinzugekommen und befahl dem anderen: „Lass ihn, wir können uns keine Komplikationen leisten, außerdem hat er nichts mit dieser Sache zu tun, sonst hätte er sich schon längst selbst verraten."

Ich lag noch immer reglos mit geschlossenen Augen auf dem Boden, mit feinen Sandkörnern im Gesicht, an den Lippen und zwischen den Zähnen. Mit beiden Händen umklammerte ich meinen Kopf, eine Boxer-Abwehrstellung gegen etwaige Gesichtsschläge. Der Sand knirschte zwischen meinen Zähnen, und ich hatte heftige Brustschmerzen, da ich beim Fallen mit meinem Gewicht von 70 Kilo zuerst mit der Brust auf dem Pfosten aufgeschlagen war. Ich lag also reglos da neben einem Holzzaun, nur wenige Zentimeter vom Tor der Freiheit entfernt, auf dem Grundstück eines fremden Hauses, mitten in der Nacht um die Geisterstunde, auf regendurchweichtem Erdboden, in einem fahlen, gelblichen Licht, das von der Hoflampe herüberfiel. Die Schmerzen nahmen zu, und ich konnte nur die Schattenrisse meiner Peiniger erkennen. Auch meine Hüfte begann zu schmerzen, wo mich die Fußtritte des kleinen Napoleon getroffen hatten. Irgendwo kläffte ein Hofhund, und das Ende meines Lebens schien zu nahen. Es kostete mich unsägliche Mühe, wieder auf die Beine zu kommen. Als es dann endlich gelang, wischte ich mit lehmverschmierten Händen das feuchte Erd- und Sandgemisch von meinen Knien und meiner Brust und verschmierte alles auf meinen Kleidungsstücken. Das

Ende vom Lied: Ein durch eigenes Verschulden misslungener Fluchtversuch, Schmerzen in der Brustgegend, Sand im Mund und dadurch ständiges Spucken, mehrere gefährliche Fußtritte in Hüfte und Becken und vor allem überhaupt keine Aussicht auf Rettung und keine Ahnung von dem, was mir noch bevorstand.

Ich trat kurz darauf, von links und rechts derb an beiden Armen gefasst, mehr gezogen und geschleppt, in den Vorraum des Hauses, wo wir uns zu einer Art Lagebesprechung niederließen, an der ich überhaupt kein Interesse zeigte. Eigentlich war mir alles egal, und hätte mir jetzt jemand nach dem Leben getrachtet, ich hätte mich nicht einmal zur Wehr setzen können. So ließ ich alles willenlos über mich ergehen, ein Bündel Fleisch und Knochen, schlapp und voll Verachtung allem gegenüber, was Leben bedeutete.

Nachdem wir den Vorraum betreten hatten, sperrte mein Regenmantelmann die Haupteingangstür wieder mit Christianes Schlüssel ab, der in einem kleinen Lederetui steckte. So wurde einem weiteren Fluchtversuch vorgebeugt. Ich hatte heftige Brustschmerzen, und mir war, als wäre es mit meiner Freiheit nun endgültig aus und vorbei. Die anderen drei krochen auf die Barhocker und gossen sich stärkende Drinks ein. Sie kümmerten sich weiter nicht um mich, boten mir auch nichts zu trinken an. Das wäre ja auch unter ihrer Würde gewesen, mir, dem Heuchler, Verräter und Ausreißer auch einen Schluck zu gönnen. Ihr Verhalten mir gegenüber drückte größte Verachtung aus, als ob sie sagen wollten: „Du kannst verrecken. Für so einen Schuft haben wir kein Mitgefühl. Wir kennen kein Mitleid mit einem, der uns verraten will!" Ich setzte mich nicht auf den vierten Barhocker, sondern ließ mich auf dem Treppenabsatz neben dem Geländer nieder, streckte meine Füße weit aus und stützte mich mit den Ellenbogen auf die nach oben führenden Stiegen. Ich ließ meinen Kopf sinken und rieb mir nur ab und zu die Brust, weil sie mich schmerzte. Ich war geschlagen und verloren.

Ich ließ fragmentarisch mein ganzes bisheriges Leben Revue passieren. Ein kurzes, bloß eine Handvoll Leben, das aber mehr Schlamm als Edelsteine enthielt. Sollte dies alles gewesen sein? Diese kurze, lebenslange Suche nach einem Stück Edelmetall des Lebens, nach dem man maulwurfartig in Staub, Schlamm, Gestein, Gras und Erde wühlt, um etwas zwischen die Finger zu bekommen? Was ist davon bei mir übrig geblieben? Merkwürdigerweise dachte ich weniger an Mariana Banu, da unsere Beziehung schon früh zu bröckeln begonnen hatte und nun ganz unter Schutt und Asche lag, sondern vielmehr an Christiane, von der ich mich vor ihrer Österreich-Tournee so verabschiedet hatte, als wollten wir nie wieder auseinander gehen. Sie hatte Tränen in den Augen gehabt und mit ihrer schönen Altstimme geschluchzt: „Ernsti, wenn ich zurückkomme, wird sich alles ändern – das verspreche ich dir." Damals glaubte ich, gut verstanden zu haben ... „wenn ich zurückkomme", dann wird sich alles, das heißt: in unserer Beziehung, ändern. Doch nun kam es mir zu Bewusstsein, dass dieser Satz auch eine zweite Auslegung haben könnte, nämlich nur dann und in dem Fall, dass sie zurückkommt, würde sich alles ändern. Doch sie ist nicht mehr zurückgekommen, und folglich konnte sich auch nichts mehr ändern.

Ich saß auf der Holztreppe, lehnte meinen Kopf gegen das geschnitzte Geländer und rieb mir die Brust, die mich noch immer schmerzte. Die drei Männer saßen an der Bar, steckten die Köpfe zusammen und tuschelten. Sie fuchtelten wild herum, anscheinend war es ein Streitgespräch, doch sie flüsterten miteinander, damit ich von ihrer Diskussion nichts mitbekommen konnte. Ich war aber auch gar nicht neugierig auf ihr Gespräch. Ich war so müde, dass ich nur einen Wunsch hatte: schlafen, schlafen und nochmals schlafen, am liebsten für immer, um nie wieder zu erwachen. Mein Leben kam mir sinnlos vor und aussichtslos meine Lage.

Plötzlich sprangen der kleine Napoleon und der Geschorene von ihren Barhockern und eilten an mir vorbei, zwei Stufen auf einmal nehmend, die Treppe hoch. Sie hatten es sehr eilig. Wahrscheinlich hatten sie bei der Durchsuchung des Mansardenzimmers etwas vergessen. Das konnte gut möglich sein, da sie ja beim Durchwühlen der Sachen durch meinen Fluchtversuch unterbrochen worden waren.

Mein Regenmanteltyp blieb verstimmt an der Bar hängen. Wieder und wieder schüttete er sich Wodka in einen Weinbecher, leerte ihn ein ums andere Mal und musste bald stockbesoffen sein. Dann hörten wir plötzlich lautes Gepolter. Es klang, als würden Möbel von ihrem Platz gerückt und als schlüge man mit einem Hammer gegen eine Holzwand. Der Lärm kam aus dem Mansardenzimmer. Solange sie suchten, fühlte ich mich noch halbwegs in Sicherheit. Ihre wichtige „Arbeit" lenkte sie von mir ab, und nach meinem missglückten Fluchtversuch schienen sie mich ganz zu ignorieren.

Von draußen hörte man, wie ein Auto durch das Tor und den Hof bis vor die Terrasse fuhr. Jemand klopfte an die Tür, und mein Regenmanteltyp schloss auf. Die dunkelhaarige, rassige Frau trat grußlos ein und brauchte auch keine Fragen zu stellen, denn der Typ schüttelte wortlos den Kopf, was soviel besagen wollte wie: „Nein, wir haben sie noch immer nicht gefunden". Sie erwiderte nichts und begab sich ohne abzulegen in die Küche, aus der es gut nach Hühnersuppe duftete.

Es wurde wieder bedrückend still im Haus, und man hörte nur noch, wie der Trinker an der Bar Wodka gurgelnd in sich goss. Er hatte auch schon etliche Zigaretten geraucht, deren Stummel er auf dem Parkettboden austrat, weswegen er jedes Mal mühselig vom Barhocker herunterturnen musste. Zufällig fiel mein Blick auf das breite Barregal, in dem viele Becher und Flaschen standen. An der rechten Seitenwand, gleich neben dem Regal, war mit vier Reißnägeln eine Schwarzweiss-Zeichnung angeheftet. Sie stammte aus der Tuschfeder Rudis. Es war eine Karikatur, die aber auch als Werbespot hätte dienen können. Ich hatte sie vorher nie hier gesehen.

Die Zeichnung war eigentlich sehr interessant: Sie stellte drei Männer dar, die sich eng gedrängt an einer Bar zuprosteten. Aus den Bechern, die sie in den Händen hielten, schäumte der Champagner. Man sah die breiten Rücken der drei Zecher auf den Barhockern, wobei der mittlere die beiden anderen mit ausgebreiteten Armen umfing und sie nahe an sich heranzog. Die Hocker, auf denen die beiden saßen, neigten sich zur Mitte und standen nur auf ihren beiden Innenfüßen. Es war eine Karikatur, deren Betrachtung nicht nur ein Lächeln, sondern eher ein herzhaftes Lachen fordert, da die beiden Außenmänner durch die Geste der Verbrüderung unweigerlich zum Stürzen verurteilt waren.

Dies gelungene Bild von Rudi hatte ich vorher nie gesehen. Was mir seltsam erschien und was Rudi nie zu machen pflegte, war, dass diese Zeichnung auch einen Text enthielt. Rudi war immer dagegen gewesen und hatte es bei anderen kritisiert, die durch einen Text versucht hatten, die Aussage des

Bildes zu betonen. Doch nun hatte er sogar selbst einen Satz verwendet: „Fremde, rückt die Stühle zusammen!" Das konnte ja auch ein Slogan für Einheit und Verbrüderung sein, ein Aufruf an alle Menschen, die ihr Leben genießen wollen, die Reihen zu schließen und sich wie Brüder zueinander zu verhalten. Der Text schien mir eher verwirrend, als dass er die Aussage des Bildes unterstrichen hätte. Das Bild war nämlich heiter, wirkte komisch, doch der Text hatte einen Unterton, der nachdenklich stimmte. Ich erkannte in Bild und Text einen Widerspruch, oder sollte dies Bild eine verschlüsselte Aussage übermitteln? Es war mir ein Rätsel, wie so vieles an diesem bis tief in die Nacht hinein verlängerten Abend. Warum hing diese Zeichnung an der Wand, und was hatte sie mit dem Zusammenrücken der Stühle zu tun? Doch wozu sollte ich mir jetzt in meiner ausweglosen Lage auch noch Gedanken darüber machen? Ich hatte mit mir selbst mehr als genug zu tun.

    Die beiden anderen, der Kleine und der fast kahl Geschorene, kamen langsam zurück. Sie hielten die Hände in den Taschen vergraben und ließen die Köpfe hängen. Ihre Mienen sprachen für sich. Der Regenmanteltyp sah auf seine Armbanduhr und bemerkte: „Jetzt müssen wir weg von hier." Die beiden pflichteten ihm mit einem traurigen Kopfnicken bei, doch niemand machte Anstalten, wegzugehen. Sie blickten bloß stur vor sich hin. Dann öffnete die Frau die Küchentür und rief im Kommandoton: „Essen kommen!" Doch niemand rührte sich. In diesem Augenblick war ich sicher, dass mit dem Bild an der Wand etwas nicht stimmte; ich tippte mit dem Zeigefinger auf die Zeichnung und sagte: „Dieses Bild war früher nie hier an der Wand." Doch niemand hörte mir zu. Der Gehässige ging plötzlich hinter die Theke, riss das Bild von der Wand und warf es mir zu. Ich hob es auf. Es war an allen vier Ecken ausgerissen, die Reißnägel steckten noch in der Wand. Dann packte den Kleinen eine schäumende Wut. Ich dachte, nun würde auch das letzte heile Möbelstück, die Hausbar, zertrümmert werden. Doch er packte einen etwas abseits stehenden Barhocker an zwei Füßen und schleuderte ihn gegen die Bar, dass es krachte. Die Vorderwand bekam eine Bruchstelle. Der Sitz des Hockers, ein rundes Taburettkissen, fiel aus der schmiedeeisernen Fassung, und vier grüne Besuchspässe flatterten zu Boden. Da gab es Freudenschreie und Gejubel, man fiel sich in die Arme. Die Dunkelhaarige, die zum Essen gerufen hatte, kam auch heraus und warf sich an die Brust des Regenmanteltyps. Ich konnte, wie an dem Abend schon so oft, nur staunen und wieder staunen. Das also war das Gesuchte: vier grüne Reisepässe, versteckt unter der Polsterung eines Barhockers. Das also soll die Schwarzarbeit meines Freundes Rudi gewesen sein? Er war also ein Fälscher. Er hatte für Menschen, die viel zahlten, am laufenden Band auf Bestellung Pässe hergestellt. Daher hatte er auch Geld wie Heu!

Die Freude über das unverhoffte Auffinden der vier Reisepässe war groß. Sicher waren die Pässe auch mit den Passfotos dieser vier Männer und mit ihren Namen oder Decknamen versehen. Rudi hatte sie ihnen aber nicht selbst ausgehändigt, sondern griffbereit unter der Polsterung eines Barhockers versteckt. Dabei hatte er die Inhaber dieser Pässe durch die verschlüsselte Tuschezeichnung darauf hingewiesen, wo sie versteckt waren. Er hatte diesen vier Kumpanen doch mehr Gehirn zugetraut und damit gerechnet, dass sie anhand der Zeichnung das Gesuchte finden würden.

Doch im Falle der Hausdurchsuchung der Karbeschen Wohnung blieben noch ungeklärte Fragen offen und etliche Rätsel zu lösen, an denen ich später noch lange herumknobelte. Warum musste Rudi sein Haus und sein Vaterland fluchtartig verlassen? Weshalb mussten die Eigentümer dieser gefälschten Pässe nur auf verschlüsselte Weise in ihren Besitz gelangen? Vor wessen Augen sollten die Papiere versteckt bleiben? Ich musste leider feststellen, dass ich gar nichts wusste, dass ich auch Rudi, meinen guten Freund, nicht kannte, dass ich ihn nicht mal im Traum verdächtigt hätte, solche Fälschungen herzustellen. Nun war die Front zwischen uns eindeutig: Wir waren keine Freunde mehr, sondern sind durch ein Missgeschick zu Gegnern geworden, die bei einem eventuellen Wiedersehen feindlich aufeinander zugehen würden.

Der Jubel des Quartetts hielt noch immer an. Ich saß unbeweglich auf dem Treppenabsatz und beobachtete. Ich muss gestehen, dass ich kaum jemals in meinem Leben so glückliche Menschen gesehen hatte. Bei jedem äußerte sich die Freude seinem Temperament entsprechend auf andere Art. Der kleine Zornige nahm einen zweiten Hocker und schlug auch mit diesem wuchtig gegen die Bar, so dass alle Flaschen und Becher ins Klirren gerieten. Der Kahlköpfige tanzte den griechischen Sorbas-Tanz. Die Dunkelhaarige hatte Tränen der Rührung in den Augen und stotterte immer wieder: „Das Tor der Freiheit hat sich aufgetan." Der Regenmantelmann brüllte: „Champagner her! Br-br-bringt Champ-Champ-Champagner!" Es war aber keiner zu finden. Deshalb nahm er die große grüne Zweiliter-Weinflasche. In seinem Freudenrausch lallte er immer wieder und wieder: „W-w-wir sind ge-gerettet!" Mir tat es leid um diesen guten hausgemachten Wein, der so verschwendet wurde und von dem ich gerne auch ein Gläschen getrunken hätte. Ich blieb aber still und unbeteiligt auf meinem Platz und wagte nicht, mich auch nur zu bewegen. Wer weiß, wie diese vier Personen auf eine falsche Bewegung von mir reagiert hätten.

Ihre Freude war verständlich. Bei mir verursachte die Entdeckung der gefälschten Pässe zunächst Staunen, dann skeptische Zurückhaltung und endlich erleichtertes Aufatmen. Meine Angespanntheit begann sich zu lösen, und ich spürte, dass in meinen Adern wieder das Blut zu zirkulieren begann. Ich fühlte mich wie ein Passagier auf einem Segelschiff, das durch anhaltende Windstille in eine gefahrvolle Lage gebracht worden war. Wir saßen auf der glatten Meeresoberfläche fest, alle dem Hungertod preisgegeben. Nichts mehr regte sich, verzweifelter Stillstand, keine Aussicht auf Rettung, wir alle in Todesnähe. Doch plötzlich kommt eine leichte Brise auf, alles gerät in Bewegung, Menschen und Schiff. Ich darf wieder erlöst aufatmen und hoffen. Durfte ich aber wirklich hoffen, aus dieser Gefangenschaft ungeschoren davonzukommen? Würden mich diese vier Kumpanen, die mich für einen Verräter hielten, so ohne weiteres entlassen?

Es war die Frau, die wieder zur Ernüchterung aufrief und daran mahnte, dass die Zeit nicht still stehe. Sie deutete auf die Wanduhr: 2.30 Uhr morgens. Dann überstürzten sich die Handlungen dieser vier Glückspilze. Sie mussten rasch ihre bevorstehende Flucht vorbereiten, und jeder von ihnen hatte eine Aufgabe zu erledigen. Für mich sah alles sehr chaotisch aus. Doch das Fluchtfieber hatte sie gepackt. Mit leerem Magen könnten sie nicht wegfahren, meinte die Frau und brachte den großen Suppentopf in den Vorraum. Hier stellte sie ihn einfach aufs Parkett, die vier setzten sich im Türkensitz drum herum und fuhren mit Löffel, Gabel und Messer in die Hühnerbrühe, um rasch einen Bissen Fleisch und etwas Suppe zu erwischen. Mit dreckigen Händen brachen sie das Weißbrot, nagten an den Hühnerknochen und warfen diese dann blank geleckt an die Bar und auf die Holztreppe. Es war eine barbarische Mahlzeit, an der ich, selbst wenn ich dazu eingeladen worden wäre, nicht teilgenommen hätte. Als sie dann halbwegs satt waren, erinnerten sie sich an mich. Der kleine Gehässige zeigte mit einem blank genagten Knochen von einem Hühnerstrempel auf mich. „Was machen wir mit diesem?" Die anderen hielten im Essen inne und sahen sich verdutzt an. „Ja, wirklich, was machen wir mit ihm?" Doch der Regenmanteltyp, vor Trunkenheit schon fast in sich zusammengefallen, lallte: „Wir neh-nehmen ihn na-nanatürlich mit, na-nanatürlich nur so ein Stück Weg!" Darauf fühlten sich alle gestärkt, holten noch Sachen aus den oberen Räumen, packten schnell einen von Rudis Koffern, räumten hastig fast den ganzen Kühlschrank aus, der Regenmantelmann erwischte noch eine Weinflasche auf dem Regal, und dann stürzten sie zum Auto. Sie drängten mich in den roten Dacia auf den Rücksitz, wo ich zwischen dem Kahlköpfigen und dem Kleinen zu sitzen kam. Der Regenmanteltyp nahm vorn auf dem Beifahrersitz Platz. Die Frau hatte noch die Aufgabe, alle Türen im Haus zu schließen, Wasser- und Gashähne abzudrehen und das Licht zu löschen. Es musste so aussehen, wie wenn eine Familie, ordnungsgemäß Überschwemmung und Brand vorbeugend, das Haus verließe, um in den Urlaub zu fahren.

Der Regenmanteltyp holte aus der Manteltasche einen Ausweis, wie ihn nur die Staatssicherheitsorgane haben, und hielt ihn mir unter die Nase. Mit einer Taschenlampe, die er vorher dem Handschuhfach entnommen hatte, schaffte er das notwendige Licht. Dass er mir seinen Ausweis zeigte, führte ich auf seinen trunkenen Zustand zurück. Doch vielleicht war es ihm nun einerlei, Farbe zu bekennen oder nicht, da seine Vaterlandsflucht sowieso nicht lange unentdeckt bleiben würde. Sein Ausweis war für ihn nun wertlos geworden, doch er dachte, er könnte ihn doch noch gebrauchen, um mir Angst einzujagen. Er konnte in seiner Trunkenheit nur noch lallen: „Du w-weißt, was dies ist? K-keine Sp-Sp-Sportlegitimation!" Dabei lachte er hämisch. „K-kein Sp-Sp-Sparbuch. Unter-unter-steh dich ja nicht, uns zu ver-verraten, sonst be-bekommst du es mit der Staa-Staatssicherheit zu tun! Du ha-ha-hast nichts ge-ge-sehen und warst nicht im Hau-haus dei-deines Freundes, auch ge-gestern nicht, ver-verstanden? Sonst bist du fer-fertig!" Doch ich wusste nicht einmal, ob dieser Ausweis überhaupt echt war – möglicherweise war er nur gefälscht. Doch war mir nicht danach zumute, mich mit Fragen zu beschäftigen, wie ich diese Gauner an den Galgen bringen könnte. Mein einziger Wunsch war nur noch, endlich frei zu sein und wieder frische Luft zu schnappen. Doch es schien, als würden sie mich nicht so einfach laufen lassen.

Nun stieg auch die Frau ein und setzte sich hinters Lenkrad. Als sie merkte, wie der Regenmanteltyp mir seinen Ausweis unter die Nase hielt, fuhr sie ihn böse an: „Das hättest du nicht tun dürfen!" Ich aber wusste nun, dass dieser Ausweis doch echt ist. Also war mein Regenmantelmann Beamter des Sicherheitsdienstes, der sich aus irgendwelchen Gründen ins Ausland absetzen wollte. Er war nur einer der vielen, die fahnenflüchtig wurden und nicht nur ihr Land, sondern auch die Partei und den heißgeliebten Staatsführer im Stich ließen.

Der Kleine, der Gehässige nahm von hinten der Frau das Halstuch ab, einen grünen Seidenschal, den er mir um die Augen band. Wahrscheinlich würden sie mich in einer gottverlassenen Gegend absetzen, aus der ich dann stundenlang nach dem Heimweg suchen müsste. Also war die Gefahr für mich noch immer nicht vorbei.

Die Frau fuhr gut, das spürte ich mit verbundenen Augen. Ich war aber hundemüde, die flotte Fahrt drückte mich zurück in die weiche Polsterung mit Lammfellüberzug. Dann muss ich eingeschlafen sein, so dass ich einfach nicht schätzen konnte, wie viel Zeit vergangen war und welche Entfernung wir zurückgelegt hatten. Plötzlich hielt das Auto, der Kleine nahm mir die Augenbinde ab, ich musste blinzeln, obwohl es dunkel war. Der Regenmantelmann schlief angeschnallt auf dem Beifahrersitz, und der Mann mir zur Rechten auch, so dass diese beiden von meiner Freilassung überhaupt nichts mitbekamen. Der Kleine übernahm also eigenmächtig das Amt, mich in die Freiheit zu entlassen, besser gesagt: wie einen lästig gewordenen Hund irgendwo in der Wildnis auszusetzen. Er erteilte ziemlich scharfe Befehle und konnte es nicht unterlassen, mir auch noch einen Fußtritt zu versetzen, der mich endgültig ins Gebüsch beförderte. Ich strauchelte, rutschte auf dem feuchten Waldboden aus und fiel auf einen Haufen welker Blätter. Er brüllte mir noch aus dem Auto nach: „Schweinehund, mach dass du wegkommst und vergiss nicht, dass du den Ausweis gesehen hast!" Die roten Schlusslichter verschwanden in der Dunkelheit, und ich hatte keine Ahnung, wo ich mich befand.

Obwohl ich mit einem recht heftigen Fußtritt in die Dunkelheit befördert worden war, in dieser Nacht schon zum zweiten Mal zu Boden gefallen war und nach wie vor heftige Brustschmerzen verspürte, war ich überglücklich. Es kam mir vor wie ein Geschenk, dass ich nun als freier Mensch auf dem Waldboden liegen durfte. Ich war selten in meinem ganzen bisherigen Leben so froh gewesen wie in dem Augenblick, als ich durch einen Fußtritt in die Freiheit befördert worden war. Ich lag auf dem Boden, verspürte große Müdigkeit und wäre am liebsten auf dieser weichen, feuchten Blätterdecke eingeschlafen. Doch das schien mir nun doch zu gefährlich an diesem kühlen Herbstmorgen. Womöglich hätte ich mir auch noch eine Lungenentzündung eingehandelt. Ich musste also meine letzten Kraftreserven locker machen, um den Weg nach Hause zu finden. Mit dem Feuerzeug leuchtete ich auf meine Armbanduhr. Es war 4.30 Uhr morgens. Also war ich fast zehn Stunden in der Gewalt dieser Gauner gewesen, die angenommen hatten, sie könnten mit meiner Hilfe ihre falschen Pässe schneller finden. Sie mussten mich weitab von jeder Zivilisation irgendwo in der Wildnis aussetzen, aus der ich wahrscheinlich nicht so rasch hinausfinden würde. Sie benötigten mir gegenüber einen Vorsprung von mindestens vier Stunden. So viel brauchten sie bestimmt bis zur ungarischen Grenze.

Wie abgelegen muss dieser Ort sein, dass ich einige Stunden dafür benötigen würde, um herauszukommen, um ein Haus mit Telefonanschluss zu finden. Doch ich dachte nicht im Traum daran, bei der Polizei Anzeige zu erstatten. Eine Anzeige hätte bedeutet, auf den Schlaf zu verzichten und Verhör um Verhör über mich ergehen zu lassen. Außerdem war ich nicht scharf darauf, in die Fälschungsangelegenheit meines

Freundes verwickelt zu werden. Die vier Gauner hatten wahrscheinlich auch einkalkuliert, dass ich von einer Anzeige bei der Polizei absehen würde. Ich wäre bestimmt in den Verdacht geraten, mit Rudi zusammen an den Fälschungen gearbeitet zu haben.

Frei sein, die Freiheit auf der Zunge zergehen zu lassen wie feine Milchschokolade, das ist etwas Unbeschreibliches, ein euphorischer Zustand, der allerdings nie lange währt. Was ist überhaupt diese Freiheit? Hat man sie nicht, so glaubt man, zugrunde zu gehen. Hat man sie aber, so wird sie schon schnell so sehr zur Gewohnheit, dass man sie überhaupt nicht mehr wahrnimmt. Wird man jedoch der Freiheit beraubt, so kommt es zu einem inneren Brand, der sich ausbreitet und einen schier zu verzehren scheint. Er wird nur gelöscht, wenn man die Freiheit wiederfindet. Diese und andere Gedanken gingen mir durch den Kopf, als ich auf dem einsamen Waldstück in der Dunkelheit auf den welken Blättern lag. Nur nicht einschlafen, sagte ich mir vor. Auf dem feuchten Boden hätte das zu einer Unterkühlung mit schlimmen Folgen führen können.

Ich musste weg von hier, mich bewegen, auch wenn ich vermutlich bloß stundenlang im Kreis umherirren würde. Meine Gehirntätigkeit hatte auch wieder eingesetzt, ich konnte klar denken und empfand auch dies als Geschenk. Tief atmete ich die reine Waldluft ein. Wenn ich nur wüsste, in welcher Gegend ich mich befand. Ich kannte wohl die nächste Umgebung meiner Heimatstadt, doch was tut man, wenn man in der Finsternis in einem Waldstück ausgesetzt wird? Es war schon etwas unheimlich. Die nächtlichen Waldgeräusche waren mir völlig fremd, alle Dimensionen anders als bei Tag. Ich bin zwar kein furchtsamer Mensch, und ich hatte damals weder vor der Dunkelheit noch vor Tieren Angst, und doch war es mir um diese dunkle Morgenstunde nicht ganz geheuer. Doch dann wurde diese Angst vor dem Ungewissen auf einmal durch ein herrliches Freiheitsgefühl verdrängt. Ich stellte mir vor, wie schrecklich es sein müsste, wenn man plötzlich sein Augenlicht durch einen Unfall verliert, wenn man blind durchs Leben gehen muss. Halb blind tastete ich einen Baum nach dem anderen ab, um wenigstens herauszufinden, ob ich mich auf einem Waldstück mit altem oder neuem Baumbestand befand. Die Glätte der Rinde und der Umfang der

Stämme ließen darauf schließen, dass es sich um einen älteren, wenn nicht gar alten Buchenwald handelte. Zu allem Unglück fiel mir das Feuerzeug aus der Hand. Ich tastete auf dem Waldboden herum, konnte es aber nicht mehr finden.

Ich sagte mir, dass mich die Gauner wahrscheinlich nicht in der Mitte eines Waldes, sondern an einem Waldrand, nahe einer Straße, abgesetzt hatten. Hier in der Nähe musste also ein befahrbarer Waldweg sein. Diesen wollte ich nun suchen, um die Landstraße zu erreichen. Zu allem Überfluss begann es auch noch zu regnen. Obwohl die Bäume ihr Laub wie Regenschirme über mir ausbreiteten, triefte es von den Blättern auf meinen Kopf und den Nacken hinunter. Ich schlug den Kragen meiner Windjacke hoch, genau wie vor zehn Stunden, als ich im Nieselregen den verhängnisvollen Weg zu Rudi Karbe eingeschlagen hatte. Es war also wie am Anfang, bloß dass es viel stärker regnete und ich in einem finsteren Buchenwald stand, in dem ich mich nicht einfach hinlegen und einschlafen durfte. Ich musste mich bewegen, auch wenn dies in der Dunkelheit kaum möglich war.

Meine Gedanken waren auf Hochtouren, und ich suchte unentwegt nach Lösungen, um dieser Waldhölle zu entfliehen. Dann fiel mir ein: Das Moos an den Bäumen zeigt doch die nördliche Richtung an – doch konnte ich dies in der Dunkelheit feststellen? Ich wusste ja nicht einmal, welches die geeignetste Himmelsrichtung gewesen wäre, um hinauszukommen. Also hieß es, aufs Tageslicht warten. Ich musste allerdings in Bewegung bleiben. Ich erfand allerlei Spiele, die ich zusammen mit imaginären Gegnern spielte. Die Zeit verging, und endlich begann es von Osten her zu tagen. Trotz meiner Müdigkeit und dem quälenden Hunger überkam mich plötzlich ein überströmendes Glücksgefühl. Ich war gerettet. Das Tageslicht gehört bestimmt zu Gottes größten Geschenken.

Plötzlich klappte es mit der Orientierung sehr gut. Ich stapfte eine Waldböschung hinunter, bis ich auf eine Landstraße stieß. Ich entschloss mich, diese bergauf zu gehen. Nach einer Krümmung erkannte ich den Weg: Es war die kurvenreiche Landstraße im Michelsberger Wald, die Verbindung zwischen dem Jungen Wald und dem Dorf Michelsberg. Nun marschierte ich auf Michelsberg zu. Es war beinahe ein Gewaltmarsch. Seit 24 Stunden hatte ich nicht mehr geschlafen, seit

18 Stunden nichts mehr gegessen und nun diese Tour, die mich wieder zu den Menschen führen sollte.

Es zeigte sich, dass diese fahnenflüchtigen Parteigenossen mit dem Ausweis mit ihrem kalkulierten vierstündigen Vorsprung Recht hatten. Erst gegen 10 Uhr vormittags kam ich müde und zerschlagen wieder zu Hause an und fiel ins Bett. Die Erschöpfung war größer als das Hungergefühl. Auf dem letzten Stück Heimweg hatte ich weder an eine Anzeige noch an Rache gedacht. Meine Füße schienen einfach nicht mehr gehorchen zu wollen. Außerdem hatten diese vier Gauner bestimmt schon die Grenzkontrolle hinter sich und waren bereits auf ungarischem Boden.

* * *

Ich fuhr im strömenden Regen auf die Grenze zu. Wie feine Nadelstiche spürte ich die Trauer über den Tod der beiden Karbes.

Ich fuhr durch Borş, durch rumänisches Grenzgebiet und sah bereits von weitem die Auto-Schlange vor dem Schlagbaum an der Grenze.

Dritter Satz

Drei Verschlüsselungen

Jede Geschichte hat ihre Vor- und ihre Nachgeschichte. Es gibt keine, die endgültig abgeschlossen ist, es sei denn, die Akteure wären alle aus dem Leben geschieden. Eigentlich weiß man immer nur, dass eine Geschichte irgendwann und irgendwo einmal begonnen hat, doch meist wird einem die Vorgeschichte erst dann bewusst, wenn man denkt, die Geschichte wäre abgeschlossen.

Doch keine Geschichte ist jemals völlig abgeschlossen. Irgendwelche Verästelungen greifen durch das vermeintliche Schlussgitter und lassen es nicht zu, dass eine Geschichte ein für allemal begraben würde. In dieser Hinsicht ist die Volksweisheit weitaus einsichtiger, was den endgültigen Abschluss einer Geschichte betrifft, selbst wenn diese auch nur ein Märchen ist. Es heißt doch am Ende fast jedes Märchens: „Und wenn sie nicht gestorben sind, so leben sie noch heute." Dies bedeutet, dass sich der anonyme Erzähler nicht festlegen will, er scheint zu wissen, dass nach dem Ende der erzählten Geschichte kein endgültiger Schluss-Strich gesetzt werden kann.

* * *

Damals, als ich erschlagen und erschöpft aus meiner Gefangenschaft zurückkehrte und mit letzter Kraft auf der Landstraße trottete, war ich wie einer, der nach einer verlorenen Schlacht müde, abgefetzt und zerschlagen den Weg nach Hause sucht und als einziges Ziel die Klinke der Haustür vor Augen hat. Völlig ausgelaugt fiel ich ins Bett und versank in einen tiefen, jedoch sehr unruhigen und von wirren Träumen gestörten Schlaf...

Ich befand mich in der Garderobe eines berühmten Konzertsaales. Ich stand in schwarzem Frack und blütenweißem Hemd vor dem Spiegel und wunderte mich, dass ich plötzlich nicht mehr ich selbst war, sondern eher eine jüngere Ausgabe des Stardirigenten Herbert von Karajan. Ich trat näher an den Spiegel heran und lächelte zufrieden. Nun konnte ich auch meine Gesichtszüge erkennen. Doch wenn ich mich vom Spiegel entfernte, wurde mein Karajan-Aussehen immer ausgeprägter. Näherte ich mich jedoch erneut dem Spiegel, so wurde ich wieder ich selbst.

Es war mein erstes Konzert, sozusagen mein erster Auftritt. In diesem akustisch hervorragenden Konzertsaal sollte ich die 5. Symphonie von Beethoven dirigieren.

* * *

Da wachte ich in der Dunkelheit bei herabgelassenen Rollläden auf. Ich war schweißgebadet, mein Mund ausgetrocknet, und ich verspürte heftige Brustschmerzen. Ich musste mich zuerst vergewissern, dass ich in die Wirklichkeit zurückgefunden hatte, und jetzt erst hörte ich bewusst das laute Klopfen an meiner Haustür – die Türglocke war schon seit Wochen kaputt.

Das war in meinem bisherigen Leben der längste und deutlichste Traum, der später noch in ähnlichen Variationen und manchmal nur fragmentarisch wiederkehrte. Ein Traum, der mich verfolgte, der sogar in mein Leben eingriff und den ich immer wieder im Schlaf zu verscheuchen suchte. Aber er war stets da, der Traum, nistete sich ein und ergriff von meinem wirklichen Leben Besitz. Ein Lebenstraum, gegen den ich einen mächtigen Kampf führte, um ihn aus der Wirklichkeit zu verdrängen. Ich wollte mein Leben, nicht aber das des Traumes führen.

Es klopfte nochmals laut an der Tür, und ich bemühte mich, meine Benommenheit nach dem überlangen Schlaf abzuschütteln. Es klopfte und hämmerte an der Tür. Jemand musste mich verzweifelt suchen, sprechen wollen, sonst würde er nicht so oft und so hartnäckig gegen die Tür schlagen. Ich knipste das Licht an und schob dabei den *Neuen Weg* vom Vortag vom Nachtkästchen. Ich hob den Wecker vom Boden auf – es war 7 Uhr abends. Ich versuchte, mir wieder alles vom Vortag in Erinnerung zu rufen. Der Traum überdeckte aber alles und hatte sich außergewöhnlich unverwischt und deutlich erhalten. Doch ich musste nun endlich öffnen. Ich trat ans Fenster und zog die Rollläden hoch, womit ich demjenigen, der mich suchte, zu verstehen gab, dass ich zu Hause war. Dann hob ich meine Kleidungsstücke vom Boden auf, nahm sie in meine Arme und verschwand ins Bad. Ich putzte mir nur rasch die Zähne, machte Katzenwäsche, zog meinen Bademantel an und ging zur Tür. Ich sah durchs Guckloch klar hindurch: Es war Ingeborg Vollmann, die Freundin unseres Handballtormanns Konrad Lorenz, der Ingenieur in den „Balanţa-Werken" war; in der Hand hielt sie einen Brief.

Ingeborg kannte ich gut. Sie war meine Schulkameradin im Brukenthal-Lyzeum gewesen. Ich fragte mich, was Inge wohl von mir wollte, ich hatte sie seit sehr langer Zeit nicht mehr gesehen. „Da bin ich", sagte ich und sah vermutlich verschlafen oder gar verkatert aus. Sofort brach Inge in einen Weinkrampf aus, gegen den mein beschwichtigendes Zureden nichts auszurichten vermochte.

„Also, Inge, es freut mich, dass du da bist!" Was natürlich überhaupt nicht stimmte. Ich gab noch einige ermunternde Floskeln von mir, und dabei war mir wie dem Bajazzo zumute, der singt. Ich hatte mit mir selbst so viel zu tun und war für andere zur Zeit ein schlechter Tröster und Beichtvater.

Ich geleitete sie durch das Vorzimmer in mein Zimmerchen, das den Großteil meiner kleinen Wohnung ausmachte. Das Zimmer, in dem ich fast zehn Stunden wie tot geschlafen hatte, war ungelüftet. Ich setzte sie an meinen runden Esstisch und war nur darauf bedacht, sie wieder zu beruhigen, um mit ihr sprechen zu können. Endlich sagte sie: „Ich habe dich heute schon zweimal gesucht, und Konrad war schon vor drei Tagen hier und wollte dir diesen Briefumschlag von Rudi übergeben, aber du warst nicht zu Hause, und Rudi hatte ihm ans Herz gelegt, dir ja persönlich diesen Umschlag auszuhändigen. Und dann gestern, so um 18 Uhr, fuhr er wieder mit seinem Motorrad zu dir, und bei der Zibinsbrücke, der Eisenbrücke, hatte er einen Unfall. Er liegt im Krankenhaus." Sie weinte wieder. Die Ärzte hätten ihn aufgegeben, schluchzte sie.

Ich starrte auf den senfgelben Umschlag in Inges Händen, mit dem sie nervös spielte, diesen mal rechts, mal links zupfte, und wusste nicht, was ich erwidern sollte. Da kommt ein Mensch, eine Frau, herein und sagt, dass ihr Verlobter einen Motorradunfall hatte und dass ihn die Ärzte aufgegeben haben, was so viel bedeutete, dass der Mensch tot ist, und dieser Mensch war der beste Motorradfahrer, den ich kannte, und er war ein besonders guter Handballtorwart, ein kraftstrotzender junger Mann, ein Sportler durch und durch, der bald seine nette Freundin heiraten wollte und der, ja der sein ganzes Leben noch vor sich hatte. Was sagt man dazu, und was sagt man ihr, was für Trostworte sind hier angebracht?

Keine. Ich starrte auf den Briefumschlag, den mir Konrad persönlich überreichen wollte, und nun war Ingeborg da und erzählte vom Unfalltod ihres Geliebten und hatte eigentlich den Brief in ihren Händen vergessen. Der Brief war für sie nicht mehr wichtig. Nein, im Gegenteil, er war für sie sogar eine zusätzliche Belastung. Jetzt musste ich aber was sagen, ich musste reden, so schwer es mir auch fiel. Ich sagte bloß Dummheiten: „Aber Inge, das mit dem Motorradunfall kommt vor, wie viele Auto- und Motorradunfälle geschehen nicht täglich, und nicht alle Unfälle sind mit tödlichem Ausgang, man muss letzten Endes doch immer noch hoffen, dass der Verunglückte durchkommt. Und so schlimm kann es doch mit Konrad nicht sein." Ich hatte keine Ahnung, wie schlimm es um Konrad bestellt war. Ich redete einfach drauflos. Aber Ingeborg antwortete mir in einer Weinpause: „Es steht schlimm um Konrad. Schon gestern abend hatte mich das Krankenhaus angerufen und mich vom Unfall benachrichtigt, da Konrads Eltern auf Erholung in Wolkendorf sind und niemand sonst da war, den man hätte benachrichtigen können. Du weißt ja, er hat keine Geschwister, nur seine Eltern und mich. Und die Ärzte sagten, es stehe schlimm um ihn und ich solle in der Früh ins Krankenhaus kommen. Ich war schon um 7 Uhr dort, und der Arzt, der sich seiner angenommen hatte, sagte: ‚Es tut mir Leid, hier ist nichts mehr zu machen. Wir haben alles versucht, doch er kommt nicht mehr zu sich. Ich will Ihnen keine falschen Hoffnungen mehr machen. Bei so einem Fall versagt auch die beste Medizin. Sind Sie so lieb und verständigen seine Angehörigen. Und ja, in seiner Jackentasche hatte er einen Briefumschlag, dort stand ‚dringend' und ‚persönlich' drauf. Bitte übergeben Sie diesen Brief, denn offensichtlich wollte Ihr Freund diesen Brief dem Empfänger zustellen, aber auf dem Weg zu ihm – nehme ich an – ist er verunglückt.' "

„Übrigens, hier ist der Brief." Von Rudi an mich adressiert. Also musste Rudi diesen Brief in letzter Minute vor seinem fluchtartigen Verlassen seiner Wohnung vor etwa drei Tagen noch rasch Konrad Lorenz gegeben haben, der von Rudi nur eine Häuserzeile entfernt in der nächsten Seitenstraße parallel zur Fortschritt-Gasse wohnte. Ich hätte jetzt den Brief sofort aufreißen können, doch ich stierte nur auf den senffarbenen Umschlag in meinen Händen und hätte viel darum gegeben, wenn dieser Brief gar nicht existiert hätte, wenn dies alles nicht geschehen wäre. Was für dumme Überlegungen dies sind, aber man greift immer nach solchen Wenn-Sätzen und würde am liebsten alle diese stupiden Unfälle rückgängig machen wollen. Es ist aber sinnlos, so zu überlegen, denn das Zeitrad lässt sich überhaupt nicht zurückdrehen, es rollt nur nach vorn.

Ich spielte mit dem Brief in meinen Händen und tat genau das, was vorhin Inge getan hatte. Doch ich hätte ihn gern rasch geöffnet, ich muss zugeben, dass ich kaum mehr meine Neugierde bändigen konnte, denn ich hatte ja immerhin ein seltsames Abenteuer hinter mir und hoffte, eine Erklärung dafür in diesem Brief zu finden. Ich schrieb nämlich die erniedrigende Festnahme im Hause Karbe, dies fünfzehnstündige Abenteuer, auf keinen Fall mir zu und auch nicht den Umständen, sondern einzig und allein der Verantwortungslosigkeit Rudis. Er hatte es einfach versäumt, mich von all diesem Kram in Kenntnis zu setzen. Ich musste den wattierten, senffarbenen Briefumschlag öffnen.

* * *

Ich hatte mich in die Autokolonne eingereiht, die sich am Schlagbaum der rumänisch-ungarischen Grenze gebildet hatte und merkte, dass es nur langsam voranging, obwohl es eigentlich nur elf Autos waren. Es regnete noch immer in Strömen, und wahrscheinlich erschwerte auch dieser Regen die Zollabfertigung, da nur die überdeckten seitlichen Betontische benutzt wurden, um darauf laut Vorschrift alle Sachen, sogar Warndreieck und Verbandkasten, aus dem Auto auszupacken und auf dem zugewiesenen Betontisch geordnet aufzustellen, um die vollständige Kontrolle zu erleichtern.

Wir rückten nur viertelstündlich und manchmal auch nur halbstündlich nach. Ich sagte mir, dass wohl verschärfte Zollkontrollen für dieses langsame Vorankommen verantwortlich waren, doch welches ihre Ursache war, wusste ich nicht. Zwei

Stunden später hatte ich noch fünf Autos vor mir stehen und drei Autos hinter mir, deren Fahrer sich auch über diesen Trödel-Zoll mokierten. Die Zöllner taten nur sehr beschäftigt und eilten immer wieder hin und her, verließen den Tisch, an dem sie die Zollkontrolle begonnen hatten, und gingen rasch ins Gebäude, entweder um sich zu erholen oder um irgendwelche Meldungen zu erstatten. Vermutlich zählten sie die Geschenkartikel, die sie in der letzten Dienstzeit gehamstert hatten, die Marlboro-Zigaretten, Sprays, Seifen, Kaffee-Päckchen und die Sondergeschenke.

Es tat sich einfach nichts in unserer Autoschlange. Ja, ich hatte viel Zeit, viel Zeit für mich, und meistens hat man dann viel Zeit, wenn man sie nicht braucht, und umgekehrt, wenn man diese dringend benötigt, ist die Zeit einfach nicht vorhanden. Ich hatte viel Zeit zum Nachdenken, und wenn man so unkonzentriert nachdenkt, schießt einem erstaunlich viel durch den Kopf, und wenn man sein Denken nicht zu koordinieren versucht, überstürzen sich die Gedanken und Einfälle, sie überlagern sich, und es geht im Hirn so wie in einer Telefonzentrale zu, wo die einzelnen Kabelanschlüsse durcheinander geraten sind und wo man im Kopfhörer verschiedene Stimmen aus verschiedener Entfernung hört, die alle ein anderes Thema behandeln. Deshalb sind ja auch die Leitsätze des logischen Sprechens aufgestellt worden, von denen der erste lautet, dass der erste Gedanke vor dem zweiten zu stehen hat und nicht umgekehrt. Und mein jetzt erster Gedanke war, dass auch Rudi Karbe bei diesem Grenzübergang in Borş die rumänische Grenze auf seiner Flucht in den Westen passiert hatte, dass er durch diesen Zoll- und Pass-Filter hindurchgekommen sein muss und dass sich ihm nach dieser Grenzüberschreitung erst das Tor der Freiheit geöffnet hatte. Ich hatte ja Rudi und Christiane in Augsburg besucht, wenige Monate nach meiner legalen Auswanderung in die Bundesrepublik Deutschland. Rudi hatte in seiner ruhigen, gelassenen, fast schwerfälligen Art an mehreren Abenden, die wir gemeinsam verbracht haben, alles erzählt, alles, was er erlebt hatte, und alles, was ich nicht wusste. Ich glaube, auch Christiane hatte nicht alles gewusst von dem, was er damals erzählt hat. Wir saßen wie sonst zu dritt in Rudis und Christis Wohnung zusammen, in ihrem gemeinsamen Wohnzimmer, mit dem sie das Wohnzimmer im Haus Karbe zu imitieren versuchten, doch es blieb nur eine blasse, missratene Kopie, denn ein kleines braunes Pianino sollte den schwarzen Flügel ersetzen. Dort saßen wir wieder zu dritt bei Glühwein und Erdnüssen zusammen, wie früher, aber es war nicht mehr wie früher, es war nicht mehr wie vorher, obwohl wir uns eigentlich alle drei die größte Mühe gaben, so zu sein wie früher. Rudi erzählte, und Christi und ich hörten still zu, ohne uns auch nur einmal in die Augen zu sehen. Es war ganz anders als vorher.

In das schmutzige Geschäft seiner Fälscherarbeit war Rudi durch einen verhängnisvollen Zufall eingestiegen, bei dem seine Gutmütigkeit und Hilfsbereitschaft ausgenützt worden waren. Sein Hausarzt, Dr. Dan Dragoman, hatte einen Sohn, der, freundlich formuliert, ein wenig auf die schiefe Bahn geraten war. Man könnte auch sagen, dass er ein Taugenichts war, der es zu nichts gebracht hatte. Er war allerdings nicht der leibliche Sohn der Frau und des Herrn Doktors, sondern ein aufgenommenes Kind. Das dankte er ihnen damit, dass er ihr Geld in Nachtlokalen, in privaten, verbotenen Freudenhäusern und an illegalen Spieltischen durchbrachte. Durch die Grundschule und das Lyzeum hatte der Vater den Sohn mit Hilfe seiner guten Beziehungen, mit Nachhilfestunden und den milde stimmenden kleineren oder größeren Geschenken zu allen Staatsfeiertagen gut durchgeboxt, so dass der Sohn sogar ein Abiturzeugnis in der Hand hatte und auf Wunsch seines Vaters in Iași Medizin zu studieren begann. Aber in Iași hatte der Sohn, Nelu Dragoman, nicht mehr den Vater neben sich. Schon nach zwei Semestern war alles hart Erkämpfte des Herrn Dr. Dragoman zunichte gemacht worden. Nach einer Studenten-Lausbüberei, die sich der kleine Nelu erlaubt hatte, stand er nicht, wie beabsichtigt, als Held, sondern als ein für immer exmatrikulierter Student da, mit dem nun auch seine Eltern nichts mehr anzufangen wussten.

Doch Nelu schien noch einmal Glück zu haben. Die Staatssicherheit, die Nelu schon seit langer Zeit im Visier hatte, fragte bei ihm an, und Nelu sah eine aussichtsreiche und erholsame Karriere vor sich liegen, die eines Staatssicherheitsagenten. Er musste nur zugreifen. Nelu war auf der Stelle geworben und verdorben. Er besuchte zwei Jahre lang eine Staatssicherheitsschule, die sich Militärakademie nannte, wo er das Lotterleben erst wirklich kennen lernte, und war nach Abschluss dieser „Akademie" ein *Securitate*-Agent mit dem Dienstgrad eines Unterleutnants. Seine Eltern waren über das Schicksal Nelus gar nicht begeistert, weil eben aus dem zukünftigen Arzt, aus dem Menschenheiler, ein Menschenschinder und Menschenjäger geworden war.

Nelu war der einzige in dieser kleinen Familie, der guter Dinge war, der nun immer guten Grund zur guten Laune hatte, denn er hatte sein Ziel erreicht: ein Leben so nach seinem Geschmack zu führen, mit viel Freizeit, Herumspionieren, schönen Frauen und famosen Saufgelagen.

Aber auch als er Agent geworden war, haben die Adoptiveltern nicht aufgehört, ihr Adoptivkind zu lieben und weiterhin um die Zukunft des gescheiterten Doktors, der jetzt mit seinem Staatssicherheitsausweis als Horcher und Schnüffler durchs Leben schritt, besorgt zu sein.

Doch Nelu hatte neben dem vielen Glück im Leben auch einmal Pech gehabt, was sich aber nachträglich als das Pech herausstellte, das Rudi Karbe hatte. Überhaupt wurde Rudi das Pech Nelus zum Verhängnis.

Die Pechsträhne des kleinen, großartigen Nelu begann eigentlich ganz harmlos an einem normalen Arbeitstag nach Dienstschluss. Weil eben mehr Arbeit als sonst angefallen war und Nelu auch kein Viertelstündchen Pause machen konnte, in der er einen heimlichen Schluck aus seiner Schnapsflasche hätte nehmen können, schlug er seinen beiden Freunden vor, noch vor dem langweiligen Nach-Hause-Trotten ihre Stammkneipe, den „Mönchshofkeller", aufzusuchen. Die zwei Freunde willigten sofort ein, und es versprach, ein schöner, alkohol- und inhaltsreicher Nachmittag zu werden. Und nun saßen sie alle drei, gelöst von dem aufregenden Alltag, rauchend an ihrem Stammtisch. Der eine, dem sah man das an, war durch und durch ein Sportsmann. Er war kräftig gebaut, und die Kombination aus weißen Turnschuhen, braunen Cordhosen und schwarzer Lederjacke machte sich ganz gut. Schrecklich sah es nur aus, wenn er sich noch eine Krawatte umband, denn es gab ja auch feierliche Anlässe, zu denen er auch in dieser Aufmachung aufkreuzte. Nelus zweiter Begleiter war nur sein Dienstkollege. Er war eine verwischte Figur, bleich und sommersprossig im Gesicht, hatte obendrein noch rote Haare und machte überhaupt immer einen verschreckten

Eindruck. Und man fragte sich mit Recht, wieso konnte dieser schmächtige, blasse, ungesund aussehende Jüngling die Laufbahn eines Sicherheitsagenten einschlagen. Doch Widersprüche gibt es in jedem Beruf, und sie sind bei vielen Leuten zu finden.

Als der schwarzhaarige hagere Kellner sie bemerkt hatte, winkte er ihnen freundschaftlich zu, seinen Stammkunden, die im Geben von Trinkgeld nicht zurückhaltend waren. Je fester seine Stammgäste getrunken hatten, desto höher fiel auch das Trinkgeld aus. Natürlich blieb es nicht bei einem Schnaps, es folgten noch zwei weitere, und das Brennen in der Kehle musste mit Bier gelöscht werden. Der Kellner stellte dienstbeflissen rasch einen Kasten Bier an den Tisch der drei Hochgestellten und verbarg ihn unter einem abgenützten Tischtuch, weil pro Kopf und Nase offiziell nur drei Flaschen ausgegeben werden durften, da Bier ja auch Mangelware war. Die Schnäpse waren als Aperitif natürlich appetitanregend, und so brachte der Kellner auch noch zwei Hände voll verkrüppelter, zusammengeschrumpfter Knoblauchwürstchen, *Mititei*, die durch die gute Würze für den weiteren gesunden Ablauf des Trinkens sorgten. Um 20 Uhr war es dann so weit, dass alle drei, die sich auch in diesen vorangegangenen vier Stunden nicht besonders geistreich unterhalten hatten, mit schweren Zungen nur noch blödes Zeug redeten. Nelu bereitete schon der Gang zur Toilette große Schwierigkeiten. Aber das tat nichts, denn sie waren alle in bester Laune, einmal so richtig losgelöst von allem Übel dieser Welt. Gerade als Nelu so mühevoll zur Toilette schlich, hatten seine beiden Tischkumpanen einen phantastisch guten Einfall: nämlich den, so wie ihn der Sportsmann äußerte: „Wir nehmen Nelu den Ausweis ab, wir sollen sehen, was er ohne macht, wenn er wieder nüchtern ist." Sie schlossen dabei noch eine Wette ab und freuten sich riesig über diesen herrlichen Witz. Aber mit dem Abhandenkommen eines rumänischen Staatssicherheitsausweises war nicht zu spaßen. Das wussten alle Beamten des Sicherheitsdienstes, die mit ihrem Ausweis dem Vaterland die Treue geschworen hatten. Jeder Agent betete zu Gott, lieber die eigene Frau oder sonst ein Familienmitglied zu verlieren, doch ja nicht den blauen Ausweis, denn das war das Ende vom Ende, fast der sichere Tod.

Spaß muss sein, und so nahm der Sportsmann aus Nelus Lederjacke, die er so achtlos über die Stuhllehne gehängt hatte, den blauen Ausweis und übergab ihn dem Rothaarigen.

Nelu kam torkelnd von der Toilette zurück und stürzte sich sogleich auf das volle Weinglas, denn nun wurde als Krönung der Sauferei noch ein Liter Cotnari getrunken, dieser schwere Wein, den er so gerne als Medizinstudent in Iaşi getrunken hatte. Doch die Freunde ließen es nicht mehr zu, und es entstand schon fast eine kleine Keilerei, bis Nelu es dann doch durchsetzte, sein Glas zu leeren.

Der Sportsmann und der Sommersprossige verfrachteten Nelu wie ein Paket in ein Taxi, bezahlten ihm auch die Fahrt und baten den Chauffeur, er solle diesen jungen Mann nur ja zu Hause bei Dr. Dragoman gut abliefern. Nelu schlief gut. Am nächsten Morgen konnte er sich an fast nichts mehr erinnern, nur noch, dass er über diese angebrannten *Mititei* geflucht hatte. Nun freute er sich, wieder bei Verstand zu sein. Wer hatte aber eigentlich gestern die Rechnung beglichen? Nelu wusste es nicht mehr und griff rasch nach seiner Brieftasche, die, Gott sei Dank, noch in der Innentasche seines schwarzen Lederrocks steckte. Offenbar hatte er für die gestrige Sauferei keinen Leu ausgegeben! Doch da fehlte ja der Ausweis! Wie er es auch drehte und wendete – in der Brieftasche stimmte alles, bloß der Ausweis war weg! Er versuchte sich zu sammeln, doch mit dem Brummschädel gelang es nicht. Er schluckte rasch eine Tablette gegen die dumpfen Schmerzen, denn er musste dringend zum Dienst.

Dem Rothaarigen machte an diesem Morgen die Sache mit dem Ausweis zu schaffen. Bei nüchterner Überlegung musste er nun zugeben, dass es eigentlich ein recht böser Witz war. Doch eine Wette war eine Wette, und darum musste er Nelus Ausweis irgendwo sicher verwahren. Er legte den Ausweis in die Holzkassette, die in einem Bücherregal in seiner Wohnung stand.

Nelu war verzweifelt, dachte aber nicht daran, dass der Ausweis sich bei seinen Kumpanen befinden könnte. Er durchwühlte sämtliche Schreibtischladen und suchte an allen möglichen und unmöglichen Stellen. Doch alles Suchen war vergeblich. Er musste dringend zum Dienst, um nicht eine Rüge seines Chefs, des Oberstleutnants Ion Banu, einstecken zu müssen. Im Dienst versuchte er sich den Anschein zu geben, als wäre alles in Ordnung, doch sogar sein Lachen über irgendwelche flachen, banalen Witze, die dort unter den Kollegen gerissen wurden, fiel gequält aus, worüber sich die schalkhaften Urheber mächtig freuten. Nelu getraute sich nicht, auch nur mit einem Sterbenswörtchen zu erwähnen, dass ihm sein Ausweis abhanden gekommen war. Besonders seine beiden Freunde, der Sportsmann und der Rothaarige, durften davon nichts erfahren. Er klagte bloß über fast unerträgliche Kopfschmerzen und verhielt sich so, als wäre er von einer Grippe befallen, die zu jener Zeit in der Stadt wütete. Doch in seinem Kopf ließ er unablässig die beiden vergangenen Tage wieder und wieder an sich vorbeiziehen, und da war plötzlich ein kleiner Hoffnungsschimmer: Es könnte doch sein, dass er vorgestern in der Vorratskammer des Lebensmittelladens im 10. Stadtbezirk seinen Ausweis hatte liegen lassen, als er die Verkäuferin verhörte, die sich grob und großmäulig ihren Kunden gegenüber benommen und dabei einige Äußerungen von sich gegeben hatte, die schädlich waren für die kommunistische Moral.

Nelu war als Staatssicherheitsmann für die Lebensmittelbranche zuständig und wurde überall unter seinem Decknamen Nicu Preda als Lebensmittelkontrolleur vorgestellt. Wenn er dann irgendwo erschien, so hieß es: „Der Genosse Preda von der Wirtschaftskontrolle kommt!" Den Angestellten schlotterten bei dieser Nachricht die Knie, denn kaum einer der Verkäufer oder Ladenchefs hatte eine reine Weste. Viele machten ihre Schwarzgeschäfte mit Lebensmitteln, fast alles wurde unter dem Pult verkauft, und natürlich nicht zu legalen Preisen! Wenn dann der Genosse Preda kam, wartete bereits ein vollgefüllter Einkaufskorb auf ihn. Darin lagen die besten Leckerbissen, von denen die Durchschnittskäufer nie etwas zu Gesicht bekamen.

Doch Nelu war es egal, ob die Leute Schwarzgeschäfte machten oder nicht und zu welchen Preisen sie verkauften. Ihm ging es vor allem um die verschiedenen, oft achtlos hingeworfenen Äußerungen, die angeblich das ganze kommunistische System mitsamt seiner Moral gefährdeten. Da war zum Beispiel der Fall einer Verkäuferin, die auf die Frage eines älteren Mannes, weshalb denn keine Eier mehr in den Verkauf kamen – es bestand eine allgemeine Lebensmittelkrise, und für den Normalverbraucher gab es schon lange keine Eier mehr, die nur noch den „Auserlesenen" zugedacht waren – geantwortet hatte: „Es gibt keine Eier mehr. Die hat der Staatsführer alle eigenhändig aus ganz Rumänien eingesammelt. Nun sitzt er drauf und brütet seinen Nachwuchs aus, viele kleine Staatsmänner seiner Qualität!"

Diesen Fall also hatte Nelu vorgestern in der Vorratskammer, hinter Mehlsäcken versteckt und an einem Wursttisch sitzend, in Angriff genommen. Der Chef des Ladens hatte ihn dazu auch noch mit einem Geschenkpaket überrascht, das zu seinen Füßen lag. Nelu hatte die Brieftasche hervorgeholt und diese geöffnet, so, als ob er zahlen wollte, obwohl er immer alles gratis erhielt.

Da konnte ihm der Ausweis aus der Brieftasche auf die Eier unter dem Tisch gefallen sein, dachte er nun. Nach dem Dienst führte ihn der Weg direkt hin. Der Chef wurde bleich, als er ihn sah, und fragte, ob der Herr vielleicht noch eine kleine Zugabe wünschte? Doch Nelu winkte ab und log: „Ich habe mein Goldkettchen mit einem goldenen Hufeisenanhänger verloren. Ich möchte mal unter dem Tisch nachsehen, ob es nicht vielleicht dort ist." Doch trotz intensivem Suchen und Herumkriechen auf vier Beinen unter dem Tisch fanden sie nichts. Nelus Hoffnung, den Ausweis wiederzufinden, verschwand vollends.

Nelu befiel plötzlich eine rätselhafte Krankheit, die mit Übelkeit bis zum Brechreiz, hämmernden Kopfschmerzen, Schlaffheit und sogar Fieber einherging. Er ließ sich vom Arzt, der für die *Securitate*-Leute verantwortlich war, krank schreiben – und dies nicht nur aus taktischen Gründen, sondern weil er sich wirklich miserabel fühlte.

So fand der Vater ihn in seinem Zimmer am Schreibtisch sitzend: Er tat nichts, las nicht, schrieb nicht, sondern stierte und brütete einfach vor sich hin, ein Häuflein Mensch mit einem trüben, wässrigen, kranken Blick. Natürlich wunderte sich der Vater, Dr. Dan Dragoman, dass er seinen Sohn an diesem Nachmittag zu Hause antraf. Es war, soweit er sich zurückerinnern konnte, überhaupt der erste Nachmittag, an dem sein Sohn zu Hause war. So war seine erste Frage: „Was ist los, bist du krank?" Nelu nickte nur geistesabwesend und müde mit dem Kopf. Da zog der Vater einen Stuhl heran, setzte die Brille auf und begann sich mit ärztlicher Fürsorge um seinen Sohn zu kümmern, wobei er die üblichen Routinefragen eines Arztes stellte. Nelu ließ diese ganze Untersuchung nur mit Widerwillen über sich ergehen, doch dann vertraute er seinem Vater das quälende Geheimnis an, die eigentliche Ursache seiner Erkrankung: „Mein Ausweis ist spurlos verschwunden. Ich finde ihn einfach nicht mehr. Du kannst dir gar nicht vorstellen, was geschieht, wenn mein Chef das erfährt. Ich bin geliefert. Mit meiner Anstellung als Sicherheitsagent ist es vorbei. Ich bin verloren!" Der Vater nahm sich die Verzweiflung und Ausweglosigkeit seines Sohnes so sehr zu Herzen, dass er fast selbst daran erkrankte. Er sann krampfhaft darüber nach, wie er seinem Sohn nicht nur als Arzt, sondern in erster Linie als Vater helfen könnte. Er ging in Gedanken seine Patienten durch, und da fiel ihm Rudi Karbe ein.

* * *

Der rothaarige Kollege hatte schlecht geschlafen. Sein Gewissen, das noch nicht so abgebrüht war wie das der erfahreneren, kaltblütigen Sicherheitsleute, hatte sich zu regen begonnen. Er hatte wegen des entwendeten Ausweises ein schlechtes Gewissen, und er beschloss, ihn zurückzugeben, selbst wenn die abgeschlossene Wette dadurch platzen würde. Er war fertig angezogen, bereit, sich auf den Weg zu seiner Dienststelle zu machen. Er musste nur noch Nelus Ausweis aus der furnierten Holzkassette nehmen. Doch als er die Kassette öffnete, war der Ausweis nicht mehr darin. Kurz hatte er seinen kleinen Bruder im Verdacht, der noch zur Schule ging. Doch er konnte weder ihn noch die Mutter fragen, beide waren bereits aus dem Haus. Außerdem wussten sie, dass die Sachen in seinem Zimmer tabu waren.

Doch er hatte keine Zeit mehr zu suchen, darum verließ er rasch das Haus und hoffte, dass sich im Verlauf des Nachmittags der Fall klären würde. Im Dienst schwieg er sich über diese Sache natürlich aus. Da die Wette ohnehin noch über einige Tage hinweg lief, würde sich bestimmt bis dahin alles regeln. Im Dienst erfuhr er, dass Nelu für einige Tage verreist war. Wahrscheinlich hatte er einen Auftrag erhalten und war irgendwohin gefahren. Niemand wusste, wohin, doch man vermutete in die Hauptstadt. Niemand durfte vom anderen, seinem Dienstkollegen, wissen, wo dieser sich aufhielt. Das war alles streng geheim, und jeder wusste dies Berufsgeheimnis zu wahren und es als selbstverständlich hinzunehmen.

Bisher war Rudi immer zu seinem Hausarzt gegangen, zu dem Arzt, der für den Bezirk Konradwiese zuständig war. Rudi hatte ein altes Magenleiden, ein kleines Geschwür, das hin und wieder aufbrach und ihm zu schaffen machte. Dr. Dragoman hatte es aber gut unter Kontrolle, behandelte es mit Medikamenten und verhinderte so eine Operation. Diesmal aber kam der Genosse Dr. Dan Dragoman selbst zu Rudi Karbe. Dieser witzelte in seiner ruhigen, lässigen Art: „Herr Doktor, was verschafft mir die Ehre zu solch später Stunde? Hoffentlich sind Sie als Arzt nicht zu mir gekommen, damit ich als Projektant Sie mit meinen Linealen und Zirkeln behandle?" Doch der Doktor war nicht zu Späßen aufgelegt. Er kam direkt auf sein Anliegen zu sprechen: „Vielleicht können Sie, Herr Karbe, mir helfen. Ich zahle, was es kostet. Ich bin geneigt, auch 20 000 Lei zu geben, wenn Sie konkret meinem Sohn helfen." „Ja, gerne", sagte Rudi, „doch beruhigen Sie sich erstmal, nehmen Sie Platz. Sprechen Sie bitte nicht immer über das miese Geld, das zwar leider Gottes die Welt regiert, doch unser ganzes Glück sollte doch nicht daran hängen."

Dragoman setzte sich auf einen Hocker an der Hausbar, und Rudi nahm auf einem anderen Platz, nachdem er vorher zwei Gläschen mit Slibovița gefüllt hatte, einem Schnaps, von dem er wusste, dass der Doktor nur diesen zu sich nahm, weil er ihn für das gesündeste alkoholische Getränk hielt. „Nun schön der Reihe nach", begann Rudi, „worum geht es?" Da begann der alte Herr Doktor, dessen Frau vor vier Jahren einem langen Krebsleiden erlegen war, sein Herz auszuschütten. Er hatte ja nur noch seinen Sohn, selbst wenn es ein Adoptivsohn war, dem er noch seine väterliche Liebe angedeihen lassen konnte. Nun sei es wieder mal an ihm, diese elterliche Fürsorge unter Beweis zu stellen, denn Nelu brauche dringend Hilfe, genauer gesagt, einen *Securitate*-Ausweis. Ob da vielleicht Rudi seinem Sohn helfen könnte, koste es, was es wolle.

Als er geendet hatte, runzelte Rudi die Stirn. „Sie stellen sich das alles viel einfacher vor, als es ist. Selbst wenn ich den guten Willen dazu hätte, Ihrem Sohn zu helfen, ist alles viel komplizierter, als es anfangs aussieht. Ich kann wohl gut zeichnen und Unterschriften nachmachen, doch zu einer perfekten Fälschung eines Ausweises gehört noch viel mehr dazu. Das ist wirklich nicht so einfach, wie Sie sich das vorstellen, Herr Doktor. Unter uns gesagt: Ich glaube, Sie wissen gar nicht, auf was ich mich da einlasse und in was ich alles hineinschlittern kann."

Doch Dragoman hatte gemerkt, dass Rudi die Sache nicht ganz kalt gelassen hatte. So schürte er das bereits angefachte Feuer weiter: „Sehen Sie, mein Sohn war schon immer unser Sorgenkind. Nun hat der arme Teufel mit Ach und Krach eine Schule besucht, ist nun das, was er ist – nicht unbedingt das, was wir wollten –, doch er hat seinen Beruf und ist dadurch von mir unabhängig geworden. Soll er nun mit einem Schlag alles verlieren? Bedenken Sie doch, helfen Sie ihm, Sie können es, koste es, was es wolle." „Von Geld ist hier überhaupt nicht die Rede", erwiderte Rudi, „es ist bloß die Rede davon, wie ich einen Ausweis fälschen soll, ohne das notwendige Zubehör zu haben."

Rudi überlegte, dann sprach er weiter: „Herr Doktor, Sie haben mir sehr viel geholfen und waren schon immer ein guter Arzt. Ich zolle ihnen Hochachtung und möchte Sie nicht einfach jetzt, da Sie mich brauchen, im Stich lassen. Ich werde versuchen, Ihrem Sohn, besser gesagt: Ihnen zu helfen. Ich möchte Ihnen nur behilflich sein, weil diese Angelegenheit mit Ihrem Sohn Sie so sehr bedrückt. Erstens muss aber alles streng vertraulich behandelt werden, und zweitens brauche ich, um einen solchen Ausweis zu fälschen, folgende Dinge." Dann zählte er alles auf, was er dafür benötigte. Das Wichtigste war ein Blanko-Ausweis, ein sauberes Original, wie es aus der Staatsdruckerei kommt. „Dann aber brauche ich auch einen bereits ausgestellten Ausweis, denn ich habe keine Ahnung, wie ein solcher aussieht." Rudi stellte für die Fälschung diese Bedingungen in der Annahme, dass sie weder vom Vater noch vom Sohn würden erfüllt werden können.

Zu Hause angekommen, es war schon fast Mitternacht, musste der Herr Doktor seinen Sohn gar nicht erst aus dem Schlaf reißen. Dieser wälzte sich wach und mit Fieber im Bett herum. Der Vater berichtete seinem Sohn, was er für ihn getan hatte. Er stellte ihm einen neuen Ausweis in Aussicht, doch das Rohmaterial müsse geliefert werden. Diese Nachricht wirkte auf den kleinen Nelu besser als jedes Medikament. Er sprang aus dem Bett und erklärte sich bereit für neue Taten. „Ich fahre noch heute Nacht in die Hauptstadt." Dragoman nickte dazu nur müde und nahm diese Äußerung seines missratenen Sohnes als eine Art Dank entgegen.

Nelu hatte einen guten Freund, einen gebürtigen Bukarester, mit dem er zusammen die Militärakademie besucht hatte. Dieser Mann, Gheorghe Popescu, hatte den besten Posten zugeteilt bekommen. Er war etwas, was es kaum sonst in anderen Ländern gibt oder zumindest nicht in dieser konkreten Funktion: Er war Chef der Zensur der gesamten Auslandskorrespondenz. Alles Schriftliche, was aus dem Ausland in Rumänien eintraf, wurde in der Hauptstadt in einem speziell dafür errichteten Gebäude kontrolliert, an dem das Firmenschild „Technisch-chemisches Testlabor" angebracht war.

Nelu fuhr noch mit dem Nachtzug nach Bukarest. Obwohl es Ende April war und man bereits den Frühling ahnte, wenn einem ein warmer Wind um die Nase blies, waren die Nächte doch noch ziemlich kalt. Nelu saß in einem ungeheizten Abteil, und auch die übrigen Abteile waren nicht oder nur mangelhaft geheizt. Es wurde einfach an allem gespart: am Essen, am Trinken, am Heizen, am Strom, am Fernsehen, Autofahren und überhaupt am Leben. Es wurde an allen Ekken und Enden so viel gespart, dass man auch noch mit den eigenen Atemzügen sparsam umgehen musste, um nicht zu viel Leben zu versprühen, denn lebensfrohe Geschöpfe waren verdächtige Personen oder konnten leicht in Verdacht geraten.

Obwohl Nelu sich die Ziegenfelljacke angezogen hatte, weil er nicht in einer schwarzen Lederjacke als Sicherheitsmann in der Hauptstadt aufkreuzen wollte, fror er jämmerlich, er sah den eigenen Atem als Nebelfahne aufsteigen. Er kauerte sich in einer Ecke des Abteils zusammen und versuchte zu schlafen. Er war allein im Abteil und fragte sich unwillkürlich, ob die Leute denn auch am Reisen sparen. Ob denn niemand mehr aus der Provinz in die Hauptstadt fuhr? Hat denn keiner mehr Lust darauf? Offensichtlich nicht. Auch in Bukarest war es mit der Lebensmittelversorgung rapide bergab gegangen. Auch dort war nichts mehr zu holen, was einem vorübergehend den Hunger hätte stillen können. Sein Vater hatte ihm verschiedene Tabletten auf die Reise mitgegeben. Auf jede kleine westdeutsche Musterpackung hatte er als gewissenhafter Arzt geschrieben, wofür die Medikamente waren. Gegen das Frieren gab's zwar nichts, doch auf einer 6-Tabletten-Packung stand „Aufputschmittel". So etwas konnte Nelu jetzt gut gebrauchen, um wieder etwas lebendiger zu werden. Er zerkaute die Tablette und schluckte sie hinunter, da er weder Tee noch Kaffee bei sich hatte, und selbst seinen Flachmann, die flache kleine Schnapsflasche, hatte er in der Eile des Aufbruchs vergessen, da er unbedingt noch den Nachtzug hatte erreichen wollen.

Nelu kam total durchfroren um 5.20 Uhr auf dem düsteren Nordbahnhof an. Er musste noch 40 Minuten warten, bis das Bahnhofsrestaurant öffnete. Er brauchte kein Frühstück, nein, was ihm fehlte, war bloß ein wärmender, starker Pflaumenschnaps! Mehr durfte es allerdings nicht sein, da er nüchtern sein musste, wenn er nachher seinen Freund Ghiţă, den Chef des Testlabors Gheorghe Popescu, um einen Gefallen bat.

Um 6.30 Uhr stieg Nelu in ein Taxi: „Fahren Sie mich zum ‚Technisch-chemischen Testlabor'." Der Fahrer sah ihn misstrauisch an und meinte: „Ich fahre sie nur bis in die Nähe, von dort können Sie dann zu Fuß laufen." „Warum?", wollte Nelu wissen, „ich zahle die Fahrt bis hin." „Nein", erwiderte der Chauffeur, „nicht ganz bis hin, nur in die Nähe, denn dort in diesem Labor ist der Teufel los, die Leute sagen, es herrscht Explosionsgefahr, und ich möchte nicht mein Leben aufs Spiel setzen, wissen Sie, ich habe auch eine Familie, die ich erhalten muss." „Na gut", meinte Nelu, „dann fahren Sie mich eben bis dicht an dies Labor heran, aber rasch, bitte!"

Nelu wunderte sich wieder einmal. So oft und so arg man dies Volk auch demütigte, es ertrug alles. Man konnte es mit Füßen treten, prügeln und unterjochen! Solange es diesen gebeugten Nacken hat, konnte er, Nelu, als Sicherheitsagent ruhig schlafen, da war nichts zu befürchten. Wahrscheinlich machte die Staatsführung aber auch Fehler. Soll sie doch dem Volk Brot und Spiele geben, dann ist es zufrieden und jubelt dem Staatsführer zu! Doch wo bleibt das Brot? Ich habe meines, dachte Nelu, mehr als genug, das aber nur, weil ich Sicherheitsagent bin. Dies ist zur Zeit bestimmt der beste und auch gefürchtetste Beruf. Dabei ist mein Vater unzufrieden mit meinem Beruf und bedauert es, dass ich nicht Arzt geworden bin. Welch ein Wahnsinn, in diesen Zeiten Arzt zu werden!

Immer nur mit Kranken zu tun haben, die gesund werden wollen! Ist es nicht viel aufregender, gesunde Menschen krank zu machen, und zwar so, dass sie fürs Leben untauglich werden? Man selbst spürt dabei, wie gut es einem geht und wie man dies Leben genießt! Nun aber benötige ich einen Ausweis, um mein Leben weiter genießen zu können ...

Inzwischen war das Taxi fast am Ziel. In etwa 100 Metern Entfernung vom „Testlabor" blieb der Fahrer stehen und deutete auf den Gebäudekomplex. „Dort ist das Testlabor. Sie sind übrigens der erste Fahrgast, den ich hergebracht habe. Noch nie hatte von mir jemand eine Fahrt bis zum Testlabor verlangt. Viel Glück und Vorsicht, ich habe Sie gewarnt." „Ist schon gut", erwiderte Nelu, „hier haben sie einen blauen Schein, 100 Lei, kaufen Sie dafür ihrer Familie Essen." „Würde ich gerne tun. Geld haben wir alle, doch gibt's nichts dafür zu kaufen, ich meine, keine Lebensmittel." „Dann kaufen Sie eben ein Schwein und bringen es zur Mast!" „Ja, ja, Schweine gibt's überall", war die Antwort des Taxifahrers, und damit entließ er seinen Fahrgast.

Pünktlich um 7 Uhr kreuzte Nelu vor dem „Testlabor" auf und wartete auf seinen Freund Ghiţă. Weit und breit war aber kein Mensch zu sehen. Anscheinend stimmte es, dass die Leute die Nähe dieses Gebäudes mieden. Das hatte die Staatssicherheit wieder mal gut eingefädelt: Sie hat einfach das Gerücht von einer Explosionsgefahr unter die Menge gebracht und geraten, der Sicherheit wegen lieber einen Umweg um dies Gebäude zu machen.

Doch er durfte heute auf nichts im Zusammenhang mit seinem Beruf stolz sein, stand er doch ohne Ausweis da! Und ohne diesen war er ein Niemand, eine Null, eine Minus Eins, war schlechter dran als jeder andere unbescholtene rumänische Bürger. Er ging vor dem Gebäude auf und ab, fror, rieb sich die Hände, rauchte noch zwischendurch eine Zigarette und wartete. Während dieser Wartezeit wurde er unsicher und kam sich allmählich schon wie ein Bettler vor, der vor der Kirchentüre um ein Almosen bittend die Hand ausstreckt. Doch plötzlich hielt er im Auf- und Abgehen inne. Ist es nicht auffällig, dachte er, dass ich vor diesem Testlabor warte, in dessen Nähe sich eigentlich niemand herantraut? Werde ich nicht vielleicht schon seit meiner Ankunft hier aus einem

Fenster beobachtet und womöglich noch für einen Spion gehalten? „Wie der Schelm selbst, so denkt er ..." Doch dann verscheuchte er diese dummen Gedanken. Schließlich und endlich war er doch ein Sicherheitsagent, und falls jemand sich getrauen sollte, ihn wegen seines Wartens vor diesem Gebäude zu befragen, so würde er es ihm schon zeigen! Doch es war niemand da, der ihn mit Fragen hätte belästigen können. Dieser Bukarester Stadtteil war heute wie ausgestorben. Dann aber überkam Nelu plötzlich die Angst. Was tun, wenn überhaupt niemand hier erscheint, wenn sein Freund Ghiţă nicht mehr der Leiter dieses „Testlabors" ist, oder aber wenn er heute gar nicht zum Dienst kommt? Bei diesem Gedanken erschrak er. Doch dann, eine Stunde später, gegen 8 Uhr, kamen Leute, in Grüppchen, zu zweit oder allein. Alle strebten dem Hauptportal zu.

Gegen 8.30 Uhr sah Nelu, der sich dem Parkplatz genähert hatte, ein rotes Dacia-Auto halten. Auf der einen Seite stieg eine schwarzhaarige, rassige Frau in einem grünen Kostüm aus und auf der anderen Seite ein Mann in einem Safari-Regenmantel. Nelu jubelte innerlich: „Das ist er, das ist Ghiţă!" Er lief den beiden entgegen, die eng umschlungen auf das Gebäude zugingen. Als sich die beiden Männer erkannten, fielen sich der Große und der Kleine freudig in die Arme, so wie eben nach einer fast zweijährigen Trennung.

„Schön, Neluţule, dich wieder zu sehen. Was suchst du hier? Weißt du denn nicht, wo ich wohne?" „Doch, Ghiţă, ich weiß es, aber ich kam erst heute morgen mit dem Zug aus Hermannstadt an, und da dachte ich, dich eher hier als zu Hause zu finden." Und er zwinkerte ihm zu. „Ja, das war klug von dir, doch dein Besuch ist unangesagt." „Weißt du, Ghiţă, ich habe ein Problem." Nelu sah auf die rassige Dame im grünen Kostüm. Ghiţă verstand. „Violeta, geh mal voran, ich komme nach." Sie ging wippend davon und machte auch von hinten gesehen keinen schlechten Eindruck auf Nelu, der neugierig fragte: „Was ist mit diesem grünen Vogel, der sieht ja ganz toll aus?" „Sie ist meine Sekretärin, ein liebes, kleines Mädchen", erwiderte Ghiţă, „noch unschuldig, das heißt, noch nicht sehr erfahren, aber nett, und wenn du es eben wissen willst, noch nichts Ernstes. Du kennst mich ja." Sie lachten beide, der Kleine in der Ziegenlederjacke und der Große im Safari-Regenmantel, den Nelu bewunderte. Er nahm sich fest vor, sobald die Sache mit seinem Ausweis wieder in Ordnung sein würde, sich auch so einen Mantel anzuschaffen.

Ghiţă fasste seinen kleinen Freund um die Schultern, und sie machten einige Schritte in Richtung Labor. „Oh, Neluţu, wenn du wüsstest, wie sehr ich mich freue, dass du da bist. Du bleibst ja ein paar Tage?" „Nein, nein", erklärte Nelu eilig, „nein, das geht nicht, auf keinen Fall, es handelt sich um eine recht komplizierte Angelegenheit, und da wollte ich dich bitten, mir zu helfen." „Aber Neluţule, du weißt ja, dein großer Bruder ist immer für dich da, ich hatte dir doch gesagt, dass du mit mir und meiner Hilfe wann immer rechnen kannst. Doch dies alles lässt sich nur schlecht hier auf der Straße besprechen. Warte nur fünf Minuten, damit ich mich im Dienst zeige. Du weißt ja, hier bin ich der gefürchtete Boss." Dabei lachte er selbstgefällig. „Diese Rotznasen und Büffel sollen merken, dass ich da bin, und an die Arbeit gehen. Wenn ich nämlich nicht da bin, wird nicht gearbeitet, da sitzen sie nur herum, trinken den ganzen Tag Kaffee. Das mit dem Alkohol während der Dienstzeit, das habe ich strengstens untersagt, das gibt es nicht mehr! Schließlich müssen meine Leute klaren Kopf bewahren, sonst bringen diese Schakale noch arme, unschuldige Menschen ins Kittchen. Auch so schon wird bei jedem Furz gleich Alarm geschlagen und aus einem Floh ein Elefant gemacht. Meine Büffel sind so gewissenhaft, dass sie in jedem sonderbar formulierten Satz gleich eine verschlüsselte Nachricht vermuten. Bei mir wird nicht aufgemuckst, ich bin ein guter Chef, und wenn sie mir auf den Gefallen tun, dann haben sie ein gutes Leben, und das wissen meine Büffel ganz genau. Sie wissen auch, dass mich nicht die Menge, sondern die Qualität der Arbeit interessiert. Dementsprechend haben sie auch viel Zeit, um ihren Problemen nachzugehen. Glaub' ja nicht, dass sie keine haben. Du wirst staunen, alle haben ihre Probleme, genau wie auch du."

Nach dieser langen Rede nickte Nelu nur verständnisvoll. Sein alter Freund ging festen, sicheren Schritts davon. Doch schon beim Weggehen hatte Nelu bemerkt, dass irgendwie eine Wandlung mit seinem Freund vorgegangen war. Er war größer geworden, hatte die Brust herausgestreckt, und sein Gesicht hatte den ernsten, vornehmen Ausdruck eines Generaldirektors angenommen. Nelu dachte: Da kann ich noch viel von meinem großen, weisen Bruder lernen, und insgeheim beneidete er seinen Freund um dessen Auftreten und um den guten Posten, doch auch um seine Intelligenz, um die Art und Weise wie er geschickt mit seinen Untergebenen umging und überhaupt dies ganze Institut im Griff hatte. Nelu nahm sich vor, sobald er wieder im Besitz eines Ausweises sein würde, genau so zu werden wie sein großer Bruder. Er sah in diesem sein Idol!

Keine fünf Minuten waren vergangen, und Ghiţă stand bereits wieder vor dem kleinen Nelu. „So, jetzt führe ich dich in ein vornehmes Restaurant. Oder möchtest du lieber dorthin gehen, wo wir in unserer Studentenzeit so oft gegessen haben, ins ‚Würstchen'?" Doch es war Nelu jetzt wirklich nicht danach zumute, Erinnerungen aus der Zeit an der Militärakademie auszutauschen. „Lieber gehen wir hier in der Nähe irgendwohin, mir egal, es muss nur ein guter und starker Schnaps sein."

Ghiţă führte Nelu in ein vornehmes, neues Restaurant in einem Neubau, der nach dem Einsturz mehrerer baufälliger Häuser während des großen Erdbebens errichtet worden war.

„Also, mein lieber Neluţu, was darf es sein? Zier dich nicht, du bist mein Gast und kannst alles, was du dir nur wünschst, bestellen. Ich zahle, Geld habe ich genug, verlass dich drauf. Ich muss dreimal klopfen. Noch nie ist es mir so gut gegangen wie jetzt. Bestell also getrost, hier erfüllt man dir alle Wünsche, bloß eine Dame bringen sie dir nicht auf dem Tablett. Doch sollte dies dein einziger und innigster Wunsch sein, mache ich auch das möglich." Er klopfte Nelu freundschaftlich auf die Schulter. „Ich kann alles möglich machen, du weißt ja, wir mit unseren Ausweisen können alles erreichen."

Nun aber war das Stichwort gefallen: „Ja, das ist es eben, ich habe keinen Ausweis mehr..." Ghiţă sah ihn erstaunt an. „Wieso hast du keinen mehr? Was soll das bedeuten?"

„Er ist mir einfach abhanden gekommen. Ich weiß nicht wie, doch er ist weg, verschwunden", erwiderte Nelu kleinlaut. „Ja, weißt du", rügte ihn Ghiţă, „auf so einen Ausweis muss man halt sorgen. Du schleppst ihn sicher immer mit dir herum, was?" „Ja, das schon, doch ich habe wirklich auf den Ausweis gesorgt, weil ich genau weiß, was er für uns bedeutet und dass man ohne ihn buchstäblich verloren ist." „Ja, doch wir sollten auf die Bestellung nicht vergessen." Nelu nahm einen guten Pflaumenschnaps, doch Ghiţă bestellte für sich einen französischen Kognak, einen Courvoisier, und einen kleinen Imbiss, es war ja doch schon Vormittag, und das Restaurant hatte erst vor einer Viertelstunde geöffnet. Ghiţă bestellte ein Kertsch, doch Nelu lehnte das Essen ab und meinte, er könne jetzt unmöglich etwas hinunterwürgen, vielleicht ein wenig später. „Neluţu, du musst was essen, sonst klappst du noch zusammen." So bestellte Ghiţă für seinen Freund eigenmächtig „Mandschurea-Kaviar" und Buttersemmeln, und zur Feier des Tages rauchten beide Kent-Zigaretten, die Ghiţă auf den Tisch gelegt hatte. Hier konnte man sich schon wohl fühlen, doch Nelu rutschte auf seinem Stuhl hin und her, mal zog er diesen näher an den Tisch heran, dann wieder zurück. Er wusste nicht, wie er seinen Freund, der ihn wegen des Verlustes des Ausweises gerügt hatte, um den Gefallen bitten sollte. Dann nahm er aber einen Anlauf und rückte mit der Sprache heraus: „Ghiţă, du musst mir helfen, ich muss wieder in den Besitz eines Ausweises gelangen. Dafür aber brauche ich einen Blanko-Ausweis und deinen Dienstausweis. Ich habe den Vertrauensmann gefunden, der mir einen neuen, natürlich gefälschten Ausweis ausstellt." Ghiţă sah ihn belustigt an, er konnte sich kaum das Lachen verbeißen. „Neluţu, wenn's nur das ist, brauchst du dir überhaupt keine Sorgen zu machen. Auf mein Wort, du bekommst, was du verlangst, ich werde doch nicht meinen besten Freund im Stich lassen. Übrigens hast du großes Glück: Wir haben vor kurzer Zeit, es sind nur wenige Monate her, eine neue Abteilung gegründet, und zwar eine Überprüfungsstelle von Ausweisen und Pässen. Für die abgelaufenen Ausweise und Pässe geben wir die leeren Büchlein aus und ziehen die abgegriffenen oder abgelaufenen ein. Bei uns gibt es Ausweise und Pässe zur Genüge, allerdings eingetragene, doch da lässt sich schon was machen. Auch die Stückzahl kann ja noch ein wenig korrigiert werden. Violeta macht das schon, sie ist meine beste Mitarbeiterin. Verlang von mir aber keine Stempel und Unterschriften, denn damit haben wir nichts zu tun. Diese werden von höherer Stelle vergeben, und damit will auch ich nichts zu tun haben. Einen leeren Ausweis aber kannst du gleich haben, wenn du mich bis zum Testlabor begleitest."

Nelus Herz hüpfte vor Freude. So einfach hatte er sich das nicht vorgestellt. Wenn nun nur auch Vaters Patient sein Wort hält. Wenn nicht, dann würde er ihn eben auch unter Druck setzen, er kannte genügend Methoden, um einen Menschen gefügig zu machen. Nelu reichte seinem Freund die Hand und hatte Freudentränen in den Augen. „Das müssen wir jetzt feiern", sagte er und bestellte eine Flasche vom besten Champagner. Ein großer Stein war ihm vom Herzen gefallen.

* * *

Während Rudi mir dies alles erzählte, musste ich an die Leute denken, die an der Hausdurchsuchung im Karbe-Haus, an meiner dortigen Festnahme, an dieser ganzen, mich peinigenden Geschichte beteiligt gewesen waren. Der kleine gehässige Napoleon war niemand anders als Nelu, der verlotterte Sohn des Herrn Dr. Dragoman, der Sportsmann mit den Muskelpaketen war derjenige in den Turnschuhen, den Nelu als seinen guten Schulfreund Sandu bezeichnet hatte, und mein Regenmantelmann mit der tiefen melodischen Stimme war niemand anders als Gheorghe Popescu, kurz Ghiţă genannt, der Chef des „Testlabors" mit seiner rassigen, schwarzhaarigen Freundin und Sekretärin Violeta, die zwar eine weibliche Figur, jedoch ein recht männliches Auftreten hatte. Sie waren alle wieder dagewesen. „Und diese Personen, die alle eine so gute Anstellung hatten und solch ein Loch in die Welt lebten, gerade diese Leute, denen es so gut ging, sind getürmt und haben alles, aber auch alles im Stich gelassen. Warum nur?" „Ja", erwiderte Rudi in seiner ruhigen Art, „das Pflaster ist ihnen eben zu heiß geworden, sie konnten nicht mehr die Tanzbären spielen, die schwere Kette würgte sie. Doch das", fuhr Rudi fort, „ist noch nicht alles. Es kommt noch allerlei, Geschichten sind niemals zu Ende, und wenn, dann plötzlich, so wie wenn ein schwarzes Tuch darüber fiele und alles zudeckte."

* * *

Wir standen noch immer in unserer kurzen Autoschlange. Nach drei Stunden Warten, in denen wir immer nur um die Länge eines Pkw aufrückten, kam ein gut beleibter Mann mittleren Alters in seiner grünen Grenzeruniform auf unsere Autos zu, die am Ende der Schlange standen. Er war höflich, aber kühl, und fragte, ob wir einen schönen Aufenthalt in Rumänien gehabt hätten. Dann verlangte er unsere Pässe. Nachdem er alle eingesammelt hatte, verschwand er im rechten Hauptgebäude. Da wurde nun alles begutachtet, genau unter die Lupe genommen, um festzustellen, ob mit den Pässen auch wirklich alles in Ordnung war. Ob Rudi wohl auch so einer minutiösen Passkontrolle unterzogen worden war, als er mit seinem gefälschten Pass die Grenze passierte? Ja doch, bestimmt, und sein Pass hat all diesen Kontrollen und Zensuren standgehalten, so ausgezeichnet war er gefälscht gewesen.

Als ich damals Rudi und Christi in Augsburg besucht hatte und Rudi zu erzählen begann, kannte ich all diese Zusammenhänge zwischen Sicherheitsbeamten, Passfälschungen und Flucht in den Westen noch nicht. Obwohl Rudi ein guter und bedächtiger Erzähler war, sprang er öfter von einem Ereignis zum anderen, so dass ich tatsächlich Mühe hatte, die einzelnen Handlungsfäden auseinander zu halten. Seine Flucht in den Westen ergab für sich schon eine Geschichte, die er mit einem etwas bitteren Unterton erzählte. Als er damals begonnen hatte, Reisepässe zu fälschen, hatte er zunächst mal für sich selbst einen Reisepass angefertigt. Er wusste genau, dass er diesen irgendwann mal brauchen würde, weil er davon überzeugt war, dass diese Sache mit dem Fälschen von Pässen nicht gut ausgehen würde. Der Krug geht so lange zum Brunnen, bis er bricht, sagte er sich, und war überzeugt, dass er eines Tages das Land dringend werde verlassen müssen.

Rudi erinnerte sich daran, dass an einem kühlen, windigen Abend, es war der 27. April, Dr. Dragoman, ein älterer, grauhaariger Mann in schwarzem Mantel und mit schwarzem Hut, bei ihm aufgetaucht war. Neben einer kleinen schwarzen Aktentasche hatte er auch seinen kleinen hellbraunen Arztkoffer dabei. Und dieser ältere Mann, der schon etwas gebückt ging, weil ihm das Leben schon so manchen Streich gespielt hatte, besonders damals, als er in einer Art Freudenrausch seinen Sohn Nelu adoptiert hatte, dieser Mann stand plötzlich wieder vor Rudis Haustor. Dieser fand zuerst keine Worte, denn am Vorabend war der Doktor bereits bei ihm gewesen. Nun kam er wieder, und zwar noch später als gestern. Rudi war erstaunt: „Sie werden doch nicht schon alles beschafft haben?" Doch der Ältere nickte bloß: „Doch, doch, ich habe alles hier in meiner Aktentasche." Rudi hatte insgeheim damit gerechnet, dass es dem Doktor unmöglich sein würde, die gestellten Bedingungen zu erfüllen. Nun war es Rudi nicht mehr so ganz geheuer, nun hätte er gern sein Versprechen zurückgenommen. Doch das konnte er einfach nicht, wenn er in die bittenden, blassblauen Augen dieses vom Leben so hart geprüften älteren Herrn sah. Es schien, als wolle der Doktor ihm durch Blicke sagen: „Du hast mir versprochen zu helfen, wenn ich die von dir gestellten Bedingungen erfülle. Ich habe es getan, nun tu du es auch!" Rudi stand auf und ging hinüber zur Hausbar. Er schwieg, holte dem Doktor einen kleinen Schnaps und für sich einen großen Kognak.

„Zeigen Sie mal, was Sie mitgebracht haben", sagte er zu dem Doktor. Dieser breitete auf dem Mosaiktischchen alles aus, was er in seiner schwarzen Aktentasche mitgenommen hatte. Da befanden sich unter anderem auch zwei unausgefüllte und ein ausgestellter Ausweis sowie zwei unausgefüllte Besuchspässe. Rudi erschrak: „Herr Doktor, von einer Pass-Fälschung war nie die Rede, ich bitte Sie." Doch der Arzt erwiderte: „Natürlich nicht, doch mein Sohn wollte Ihnen mit diesen beiden Blanko-Besuchspässen eine Freude bereiten, betrachten Sie diese beiden Pässe als Geschenk." Rudi wehrte ab. „Nein, nein, Herr Doktor, mit diesen Pässen will ich nichts zu tun haben. Die können Sie gleich wieder mitnehmen." Doch dies vergaß der Herr Doktor später absichtlich, als er sich verabschiedete.

Der Arzt drängte zur Eile: „Am 30. April müssen alle Agenten in Galauniform mit ihrem Ausweis zur Trimesterinspektion antreten. Mein Sohn, Nelu, übrigens auch. Und bis dann oder eben für diese Inspektion, die auch von einem feierlichen Zeremoniell begleitet wird, braucht mein Sohn seinen Ausweis!" Dies war nun deutlich genug und bedeutete für Rudi, den Ausweis in anderthalb Tagen fertigzustellen. Selbst wenn er es versprochen hatte, blieb dieser knappe Termin doch eine Zumutung. Das wusste auch der Doktor und schämte sich ein wenig wie ein Kind, das einsieht, mit seinen Streichen zu weit gegangen zu sein. Er sagte nur noch: „Es tut mir Leid, doch wenn ich es Ihnen nicht bezahlen kann, so wird es Ihnen der liebe Gott vergelten. Ich meine, dass unser Herrgott uns gebrechlichen, lasterhaften Menschen das Böse, das wir im Leben getan haben, wohl verzeihen wird. Vielleicht würde er uns aber nie verzeihen, wenn wir es versäumt hätten, für unsere Mitmenschen etwas Gutes zu tun. Vielleicht aber wollen wir alle immer nur Gutes tun, und es fällt leider oft schlecht aus."

Der alte Herr nahm sein hellbraunes Arztköfferchen und die leere, schwarze Aktentasche und schritt dann in seinen schwarzen Mantel gehüllt und mit dem schwarzen Hut in der Hand dem Tor zu. Die Nacht nahm ihn auf.

Als Rudi nach dem Verschwinden des Doktors die zurückgebliebenen Pässe bemerkte, begann er laut zu fluchen.

Natürlich blieb es nicht bei dieser ersten Fälschung. Rudi wurde immer tiefer in diese Fälschertätigkeit verstrickt. Es war nicht allein sein Verschulden, doch nachdem er einmal begonnen hatte, gewissermaßen unter Zwang, konnte diese ganze Fälscherei nicht mehr gestoppt werden. Es war nur noch eine Frage der Zeit, wann dies alles auffliegen würde. Er war bereit, wann immer auf raschestem Wege Haus, Stadt und Land zu verlassen. Ein fertig gepackter Fluchtkoffer lag griffbereit auf dem Dachboden in der Holztruhe und wartete nur darauf, bei einem eventuellen Alarmsignal mit Rudi auf Reisen zu gehen. Es war schon beinahe eine militärische Vorkehrung, die Rudi durch das Packen seines Tornisters getroffen hatte.

Den Personen, für die Rudi unter dem Siegel strengster Verschwiegenheit gefälschte Pässe ausstellte, schärfte er ein, dass sie, falls die Grenzüberschreitung des falschen Passes wegen misslingen sollte, auf keinen Fall zugeben dürften, dass sie etwas über diesen Pass wüssten. Sie sollten sich an die zwar primitive, doch stets neutrale Formulierung halten: „Ich habe diesen Pass gefunden." Außerdem wurde mit dem Besitzer des falschen Passes ausgemacht, dass, falls die Grenzüberschreitung gelingen sollte und die betreffende Person heil und gesund den Westen erreicht hätte, an Rudi eine Gratulationskarte mit Blumenmotiven zu schicken sei. Auf dieser Karte sollte nur der Glückwunsch stehen: „Zu Deinem Geburtstag alles Gute!" So war es auch zu erklären, dass sich die Passfälscherei verhältnismäßig lange hielt und nicht gleich nach dem ersten Versuch zusammenbrach.

Etwas wurde ihm dann aber doch zum Verhängnis. Es unterlaufen einem doch noch rätselhafte Fehler, die sich auch in ein noch so gut zusammengefügtes und organisiertes System einschleichen können. Es sind Dinge, die niemals vorauszusehen sind.

* * *

Es war jene Zeit, da Rudi schon lange mit dem Leiter des „Testlabors", Gheorghe Popescu, Hand in Hand und in perfektem Zusammenspiel gearbeitet hatte. Alles funktionierte großartig, Ghiţă bekam seine Prozente, und beide waren zufrieden und hatten so viel Geld, dass sie nicht einmal wussten, wohin damit. Alle größeren Anschaffungen wie Auto, Haus oder sonstige Kostspieligkeiten wären sofort aufgefallen. Man hätte sich nach der Einkommensquelle erkundigt und sogar Ermittlungen angestellt, deren Ausgang das Ende von Ghiţă und Rudi gewesen wäre. Wozu also war dann dies viele Geld gut? Konnte Rudi überhaupt dadurch sein Leben verschönern, besser genießen? Bedeutete es vielleicht eine Belohnung für dieses mörderische Risiko, das er eingegangen war, bei dem er sogar sein Leben aufs Spiel setzte? Doch Rudi machte unverdrossen weiter, er machte es immer wieder bis zur Selbstaufgabe. Er hatte Geld wie Heu, er hätte sich damit die schönste Villa ganz Hermannstadts kaufen oder bauen, den schnellsten und modernsten Wagen Rumäniens fahren können. Er hätte Geld gehabt, um eine ganze Fabrik aufzukaufen, doch es fehlten ihm die Mittel, sich seine frühere, ruhige Lebensweise zurückzukaufen.

Nein, Rudi war nicht glücklich mit seinem Reichtum.

Auch mir hätte er sagen können: „Lieber Freund, ich weiß, du bist ein armer Schlucker, nimm hier sechs Bündel Banknoten, 30 000 Lei, ja, nimm sie getrost. Was guckst du mich so blöd an? Nimm dies Geld, soviel kann ich ohne weiteres von meinen Riesensummen entbehren. Nimm das Geld und kauf dir alles, was dein Herz begehrt. Jetzt haben für dich Not und Armut ein Ende genommen. Ja, ja, einen kleinen Schönheitsfehler hat dies Geld allerdings. Es ist befleckt, ist auf räuberische Art erworben worden. Ich muss schon meinen Kopf hinhalten, weil es nicht redlich verdient ist, doch damit verhelfe ich vielen anderen, in die Sonne der Freiheit zu kommen. Allerdings ist es von den Mündern vieler anderer geklaut, die jetzt hungern müssen. Doch daran darfst du beim Ausgeben des Geldes nicht denken, dass dadurch viele andere nichts mehr zu essen haben. Gib dein Geld aus, ohne daran zu denken, woher es stammt, denn je ehrlicher du dein Geld erwirbst, desto weniger hast du. Also stell keine Fragen und verprasse diese läppischen 30 000 Lei, diesen Pappenstiel!" Ich hätte allerdings keine Ruhe gefunden und Rudi sofort gefragt: „Ich bin dir allerdings sehr dankbar für diese große Summe, doch woher hast du so viel Geld?" Dann wäre er dazu gezwungen gewesen, mir alles zu erzählen. Er hätte sich wahrscheinlich geschämt, mir nicht die Wahrheit zu sagen. Und dann hätte Ernst Buchner seinen Freund verurteilt und ihn vor die Wahl gestellt: „Entweder hörst du mit diesen idiotischen Passfälschungen auf, oder wir sind Freunde gewesen. Jetzt kennst du auch meine Einstellung dazu!" Es war aber noch etwas, was ihn daran hinderte, mir einen großen Geldbetrag zu geben. Wenn er mir nämlich seine schmutzige Fälschertätigkeit gestanden hätte, wäre ich automatisch zum Mitwisser geworden und gefährdet gewesen. Er war einzig und allein darauf bedacht, dass ich niemals etwas über seine schmutzige Geldquelle erfahre, um mich nicht in Gefahr zu bringen. So geschah es, dass er mir öfter Geld zusteckte, mir immer half, wenn es nötig war. Er meinte es gut mit mir und war kein schlechter Freund. Bloß seine Schwester hat er mir niemals gegönnt, obwohl es um eine Zeit den Anschein hatte, als wollte er uns zusammenführen, als ob er uns, Christi und mir, absichtlich die Gelegenheit böte, allein zu sein. Dann zog er sich einfach zurück, so, als gönnte er uns endlich nach langer Zeit unser Zusammensein, so, als hätte er plötzlich Verständnis für unsere gegenseitige Zuneigung, die sich durch ihn, durch sein Dazwischengehen nicht entfalten konnte.

Es war wenige Tage nach dieser Badezimmerszene, die ich ja nur akustisch mitbekommen hatte, als ich die beiden sozusagen in flagranti überraschte. Sie schließt die Augen und denkt dabei gar nicht an ihren Bruder, darf gar nicht an ihn denken, sonst wäre das Lustgefühl einfach weg. Sie denkt dabei an einen anderen. Doch an wen? Denkt sie noch an mich? Das ist allerdings undenkbar, nein, bestimmt nicht an mich, sonst hätten wir ja schon längst miteinander geschlafen. Sie hätte mich bloß auf ihr Zimmer rufen müssen. Doch sie hat es nie getan, im Gegenteil, wenn wir mal allein waren und ich sie herzte und küsste, hat sie das Spiel schon nach kurzer Zeit abgebrochen. Jedes Mal wehrte sie mich, schelmisch dreinblickend, ab: „Rudi kommt, und er darf uns nicht sehen. Du weißt ja, dass es mir nicht gefällt, wenn Rudi etwas davon erfährt. Ernsti, wir sind gute Freunde, und das sollte auch weiterhin so bleiben."

Ja, dachte ich mir, doch schöner, viel schöner wäre es anders. Dann aber, als ich Bruder und Schwester im Liebesrausch ertappte, gingen mir die Augen auf: „So also stehen die Akazien, Christi ist ihrem Bruder buchstäblich verfallen, und ich muss es nun mitansehen, wie der Bruder meine Geliebte vögelt, bloß weil sie sich ihm verschrieben hat. Vielleicht aber hat sie auch Angst vor ihm. Ich durfte sie also nur platonisch lieben, sollte mich im Zaum halten und mich vor ihrem Bruder hüten. Womöglich sollte ich dies Liebesverhältnis zwischen Bruder und Schwester auch noch akzeptieren und die beiden dafür loben."

Ich war einfach wütend auf Rudi, wütend auf Christi und vor allem wütend auf mich, weil ich damals vor dem Badezimmer so beherrscht war und nicht einfach die Klinke niedergedrückt und die Tür aufgerissen hatte.

Nun hatte ich jetzt erst recht den Ehrgeiz, Christi ins Bett zu kriegen, mit ihr zu schlafen, bloß um ihr zu beweisen, dass es mit mir nicht viel schlechter als mit dem eigenen Bruder sein kann. Eher noch besser, denn dann würde sie diese Gefühle der Reue wohl loswerden. Es wäre auf alle Fälle eine gesunde Liebe zwischen Mann und Frau. So kam es, dass ich nach etwa drei Tagen wieder aus meinem Bau ans Licht trat und so tat, als hätte ich überhaupt keine Ahnung von ihrer Beziehung. Ich suchte aber mehr denn je eine Gelegenheit, um mit Christi zusammen zu sein. Anscheinend muss Rudi etwas davon gemerkt haben, denn er begünstigte auffallend unser Alleinsein, so als hätte er sagen wollen: „Ihr habt beide so lange gedarbt, ich musste es ansehen, wie ihr euch liebt, eure Blicke haben euch verraten. Nun bin ich aber einsichtig geworden und möchte nicht mehr als störender Faktor zwischen euch stehen."

Und dann war es einmal so weit. Wir hatten es uns zur Gewohnheit gemacht, uns nach der Schule, nach dem Mittagessen, das jeder in seiner Schulkantine einnahm, in der Kaffeebar am Großen Ring zu treffen. Da tranken Rudi und ich einen Espresso und Christi einen Ceylon-Tee. Im Anschluss an dieses gemütliche Beisammensein gingen Christi und Rudi gemeinsam nach Hause, und ich trat allein meinen Heimweg an.

Als wir uns wieder einmal in der Kaffeebar gemütlich niedergelassen hatten, sah Rudi auf seine goldene Armbanduhr, was er sonst immer nur vor dem Aufbruch aus der Bar tat, und meinte: „Heute ist meine Zeit knapp bemessen. Ich muss mit dem 3-Uhr-Bus nach Kleinschelken fahren, ich habe dort zu tun." Kleinschelken ist eine kleine Ortschaft in der Nähe Hermannstadts. Ich hatte es mir zur Angewohnheit gemacht, genau wie Christi, Rudi niemals zu fragen, was er denn zu tun habe. So erübrigte sich jeder weitere Kommentar. Zu Christi gewendet fügte er noch hinzu: „Ich komme erst gegen 20 Uhr nach Hause." Sehr fein, zuvorkommend und taktvoll, wie immer gegenüber seiner Schwester, bat er sie noch: „Wenn du so lieb bist, bereite ein kleines, gutes Abendessen vor. Du, Ernsti, bist ja auch dabei. Bis ich komme, werdet ihr ja imstande sein, euch die Zeit zu vertreiben."

Nun hatten Christi und ich einen ganzen langen Nachmittag für uns zur Verfügung. Mein Instinkt sagte mir aber, dass da etwas faul sei, was jedoch, das wusste ich nicht. Doch die Freude darüber, mit Christi mal allein zu sein und einen ganzen Nachmittag zur Verfügung zu haben, verdrängte dieses unsichere Gefühl. Ich sah sie an und fragte: „Was sagst du dazu?" „Wozu?" „Nun, dass dein Bruder so großherzig ist und uns einen ganzen Nachmittag geschenkt hat?" „Was soll ich dazu sagen? Der Arme macht sich noch mit seiner Arbeit, mit seinen Geschäften kaputt. Ich habe ihm schon immer gesagt, er solle nicht mehr so viel schuften, weder ich noch er brauchen so viel Geld. Aber du weißt ja, er hat auch seinen Dickschädel." „Ja", meinte ich, „das haben wir alle. Jeder mit seinem Dickschädel, auch du, Christi. Du willst doch auch nicht, dass ich dich berühre." Doch Christi erwiderte nichts, und das war kein schlechtes Zeichen. Schweigen ist immerhin auch eine Antwort. Sie sagte nur schnell: „Gehen wir!" Wir hatten unseren Kaffee und Tee noch nicht ausgetrunken, als Christi es plötzlich eilig hatte. Es schien, als reichte diese Frist von fünf Stunden nicht aus, um sich mir einmal in aller Ruhe hinzugeben. Zumindest wollte ich es so deuten. Doch dann schien es mir, als wäre auch sie, gemeinsam mit ihrem Bruder, an dieser Verschwörung gegen mich beteiligt.

Christi nahm ihre Umhängetasche und sagte: „Jetzt gehen wir zu uns und hören noch ein wenig Musik. Wir tun etwas, was wir schon lange nicht mehr getan haben – wir hören Beethoven." Sie meinte, das sei die Musik, die ihr auch unter die Haut fahre, und bezeichnete sie als „meine Beethovenmusik".

Wir gingen zu Fuß langsam den Weg in Richtung Konradwiese. Dabei fiel es mir auf, dass Christi mir immer einen Schritt voraus war. Diesmal schien sie es also noch eiliger zu haben als ich, und ich freute mich, dass nun endlich das Eis zwischen uns gebrochen war. Als wir bei ihrem Haus angekommen waren, kramte ich rasch in meiner Jackentasche und holte den Hausschlüssel hervor, den mir Christi in Rudis Gegenwart vor einigen Wochen übergeben hatte. Ich schloss galant das Tor auf, und Christi gefiel es. Sie lächelte, und wir spielten irgendwie das jungverheiratete Paar. Wir verhielten uns so, als ob wir nicht richtig wüssten, was wir nun miteinander anfangen sollten. Doch Christi war wie immer sehr geistesgegenwärtig und rettete die Situation. Sie setzte sich an den schwarzen Bechstein-Flügel und sagte: „Ich spiele dir jetzt etwas vor, und du wirst bestimmt erkennen, was es ist." Dabei sah sie mich verschmitzt an, und während sie bereits in die Tasten griff, fügte sie noch hinzu: „Weißt du, ich spiele diesmal nur für dich!" Sie spielte eine Sonatine von Beethoven. Ich erkannte sie sofort, weil sie diese schon öfter gespielt hatte, wenn auch Rudi zugegen war. Wenn sie am Ende angekommen war, setzte sie immer wieder mit dem Anfang ein. Trotz der ständigen Wiederholung langweilte mich das Spiel nicht. Das ist eine Musik, die man immer wieder hören kann, die nie aufhört, Musik zu sein. Es ist wie mit einem guten Buch, das man immer wieder lesen kann und das nie langweilig wirkt.

Ich erhob mich aus meinem Fauteuil und näherte mich Christi, die ganz in ihr Spiel versunken war, auf Zehenspitzen. Ich trat an den Klavierstuhl, ganz nahe an sie heran und legte ihr meine Arme gekreuzt um den Hals. Sie ließ mich gewähren, streichelte sogar zärtlich meinen Oberarm mit ihrer Linken, indem sie einhändig mit der anderen Hand weiterspielte.

Christi trug Jeans, eine rote Bluse mit Stehkragen und einen schwarzen, seidenweichen dünnen Pullover mit

Halsausschnitt. Ihr langes blondes Haar hatte sie mit einem schwarzen Samtbändchen zu einem Pferdeschwanz zusammengebunden. Ich stand reglos still, schmiegte mich an sie und zog ihren etwas vorgebeugten Oberkörper an mich heran, so dass sie nicht mehr in der gewohnten Haltung am Klavier sitzen konnte. Sie fühlte sich weich, warm und geschmeidig an. Ich blickte direkt in die Objektive der Fotoapparate, die Rudi gesammelt hatte: Sie spiegelten uns stark verkleinert wider, wir sahen fast wie Zwerge aus. Christi, ein blondes Schneewittchen am Klavier, zu einer zärtlichen Liebesstellung verführt von einem brünetten Zwerg in einem weißen Poloshirt mit blau-roten Streifen.

Ich guckte nochmals in die Augen der Fotoapparate, die mich irgendwie gefährlich anblickten. Da vernahm ich ein leises Klicken. Ich achtete aber nicht weiter darauf, denn inzwischen war meine Erregung gewachsen, und ich drückte mich ganz fest an Christi. Ich küsste ihren Hals und Schulteransatz. Sie musste jetzt auch spüren, wie erregt ich war. Ich streichelte ihr Kinn und den Lippenansatz und fuhr ihr mit der anderen Hand in den Pulloverausschnitt. Nun spielte Christi wieder mit beiden Händen weiter, immer noch die Sonatine von Beethoven. Fast schien es, als gelänge es mir nicht, sie zu reizen. Ich öffnete ganz ruhig den zweiten und dritten Knopf ihrer roten Bluse und streichelte ihre Brüste. Die Brustwarzen richteten sich auf wie kleine Kegel. Sie atmete immer rascher. Dann brach sie plötzlich mit dem Klavierspielen ab und packte mich an den Armen. Sie drehte sich zu mir, sah mich mit ihren glühenden, dunkelbraunen Augen an und sagte: „Nein, Ernsti, er kommt, es geht nicht." Doch ich sah sie verlangend an, küsste sie lange in einer recht unbequemen Stellung, da sie noch immer auf dem Klavierstuhl saß. Dann aber stand sie auf und zog mich fest an sich und flüsterte: „Es geht nicht, es geht nicht hier." „Dann wo?" Mit beiden Händen fuhr ich ihren Körper entlang bis hinunter zu ihren Schenkeln. Sie flüsterte zurück: „Weißt du, in mein Zimmer kommt er nie. Komm, wir gehen hinauf."

Die Sonne tastete mit ihren Nachmittagsstrahlen den Raum ab, und Christis Haar glänzte leuchtend gelb in dem hellen Lichtschein. Sie hielt die Augen geschlossen und den Mund leicht geöffnet, so, als erwartete sie eine bruchlose Fortsetzung dieses eben eingeleiteten Liebesspiels, ohne Angst davor, ihr

Bruder könnte sie während des Liebesakts überraschen. Ich nahm Christi in die Arme und trug sie wie ein kleines schlafendes Kind die Treppen hoch in ihr Zimmer. Hier legte ich sie auf ihr Bett. Plötzlich schien sie ein unbeholfenes Wesen zu sein, dem gegenüber ich Vater, Ehegatte und Geliebter gleichzeitig sein musste. Aus ihrer sitzenden Stellung am Bettrand ließ sie sich nach rückwärts fallen und lag dort mit ausgestreckten Armen, während ihre Füße noch immer den Boden berührten. Auch hier sprach sie nur flüsternd mit mir, so, als ob sie Angst hätte, dass jemand unser Liebesspiel mit anhören könnte. Sie bat mich, die Türe abzusperren. „Sicher ist sicher. Glaube mir aber, Rudi war noch nie in meinem Zimmer." Ich wusste nicht, ob ich dies glauben sollte oder nicht. Vielleicht stimmte es aber, und sie wollte ihr Zimmer dadurch als unbefleckte Stätte ihrer Liebe mit mir bewahren. Wahrscheinlich, so ging es mir flüchtig durch den Kopf, hatten die beiden sich immer nur im Badezimmer geliebt, was mir eigentlich ziemlich unglaubwürdig schien. Doch angesichts der Lage konnte ich mich einfach nicht mit solchen Streitfragen auseinander setzen. Wir waren doch, Christi und ich, nicht deshalb hierher in ihr eigenes Schlafzimmer gekommen, um uns darüber auszusprechen, ob Rudi schon hier in ihrem Zimmer war oder nicht.

Ich legte mich angezogen sanft auf Christi, die noch immer mit geschlossenen Augen und von sich gestreckten Armen in ihrer Anfangsstellung auf dem Bett verweilte. Leicht zupften meine Lippen an ihrem rechten Ohrläppchen. Sie schlug die Augen auf und flüsterte: „Ernsti, zieh mich aus." Natürlich half sie mir dabei, doch so, wie wenn sie überhaupt keine Kraft mehr hätte, sich selbst ihrer Kleidungsstücke zu entledigen. Ich zog ihr zuerst den schwarzen Pullover über den Kopf, dann knöpfte ich ihr die rote Bluse auf, die ich vorher aus den Jeans herausgezogen hatte, half ihr aus den Ärmeln und zog ihr dann auch das hellblaue Unterhemd mit Spitzenbesatz und den dünnen Trägern über den Kopf. Sie kreuzte ihre Arme über der Brust weil sie fror. Ich drückte sie wieder sanft auf das Bett zurück und öffnete den Bundknopf und den Reißverschluss ihrer Jeans. Doch dann flüsterte ich ihr ins Ohr: „Weiter weiß ich nicht, wie ..." Sie stand wortlos auf. Plötzlich kam wieder Leben in sie. Sie stieg aus ihren Jeans und behielt nur noch ihren hellblauen Mini-Slip an. So entkleidet stand sie vor mir. Ich saß immer noch auf dem Bettrand, zog sie dicht an mich heran und küsste sie dicht über dem Slip. Sie blieb ganz still, beugte sich aber über mich, so dass ihre Brüste meinen Haarschopf berührten. Dann sprang sie mit einem Satz wie eine Katze aufs Bett und kniete gegrätscht über meinen Schenkeln und nahm mich in sich auf. Sie stöhnte leicht, gab leise Töne von sich und hielt mir ihr Gesicht, verzerrt wie im Schmerz, entgegen. Als ich zum Höhepunkt kam, gab sie noch einen kurzen Schrei von sich, fiel mit dem Kopf auf meine rechte Schulter und blieb wie versteinert in dieser Stellung liegen.

Wir lagen eng umschlungen noch eine Weile still, einer den anderen festhaltend, so als ob wir Angst hätten, dass uns jemand trennen könnte. Christi flüsterte: „Weißt du, Ernsti, ich dachte nie, dass ich dich wirklich lieben könnte, es kommt mir auch jetzt alles wie ein Traum vor. Rudi aber darf niemals etwas davon erfahren, versprich es mir, niemals, bitte, ja?" Ich nickte und fragte: „Könntest du dir ein Leben mit mir vorstellen?" Sie zögerte zuerst und sagte dann ausweichend: „Schon, ja, aber da müsste man sich doch besser kennen lernen." „Wie meinst du das? Noch besser kennen lernen? Können sich überhaupt zwei Menschen besser kennen, als wir uns bereits kennen gelernt haben?" Christi schwieg und streichelte mein Gesicht. Nach einer längeren Pause meinte sie: „Weißt du, Ernsti, nach solch einem Liebesakt sollte man keine Heiratspläne schmieden." Ihre Bemerkung kränkte mich ein wenig, und ich entgegnete: „Warum nicht? Warum darf man nach einem Geschlechtsakt mit seiner Geliebten nicht über eine eventuelle zukünftige Ehe sprechen? Was stört dich daran?" Ihre Antwort kam plötzlich und sehr nüchtern: „Eines ist Gefühlsrausch und etwas anderes die Wirklichkeit." „Ja, glaubst du aber, dass es bei uns nur ein Gefühlsrausch war?" „Nein, das heißt, ja, vielleicht nicht nur... doch wie soll ich dir das erklären? Es ist jetzt nicht der richtige Augenblick, um über die Zukunft zu sprechen. Weißt du, alles müsste sich noch zwischen uns entwickeln, alles braucht Zeit, muss reifen." Irgendwie war ich von Christis Einwänden enttäuscht. Ich hatte angenommen, dass ich sie von meiner Liebe zu ihr überzeugt hatte. „Ernsti", sagte sie, „du wirst mich nie verstehen können. Doch dass ich zu dir halte, wirst du wohl begreifen, das habe ich dir zumindest jetzt bewiesen. Aber du musst wissen, dass ..." Und hier stockte sie und wurde etwas lauter: „Dass auch mein Bruder da ist, den ich als Bruder liebe. Ich möchte ihn nicht verlieren, er hat mir immer beigestanden, mich behütet und beschützt. Dafür bin ich ihm sehr dankbar und möchte ihm auch eine gute Schwester sein." Sie wollte mit ihrem Bruder zusammensein, mit ihm leben. Mich wollte sie aber auch haben, als heimlichen Geliebten, von dem der Bruder nichts wissen durfte. Wie von weit riss mich ihre Stimme aus meinen Gedanken: „Ernsti, es kommt ja doch so, wie es kommen muss. Was machst du dir darüber so viele Gedanken?" Als hätte sie meine Gedanken erraten! „Die Zeit wird es beweisen, ob wir füreinander bestimmt sind oder nicht." Sie kuschelte sich dicht an mich heran und flüsterte: „Jetzt würde ich nochmals mit dir schlafen wollen, aber ..." Christi holte sich den hellblauen Frottee-Bademantel vom Türhaken und verschwand im Badezimmer. Sie duschte, ich hörte das Wasser rauschen und blieb noch unter Christis Daunendecke im Bett. Es war wohlig warm unter der Decke. Erst jetzt sah ich mich so richtig in diesem kleinen Zimmer um. Es war im Jungmädchen-Stil gehalten. Es duftete fein nach den von Christi verwendeten Cremen und Sprays, alles ausländische Erzeugnisse, die ihr Bruder in großen Mengen heranschleppte.

Mein Blick fiel auf die gegenüberliegende Wand, an der ein kleiner antiker Frisiertisch stand, der nicht zur modernen Zimmereinrichtung passte. Über dem Frisiertisch hing eine alte, gut erhaltene Gitarre mit bunten, seidenbestickten Vereinsbändern daran – sicher ein Erbstück. Was mich aber beeindruckte, war nicht diese alte, goldbraune Gitarre, sondern die drei Aufkleber darauf. Einer war schwarz-weiß mit einem roten Farbtupfer in der Mitte, der vermutlich einen Blutstropfen darstellte. Es war ein Reklame-Aufkleber für Klaviere; auf ihm war ein schwarzes Klavier abgebildet, das nach oben hin die Figur eines Dirigenten mit Taktstock annahm. Darauf stand: „Wir spielen oft im Abendrot, denn morgen sind wir alle tot." Auf dem zweiten Aufkleber sah man den Schauspieler Robert Redford. Der dritte war ein runder Ausschnitt eines Fotos, das ihren Bruder zeigte. Rudi stand mit verschränkten Armen da und lächelte mich an, als ob er sagen wollte: „Du kannst Christi noch so lieben, die bekommst du nicht, die gehört mir!"

Christi kam nach Frische und Reinheit duftend aus dem Bad zurück. Als sie die Tür hinter sich geschlossen hatte, ließ sie ihren Bademantel einfach zu Boden gleiten. Sie war schön. Ich war fast überzeugt davon, dass sie sich noch niemals nackt in einem großen Spiegel betrachtet hatte, den es allerdings auch nirgendwo in diesem Haus gab. Und dieses Mädchen, nach dem sich so viele Männer umdrehen, wo immer es sich aufhält, hatte eigentlich nur Augen für den eigenen Bruder. Das konnte ich auch nicht verstehen. Es stimmt, wir beide hatten uns jetzt geliebt, haben miteinander geschlafen, und es schien mir, als habe sie diesen Liebesakt auch voll ausgekostet, oder aber hatte sie es mit mir gar nicht so überwältigend gefunden, so atemberaubend, wie mit ihrem Bruder?

Christi kam ans Bett, schlug die Bettdecke zurück und legte sich auf den Bauch neben mich. Auch die Tür hatte sie nicht mehr verriegelt. Ich glaubte, dass sie nun sehr ausgeglichen war und zumindest jetzt keine Angst mehr hatte, dass ihr Bruder sie mit mir im Bett ertappen könnte. Sie war warm, fast heiß von dem heißen Wasser der Dusche. Ich streichelte ihren Rücken bis zu den Hüften hinunter und dem schön gerundeten Gesäß. Sie stützte den Kopf in die Hände und sagte leise, so als wollte sie über etwas Gewissheit haben: „Ernsti, glaubst du wirklich, dass wir miteinander glücklich wären?" Ich beugte mich über sie und küsste zärtlich ihren Nacken. Sie atmete schwer, so als ob sie das, was heute zwischen uns vorgefallen war, noch immer nicht fassen könnte.

Doch dann sprang sie auf. Sie musste wohl wieder an ihren Bruder gedacht haben und an das Abendessen, das noch zubereitet werden musste. Sie zog reine Unterwäsche an und darüber wieder ihre Hausuniform. Wahrscheinlich wollte sie Rudi überhaupt keinen Grund zu eventuellen Verdächtigungen geben. Nun sah sie wieder aus wie sonst, bloß in ihren großen dunklen Augen glühte ein Licht, das Rudi bestimmt nicht zu deuten gewusst hätte.

Pünktlich um 20 Uhr erschien Rudi. Es schien, als hätte er ständig auf seine goldene Armbanduhr gesehen und nur darauf gewartet, dass vom Kirchturm die volle Stunde schlüge. Christi war in der Küche, und ich hatte es mir an der Hausbar im Vorraum gemütlich gemacht. Ich trank einen Martini mit Eiswürfeln. Ich hatte ein zweites Glas für Christi gefüllt und es neben meines gestellt. Christi hatte daran genippt, bevor sie in die Küche ging. Ich hatte ein klein wenig ein schlechtes Gewissen Rudi gegenüber, weil ich mit seiner Schwester geschlafen hatte. Das war natürlich dumm, doch es war so, und ich befürchtete, dass Rudi mürrisch und schlecht gelaunt heimkommen könnte. Doch nichts dergleichen. Er kam, setzte sich zu mir an die Bar, trank einen Kognak, lächelte und meinte: „Trink nicht zu viel, denn sonst kannst du den guten Wein nicht kosten, den ich mitgebracht habe."

Wir gingen beide in die Küche. Rudi begrüßte seine Schwester mit dem üblichen Kuss auf die Wange und verkündete, dass er außer dem guten Wein auch einen Riesenhunger aus Kleinschelken mitgebracht habe.

Wir verbrachten einen der angenehmsten Abende, die ich überhaupt im Haus Karbe erlebt habe. Es schien, als ob wir alle drei guten Grund zum Feiern und Wohlfühlen hätten. Ich konnte mich allerdings des Eindrucks nicht erwehren, dass jeder jeden auf irgendeine Art aufs Kreuz gelegt hat. Rudi hatte mich durch eine gestellte Falle, die ich mir vielleicht auch nur einbildete, hereingelegt, ich hatte Christi drangekommen, indem ich mein Vorhaben, sie ins Bett zu kriegen, durchgesetzt hatte und damit an mein lang ersehntes Ziel gelangt war. Christi hatte Rudi hereingelegt, indem sie hinter seinem Rücken mit mir geschlafen hatte. Mich hat Christi hereingelegt – doch womit? Ich wusste es nicht, doch zumindest kam mir der erste Teil unserer Annäherung im Wohnzimmer sonderbar vor, bis zu dem Zeitpunkt, als Christis Widerstand gebrochen war. Ja, vielleicht hatte sie mich dadurch hereingelegt, doch schließlich war dies alles nur eine vage Vermutung.

Als wir uns zuprosteten, die Gläser klirrten und wir diesen guten Kleinschelkener Wein schluckweise zu uns nahmen, läutete zu so später Stunde die Türglocke. Wir verstummten alle drei erschrocken. Es war aber nur der Postbote, der ein Telegramm aus Bukarest brachte. Ich merkte, wie sich die Gesichter der beiden Geschwister beim Lesen plötzlich verfärbten. Die Hochstimmung bei Tisch war plötzlich ins Gegenteil umgekippt, obwohl die heute erhaltene Nachricht meiner Meinung nach keine Tragödie war. Rudi blickte Christi scharf in die Augen und sagte: „Tante Elvira ist erkrankt, sie benötigt

Hilfe." Christi schien verstanden zu haben, denn sie nickte und entgegnete: „Wenn das so ist, dann müssen wir ihr helfen."

* * *

Gheorghe Popescu, der Leiter des „Testlabors", hatte eine Nacht mit seiner Sekretärin, Violeta Moraru, verbracht. Sie waren bei ihr zu Hause gewesen. Sie hatten mehrere Flaschen Champagner getrunken, Schollenfilet im Knuspermantel gegessen, miteinander geschlafen und wieder Champagner getrunken, so dass der Morgen für sie beide zu schnell kam. Nur war Violeta die Klügere von beiden und wusste, dass man mit dem guten Job, den man hat, nicht willkürlich und nachlässig verfahren darf und dass man den Dienst, wenn man auch noch so von der heißen Liebesnacht unausgeruht und vom Champagner verkatert ist, nicht einfach schwänzen darf wie ein Schüler, der seine Hausaufgaben nicht gemacht hat. Deshalb bemühte sie sich sehr um Ghiţă, um ihn für den neuen Arbeitstag fit zu machen. Ghiţă jedoch polterte los und meinte, dass seine Rotznasen und Büffel auch ohne ihn diese mit Dreck angefüllten Postsäcke aufarbeiten könnten. Doch Violeta blieb hartnäckig: „Ghiţă, du weißt es genau, dass ohne dich nichts läuft, dass ohne dich in diesem Laden nichts, aber auch gar nichts funktioniert. Also sei so lieb, tu mir und uns allen den Gefallen, komm bitte zum Dienst!" Ghiţă fügte sich murrend, und Violeta brachte ihren Chef und Geliebten in ihrem roten Dacia zum „Testlabor". Diesmal musste sich der Direktor sehr zusammennehmen, um beim Morgengruß sein anspornendes Lächeln aufzusetzen.

Hinter seinen Schreibtisch geflüchtet, stierte er mit gequollenen und geröteten Augen auf den Stoß Papiere vor sich, den er aber bald mit der Hand als lästigen Kram beiseite schob. Am liebsten hätte er seinen Brummschädel auf die Schreibtischplatte gelegt und ein kleines Nickerchen gemacht. Dazu hatte er aber doch nicht Mut genug, denn manchmal verließ seine Sekretärin, Violeta, ihren Schreibtisch im Vorraum, wo sie sich wie ein Wachhund eingerichtet hatte. Dann war sie mit irgendwelchen Papieren im Betrieb unterwegs, und es konnte geschehen, dass jemand auch unangemeldet sein Büro betrat.

An diesem müden Morgen gab es einen, der eine äußerst wichtige Information für den Chef hatte. Dieser Mann, der die wichtige Entdeckung gemacht hatte, war Vlad Cerlinca, ein besonders ehrgeiziger Typ, der mit Klauen und Zähnen an seinem Job festhielt und unbedingt seine Mitarbeiter überflügeln wollte. Er hatte sogar das Zeug dazu, seinem Chef den Posten streitig zu machen, vor allem, weil er einen Onkel hatte, der im Oberstaatssicherheitsamt in Bukarest saß. Dadurch hatte Vlad Cerlinca auch diesen Posten als Abteilungsleiter der deutschsprachigen Brief- und Kartenzensur erhalten. Sämtliche Angestellte in diesem „Testlabor" waren geprüfte Sicherheitsmänner und hatten ihren Job meist nur durch Beziehungen zu höheren Agenten erhalten. So war es nur verständlich, dass einer den anderen bespitzelte und jeder von irgendeinem beschattet wurde.

Vlad Cerlinca verfolgte mit nahezu wissenschaftlicher Akribie jede auch noch so unscheinbare Bemerkung in der aus Westdeutschland eingelaufenen Korrespondenz, für die er zuständig war. Nichts, aber auch gar nichts entging ihm. Seine Sondermeldungen erstattete er dem Chef nur dann, wenn er auch wirklich etwas Handfestes hatte. Die gesammelten Indizien speicherte er sorgfältig im Computer.

Als nun Ghiţă an diesem grauen Morgen so unausgeruht und mürrisch an seinem Schreibtisch hing und eben im Begriff war, ein mit kaltem Wasser befeuchtetes Taschentuch an seine hämmernden Schläfen zu halten, klopfte es einmal sehr zaghaft an der Tür. Nach dem dritten Anklopfen brüllte er laut „Herein!", nahm rasch eine getönte Null-Dioptrien-Brille aus der Lade und setzte sie auf, um seine geröteten Trinkeraugen zu verbergen. Cerlinca erschien mit gebeugtem Nacken in unterwürfiger Haltung, richtete sich dann aber vor dem Schreibtisch stolz auf: „Ich melde gehorsamst, Genosse Popescu, wir haben wieder einen Fisch. Das ist diesmal eine fast sichere Sache. Dieser Fisch darf uns auf keinen Fall wegschwimmen." Ghiţă antwortete in seiner Direktorenart: „Übertreiben Sie nicht. Und bitte ohne dieses Poetisieren. Kommen Sie zur Sache. Was haben Sie herausgefunden?" Cerlinca war ein wenig verletzt, weil ihn der Genosse Direktor, den er so sehr verehrte, grob angefahren hatte.

„Sehen Sie, Genosse Direktor, da haben wir zwölf einfache Glückwunschkarten, die innerhalb von 14 Monaten aus Westdeutschland an ein- und dieselbe Person gerichtet sind: an einen gewissen Rudolf Karbe aus Sibiu. Dass ein Mensch jeden geschlagenen Monat Geburtstag hat, das ist auch nicht anzunehmen. Sehen Sie, Genosse Popescu, ich habe das Material mitgebracht." Wie einen kostbaren Schatz legte er die Mappe auf den Schreibtisch. „Bitte, überzeugen Sie sich selbst. Ich fresse einen Besen, wenn da nicht ein Spionagewurm drin sitzt".

Ghiţă war plötzlich hellwach. Er wusste bereits, worum es ging. Er tat sehr interessiert, blätterte die Aktenmappe durch, las aber kein einziges Wort daraus. Er richtete sich im Lehnsessel auf: „Wissen Sie, Genosse Cerlinca, wir alle hier neigen ein wenig zu Übertreibungen und wollen in jedem Schreiben eine verschlüsselte Nachricht finden. Unser Ehrgeiz, mit dem wir etwas übertreiben, bringt uns immer wieder auf solche Hirngespinste. Ich muss das leider sagen, oft verschwenden auch Sie Ihren Ehrgeiz. Es wäre besser, wenn Sie sich nicht so sehr auf Glückwunschkarten, sondern mehr auf den Inhalt von Briefen konzentrieren würden. Was Ihre Annahme betrifft, so werde ich mich persönlich darum kümmern. Das verspreche ich Ihnen." Er zeigte Cerlinca mit einem Händedruck, dass das Gespräch beendet war.

Nachdem Cerlinca den Raum verlassen hatte, blieb Ghiţă bedrückt und gar nicht mehr direktorenhaft am Schreibtisch sitzen. Er war nicht darauf gefasst gewesen, dass einer wie Cerlinca die Angelegenheit mit den Geburstagskarten von diesem Karbe aus Hermannstadt aufdecken würde. Plötzlich spürte Ghiţă, wie es ihm warm und wärmer und schließlich heiß wurde, obwohl es am frühen Morgen war und alle Fenster offen standen. Er holte sein feuchtes Taschentuch hervor und fuhr sich damit übers Gesicht. Nun war guter Rat teuer. Er musste etwas unternehmen. Er konnte doch nicht einfach still zusehen, wie seine gute Einnahmequelle plötzlich versiegt. Er musste dafür sorgen, dass diese Angelegenheit mit Karbe, mit dem er so gut zusammengearbeitet hatte, auf keinen Fall aufflog. Was dieser Karbe sich wohl dabei gedacht hat? Es war purer Leichtsinn, eine solch idiotische Formel für gelungene Passfälschungen zu finden! Er schüttelte den Kopf und dachte: Letzten Endes ist ja dieser Karbe doch ein Stümper, ein Pfuscher, und dabei hatte Ghiţă so grenzenloses Vertrauen in diesen Mann gesetzt.

Eigentlich schade, denn er hatte mit diesen Passfälschungen gut verdient, und dass er ihm die Blanko-Pässe lieferte, war kaum ein Risiko. In seinem Betrieb war großer Verschleiß an leeren Pässen, die mal her und mal hin geschickt wurden, wobei die Stückzahl und die eingeschriebenen Registriernummern ständig korrigiert werden konnten. Daran wäre das alles nie gescheitert. Vielleicht aber wäre es besser gewesen, wenn er sich erst gar nicht mit diesem Karbe eingelassen hätte – dann hätte er jetzt ruhig schlafen können. Na ja, doch war nicht er selbst es gewesen, der diesen Karbe durch Nelu bewogen hatte, ihm für den Universitätsprofessor einen falschen Pass auszustellen? Die angebotene Summe war verlockend: 60 000 Lei für einen Besuchspass in die Bundesrepublik Deutschland, da lachte einem ja das Herz im Leibe! Damals hatte er sich mit Karbe auf halbe-halbe geeinigt, aber ihn dann doch um 10 000 Lei geprellt. Denn er hatte Karbe nur von 50 000 Lei erzählt, und immer hat er die Preise festgesetzt und nicht dieser Stümper.

Weil er nun dringend Trost benötigte, ließ er seine Sekretärin, Violeta Moraru, über die Sprechanlage rufen. Sie erschien tänzelnden Schrittes mit wackelndem Hintern wie zu einem Rendezvous und setzte sich, so wie sie das immer tat, auf den Schreibtisch, mit dem Gesicht ihrem Chef und Geliebten zugekehrt. Doch Ghiţă wurde böse: „Was setzt du dich mit dem Hintern aufs Pult vor mich hin? Ich muss mit dir reden. Merkst du denn nicht, dass mir Gefahr droht?" Violeta ging um den Schreibtisch herum und nahm die distanzierte Haltung einer Sekretärin ein. „Für dich? Für dich gibt es doch niemals eine Gefahr. Und wenn, dann bist du doch so schlau, dass du eine solche wann immer abwenden kannst." Es gefiel Ghiţă, wie sie ihm schmeichelte, und er wurde dadurch gleich milder gestimmt. Alle Bedenken und Sorgen, die Ghiţă bedrückt hatten, waren mit einem Mal verflogen. Er musste einsehen, dass er in dieser großartigen Frau eine wahre Stütze hatte. Aber, so lautete die Vereinbarung, sollte etwas schief gehen im Problem Passfälschungen, so hatte Ghiţă versprochen, an Rudolf Karbe ein Telegramm zu schicken: „Tante Elvira ist erkrankt und benötigt dringend Hilfe."

Von seiner ersten Passfälschung bis zu diesem Telegramm, das Rudi in Alarmstellung versetzte, waren tatsächlich vierzehneinhalb Monate vergangen. Eine lange Zeit für solch eine illegale, halsbrecherische Tätigkeit wie seine Fälschungen. Es war in Anbetracht dessen, dass jede noch so geringfügige, nur politisch angehauchte Tätigkeit sofort durch das dichte und gut funktionierende Staatssicherheitsnetz aufgedeckt und erdrosselt wurde, eine recht lange Zeit. Dass Rudi vierzehn Monate hindurch am laufenden Band Pässe fälschen konnte, ohne entdeckt zu werden, war nur damit zu erklären, dass der Sicherheitsdienst selbst daran beteiligt war. Auch hatte Rudi Menschen zur Freiheit verholfen, die wegen irgendeines kleinen politischen Vergehens oder einer unbedachten Äußerung von den Sicherheitsorganen beobachtet worden waren. Er hatte seine Arbeit mehr aus humanitären Gründen und nicht nur des Geldes wegen betrieben. Das Geld musste er mehr oder weniger gezwungenermaßen annehmen. Er war einer der wenigen, die ihr Leben aufs Spiel setzten, um für diejenigen etwas zu tun, die durch die Misshandlungen der *Securitate* kaum noch wie Menschen leben konnten.

Nach Erhalt des Telegrammes musste Rudi also seine Arbeit sofort unterbrechen und sich nach Bukarest begeben, um alles mit seinem Gauner-Partner zu besprechen. Rudi wollte aber auch selbst erfahren, wovon da eigentlich die Rede war, denn seine Geburtstagskarten hatte er regelmäßig erhalten, und alles war bis dahin wie am Schnürchen gelaufen.

* * *

Schon an diesem unvergesslichen Abend, an dem wir uns alle drei so gut fühlten und jeder guten Grund zum Feiern hatte, als uns dann dieses böse Telegramm den wunderbaren Abend einfach zerschlug, waren wir uns darüber einig, dass Rudi am anderen Tag sofort nach Bukarest fahren, Tante Elvira aufsuchen und ihr teure westdeutsche Medikamente mitnehmen musste. Ich äußerte mein Bedauern darüber und hoffte, sie sei nicht in Lebensgefahr. Das sagte ich aber bloß so, völlig unbeteiligt, da ich ja diese gute, alte Tante Elvira gar nicht kannte, von der aber im Hause Karbe auch früher oft die Rede war. Im Grunde genommen freute ich mich aber darüber, dass Rudi für einige Tage verreiste, denn dann konnte ich mir mit Christi ein paar schöne Tage machen.

Rudi flog bereits am Vormittag nach Bukarest. Es hatte den Anschein, als hätte er Christi und mir Platz gemacht, wäre stillschweigend zur Seite getreten, als hätte er uns zu verstehen geben wollen: Ich gönne es euch, dass ihr glücklich seid, doch tut es bitte nur dann, wenn ich weg bin. Es bräche mir das Herz, wenn ihr euch in meiner Gegenwart schön tätet.

Fest steht, dass es wirklich nur den Anschein hatte, als begünstigte Rudi mein Alleinsein mit Christi – nein, er reiste nur deshalb nach Bukarest, weil er dazu gezwungen worden war. Wahr ist, dass er mir nie seine Schwester hat geben wollen. Nie hatte er sie mir gegönnt und wollte sie nur für sich allein besitzen. Außerdem hatte er grenzenloses Vertrauen in seine heiß geliebte Schwester.

Schon während des Flugs, als er so richtig über seine ganze Passfälscherei nachdachte, wurde ihm klar, dass dies das Ende seiner aufregenden Beschäftigung bedeutete. Er wusste allerdings noch nicht, was mit den gefälschten Pässen nicht in Ordnung war, doch was immer es auch war, er musste dieser Tatsache ins Auge sehen. Er hatte ja schon zu Beginn seiner illegalen Tätigkeit damit gerechnet, dass einmal alles auffliegen würde. Was immer nun geschehen mochte, er war darauf vorbereitet. Mich hatte er aus dieser Sache ganz herausgehalten, indem er geschickt seine Tätigkeit zu maskieren und zu verbergen gewusst hatte. Er hatte allerdings so weit gedacht, dass er sowohl mir als auch seiner Schwester, die ja teilweise in diese illegale Tätigkeit eingeweiht war, je einen falschen Pass ausgestellt hatte. Diese beiden Pässe lagen auch, zusammen mit seinem eigenen, in der seitlichen Futtertasche seines grauen Lederkoffers, der fertig gepackt für seine Flucht bereit stand. Vielleicht musste aber seine Schwester von diesem falschen Pass überhaupt keinen Gebrauch machen. Am 15. September sollte sie nämlich mit dem Rentner-Orchester Hermannstadts eine Österreich-Tournee antreten und würde somit auf ganz legalem Weg in den Westen kommen und sich dort absetzen können. Mir selbst würde er, wenn es dazu kommen sollte, auch diesen gefälschten Besuchspass übergeben.

* * *

Für mich waren diese drei Tage, die ich mit Christi im Karbe-Haus verbrachte, wie aus einem Bilderbuch herausgeschnitten: Drei klare Augusttage mit frischen Sommermorgen und späten, bis in die Nacht hinein dauernden lauen Abenden, an denen wir das Haus nicht verließen, da wir ja auch noch den großen Garten zur Verfügung hatten. Für mich waren es die sorglosesten Tage meines Lebens überhaupt, drei Tage mit Christi allein auf einer Insel, die „Karbe-Wohnhaus" hieß, und es war genau so schön, wie wenn wir diese drei Tage auf den Seychellen verbracht hätten. Es waren drei Tage, an denen ich vielleicht auch Christi davon überzeugen konnte, dass wir wirklich füreinander bestimmt waren, so wie sie das ausgedrückt hatte. Ich war überglücklich, dass die Zeit so günstig für uns beide gearbeitet hatte und ich überhaupt vergessen konnte, dass es auch noch Rudi gab.

Für Christi waren es Tage, an denen sie sich mir zwar ohne Zurückhaltung, jedoch nur wenig gesprächig, ja fast stumm hingab. Für sie war diese Zeit nicht so sorglos unbeschwert wie für mich. Ich ertappte sie manchmal dabei, dass sie mit ihren Gedanken ganz woanders war. Sie schien oft nachdenklich, und ich deutete das so, dass sie mit dieser Beziehung einerseits zu ihrem Bruder und andererseits zu mir nur schwer zurechtkam und sich nicht entscheiden konnte, obwohl ich sie mit keinem Wort zu einer Entscheidung hindrängte. An diesen drei Tagen wurde Rudi mit keinem Wort erwähnt, weder von ihr noch von mir, bloß um den Zauber dieses Zusammenseins nicht zu zerstören. Am dritten Tag meldete uns Rudi seine Ankunft durch ein Telegramm. Er wollte uns keineswegs überraschen. Da wurde Christi etwas unruhig und meinte: „Es ist besser, du gehst jetzt. Er muss bald da sein. Ich möcht' allein sein, wenn er kommt!" Ich legte ihre Worte so aus, als wollte sie ihm heute schon mitteilen, dass sie sich für mich entschieden hatte. Außerdem wollte sie auch mit ihm allein sein, wenn er ihr von Tante Elvira erzählte, dieser alten Dame, der sie so viel Mitgefühl entgegenbrachte. Ich dachte, alles richtig zu deuten und zu verstehen. Doch nichts oder fast gar nichts davon hat gestimmt.

Für Rudi waren es drei anstrengende Tage gewesen, besser gesagt, bloß ein Tag, denn an den beiden anderen war er ziellos durch die Stadt geirrt. Er kannte schon ganz genau das Vorgehen, sein Kommen beim Genossen Gheorghe Popescu anzumelden und die Zeit der Beratung zu vereinbaren. Der Ort war immer ein und derselbe: die Wohnung der Sekretärin, die linke Hochparterre-Wohnung in einem Vierfamilienhaus, das sich in der Nähe der Sporthalle Floreasca befand.

Die Verschlüsselung aller Gespräche und des Nachrichtenaustausches hatte er ja von Ghiţă gelernt. Bloß der Einfall mit den Glückwunschkarten war von ihm selbst, und er hätte es auch gar nicht begriffen, wenn Ghiţă ihm nun gesagt hätte, dass es ein idiotischer Einfall war. Er wählte in einer öffentlichen Telefonzelle die ihm nur allzu gut bekannte Nummer, um Ghiţă in seinem Direktorenbüro des „Testlabors" anzurufen. „Ich möchte gern mit dem Genossen Direktor sprechen." „Am Apparat." „Ja, ich bin es, Ursu." „Ach ja, grüß dich. Du möchtest wissen, für wann ich die Theaterkarten besorgt habe? Ja, die sind für heute abend 19.30 Uhr. Ja, und bitte sei etwas früher dort, nicht so wie letztes Mal", sagte Ghiţă noch und legte auf. Rudi hatte sich nur mit Ursu (Bär) vorzustellen, den Rest des Gesprächs besorgte Ghiţă seiner jeweiligen Laune entsprechend. Diesmal war er sehr kurz angebunden, das ließ auf eine miese Stimmung schließen.

Nachmittags trieb Rudi sich in der Stadt herum. Er hatte zwar auch Freunde in Bukarest, doch diesmal verspürte er keine Lust zu Besuchen. Kurz nach sieben öffnete Rudi die Tür mit dem kleinen, schmalen Schild, auf dem „Violeta Moraru" stand. Er trat ohne zu läuten ein, die Tür war nicht verschlossen, man hatte ihn erwartet. Nachdem Ghiţă ihn begrüßt hatte, traten sie beide ans Fenster und blickten durch den Vorhang, der sie für Passanten unsichtbar machte, auf die zur Zeit noch belebte Straße; es war ein milder Sommerabend. Ghiţă machte das immer so. Er graste die Straße und die Häuserfronten mit seinem scharfen Blick ab, um einen etwaigen Verfolger, der sich Rudi unbemerkt an die Fersen geheftet haben könnte, zu entdecken. Dies hatte er nicht aus Krimis oder Spionagefilmen gelernt, sondern auf seiner geliebten Militärakademie. Es gehörte zum ABC eines Staatssicherheitsmannes. Draußen war nichts Verdächtiges zu erkennen, also war Rudi nicht verfolgt worden. Jedes mal, wenn Rudi kam, mindestens einmal im Monat, um die Blanko-Pässe abzuholen, wartete auf ihn ein festlich gedeckter Tisch. Das gehörte zum Geschäft. Da saßen sie sich als Geschäftspartner gegenüber, und jedes Mal war auch die Hausfrau, Fräulein Violeta Moraru, zugegen. Sie war immer sehr geschmackvoll gekleidet, was auf Rudi einen besonders guten Eindruck machte. Auch das von ihr gekochte Essen schmeckte vorzüglich. Wenn Rudi es lobte, dann antwortete sie immer das Gleiche, das auch schon fast wie eine Verschlüsselung klang: „Ich habe mit Liebe gekocht."

So auch heute. Sie setzten sich an den festlich gedeckten runden Tisch und mieden das brenzlige Thema. Sie witzelten, scherzten und unterhielten sich wie drei gute alte Freunde bei prickelndem Schaumwein und leckerem Rostbraten. Es schien schon fast, als gäbe es heute überhaupt nichts zu besprechen und als wäre alles in bester Ordnung. Doch dann brach es aus Ghiţă heraus: „Wie konntest du nur so einen idiotischen Einfall wie diesen mit den Geburtstagskarten haben? Ich muss dir leider sagen, dass er sehr borniert war. Du hast gar nichts von mir gelernt, nichts von dem richtigen Verschlüsseln einer Nachricht. Da hättest du auch meinen Rat einholen müssen und nicht so eigenmächtig mit den Leuten ausmachen: Hei, schick einfach eine Geburtstagskarte an meine Adresse, wo du doch nicht zwölfmal im Jahr Geburtstag haben kannst. Hast du dir überhaupt nichts dabei gedacht? Hattest du dir denn diese Verschlüsselung überhaupt nicht überlegt? Jetzt sitzen wir im Dreck, denn einer meiner Büffel hat das herausgefunden, dass etwas mit diesen Karten nicht stimmt, und hat mir das Problem brühwarm aufgetischt. Nun liegt es wieder an mir, diese ganze Sache aus der Welt zu schaffen, und zwar so, als wäre das überhaupt keine Verschlüsselung, sondern bloß eine Fehlvermutung. Wie ich das machen werde, weiß ich noch nicht. Ich muss mir etwas Kluges einfallen lassen, doch das wird mir zu schaffen machen. Vorläufig dürfen wir gar nicht mehr an die Herstellung weiterer Pässe denken. Vorläufig sitzen wir ruhig auf unseren Plätzen und warten ab, bis die Sache in Vergessenheit gerät. Ab nun stellst du keine Pässe mehr aus! Verstanden? Hast du übrigens noch Blanko-Pässe bei dir?"

Rudi kam gar nicht zu Wort und beantwortete die Frage nur kurz mit einem Kopfschütteln. Das war eine Lüge, denn er hatte noch zwei Pässe, die für zwei Personen vorgesehen waren, denen er unbedingt noch helfen wollte. Auch ohne Bezahlung. Die beiden jungen Leute, ein Ehepaar aus Hermannstadt, hätten sowieso kein Geld gehabt, die falschen Pässe zu bezahlen. Er bekräftigte nochmals: „Nein, nein, die letzten beiden Pässe habe ich für die Tochter und den Schwiegersohn des Direktors vom Straßenbau angefertigt. Das weißt du doch auch." Erst jetzt konnte Rudi feststellen, dass Ghiţă überhaupt keine Übersicht darüber hatte, wie viele Pässe und für welche Personen ausgestellt worden waren. Ihn hatte eben immer nur das Geld interessiert, die hohen Beträge, die er für diese riskante Fälscherarbeit einstrich, die eigentlich nur von Rudi erledigt wurde. Über diese Summen hatte er bestimmt genau Buch geführt, höchstwahrscheinlich auch verschlüsselt, so wie er buchstäblich alles verschlüsselte. In diesem Augenblick hasste er Ghiţă, diesen Gauner, diesen geldgierigen Mann, der nichts anderes tat, als Menschen zu jagen, Mädchen nachzustellen und sich Champagner durch die Kehle fließen zu lassen. Rudi ließ sich aber von diesem Hassgefühl nichts anmerken und sagte in seiner ruhigen, gelassenen Art: „Nein, nein, Ghiţă, ich habe keinen einzigen Blanko-Pass mehr bei mir. Jetzt brauche ich aber auch keine mehr, denn wir hören jetzt damit auf. Das mit den Geburtstagsglückwünschen sollte ein Wink des Schicksals sein, endlich Schluss zu machen. Ich setze einen dicken Strich darunter. Ich höre, wie auch immer, damit auf." Ghiţă wurde freundlicher, und Violeta servierte das Dessert: Himbeereis mit Sahne.

„Nein, so war das nicht gemeint, dass du ganz damit aufhören sollst. Wir legen bloß eine Pause ein, bis sich alles wieder beruhigt hat und ins rechte Fahrwasser kommt. Damit will ich nur sagen, dass überhaupt kein Grund dafür besteht, mit den Fälschungen für immer aufzuhören. So schlimm ist es wiederum auch nicht. Verlass dich drauf, ich schaffe diese Angelegenheit aus der Welt, ich meine diesen deinen so ungeschickten Einfall mit den Glückwünschen." Am liebsten hätte er gesagt: „diesen mordsblöden Einfall", doch er wollte Rudi wieder umstimmen, ihm ein wenig schmeicheln und verhindern, dass Rudi sich weigerte, weiterhin Pässe zu fälschen. Damit wäre ja eine enorme Einkommensquelle dahin, und womit würde er, Ghiţă, dann noch sein ausschweifendes Leben finanzieren?

„Nein, lieber Freund", beruhigte ihn Ghiţă, „du brauchst dir überhaupt keine Sorgen zu machen, diese Sache mit den Geburtstagswünschen bringe ich schon in Ordnung. Es wäre doch lachhaft, wenn ich als Direktor nicht imstande sein sollte, so etwas zu vertuschen. Also vorerst keine falschen Pässe mehr. Das heißt: Pass-Stop! Wenn aber ‚Tante Elvira' wieder gesund wird, können wir wie vorher weiterarbeiten. Du wirst sehen, es wird alles klappen!"

Nun aber musste sich Rudi doch fragen, weshalb die Worte „... benötigt dringend Hilfe" im Telegramm standen? Warum hatte ihn Ghiţă noch zu dieser Besprechung gerufen, um ihm dies alles zu erzählen, worauf Rudi gar nicht neugierig war. Es hätte genügt „Tante Elvira ist erkrankt" zu schreiben, und Rudi hätte alles gestoppt. Rudis Besuch hier hätte nur dann einen Sinn gehabt, wenn er wieder Rohmaterial übernommen hätte. Das war jedes Mal ohne Mittelsmann geschehen. Doch diesmal musste er nichts übernehmen und befand sich dadurch auch in einer besseren Stimmung – es war wie ein kleiner Vorgeschmack auf die Freiheit.

Doch dies schöne Gefühl verflog bald. Kurz bevor Rudi sich nämlich von Ghiţă und der schwarzhaarigen Violeta verabschiedete, meinte Ghiţă wie beiläufig: „Weißt du, Rudi, die Lage ist ja gar nicht so bedrohlich. Es besteht absolut keine Gefahr, dass man uns auf die Schliche kommt. Wir müssen aber vorsorgen. Hier hast du vier Blanko-Pässe für uns." Rudi wusste allerdings nicht, von welchen vier Personen die Rede war. „Wir müssen uns auch selbst irgendwie absichern", fuhr Ghiţă fort, „dass wir flüchten können, falls es hier in Flammen aufgehen sollte. Nur wenn's gar keinen Ausweg mehr gibt, müssen wir eben abhauen ... Fast hätte ich vergessen, dir die Passfotos von Violeta und mir zu geben, die wirst du bestimmt brauchen. Nelu und Sandu werden auch bei dir vorbeikommen, Fotos bringen und ihre speziellen Wünsche äußern, falls sie welche haben. Violeta und ich haben Sonderwünsche: Sie möchte mit dem Namen Marie-Luise Müller und ich mit dem Namen Adolf Adler eingetragen werden. Findest du nicht, dass wir uns schöne Namen gewählt haben?"

Rudi dachte nur: Ihr habt euch deutsche Namen ausgewählt, um in die Bundesrepublik abzuhauen. Mich fragt ihr nicht einmal, ob ich nicht auch mir selbst einen Reisepass ausstellen möchte – auch nur für den Notfall. Dass ich aber schon längst einen habe und dass dieser bereit liegt, zusammen mit dem für die Flucht vorbereiteten Koffer, das wussten diese Schweinehunde nicht.

Rudi stand gelassen und ruhig da und lächelte noch freundlich zum Abschied. Doch der Genosse Chef des „Testlabors" war noch nicht fertig mit seinem Auftritt. Es fehlte noch etwas am Schluss der Szene, auf das Rudi gewartet hatte, und das waren die Abschiedsworte von Ghiţă, die dieser vor jeder Trennung von sich gab: „Ich halte dich über den Zustand von Tante Elvira am Laufenden, telegrafiere von ihrer Besserung oder gar Genesung, doch auch falls sich ihr Zustand verschlimmern sollte. Wenn's sein muss, wirst du auch über ihren Tod informiert – was wir allerdings nicht hoffen wollen."

Rudi war entlassen, es war bereits Mitternacht. Doch Ghiţă musste noch etwas schmunzelnd hinzufügen: „Wir wollen hoffen, dass Tante Elvira bald wieder kerngesund wird und wie ein Schneiderlein laufen kann." Er lachte wieder sein schönes, tiefes melodisches Lachen, zu dem ihm aber auch seine gehörige Menge Alkohol verhalf.

* * *

Vlad Cerlinca verließ das Amtszimmer des Genossen Gheorghe Popescu gesenkten Hauptes. Wenn er es noch beim Betreten mit der Aktenmappe unterm Arm sehr eilig gehabt und sich schon darauf gefreut hatte, dem Chef mit seiner Entdeckung der verschlüsselten Geburtstagskarten eine Überraschung zu bereiten – schließlich steckte viel Kleinarbeit und über einen längeren Zeitraum hinaus auch regelrechte Forschungsarbeit dahinter –, so hatte er es nun gar nicht mehr so eilig. Er trat geschlagen seinen Rückzug an, nahm geistesabwesend an seinem Schreibtisch Platz und begann zu grübeln. An diesem Vormittag konnte er überhaupt nichts mehr arbeiten. Er fand einfach keine Ruhe und ging in Gedanken immer wieder die Szene durch, die sich zwischen ihm und seinem Chef im Amtszimmer abgespielt hatte. Was war wohl in seinem Chef vorgegangen? Ist es überhaupt möglich, dass sich in einem Menschen sozusagen von heute auf morgen so eine Wandlung vollzog? Bisher hatte er mich immer nur gelobt und gesagt: Mach so weiter, du wirst es noch zu etwas ganz Großem im Leben bringen. Und heute nannte er seine Entdeckungen Hirngespinste! Vielleicht aber hatte ihn auch aufgebracht, dass nicht er, sondern ein kleiner Angestellter so eine große Entdeckung gemacht hatte. Cerlinca sagte sich wieder und immer wieder, dass da etwas nicht stimme, doch er konnte einfach nicht herausfinden, was es war. So beschloss er, abends seinem Onkel Heinrich Spitzer einen ohnehin schon längst fälligen Besuch abzustatten. Außerdem war er seinem Onkel zu Dank verpflichtet, da dieser ihn immer gut beraten hatte.

* * *

Heinrich Spitzer war ein hohes Tier beim Staatssicherheitsdienst. Dort saß er fest im Sattel und hatte auch den Staatsführer bereits bei vielen Staatsempfängen begleitet. Er vergötterte seinen Staatsführer. Dementsprechend hatte er auch dessen Schutz immer gut und mit vielen Sicherheitsvorkehrungen gewährleistet. Er war ein alter Hase und von großer Vitalität, obwohl ihn nur noch zwei Jahre von seiner Pensionierung trennten. Die *Securitate*-Leute traten bereits mit 50 in den Ruhestand. Er betonte immer wieder: „Ich habe meine Pflicht und Schuldigkeit im Leben getan, habe meinen Staatsführer beschützt, vor einem Attentat bewahrt und bin nun auch etwas müde geworden. Ich gebe bald meinen Platz frei, damit auch die Jüngeren an die Reihe kommen." Seinen Neffen aber hatte er sehr ins Herz geschlossen, zumal dieser sich sehr nach den Vorstellungen des Onkels entwickelt hatte. Er verglich ihn immer mehr mit sich selbst in seinen jungen Jahren. Er war ehrgeizig, strebsam und ging einfach in seinem Beruf auf. Deshalb hatte er es auch verdient, dass sein Onkel ihm diese Stelle im „Testlabor" verschafft hatte, was für solch einen Staatssicherheitsmann mit so vielen Auszeichnungen überhaupt nicht schwierig war. Zuerst war er als Sortierer der Korrespondenz eingestellt worden und hatte sich dann durch eigene Kraft Stufe um Stufe bis zum Abteilungsleiter hochgearbeitet. Das galt dort im „Testlabor" als eine außergewöhnlich gute Anstellung. Ja, er, Heinrich Spitzer, war mit seinem Neffen zufrieden, der Junge war in Ordnung. Nur gefiel es ihm nicht, dass ihn die Mädchen überhaupt nicht interessierten. Der kinderlose Onkel hätte es gerne gesehen, wenn Vlad geheiratet und Kinder gehabt hätte. Alle hätten in seinem großen Haus Platz gehabt und wären von Onkel Heinrich zu richtigen Staatssicherheitsleuten erzogen worden. Doch Vlad hatte für Frauen nichts übrig und steckte mit seinem Kopf immer tief in der Arbeit. Nur ab und zu ging er mal mit Freunden aus. Früher hatte er seinen Onkel noch öfter besucht, doch auch dafür schien der Junge nun keine Zeit mehr zu haben. Es war also allzu verständlich, dass sich Onkel Heinrich mächtig freute, als Vlad so völlig unangemeldet zu Besuch kam.

„Ist das aber eine Überraschung! Wie schön, dich endlich mal wieder zu sehen", strahlte Onkel Heinrich, als er Vlad zur Begrüßung umarmte. Onkel Heinrich und Tante Gerda, die beide ein schönes, gewähltes Deutsch sprachen, waren eben im Begriff, wie jeden Abend die Abendnachrichten um 20 Uhr auf dem Bildschirm zu verfolgen. Doch nun schaltete der Onkel das Fernsehgerät aus. Sie wollten in Ruhe miteinander plaudern. Vlad meinte zwar höflich: „Meinetwegen müsstet ihr den Fernseher nicht abschalten, ich möchte euch nicht bei eurem Abendprogramm stören." Doch der Onkel beruhigte ihn. „Nicht der Rede wert. Du störst überhaupt nicht. Es ist bloß eine dumme Angewohnheit von uns, diese Abendnachrichten zu verfolgen, weil wir einfach nichts Besseres zu tun haben. Und außerdem und unter uns gesagt: In diesem beschissenen Fernsehen ist ja überhaupt nichts Vernünftiges zu sehen. Diesen Satz musst du nicht gleich weitertragen, sonst ist dein Onkel Heinrich in Ehren Staatssicherheitsmann gewesen, und du kannst ihn im Gefängnis besuchen und ihm Brot und Apfelkompott bringen. Na ja, wenn man sich aber getraut, jemandem die Wahrheit zu sagen, so wird man gleich als Vaterlandsverräter abgestempelt. Dabei könnte man durch eine gesunde Kritik so vieles besser machen in unserem reichen Land. Doch du bist ja nicht zu uns gekommen, um dir hier mein Palaver über Fernsehsendungen anzuhören. Erzähl uns lieber was von dir, wie's dir noch geht und was du noch so machst."

Vlad hatte seinem Onkel schweigend zugehört. Er hatte ihn früher niemals so sprechen hören und war recht erstaunt. Er dachte: Was ist bloß mit diesen Leuten los, haben alle meine Vorbilder eine plötzliche Wandlung mitgemacht? Sind auf einmal alle Sicherheitsagenten anders geworden, haben sie ihre Meinung geändert, vergessen sie eigentlich, was wir wirklich sind, nämlich diejenigen, die für Ordnung und Sicherheit im Staat zu sorgen haben? Vlad war tatsächlich etwas verwirrt. Heute vormittag schien sein Chef total verdreht und umgekrempelt zu sein, und nun am Abend war sein Onkel wie ausgewechselt. Was ging hier vor? Er hatte seinen Onkel immer für einen vernünftigen Menschen gehalten. Wieso nun solche Töne?

Vlad nahm das Țuica-Gläschen, das ihm sein Onkel hinhielt, prostete Tante Gerda und dem Onkel vornehm zu und leerte es auf einen Schluck. Dieser Schnaps tat recht gut. Ob der Onkel wohl schon vorher davon tüchtig gekostet und sich deshalb so abfällig über das Fernsehen geäußert hatte?

Vlad wollte dem Onkel seine Sorgen und Bedenken anvertrauen, die ihn seit heute Morgen so belasteten und deretwegen er keine Ruhe fand und nicht mehr wie sonst seiner wissenschaftlichen Arbeit nachgehen konnte. Nun aber schämte er sich, seinen Onkel mit solchen Nichtigkeiten zu belästigen. In Anbetracht dessen, dass sein Onkel auch so eine unerklärliche Wandlung mitgemacht hatte, schien ihm das Verhalten seines Chefs nicht mehr gar so rätselhaft. Er war schon beinahe entschlossen, den Vorfall am Morgen nicht mehr zu erwähnen. Doch sein Onkel war ein guter Menschenkenner, ein ausgezeichneter Psychologe. So leicht konnte man ihm nichts vormachen, und er merkte gleich, dass Vlad etwas auf dem Herzen hatte. Der Onkel stopfte sich genüsslich eine Pfeife und wandte sich direkt an Vlad: „Also, was ist es? Na, rück nun endlich mit der Sprache heraus!" Auch Tante Gerda mischte sich zum ersten Mal an diesem Abend ins Gespräch. Sie sah von ihrer Stickarbeit auf und blickte über den Brillenrand zu ihrem Mann. „Ach, Heinrich, lass doch den Jungen in Ruhe. Was zwingst du ihn, etwas zu sagen, was er dir vielleicht gar nicht sagen will?"

„Tja", erwiderte Onkel Heinrich, „er wird schon wissen, wo ihn der Schuh drückt. Doch ich kenne unseren Vlăduț viel zu gut, als dass ich nicht wüsste, dass ihn etwas bedrückt."

Vlad bestätigte: „Ja, Onkel Heini, du hast Recht, du hast mich immer durchschaut, es ist wirklich so, dass ich ein Problem habe." Nun war's heraus, und Onkel Heini, der bis jetzt mit seinem Gläschen in der Hand mitten im Raum gestanden hatte, schenkte für alle drei nochmals ein, nahm dann im Lehnstuhl Platz und wartete, dass Vlad mit der Sprache herausrückte. Nachdem dieser in allen Einzelheiten geschildert hatte, was ihn seit heute Morgen so beschäftigte, meinte der Onkel: „Ja, die Sache riecht nicht gut, doch was dort eigentlich los ist, kann ich nicht sagen. Ich sage nur, in unserem Beruf darf man sich nicht übereilen und voreilige Schlüsse ziehen. Wir haben wohl unseren Spürsinn, arbeiten aber doch mit Fakten. Wenn das so sein sollte, dass dieser fähige Mann, dieser Popescu, nicht ganz so astrein ist, wie man allgemein annimmt, so müsste man ihn ein wenig schärfer unter die Lupe nehmen. Verstehst du, denn wenn das so sein sollte, dann könntest ja auch du seinen Posten einnehmen." Und Onkel Heini sah seinen Neffen verschmitzt von der Seite an. „Genosse Vlad Cerlinca, Leiter des ‚Testlabors', klingt nicht mal so schlecht, wie?" Vlad spürte, wie ihm die Schamröte ins Gesicht stieg. Er war einer der wenigen ehrlichen Menschen im Staatssicherheitsdienst. Er wollte anständig bleiben und ehrlich Karriere machen. Konnte man aber überhaupt in so einem Dienst auf ehrliche Art und Weise Karriere machen? Er spürte, wie sich plötzlich sein Oberkörper straffte und die Kräfte in ihm wuchsen. Sein Onkel, der alte Hase, hatte wieder einmal Recht gehabt. Vlad wusste, wer der zukünftige Leiter des Labors sein würde, falls es ihm gelingen sollte, seinen jetzigen Chef zur Strecke zu bringen.

* * *

Eigentlich wussten inzwischen beide, was sie zu tun hatten, sowohl Vlad Cerlinca als auch Gheorghe Popescu. Jeder der beiden glaubte zu wissen, wie er am besten an sein Problem herangehen könne. Die beiden Widersacher standen sich nun äußerst feindlich gegenüber, obwohl keiner den anderen etwas davon merken ließ. Beide arbeiteten sozusagen getarnt: Vlad wollte das Ansehen seines Chefs untergraben. Dafür musste er beweisen, dass der sehr geschätzte Gheorghe Popescu die Aufgaben, die das Testlabor erfüllen sollte, hintertrieb. Gheorghe Popescu seinerseits wollte seinem Abteilungsleiter nachweisen, dass die Entdeckung, die dieser gemacht hatte, tatsächlich nur ein Hirngespinst war. Außerdem wollte er noch Fehler aufdecken, die Vlad angeblich bei seiner Zensurarbeit unterlaufen waren, was auch keine leichte Aufgabe war. Es war ein stummer, verbissener, im Finsteren ausgetragener Kampf zwischen den beiden Agenten. Der eine, jung, ehrgeizig, strebsam, im Aufstieg begriffen, der andere auf dem Höhepunkt seiner Laufbahn, auf den Lorbeeren ruhend, von seinem guten Ruf als geschätzter und geprüfter Sicherheitsmann lebend. Der Kampf zweier Raubvögel. Adler gegen Geier, beide gierig. Beide hackten aufeinander ein, ohne dass im Testlabor jemand etwas von diesem verbitterten Kampf mitbekommen hätte.

Vlad Cerlinca ging in diesem Vernichtungskampf mit kriminalistischen Methoden vor, da dies am ehesten seiner Wesensart entsprach. Gheorghe Popescu hingegen wandte betrügerische Methoden an, weil ihm diese von seiner Veranlagung her besser entsprachen.

Vlad Cerlinca hatte sich eigens für diesen Kriminalfall, den er auch unter diesem Gesichtspunkt in Angriff nahm, ein kleines Heftchen, einen dünnen Taschennotizblock mit grünem Umschlag angelegt, in den er den ganzen Fall in seiner zierlichen und damenhaften Handschrift in seinem Stil niederzuschreiben gedachte, so wie ein richtiger Detektiv, der sorgfältig alle Indizien sammelt, aufschreibt und auch den Kommentar dazu gedanklich festhält. Teilweise verschlüsselte er seine Notizen, so wie er das auf der Militärakademie gelernt hatte. Sollte dies grüne Heftchen nämlich in die Hände des Gegners gelangen, so sollte dieser überhaupt nichts daraus entziffern können.

* * *

Gheorghe Popescu saß am Schreibtisch und rauchte seine zweite Morgenzigarette. Diese konnte er allerdings nur dann richtig genießen, falls er am Vorabend nicht übermäßig getrunken hatte. Diesmal schmeckte ihm die gute Kent-Zigarette gar nicht, weil er sich irgendwie nicht gut in seiner Haut fühlte. Der Mechanismus seines so sorglosen Dahinlebens mit diversen Genüssen war einfach gestört. Noch nie hatte er ernstlich daran gedacht, dass sein unbeschwertes Leben bedroht sein könnte. Nun kam da einer daher und wollte sein Leben zerstören und womöglich noch seinen Platz einnehmen. Aha, grinste er, das könnte diesem schwulen Cerlinca schon passen, der würde sich gern hier auf meinem Direktorenstuhl den dicken Arsch breitdrücken. Wenn er nur daran dachte und sich vorstellte, wie Cerlinca an seinem Schreibtisch saß und vielleicht die Jungs herbestellte, so wie er selbst es mit seiner Violeta tat, packte ihn die blanke Wut. Das wird nie so weit kommen, selbst wenn ich da mit den scheußlichsten und betrügerischesten Methoden vorgehe. Auf diesem meinem Stuhl wird er aber nicht sitzen, das verspreche ich ihm. Er wusste genau, was er zu tun hatte. Seinen Plan hatte er in Gedanken schon ausgearbeitet. Um ihn aber auch auszuführen, musste er einen günstigen Zeitpunkt abwarten. Sein Vorhaben erforderte mindestens zwei Stunden Zeit, es durfte sich keine Menschenseele im Testlabor aufhalten. Das war etwas schwierig, da in zwei Schichten gearbeitet wurde. Nachts wäre es zu auffällig gewesen, da der Pförtner ja auch die Rolle eines Nachtwächters innehatte. Er sagte sich, dass alles genau für diesen seinen Plan vorbereitet werden musste, damit er im gegebenen Augenblick zuschlagen konnte. Das musste hundertprozentig klappen!

Es folgten heiße Augusttage. Das ganze Land, das ganze Volk, die Werktätigen aus Stadt und Land bereiteten sich auf den 23. August, den großen rumänischen Nationalfeiertag, vor. Gefeiert wurde dieser Tag nach offizieller Lesart, wonach sich das Volk an der Spitze mit der kommunistischen Partei, die in der Illegalität gearbeitet hatte, durch einen bewaffneten Aufstand vom faschistischen Joch befreit und durch den Sturz des Antonescu-Regimes die lang ersehnte Freiheit errungen hatte. Dies war eine einmalige Leistung, die hauptsächlich der kommunistischen Partei zugeschrieben wurde, die dem Volk durch ihre weise Führung den Weg aus der Dunkelheit zum Licht gewiesen hat. Der Jubel der Verblendeten war groß, denn nun hatte ein- für allemal die Ausbeutung des Menschen durch den Menschen ein Ende genommen. Von da ab stand dem Aufbau der „vielseitig entwickelten sozialistischen Gesellschaftsordnung" nichts mehr im Wege. Aus vollem Halse sang man „Brüder zur Sonne, zur Freiheit" und drang dabei kaum merklich immer tiefer in die Dunkelheit und in die Unfreiheit ein. Der Himmel über diesem herrlichen kleinen Land Rumänien schien sich ganz verdunkelt zu haben. Wirkliche Sonne gab es nur noch für den Staatsführer, seine weit verzweigte Sippe, für die vielen Parteifunktionäre und Staatssicherheitsorgane, die sich wie Ratten vermehrten. So wurde aus diesem Land der großen Reichtümer ein Land der reichen Irrtümer. Alljährlich wurde dieser größte rumänische Staatsfeiertag mit einem pompösen, aufwendigen Festumzug feierlich begangen. Jahr für Jahr freute sich das arbeitende

Volk immer mehr auf diesen Tag. Doch nicht, weil das Leben in Rumänien immer besser wurde, so wie das Presse und Rundfunk fälschlicher- und gemeinerweise verlauten ließen, sondern weil es zwei freie Tage gab, die jeder nach seinem Geschmack gestalten konnte. Auch die Versorgung mit Lebensmitteln wurde bereits eine Woche vor dem Feiertag viel besser, als es ein ganzes Jahr der Fall war. Bloß die gesamte Staatssicherheit hatte an diesen beiden Tagen nicht frei wie die übrigen Werktätigen, sondern war wie auch am 1. und 2. Mai im Einsatz. Diese Einsatzbereitschaft war mindestens so groß wie die der Feuerwehrleute und des medizinischen Rettungsdienstes.

* * *

Zwei Tage vor diesem Feiertag traf Gheorghe die letzten Vorbereitungen für seinen geplanten Schachzug, mit dem er seinen Gegner matt setzen wollte. Vormittags unternahm er eine Art Inspektion im Institut. So verfiel niemand auf den Gedanken, dass er sich um bestimmte Angelegenheiten mehr kümmerte als um den ganzen Betriebsablauf. Von Zeit zu Zeit blieb er stehen und sprach mit dem einen oder anderen. Schließlich blieb er auch beim Schreibtisch des Genossen Vlad Cerlinca stehen. Dieser sprang sofort auf und begrüßte übertrieben unterwürfig seinen Chef. Popescu reichte ihm die Hand. Obwohl ihn dies anwiderte, überwand er sich und dachte: „Junge, Junge, so werde ich dir die Hand drücken, wenn du geschlagen zurückweichen und mein Testlabor verlassen musst. Erst dann werde ich wahre Genugtuung empfinden." Laut sagte er zu Vlad: „Sie sind fleißig bei der Arbeit, wie immer. Ich wollte sie nur daran erinnern – obwohl Sie ein Vorbild an Gewissenhaftigkeit sind –, dass Sie wie auch früher schon immer die Aufgabe haben, am Vorabend des 23. August die Räume des Testlabors zu versiegeln." Zweimal im Jahr – am 1. Mai und 23. August – war es üblich, dass in allen Betrieben, Fabriken, Institutionen und Bildungsstätten fast alle Räume mit einem Papierstreifen versiegelt wurden. Dieser wurde über die abgesperrten Türen in Verbindung mit dem Türstock geklebt und mit zwei Dienstsiegeln versehen. Diese Vorkehrungen sollten vor eventueller Spionage schützen, hatten allerdings nur symbolischen Wert. Verstöße wurden aber streng geahndet.

„Nun ja, Genosse Cerlinca, also bitte nicht vergessen, dass alle Räume nach sorgfältiger Überprüfung aller ausgeschalteten Apparaturen und Geräte richtig, wie vorgeschrieben, versiegelt werden." Cerlinca bestätigte: „Natürlich, Genosse Direktor, selbstverständlich Genosse Direktor. Ich mache alles nach Vorschrift. Deswegen müssen Sie sich keine Sorgen machen. Ich werde alles bestens erledigen." Gheorghe Popescu wollte sich schon entfernen, doch dann fiel ihm ein, dass Cerlinca wohl darauf wartete, dass sich sein Direktor dem Fall mit den Glückwunschkarten widmet. Er bemerkte: „Ja, richtig, Sie hatten doch einen Fall bearbeitet, der noch zu überprüfen ist. Wenn ich schon da bin, so geben Sie mir am besten gleich die Mappe mit. Ich möchte mich ein wenig damit beschäftigen." Er lachte sein tiefes, melodisches Lachen und reichte Cerlinca zum Abschied nochmals die Hand, nachdem er sich die Mappe unter den Arm geklemmt hatte.

Vlad Cerlinca schrieb diesmal zu Hause noch zwei weitere Fragen in sein Heftchen: 1.) Warum ist Popescu selbst um die Mappe gekommen und hat mich nicht wie sonst über seine Sprechanlage rufen lassen? 2.) Warum hat er sich ausgerechnet vor dem 23. August diesen Fall vorgenommen, da doch in diesen Tagen viel Dringlicheres zu erledigen wäre? Die zweite Frage unterstrich er dick, weil diese ihm besonders wichtig schien, weil ihre Beantwortung in direkter Verbindung mit dem rumänischen Nationalfeiertag stand und Cerlinca da irgendwelche Zusammenhänge vermutete.

Für den Vorabend des rumänischen Nationalfeiertags hatte sich Vlad Cerlinca zwei Aufgaben gestellt, die er auch schön säuberlich in seinen grünen Notizblock eingetragen hatte und gewissenhaft und mit kriminalistischer Pedanterie ausführte. Auch für ihn schaffte der große Feiertag seltene Begünstigungen, die seine Arbeit und damit seine vorgefassten Entschlüsse vorantrieben. Es war 22 Uhr. Die heute verkürzte Spätschicht war zu Ende. Die Angestellten, Leiter und Direktoren hatten ihre Anweisungen erhalten, die Sicherheitsagenten ihre Aufträge, und es wurden ihnen „Jagdreviere" zugeteilt. Jeder wusste, wo an den beiden kommenden Tagen sein Platz war. An guter Organisation fehlte es in den

Reihen der Staatssicherheit nicht. Gerade an solchen Festtagen schlossen sie ihre Reihen noch dichter und legten einen besonders großen Jagdeifer an den Tag. An diesen Tagen hatten alle Wände Ohren, selbst die Betonmauern. Es musste alles gut funktionieren, denn ohne Staatssicherheit wäre das ganze kommunistische System im Land wie ein Kartenhaus in sich zusammengefallen.

Vlad Cerlinca wartete, bis alle Angestellten das Testlabor verlassen hatten. Niemand kümmerte sich um ihn, da alle wussten, dass er heute Abend als Letzter weggehen würde, weil er alles versiegeln musste. Einige bedauerten ihn auch ein bisschen, denn das Versiegeln dauerte eine gute Stunde. So hatte Cerlinca heute eben einen längeren Arbeitstag als die anderen, doch schließlich bekam er als Abteilungsleiter auch ein größeres Gehalt.

So begab er sich zum Pförtner, damit nicht dieser zu ihm komme und ihn womöglich noch bei seiner kriminalistischen Tätigkeit überraschte. Er wechselte freundliche Worte mit dem alten bärtigen Mann und sagte ihm, dass er nun mit dem Versiegeln der Räume beginnen würde. Die große Eingangspforte könne der Alte abschließen, da ohnehin niemand mehr hier etwas zu suchen habe. Auf ihn sei Verlass, da er die Weisungen des Direktors immer genau befolge. Er könne in Ruhe sein Abendbrot essen. Seine, Cerlincas, Arbeit dürfte wohl etwa eineinviertel Stunden dauern.

Dann machte sich Vlad Cerlinca an die Arbeit. Zuerst führte er den ersten, sich selbst gestellten kriminalistischen Auftrag aus: eine genaue Durchsuchung im Amtszimmer des Genossen Direktor. Das war nicht so einfach. Da durfte er nicht oberflächlich arbeiten, durfte keine Spuren oder gar Fingerabdrücke hinterlassen. Zu diesem Zweck zog er Gummihandschuhe an, begann zu suchen und achtete darauf, alle Dinge genau wieder an ihren alten Platz zu stellen. Schließlich hatte er es mit einem gewitzten, raffinierten und routinierten Sicherheitsmann zu tun. Doch weder im Regal noch im Schrank fand er etwas Brauchbares. Nun kam der Schreibtisch an die Reihe. Unten rechts stand ein Arsenal voller und leerer Champagnerflaschen. Allerdings mehr volle als leere. Vlad stellte fest, dass sein Chef sehr gut mit Getränk versorgt war, besser jedenfalls als mit Schriftstücken, die er zu erledigen hatte. Allerdings konnte man einem Sicherheitsmann aus dem Trinken keinen Strick drehen, denn das war gang und gäbe bei der Staatssicherheit. Popescu aber übertrieb es sowohl mit dem Alkohol als auch mit den Frauen. Doch wegen dieser beiden Laster konnte er nicht vom Thron gestürzt werden. Vielleicht saß er gerade dadurch noch viel sicherer auf seinem Stuhl. Also nichts zu machen! Weitersuchen! Cerlinca wollte etwas finden, was ihm weiterhelfen würde, etwas, wofür er seinen Chef unter Umständen anzeigen könnte.

Links unter der Schreibtischplatte waren in einer Doppelreihe die Gläser untergebracht: Sektkelche, *Țuica*-Stamperl und Kognakschwenker, interessant geformte kleine Kristallgläser, die fast alle benutzt waren und einer Reinigung bedurft hätten. Dann kamen die oberen Laden an die Reihe, rechts Papierkram, links Schriftstücke, die dem Chef wahrscheinlich zum Unterzeichnen vorgelegt worden waren, die er aber noch nicht erledigt hatte, unordentlich in die Lade gestopft. Darunter die Mappe mit dem Glückwunschkarten-Fall. Die mittlere Lade war als einzige abgesperrt. Aha, freute sich Cerlinca, der Privatsafe des Herrn Direktor. Wie sie nur aufkriegen, ohne dass man hinterher etwas merkt? Doch schon der erstbeste Schlüssel von einem Schreibtisch im Nebenraum passte. Daraus schloss Cerlinca, dass sein Chef bestimmt nichts Wertvolles, Verräterisches oder Auffallendes in seiner Privatlade untergebracht haben konnte. Anderenfalls wäre bestimmt ein Sicherheitsschloss an der Lade angebracht. Cerlinca öffnete die Lade. Drinnen befand sich tatsächlich nur Krimskrams: ungespitzte Bleistifte, Kugelschreiber, Reserveminen, Ansichtskarten von Freunden aus dem Inland, keine einzige aus Hermannstadt, leere Postkarten, Briefmarken, Fotos, auf denen der Chef mit Freunden zu sehen war, und ein Foto einer älteren Frau, die wahrscheinlich seine Mutter war.

Cerlinca wusste, dass sein Vorgesetzter zusammen mit seiner Mutter in einer neuen Blockwohnung lebte. Nichts, aber auch gar nichts Brauchbares fand sich, durch das Cerlincas Chef hätte überführt werden können. Doch halt, da lag hinten in der Lade noch ein Notizblock. Da waren viele Zahlen aufgeschrieben, hohe Summen. Daneben Buchstaben, dann wieder Zahlen und Monate. Cerlinca nahm an, dass es sich hier um Verschlüsselungen handeln musste. Wahrscheinlich waren es Verschlüsselungen im Binärsystem, da sehr viele Nullen zu sehen waren. Doch Cerlinca kannte deren Code nicht und konnte somit auch nichts entziffern. Das Ganze sah aus wie eine Buchführung mit Einnahmen und Ausgaben, die für Cerlinca allerdings wertlos waren, da er den Schlüssel dazu nicht kannte. Er legte also den Notizblock zurück in die Ecke der Lade auf eine zusammengefaltete Nummer der *Scînteia*, der Parteizeitung. Doch dann nahm er die Zeitung heraus, weil er sehen wollte, welchen Datums sie war. Als er die Zeitung in die Hand nahm, rutschte ein grüner Besuchspass heraus. Vlad erschrak. Was suchte dieser Reisepass in der Schreibtischlade seines Chefs? Er sah sich den Pass näher an. Er war nicht ausgefüllt, es handelte sich um einen Blanko-Pass, so wie sie zu Dutzenden im Raum Nr. 6 bei den Dokumenten zu finden waren. Natürlich befanden sie sich in einem versperrten grünen Metallschrank, der von Genossen Limbaru verwaltet wurde. Doch weshalb hatte sich Popescu einen Blanko-Reisepass in seine Privatschublade gesteckt? Wollte sich sein Chef aus dem Staub machen?

Da hatte Cerlinca also doch noch einen wichtigen Fund gemacht. Mit seiner kleinen Taschenkamera machte er mehrere Fotos vom Pass, so dass auch die Seriennummer deutlich zu erkennen war. Dann machte er noch ein Bild von der aufgezogenen Schreibtischlade des Direktors und dem Pass in der Schublade. So konnte Cerlinca den Auftrag Nr. 1 als erledigt abhaken. Er hatte ohnehin schon zu viel Zeit verloren und musste nun endlich mit der Versiegelung der Räume beginnen. Er beeilte sich, um die dem Pförtner angegebene Zeit einzuhalten. Es verlief auch alles sehr flott. Nur bei fünf Räumen ging er aufmerksamer zur Sache: Diese waren das Direktorenzimmer, das Sekretariat, wo Violeta Moraru, die Freundin des Direktors, sich während der Dienststunden an einem riesengroßen Schreibtisch als Wachhund postierte, der Raum der Abteilungsleiter, der Computerraum und der anfangs von Vlad für eine besondere Beobachtung nicht vorgesehene Raum Nr. 6 mit den Blanko-Dokumenten. Bei diesen fünf Räumen brachte Cerlinca die beiden Stempel in einer bestimmten Anordnung an und machte von jeder Versiegelung ein Bild in der Reihenfolge, in der er von hinten nach vorne die Türen versiegelte. Dann gab er Stempelkissen und Dienstsiegel beim Pförtner ab.

Er hatte beide Aufträge zu seiner größten Zufriedenheit erledigt und durfte nun ruhigen Gewissens die beiden Feiertage genießen. Von diesen war er schon seit Jahren immer sehr begeistert, auch wenn er im Einsatz war. Die maulwurfsähnliche Schnüfflerarbeit machte ihm Spaß. Schließlich und endlich waren die Sicherheitsorgane doch dazu da, die Ordnung im Staat aufrechtzuerhalten. Zu Hause angekommen, versäumte Vlad es nicht, noch etliche Fragen in sein grünes Heftchen einzutragen.

* * *

Gheorghe Popescu lag am Vorabend des rumänischen Nationalfeiertags noch lange Zeit wach. Erstens war er nicht gewöhnt, nüchtern zu Bett zu gehen, und zweitens dazu auch noch allein. Er dachte über all das nach, was ihn zur Zeit belastete. Wenn er sich vor Violeta und all den anderen den Anschein gab, als ob er so sorglos und leicht die Probleme hinnähme, so war dies in Wirklichkeit gar nicht der Fall. Er hatte sich ans gute Leben gewöhnt, an seine Machtstellung und auch an den Betrug. Nie hatte er daran gedacht, dass es vielleicht auch mal schief gehen könnte. Wie aber war er überhaupt nur auf den Gedanken gekommen, in das Pass-Geschäft einzusteigen? Sein Freund Nelu war die Wurzel allen Übels, denn mit dem Fälschen seines Ausweises hatte alles begonnen. Eigentlich war dieser arme Teufel auch nicht schuld, doch er hat ihn überhaupt auf die Idee gebracht, dass man Pässe auch fälschen konnte. Außerdem konnte man damit sehr viel Geld verdienen. Er hatte ja auch bis dahin Geld, bloß viel weniger, denn was konnte man schon nebenberuflich mit dem Verkauf kleiner Informationen verdienen? Mal 3000, mal 5000 Lei, doch dies war schließlich kein Geld! Und dann kam auf einmal dies großartige Angebot von 60 000 Lei für einen einzigen Pass! So etwas konnte man sich doch nicht einfach durch die Lappen gehen lassen, indem man aus Gewissensgründen ein entschiedenes Nein gesagt hätte. Er hätte sich doch danach selbst ausgelacht und als einen Idioten bezeichnet. Endlich hatte sich mal die Gelegenheit geboten, viel Geld in die Finger zu bekommen. Gerade er, der in Armut groß geworden war.

Sein Vater, der vier Kinder in die Welt gesetzt hatte, war Lokomotivführer und eigentlich nie zu Hause. Wenn er aber mal nach Hause kam, war er immer völlig betrunken. Nur gut, dass er Lokomotivführer und nicht Fahrer eines Lasters oder eines Autobusses war. In seinem Zustand hätte er es wohl nie geschafft, ein Fahrzeug durch den Verkehr zu steuern. Doch der Dienst bei der Eisenbahn war für ihn ein Kinderspiel. Er schwang sich angetrunken auf den Führersitz, setzte die Hebel in Bewegung und fuhr immer geradeaus. Die Schienen führten ihn, die waren sein Pilot. Bloß auf den einzelnen Bahnhöfen musste er Acht geben, dass er nicht durchfuhr, wo er hätte stehen bleiben sollen. Doch da half ihm eben sein Heizer. Dieser stieß mit seinem knochigen Ellenbogen den trunkenen Lokomotivführer unsanft in die Seite, um ihn aus seinem Rausch aufzurütteln. Geld hatte Vater nie ins Haus gebracht, ja, er zeigte sich sogar zu Hause nur dann, wenn er kein Geld mehr hatte. Sein Gehalt war nach sieben Tagen bereits weg. Kam er dann mal nach Hause, so war er ganz Vater, gehörte nur den vier Kindern. Weil er kein Geld hatte, ging er auch nicht aus dem Haus. Dann erzählte er immer wieder die Geschichte vom Lokomotivführer Bubo.

Bubo hatte seine Lokomotive so sehr geliebt, dass diese immer größer und stärker wurde. Eines Tages wich sie von den Schienen ab, machte sich selbstständig und blieb in einem wunderbaren Pflaumenhain stehen. Es war gerade Erntezeit. Da hatte sich die gute Lokomotive plötzlich in eine riesige Schnapsbrennerei verwandelt. Tag und Nacht wurde nun Schnaps gebrannt. Dieser Obstgarten war Privateigentum, das nun dem Lokführer Bubo gehörte. Zum Anwesen gehörte auch ein Landhaus, in dessen Keller sich die vollen Schnapsfässer stapelten, so dass kaum noch Platz für die vielen war, die noch nachfolgten. Bubo aber hatte all den Schnaps verkauft und für sich bloß ein 150-Liter-Fässchen zurückbehalten. So war der bettelarme Lokomotivführer Bubo durch seine große schwarze Lokomotive steinreich geworden. Er musste nie wieder arbeiten und konnte sein Leben lang den guten Pflaumenschnaps genießen, weil seine Lokomotive immer für ihn da war und jedes Jahr frischen Schnaps brannte.

Wenn der Vater diese Geschichte erzählte, dann saßen die Kinder auf dem Fußboden und hörten verträumt zu. Er konnte sehr gut erzählen. Doch wenn die Geschichte zu Ende und sein Mund vom vielen Sprechen ausgetrocknet war, verspürte er Durst nach einem Schnaps. Er bat sie dann, ihm einen

Schluck zum Trinken zu geben. Gheorghe Popescu war damals noch zu klein, um zu verstehen, wonach er wirklich verlangte, und brachte ihm einen Becher mit frischem Leitungswasser. Da begann der Vater aus vollem Halse zu lachen. Das Lachen muss er wohl von ihm geerbt haben. Hatte er vielleicht auch die Lust auf Champagner von seinem Vater geerbt? Nachdem der Vater sich vom Lachen erholt hatte, stand er auf und ging schnurstracks zur Speisekammer, die immer leer war. Popescu hatte als Kind niemals eine volle Speisekammer gesehen. Dort hing höchstens eine viertel Speckseite, ein Zwiebel- und ein Knoblauchzopf. Im besten Fall standen auf dem Regal noch zwei, drei Fischkonserven. Die Kinder schlichen ihrem Vater nach und beobachteten ihn, wie er nacheinander alle Flaschen öffnete und an ihnen schnupperte. Wenn er aber zum Trinken ansetzte, dann wussten sie, dass er den Jamaika-Rum gefunden hatte, den ihre Mutter vor großen Festtagen zum Backen hervorholte. Der Vater blieb so lange bei den Kindern, bis die Flasche leer war – und das waren genau zwei Tage. Dann bat er Mutter um etwas Geld. Sie gab ihm stillschweigend mal 50, mal 75 Lei, und das auch nur deshalb, damit er wieder verschwinde.

Popescu erinnerte sich: Ich glaube, Mutter liebte Vater nicht, sondern bedauerte ihn bloß. Als dann das vierte Kind, ein Mädchen, geboren wurde, sagte Vater für immer Ade und machte sich mit einer Schlampe davon. Diese hatte er auf irgendeinem Bahnhof aufgegabelt. Seither haben wir Vater nie wieder gesehen. Mutter hat sich abgerackert und für uns Kinder aufgeopfert. Tagsüber arbeitete sie in einer Gärtnerei, und an den Feiertagen kam sie jedes Mal mit einem Strauß duftender Blumen nach Hause. Weil sie nach Stunden bezahlt wurde, und zwar ziemlich schlecht, half sie abends noch beim Binden von Kränzen aus. Da gab es hauptsächlich Arbeit mit Totenkränzen, aber auch Sieges- und Jubiläumskränze mussten gebunden werden. Dies alles hat Mutter für uns getan. Ich bin ihr als einziger Sohn geblieben, alle meine Geschwister sind jung gestorben. Bei jedem Tod eines Kindes hatte Mutter gemeint, dass sie dies bestimmt nicht überleben könne, doch sie hat sich jedes Mal wieder aufgerafft. Bloß ihre schwarze Kleidung hat sie nie wieder abgelegt. Mutter hat mich immer sehr geliebt. Weil ich ihr jedoch nie zeigen konnte, wie gern ich sie mag, habe ich dann später diese Blockwohnung für uns gekauft. Vom Geld aus meinen Passgeschäften, doch auf Mutters Namen. Mich hätte man sonst gefragt, woher ich auf einmal so viel Geld für eine Wohnung hatte. So erklärte ich bloß, dass das Geld für die Wohnung die Lebensersparnisse meiner Mutter waren.

Falls es mal dazu kommen sollte, hatte ich auch schon den Fluchtplan für alle fünf Personen bereit. Mit einem falschen Pass wollten wir uns ins Ausland retten. Dafür hatte ich fünf Blanko-Pässe von Genossen Limbaru, mit dem ich gut befreundet bin, abgeholt. Die Stückzahl ist sofort für die fünf fehlenden Pässe ergänzt worden. Die Pässe habe ich in meiner Schreibtischlade aufbewahrt, weil dort der sicherste Ort ist. Ein Blanko-Pass wird erst außerhalb des Instituts zum gefährlichen Besitztum. Am Tag, als ich den Karbe zur Beratung hergeholt hatte, wollte ich ihm eigentlich nur die fünf Pässe aushändigen, die für uns bestimmt waren, falls hier mal alles auffliegen sollte. Der fünfte Pass, der sich noch in meiner Schublade befindet, war ursprünglich für meine Mutter bestimmt. Nach reiflicher Überlegung aber kam ich zum Schluss, dass es wohl ein Ding der Unmöglichkeit wäre, sie mitzunehmen. Eine solche Flucht, wie es die unsrige sein wird, ist nichts für eine 80-jährige Frau. Das könnte sie psychisch nicht verkraften und physisch nicht überstehen. Also nein, dachte Ghiţă weiter, ich muss sie, so Leid es mir tut, hier lassen. Es schmerzt, und ich weiß noch nicht, wie ich ihr dann beibringen soll, dass ich verreise, für immer dies Land verlasse, ich, ihr einziger Sohn, der ihr noch geblieben ist. Vielleicht muss ich, ohne etwas zu sagen, einfach abhauen und meine arme, alte Mutter hier im Stich lassen. Bis der Karbe kam, habe ich noch mit mir gerungen, ob ich auch für sie einen falschen Pass ausstellen lassen soll oder lieber nicht. Das nicht deshalb, weil ich mich vielleicht nicht getraut hätte, Karbe, diesen Karpfen, um die Gefälligkeit zu bitten, noch einen fünften Pass zu fälschen. Schließlich sind wir Geschäftspartner, eine Hand wäscht die andere. Außerdem ist er verpflichtet, uns unentgeltlich diese Pässe auszustellen, da er hinter meinem Rücken ja genug verdient hat. Erstens habe ich ihm die Blanko-Pässe geliefert und zweitens auch den Großteil der Kunden zugeführt. Doch Mutter ist einfach zu alt für so ein Abenteuer, und deshalb ist der fünfte Pass in meiner Schublade geblieben. Wenn ich dann mit diesem Cerlinca fertig bin, dann mache ich mit Karbe weiter. Der kann doch auch nicht so einfach sagen: „Da mache ich nicht mehr mit!" Was denkt er sich eigentlich, schließlich und endlich bestimme doch ich, ob noch weitergemacht wird oder nicht! Hoffentlich aber läuft die Produktion bald wieder an, denn meine Geldreserven sind schon jetzt fast aufgebraucht, und ich brauch Geld, um wie ein Mensch zu leben! Von den vielen Gedanken und seinen Selbstgesprächen war ihm nun die Kehle ausgetrocknet, und er begab sich in die Küche. Als seine Mutter hörte, wie er Laden und Lädchen öffnete, im Lebensmittelschrank suchte, erschien sie barfuß im Nachthemd in der Küche und fragte sanft: „Was suchst du, mein Junge?" – obwohl sie bereits wusste, wonach er kramte. Da sich Ghiţă heute schämte zu sagen, er suche nach Getränk, ging Mutter in ihr Zimmer und kam mit einer Flasche teurem Krim-Sekt zurück. „Trink, Ghiţă, mein Kind. Ich wollte ohnehin einmal mit dir, wenn wir nur zu zweit sind, diesen guten Sekt kosten. Trink getrost, ich kann heute nicht mithalten, weil mir immer so schwindlig ist. Trink auch auf mein Wohl." Vielleicht hatte sich die alte Frau an ihren Mann erinnert, und vielleicht war für sie dies das Schönste an diesem Abend – und nicht nur, dass sie Ghiţă mit einer Flasche Sekt ausgeholfen hatte.

* * *

Gheorghe Popescu stand pünktlich um 9 Uhr auf der großen hölzernen Tribüne, die auf einem Gerüst von Eisenstangen sicher und fest aufgebaut war. Der Himmel war blau, die Sonne schien, und es versprach ein heißer Augusttag zu werden, dieser 23. August, der Nationalfeiertag des rumänischen Volkes. Die einfachen Leute flüsterten hinter vorgehaltener Hand: „Der Himmel hält es mit den Kommunisten ..."

Es stimmt, Ghiţă war immer pünktlich, und besonders heute, als Ehrengast auf dieser großen Tribüne, durfte er nicht zu spät kommen. Der feierliche Umzug war allerdings erst für 10 Uhr festgesetzt. Ghiţă hatte sofort neben dem Geländer rechter Hand, wenige Schritte vor dem Tribünenausgang, seinen festen Stehplatz bezogen und blickte kurz auf die Uhr. Heute musste alles nach Plan verlaufen, da durfte einfach nichts schief gehen. Von diesem Schachzug hing vieles ab, vielleicht auch seine zur Zeit gefährdete Stellung als Direktor des Testlabors. Dieser Cerlinca, das hatte Ghiţă gemerkt, wollte ihm mit dem Fall Karbe am Zeug flicken. Doch mal sehen, wer von uns beiden der Stärkere ist. Also abwarten. Heute war der große Tag! Nicht nur der Nationalfeiertag, sondern auch seiner, Ghiţăs, wichtiger Tag, auf den er schon seit einer Woche gewartet hatte, um aus seiner Deckung heraus zuschlagen zu können.

Ghiţă stand dort in seinem dunklen Anzug und dem blütenweißen Hemd mit der roten Krawatte. Er war in Zivilkleidung. Die Sicherheitsorgane konnten nämlich nur dann dem Vaterland gut dienen, wenn sie sich möglichst unauffällig gekleidet unter die Menge mischten. An diesen beiden Feiertagen wurde auch das Markenzeichen der *Securitate* – der schwarze Lederrock – oder das neuere inoffizielle Zeichen – der Safari-Regenmantel – abgelegt. Man durfte auf keinen Fall an der Kleidung erkannt werden, sondern musste getarnt als rumänischer Durchschnittsbürger auftreten. Unzufrieden schimpfte man dann auf das kommunistische System und lockte auf diese Weise ehrliche rumänische Bürger in die Falle.

Beim festlichen Umzug mussten alle Werktätigen mitmachen. Da mussten alle Angestellten, sämtliche Berufe und Handwerke vertreten sein. Da die Beamten der Staatssicherheit auch dazu gehörten, defilierten auch sie als Stoßtrupp an der Tribüne vorbei. Schließlich erfüllte doch gerade die *Securitate* eine der edelsten Aufgaben im rumänischen Staat, und da durfte, im symbolischen Sinn, die vorbeimarschierende Einheit der Sicherheitsorgane auf keinen Fall vergessen werden. Das hätte sonst ausgesehen, als hätte die Sozialistische Republik Rumänien keinen Anspruch auf Ordnung und Sicherheit! So also musste dafür gesorgt werden, dass ein kompakter Offizierstrupp in Galauniform der Staatssicherheit, gleich hinter den „Falken" und „Pionieren" – den Jüngsten unseres Landes – an der geschmückten Tribüne im Gleichschritt vorbeimarschierte. Doch wie war das zu bewerkstelligen? Die Sicherheitsmänner sollten doch unerkannt unter den Volksmassen im Einsatz sein. Konnte man sich nun einfach durch diesen dummen festlichen Umzug, der sowieso große Geldsummen verschlang, zu erkennen geben? Dann hätte man ja gewusst, wer die eigentlichen Männer sind, vor denen man sich zu hüten hatte. Es war schon ein zweischneidiges Schwert: Einerseits musste die *Securitate* ein ganzes Bataillon an die Spitze der marschierenden Werktätigen stellen, andererseits aber durften sich die Sicherheitsmänner nicht zu erkennen geben. Dann hätten sie durch ihre Selbstentlarvung nicht mehr ihren geheimnisumwitterten Jägerberuf ausüben können. Doch in diesem Land der unbegrenzten Möglichkeiten war sehr rasch eine Lösung dieses heiklen Problems gefunden: Man nahm einfach hundert gut aussehende Soldaten ohne Dienstgrad aus den Reihen der Armee. Es waren alles stramme Burschen, jung, frisch und unverbraucht. Diese drillte man dann vier Wochen in einem aufgelassenen Kasernenhof. Hier fütterte man sie ein wenig mit Kartoffeln und Maisbrei auf, steckte sie in funkelnagelneue Paradeuniformen der Staatssicherheit und schickte sie dann ins Feld, das heißt zur Parade-Show am 23. August. Die Spalier stehenden Zuschauer, die diesen Trick nicht kannten, staunten und waren fasziniert von diesen gut aussehenden und Respekt einflößenden Männern der Staatssicherheit, die angeblich in unserem Land für Ruhe und Ordnung zu sorgen hatten. Einzig und allein die höheren Angestellten der *Securitate* hatten keinen Auftrag zu erfüllen, waren also nicht im Einsatz und ließen sich an diesen beiden Tagen von ihren Kollegen vertreten. Den auserlesenen Sicherheitsmännern wurde jedoch die Ehre zuteil, auf der Tribüne um den Staatsführer gruppiert zu stehen und den Umzug zu genießen.

Einer dieser Auserlesenen war auch Gheorghe Popescu. Er hatte sich wie alle anderen Ehrengäste, hohe Parteifunktionäre, hochgestellte Sicherheitsbeamte und Minister herausgeputzt. Ausnahmslos trugen alle ihre Medaillen und Orden sichtbar auf der linken Brust. Es blitzte und funkelte nur so von Blech, Metall und dem Tricolore-Band der rumänischen Flagge. Mit dem kleinwüchsigen, aber großartigen und selbstbewussten Staatsführer an der Spitze sahen sie alle sehr gut aus, gepflegt, gesund und gut gelaunt. Obwohl alle zivil gekleidet waren, sahen sie aus, als trügen sie eine gemeinsame Uniform, die sie angezogen hatten, ohne sich vorher zu besprechen. Die wenigsten kannten sich untereinander, da diese Menschen ja die Elite des rumänischen Staates waren. Es war schwer zu sagen, was dieses gemeinsame äußerliche Merkmal war, doch sie sahen alle gleich aus.

Ghiţă stand steif, wie angewurzelt da. Niemand lehnte sich ans Geländer, alle standen eisern, ausgeruht und wie aus der Schachtel herausgeputzt mit ihren roten Krawatten da. Rot war in allen Farbtönungen vertreten und symbolisierte das vergossene Blut der rumänischen Arbeiterklasse im Kampf um die Freiheit. Es gehörte schon fast zur Äußerung einer einheitlichen Gesinnung, dass der rote Farbtupfer auf dem weißen Hemd nicht fehlen durfte.

Ghiţă blickte verstohlen auf seine Armbanduhr. Eine Stunde sinnlosen Herumstehens bis zum Beginn des Parademarsches. Er kannte hier keinen einzigen Menschen persönlich, bloß vom Sehen her oder vielleicht von den Fotos, die in der Presse erschienen waren. Es war aber gut, dass er niemanden kannte. So war er überzeugt davon, dass auch er als Staatssicherheitsbeamter den übrigen Ehrengästen nicht bekannt war. Das war schon gut so, denn nur so würde es ihm gelingen, sich von hier unbemerkt wegzuschleichen. Das Verlassen der Tribüne während des Umzugs war erste Voraussetzung für das Gelingen seines Plans. Noch war es aber nicht so weit, denn der Aufmarsch hatte noch nicht begonnen. Mit den Leuten in seiner Nähe musste er doch auch noch ein paar harmlose, freundliche Worte wechseln. Daran war er ja schon von seinem Beruf her gewöhnt.

Nun erklangen endlich die Fanfaren, und die Falken und Pioniere eröffneten den Festzug. Wichtig war, dass man pausenlos während der ganzen Dauer dieses Umzugs applaudierte. Das war aber nicht so einfach, denn auch in den Händen befinden sich schmerzempfindliche Nerven. Deshalb versuchte Ghiţă, ziemlich lautlos zu klatschen, das heißt, er tat seine Begeisterung mehr durch die Geste kund. Das fiel überhaupt nicht auf, da alle es so machten. Später dann, bei der Rundfunk- und Fernsehübertragung, wurde ein Tonband abgespielt, auf dem der Applaus nach einer gelungenen Theatervorstellung aufgenommen worden war. Echt kann das Beifallsklatschen an solchen Tagen nicht sein, niemand ist schließlich imstande, sich drei Stunden hindurch ununterbrochen die eigenen Pranken aneinander zu schlagen.

Nun folgte bereits die geschlossene Einheit der Staatssicherheit, seine eigenen Leute. Obwohl Ghiţă den Trick mit den Statisten kannte, wunderte er sich doch, dass niemand sich fragte, wieso nur solche Jünglinge als Sicherheitsmänner hier aufmarschierten. Waren die Securisten alle gleichaltrig? Die Altersgrenze beträgt 50 Jahre. Ein halbes Jahrhundert genügte auch, dann musste ein Sicherheitsagent nach 30 Arbeitsjahren in den Ruhestand treten. Doch unter den Defilierenden sah man auch keinen einzigen 40-Jährigen, sondern nur stramme 20-jährige Burschen. Es sah wirklich gut aus, doch nicht echt. Er stellte fest: Alles war bühnenmäßig präpariert. Dann guckte er nochmals verstohlen auf die Uhr. Die Zeit schien zu schleichen. Gelangweilt blickte er geradeaus auf die vorbeimarschierenden Einheiten und markierte eifrig die Applaus-Geste.

Ins Gesicht blickte ihm ohnehin niemand. Es war wie eine ungeschriebene Vorschrift: Alle auf der Tribüne hatten an diesem großen Tag geradeaus zu blicken. Das war man schließlich dem Staatsführer schuldig. Nur wenn ihm manchmal etwas besser gefiel, sah er den vorbeiziehenden Gruppen nach. Das geschah jedoch nur selten, und nach rückwärts wurde überhaupt nicht geguckt. Er wartete noch immer auf etwas, was den Leuten wirklich gefiel. Beispielsweise eine Tanzgruppe in Volkstracht, die dann vor der Tribüne halt machte, eine *Ciulandra* tanzte und weiterzog. Da waren dann alle Augen noch vom Bild der Tanzenden angezogen, und man konnte unbemerkt verschwinden. Doch so ein Bild hatte sich ihm noch nicht geboten, dabei musste er dringend weg.

Dann kam ein Lastkraftwagen, der zu einer Tribüne umgebaut worden war. Dabei handelte es sich um einen dieser Laster, die im „TIR"-Verfahren mit rumänischen Erzeugnissen ins Ausland geschickt wurden. Der Wagen hielt vor der Tribüne, und eine Turnerriege führte eine kurze Kür am Stufenbarren vor. Es handelte sich um die rumänische Olympia-Auswahl, die sich schon in der ganzen Welt einen Namen gemacht hatte, alles ausgezeichnete, mit Medaillen geschmückte Turnerinnen. Das sah aufregend aus, fast zu schön, um jetzt davonzulaufen, doch Ghiţă musste weg. Es war bereits 10.30 Uhr, und um 11 Uhr musste er sich mit seiner Sekretärin, Violeta Moraru, in der Nähe des Testlabors treffen. Er hielt sich plötzlich mit einer Hand ein weißes Taschentuch vor den Mund, die andere presste er auf den Magen und verließ in gebückter Haltung und grußlos, ohne weitere Erklärungen, die Bühne. Sprechen konnte er mit dem Taschentuch vor dem Mund sowieso nicht.

Ghiță musste zu Fuß gehen, da in der ganzen Stadt der Verkehr lahm gelegt war. Violeta war auf ähnliche Weise verschwunden. Für sie war das immerhin leichter, weil sie bloß als „Horcherin" im Einsatz war und sich in einem bestimmten Revier frei bewegen konnte. Ghiță wusste, dass er sich hundertprozentig auf seine Sekretärin verlassen konnte, und so war sie auch tatsächlich pünktlich zur Stelle.

Schon aus Sicherheitsgründen fielen sich Violeta und Ghiță wie zwei junge Verliebte um den Hals. Das taten sie immer auf der Straße. Die beiden hatten sich tatsächlich gern, doch was ihre Verliebtheit betraf, spielten sie schon ein wenig Theater für die Passanten. Zwei Verliebte erwecken niemals den Verdacht, dass sie auch noch etwas anderes im Schilde führen könnten. Verliebtheit auf der Straße erweckte immer den Eindruck der Unbeschwertheit, der Sorg- und der Problemlosigkeit. Damit konnte man jeden Passanten täuschen, manchmal sogar auch Detektive oder Männer der Staatssicherheit. Das hatte Ghiță neben vielen anderen Tricks auch auf der Militärakademie gelernt.

Beide beeilten sich, zum Testlabor zu kommen. Pförtner war heute nicht mehr der Alte. So nannten sie den Rentner mit Vollbart, der heute Morgen bei Schichtwechsel von einem jungen Pförtner abgelöst worden war. Dieser Junge hatte infolge eines Bergunfalls ein kaputtes Bein und konnte sich ohne Stock nicht bewegen. Er hatte immer davon geträumt, einmal ein großer Bergsteiger zu werden, doch nach seinem Unfall musste er seine Träume begraben. So war er in einer Pförtnerloge gelandet, wo er nun sein Leben fristete. Zu allem Unglück hieß er auch noch Picioruș, was deutsch „Füßchen" bedeutet.

Ghiță und Violeta überraschten ihn gerade, als er es sich mit einer Flasche Wein und einem Buch so richtig gemütlich gemacht hatte. Das war nicht schlimm. Schlimmer wäre es gewesen, wenn er geschlafen hätte. Immerhin hatte er den Genossen Direktor nicht erwartet, der jetzt seinen Kopf in die Loge steckte und sich zu ihm hinabbeugte. Wenn Picioruș gewusst hätte, dass der Direktor zur Kontrolle kommt, hätte er den Wein doch zu Hause gelassen. Es war nämlich strengstens untersagt, Alkohol ins Testlabor zu bringen, geschweige denn im Gebäude oder in der Portierloge zu trinken. Der Direktor war aber heute freundlich und recht milde gestimmt, wie Picioruş erleichtert feststellte. Ghiţă war froh darüber, dass er den Jungen mit einer verbotenen Sache erwischt hatte, und beruhigte diesen: „Nein, nein, setz dich nur zurück auf deinen Platz. Glaub ja nicht, dass ich nicht bemerkt habe, wie du es dir hier beim Wein gemütlich gemacht hast." Dabei lächelte er schelmisch und drohte mit erhobenem Zeigefinger. „Tröste dich, Picii, an deiner Stelle hätte ich es genauso gemacht. Schließlich ist heute Feiertag und alles erlaubt. Recht hast du, genieß dein Leben. Du darfst aber nur dann die Flasche leeren wenn du mir auch einen Schluck daraus gibst..." Nun waren beide, Direktor und Pförtner, Komplizen in einer verbotenen Angelegenheit. Es gibt kaum etwas Ehrenvolleres für einen Pförtner, als wenn ihn sein Vorgesetzter um einen Schluck Wein bittet und dazu auch noch aus der Flasche trinken will, ohne Angst davor zu haben, dass sein Partner vielleicht krank sein und er sich mit einem Zug aus der gemeinsamen Flasche anstecken könnte. Für Picii gab es entschieden nichts Angenehmeres, als mit seinem Direktor aus derselben Flasche den guten Wein zu genießen. Vor lauter Begeisterung wollte er seinem Direktor die noch fast volle Flasche schenken, die dieser aber, als gewitzter Sicherheitsmann, nicht annahm. „Nein, Picii, ich möchte dir nicht den Wein wegtrinken, ich will nur einen Schluck haben, dann verschwinde ich wieder. Ich hab ja mehr als du, und auch Wein habe ich genügend. Übrigens passt zu diesem Wein auch eine gute Kent-Zigarette." Ghiţă holte die Packung aus seiner Tasche und bot Picii eine an. Dieser hatte höchstwahrscheinlich noch nie so eine gute Zigarette geraucht und griff zaghaft zu. „Sei nicht so bescheiden, greif doch zu", forderte Ghiţă ihn auf. Dann aber fiel ihm etwas ein, und er holte aus der Tasche eine unangebrochene Packung hervor. „Hier, du warst so nett und hast mir von deinem Wein gegeben, dafür gebe ich dir von meinen Zigaretten ein Päckchen. Meine angebrochene Packung hier lasse ich dir nicht, die möchte ich selbst rauchen." Dabei ließ er wieder sein tiefes und melodisches Lachen hören. „Schau, Picii, ich wäre nicht hier vorbeigekommen, wenn ich nicht dummerweise meinen Hausschlüssel in meiner Schreibtischlade vergessen hätte." Ghiţă drehte sich um, und als er sah, dass Violeta etwas abseits stand, flüsterte er: „Nun ja, und deshalb konnte ich heute Nacht nicht in meinem eigenen Bett schlafen..." Wieder lachte er, und auch Picii war fröhlich. Er freute sich über die Vertraulichkeit, die zwischen ihnen aufgekommen war. Doch Ghiţă war noch nicht fertig: „Glaub ja nicht, Picii, dass ich vorbeigekommen bin, um dich zu kontrollieren. Doch wenn ich schon da bin, würde ich gleich noch ein bisschen Bürokram erledigen, der schon lange fällig ist. Außerdem weißt du auch, dass man das Siegel an der Tür in diesen Tagen nicht aufbrechen darf. Ich muss es aber tun, denn sonst kann ich, ohne Schlüssel, an diesen schönen Tagen wirklich nicht nach Hause gehen. Falls jemand nach mir fragen sollte, weißt du doch die Antwort: Genosse Direktor Popescu sitzt zur Zeit auf der Tribüne, suchen Sie ihn bitte dort. Falls sich aber nach diesen beiden Feiertagen jemand erkundigen sollte, ob ich vielleicht da gewesen wäre, so sagst du, dass dies auf keinen Fall geschehen ist, denn du wüsstest als Pförtner wohl am besten, wer hier ein- und ausgeht. Also du hast mich an diesen beiden Tagen nicht gesehen! Stimmt's?" Picii nickte freundlich mit aufeinander gepressten Lippen, was bedeuten sollte, dass man sich auf ihn verlassen könne und dass er schweigen würde wie ein Grab.

Ghiţă nahm noch Stempelkissen und Dienstsiegel aus der Portierloge, fasste Violeta um die Schulter, und sie stiegen die fünf Stufen zum Hochparterre hinauf. Für dies psychologisch so wichtige Gespräch mit dem Pförtner hatte Ghiţă fünfzehn Minuten vorgesehen, und fast auf die Sekunde genau hatte er auch die Zeit eingehalten. Nun erst begann aber der schwierigste Teil seines Vorhabens.

Im Grunde genommen war alles sehr gut durchdacht und vorbereitet. Ghiţă hatte in seinem bisherigen Leben noch nie grobe Fehler begangen. Er hasste Unbedachtsamkeit und sagte sich, dass er mit Cerlinca bestimmt ein leichtes Spiel haben würde. Nur müsste er eben jetzt zuschlagen. Ansonsten könnte ihm dieser ehrgeizige, strebsame Mann gefährlich werden. Deshalb musste er ihn am wundesten Punkt treffen, ihn unschädlich machen, und wenn es sein muss, ihn irgendwie aus dem Institut hinausekeln. Ghiţă hatte nur nicht damit gerechnet, dass auch Cerlinca Ähnliches mit ihm vorhatte, den Direktorenposten anstrebte und bereits mit der Arbeit daran begonnen hatte.

Zuerst gingen Ghiţă und Violeta zum Sekretariat. Ghiţă amüsierte sich über den lächerlichen Papierstreifen, der an die Eingangstür geklebt worden war. Er sah nicht mal genau auf die Stempel in der Türritze, zwei schöne, indigoblaue Kreise, die in einer bestimmten Anordnung auf den Papierstreifen aufgedrückt worden waren. Er konnte ja nicht wissen, dass davon bereits ein Foto gemacht worden war. Er riss den ganzen Streifen ab, zerknüllte ihn und stopfte ihn in die Tasche. In der Brusttasche seines Rocks hatte er ohnehin schon vorbereitete Papierstreifen, die er beim Weggehen bloß aufkleben und wieder stempeln musste.

Die beiden begaben sich durch das Durchgangszimmer des Sekretariats, wo Violetas Arbeitsbereich war. Sie freute sich, dass alles so geheimnisvoll zuging, beinahe wie in einem Kriminalroman. Dies verbotene Herumschleichen erweckte in ihr eine noch nie da gewesene Abenteuerlust. Sie bewunderte ihren Ghiţă, der wirklich zu allem imstande war. Der nächste Schritt brachte Ghiţă an seinen Schreibtisch. Er hätte große Lust auf einen Champagner gehabt, doch er sagte sich, nur wenn von der vorgesehenen Zeit noch was übrig bleibt, dann würde er bestimmt vor dem Weggehen noch einen Korken fliegen lassen. Eine Tat wie die seine müsste schließlich gefeiert werden. Zuerst also die Arbeit, dann das Spiel und das Vergnügen. Er holte aus der Schreibtischlade die Mappe mit dem Glückwunschkarten-Fall hervor. Hätte Cerlinca diese Mappe nur aufgeschlagen, so hätte er bereits die Absicht seines Direktors bemerkt und sich viele ungeklärte Fragen beantworten können. Dadurch wäre ihm ein Teil seiner Arbeit erspart geblieben, und er hätte vorbeugen können. Doch er hatte die Mappe ungeöffnet an ihrem Platz belassen. Darin lagen nämlich schon die drei neuen Seiten bereit, die diesen Fall dermaßen entstellten, dass von einem Fall im wahrsten Wortsinne überhaupt nicht mehr die Rede sein konnte. Cerlincas Bericht war unverändert geblieben, doch im Beweismaterial hatte Ghiţă so viel verändert, dass das, was an Beweisen für diesen Fall wichtig schien, bloß lächerlich wirkte und keinen Sinn ergab. Daten waren verändert, Glückwunschtexte waren anders formuliert, und der Name des Empfängers war nicht mehr immer ein- und derselbe. Mal Karbe, dann Kaberer, dann Karte und einmal Kober. Nichts stimmte mehr, und damit war das kein brauchbares Beweismaterial mehr für einen Fall, sondern eine Kette idiotischer Mutmaßungen. So etwas konnte man der Oberstaatssicherheit nicht mehr als einen klaren Fall anbieten. Man hätte sich damit bloß lächerlich gemacht. Ghiţă wusste aber genau, Cerlinca würde diese Entstellung des Beweismaterials sofort bemerken. Das sollte er auch! Er soll wissen, dass sein Direktor es gemacht hatte, der ihm dadurch eine Lektion erteilen wollte. Schließlich wurde hier im Institut nach der Geige des Direktors getanzt. Ghiţă hatte also den Fall bewusst plump entstellt, der außerdem auch noch eine Drohung an Cerlinca enthielt: „Lass die Finger davon, tu das, was ich dir vorschreibe, und sei nicht so überhitzt strebsam. Bleib ruhig auf deinem Platz, denn hier hast du immer ein frisches, warmes Brötchen zu essen!"

Die Mappe war also schon präpariert. Die Schwierigkeit bestand nur noch darin, diese Entstellungen auch im Computertext durchzuführen. Dafür brauchte Ghiţă seine Violeta, weil er den Computer nicht bedienen konnte. Violeta hatte das auf der Sekretärinnen-Schule gelernt und auch sonst noch an den Computern im Haus gearbeitet.

Nun folgte der schwierigste Teil ihres Unternehmens. Violeta begann mit der Arbeit am Hauptcomputer. Ghiţă stand hinter ihrem Rücken und streichelte ihr dunkles Haar. Doch sie wehrte ihn ab und meinte freundlich: „Lass das jetzt, ich kann mich sonst nicht konzentrieren." Er ließ von ihr ab und sagte: „Was würde ich ohne meine kluge Violeta machen?" Auf dem Bildschirm erschien das gesamte Beweismaterial des Glückwunschkarten-Falles. Dann begann Violeta den Text nach den drei angefertigten entstellten Seiten zu verbessern, besser gesagt, nach der Vorlage zu entstellen. Sie speicherte den neu entstellten Text und druckte die gewünschten Seiten aus. „So, das hätten wir", sagte Ghiţă zufrieden und umarmte seine Violeta. Es war warm, die Sonne schien in den Computerraum, alles sah rosig aus, Ghiţă hatte nun alle Sorgen abgelegt. Alles war vorzeitig fertig geworden, und als sie sich so in der Stille des Raumes küssten, verspürten plötzlich beide große Lust, sich zu lieben. Violeta sah in ihrem roten, zweiteiligen Sommerkleid und den schwarzen hochstöckligen Lackschuhen sehr anziehend aus. Doch Ghiţă zog seine ausgestreckte Hand plötzlich zurück. Er war doch zu nüchtern, um Violeta hier in diesem kahlen Computerraum zu lieben. Er zog die Krawatte zurecht und sagte: „Komm, wir sind ja doch keine Schulkinder mehr. Hier sind doch keine Bedingungen, um sich richtig zu lieben. Wenn hier zumindest ein Bett oder ein Diwan wäre. Doch so stehend, am Schreibtisch liegend oder am Stuhl sitzend macht es kein Vergnügen. Komm, gehen wir, trinken wir lieber ein Glas Sekt!" Er hatte planmäßig sein Vorhaben beendet, und damit war das Problem Karbe so gut wie aus der Welt geschafft. Vor allem konnte nun wieder die Produktion anlaufen. „Zum Wohle!" prostete er seiner Violeta zu.

* * *

Solange die Rivalität zwischen Gheorghe Popescu und Vlad Cerlinca anhielt, hatte Rudi Karbe nichts zu befürchten, war nicht gezwungen, seinen geplanten Fluchtweg anzutreten. Allerdings musste er nun noch mehr als bisher auf der Hut sein, da er nicht wissen konnte, wie lange seine Rückendeckung noch anhalten würde. Als er wieder zu Hause angekommen war, beschäftigte ihn nur noch ein Gedanke: Sich, seine Schwester und mich durch eine Flucht in den Westen in Sicherheit zu bringen. Er hatte so vielen anderen geholfen, sich ins Ausland abzusetzen, nun musste er zusehen und auch etwas für sich und seine Liebsten tun. Diese waren in erster Linie seine Schwester und dann ich. An seine Eltern hatte er bestimmt nicht mehr gedacht. Die waren zu alt und konnten nicht mehr zu einer Flucht bewegt werden. Die Flucht ihrer Kinder hätten sie bestimmt auch nicht gutgeheißen, wenn sie etwas davon gewusst hätten. Deshalb ließ Rudi seine Eltern ganz aus dem Spiel, wie er ja eigentlich auch mich aus dieser ganzen schmutzigen Angelegenheit heraushalten wollte. Er konnte ja nicht ahnen, dass der Zufall mitspielte und auch ich in dies unnütze und schlimme Abenteuer verstrickt wurde.

Schon während des Flugs hatte Rudi sich die Sache genau überlegt. Er hatte einfach kein Vertrauen mehr zu diesem Ghiţă. Er war von Anbeginn diesem Hans Großmaul gegenüber misstrauisch gewesen. Natürlich würde Ghiţă unter allen Umständen und mit allen erdenklichen Mitteln versuchen, diese ganze Angelegenheit mit den Glückwunschkarten zu vertuschen, die Rudi sich selbst eingebrockt hatte. Ghiţă wollte nur seinen Kopf retten, und außerdem war er daran interessiert, dieses einträgliche Geschäft nicht einfach den Bach hinunter gehen zu lassen. Er hatte sich an das viele Geld gewöhnt. Das war für Ghiţă wie eine Droge, von der er nicht mehr ablassen konnte. Doch Rudi hatte sich festgelegt: „Da verrechnet er sich leider, hier mache ich nicht mehr mit!"

Und was sich Rudi einmal vorgenommen hatte, das hielt er auch konsequent ein. Allerdings war da in Hermannstadt noch ein Lehrerehepaar, dem er unbedingt helfen musste. Das hatte er den beiden versprochen, und hier wollte er nicht wortbrüchig werden. Der Grund, weshalb er ihnen helfen wollte, ist allein schon eine Geschichte für sich. Schließlich verlässt niemand grundlos seine Heimat.

* * *

Das Lehrerehepaar wohnte im Bahnhofsviertel friedlich und zurückgezogen in einem kleinen eigenen Haus mit Vorgarten. Da war allerdings nicht die sauberste Luft, und der Garten hatte sehr unter den Verunreinigungen durch den Qualm der Lokomotiven zu leiden. Doch es war ihr Eigentum, ihr Privatbesitz, und sie waren stolz auf das, was sie geleistet hatten: Sie hatten ein Haus gebaut, einen Baum gepflanzt und ein Kind zur Welt gebracht. Was konnte man noch mehr während eines Menschenlebens leisten? Die dreiköpfige Familie Schobel aus dem Bahnhofsviertel war eine zufriedene und glückliche Familie. Doch leider war das Glück trotz Eintracht und Frieden nicht von langer Dauer. Ihr Sohn Helmut hat von seinen beiden Eltern die denkbar beste Erziehung erfahren.

Als er mit 18 Jahren seine Großjährigkeit und somit auch die gewünschte Selbstständigkeit erreicht hatte, war er im Sommer des Vorjahres mit zwei guten Freunden per Fahrrad nach Viktoriastadt aufgebrochen. Da wollten sie zwei Wochen im Freibad zelten. Es war ein geplanter Fahrradausflug, wie Helmut ihn auch in den vorangegangenen Sommern unternommen hatte. Dagegen hatten seine Eltern überhaupt nichts einzuwenden. Sollte sich doch der arme, blasse Junge, der wieder ein Jahr lang mit so viel Ehrgeiz die Schulbank gedrückt hatte und kaum an die frische Luft gekommen war, in den Ferien richtig erholen: Rad fahren, zelten und baden mit Jungen und Mädchen seines Alters.

Nun hatte der 18-jährige Junge, der mit geöffneten Augen durchs Leben ging, nicht nur im Elternhaus mitbekommen, dass sich die Lage in Rumänien zusehends verschlechterte und dass es sich in der Bundesrepublik Deutschland besser leben ließ. Als freier Mensch könnte man sich dort entschieden besser entwickeln und entfalten. Außerdem hatte sich auch Mutter einmal geäußert: „Sollten wir mal die Möglichkeit haben, nach Deutschland auszureisen, so würde ich ohne mit der Wimper zu zucken diesen Schritt tun und ihn auch niemals bereuen." Helmut dachte, man könnte sich gut auch selbst so eine Möglichkeit schaffen, was er auch im Sommer des Vorjahres tat: Er fuhr zwar mit seinen beiden Freunden nach Viktoriastadt, zeltete dort mit ihnen zwei Tage, verständigte auch seine Eltern telefonisch, dass es ihm gut gehe und dass es sich in diesem herrlichen Freibad bei prächtigem Sommerwetter gut leben lasse. Dann aber schwang er sich auf das Fahrrad, verpflichtete seine beiden Freunde zum Schweigen und sagte ihnen nur, dass er für ein paar Tage zu seiner Freundin ins Banat fahre, wovon seine Eltern aber nichts wissen dürfen. Nach 14 Tagen aber, wenn die Zeit des Zeltlagers in Viktoriastadt um ist, würde er schon da sein, damit sie dann wieder zu dritt die Heimfahrt antreten können.

Doch zu einem Wiedersehen mit den Freunden kam es in diesem Jahr nicht mehr. Schon eine Woche später erhielten die Eltern eine schöne Ansichtskarte aus Nürnberg. Da hieß es: „Liebe Mami, lieber Papi! Die schönsten Grüße von hier. Ich bin mit dem Fahrrad gut in Nürnberg angekommen. Verzeiht mir diesen Schritt, für den ich allein die Verantwortung trage. Ich hoffe, richtig gehandelt zu haben. Bis auf weiteres verbleibt mit Gruß und Kuss, Euer Sohn Helmi."

Die Eltern fielen aus allen Wolken. Zuerst reagierten sie recht traurig auf diese Karte. Ihr glückliches Familienleben war nun mit einem Schlag dahin. Die Familie war gespalten, der Sohn in der Bundesrepublik, die Eltern in Rumänien. Zuerst meinten die Eltern, das hätte Helmi ihnen nie antun dürfen, so etwas hätten sie nicht verdient. Er hatte nur an sich gedacht und nicht daran, dass er mit seinem Schritt den Eltern weh tun würde. Der Vater betonte immer wieder, dass er das Haus schließlich nur für seinen Sohn gebaut und den Baum für seine Enkelkinder gepflanzt hatte. Wozu aber war das nun alles gut? Den Eltern schien nun plötzlich alles umsonst: Nach diesen vielen schönen Arbeitsjahren stand nun für die beiden plötzlich die Vereinsamung ins Haus. Schließlich aber siegte die Vernunft und gesunder Menschenverstand, und die beiden begannen sich gegenseitig zu trösten: Schließlich und endlich war Helmi großjährig und dazu imstande für sein mehr oder weniger überlegtes Handeln Verantwortung zu tragen. Jeder ist doch seines Glückes Schmied. „Bloß sollte er nicht von uns verlangen, dass wir ihm einfach nachreisen. Da muss er schon zusehen, wie er mit seinem Leben zurechtkommt. Wir möchten hier in unserer Heimat alt werden. Wir haben unseren Beruf, wir haben ein Dach über dem Kopf. Wir haben unseren kleinen Garten und verhungern nicht", überlegten die Eltern. „Helmi würde uns zwar sehr fehlen, doch wenn er das so wollte, lassen wir ihm seinen Willen, wir verzeihen ihm auch. Doch auch er soll uns in Frieden hier leben lassen."

So wie das von den Behörden gesetzlich verlangt wird, gingen die beiden Schobels zur Polizei, um das Verschwinden ihres Sohnes zu melden. Sie betonten, dass sie mit der Flucht Helmuts überhaupt nichts zu tun und deswegen ein reines Gewissen hätten. Doch von diesem Augenblick an hatten sie kein ruhiges Leben mehr. Nicht nur, dass ihr Familienglück durch den entlaufenen Sohn zerstört worden war, nein, auch die *Securitate* begann nun, diese beiden Lehrer zu schikanieren. Wenn sie nicht mal ihren eigenen Sohn zur echten Vaterlandsliebe erzogen haben und er voller Hass gegen seine Heimat feige geflohen war, was kann man von solchen Erziehern noch erwarten? In welchem Sinne würden wohl die vielen von ihnen unterrichteten Kinder erzogen werden? Da konnte wohl kaum von echter, kommunistischer Erziehung zur Vaterlandstreue die Rede sein. Solche Personen wie die Schobels dürften auf keinen Fall unschuldige Kinder mit antikommunistischen Ideen und Erziehungsmethoden verblenden und vergiften. Alles, was nun gegen sie vorgebracht wurde, reichte dazu aus, sie zu suspendieren. Nicht genug damit, sie wurden auch noch in ein gerichtliches Verfahren verstrickt, da man schließlich mit solchen Lehrkräften kurzen Prozess machen musste. Dieses ehemals gut angesehene und beliebte Lehrerpaar hatte auch Kollegen, an denen der Neid fraß, weil es ihnen ihrerseits nicht gelungen war, sich bei den Schülern so beliebt zu machen wie die beiden Schobels. Also sorgten sie dafür, dass die Schobels anfangs nur ins Gerede kamen und später dann von der Staatssicherheit genauer verhört wurden. Schritt für Schritt wurden die Belästigungen seitens der Lederjackenmänner immer unerträglicher, bis hin zur Entlassung und einem drohenden Prozess.

Felix Schobel war Sportlehrer und verstand es, mit Schülern umzugehen und sie für den Sportunterricht zu begeistern. Sport ist ohnehin bei den meisten Schülern ein bevorzugtes Fach. Doch so wie in allen Berufen, ist es auch in diesem: Es gibt gute, und es gibt schwache Sportlehrer. Die guten sind ständig bemüht, alle Schüler für den Sport zu begeistern. Es gibt Kinder, die man zuerst durch verschiedene Mittel zum Sport hinführen und sie dafür motivieren muss. Darin war Felix Schobel ein Meister. Es gab bei ihm nicht nur ausschließlich praktischen Unterricht, sondern auch theoretische Einlagen. Er brachte Bildmaterial mit, zeigte den Schülern Filme von Wettkämpfen und Olympiaden, erklärte einzelne Stilarten der Leichtathletik anhand von Dias, Fotos und Fernsehaufnahmen und besaß außerdem viel eigenes Bildmaterial, da die Schule arm an solchem war. So hatte er in seiner braunen Aktentasche immer Material aus dem Ausland dabei. Das fanden die Sicherheitsorgane, und es kam für sie wie gerufen. Sie warfen ihm vor, dass er seinen Schülern immer nur ausländische Sportler als Vorbild zeige und somit den rumänischen Sport sabotiere. Man legte ihm sogar eine Äußerung in den Mund, die er nie getan hatte: „Der rumänische Sport ist auf Weltebene nicht konkurrenzfähig. Das nicht, weil es keine talentierten Sportler bei uns gäbe, sondern weil im Sport, wie auch in allen anderen Wirtschaftszweigen, Missstände herrschen, woran letzten Endes die Rumänische Kommunistische Partei schuld ist." Diese Worte, von einem seiner guten Kollegen als mutmaßlichem Informanten der Sicherheit zugetragen, genügten, dem tüchtigen Sportlehrer Unterrichtsverbot zu erteilen und ihn von Verhör zu Verhör zu schleppen. Das Überleben wurde immer schwieriger.

Bei seiner Frau, der Handarbeitslehrerin Traute Schobel, war es noch einfacher, einen Grund zu finden, sie aus dem Lehramt zu entfernen und zum Verhör zu zitieren. Da hatte irgendwann einmal ein Mädchen aus der Spezialgruppe „Schneiderei" einen Modekatalog mitgebracht, um sich daraus ein Blusenmodell abzuzeichnen. Sie wollte diese Bluse für die vom Lehrplan vorgesehene Leistungsarbeit anfertigen. Doch zu allem Unglück war es einer dieser Otto-Kataloge aus der Bundesrepublik. Die Werbung dafür lautete: „Otto find' ich gut!" Doch die Sicherheitsorgane fanden das gar nicht gut. Sie wollten herausgefunden haben, dass die Handarbeitslehrerin den jungen Mädchen Pornozeitschriften in den Unterricht mitbrachte. Selbstverständlich wurde dieser Modekatalog von allen Mädchen begeistert durchgeblättert. Doch gerade als sie wieder mit dem Durchblättern des Katalogs beschäftigt waren und sich interessiert die feine Unterwäsche anguckten, überfielen plötzlich einige Jungen die Schneiderei und stürzten sich auf den attraktiven Katalog. Danach gab es Verweise seitens der Direktion für Mädchen und die Jungen und einen besonderen Verweis an die Handarbeitslehrerin Traute Schobel. Doch die Sicherheitsorgane arbeiten nicht mit Verweisen, sondern mit ständig sich wiederholenden Verhören. Man wollte herausfinden, weshalb diese junge 37-jährige Lehrerin den Mädchen im Handarbeitsunterricht pornographische Zeitschriften zur Durchsicht brachte. Gegen solche Behauptungen konnte man sich einfach nicht wehren. Was die Staatssicherheit einmal herausfand, war eine endgültige Feststellung.

Beide Schobels wurden zu Ende des Schuljahrs im Juli entlassen. Doch die *Securitate* gab keine Ruhe. Das hinterlistige Spiel lief mit einer gründlichen Hausdurchsuchung weiter, bei der ausländische Zeitschriften, Modekataloge, ausländisches Bildmaterial, Videokassetten und alles, was nicht rumänisch war und aus dem feindlichen Westen stammte, beschlagnahmt und sofort aus dem Haus getragen wurde. Dadurch war die Wohnung bedeutend leerer geworden, denn es wurde gleich auch der mit Essen angefüllte Bosch-Kühlschrank und ein Siemens-Waschautomat mitgenommen sowie etliche kleinere, elektrische Küchengeräte, die leider alle ausländischer Herkunft waren. Es verschwand auch der kleine, grüne Rasensprenger samt Gartenschlauch, obwohl dieser ein sowjetisches Erzeugnis war. Wollten sie nicht zu zehnjähriger Zwangsarbeit im Donaudelta verurteilt werden, so gab es für die beiden nur noch die Flucht ins Ausland. Allerdings mussten sie schon jetzt im August irgendwo wie Konterrevolutionäre untertauchen. Aus einem Grund, den sie nicht verstanden, mussten sie verschwinden. Zwei Tage also vor dem 23. August, als die Vorbereitungen dafür in Hermannstadt in vollstem Gange waren und mit verschärfter Menschenjagd während dieser Zeit gerechnet werden musste, packten die beiden Schobels je eine Reisetasche mit dem Nötigsten und begaben sich in den frühen Morgenstunden zum Karbe-Haus auf der Konrad-Wiese. Rudi hatte bereits auf sie gewartet und nahm sie in seinem Mansardenzimmer auf. Hier musste Rudi helfen, selbst mit dem Einsatz seines Lebens.

* * *

Inzwischen waren im ganzen Land die Festlichkeiten des rumänischen Nationalfeiertags zu Ende gegangen. So großartig wie ihr Auftakt war, so sang- und klanglos hatten sie geendet. Bloß die *Securitate* zählte ihre Beute und konnte mit dem Ergebnis zufrieden sein.

Auch Vlad Cerlinca begann mit der Auswertung seines Materials im Ermittlungsverfahren, das er an diesen beiden Tagen mit so viel kriminalistischem Spürsinn durchgeführt hatte. Er hätte an diesem Morgen des 25. August, als im ganzen Land die Arbeit wieder aufgenommen wurde, nicht als erster beim Testlabor sein müssen. Das Entsiegeln der Türen gehörte schließlich nicht zu seinen Aufgaben. Es war Sache des Pförtners, diese Arbeit vor Dienstbeginn zusammen mit der Putzfrau durchzuführen, die hinter ihm stand und mit einem feuchten Lappen etwaige Papierreste von den Türen wegschrubbte. Doch im eigenen Interesse war Vlad Cerlinca schon etwa eine Stunde vor Arbeitsbeginn da. Er weckte den jungen Pförtner aus dem Schlaf, gerade als dieser von einer wilden Bergtour im Himalaya träumte. Cerlinca rief ihm zu: „Lass dich nicht stören, ich besorge das schon mit dem Entsiegeln. Wenn dann Camelia kommt, soll sie nur noch die Papierreste abrubbeln. Ich habe zu tun, es hat doch für uns alle heute wieder ein neuer Werktag begonnen!" Picii war leicht beleidigt, dass ihn Cerlinca darauf aufmerksam gemacht hatte, dass heute für alle, also auch für ihn, ein neuer Arbeitstag beginne. Das schien ihm ein deutlicher Nasenstüber zu sein, und er vertrug so etwas nicht leicht. Er dachte nur noch an den haushohen Unterschied zwischen dem Auftreten seines Direktors, des Herrn, und dieses arroganten Cerlinca. „Soll er nur selbst entsiegeln, so ist mir wenigstens ein Weg erspart geblieben. Mein kaputtes Bein tut heute wieder besonders weh."

Cerlinca stand vor der ersten versiegelten Tür. Wie richtig vermutet, war schon mit freiem Auge zu sehen, dass der Papierstreifen mit den Stempeln darauf ausgetauscht worden war und dass somit jemand während der Feiertage hier gewesen ist. Doch was nützen solch private Ermittlungen und Feststellungen, wenn kein Beweismaterial vorhanden ist? Das wusste Cerlinca genau. Es war entschieden leichter, einen einfachen rumänischen Staatsbürger zur Strecke zu bringen, als einen Direktor im Sicherheitsdienst vom Thron zu stürzen. Er zückte wieder seine kleine Taschenkamera und fotografierte diesmal beim Entsiegelungsprozess in umgekehrter Reihenfolge die fünf von ihm bereits beim Versiegeln geknipsten Papierstreifen. Dann untersuchte er die drei Räume, deren Siegel aufgerissen worden waren, auf eventuell zurückgebliebene Spuren des Täters. Das musste rasch gehen, noch ehe die Putzfrau kam.

Auf der Suche nach Fußabdrücken fand Cerlinca nichts Verwendbares. Die Spurensicherung schien ergebnislos zu verlaufen, und erst im Computerraum merkte er, was geschehen war. Er brauchte sich erst gar nicht an den Computer zu setzen, um festzustellen, dass dort der Glückwunschkarten-Fall entstellt worden war. Doch durch wen? Sein Direktor behauptete doch immer, dass er von der Bedienung des Computers nichts verstehe. So suchte Cerlinca nach Fußspuren auf dem Boden. Nichts. Am 23. August war das schönste Wetter, die Straßen alle vom Staub gesäubert, da hinterlässt kein Schuh einen Abdruck. Cerlinca legte sich auf den Boden und guckte unter den Schreibtisch, auf dem der Hauptcomputer stand. Versteckt neben dem rechten vorderen Tischfuß fand er einen kleinen roten Kleiderknopf. So war das also! Die Geliebte des Direktors! Die hat er also auch in dies Entstellungsmanöver eingespannt. Das wird nun auch sie teuer zu stehen kommen. Cerlinca nahm seine Geldbörse aus der Tasche und steckte den so wertvollen Fund zum Kleingeld.

Am Abend saß Cerlinca noch lange zu Hause an seinem Schreibtisch mit dem aufgeschlagenen grünen Büchlein vor sich, in das er gewissenhaft Eintragungen machte. Für ihn hatte der Fall mit den Glückwunschkarten zur Zeit völlig an Bedeutung verloren. Er war entstellt worden, und so konnte Vlad nichts damit anfangen. Übrigens hatte er ja auch viel Wichtigeres zu tun und würde sich dann als frisch gebackener

Direktor schon des Falls annehmen. Es würde schon Eindruck schinden, wenn er gleich zu Beginn in seiner hohen Funktion mit so einer wichtigen Spionageaffäre aufwartete. Er rieb sich die Hände. Auf seinem Weg war er ein gutes Stück vorangekommen und begann nun, das gesammelte Material zu ordnen und zusammenzufassen.

* * *

Als Gheorghe Popescu, der Direktor des Testlabors, am Morgen des 25. August wieder seinen Dienst antrat, war er zum ersten Mal nach langer Zeit wieder gut gelaunt. Das fand auch die Putzfrau Camelia, der Ghiţă als erster Person im Institut begegnete. Sie fegte vor dem Eingangstor. Camelia wusste, dass es dem Direktor gefiel, wenn alles blitzblank und sauber war. Vielleicht aber hatte sie auch speziell auf ihn gewartet, da es nur selten Gelegenheiten gab, um mit dem Genossen Direktor ein paar Worte zu wechseln.

„Sie sollen nicht annehmen, Genosse Direktor, dass ich heute nicht pünktlich war. Doch als ich hier ankam, hatte Genosse Cerlinca alle Siegel selbst entfernt, wo ich das doch mit dem Pförtner hätte machen sollen." Sie war gekränkt, weil Cerlinca ihr so eine wichtige Aufgabe weggenommen hatte. „Sehen Sie, das ist nicht richtig, wir müssen doch die uns erteilten Aufgaben selbst erledigen." „Ja, schon", antwortete Ghiţă, „aber es ist ja auch so richtig. Nachdem Genosse Cerlinca alles versiegelt hatte, fand er es richtig, auch alles wieder zu entsiegeln." Doch insgeheim dachte Ghiţă anders: Wieso hatte Cerlinca darauf bestanden, auch das Entsiegeln selbst durchzuführen, das ja nicht seine Aufgabe war? Da stimmt doch etwas nicht. Doch was hier nicht stimmte, wusste er nicht.

Nach etwa zwei Wochen wusste der Direktor des Testlabors, was es war. Man kann nicht behaupten, dass Ghiţă im Testlabor nur Feinde hatte, die auf den Direktorenposten spekulierten oder ihm sonst wie nicht gut gesinnt waren. Nein, Ghiţă hatte auch Freunde. Einer von diesen war Genosse Limbaru, er verwaltete das ganze Rohmaterial und sämtliche Schreibwaren. Aufgrund von Belegen lieferte er auch Blanko-Pässe. Alles wurde mit Datum und Nummer fein säuberlich in ein bestimmtes, jeweils dafür angelegtes Buch eingetragen. Auch der Direktor war in diesem Punkt allen anderen Angestellten gleichgestellt. Bloß mit den Blanko-Pässen war es etwas anders. Limbaru wusste, dass sein Freund und Direktor diese Blanko-Pässe brauchte, um anderen Passämtern in anderen Landesteilen auszuhelfen. Diese bekamen weniger Blanko-Pässe aus Bukarest zugeschickt, so dass ihr Bedarf daran nicht gedeckt war. Limbaru dachte, dass die Pässe, die er Ghiţă unter dem Siegel größter Verschwiegenheit übergab, einer zwar verbotenen, doch guten Sache dienten. Er wusste, wie knapp das Rohmaterial im ganzen Land war, und schätzte seinen Freund, der auch für andere etwas Gutes tat. Laut stiller Vereinbarung erhielt Limbaru für jeden Blanko-Pass 100 Lei. Damit war aber nicht etwa der Wert des Passes bezahlt, nein, Limbaru musste diese Blanko-Pässe aus seiner Übernahmestelle völlig verschwinden lassen, so als wären sie niemals bei ihm eingelaufen. Dafür erhielt er also die 100 Lei. Es lief alles ganz gut, bis Vlad Cerlinca sich eines schönen Tages bei Limbaru einstellte, für diesen ein ziemlich ungewöhnlicher Gast. Cerlinca kam nämlich nur selten wegen irgendwelcher Schreibwaren her. Nicht so wie viele andere Angestellte, die da alles Mögliche auch für ihre Schulkinder verlangten. Nun kam Cerlinca mit dem Vorwand, sich einen neuen chinesischen Füllhalter zu holen. Er nahm sogar gemütlich auf einem Stuhl Platz. Dann aber wollte er von Limbaru wissen, ob dieser auch alles, was an Schreibwaren hereinkommt und an die Verbraucher herausgegeben wird, gewissenhaft in seinen Registern vermerke. Bei dieser Frage wurde Limbaru stutzig. „Wo denken Sie hin, Genosse Cerlinca, bei mir herrscht Ordnung. Alle Übernahmen und Ausgaben sind bei mir mit Unterschrift in den Registern vermerkt." Da Cerlinca ja Abteilungsleiter war, man ihm irgendwie Rechenschaft schuldig war und auch weil Limbaru das reinste Gewissen hatte, da eben seine gesamte Buchführung stimmte, stellte er alle vier Register vor Cerlinca hin. „Da, überzeugen Sie sich selbst." Wenn Limbaru nun erwartet hatte, dass Cerlinca ihn bitten würde, die Register wieder an Ort und Stelle zu stellen, da er doch volles Vertrauen in Limbarus Buchführung hatte, so wurde er enttäuscht. Cerlinca begann in den Registern zu blättern, und Limbaru fiel es auf, dass Cerlinca besonders an jenem mit den Blanko-Pässen interessiert war. Was nur suchte er dort? Doch dann klappte Vlad das Buch wieder zu und bestätigte:

„Tatsächlich, Genosse Limbaru, man kann sich auf Sie verlassen. Es stimmt alles auf den Tag genau." Dann nahm er den neuen Füllhalter, etwas Papier in verschiedenen Größen und beteuerte vor dem Weggehen noch, Limbaru solle ja nicht annehmen, dass er, Cerlinca, eine offizielle Kontrolle durchgeführt habe. So etwas liege ihm fern.

Limbaru aber hatte den Braten gerochen und begab sich zu seinem Freund und Direktor Gheorghe Popescu: „Dieser Cerlinca hat im Passregister herumgeschnüffelt. Er hat sich verschiedene Seriennummern von Pässen aufgeschrieben. Was soll das? Sollte der etwas von unserer verschwiegenen Abmachung wissen? Ich kann mir jedenfalls nicht erklären, weshalb er sich besonders für die Blanko-Pässe interessiert hat." Ghiţă ließ sich bei dieser Nachricht in den Lehnstuhl fallen. Er überlegte. Er wusste, dass dieser Cerlinca weitaus geriebener war, als er bisher angenommen hatte. Limbaru aber beruhigte er: „Mach dir keine Sorgen. Dieser Cerlinca ist eben so ein schnüfflerischer Typ. Wir werden ihm schon das Handwerk legen. Hier wird er nicht mehr lange den Maulwurf spielen, verlass dich drauf." Besorgt und missgestimmt entließ er Limbaru.

Ghiţă überlegte noch lange Zeit und suchte einen Zusammenhang zwischen dem 23. August, der Entsiegelung und nun der Kontrolle des Pass-Registers. Er konnte gut denken und kombinieren, das war ja schließlich sein Beruf. Dann zog er die Schreibtischlade auf und wusste sofort, was geschehen war: Die Bilder lagen in anderer Reihenfolge, als er sie ursprünglich hineingelegt hatte. Nun wusste er alles und musste rasch handeln, noch ehe dieser Cerlinca, dieser Erzfeind, ihm mit irgendwelchen Beweisen zuvorkam. Er musste eine Anklage ans Oberstaatssicherheitsamt richten, in der er den Genossen Cerlinca als vollkommen unfähigen Mitarbeiter hinstellte, der in eine psychiatrische Behandlung gehöre, weil er den Arbeitsablauf im Labor nicht nur stört, sondern ihn sogar total durcheinander bringt. Der Direktor musste unbedingt diesen kleinen Vorsprung nützen, den er vor Cerlinca hatte.

Doch Cerlinca hatte auch seinerseits die Gelegenheit genutzt und sämtliches im Fall TLX gesammelte Material in einem Bericht zusammengefasst. Er war praktisch mit seiner Arbeit fertig, obwohl er noch nicht auf alle Fragen, die in seinem Büchlein notiert waren, eine Antwort gefunden hatte. Doch was er bis jetzt herausbekommen hatte, reichte, um den Direktor des Testlabors zu stürzen und ihn darüber hinaus noch vor Gericht zu bringen. Dafür besaß Cerlinca folgende, schlagkräftige, gut dokumentierte und nachvollziehbare Beweise: 1.) Der Direktor bricht das heilige Siegel am Nationalfeiertag auf. 2.) Er entstellt im Computer eine aufgedeckte Spionageaffäre. 3.) Er entwendet aus dem Testlabor Blanko-Pässe für eigenen Gebrauch. Dies alles genügte, den Direktor zu überführen. Cerlinca brauchte nur noch einen Zeugen, der vom Aufbrechen des Siegels am 23. August Kenntnis hatte. Dies konnte nur der Pförtner Picioruş sein.

Doch in solchen Angelegenheiten hatte Onkel Heinrich Spitzer bestimmt mehr Erfahrung, also begab sich Vlad erneut zu ihm. Diesmal stellte sich Vlad mit einem Strauß rosaroter Nelken ein, die er der Hausfrau überreichte. Onkel Heinrich bekam ein Päckchen guten Pfeifentabak, den er besonders schätzte. Für ein gutes Abendessen war bereits gesorgt und der Tisch sorgfältig gedeckt. Jeder Besuch bedeutete in diesem Haus eine angenehme Abwechslung im sonst so eintönigen Alltag. Der Onkel stellte fest, dass Vlad heute besonders gut aussehe: „Es scheint, du hast dich erholt, hast keine Sorgen mehr. Hat sich in diesem Glückwunschkarten-Fall etwas geklärt?" „Ja und nein, Onkel Heini", antwortete Vlad und begann von seiner Untersuchungsarbeit zu erzählen. Onkel Heinrich kratzte sich am Hinterkopf und stellte fest: „Das hast du wirklich gut hingekriegt! Da trittst du in meine Fußspuren und hast das alles viel schneller erledigt, als ich dazu imstande gewesen wäre. Was aber hast du jetzt mit diesem Anklagematerial vor? Wie willst du das gegen deinen Direktor verwenden?" „Ich weiß leider nicht genau, wie ich da vorgehen soll", antwortete Vlad. „Am besten wäre es, glaube ich, wenn ich diese Mappe ans Oberstaatssicherheitsamt schicken würde, damit dann von dort aus dieser Fall aufgegriffen und behandelt wird." Doch Onkel Heinrich lachte dazu nur aus ganzem Herzen. „Nein, mein Junge, das macht man nicht so. Da musst du von mir noch einiges lernen. Man schickt an das Oberstaatssicherheitsamt eine anonyme Anzeige. Dieser wird schon gehörige Bedeutung beigemessen, und dann wirst du schon sehen, wie's weitergeht. Außerdem bin ich zum Glück auch noch da." Dann aber sperrte Vlad Augen, Ohren und

Mund auf, damit ihm von dem, was sein Onkel nun zu sagen hatte, ja nichts entgehe.

* * *

Ghiţă hatte trotz Pechsträhne doch auch etwas Glück. Er besaß einen Freund im Oberstaatssicherheitsamt. Dieser war zwar nur ein kleiner Schreiberling, der von seiner Arbeit an den Ellenbogen bereits zerschlissene Ärmel hatte, doch er gab Ghiţă hin und wieder wichtige Informationen, die dieser dann gut verkaufte. Er war ein genügsamer Typ und Ghiţăs Familie eng verbunden. Ghiţă war es peinlich zuzugeben, dass dieser Florin ein weit entfernter Vetter von ihm war. Dieser Florin und dessen Mutter, Tante Ramona, kamen einmal unangemeldet zu Ghiţă zu Besuch. Die beiden hatten sich lange nicht mehr gesehen, doch diesmal ging es Florin um eine wichtige Angelegenheit. Er informierte seinen Vetter: „Gestern sind zwei Schreiben bei uns eingelaufen. Eines stammt von dir – ich habe beide gelesen –, es ist eine Anklage über einen deiner Untergebenen, der seiner Arbeit nicht nachkommt und den man entlassen müsste. Das zweite Schreiben aber gilt dir. Es ist anonym und bezeichnet dich als Monstrum, als Betrüger, als Passdieb und als unfähigen Direktor. Kann so etwas möglich sein? Ich glaube, da hat sich einer einen Scherz erlaubt. Doch du weißt ja, Ghiţă, bei uns wird nicht gescherzt. Du musst dich auf eine Inspektion gefasst machen. Die werden dann schon den Schuldigen finden."

Ghiţă konnte an diesem Abend überhaupt nicht einschlafen. Er war wie gelähmt. Er saß da, dachte nach und hatte zu allem Übel auch nichts zu trinken im Haus. Zu später Stunde zog er sich noch an und begab sich in die Stadt. Er suchte eine Gaststätte, wo er sich in Ruhe dem Suff ergeben konnte. Doch dann verblieb er bloß zehn Minuten bei einem Kognak in einem Restaurant, zahlte und verließ die Gaststätte wieder. Er fand einfach keine Ruhe. Dann hielt er ein Taxi an und fuhr damit zu seiner Sekretärin Violeta Moraru. Sie freute sich, ihn wieder für eine Nacht bei sich zu haben, und nahm seine Sorgen nicht ernst. Doch für Ghiţă war alles klar: Die Schlacht war verloren, die Festung gefallen, er musste sich ergeben. Doch nicht als Gefangener, so etwas ziemte sich nicht für einen Gheorghe Popescu. Außerdem wollte er nicht in die

Hände des Feindes fallen. Um aber zusammen mit seiner Geliebten wie in Romanen Selbstmord zu begehen, dafür war er sich zu schade. Es gab also nur einen einzigen Ausweg: die Flucht! Es war also so weit, früher noch, als Ghiţă gedacht hatte. Doch die Schmach, als Betrüger und Dieb hingestellt zu werden, hätte er ohnehin nicht ertragen. Er hatte schon gut daran getan, mit den gefälschten Pässen für einen eventuellen Fluchtversuch vorzusorgen. Diese Pässe, die er für Violeta, Nelu, Sandu und für sich bei Rudolf Karbe bestellt hatte, der eigentlich an allem schuld war, müssten jetzt bereitliegen. Er verließ Violeta mit den Worten: „Morgen wird gefahren! Pack deine Sachen, du brauchst nicht viel. Auf diesen ganzen Kram hier kannst du verzichten. Wir müssen fliehen, es gibt für uns keinen anderen Ausweg mehr. Morgen früh, beim ersten Hahnenschrei, hauen wir ab!" Violeta war so verstört, dass sie einfach nichts mehr erwidern konnte. Noch am späten Abend gab Ghiţă zwei Telegramme mit gleichem Wortlaut auf. Eines war für Nelu, das andere für Rudi bestimmt. Darin hieß es: „Unser aufrichtiges Beileid zu Onkel Simons Tod. Bestelle auch für uns vier schöne Kränze. Kommen morgen mit Auto zum Begräbnis."

* * *

Vlad war erstaunt: „Das, Onkel Heini, mit der anonymen Anzeige, das wusste ich nicht. Warum eigentlich nicht konkret den ganzen fertigen Fall auf den Tisch legen?" „Nein", belehrte ihn Onkel Heinrich, „das wäre falsch. Erstens einmal sieht das zu protzerhaft aus, und man fragt sich sofort, warum so viel Aufwand an einen Fall verschwendet wird und warum gerade der Direktor entlarvt werden soll. Warum wird gerade dem Direktor an der Wurzel genagt, was verbirgt sich dahinter, was verfolgt dieser Mensch? Bei einer anonymen Anzeige ist das etwas anderes, und man überlegt folgendermaßen: Jemand ist so gewissenhaft und macht uns darauf aufmerksam, dass jemand überhaupt kein kommunistisches Bewusstsein hat und demnach für uns alle gefährlich werden kann. Also immer schön im Schatten bleiben und aus der Verborgenheit heraus kämpfen. Die Anzeige sollte schon deshalb anonym sein, weil man nicht weiß, ob die angezeigte Person nicht vielleicht jemanden im Oberstaatsdienst sitzen hat, der sie decken könnte. Tu also so, wie ich dich berate, dann fährst du richtig. Wenn dann einmal die Untersuchung anläuft, kann man sich ja zu erkennen geben und ein wenig durch Hinweise, Beweise und Zeugenaussagen nachhelfen. Übrigens brauchst du mindestens einen Zeugen. Die Leute wollen nämlich nicht nur sprechende Beweise, sondern auch sprechende Personen, die andere gut anschwärzen können, auch wenn's den Tatsachen nicht entspricht. Wichtig ist, dass diese Zeugen durch ihre Aussagen überzeugend wirken. Hast du jemanden, der als Zeuge auftreten könnte?" „Ja und nein. Das ist es eben. Der Pförtner muss den Direktor mit seiner Sekretärin gesehen, wenn nicht sogar eingelassen haben. Popescu wird sich doch nicht geduckt an der Pförtnerloge vorbeigeschlichen haben. Na ja, der Pförtner, dieser lahme Picioruş, muss es ja wissen, doch er wird sich hüten, etwas Böses über seinen Direktor auszusagen, dem er so gut gesinnt ist. Er wird bestimmt schweigen, wenn man ihn danach fragen sollte, ob der Direktor am 23. oder 24. August im Testlabor war. Davon bin ich überzeugt." Doch der Onkel wehrte nur mit der Hand ab und leerte sein *Ţuica*-Stamperl. „Lass das nur meine Sache sein, Vlăduţ, überlass mir diesen Mann, du weißt eh nicht, wie man das macht. Das ist recht einfach, man muss bloß einen kleinen Trick anwenden. Sag mir aber, was muss ich von diesem Picioruş mit dem lahmen Bein noch wissen? Was für Hobbys hat er?" Cerlinca trank ebenfalls sein Gläschen aus: „Der Traum dieses lahmen Gaules war es, einmal ein berühmter Bergsteiger zu werden. Nun ist es tatsächlich nur noch ein Traum geblieben, und während er in seiner Portierloge sitzt, liest er alle Bücher über Bergbesteigungen und Alpinismus oder aber auch nur über die Freuden der Bergwelt." Der Onkel nickte: „Es reicht vollkommen, was ich über diesen Burschen wissen wollte. Der Rest seines Lebens interessiert mich wirklich nicht."

Nun konnten Onkel und Neffe in Ruhe die gefüllten Kohlrouladen genießen, die Tante Gertrud hervorragend zubereitet hatte. Mit Maisbrei serviert schmeckten sie ausgezeichnet. Die Sache mit dem abgeschlossenen Fall TLX war mit Onkel Heinrich Spitzer genau besprochen und eine Angriffsstrategie gut ausgearbeitet worden. Im Augenblick war für Vlad nur noch das Essen wichtig. Vorsichtig spießte er einen goldgelben Klumpen Maisbrei auf die Silbergabel, fuhr damit vornehm durch den Krautsaft im eleganten Teller aus Meißner Porzellan und nahm gleichzeitig auch ein Viertel Krautwickel auf. Dies führte er zum Mund und kaute bedächtig. Er wusste, dass der Anstand es verlangte, beim Essen nicht mit vollem Mund zu sprechen, und diesmal war sein Mund recht voll!

Der Pförtner Cesar Picioruș bekam eine einfach frankierte Postkarte zugestellt, die eine Einladung zum Bukarester Kulturhaus, Zimmer 18, enthielt. Da sollte nämlich die Gründung eines Vereins aller Bergfreunde, unter dem Titel „Alpenrose" stattfinden. Der Grund für diese Einladung war also angegeben und somit etwaige Zweifel aus dem Wege geräumt. Es konnte sich also nicht um etwas anderes handeln! Picii war begeistert. „Endlich etwas Vernünftiges, eine gute Idee, das mit dem Verein. Da will ich selbstverständlich mal hineinschaun." Auf der Postkarte stand geschrieben, dass seine Anwesenheit dort „verpflichtend" war, doch in seiner Begeisterung hatte Picii das übersehen. Er war pünktlich um 18 Uhr zur Stelle. In einem fast vornehm eingerichteten Zimmer begrüßte ihn ein freundlicher Mann, den er vorher noch nie zu Gesicht bekommen hatte. Picii hatte allerdings auch andere Leute erwartet, da es sich, wie er verstanden hatte, um eine Art Besprechung handeln sollte, um den Verein der Bergfreunde ins Leben zu rufen. Doch da begrüßte ihn nur dieser etwa 50-jährige Mann, der gemütlich Pfeife rauchte und Picii einlud, ihm gegenüber im Fauteuil Platz zu nehmen. Er war zuvorkommend und fragte bloß, wie um sich zu vergewissern: „Sie sind ja Herr Picii vom Testlabor?". Er sagte absichtlich nicht „Genosse" oder „Pförtner". Bloß „Herr" – das klang doch ein wenig anders! Mensch, dachte Picii, hat dieser Mann Schliff und Anstand und sieht gut aus. Mit so einem könnte man schon die Bergwelt erobern. „Darf ich Ihnen auch einen Kaffee anbieten, oder vielleicht eine Tasse heißen Tee, Sie wissen ja, wir Bergfreunde ziehen den Tee vor. Am besten schmeckt der aus Alpenrosen, doch solchen habe ich leider nicht, der ist mir vergangene Woche ausgegangen. Doch auch ein guter starker russischer Tee verfehlt seine Wirkung nicht, und man spürt, wie der ganze Körper auflebt. Ja, gut, also dann wünschen Sie einen Tee ..." Picioruș war noch gar nicht zu Wort gekommen, doch der Tee war bereits im Filterautomaten, der nun angelassen wurde. „Nun, Herr Picioruș, Sie wissen ja schon, weshalb ich sie hergerufen habe. Die Gründung eines Vereins setzt viele Besprechungen mit vielen Menschen voraus. Außerdem müssen wir alle dafür werben und möglichst viele Freunde und Bekannte heranziehen. Sie sollten unter Ihren Freunden und Kollegen auch am Arbeitsplatz dafür werben, besonders aber unter Ihren Vorgesetzten. Sagen Sie, was für Vorgesetzte haben Sie eigentlich in diesem Testlabor?" Bis zu diesem Punkt hatte Heinrich Spitzer absolut einseitig das Gespräch mit Picioruş geführt. Nun aber sollte Picii zum ersten Mal zu Wort kommen. Um es dem armen Teufel einfacher zu machen, wiederholte Spitzer die Frage noch etwas konkreter: „Was für einen Direktor haben Sie eigentlich?" Da beeilte sich Picioruş, ein Lob nach dem anderen über seinen Direktor auszusprechen, weil er einfach davon überzeugt war, dass der Direktor ein großartiger Mann war. „Ja", meinte Spitzer, „dann verstehe ich einfach nicht, was dieser Mann, der so ein guter Direktor mit außergewöhnlichen Qualitäten ist, gerade am 23. August im Testlabor zu suchen hatte?" Da fielen Picioruş plötzlich die Schuppen von den Augen. Dies war also kein Bergfreund, sondern ein Sicherheitsagent. Also keine Vereinsgründung, sondern ein ordinäres Verhör. Doch Vorsicht, ja nicht den Direktor anschwärzen, der ist ein Herr. Alle andern behandeln mich eh wie einen Schuhfetzen. Der Direktor ist also unbedingt zu decken. „Ich weiß nicht, wovon Sie sprechen. Was soll mit meinem Direktor los sein? Am 23. August war ich im Dienst. Da hat sich mein Direktor nicht gezeigt. Ich glaube nicht, dass er wie ein Dieb durchs Fenster ins Testlabor geschlichen ist." „Nein, nein", beeilte sich Spitzer zu sagen. „Das ist es eben. Er ist nicht durchs Fenster, sondern ganz normal durch die Eingangspforte ins Testlabor hinein. Er hat ja noch mit Ihnen bei der Portiersloge gesprochen. Wenn wir das nicht wüssten, würden wir uns auch nicht fragen, was er gerade an dem Tag im Testlabor zu suchen hatte. Ihr Gespräch ist abgehört und aufgezeichnet worden. Wenn Sie wollen, kann ich Ihnen das Gespräch abspielen. Was wir aber nicht wissen, das ist, was er dort zu suchen hatte. Wir dachten, vielleicht könnten Sie uns einen Hinweis geben, uns helfen, den Direktor zu entlasten, da er voraussichtlich aus einem ganz harmlosen Grund dort war." Picioruş war in die Falle geraten. Nun war er nur noch darauf bedacht, seinem Direktor zu helfen. „Natürlich war mein Direktor am

23. August im Testlabor. Er hatte nämlich seine Hausschlüssel in seiner Schreibtischlade vergessen und konnte nicht nach Hause gehen. Sie hätten es in seiner Situation bestimmt auch so gemacht." Doch Spitzer ging auf diese Bemerkung nicht ein. Er sagte nur: „Sehen Sie, Genosse Picioruş, wir brauchen Leute wie Sie. Deshalb haben wir Sie auch unter den vielen Bergfreunden, die wir haben, ausgesucht. Wir brauchen dafür nur ehrliche, aufrichtige Menschen und nicht solche, die es mit der Wahrheit nicht genau nehmen und damit hinter dem Berg halten. Und wenn Sie das akzeptieren, wofür wir Sie vorgesehen haben, dann verlangen wir von Ihnen auch eine recht einfache Gegenleistung: Als freier Mensch sollen Sie immer nur die reine Wahrheit sagen. Dies möchten wir jetzt schriftlich von Ihnen haben. Doch ich will Sie nicht dazu zwingen. Es ist Ihnen freigestellt zu wählen zwischen unserem Angebot und Ihrer Gegenleistung, der Wahrheit oder zwischen dem Verschweigen eines Verbrechens und den Folgen, die sich daraus ergeben könnten. Nein, bitte noch nicht", betonte Spitzer, als Picioruş antworten wollte. „Sagen Sie nichts, bevor ich Ihnen nicht sage, wovon die Rede ist. Dann haben Sie Zeit zu überlegen und zu antworten. Wir haben Sie für folgenden Posten vorgesehen, der jetzt neu gegründet wird. Es handelt sich um den Posten eines Empfangschefs in einem neuen Hotel in Sinaia, wo der Verein ‚Alpenrose' ins Leben gerufen werden soll. Dort wird auch unsere Bergwacht untergebracht, die, wie Sie ja wissen, Tag und Nacht einsatzbereit sein muss. Sie merken schon, ich habe nicht gelogen, und wir dachten mit diesem Posten an Sie, denn Sie sind dafür der richtige Mann. Während ich jetzt nach oben gehe, um mit dem Kulturdirektor zu sprechen, haben Sie reichlich Zeit, sich die Sache gut zu überlegen. Sagen Sie ja zu unserem Angebot, dann sind Sie willkommen inmitten der Bergfreunde. Vorher aber bitte schreiben Sie auf dieses weiße Blatt Papier alles auf, was sich am 23. August im Zusammenhang mit Ihrem Direktor ereignet hat. Hier haben Sie auch einen Kugelschreiber, den können Sie gleich behalten" (darauf war ein blauer Enzian in einem Wappen abgebildet). „Entschuldigen Sie mich bitte, ich komme so in etwa 15 Minuten zurück." Damit verließ Spitzer den Raum. Er ging aber nicht zum Kulturdirektor, sondern begab sich in die nächstgelegene Kneipe, wo er eine doppelte *Ţuica* hinunterstürzte. Er musste doch diesen schlech-

ten, ekligen Geschmack nach Kräutertee, genannt „guter, starker, russischer Tee", mit etwas wirklich Gutem und Scharfem hinunterspülen.

Picii zögerte nur kurze Zeit. Es gab schon einen kleinen Kampf in seiner Brust, doch das Angebot war viel zu verlockend, dem konnte er einfach nicht widerstehen. Schließlich und endlich war das ja kein Verrat an seinem Direktor, wenn er die Wahrheit sagte, und außerdem ist sich jeder selbst der Nächste. Er musste nun einmal auch an sich selbst denken, denn wer weiß, wann und ob ihm überhaupt noch einmal eine so gute Anstellung winken würde: So richtig für ihn geschaffen, mitten in den Bergen, die er so liebte.

Inzwischen war Heinrich Spitzer wieder zurückgekommen und hatte wie selbstverständlich das vom Pförtner beschriebene Blatt Papier an sich genommen. Dann gab er Picii die Hand und sagte: „Es könnte sein, dass Sie vielleicht diese Zeugenaussage vor Gericht mündlich wiederholen müssen. Das aber nicht unbedingt. Bitte kündigen Sie dann nächste Woche, ohne aber einen Grund dafür anzugeben. Sollte man Sie aber doch danach fragen, so sagen Sie einfach, dass es Ihres Fußes wegen ist, der zu sehr beim Sitzen und Stehen schmerzt. Verraten Sie niemandem etwas von Ihrer neuen Anstellung, für die wir Sie ab 1. Oktober brauchen, dann treten Sie in Sinaia an. Alles Gute. Sie müssen sich nicht bei mir bedanken, für solche Menschen wie Sie tun wir alles." Nun durfte Picii seiner Wege gehen. Kein schlechtes Gewissen, sondern ein einmaliges Glücksgefühl begleitete ihn, als er auf seinen Stock gestützt davonhumpelte. Spitzer stand in der Türe, sah ihm nach und dachte: Siehst du, Vlăduţ, mein Junge, so macht man das, genau so!

Vierter Satz

Drei Fluchtvarianten

Wenn ein Mensch flieht, dann weiß er auch, warum und vor wem oder vor was. Und er glaubt zu wissen, dass die Flucht sein einziger Ausweg ist, um in Freiheit zu überleben. Er flüchtet aus einer Gefangenschaft, in der er seiner Bewegungsfreiheit völlig beraubt und als Mensch regelrecht entwürdigt ist. Niemand flieht um der Flucht willen. Jeder, der sich aus dem Staub macht, hat einen bestimmten Fluchtplan. Er steuert sein Ziel an, ungeachtet dessen, dass sein Weg ihn ins Ungewisse führt. Und je genauer ein Fluchtplan vorbereitet wurde, desto größer sind auch die Chancen seines Gelingens. Allerdings muss man bei jeder Flucht mit dem Zufall rechnen. Dieser kann eine Flucht begünstigen oder aber auch zerschlagen, und man ist letzten Endes doch immer dem Zufall ausgeliefert.

* * *

Als Rudi das Telegramm von Ghiţă erhielt, war er im ersten Augenblick wie vor den Kopf geschlagen. Einerseits hatte er es erwartet, andererseits aber war noch nicht alles entsprechend vorbereitet. Dafür hätte er noch ungefähr eine Woche benötigt. Nun aber musste er binnen kürzester Zeit verschwinden, um diesen vier Flüchtlingen zuvorzukommen. Rudi hielt das Telegramm noch immer in der Hand, und obwohl er es erwartet hatte, las er es nun ungläubig immer wieder und wieder: „Unser aufrichtiges Beileid zu Onkel Simons Tod. Bestelle auch für uns vier schöne Kränze. Kommen morgen mit Auto zum Begräbnis." Spät in der Nacht telegrafierte Rudi zurück: „Vier Kränze bestellt. Liegen im Totenhaus. Warten auf Euch dort." So geschehen am 27. September in einer kühlen Herbstnacht.

An Schlaf war nicht zu denken. Nun musste er seine so sorgfältig vorbereitete Flucht auch planmäßig durchführen. Doch die verschiedenen Vorkehrungen kamen durcheinander. Was war zuerst zu tun? Rudi zitterten schon ein wenig die Hände, als er daran ging, all das zu tun, was er bis zu diesem Zeitpunkt versäumt hatte. Seine Schwester Christiane war am 15. September wie geplant mit dem Hermannstädter Rentner-Orchester auf eine Tournee nach Österreich gefahren. Rudi hatte mit ihr vereinbart, dass er ihr dann, falls diese ganze Fälschungsangelegenheit einschlafen würde und sie zurückkommen könnte, ein Telegramm folgenden Wortlauts schikken werde: „Ich freue mich auf deine Rückkehr. Dein Bruder Rudi." Falls aber so ein Telegramm bei ihr nicht ankomme, solle sie sich in Österreich einfach von ihrer Gruppe absetzen. Doch Christiane wollte nur zu gerne wieder zurückkommen. Das sagte sie auch ihrem Bruder: „Wenn es nur geht, möchte ich wieder nach Hause kommen. Weißt du, auch Ernsti ist ja hier!" Ihr Bruder wusste von unserer Beziehung, und es tat ihm weh. Um ein Haar hätte er seine Schwester an mich verloren, wenn nicht diese Österreich-Tournee gewesen wäre.

Nun überlegte Rudi: „Zumindest Christiane ist in Sicherheit. Das steht mal fest. Alles andere ist in der Schwebe. Ernsti muss ich noch den Pass zukommen lassen, dann aber alles vernichten, was auf diese Fälschungstätigkeit hinweisen könnte. Dann muss ich den beiden Schobels, die in meiner Mansarde logieren, beibringen, dass es für uns alle drei höchste Zeit ist, in den frühen Morgenstunden zu verschwinden. Sie sind in ihrem Versteck nicht mehr sicher, und ich selbst muss mich ja auch aus dem Staub machen. Ich muss aber völlig unauffällig verschwinden und wenn, dann den Eindruck hinterlassen, dass ich mit meinem Koffer bloß für einige Tage verreise. Spätestens um 8 Uhr morgens muss ich aus dem Haus, je früher, desto besser, und desto größer ist mein Vorsprung gegenüber den anderen Flüchtlingen."

Rudi wollte also zuerst mit den Schobels sprechen, obwohl es bereits tiefe Nacht war. Er hatte viel Arbeit auf ihre Passfotos verwandt, die er nach zwei von ihm selbst angefertigten Gesichtsmasken gemacht hatte: Stearin-Nasen, dicke Schminke, für den Mann ein aufgeklebter Schnurrbart. Ihre Gesichter waren nicht mehr die alten. Sie waren nun völlig fremde Personen und wussten genau, wie sie vor dem Grenzübertritt diese Gesichtsentstellungen mit wenigen Handgriffen unbemerkt vornehmen mussten, um den Passbildern zu entsprechen. Alles war gut vorbereitet, bloß den Zeitpunkt hatten sie ständig hinausgeschoben, weil sie Angst hatten. Nun aber musste es geschehen. Rudi klopfte leise an die

Falltür. Trautes Stimme klang erschreckt: „Wer da?" Rudi gab sich zu erkennen und bat um Entschuldigung. „Morgen früh müssen wir alle drei abhauen. Die Sache mit den gefälschten Pässen ist aufgeflogen, spätestens um 8 Uhr müssen wir aus dem Haus. Es tut mir Leid. Die Pässe haben Sie, und wir werden uns nicht mehr verabschieden, wenn Sie weggehen. Schließen Sie nur die Türen hinter sich, ohne abzusperren. Ich tue das Gleiche. Sie haben in Ihren Pässen Curtici als Grenzübertritt angegeben. Ich werde bei Borş die Grenze passieren. Richten Sie sich bitte danach, damit nichts schief geht. Ich wünsche Ihnen Hals- und Beinbruch! Nur Mut, es wird schon klappen!" Rudi musste den Schobels Mut zusprechen, und dabei hatte er solchen Zuspruch in diesen schwierigen Augenblicken auch selbst verdammt nötig.

Nun sammelte Rudi in einem Wäschekorb all das Material, das ihn als Passfälscher belasten könnte. Damit ging er in den Garten und vergrub alles. Zurück blieb bloß ein aufgeworfener Erdhügel, der wie ein Grab aussah.

Nun kam der nächste Schritt, vielleicht der schwierigste im Fluchtprogramm: Der Brief, der zusammen mit meinem gefälschten Pass an mich gehen sollte. Rudi nahm am Küchentisch Platz und schrieb: „Lieber Ernsti! In aller Eile schreibe ich Dir ein paar Zeilen. Du hast keine Ahnung, wie schwer es mir fällt, Dir etwas zusammenhängend zu schreiben. Die Zeit eilt, und ich kann Dir leider nicht alles erklären. Vielleicht aber kannst Du mich einmal verstehen und mir verzeihen. Du sollst wissen, dass ich Dich aus all diesem Durcheinander immer heraushalten wollte. Beiliegend ein Reisepass für Dich. Du kannst ihn getrost verwenden. Frag nicht viel und komm mir in die Bundesrepublik nach. Tue das so rasch wie möglich. Du hast nicht viel Zeit zu überlegen. Kommst Du, so treffen wir uns am 7. Oktober um 12 Uhr vormittags vor der Frauenkirche in München. Solltest Du es Dir aus was für Gründen auch immer anders überlegen, so vernichte bitte diesen Pass und den Brief. Ansonsten könntest Du Schereien haben. Bitte komm ja nicht auf Besuch zu mir, Du wirst mich nicht mehr vorfinden, und das Haus wird voraussichtlich schon von der Staatssicherheit belagert sein. Ich hoffe, dass wir uns bald in München wiedersehen. Dein Freund Rudi." Kein Wort über Christiane, kein einziges, und dabei hätte ich so gern zumindest ihren Namen gelesen.

Die Zeit verging. Den senffarbenen Briefumschlag musste Rudi noch zukleben und zu unserem gemeinsamen Freund, Konrad Lorenz, bringen. Er warf ihn in den großen braunen Briefkasten, der am Haustor angebracht war. Und was dann? Rudi fühlte bloß eine große Leere in seinem Inneren. Er besaß nichts mehr. Er hielt bloß noch die vier ausgestellten Reisepässe für seine Peiniger in der Hand. Was soll damit geschehen? Diese Leute müssen sich eben ihre Pässe suchen, so wie Kinder ein Osternest. Da kam ihm ein guter Einfall: Versteckt in Reichweite unter der Polsterung eines Barhockers. Dazu ein deutlicher Hinweis durch eine angefertigte Zeichnung. Er hasste diese Leute, doch Rudi war Ehrenmann: Ein Versprechen muss man halten.

Rudi lachte und freute sich über seinen Einfall mit dem Orientierungsspiel. Nun wollte er nur noch einen Kaffee trinken und eine letzte Zigarette rauchen, bevor er alles, was einmal ihm gehört hatte, wie ein von der Polizei verfolgter Schwerverbrecher zurückließ.

* * *

Endlich war ich nach langem Warten in der Autoschlange dem Schlagbaum der rumänischen Grenze näher gerückt. Dieser hob sich jedes Mal, wenn ein abgefertigtes Auto durchfuhr. Jedes Mal heulte es bei rascher Abfahrt laut auf und riss einen aus den Gedanken. Weshalb aber dieses Aufheulen? Es war, als hätte sich wegen der langen Wartezeit die Wut des Fahrers bis in seinen rechten Fuß verlagert, der dann das Gaspedal ganz durchdrückte. Vor mir stand ein Suzuki-Kleinbus aus Hannover, und ich beobachtete durch die Windschutzscheibe, wie die sechs Insassen des Wagens und ihr Gepäck – sechs Reisetaschen und ein Koffer – auseinander genommen wurden, als hätten sie irgendwo im Gepäck Rauschgift versteckt. Es war geradezu peinlich, mit anzusehen, wie hier fünf ältere Leute und ein junger Mann gefilzt wurden. Dabei sahen sie weder nach Geschäftsleuten noch nach Hochstaplern oder Schmugglern aus. Sie ließen friedlich alle Schikanen über sich ergehen. Es hatte den Anschein, als wären diese Leute schon früher manches Mal in Rumänien gewesen und wüssten genau, was sie an der Grenze erwartet.

Nachdem dann auch der Kleinbus aufheulend abgefahren war, gab mir der Grenzer das Zeichen vorzufahren. Ein uniformierter Mann des Sicherheitsdienstes deutete mir die Stelle an, wo ich anzuhalten hatte – neben einem Betontisch unter einer Überdachung.

Nachdem dieser Frühlingstag morgens so schön begonnen hatte, waren Wolken aufgezogen, es regnete, und alles war grau und trostlos. Der grün uniformierte Staatssicherheitsmann trat an mein Auto und fragte höflich in gebrochenem Deutsch: „Ihre Pass schon geben an Kollega?" Ich bejahte und sprach rumänisch, um die Abfertigung zu erleichtern und zu beschleunigen. Der Mann war jung, schlank und höflich. Ich dachte unwillkürlich, dass diese Sicherheitsagenten doch einen gewissen Schliff im Umgang mit Menschen hatten – im Unterschied zu den Zöllnern, die einer besonderen Menschenkategorie anzugehören schienen. Deren Laune wechselt je nach Mann oder angebotenem Geschenk, ganz gleich ob flüssig oder fest.

Der junge *Securitate*-Grenzer sagte höflich und in gutem Rumänisch: „Bitte nehmen Sie alles aus dem Wagen heraus und stellen Sie die Sachen auf diesem Tisch ab." Ich wollte sichergehen, dass ich mich nicht verhört hatte und fragte: „Muss ich alles aus meinem Wagen herausholen?" „Ja, alles, auch das Warndreieck, das Erste-Hilfe-Kästchen, Schlüsselkasten und eventuelle Reservebestandteile fürs Auto. Das sind die Vorschriften, und daran müssen wir uns halten."

Ich begann also, den Wagen auszuräumen, ohne Eile, schön ein Gepäckstück nach dem anderen, und alles landete auf dem Tisch. Ich hatte Gott sei Dank nicht viel dabei. Nun war alles nach Anweisung für die Zollkontrolle vorbereitet, doch schon trat wieder eine Verzögerung ein. Der Grenzbeamte, der eigentlich dafür zu sorgen hatte, dass die Zollabfertigung reibungslos ablief, hatte sich ins Dienstgebäude zurückgezogen. Ich stand bloß mit verschränkten Armen da, und es tat sich nichts. Vielleicht hatten Grenzer und Zöllner eine Bierpause eingelegt, und ich hatte einfach zu warten. Woher hätte ich auch wissen sollen, dass im Dachgeschoss des Dienstgebäudes eine Überwachungsstelle eingerichtet war? Da befand sich ein Fernrohr, ähnlich wie auf einer Sternwarte. Durch dieses konnte der diensthabende *Securitate*-Mann die bereitstehenden Gepäckstücke, Auto, Fahrer und

Fahrgäste beobachten und dafür sorgen, dass während der Zollabfertigung keine krummen Dinge gedreht werden. Es war also alles klar, alles geregelt, für alles vorgesorgt. Und wenn nun der Mann durchs Fernrohr zu sehen bekam, wie zum Beispiel ein Zöllner als kleine Aufmerksamkeit von einem Reisenden zwei Päckchen Kent-Zigaretten erhielt, so gehörte dem Aufpasser automatisch die Hälfte davon. So musste dann der Ilie dem Vasile auch ein Päckchen Kent abgeben. Schwieriger wurde die Sache dann, wenn der Ilie vielleicht ein modernes Oberhemd bekam. Dies war nun wirklich unteilbar. Um solchen Situationen vorzubeugen, nahm Ilie all das, was nicht zu teilen war, in gebückter Stellung auf dem Beifahrersitz in Empfang, und zwar in dem Augenblick, wenn er das Handschuhfach kontrollierte. Das konnte dann Vasile mit seinem großen und starken Fernrohr doch nicht entdecken. Bei größeren Objekten, Kleidungsstücken oder vollen Flaschen gab der Zöllner dem freigiebigen Durchreisenden zu verstehen, er möge das Objekt in den Fußraum vor dem Beifahrersitz hinstellen. Bevor dann noch der Schlagbaum in die Höhe ging, war Ilie zur Stelle, um sich sein Geschenk zu holen: Kaffee, einen Rasierapparat oder manchmal auch ein Paar Blue Jeans, je nachdem wie gut sich Ilie dem Gast gegenüber benommen hatte. Man konnte sich nun gut vorstellen, dass der beliebteste Job hier an der Grenze der am Fernrohr war. Man saß im Warmen, musste nur alles scharf beobachten und hatte keine körperliche Arbeit zu leisten. Man konnte einfach zusehen, wie der andere arbeitete und steckte hinterher die Hälfte der Beute ein.

* * *

Als Rudi Karbe sein Haus verließ, blieb er noch einen Augenblick mit der Türklinke in der Hand an der Haustür stehen, so als hätte er etwas vergessen. Dann aber ließ er die Türe sanft und lautlos ins Schloss fallen. Er hatte alles mitgenommen, nicht nur, was er bei sich trug, sondern auch das, was im Gedächtnis aufzubewahren war. Was zurückblieb, war für ihn wertlos geworden. Erinnerungen lassen sich leicht im Inneren mitnehmen, die haben kein Gewicht und drücken anders als schwere Gegenstände.

Merkwürdig war nur, dass Rudi es gar nicht eilig hatte. Er war ruhig und wusste, dass er den anderen voraus war. Er ging zu Fuß zum Bahnhof, da er an keine bestimmte Abfahrtzeit gebunden war. Außerdem wollte er auch nicht per Bahn verreisen, sondern am Bahnhof ein Auto für seine Fahrt nach Oradea mieten. Er wusste, dass dort viele Schwarzfahrer ihre Dienste anboten. Diese verzichteten auf ihre Nachtruhe und boten den angekommenen Reisenden Transporte bis zur Haustür an. Diese Fahrer hatten meist einen neuen Dacia-Wagen in Raten gekauft und mussten, um ihn abzahlen zu können, das notwendige Geld mit ihren nächtlichen Fahrten verdienen. Es war also sicher, dass Rudi solch einen Fahrer finden würde. Und er fand ihn, verschlafen gähnend. Doch als Rudi ihm 2000 Lei für eine nächtliche Fahrt nach Oradea anbot, dachte der Chauffeur zuerst, sich verhört zu haben. Dann aber sagte er, er müsse davon auch seine Frau verständigen, ansonsten könnte sie annehmen, dass er sich die ganze Nacht und den darauf folgenden Vormittag mit Huren herumtreibe, und das könne er sich als solider Ehemann nicht leisten.

Rudi setzte sich in den gelben Dacia-Wagen und ließ sich bis vor die Haustür seiner Eltern fahren. Er wurde herzlich aufgenommen und teilte ihnen mit, dass er zu einer Ausstellung nach München fahre. Dies war seine Ausrede, die er bis zur Grenzüberschreitung immer wieder vorbrachte. Vielleicht hatten die Eltern eine leise Ahnung, dass er sich aus dem Staub machen wollte, denn sie wollten wissen, warum er gerade jetzt in die Bundesrepublik fahren müsse. „Christiane ist jetzt in Österreich. Du hättest ja warten können bis zu ihrer Heimkehr. Dann wäre euer Haus nicht leer geblieben." Doch Rudi hatte auch dafür eine Antwort bereit: „Ich fahre jetzt, wenn diese Ausstellung in München ist. Das hat mit Christiane gar nichts zu tun."

Dann schlief Rudi einige Stunden, er war übernächtig und hätte nichts mehr unternehmen können. Als er erwachte, blendete ihn bereits die Morgensonne. Nun erst fiel ihm ein, weshalb er sich hier in Oradea bei seinen Eltern befand und seinen grauen Lederkoffer dabei hatte. Er hatte einen Freund, Adrian Bratu, mit dem er schon als Kind im Sand gespielt und später gemeinsam die Schule besucht hatte. Dieser war inzwischen ein gefürchteter Zöllner an der rumänisch-ungarischen Grenze geworden. Seinen Wohnsitz hatte er ebenfalls in Oradea. Rudi stattete ihm einen kurzen Besuch ab, über den sich Adrian sehr freute. Die beiden hatten sich lange nicht mehr gesehen. „Sag mal, Adi, wann bist du im Dienst an der Grenze? Ich möchte nach München zu einer Ausstellung fahren, die am 2. Oktober schließt. Selbstverständlich habe ich einen Besuchspass, doch eine Bahnfahrt würde zu lange dauern. Ich möchte rasch dort sein. Verstehst du?" Ob dieser Zöllner das verstand, ist zu bezweifeln, doch er zeigte großes Verständnis für seinen Freund Rudi. „Ich verstehe schon, doch du kannst nicht als Fußgänger über die Grenze gehen, auch nicht mit deinem legalen Besuchspass. Wir fertigen dort nur Personen mit Fahrzeugen ab: Autos, Motorräder oder Fahrräder. Außerdem kannst du nicht als einzelner Tourist die Grenze überqueren und musst dich anderen Reisenden, die per Auto kommen, anschließen. Dann kannst du von deinem Pass Gebrauch machen, und es geht alles wie geschmiert. Ich bin dort, und du musst mir nicht mal ein Päckchen Kaffee schenken", erklärte er lachend.

Doch dann brachte er doch eine Bitte vor: „Weißt du, Rudi, ich bekomme Geschenke aller Art und könnte mir vom Ertrag dieser Einnahmen sogar ein Haus bauen. Doch was ich wirklich brauche, das gibt mir niemand. Weißt du, ich habe eine kleine Tochter, die ist mit einem Herzfehler geboren. Sie braucht ständig Medikamente, und die aus dem Ausland sind bedeutend besser. Sei so gut und bring mir, wenn du zurückkommst, die vom Arzt verschriebenen Arzneien mit. Dafür sorge ich, dass du eine möglichst rasche Zoll- und Passabfertigung bekommst."

Rudi hatte wegen des von ihm gefälschten Passes keine Zweifel. Wenn es so viele geschafft haben, würde es ihm bestimmt auch gelingen. Nun musste er bloß noch jemanden finden, der gewillt war, ihn als Reisegefährten im Auto mitzunehmen. Er verabschiedete sich von seinen Eltern, nahm seinen grauen Lederkoffer und begab sich zur letzten Tankstelle vor der Grenze.

Er beobachtete die Autos, die für die Weiterfahrt über die Grenze auftankten. Da fiel ihm ein weißer Mercedes mit Münchner Kennzeichen auf. Er begab sich zum Wagen, in dem sich ein älteres Ehepaar befand und fragte höflich: „Fahren Sie nach München?" Der Mann bestätigte es. „Gott sei Dank, wir fahren wieder zurück!" Da fasste sich Rudi ein

Herz und sagte: „Das trifft sich ja ausgezeichnet. Ich möchte auch nach München fahren, doch ich habe den Zug verpasst. Ich möchte gern morgen in München bei einer Ausstellung sein. Wissen Sie, ich bin Maler, und diese Ausstellung möchte ich mir nicht entgehen lassen. Würden Sie so freundlich sein und mich mitnehmen? Ich zahle Ihnen selbstverständlich die Fahrt." Der ältere Mann sah ihn durch seine schöne chromgefasste Brille an und erwiderte: „Junger Mann, ich bin selbst Maler und kann Sie gut verstehen. Steigen Sie ein, ich bringe Sie nach München."

Bald hatten sie die Grenze erreicht. Rudi steckte den Kopf zum Seitenfenster hinaus, in der Hoffnung, seinen Freund Adrian zu sehen. Doch in der Kolonne bis zum Schlagbaum standen noch einige Autos vor ihnen, und an der Grenze herrschte geschäftiges Treiben.

Der Zöllner Adrian hatte soeben ein Päckchen in seinen vergrößerten Rocktaschen verschwinden lassen, als er seinen Freund Rudi Karbe in einem vornehmen Mercedes bemerkte. Er ließ die noch wartenden Autos stehen und begab sich zum Mercedes. „Sie stehen hier nicht richtig. Wir haben noch eine zweite Abfertigungsspur. Bitte bringen Sie den Wagen nach vorn." Herr Maier wunderte sich ob solcher Großzügigkeit an der rumänischen Grenze und dass ein derartig höfliches Entgegenkommen dort überhaupt möglich war. Er konnte ja nicht ahnen, dass er dies alles nur Herrn Karbe zu verdanken hatte. Adrian schickte einen Sicherheitsmann zum Wagen und flüsterte ihm zu: „Diese Leute bringen mir Medikamente, die ich dringend für mein Töchterchen brauche. Also bitte eine rasche Zollabfertigung." Der andere verstand. Er sammelte die Pässe ein und übergab sie dem Zöllner, der eigentlich nie etwas mit Pässen zu tun hatte. Adrian nahm die Pässe in Empfang und flüsterte seinem Kollegen zu, dass dieser von ihm nach Dienstschluss ein Kilo Kaffee bekomme. Dann eilte er mit den Pässen davon „Ich brauche eine rasche Passabfertigung", rief er in den Raum, in dem zwei Sekretärinnen saßen. In wenigen Minuten hatte er die Pässe wieder, die nötigen Stempel waren rasch gesetzt. Adrian kam mit den Pässen zurück, unternahm eine oberflächliche Zollkontrolle und zwinkerte seinem Freund zu. Herr Maier konnte sich nur wundern. „Das lief ja wie am Schnürchen", bemerkte er, als sich der Schlagbaum vor ihnen hob. Der weiße Mercedes sprang fast geräuschlos an, und ohne aufzuheulen fuhr er leicht über die harte, holprige rumänische Grenze.

Von da an täuschte Rudi Müdigkeit vor. Er verspürte keine Lust, Konversation zu machen. Er fiel in die weiche Polsterung des Mercedes zurück, schloss die Augen und erinnerte sich an so manches zurück.

* * *

Wie war das damals, als ich mit diesen Fälschungen begonnen hatte? Wie war das, als ich termingerecht den gefälschten Ausweis für Nelu liefern musste? Den hatte Dr. Dragoman bei mir bestellt, und ich hatte ihn eigentlich nur deshalb gefälscht, weil ich diesen alten und vom Schicksal geprüften Doktor bedauert habe. Noch im Rentenalter hat er sich für seinen verlotterten Adoptivsohn eingesetzt, der sich mit ihm einfach alles erlaubt hatte. Aber er musste schon zugeben, dass da auch ein gut Teil professioneller Ehrgeiz dabei war, dem er einfach unterlag. Er wollte sich selbst beweisen, dass er imstande war, einen Ausweis zu fälschen. Außerdem war die Zeit knapp bemessen, um diese für ihn völlig neue und unbekannte Arbeit durchzuführen. So hatte sich Rudi in einer langen Nacht, in der an Schlaf gar nicht zu denken war, an die Arbeit gemacht. Die Schwierigkeit bestand nicht im Fälschen der Schrift und der Unterschriften, sondern im Nachmachen der Stempel. Doch er besaß Gott sei Dank noch eine Sammlung alter Stempel von seinem Onkel, die er als Rohlinge benutzte.

Rudi erinnerte sich noch genau daran, wie am folgenden Tag wieder der alte, grauhaarige Mann in schwarzem Mantel und mit seinem Medizinköfferchen in der Hand im Türrahmen erschien. „Herr Karbe, ich weiß, dass Sie mich verfluchen, doch es macht nichts. Ich habe mich in meinem Leben so oft erniedrigen müssen. Außer der Anzahl der Atemzüge eines Menschen, die sich nicht vorausplanen lassen, zählt im Leben überhaupt nichts. Dafür, dass Sie mir geholfen haben, wünsche ich Ihnen eine Vielzahl solcher Atemzüge. Ein größeres Geschenk gibt es auf Erden nicht."

Rudi gab ihm den Ausweis, ohne sich für die guten Wünsche zu bedanken, und bemerkte bloß: „Für Sie, Herr Doktor, nur für Sie habe ich dies getan. Wenn dann diese Walpurgisnacht der *Securitate*-Männer gut vorbei ist, sollte Ihr Sohn mal bei mir vorbeikommen und sich persönlich bedanken. Soviel ist ihm die Sache ja hoffentlich wert."

Der Alte sah Rudi aus seinen blauen wässrigen Augen an und erwiderte: „Glauben Sie wirklich an den menschlichen Dank, daran, dass ein Mensch sich beim anderen bedankt, ohne gleich noch einen Wunsch daran zu knüpfen? Ich glaube nicht mehr daran, glaube nicht mehr an den Menschen, sondern an etwas Höheres." Er schüttelte den Kopf und ging stumm davon, auf dem Weg eines Mannes, der den Glauben an die Menschen verloren hatte.

Als der alte Mann mit dem neuen gefälschten *Securitate*-Ausweis zu Hause ankam, fand er seinen Sohn Nelu in dessen Zimmer. Ihm wurde klar, dass er dem Jungen ein großartiges Geschenk mitgebracht hatte. Er übergab Nelu den Ausweis mit den Worten: „Hier hast du ihn wieder, doch ein zweites Mal werde ich dir nicht mehr helfen können, ich bin auch schon zu alt dazu." Er hielt Nelu schweigend den neuen Ausweis hin. Vielleicht wollte der Alte die Freude auskosten, die dieses Geschenk bei Nelu auslöste. Dieser sprang vom Bett auf, seine Augen leuchteten. Er war wieder im Besitz eines Ausweises und vergaß sogar, sich dafür zu bedanken. Nelu griff nach seiner schwarzen Lederjacke, verstaute den Ausweis in der Innentasche und sagte: „Das muss ich jetzt feiern, irgendwo in der Stadt!" Der Vater hätte wohl auch gerne einmal mit dem Sohn mitgefeiert und bei einem Gläschen Kirschwasser die Freude mit ihm geteilt. Er trat einen Schritt zurück, und der ungestüme Sohn schoss an ihm vorbei.

In der Zwischenzeit hatte Nelus rothaariger Freund Mişu verzweifelt nach Nelus Ausweis gesucht. Er war und blieb einfach verschwunden, und niemand aus der Familie wusste etwas davon. Doch der Inspektionstag vor den Feierlichkeiten zum 1. Mai, der „Walpurgisnacht-Tag", wie ihn der alte Doktor bezeichnet hatte, rückte immer näher. Es waren nur noch zwei Tage bis dahin, an denen Mişu den Ausweis unbedingt finden musste. Er konnte Nelu einfach nicht mehr ohne Ausweis hinhalten. Nelu würde es ihm auch als guter Freund nicht abnehmen, wenn er ihm von der Wette und dem tatsächlichen Verschwinden des Ausweises erzählen würde. Er beriet sich mit Sandu, mit dem er diese dumme Wette abgeschlossen hatte und der auch der Meinung war, dass es nun endlich an der Zeit sei, Nelu den Ausweis zurückzugeben. Dieser hatte sich anfänglich mehr, später aber überhaupt nichts anmerken lassen, dass er seinen Ausweis vermisste. Mișu hatte zwar die Wette gewonnen, doch den Ausweis Nelus verloren. Vor Nelus Verhalten musste man alle Achtung haben! Nelu war in Mișus Augen sehr gewachsen. Umso mehr schmerzte es ihn, dass er Nelu als Freund verlieren würde, falls er diesem seine Missetat beichtete. Nein, daran war gar nicht zu denken, der Ausweis musste unter allen Umständen zum Vorschein kommen. So begann er also wie ein Detektiv mit einer Suchaktion, genau zwei Tage vor der großen *Securitate*-Inspektion.

Mișu saß auf seinem drehbaren Stuhl mit dem Rücken zum Schreibtisch und starrte auf die Holzkassette im Bücherregal, aus der dieser verwünschte Ausweis verschwunden war. Es fand sich einfach kein Ansatzpunkt, keine blasse Spur, wo er mit seinen nachforschenden Ermittlungen hätte beginnen können. Wenn also nichts anderes als der Ausweis aus dem Haus verschwunden ist, wenn sich keine Spuren eines Einbruchs feststellen lassen, welches sollte der Beweggrund dieses Diebstahls gewesen sein? Mișu fand einfach keine Antwort darauf. Es war nichts zu machen, er sah einfach keinen Ausweg, als seine Mutter und die beiden Brüder ins Gebet zu nehmen. Sein Verdacht fiel eben auf die Familienmitglieder, mit denen er auf engem Raum zusammenwohnte. Er begann, professionell, wie er es in der Schule gelernt hatte, zuerst seine Mutter zu verhören, dann den Bruder Ionel und zuletzt den Jüngsten, Mircea.

Zuerst zitierte er also seine Mutter zum Verhör. Das heißt, er bat sie wie ein wohlerzogener Sohn um eine unaufschiebbare, aufklärende Aussprache, die mit dem unerklärlichen Verschwinden des blauen Staatssicherheitsausweises aus der Holzkassette vom Regal im Zusammenhang stand. Er begann in der üblichen bohrenden Weise mit dem Verhör. Seine Mutter erkannte ihn nicht wieder. Mișu hatte einen veränderten, irgendwie verkrampften und verbissenen Gesichtsausdruck, und sie fragte sich unwillkürlich: „Ist dies mein Sohn, ist dies Mișu, der vor mir sitzt? Nein, das kann er doch nicht sein, so habe ich ihn nie erlebt. Das muss ein Fremder sein, der hier vor mir sitzt, der im Privatleben eines anderen Menschen herumstöbert." Schon nach kurzer Zeit brach sie das Gespräch ab und sagte vielleicht lauter, als es ihr lieb war: „So also machst du das auch sonst, wenn du andere Menschen verhörst? So also bohrst du deine Fragen dem Menschen bis ins tiefste Innere hinein, du willst etwas herausbekommen, was gar nicht stattgefunden hat. Du willst aus dem Menschen etwas herausquetschen, was gar nicht der Wahrheit entspricht. So, das ist also dein Beruf! Wenn dein armer Vater, Gott hab ihn selig, dies erlebt hätte, wärest du schon längst von ihm aus dem Haus hinausgeworfen worden. Du hast dir hier einen Scheißberuf gewählt, für den ich mich abgerackert, aufgeopfert und hart gearbeitet habe, um dir das Studium zu ermöglichen. Ich dachte, ich könnte stolz auf dich sein, doch du bist eine recht erbärmliche Figur. Lieber hättest du ein anständiges Handwerk erlernt und nicht so einen Beruf des Bohrens und Ausquetschens anderer Menschen!"

Beide schwiegen, es entstand eine längere Pause. Dann sagte er kalt: „Ja, das ist mein Beruf, diesen habe ich mir gewählt und damit muss ich leben." Seine Mutter antwortete kühl: „Aber nicht mit uns, nicht in unserer Familie!" Dann fügte sie aber noch hinzu: „Und damit du nur weißt, Mircea, den Kleinen, verschonst du mit dieser bösen Ausfragerei. Der liegt schon, seit er aus der Schule gekommen ist, mit Bauchschmerzen und Übelkeit im Bett. Er ist krank." Damit verließ seine Mutter rasch den Raum.

Mişu war verzweifelt. Seine Mutter hatte so heftig reagiert, dass er sich ernsthaft die Frage stellte, ob das Verhör mit seinen beiden Brüdern überhaupt noch einen Sinn hatte. Doch er litt unter seiner Konsequenz und konnte unmöglich über seinen eigenen Schatten springen. Außerdem war er fest davon überzeugt, dass er das geheimnisvolle Verschwinden des Ausweises nur auf diese Art würde lösen können. Also bat er auch Ionel, den mittleren Bruder, zum Verhör. Auch hier blieb alle Fragerei ergebnislos, obwohl Mişu sehr diplomatisch vorging. Das Rätsel blieb nach wie vor ungelöst.

Seine Mutter verließ die Wohnung, um von einer Nachbarin etwas Speisesoda auszuleihen, mit dem sie dem kleinen Mircea eine Magenspülung machen wollte. Dieser hatte sich bei einer angeblichen Geburtstagsfeier den Magen verdorben. Mişu schlich sich an das Bett des kleinen Patienten, der tatsächlich gelb und grün im Gesicht war. Mişu legte dem Kleinen die Hand auf die Stirne und stellte leise seine ersten Fragen. „Ich muss mich erbrechen", sagte Mircea statt einer Antwort fast tonlos. Mişu holte die Waschschüssel, stützte dem Kleinen die Stirne mit der Hand ab und dieser erbrach sich in die Schüssel. Mişu drehte den Kopf zur Seite und sagte sich insgeheim, dass er auf keinen Fall hätte Arzt werden können und dass ihm die Arbeit, die er vom Schreibpult aus verrichtete, tausendmal lieber war. Als Mircea sich etwas erleichtert fühlte, sagte er mit schwacher Stimme: „Ich sag dir alles, du sollst mich aber nicht schlagen!" „Keine Angst, Brüderchen, aber du musst mir jetzt alles gestehen." „Ja, ja", wiederholte der Kleine mit Kopfnicken. Dann erzählte er: Als er eines schönen Tages nach Hause gekommen war, um sich die vergessenen Handarbeitssachen zu holen, suchte er verzweifelt im ganzen Haus nach einer Rolle Klebeband. Bei dieser Gelegenheit hatte er sich in Mişus Zimmer einen Stuhl unter dem Regal zurechtgerückt, um auch in der Holzkassette mal nachzusehen. Klebeband war zwar keines da, dafür aber ein schönes Heftchen mit blauem Umschlag. Das eignete er sich auch sogleich an, denn niemand in seiner Klasse hatte jemals so ein schönes Heftchen gehabt. Und da man eben das Schreiben schon erlernt hatte, war es eine einmalige Genugtuung, so ein paar schöne Wörter und kurze Sätze in der eigenen Handschrift und mit schwarzem Filzstift gut und groß und leserlich darauf zu schreiben und damit natürlich vor den Mitschülern anzugeben. Sein Banknachbar, der kleine Costel Petrişor, beneidete seinen Freund um dies Prachtexemplar von Büchlein. Er bekam das blaue Büchlein und Mircea als Gegenwert zwei Stückchen Schokoladentorte, einen parfümierten chinesischen Radiergummi und nach Schulschluss ein großes gemischtes Eis in der Konditorei „Trandafirul" am Großen Ring.

Der rothaarige Mişu hörte sich diese Geschichte stumm an, ohne Mircea auch nur einmal zu unterbrechen. Das erzeugte bei ihm gemischte Gefühle. Einerseits war er froh, dass das Geheimnis nun endlich gelüftet war, andererseits aber war er wütend auf Mircea. In diesem Augenblick hätte er seinen kleinen Bruder am liebsten windelweich geprügelt, doch er beherrschte sich und sagte nur: „Das musst du unbedingt auch deiner Mutter erzählen, was du da angerichtet hast."

Mişu wusste nun, was er zu tun hatte. Er suchte den Schneider Petrişor auf, Costels Vater. In der Stadt war Petrişor gut bekannt, weil er zu Hause Schwarzarbeit betrieb. Weil er aber nur für die Parteibonzen nähte, hatte er dadurch auch Rückendeckung. Vorsichtig spähte Petrişor durch den Spion und erkannte den Genossen Mişu. Er kannte ihn nur unter diesem Namen, obwohl der Bruder Mişus und sein Sohn in der Schule Banknachbarn in derselben Klasse waren. Wie gut, dachte Petrişor, wieder mal einer meiner besseren Kunden. Mişu hatte sich bei Petrişor ab und zu eine Hose nähen lassen. Der Schneider begrüßte den Genossen freundlich: „Na, was soll's diesmal sein? Wieder eine Hose?" Doch Mişu erwiderte ernst: „Nein, diesmal geht's um ein anderes Problem." Dann erzählte er Petrişor, was ihm widerfahren war. Dieser lachte und klopfte Mişu auf die Schulter: „Herr Mişu, es sind ja schließlich Kinder. Mein Gott, wenn ich denke, was für Streiche wir in der Schule verübt haben, so ist dies ja eine harmlose Geschichte." „Ja", meinte Mişu, „doch mich kann diese harmlose Geschichte meine Anstellung kosten." „Ist das tatsächlich so schlimm?" Und Mişu erklärte ihm, dass es nichts Schlimmeres gebe als ein unbesonnenes Spiel mit der Staatssicherheit und deren Ausweisen. „Die Kinder wussten ja nicht, was sie tun, und das entschuldigt eigentlich schon alles." „Ja", gab Mişu zu, „doch so viel Verständnis bringt die Staatssicherheit leider nicht auf." Nun, der in der Schultasche seines Sohnes versteckte Ausweis eines Sicherheitsagenten war schnell gefunden.

Mişu beeilte sich, nach Hause zu kommen. Nein, er wollte nicht schon auf der Straße den Ausweis ansehen, sondern in aller Ruhe zu Hause hineingucken und dabei gründlich überlegen, was zu machen sei. Er befürchtete, dass dies Kindergeschreibsel nicht zu löschen sein würde. Zu Hause angekommen, begab er sich sogleich in sein Zimmer und sperrte sich ein. Der Schneider hatte zwar betont, dass die Sache mit dem Ausweis kein Problem sei, doch als Mişu diesen aufschlug, sah er deutlich, was da geschehen war. Nicht nur Mircea hatte Schreibversuche vorgenommen, sondern vermutlich auch Costel, der hier ein besonderes Zeichentalent an den Tag gelegt hatte. Er hatte kleine Marsbewohner, schiefe Burgen und Häuser gemalt, alles in eine von Sonnenlicht in grelle, gelbe Farbe getauchte grüne Berglandschaft.

Mişu goss eine Wodka hinunter, um seine rebellierenden Magennerven zu beruhigen, und überlegte weiter. Nein, diesen Ausweis kann ich Nelu nicht zurückgeben. Der würde sonst noch glauben, dass ich mich über ihn lustig mache, dass ich das alles nur getan habe, um sein Ansehen zu untergraben, um ihn aus seinem guten Posten hinauszuwerfen.

Da gab's nur noch einen Ausweg: Selbst beim Chef vorzusprechen und ihm alles zu erklären. Vielleicht würde dieser Verständnis dafür haben, dass aus dem anfänglichen Spaß durch die verwirrendsten Umstände und ganz ohne Absicht so eine Katastrophe geworden war. Mit etwas zittriger Hand wählte er die Privatnummer seines Vorgesetzten.

„Hallo, hier Hauptmann Pantofar, ich möchte mit ..."

„Schon gut, was gibt's?", antwortete eine mürrische Männerstimme vom anderen Ende der Leitung.

Mişu antwortete höflich: „Bitte entschuldigen Sie die Störung. Ich habe ein wichtiges Problem, das sich nur schwer am Telefon erörtern lässt. Ich muss unbedingt mit Ihnen darüber sprechen."

„Doch nicht in der Nacht", fiel ihm der Chef ins Wort. „Ich brauche doch meine Nachtruhe, Sie doch sicher auch!" „Ja," gab Mişu zu, „die brauchen wir alle, doch ich finde keine Ruhe mehr eben dieses Problems wegen. Wissen Sie, es geht auch um die Feierlichkeiten zum 1. Mai. Ich muss morgen unbedingt noch vor der Generalinspektion mit Ihnen sprechen. Es ist dringend und ...." „Na schön", schnitt der Chef seinem Untergebenen die Rede ab. „Das hat also Zeit bis morgen. Morgen ist ein anderer Tag. Also kommen Sie zur ersten Stunde um 8 oder lieber um 9 in mein Dienstzimmer, dann werden wir alles klären. So, und nun sehen Sie zu, dass Sie ins Bett kommen. Sie machen mir einen müden und betretenen Eindruck, und morgen wartet ein großer, aber anstrengender Tag auf uns." Er legte hart den Hörer auf. Mişu stand noch mit dem Hörer in der Hand. Es durchfuhr ihn schaurig, und er fröstelte trotz der normalen Zimmertemperatur.

Am anderen Morgen bereitete sich Mişu übertrieben sorgfältig für diesen großen Tag vor. Dann verließ er in Galauniform schon um 7 Uhr morgens das Haus. Um 8 Uhr morgens war im gesamten *Securitate*-Haus eine gewisse Hektik zu spüren, die auf diesen großen, aufregenden Tag, auf die Generalinspektion und das abendliche Gala-Diner zurückzuführen war. Überall auf den Gängen war schon Bewegung.

Die Angestellten standen zu zweit oder in Grüppchen zusammen, unterhielten sich laut miteinander oder tuschelten über irgendetwas Belangloses (etwas Ernstes durfte es nicht sein), wechselten Banalitäten und sahen sorglos und ungehemmt diesem ereignisvollen Tag entgegen.

Bloß Mişu Pantofar ging kurz vor 9 Uhr in fieberhafter und qualvoller Erwartung vor der Tür des Chef-Dienstzimmers auf und ab und knabberte nervös an seinen Fingernägeln. Von Zeit zu Zeit warf er einen Blick auf seine Armbanduhr. Punkt 9 Uhr setzte er zum Sprung an und klopfte zaghaft an die Tür. Ein unfreundliches „Ja!" schlug ihm entgegen. Banu meinte verwundert: „Ach, Sie sind es, Genosse Pantofar ..." Er hatte bereits vergessen, dass er diesem Mann am Abend vorher versprochen hatte, ihm eine Audienz bei sich zu gewähren. Das fiel ihm nun wieder ein, und er fragte: „Was haben Sie mir da zu erzählen, weshalb ist kein Aufschub möglich? Sie wissen doch, dass ich zu Hause privat für niemanden zu sprechen bin. Dafür sind unsere Dienststunden da, und schließlich und endlich gibt es überhaupt kein Problem, das nicht bis zum anderen Tag aufgeschoben werden kann."

Mişu kam noch immer nicht zu Wort, denn sein Chef redete weiter: „Vielleicht lässt sich Ihr Problem doch auf übermorgen verschieben, wenn wir alle wieder nüchtern überlegen können" – damit meinte er das Ausschlafen nach dem Besäufnis beim *Securitate*-Diner.

Mişu fiel seinem Chef zum ersten Mal ins Wort: „Nein, eben das geht nicht!" Und er erzählte nun kurz und genau, so wie er sich das schon zu Hause überlegt hatte, alles über diese verhängnisvolle Angelegenheit mit dem verunstalteten Ausweis, den er nun aus der Brieftasche hervorholte und auf den Schreibtisch legte. Banu hatte zuerst nur widerwillig, beinahe gelangweilt, zugehört. Doch dann wuchs die Spannung, er wurde hellhörig, war plötzlich mitten drin im Geschehen und wollte sogar noch Einzelheiten erfahren. Er hatte nicht erwartet, dass es sich tatsächlich um solch einen interessanten, fast atemberaubenden Fall handeln würde. Die Angelegenheit wühlte ihn auf, zumal es um den Ausweis seines Schützlings Nelu Dragoman ging. Er verlor die Beherrschung und donnerte los: „Genosse Pantofar, Sie wissen, dass Sie sich strafbar gemacht haben! Diese Wette ist kein Spaß, kein Witz, kein Lausbubenstreich, kein Streich im herkömmlichen Sinn!

Das ist", er rang nach Worten, „das ist ein elender Spaß, ein ganz gemeiner Diebstahl ist das! Und was das ist, werden Sie zu spüren bekommen. Nie hätte ich gedacht, dass so etwas unter uns Sicherheitsmännern vorkommen kann! Das ist überhaupt das gröbste Vergehen, einem Kollegen den Ausweis wegzunehmen unter dem Vorwand eines Bubenstreiches. Nein, nein, dafür gibt es keine Entschuldigung!" Obwohl Mişu noch Entschuldigungen hervorbringen wollte, ließ Banu ihn nicht mehr zu Wort kommen, griff nach dem Ausweis und sah ihn sich Blatt für Blatt an. „Das ist ja überhaupt kein Ausweis mehr, das ist ein Klosettbuch, so eine Sauerei! Hoffentlich sind Sie sich dessen bewusst, dass Sie die Konsequenzen zu ziehen haben! Es wird für Sie noch schwere Folgen geben!" Er schloss mit den vernichtenden Worten: „Sie sind entlassen, und für heute ist das Festessen gestrichen! Sie können gehen!"

Mişu schlich hängenden Hauptes davon. Ion Banu seinerseits musste einen klaren Kopf bekommen. Vielleicht, dachte er schließlich, hatte er doch zu heftig auf diese Geschichte reagiert, schließlich lag kein Verbrechen vor. Bei nüchterner Überlegung hätte er einfach nur seinen Schützling Nelu rufen müssen und in fünf Minuten die Angelegenheit in Ordnung gebracht. Niemand hätte Schaden genommen. Doch nein, der Zynismus des Sicherheitsagenten machte sich bei ihm bemerkbar, und er überlegte: „Nein, ich lasse Nelu nicht rufen. Warum auch? Ich will doch mal sehen, wie sich dieser Nelu als Sicherheitsmann in so einer Schlüsselsituation verhält, wie er sich aus der Affäre zieht. Ich warte, bis die Inspektion bei ihm ist. Da muss er sich mit dem eigenen Ausweis, den er aber nicht mehr hat, vor mir präsentieren. Da muss ich ihm zusammen mit meiner Unterschrift den Stempel fürs kommende Trimester setzen. Mal sehen, wie sich dieser Junge verhält und was für verlogene Entschuldigungen er vorbringt!"

Das übliche Zeremoniell begann: Fanfarenklänge, Fahne hissen, Tagesreport mit den militärischen Meldungen, die von Dienstgrad zu Dienstgrad bis hin zum Oberstleutnant Ion Banu erstattet wurden. Dann erfolgte die Einzelinspektion mit Stempel und Unterschrift des Obersten, die in einem „*B*" bestand, das Banu mit dicken, klobigen Fingern in den jeweiligen Ausweis setzte.

Mişu Pantofar wurde übrigens noch an diesem Tag in ein Strafbataillon nach Murfatlar versetzt und vom Hauptmann zum Feldwebel degradiert. In Murfatlar gibt es zwar den besten rumänischen preisgekrönten Wein, doch nicht mal dies edle Getränk konnte Mişu Pantofar über seinen Kummer hinweghelfen. Er blieb nach seiner Degradierung ein kleiner unscheinbarer Unteroffizier in Militärdiensten, ohne Chance, sich jemals wieder zu rehabilitieren.

Im Korridor vor der Tür des Dienstzimmers, in dem Generaloberstleutnant Ion Banu die lästige Arbeit des Stempelns und Unterzeichnens der Ausweise durchführte, hatte sich eine lange Schlange wartender Sicherheitsmänner gebildet. Alle waren gut gelaunt, wie Studenten, die auf ihre Prüfungsergebnisse warteten. Sie stießen sich an, neckten sich und waren recht ausgelassen, denn nun stand ihnen allen ja noch der angenehme Teil dieses Inspektionstages bevor. Auch Nelu stand dort in der Reihe und unterschied sich durch nichts von seinen Kollegen, mit denen er scherzte und lachte. Er hatte ja auch nichts zu befürchten. Die Uniform saß perfekt, alles an ihm sah gepflegt aus, und wegen des gefälschten Ausweises in seiner Tasche hatte er überhaupt keine Bedenken. Nicht einmal er selbst wäre imstande gewesen, den richtigen Ausweis vom gefälschten zu unterscheiden. Somit war er ruhig und selbstbewusst und hatte auch dann kein Herzklopfen, als er die Tür zum Dienstzimmer seines Chefs öffnete und eintrat. Die Tür ging auf und zu, jeder trat ein, grüßte militärisch. Mit jedem wechselte der Chef noch ein paar Worte, war freundlich zu einem und weniger zuvorkommend zum anderen, je nachdem, wie er den Mann aus eigener Sicht beurteilte. Als Nelu eintrat, empfing Banu ihn freundlich. Schließlich war Nelu auch sein Schützling, den er selbst von der Militärakademie geholt hatte. Ein aufmerksamer Beobachter aber hätte herausgefunden, dass sich hinter dieser übertriebenen Freundlichkeit eine Art Schadenfreude versteckte. Es schien, als wartete Banu nur darauf, dass Nelu das Fehlen seines Ausweises durch lügnerische Argumente begründen und sich zum Schluss selbst im eigenen Lügennetz verfangen würde. Banu sah sich schon als allwissenden Sieger groß und mächtig dastehen, von einem Heiligenschein umgeben.

Doch Nelu zog mit einer geübten, schauspielerischen Geste den Ausweis aus der Tasche und legte diesen sanft auf den

Schreibtisch. Banu konnte nur mit Mühe seine Überraschung, die schon beinahe an Fassungslosigkeit grenzte, verbergen. Verdutzt starrte er auf den Ausweis. Und da eine kurze Pause eintrat, in der Banu seinen Schützling musterte, fragte dieser: „Ist was?" „Nein, nein", erwiderte Banu rasch, doch es entfuhr ihm dann noch die Bemerkung: „Sie haben also Ihren Ausweis..." Und Nelu antwortete: „Ich habe immer meinen Ausweis bei mir!" Nun sah sich Banu den Ausweis an und musste zu seiner Zufriedenheit feststellen, dass tatsächlich alles in Ordnung war: sämtliche Trimesterstempel, seine Unterschrift, dies „Butter-*B*". Banu konnte sich auf dies alles einfach keinen Reim machen. Was bisher noch nie vorgekommen war, das geschah heute: Banu ordnete nach Nelus Abfertigung eine halbstündige Pause an, um in Ruhe über den Fall „Ausweis Nelu D." nachzudenken.

Noch etwas Einmaliges geschah an diesem Inspektionstag: Banu blieb auch über Mittag in seinem Dienstzimmer. Er wollte diesen so rätselhaften Fall noch heute aufklären.

Um 13 Uhr, als alle anderen schon das Haus verlassen hatten und sich für das Fest am späten Nachmittag vorbereiteten, bestellte er Nelu und Mişu Pantofar zu einer Sondersitzung. Beide wussten nun, was da auf sie zukommen würde: Banu würde sie beide mit ihren Aussagen gegenüberstellen. Allerdings muss dazu bemerkt werden, dass der Dritte im Bunde fehlte, nämlich Sandu, der gute Freund. Mişu hatte ihn fairerweise aus dieser ganzen Sache herausgehalten und seinen Namen verschwiegen, er hatte die gesamte Schuld auf sich genommen.

Wenn zwei Menschen mit ihren Aussagen konfrontiert werden, kommt sehr rasch die Wahrheit an den Tag. Das Geständnis beider ist unvermeidbar. So auch in diesem Fall. Alles, was noch im Dunkel lag, wurde durch die routinierten Fragen des Chefs ans Licht geholt. So war um 15 Uhr der Fall geklärt. Alles lag wie ein entschlüsselter Kodex auf dem Tisch, und die Folgen daraus waren der Richtspruch des Chefs: Als Alleinschuldiger wurde Mişu Pantofar bestraft, allerdings viel zu hart. Der verstümmelte Ausweis wurde vom Chef eigenhändig im Kachelofen verbrannt und der gefälschte als gültig anerkannt. Zum Schluss mussten beide ein vom Chef selbst aufgesetztes Schreiben unterzeichnen und sich dadurch verpflichten, Schweigen über den Fall zu bewahren. Anderenfalls, so besagtes Schriftstück, „werde jene Person, die diesen Vertrag verletze, von der Gerechtigkeit der Justizbehörden eingeholt!" Rudi Karbe, der einem verzweifelten Menschen in der Not geholfen hatte, wurde zwar nicht für schuldig erklärt, immerhin aber war er mit seiner fachmännischen Passfälscherei dem Oberstleutnant Ion Banu ausgeliefert und konnte sich nie mehr aus den Klauen dieses Mannes befreien.

Damit war die Sache erledigt. Mişu durfte am Festdiner nicht teilnehmen und hatte schon die schriftliche Strafversetzung in der Tasche. Nelu gehörte nicht zu den Verlierern, sondern hatte nur das Geheimnis der Passfälscherei lüften müssen und dadurch seinen Vater wieder in größte Verlegenheit gebracht. Rudi Karbe wurde in ein Teufelsspiel verwickelt, doch das kümmerte ihn wenig. Gefühle wie Bedauern, Mitleid oder Feinfühligkeit waren ihm fremd. Nachdem Nelu und Mişu das Dienstzimmers des Chefs verlassen hatten, gingen sie beide noch ein Stück Weg zusammen. Mişu war darauf bedacht, sich bei seinem Freund zu entschuldigen. Als die beiden sich dann trennten, gab ihm Nelu die Hand und beruhigte ihn: „Mişu, lass es gut sein, ich verzeihe dir. Du bist und bleibst mein Freund – aber deshalb bist du doch ein Idiot!" So verabschiedeten sich zwei Menschen, die einmal durch die Bande der Staatssicherheit befreundet gewesen waren.

Das Festmahl, die Walpurgisnacht der Staatssicherheit, wie das Doktor Dragoman genannt hatte, endete erst früh am Morgen. Alle fühlten sich prächtig und waren bis oben voll vom Fressen und Saufen. So, wie sie grölten und johlten und sich bewegten, erinnerten sie kaum noch an menschliche Wesen. Auch Nelu ließ sich in dieser berauschenden Nacht gehen und verschwendete keinen einzigen Gedanken an seinen hart bestraften Freund Mişu.

Für Nelu, Sandu und Mişu war der Fall abgeschlossen, nicht aber für Ion Banu, der dieser Angelegenheit mit der Passfälschung nachgehen musste. Zunächst begab er sich ins Archiv und suchte eigenhändig in den Regalen nach der Akte Rudolf Karbe. Seine Angestellten, die Schreibkram, Büroarbeit und Archivverwaltung erledigten, brauchten nicht unbedingt zu wissen, womit sich der Chef gerade beschäftigte. Er klemmte sich die Akte „Rudolf Karbe" unter den Arm, verließ das Archiv und vertiefte sich an seinem Schreibtisch in die Lektüre. Nach einer Zeit richtete er sich auf, sein Gehirn lief auf Hochtouren. Er überlegte: „Weshalb soll ich diesen talentierten Jungen, diesen Rudolf Karbe, vernichten und unschädlich machen? Das wäre für mich eine Kleinigkeit. Weshalb soll ich diesen Kunstfälscher zur Strecke bringen, wenn ich ihn mir genauso gut zu Nutzen machen könnte? Ich kann ihn zu meinem Werkzeug machen! Was er für diesen alten, senilen Doktor getan hat, kann er doch auch für mich tun! Es muss doch eine Leichtigkeit sein, diesen Mann unter Druck zu setzen, ihn durch irgendetwas aus seinem Privatleben zu erpressen. Schließlich unterlaufen jedem Menschen auch Fehler. Da muss dann eben angesetzt und weiter gebohrt werden. Mal sehen!" Banu blätterte weiter in der Akte und stieß dabei auf einen interessanten Abschnitt: Da haben wir's! „... wohnt zusammen mit seiner Schwester Christiane Karbe in einem eigenen, vom Onkel geerbten Einfamilienhaus. Verdacht auf engere, intime Beziehung mit der Schwester, unnatürliches Verhalten anderen Frauen gegenüber, zeigt übertriebenes Interesse für seine eigene Schwester..."

Ein zufriedenes Lächeln umspielte Banus Mundwinkel.

* * *

Rudi Karbe saß auf der Rückbank in der weichen, sanft federnden Polsterung des Mercedes und stellte sich schlafend. Er wollte mit diesem älteren Ehepaar, das ihn sozusagen von der Straße aufgeklaubt hatte und nach München bringen sollte, nicht unbedingt Konversation führen. Er wollte für sich allein sein, konnte jedoch nicht einschlafen, weil er an so vieles denken musste. Er erinnerte sich noch genau an den Tag, an den 4. Mai, als er mit der Post eine Karte von den Staatssicherheitsbehörden erhalten hatte – eine Vorladung zu einem klärenden Gespräch. Rudi konnte sich denken, was das zu bedeuten hatte: „Sie haben also doch herausgefunden, dass Nelu einen gefälschten Ausweis hat. Dieser Gauner hat mich verraten. Undank ist der Welten Lohn! Also war meine Fälschung doch nicht so gut, wie ich zuerst angenommen hatte."

Rudi hatte noch am selben Tag begonnen, sämtliche Schriftstücke zwecks Regelung des Hauseigentums und finanzieller Probleme in Ordnung zu bringen. Obendrein musste er noch seine Schwester trösten, denn er war davon überzeugt, dass er nun im Gefängnis landen würde. Für ihn war alles verloren, und er bereitete sich tapfer auf das Unvermeidliche vor. Doch es kam alles ganz anders.

Oberstleutnant Ion Banu, der Karbe freundlich in seinem Dienstzimmer empfing, setzte diesem sozusagen die Pistole auf die Brust: Entweder bist du mein Freund und arbeitest mit mir, oder du bist mein Feind und damit ein toter Mann! Banu ließ durchblicken, dass er Karbe nicht nur wegen seiner Fälschungen in der Hand hatte, sondern auch wegen der zweifelhaften Beziehung zur eigenen Schwester. Und das, meinte Banu, dürfte ihm die Entscheidung für oder gegen ihn nicht schwer machen. Wenn nämlich einer die Wahl hat zwischen freundschaftlicher Zusammenarbeit und Knast, so ist das Resultat klar. Rudi nickte bloß zu allem, dann musste er nur noch einen offiziellen Wisch unterschreiben, in dem er sich verpflichtete, seinem Vaterland bis an sein Lebensende treu zu dienen. Was für Dienste das waren, davon hatten nur der Chef des Staatssicherheitsdienstes und er selbst Kenntnis.

Rudi hatte Glück im Unglück. Auch Banu, der sonst meist wie ein fehlerlos laufendes Uhrwerk arbeitete, unterliefen diesmal Fehler. Er fragte weder Nelu noch Rudi jemals, woher der Blanko-Ausweis stammte, den Rudi für seinen ersten Fälschungsversuch verwendet hatte.

Rätselhaft war für Rudi, wozu Oberstleutnant Ion Banu diese Passfälschungen benötigte. Die Familie Banu war materiell so gut abgesichert wie keine zweite in Hermannstadt. Die Banus lebten wie im Schlaraffenland, bei ihnen flossen buchstäblich Milch und Honig. Nie wurde im Haus über Geldangelegenheiten gesprochen, und der Überfluss ergoss sich reichlich über alle Familienmitglieder.

Rudi gegenüber musste Banu keine Erklärung darüber abgeben, welchen Weg die gefälschten Pässe gingen. Er meinte nur so nebenher: „Wenn ich in der Bukarester Zentrale um einen dienstlichen Besuchsspass für die BRD ansuche, muss ich zuerst eine ganze Aktenmappe mit Erklärungen, Begründungen und anderen Details füllen. Das ist recht zeitaufwendig. Da muss ich mir eben zu helfen wissen."

* * *

Der Mercedes fuhr in raschem Tempo durch Ungarn. Es war wohlig warm im Auto, und Rudi hing seinen Gedanken nach.

Es kamen ihm auch Ereignisse in den Sinn, an die er sich eigentlich nicht erinnern wollte. Langsam übermannte ihn aber dann doch der Schlaf. Er verschlief den größten Teil der Fahrt durch Ungarn. Erst an der ungarisch-österreichischen Grenze wurde er von Herrn Maier geweckt: „Was ist nur los mit Ihnen, Sie schlafen ja wie ein Murmeltier, so, als hätten Sie einen ganzen Monat nicht mehr geschlafen..."

Rudi musste sich erst besinnen, wo er sich befand, und antwortete verschlafen: „Schlafen ist überhaupt das Vernünftigste, was man im Leben tun kann." „Ja, ja", pflichtete Herr Maier bei und fuhr dann schmunzelnd fort: „Es kommt nur immer drauf an, mit wem..."

Bei Nickelsdorf, gleich hinter der österreichischen Grenze, bat Rudi ihn anzuhalten. Er trat an den erstbesten Baum und erleichterte sich. Seine Blicke wanderten den Stamm entlang bis hinauf in die Baumkrone. Die Blätter waren bereits herbstlich gefärbt. Die Landschaft war in Dunkelheit getaucht, doch der Baum wurde immer wieder von den Scheinwerfern der vorbeifahrenden Autos angestrahlt. Das ergab ein wechselhaftes Spiel zwischen Hell und Dunkel. Im Lichterschein sah er die gelben Ahornblätter wie Sterne im Himmelsgeäst hängen, und er sagte sich: „Dies ist nun die so lange ersehnte Freiheit, so sieht sie aus!" Er schnalzte mit der Zunge. „Und so schmeckt diese Freiheit!" In kräftigen Zügen sog er die freie Luft unter dem Ahornbaum ein. „So riecht die Freiheit!" Er legte seine Hand an den Baumstamm und überlegte: „Sollte man diese Freiheit auch hören können?" Er lauschte in die Dunkelheit, vernahm aber nichts. Dann sank er in die Knie und tat etwas, was er seit seiner Kindheit nicht mehr getan hatte: Er faltete die Hände zum stillen Gebet. Er war dankbar für diese Freiheit, die er sich so lange schon gewünscht hatte, doch nun musste er mit dieser Freiheit auch fertig werden.

* * *

Ich wartete noch immer, mit verschränkten Armen dastehend, auf meine Zollabfertigung an der rumänischen Grenze. Gewiss bin ich bereits vom Sternwart des *Securitate*-Observatoriums gründlich beäugt und durchleuchtet worden, und es war an der Zeit, dass nun endlich die Zollkontrolle begann.

Mein Wagen war ausgeräumt, und meine wenigen Gepäckstücke standen auf dem Tisch. Endlich kam Bewegung auf. Aus dem Dienstgebäude traten der junge, grün uniformierte Grenzer und sein Amtskollege, der Zöllner in petroleumblauer Uniform. Beide waren offenbar nach einem Bierchen gut gelaunt und kamen auf meinen Wagen zu. Der Zöllner fragte laut und scharf: „Haben Sie Ihr Auto ausgeräumt?" Die Frage stellte er rumänisch, als wüsste er, dass ich die Landessprache beherrsche und er sich nicht mehr Mühe geben musste, deutsch zu radebrechen. Ich nickte nur. Dann folgten die üblichen Routinefragen, die allerdings nur auf verbotene Objekte abzielten: „Haben Sie Edelmetalle, Schmuck, Kunstgegenstände, Rauschgift, verbotene Medikamente?" Ich verneinte lächelnd. Dann ging das Fragen weiter: „Haben Sie auch sonst nichts, was man nicht ausführen darf, in Ihrem Gepäck, wie Dokumente, Briefe, Diplomarbeiten oder Manuskripte?" Wobei er mich beim letzten Wort scharf ins Auge fasste. Ich erwiderte seine scharfen Blicke. Ich hatte ein reines Gewissen und versicherte, dass ich nichts der aufgezählten Dinge im Reisegepäck hätte. Nachdem er das Wort „Manuskript" so sehr betont hatte, wusste ich, dass es eine sehr genaue Kontrolle geben würde. Nicht, dass sie etwas Verbotenes in meinem Reisegepäck hätten finden können, nein, der zweite Durchschlag meines Roman-Manuskripts lag gut versorgt in der Kartoffelkiste, die randvoll in Rolfs Vorratskammer stand. Vielmehr befürchtete ich, dass mein Auto so auseinander genommen würde, dass ich nach der Kontrolle nicht mehr würde weiterfahren können.

Der Schnauzbärtige begann seine Suche unter der Motorhaube. Seiner Erfahrung nach wurde so manches dort versteckt. Dabei interessierten ihn natürlich bestimmte Stellen, so zum Beispiel der kleine Stützträger, auf dem die Batterie ruhte. Unter der Batterie konnte so manch ein Schriftstück versteckt werden. Beim Befühlen und Abtasten bestimmter Stellen schnitt der Zöllner jedes Mal eine Grimasse, gerade so, als hätte er etwas Verbotenes gefunden und mich als Schmuggler überführt. Doch nach genauerer Untersuchung konnte man wieder Enttäuschung in seinen Gesichtszügen erkennen. So ging das Spiel weiter: Freude, Erwartung, Enttäuschung. Dann stieß er bei der Durchsuchung auf das Reserverad, das mit einem funkelnagelneuen rumänischen Reifen versehen war:

„Der ist neu, von uns, von hier aus Rumänien. Wie begründen Sie das? Haben Sie im Westen keine Autoreifen, müssen Sie sich in Rumänien welche kaufen? Oder sind die vielleicht hier preisgünstiger?" Ich erklärte ihm, dass mir bei Klausenburg ein Reifen geplatzt war und dass ich es nicht riskieren wollte, die lange Rückfahrt ohne Reservereifen anzutreten. „Das ist aber trotzdem verdächtig, das habe ich während meiner Dienstjahre noch nicht erlebt." Nun begann der Zöllner die Innenverkleidung des Wagens abzuklopfen. Er musste wohl am Ton erkannt haben, dass sich dahinter nichts verbarg, denn nun wandte er seine ganze Aufmerksamkeit dem Handschuhfach zu. Er ließ sich Zeit, nahm jedes Stück einzeln heraus, beäugte es fachmännisch und unterzog auch mein schwarzes Ledertäschchen einer genauen Kontrolle. Darin befanden sich Führerschein, Personalausweis, ADAC-Scheine und eine grüne Versicherungskarte. Dann aber ließ er vom Auto ab und wandte sich meinen Gepäckstücken zu, in der Hoffnung, doch noch das gesuchte Romanmanuskript zu finden. Wie froh war er, in meinem Koffer die nicht versteckte, schön eingeräumte 18-bändige Goethe-Ausgabe von Robert Petsch zu finden. Das war immerhin etwas. „Wussten Sie nicht, dass es verboten ist, alte Bücher auszuführen?" Ich erwiderte, dass diese Ausgabe gar nicht so alt sei. Außerdem sei die Lektüre dieser Bücher nicht verboten. Ja, meinte der Zöllner, das stimmt, doch dies sind alte Bücher, denn Goethe ist ja alt, nicht wahr, er ist kein junger Autor mehr, ergo sind auch seine Bücher alt, und was alt ist, darf nicht über die Grenze!

Es verschlug mir die Sprache, als ich solche Argumente aus dem Mund eines offenbar geistig normalen Menschen zu hören bekam! Kurzum, diese Goethe-Ausgabe bedeutete für den Zöllner einen Fund, der es ihm ermöglichte, mir Schwierigkeiten zu machen. So entschied er: „Diese Goethe-Ausgabe darf nicht über die Grenze!" Ich war bereits sehr gereizt, war nahe dran, meine Beherrschung zu verlieren, und sagte: „Ich schenke Ihnen diese Goethe-Ausgabe. Ich möchte endlich nach Hause fahren!" Doch er erwiderte: „Was soll ich mit diesem Mist?" Dann aber besann er sich seiner unbedachten Worte und lenkte ein: „Sie wissen ja, dass wir keine Geschenke annehmen dürfen." Nein, dachte ich, solche Sachen wie Bücher oder Kunstgegenstände nehmt ihr nicht an, so was könnt ihr nicht schätzen, dafür aber Kaffee, Sprays und Zigaretten, die sich leicht in Geld umsetzen lassen. Der Zöllner aber war mit seiner Kontrolle noch immer nicht fertig und stöberte weiter in meinen Sachen herum, in der Hoffnung, das gesuchte Manuskript doch noch zu finden. Und richtig. Er triumphierte, doch seine Freude war von kurzer Dauer. Er hatte einen schwarzen Taschenkalender hervorgeholt, der Tagebucheintragungen enthielt, die ich vor Jahren gemacht hatte. Er sah mich an: „Mit diesem Manuskript wollen Sie über die Grenze? Das geht doch nicht, das geht auf keinen Fall! Da muss ich Sie verwarnen, denn wenn wir Sie ein zweites Mal mit so einem Manuskript erwischen, dürfen Sie unser Land nicht mehr betreten. Ohne Widerrede. Sehen Sie zu, dass Sie diese Goethe-Ausgabe nach Oradea zurückbringen. Was damit geschieht, interessiert mich nicht. Das Manuskript beschlagnahmen wir!"

Damit war die Zollkontrolle beendet. Die achtzehnbändige Goethe-Ausgabe stapelte ich in drei Stößen vor der Mülltonne neben dem Tisch auf und überließ die Bücher ihrem Schicksal. Den Zöllner bat ich nur noch um Erlaubnis, die Grenze nach Ungarn passieren zu dürfen. Ich hatte genug, war mit meinen Kräften am Ende. Ich erhielt meinen Reisepass und mein Wagen heulte beim Anfahren laut auf, als ich unter der hochgehobenen Zollschranke hindurchfuhr.

* * *

Es begann wieder zu regnen. Alles um mich herum war grünlich-grau. Große, vom Wind getriebene Regentropfen klatschten an die Windschutzscheibe. Ich musste während der Fahrt ständig an meine Goethe-Bücher denken, die ich neben der Mülltonne zurückgelassen hatte. Nun standen sie im Regen, wurden durchweicht und vom Wind zerfleddert.

Immerhin muss ich zugeben, dass ich mich nach dem Überqueren der rumänischen Grenze erleichtert und erlöst fühlte. Ich war befreit von Zwang und Beklemmung, die einem sogar das Atmen erschwerten, und fühlte mich wie auf Flügeln schwebend. Ich hatte den Eindruck, einer Zwangsjacke entkommen zu sein und mich wieder als freier Mensch zu bewegen. Ich genoss dieses Gefühl in vollen Zügen. Wie gut kann ich nun Rudi Karbe verstehen und was es für ihn bedeutet hatte, aus der Gefangenschaft, die für ihn Zwang, Erpressung und diktatorischer Drill bedeutet hatte, wieder in Freiheit leben zu können. Nur wenigen aber ist es gelungen, die Schranken des Eingeklemmtseins zu durchbrechen, sich der geistigen Fesseln zu entledigen und sich in die Freiheit zu retten. Jene aber, denen der Weg in die Freiheit gelungen ist, haben dafür sogar ihr Leben aufs Spiel gesetzt. Ohne ein gewisses Risiko gibt es keine Freiheit, die man sich übrigens immer wieder neu erkämpfen muss: Tag für Tag, Jahr für Jahr, Generation für Generation und Leben für Leben. Der Mensch setzt sich Gefahren aus, schlägt verzweifelt um sich, und das alles nur um einen Fingerhut Freiheit!

* * *

Als Traute und Felix Schobel ihr Versteck im Dachgeschoss des Karbe-Hauses verließen und bei Nacht und Nebel davonschlichen, war Rudi Karbe schon über alle Berge und voraussichtlich schon im privat gemieteten Dacia unterwegs in seine Heimatstadt Oradea. Den Schobels fiel der Abschied von diesem Haus nicht schwer. Hier hatten sie schließlich nur kurz eine Unterkunft gefunden und waren sonst durch nichts an dies Gebäude gebunden. Die Angst saß ihnen nun im Nakken. Wenn man sie trotz ihren guten Gesichtsmasken und den gefälschten Pässen erwischen würde, so hätten sie bestimmt mit zehn Jahren Gefängnis zu rechnen. Sie saßen im Zug nach Temeswar. Mit den übrigen Personen, die mit ihnen im Abteil saßen, konnten sie nicht über ihre Sorgen sprechen, und so saßen sie schweigend nebeneinander. Sie waren froh, als der Zug endlich im Temeswarer Bahnhof einfuhr. Sie stiegen aus, schnappten etwas frische Luft und nahmen im Bahnhofsrestaurant zunächst eine kleine Stärkung zu sich: Kaffee und Brötchen.

Und so bei Tisch, mit dem heißen Ersatzkaffee und den harten Brötchen, sah die Welt schon wieder etwas schöner aus, zumal die Vormittagssonne leuchtend und wärmend durchs Fenster fiel. Doch sie konnten sich des Gedankens nicht erwehren, dass sie beide an der Grenze mit den gefälschten Pässen gefasst würden. Diese Schmach und Schande hätten sie nicht überlebt. So kam es zu einer spontanen Entscheidung: lieber ehrlich als Flüchtlinge an der Grenze gestellt werden als auf unehrliche Weise mit gefälschten Pässen. Bei diesem Gedanken, der allmählich zum festen Entschluss reifte, fühlten sich beide bereits besser. Sie würden versuchen, als Touristen an die Donau zu gelangen, den Fluss schwimmend zu durchqueren, um das jugoslawische Ufer zu erreichen. In einem großen Warenhaus kauften sie alles ein, was sie für ihre neue Fluchtvariante benötigten: zwei große, feste Nylonsäcke, 25 Meter Angelschnur, als täuschendes Dekor sogar eine Angelrute, um notfalls den Weg an die Donau begründen zu können, zwei Hosenriemen, zwei kleine Karabiner, Speck, Brot und Fischkonserven. In einem vornehmen Restaurant ließen sich beide noch ein gutes Mittagessen schmecken. Sie nahmen sich viel Zeit dafür, da es ungewiss war, wann die nächste Mahlzeit folgen würde. Mit einem Überlandbus verließen sie Temeswar in Richtung jugoslawische Grenze.

* * *

Zur gleichen Zeit, als die Schobels sich auf ihrem Fluchtweg gegen Süden wandten, auf die jugoslawische Donau-Grenze zu, befand sich mein Freund Winfried Algen auch bereits im Grenzgebiet und hatte das gleiche vor wie die Schobels. Er war in der letzten Septemberwoche nach Klausenburg gereist und hatte vor Mutter und Schwester alles mit einer Nachprüfung begründet. Winfried Algen studierte Stomatologie und hatte bisher alle Prüfungen mit Auszeichnung bestanden. Die angebliche Nachprüfung war natürlich nur ein Vorwand. Als Student wurde er von seinen Lehrern und Kommilitonen geehrt und geschätzt und war durch sein aufgeschlossenes und entgegenkommendes Wesen bei allen beliebt und überall gerne gesehen. Die Notlüge Mutter und Schwester gegenüber musste sein, um eine bis ins Detail geplante Aktion in die Tat umzusetzen. Sein Körper war sportlich durchtrainiert, im Sportverein der Studenten war er Delphin-Schwimmer. Diesen ehrgeizigen Plan aber, im wahrsten Sinne des Wortes in die Freiheit zu schwimmen, den hatte er schon früher gefasst. Doch es blieb sein großes Geheimnis, das er niemandem anvertraut hatte. So hatte Winfried Algen seinen geplanten Fluchtweg bis in alle Einzelheiten ausgearbeitet, beinahe fehlerlos, ohne jedoch das Unvorhergesehene mit einzubeziehen. Dies nannte er „Zufallsgeschehen", das eben widrig oder auch hilfreich sein kann. Er formulierte das so: „Man muss auch ein bisschen Glück haben. Wenn man das nicht hat, gelingt keine Flucht!" Ein jüngerer Mensch geht bekanntlich mehr Risiken ein als ein älterer, erfahrener. Seltsamerweise aber gelingt meist dem jüngeren mehr. Das liegt wohl daran, dass bei den jungen Leuten der Einsatz im Spiel größer ist, dass sie mehr riskieren, draufgängerischer sind und übrigens weitaus flexibler als ältere Menschen. Winfried sagte sich: „Wenn die Flucht scheitert, wenn etwas schief geht, so brauche ich mir keine Vorwürfe zu machen. Ich habe wie immer versucht, mein Bestes zu geben. Zu mehr bin ich nicht imstande, mehr kann ich für meine Freiheit nicht tun."

Sein Fluchtweg war sorgfältig auf einer Landkarte aufgezeichnet, ein roter Faden, der sich bis hinunter zur Donau hinschlängelte. Die einzelnen größeren und kleineren Ortschaften, durch die er hindurch musste oder um die sein Weg herumführte, waren eingekreist. Dazu hatte er als Vorlage eine alte Generalstabskarte verwendet. Sein Fluchtweg war genauer ausgearbeitet als der Schlachtplan eines Offizierstabs in Kriegszeiten. In vielen schlaflosen Nächten hatte er das Gebiet, die Fauna und Flora, Gemeinden und Dörfer und sogar die astronomische Konstellation zur Zeit der Flucht studiert. Er wusste zum Beispiel ganz genau, dass am 28. September Vollmond sein würde. Das Durchschwimmen der Donau, der entscheidende Schritt, war für 0.08 Uhr am 28. September festgesetzt. Für die gesamte Flucht bis zum jugoslawischen Donauufer waren insgesamt 21 Stunden vorgesehen. Winfried Algen wusste genau, was er während dieser Stunden zu tun hatte. Etwa zur selben Zeit, als die Schobels noch mit einem Überlandbus über eine holprige, staubige Landstraße fuhren, befand sich Winfried Algen mit einem einfachen grünen Rucksack auf dem Rücken auf einem abgelegenen Dorfweg, der durchs rumänische Donaugrenzgebiet führte.

Es ist natürlich vorteilhaft, wenn man auf so einer Flucht allein ist. Jede Person, die während eines solchen Unternehmens noch hinzukommt, erschwert und kompliziert die ganze Angelegenheit. Winfried Algen ist genau nach Plan und über jede Erwartung hinaus gut und zeitgerecht vorangekommen. Er hatte Chronometer und Kompass und berechnete damit genau einzelne schwierigere Wegstücke. Diese hatte er zwar nie gesehen, konnte sie jedoch anhand seiner Karte genau identifizieren.

Natürlich gab es auch kleinere Zwischenfälle. Bei jedem kleinsten Geräusch suchte er zunächst einmal herauszufinden, woher es kam. So konnte er geschickt Fahrzeugen, Menschen und Grenzpatrouillen ausweichen. Für ihn bedeutete diese Flucht eine sportliche Herausforderung, der er sich stellte und die er ehrgeizig zu meistern versuchte.

Zuerst verlief auch tatsächlich alles wie am Schnürchen. Er jubelte innerlich, hatte er doch fast schon sein Ziel erreicht. Wenn er sich nämlich auf die Fußspitzen stellte, konnte er bereits das breite Band der Donau sehen, die jedoch nicht schön blau, sondern vom Regen des Vortages braungelb war. Das diesseitige Donauufer war eine grasbewachsene Fläche, spärlich von Bäumen und Büschen bewachsen, die nur ganz nahe am Ufer eine Art Waldgürtel bildeten. Allerdings standen auch dort die Bäume in einem gewissen Abstand voneinander, so dass die Grenzpatrouillen über weite Strecken hin das ganze Gebiet übersehen konnten. Wer aber einmal diesen breiten und fast baumlosen Aufsichtsstreifen hinter sich hatte, dem war bereits die halbe Flucht gelungen.

Doch die Grenzer waren gut geschulte Leute. Die große Anzahl gefasster Flüchtlinge bewies, dass sie das Problem im Griff hatten. Dies wusste auch Winfried Algen. Er musste sich schon gewaltig beherrschen, um diese letzten 100 Meter nicht in Rekordzeit zu laufen und sich gleich blindlings ins Wasser zu stürzen.

Wahrscheinlich war der Grenzstreifen von Menschenhand so angelegt worden, damit die Grenzwächter auf weite Strecken hin freie Sicht hatten. Winfried Algen musste abwarten, sich orientieren, spähen, horchen und vor allem wie geplant vorgehen. Mehr noch als vor der Gefangennahme hatte er panische Angst davor, dieser breite Uferstreifen könnte vermint sein. Doch auch darauf hatte er sich vorbereitet und hoffte, Kennzeichen eines verminten Gebietes feststellen zu können, die normalerweise dem ungeschulten Auge verborgen bleiben.

Versteckt im Schatten eines Baumes hielt er Ausschau, um nochmals das ganze Gelände zu überblicken. Laut Plan musste er ab jetzt von dieser frühen Nachmittagsstunde an bis zum festgelegten Zeitpunkt, 24 Uhr, warten, weil dann voraussichtlich die Wachablösung der Grenzsoldaten stattfinden würde.

Er wagte sich etwas aus seiner Deckung im Baumschatten hervor, schützte mit der Hand die Augen vor der blendenden Sonne und spähte in die Landschaft. Er freute sich: In einer Entfernung von etwa 70 Metern bemerkte er eine kleine Baumgruppe, von dichtem Gebüsch umgeben. Es war wie eine kleine Oase inmitten der Wüstenlandschaft und genau das, was er suchte. Dort würde er stundenlang in Deckung liegen können. Plötzlich aber überkamen ihn Bedenken: Er wunderte sich, wieso überhaupt noch so eine Baumgruppe in diesem Grenzgebiet stehen gelassen worden war. Es war wie ein Versteck, das dem Flüchtling angeboten wurde.

Doch wer wird sich in dieser gefahrvollen Zone noch ausruhen, wenn das Ufer nur noch 30 Meter entfernt, die Freiheit so verlockend nahe ist? Nein, diese vom Gebüsch umgebene Baumgruppe war nur zufällig stehen geblieben. Schließlich müssen die Grenzer nicht so primitive Fallen stellen, nachdem sie sowieso die ganze Zeit über den Fluss unter Kontrolle haben. Winfried Algen nahm sich zusammen: Ich glaube, ich habe schon zu viele Kriminalromane gelesen, zu viele Filme dieser Art gesehen und bin bloß nervlich so angespannt, dass mir schon alles nach einer Falle aussieht.

Er ging in die Knie und schlängelte sich am Boden vorwärts wie ein Soldat in einem Kampfgebiet unter Beschuss. Er kam langsam, aber stetig voran, von einem kleinen Strauch zur nächsten Bodenvertiefung oder zum nächsten Gebüsch. In seiner windenden Bewegung erinnerte er an eine Schlange, die sich an ihr Opfer anschleicht. Noch zehn Meter bis zur Baumgruppe. Die Spannung in ihm wuchs, er hielt sogar den Atem an, um auch die leisesten Geräusche wahrzunehmen. Es regte sich aber nichts. Also hielt sich dort doch niemand auf, und diese vermutliche Falle würde sich als eine von der Natur hervorgezauberte Insel inmitten des Grenzstreifens erweisen.

Er kroch auf dem Bauch an die vorderen Büsche heran, teilte sie vorsichtig auseinander und guckte hinein. Er konnte nichts erkennen, was ihn davon abgehalten hätte, in das Versteck hineinzukriechen. Da war sogar Platz für mehr als eine Person. Er untersuchte den Boden genau und fand weder Tier- noch Menschenspuren.

Er konnte sich in dem Gebüsch in gebückter Stellung ganz gut bewegen, auch einige Turnübungen machen, Platz war genügend vorhanden.

Winfried legte sich zuerst auf den Rücken und streckte seine müden Gliedmaßen von sich. Seine Anspannung begann zu weichen. Erst jetzt spürte er, wie müde er war, nicht nur von der körperlichen Anstrengung, sondern mehr noch von dem starken Druck, dem er seit 4 Uhr morgens ständig ausgesetzt gewesen war. Nun durfte er endlich aufatmen und sich allmählich auf den Endspurt vorbereiten, auf das Schwimmen auf Leben und Tod.

Er blickte in den fast wolkenlosen blauen Himmel und war zufrieden. Sogar das Wetter hielt zu ihm, und es würde bestimmt eine klare Vollmond-Nacht geben, in der er Kurs auf die jugoslawische Grenze nehmen würde. Dabei würde ihm der Mond mit seinem Licht ein guter Wegbegleiter sein. Doch nun verspürte Winfried plötzlich Hunger und Durst. Mehr noch Durst. Aus dem grünen Jägerrucksack holte er eine Thermosflasche heraus, trank gierig den kalten Tee und aß danach ein Wurstbrötchen. Er erholte sich rasch, war aber immer noch sehr müde. So lag er zusammengekauert, die Füße mit der Windjacke bedeckt, unter dem kühlen, Schatten spendenden Laub. Der Rucksack diente als Kopfkissen. Er fiel in eine Art Halbschlaf.

Da plötzlich, was war das? Winfried horchte auf. Er hörte Stimmen, allerdings in einiger Entfernung. Jetzt war er nicht mehr allein – und sie kamen rasch näher. Nun vernahm er deutlich auch Schritte, die sich zwar vorsichtig, doch ziemlich rasch dieser Baumgruppe näherten. Er hatte nicht mehr Zeit, sich unbemerkt davonzuschleichen, sondern blieb wie gelähmt in seiner kauernden Stellung hocken. Er schloss die Augen und sagte sich: Nun haben sie mich, und alles war umsonst. Alles ist aus und vorbei.

Die Sträucher bewegten sich, von Menschenhänden geteilt. Winfried wagte nicht hinzusehen und hielt die Augen fest geschlossen. Dann aber hörte er einen kurzen Aufschrei, einen erstickten Schrei der Überraschung. Eine Frauenstimme rief leise: „Da liegt einer und schläft." So spricht kein Grenzer, der einen Flüchtling gestellt hat, das war jemand, der auch auf der Flucht war und unerwartet auf einen anderen Flüchtling gestoßen ist. Er erkannte sofort die Lage, setzte sich auf und gab den beiden mit dem Finger auf dem Mund das Zeichen zu schweigen. Traute und Felix Schobel hatten sich rasch vom Schock erholt.

„Setzt euch", forderte er die beiden auf, so, als wäre dies Versteck sein Eigentum. Er sprach flüsternd und bat auch die beiden anderen, möglichst leise zu sprechen. Das erste, was Winfried anordnete, war ein Wach- und Beobachtungsposten, denn mit dem Horchen allein war es nicht getan. Sie sprachen nur das Notwendigste miteinander. Sie sagten ihre Namen und fühlten sich bereits so, als ob sie sich schon immer gekannt hätten. Wie seltsam das doch im Leben ist: In Situationen höchster Gefahr, in der Menschen alle dem gleichen Schicksal ausgeliefert sind und gemeinsam nur ein einziges Ziel vor Augen haben, sind sie die besten Verbündeten, und die Saiten der Humanität schwingen wie sonst nie in einem gleichmäßigen Rhythmus. Sie waren eins im Sinnen, Glauben, Hoffen, in der Hoffnung auf diesen einen Fingerhut Freiheit, nach dem sie durstig die Hände ausstreckten.

Winfried sah auf sein Chronometer. Um Mitternacht musste er dieses Versteck verlassen und ins Wasser steigen. Seine beiden neuen Freunde wollten ihn davon überzeugen, erst in den Morgenstunden gemeinsam mit ihnen das große Wasser zu überqueren. Doch Winfried war von seinem Plan nicht abzubringen. Ihm verging die Zeit ohnehin viel zu langsam, und er hätte gerne schon diese Zerreißprobe hinter sich gehabt. „Werden wir uns je wiedersehen?" fragte Felix seinen neuen Freund. Dieser war optimistisch: „Natürlich werden wir uns sehen! Wenn alles gut geht, dann morgen früh am anderen Donauufer!"

Sie wussten, dass die Jugoslawen verschlafene Grenzer hatten, die es mit der Kontrolle nicht so genau nahmen. Bloß um die Form zu wahren, durchschritten sie manchmal die Donauauen, ohne aber jemanden als Spion oder Flüchtling festzunehmen. Im Gegenteil, es hieß sogar, dass sie jeden rumänischen Flüchtling begrüßten und ihm sogar weiterhalfen.

Der Mond war aufgegangen und hing wie ein großer Lampion über der nächtlichen Donaulandschaft. Wenn man die Büsche teilte, konnte man aus dem Versteck heraus die Bäume und das Schilfrohr am anderen Ufer erkennen. Es war ein romantisches Bild, doch weder Winfried noch die Schobels hatten ein Auge für dies Idyll. Ihre Nerven waren zum Zerreißen gespannt.

Dann war es endlich so weit. Beim Verlassen des Verstecks gab es keine großen Worte. Etwas wie „Hals- und Beinbruch" oder „Haltet die Ohren steif!" wird Winfried zum Abschied wohl gesagt haben. Dann machte er sich in der Badehose auf den Weg. Auf den Rücken hatte er sich den in einen Nylonsack verpackten Rucksack geschnallt.

Beim Aufflammen des Feuerzeugs sah Felix auf die Uhr: Es war genau Mitternacht. Von da an lagen beide mit Herzklopfen eng beieinander. Sie froren und schwiegen. Beide hatten nur den einen Gedanken: Wird er es schaffen? In wenigen Stunden, im Morgengrauen, wäre die Reihe an ihnen, doch sie dachten viel mehr an ihn. Dabei würde der Einsatz auch für sie derselbe sein: der Kampf mit den Wellen und vielleicht auch mit Menschen, immer aber das gleiche Spiel, alles oder nichts.

Plötzlich wurde die ganze Landschaft von aufsteigenden Leuchtraketen erhellt, zusätzlich wurden grelle Scheinwerfer auf einem vorbeifahrenden Motorboot eingeschaltet. Dann zerriss ein lauter Schuss die Stille der Nacht. Es folgten noch ein zweiter und dritter Schuss, dann war es wieder still. Beinahe zu still. Traute drückte ganz fest die Hand ihres Mannes, sie zitterte, und Felix konnte in dem spärlichen Mondlicht, das durch die Büsche fiel, die Angst in ihren Augen erkennen. Leise sagte sie: „Jetzt haben sie ihn..." Sie wiederholte noch leiser: „Jetzt haben sie ihn...." Sie getrauten sich beide nicht, auch das letzte Wort in diesem Satz auszusprechen, wussten aber genau, was gemeint war: „Jetzt haben sie ihn... erschossen."

An Schlaf war nicht mehr zu denken. In wenigen Stunden waren sie dran. Und was würde sie erwarten? Vielleicht soviel, dass keine Leuchtkugeln aufsteigen mussten, um das Gelände zu erhellen. Sie froren jämmerlich, obwohl sie sich ständig massierten, um auf diese Weise ein wenig Wärme zu spüren. Es begann langsam zu tagen. Felix und Traute fühlten sich unausgeruht und zerschlagen. Nun sollten sie auch noch in das trübe Donauwasser steigen und um ihr Leben schwimmen, jetzt, in diesen Morgenstunden, da Luft- und Wassertemperatur die niedrigsten Werte hatten.

Als sie beim ersten Tageslicht endlich die Vorbereitungen für die große Schwimmprobe trafen, taten sie alles beinahe automatisch. Jeder stopfte die Kleidungsstücke in die eigene Reisetasche, und diese dann mit den auf ein Minimum reduzierten Habseligkeiten in einen großen Nylonbeutel. Dieser wurde dann wie ein Ballon aufgeblasen und mit Fischergarn abgebunden. Die 25 Meter lange Angelschnur wurde in die Hälfte geschnitten. Jeder band nun das eine Ende der Schnur an den Sack, das andere wurde im Karabiner an einem Ledergürtel befestigt. Bevor der Gürtel mit der Schnalle so gedreht wurde, dass sich diese im Kreuz befand, wärmten sich beide noch durch einige Übungen auf. Der Sportlehrer Felix Schobel wusste, dass solch eine Aufwärmung wichtig war, um einem Muskelfaserriss oder einer Muskelzerrung vorzubeugen. Danach fühlten sich beide etwas besser. Einer befestigte dem anderen den Karabinerhaken an der rückwärtigen Gürtelschnalle. Dann war es so weit. Noch hier im Versteck nahmen sie Abschied voneinander. Sie sagten nichts mehr, nicht „Viel Glück" und nicht „Leb wohl", sondern reichten sich nur stumm die Hände.

Felix ging zuerst ins Wasser. Es war zwar kalt, doch er war ja abgehärtet. Traute stieg aber nicht gleich ins Wasser. Sie hatte von irgendwoher Stimmen vernommen und war nahe am Wasser unter einem Strauch in Deckung gegangen. Sie wartete, bis die Stimmen sich entfernt hatten. Inzwischen war Felix schon gute 50 Meter vorangekommen. Die Fischblase trieb in etwa zwölf Meter Entfernung donauabwärts. Diese Blase war auch taktisch sehr wichtig. Wenn die Grenzer aufmerksam wurden, sollte sie als ein in die Irre führendes Objekt dienen. Sie wäre zur Zielscheibe eines Scharfschützen geworden. Als Schwimmer konnte man die Schnur beliebig verkürzen oder verlängern, und das hätte nur Vorteile gebracht. Die Sache mit der Fischblase und dem Taucher hatte Felix aus dem volkstümlichen Spiel eines nordischen Stammes erfahren, wo es allerdings um das Zerstechen der Fischblase und nicht um Verfolgung und Tötung eines Menschen geht. Er hatte dies Spiel abgeändert.

Felix freute sich, dass er so gut vorankam. Er verspürte keine Kälte mehr, ja, es wurde ihm sogar warm. Er hielt durch Wassertreten mitten im Strom inne und sah sich nach allen Seiten um. Es war still, nichts war zu sehen oder zu hören, was ihn hätte beunruhigen können. Allerdings sah er weder die Fischblase noch den Haarschopf seiner Frau, und das beunruhigte ihn schon etwas. Sie hätten nun auf fast gleicher Höhe sein müssen, er vielleicht etwas weiter voran, weil er im Schwimmen schneller als Traute war.

Endlich hatte er den ersten im Wasser stehenden Baum erreicht und fühlte Boden unter den Füßen. Er umklammerte den Stamm und hielt sich daran fest. Er war am Ziel, er hatte das Ufer der Freiheit erreicht. Er keuchte noch etwas nach der fast übermenschlichen Anstrengung, die er hinter sich hatte, doch es war geschafft! Nun rasch ans trockene Ufer, Nylonsack aufgeschlitzt, Tasche geöffnet, Handtuch heraus! Er massierte sich mit dem Frottiertuch Gesicht und Körper, zog seinen Trainingsanzug an und fühlte sich wie neu geboren. Dann nahm er auf dem Nylonbeutel Platz und wartete auf seine Frau.

Wenn man auf jemanden wartet, dazu auch noch von Ungewissheit geplagt, scheint die Zeit still zu stehen. Felix rechnete schon mit dem Schlimmsten, doch dann sah er in der aufgehenden Sonne den auf dem Strom glänzenden Nylonball. Dann hörte er ein Motorboot, das sich stromaufwärts bewegte und rasch näher kam. Doch er sah auch schon den Kopf seiner Frau, die sich langsam dem Ufer näherte. Als sie erschöpft aus dem Wasser stieg, fielen sich die zwei Menschen überglücklich um den Hals.

* * *

Die Flucht in den Westen war zu einer Zeit, da in Rumänien die Willkür der Partei- und Staatsführung bereits jede zumutbare Grenze überschritten hatte, zu einer Art Massenbewegung geworden. Wer nur konnte und den Mut dafür hatte, machte sich davon. Die einen waren erfolgreich, andere wiederum wurden gefasst und mussten mit der Niederlage fertig werden. Der Flüchtlingsstrom riss also kaum ab. Außer dem Leben hatte man nichts zu verlieren, und dieses setzte man für einen Fingerhut Freiheit nur allzu gerne ein. Die Wahrscheinlichkeit, dass man auf der Flucht auch durchkommen würde, war nicht einmal 50 Prozent. Doch der

Wunsch nach Freiheit war so groß, dass man jedes Risiko einging.

* * *

Nachdem mein Vater in die Affäre mit der Schreibmaschine unschuldig verwickelt worden war, wurde er von Verhör zu Verhör geschleppt. Er hatte bereits alles gesagt, was zu sagen war. Mehr wusste er nicht als die Wahrheit, die er bereits gestanden hatte. Er kam bleich und verbissen nach Hause. Man hatte ihn mit der ausdrücklichen Bedingung auf freien Fuß gesetzt, er möge sich der Staatssicherheit zur Verfügung halten. Damals sagte er mir Folgendes: „Ernsti, mein Junge, du bist nun kein kleines Kind mehr, du bist alt genug, um zu verstehen, was hier im Land vor sich geht. An meinem Beispiel wirst du festgestellt haben, dass hier der Begriff der Gerechtigkeit stark ins Wanken geraten und dadurch unser Leben hier fast unerträglich geworden ist. Als Eltern haben wir versucht, einen Menschen aus dir zu machen, was wir konnten, haben wir dir gegeben. Du bist unser einziges Kind, wir lieben dich und wollten natürlich zu dritt hier ein genügsames und zufriedenes Familienleben führen. Doch diese Hunde lassen uns nicht in Ruhe und fordern uns ständig heraus. Deshalb musst du versuchen, andere Wege zu gehen, unabhängig von uns. Du bist jung und hast das Leben noch vor dir. Glaub ja nicht, dass wir dich wegschicken wollen. Schon beim Gedanken daran, dass du uns verlassen könntest, bricht mir das Herz. Doch ich muss mich an diesen Gedanken gewöhnen. Solltest du einmal Gelegenheit dazu haben, dieses Land zu verlassen und dich in den Westen abzusetzen, so zögere nicht. Du musst nicht Rücksicht auf uns nehmen, nie würden wir dir einen Vorwurf daraus machen. Wir wollen nur dein Bestes, zumindest du solltest dein Leben in Freiheit und in einer besseren und gerechteren Welt gestalten dürfen. Ich hoffe, mein Sohn, dass du mich richtig verstanden hast."

Ich nickte nur, hatte den Kropf voll und brachte kein Wort heraus. Meinen Vater aber hatte ich nur zu gut verstanden. Er wünschte mir ein besseres Los als das meiner Eltern. Seit diesem Gespräch verließ mich niemals mehr der Gedanke an eine Flucht in den Westen.

Zu meiner Schande muss ich gestehen, dass mich an dem Fluchtgedanken nicht das Verlassen des Elternhauses und meiner Eltern störte. Dies alles hätte ich ohne Gewissensbisse verlassen können. Was mir damals aber unvorstellbar und unerträglich schien, war eine endgültige Trennung von Mariana Banu. Nein, so etwas war zu diesem Zeitpunkt einfach nicht denkbar. Nie hätte ich sie hier im Rachen des Löwen allein zurücklassen, Verrat an ihr üben und einfach abhauen können. Außerdem glaubte ich damals, ohne sie überhaupt nicht mehr leben zu können. So erzählte ich ihr von meinen Gedanken. Ich hatte keine Geheimnisse vor ihr. Wir hatten grenzenloses Vertrauen zueinander. So kam es, dass der Funke auch bei ihr zündete, und wir begannen gemeinsam, Fluchtpläne zu schmieden. Allerdings kam für uns nur ein Plan mit dem geringsten Risiko in Frage, wir mussten eine reelle Chance auf Gelingen haben.

Es war die Zeit, nachdem ich mein Abitur beendet hatte. Im September wollten wir uns zur Aufnahmeprüfung für die Hochschule anmelden und hatten dafür schon unsere Akten an die Babeş-Bolyai-Universität in Klausenburg abgeschickt. So hatten wir also nur eine kurze Zeitspanne zur Verfügung, um unseren Fluchtplan zu verwirklichen: Es war der Sommermonat Juli, die Zeit der Urlaube und der Ferienreisen. Mariana bat ihren Vater um Erlaubnis, eine Bildungsreise in die DDR zu unternehmen. Zuerst hatte Banu Bedenken, doch dass seine Tochter die Absicht haben könnte zu flüchten, das wäre ihm nicht einmal im Traum eingefallen.

Selbstverständlich wusste er nicht, dass ich beabsichtigte, sie zu begleiten, ansonsten hätte er Mana von vornherein die Reise untersagt. Schwierig für mich war es nun, ganz unauffällig einen Besuchspass für die DDR zu bekommen. Die Behörden der *Securitate* durften auf keinen Fall etwas von meiner Kulturreise in die DDR erfahren.

Bei der Zweigstelle für Auslandsreisen des Touristikbüros erfuhren wir, dass am 10. August in Bukarest ein Freundschaftszug Richtung DDR zusammengestellt werden sollte. Dieser sollte Touristen aus Bukarest, Kronstadt und Hermannstadt aufnehmen. Die Reisenden aus Kronstadt und Hermannstadt sollten am jeweiligen Bahnhof zusteigen. Es handelte sich um etwa 80 Jugendliche mit individuellen Reisepässen. Eine genaue Reiseroute war vorgesehen, die natürlich streng eingehalten werden musste. Außerdem durften nur Jugendliche teilnehmen, die sich durch vorbildliches Verhalten im Rahmen der Jugendorganisation diese Bildungsreise verdient hatten. An ihren Tugenden, ihrer gesunden Abstammung und politischen Gesinnung durfte nicht gezweifelt werden. Auch das noch! Da hätte ich natürlich von vornherein keine Chance gehabt. Für Mariana Banu hingegen, als Tochter des obersten Staatssicherheitsmannes Hermannstadts, hätte sich auch dann noch ein Platz gefunden, wenn bereits alles vergeben gewesen wäre. Sie hatte also schon jetzt so gut wie sicher ihren Besuchspass in der Tasche und die Fahrkarte in der Hand. Was aber sollte ich tun?

Ich lief in der Nacht im strömenden Regen umher, irrte durch die dunklen Straßen, ohne überhaupt wahrzunehmen, wohin mich der Weg führte. Besorgt stellte ich aber dann fest, dass ich bereits zum zweiten Mal während meines ziellosen Spaziergangs durch den Regen auf dem Bahnhof angekommen war. Ich dachte bloß verzweifelt nach, während ich immer wieder die ankommenden und abfahrenden Züge anstarrte. So sah auch mein Inneres aus: Wie an- und abfahrende Züge, die nichts mitbringen, nichts hinterlassen, ein ständiges Kommen und Gehen meiner Gedanken. Ein wahnsinniger Gedanke festigte sich in mir.

Am anderen Tag fuhr ich nach Kronstadt und besuchte meinen Vetter Helmut Knopp. Dieser war hochgewachsen, schlank, hatte dunkelbraunes Haar und sah mir sehr ähnlich. Bloß seine Gesichtszüge waren etwas weicher als meine, und er hatte blaue Augen. Er sah vielleicht sogar etwas besser aus als ich, doch wer kann das schon auf einem Schwarz-Weiß-Passfoto erkennen, das obendrein auch noch von schlechter Qualität ist. Als er hörte, worum ich ihn bat, schnitt er eine Grimasse und meinte: „Ich hab's wirklich nicht nötig, mich auf eine so unsaubere Geschichte einzulassen. Wenn ich es aber tue, so nur meiner Tante zuliebe, die mich sozusagen großgezogen hat."

„Eigentlich hast du ja nichts zu verlieren", erwiderte ich, „denn aus der DDR ist bisher noch jeder zurückgekehrt. Es geht nur darum, dass ich mit meinem Namen keinen Besuchspass bekommen würde. Deshalb bitte ich dich, hier in Kronstadt den Pass für den Freundschaftszug in die DDR zu beantragen. Statt deiner gibst du dann aber meine Passfotos ab. Das wird niemand herausbekommen, und ich reise einfach als Helmut Knopp in die DDR."

So einfach hörte sich das an. So einfach war das auch zu bewerkstelligen, denn niemand sah sich beim Ausstellen der Pässe die Fotos an, die Beamten wussten nicht einmal, mit wem sie es zu tun hatten. Wichtig war der gute Name und nicht das Aussehen. Erst an der Grenze werden dann die Passfotos genau mit dem Besitzer des Passes verglichen, also musste nur noch der Haarschnitt angepasst werden.

Alles klappte überraschend gut. Schon nach zwei Wochen, der üblichen Wartezeit, rief mein Vetter an. Ich sollte ihn doch mal besuchen, Kronstadt liege nun wirklich nicht am Ende der Welt. Ich hatte also den gewünschten Reisepass auf den Namen Helmut Knopp so gut wie in der Tasche. Ich hätte vor Freude singen und die ganze Welt umarmen mögen.

Mariana und ich hatten alle Vorkehrungen für die Reise getroffen. Wir allein wussten, worum es ging und hatten uns dementsprechend gut darauf vorbereitet – so gut man sich eben für ein Unternehmen vorbereiten kann, das unauffällig und ohne Verdacht bei anderen Personen zu erwecken vonstatten gehen muss.

Als ich mich von meinen Eltern verabschiedete, sagte meine Mutter, ich solle nur ja gut auf mich aufpassen. Mein Vater wünschte mir nur „Gute Reise", dann schwieg er und drehte sich mit dem Gesicht zum Fenster. Mutter und ich durften nicht sehen, dass ihm die Tränen kamen. Nur mein Vater wusste, dass ich mit einem Pass meines Vetters fuhr. Es war schon ein Wagnis, doch ich hatte überhaupt nicht das Gefühl, etwas Illegales zu tun. Ich war der Meinung, dass ich durchaus im Recht sei, diese Reise anzutreten, denn auf meinen Namen hätte ich nie die Bewilligung dafür erhalten.

Mana reiste als junge Dame in einem leichten Kostüm, hochstöckligen Schuhen, mit einem kleinen Damenhandkoffer und ihrer schwarzen Umhängetasche. Ich hingegen war ein wandernder Tourist, trug einen Gestellrucksack auf dem Rücken, so, als beabsichtigte ich, viele Fußwanderungen zu unternehmen. Niemand sollte merken, dass wir zusammengehörten.

Dann war es endlich so weit. Ich fuhr mit einem Nachtzug nach Kronstadt, lungerte stundenlang als Ausflügler auf dem

Bahnhof herum und stieg dann endlich in den Freundschaftszug, der auf seiner vorgeschriebenen Reiseroute in Kronstadt hielt. Ich stellte fest, dass zusammen mit mir noch etwa zwanzig Jugendliche einstiegen, die die ehrenvolle Erlaubnis erhalten hatten, in die DDR zu reisen. Zu meiner Zufriedenheit musste ich feststellen, dass nicht alle einander kannten. Es gab auch Einzelgänger unter ihnen, die mit niemandem ein Wort sprachen, ja nicht mal versuchten, mit anderen ins Gespräch zu kommen.

Am Hermannstädter Bahnhof angekommen, hängte ich mich ins Abteilfenster. Das taten auch andere Neugierige. Da sah ich Mana in Stöckelschuhen mit dem Handkoffer. Diesen nahm ihr ein hilfsbereiter Junge ab, was mir weniger gut gefiel. Er half ihr auch beim Einsteigen in den Waggon hinter meinem. Da war ich beruhigt. Zumindest die Abfahrt hatte gut geklappt. Wir saßen beide im selben Zug! Obwohl ich Mana nur wenige Abteile von mir entfernt im nächsten Waggon wusste, besuchte ich sie bis zur Abfertigung an der DDR-Grenze nicht; auch sonst bekam ich sie nicht zu Gesicht. So lief alles nach Plan. Zoll- und Passabfertigung gingen reibungslos vonstatten. Außer kleinen Geschenkartikeln für Freunde und Kleidungsstücken zum Wechseln hatte man ohnehin nichts Verbotenes im Gepäck. Außerdem wusste man, dass Jugendliche des sozialistischen Bruderstaates Rumänien ihrerseits Jugendliche der DDR besuchten. Dabei sollten sozialistische Errungenschaften der DDR wie Heldendenkmäler, kommunistische Hochzentren und Kulturstätten besucht werden. Dafür gibt es bei der Zollkontrolle beider Länder entschieden mildernde Umstände. Wichtig war die strahlende Laune im Reisegepäck. Wer hatte auch schon Gelegenheit, sich diesen ganzen kommunistischen Krimskrams in der DDR als vertrauensvoller Auserwählter aus den Reihen der kommunistischen Jugendorganisation Rumäniens anzusehen? Dazu noch als geladener Ehrengast der Bruderpartei. Die Genossen beider Länder waren eins im Sinnen und Handeln!

Erstes Reiseziel war Karl-Marx-Stadt (heute wieder Chemnitz). Dort wurden wir eingehend über den großen kommunistischen Denker und Lehrer Karl Marx informiert. Diesem schon fast zur Gottheit erhobenen Mann verdankte die Stadt ihren Namen. Wir hörten uns alles ernsthaft an, obwohl wir das alles schon wussten.

Zwischen Mana und mir begannen die ersten, zaghaften Annäherungsversuche. Ich war ihr auch beim Tragen des Gepäcks behilflich, indem ich meinem Nebenbuhler, diesem angeblichen Studenten, um Sekunden zuvorkam.

Nachdem wir uns alle Gesichter der Jugendlichen genau angesehen hatten, stellten wir erleichtert fest, dass wir von den Teilnehmern niemanden kannten und folglich auch uns niemand erkennen würde. Allerdings muss gesagt werden, dass auf solch einer Reise auch regelmäßig getreue Informanten der Sicherheitsorgane, lies Spitzel, dabei waren. Diese beaufsichtigten die Gruppe, waren für den guten Verlauf der Reise verantwortlich und hatten für eine gesunde, politisch durchsetzte Atmosphäre zu sorgen. Wenn einen also niemand kannte, so konnte man seine Rolle als gutes Mitglied des Verbandes der Werktätigen Jugend ausgezeichnet spielen. Man musste bloß Acht geben, dass einem keine groben Fehler unterliefen, dann konnte man den anderen sehr gut etwas vormachen. Darin hatten übrigens Mana und ich schon eine gewisse Übung.

Vor allem hatte es uns Dresden angetan, diese Barockstadt mit dem alten Stadtkern. Wir standen am Ufer der Elbe und blickten hinüber auf die Altstadt mit der katholischen Hofkirche. Wir hielten uns an der Hand und blickten nachdenklich hinunter in das bläulich gefärbte, sich kräuselnde Wasser der Elbe. Unsere Gedanken wanderten, unabhängig voneinander, den Elbstrom entlang bis hin nach Hamburg, einem unserer Zwischenziele auf dem geplanten Fluchtweg. Wie einfach wäre es nun gewesen, mit einem Motorboot die Elbe hinunterzufahren! Auf der Landkarte war das bloß eine schräge Linie! Wir standen an einem Fluss, der zwei schöne deutsche Städte miteinander verbindet. Die eine in der Freiheit, die andere unfrei und eingeschnürt. Beide sprechen die gleiche Sprache und reden doch aneinander vorbei.

Leider musste ich auf den zweiten Tag in Dresden verzichten. Am Vormittag, als alle anderen erneut an einer Stadtbesichtigung teilnahmen und sich an den touristischen Sehenswürdigkeiten erfreuen durften, war ich damit beschäftigt, für unseren bevorstehenden Fluchtweg, der uns nach Rostock bringen sollte, Reisegeld, also Ostmark zu beschaffen. Für Unterkunft und Verpflegung war zwar gesorgt worden, wir hatten auch ein kleines Taschengeld, doch viel konnte man sich damit nicht leisten.

So kam es, dass ich an diesem zweiten Morgen in Dresden nicht zum Frühstück erschien. Nach jedem Frühstück verlas unser Reiseführer die Namensliste aller Teilnehmer. Als nun an diesem Morgen die Namensliste verlesen wurde, war ich natürlich nicht anwesend. Beim Namen „Helmut Knopp" trat zuerst eine kleine Pause ein. Dann aber rief Mariana Banu von ihrem Platz am Frühstückstisch: „Er ist krank, er hat sich gestern den Magen mit irgendetwas verdorben und ist mehr auf dem Weg zur Toilette als im Bett!" In der Runde entstand lautes Gelächter. Dies sicherte mir aber die ungestörte Durchführung meines Vorhabens, nämlich die Abwicklung eines Geschäftes auf dem Schwarzmarkt.

Als dann alle mit dem komfortablen Reisebus abgefahren waren, holte ich meinen Rucksack hervor, verstaute darin alle „Geschenkartikel", die Mana und ich mitgebracht hatten, und begab mich auf den Schwarzmarkt. Ich wusste, dass es in Dresden einen solchen gab. Er war natürlich verboten, doch hin und wieder wurde da manches verkauft und gekauft, je nachdem, wie genau die Polizisten ihren Dienst als Aufseher nahmen. Ich musste vorsichtig sein und durfte mich nicht schnappen lassen. Doch es verlief alles besser, als ich gedacht hatte. Die modebewussten Dresdnerinnen hatten mir sehr rasch die mit rumänischen Volksmotiven bunt bestickten Tüllblusen zu einem guten Preis abgekauft. Bestickte Deckchen und Tischläufer fanden auch ziemlich guten Absatz, bloß der rumänische Weinbrand, der Murfatlar-Kognak, obwohl bester Qualität, ließ sich nur schwer verkaufen. So kam es, dass ich bis zur Mittagsstunde fast meine ganze Ware versilbert hatte. Ich blieb auf zwei Flaschen Kognak sitzen, die ich nicht einmal nach einer Preissenkung absetzen konnte. Meine Aufgabe hatte ich aber jedenfalls erfüllt und war obendrein noch stolz darauf, ein so guter Geschäftsmann zu sein.

Für Mana und mich begann dann in Leipzig der Countdown unserer Flucht. Vormittags hatten wir noch die Leipziger Messe besucht, „die ganze Welt in einer Nuss-Schale". Nun waren wir endgültig davon überzeugt, dass wir uns nur als freie Menschen die Welt ansehen konnten. Diese Leipziger Messe wühlte wieder alles in uns auf, schürte das Feuer der Freiheit und gab uns neuen Auftrieb für die Durchführung unseres Vorhabens.

Am Abend dieses denkwürdigen Leipziger Messetages ergab sich eine einmalige Gelegenheit auszubrechen. Eigentlich wollten wir noch Magdeburg abwarten, um dann von dort aus den Weg in den Norden nach Rostock anzutreten. Das Fluchtangebot aber war an diesem Leipziger Abend zu günstig, um es auszuschlagen. Es war der erste Abend auf dieser DDR-Reise, an dem freies Programm vorgesehen war. So wollte jeder für sich diesen Abend ganz besonders gestalten. So geschah es, dass sich das Studentenheim, in dem wir untergebracht waren, völlig leerte. Alle wollten weg, jeder auf eigene Faust die Stadt erkunden und das pulsierende Treiben am Abend erleben. Auch Mana und ich gingen los, doch das nur zum Schein. Nach einem kurzen Spaziergang durch zwei Straßen kehrten wir wieder um. Auch dafür hatten wir, falls uns jemand fragen sollte, eine Ausrede bereit: Wir waren ohne Geldbörse losgezogen! Doch die Luft war rein. So begannen wir in aller Eile unsere Sachen zu packen. Wer uns da vielleicht aus dem Tor herauskommen sah, begegnete zwei Touristen mit den üblichen Rucksäcken. Mana hatte sich aus der eleganten, jungen Dame in ein sportliches Mädchen verwandelt, das darauf aus war, Land und Leute kennen zu lernen. Wir mussten einen Vorsprung von mindestens 14 Stunden haben, um nicht Gefahr zu laufen, beim Grenzübertritt am Schalter für Schiffskarten im Rostocker Hafen als Flüchtlinge erwischt zu werden. Ursprünglich hatten wir vor, noch irgendwo außerhalb von Rostock zu zelten, um uns vor der Weiterfahrt ein wenig auszuruhen. Es schien uns aber dann doch zu riskant, denn ein Übernachten im Zelt und unser Aufenthalt dort hätten unseren Vorsprung zu sehr verkürzt, und wir hätten unter Umständen unsere Überfahrt von Rostock nach Stockholm gefährdet.

Wir schleppten uns müde über den Marktplatz in Rostock, nahmen die gotische Marienkirche kaum wahr. Ich war so lustlos, dass mich schon gar nichts mehr beeindrucken konnte, nicht einmal ein Foto schoss ich von dieser wirklich schönen Kirche, um deren Kirchturmspitze sich leichte Federwölkchen gesammelt hatten. Der Touristenzauber war für uns vorbei, für uns gab es keine Attraktion mehr. Wir waren todmüde und wollten eigentlich nur schlafen und wieder schlafen. Vielleicht bereuten wir schon jetzt diesen waghalsigen Schritt in die Freiheit, doch eine Stimme in uns mahnte: „Weiter, weiter, niemals auf halber Strecke stehen bleiben!"

Wir setzten uns auf den Gehsteig mit dem Rücken an die Hausfassade. Von der kalten Mauer übertrug sich eine belebende, erfrischende Kühle auf unsere schweißbedeckten Rücken. Ich holte unser wichtigstes Gepäckstück aus dem Rucksack: die Thermosflasche mit Limonade. Auch deshalb, weil sich zwischen Mantelhülle und Glasbehälter 400 Westmark befanden. Dieses Geld, mein Vater hatte es mir geschenkt, sollte uns die Überfahrt nach Stockholm ermöglichen.

Wir hatten uns inzwischen ein wenig erholt und gingen hinunter zum florierenden Überseehafen der DDR. Es war das Tor zum Westen, wo kein Visum für Durchreisende erforderlich war. Und solche waren wir, mit einem fremden Pass, in einem fremden Land, das die Überfahrt nach Stockholm billigte. Allerdings musste man die Schiffskarten in einer fremden, kapitalistischen Währung bezahlen. Weil wir so zerschlagen waren, hinterließen wir den Eindruck übermüdeter Touristen, die so rasch wie möglich ihr Reiseziel erreichen wollten. Wir standen tatsächlich diesem ganzen Einschiffungsmanöver ziemlich gleichgültig gegenüber. Beinahe war es uns schon einerlei, was weiter mit uns geschehen würde. Man hätte uns ruhig bei der Sperre zurückweisen können, wir hätten nicht die Kraft gehabt, uns dagegen aufzulehnen. Ja, wir konnten uns nicht einmal richtig freuen, als wir bereits auf dem Deck des Schiffes standen und dies in See stach.

Viel später erst, nachdem wir in der Schiffsbar eingeschlafen und von einem freundlichen Kellner geweckt worden waren, kam es uns allmählich zu Bewusstsein, dass wir bereits auf offener See, also in der von uns so heiß erwünschten Freiheit waren und uns unserem Traumziel näherten.

An Stockholm blieben nur blasse Erinnerungen. Wir irrten durch die Straßen und suchten die Deutsche Botschaft, die allen Deutschstämmigen, ganz gleich woher sie kommen, nicht nur die Einreise in die Bundesrepublik Deutschland genehmigte, sondern ihnen sogar auch finanzielle Unterstützung gewährte.

Es klappte alles, und schon befanden wir uns wieder auf einem Schiff, das von Stockholm fast den gleichen Weg wie den bereits zurückgelegten nach Deutschland einschlug. Dann aber nahm es Kurs auf die Kieler Bucht und von dort weiter durch den Kanal nach Hamburg. Wieder standen Mana und ich an der Elbe und sahen auf das Wasser des großen Stromes, in dem sich Schiffe und Gebäude des Hafens spiegelten. Ich hatte plötzlich das seltsame Gefühl, als wären wir an einer Schnur entlang durch die Elbe gewatet, direkt von Dresden nach Hamburg. Niemand hatte sich uns in den Weg gestellt, niemand wollte uns am Weitergehen hindern.

Weiter ging es mit der Deutschen Bundesbahn zu unserem Endziel Nürnberg. Es ging alles viel zu rasch. Kaum konnten wir das, was sich um uns abspielte, wirklich wahrnehmen. Zurückgeblieben ist die Erinnerung an eine lange Fahrt in einem Zugabteil. An dessen Fenster rollte ein Film ab: Bahnhöfe, so sauber, als wären sie mit der Bürste poliert worden, Bahnhofsvorsteher und Bahnbeamte, deren Uniformknöpfe golden in der Sonne blinkten, freundliche Gesichter unbeschwerter, glücklicher Menschen, Ortschaften, die wie aus einem Spielwarenladen auf einen grünen Tisch gelegt waren, große Werbeplakate, in die man eine ganze Spielwaren-Ortschaft hätte einwickeln können. Auf den Plakaten überdimensional vergrößerte Bierflaschen und -becher. Wir sahen riesige, knallrote, saftige Würstchen mit gelbem Senf, die wie bedrohliche Gummiknüppel aussahen. Die waren in der Tat zum Anbeißen. Der Film lief weiter und immer weiter.

Endlich waren wir an unserem Traumziel angekommen: in der Lebkuchenstadt Nürnberg, allerdings zunächst einmal in einem Aussiedlerlager. Das breite große, graue Eisentor lief beim Öffnen und Schließen auf Schienen. Es war ein riesiges Gittertor, das von der Portierloge aus durch eine große Glasscheibe beobachtet werden konnte. Es wurde von zwei Uniformierten mit umgeschnallten Pistolengürteln bewacht. Man konnte sich des Eindrucks nicht erwehren, plötzlich vor dem Gitterzaun einer Kaserne zu stehen.

Wir hatten Glück, wie schon während der ganzen Zeit auf unserem Weg bis hierher. Mana und ich waren eben zwei Glückskinder. Fast zugleich mit uns kam ein Reisebus mit fahnenflüchtigen DDR-Bürgern an. Diese waren nicht so ernst und müde wie wir. Während sie ihr Gepäck aus dem Bus holten, lachten und scherzten sie. Das Tor öffnete sich weit vor ihnen, sie durften hinein, ohne an der Gitterwand halten zu müssen. Wir packten die Gelegenheit am Schopf und schlüpften inmitten der Menge durchs Tor. Schließlich waren auch wir in der gleichen Lage wie sie, Menschen, die irgendwo einen Fingerhut Freiheit suchten. Und doch gab es einen kleinen Unterschied: Sie waren freiheitssuchende deutsche Staatsbürger, die nicht recht wussten, wohin sie gehörten. Wir standen ebenfalls bei der Portierloge in der Schlange, hatten aber nicht das Gefühl, hier um Zucker, Eier oder Fleisch anzustehen. Wir wussten, dass unser Warten hier andere Hintergründe hatte. Wir mussten nur unsere Besuchspässe vorzeigen und erhielten dann eine so genannte Begrüßungstüte mit allerlei Leckerbissen und Marken, mit denen wir entweder in der dortigen Aussiedler-Kantine essen oder im provisorisch eingerichteten Shop einkaufen konnten. Dann bekamen wir noch einen Laufzettel und den Schlüssel für ein Zweibettzimmer im zweiten Hochhaus, das genau so aussah, wie jenes, in dessen Erdgeschoss sich die Portierloge befand.

Bei mir verlief alles glatt, schließlich ist Helmut Knopp ein schöner deutscher Name. Bei Mariana Banu jedoch stutzte der Beamte. Mana beeilte sich, dem Pförtner in tadellosem Hochdeutsch – sie hatte schließlich den deutschen Kindergarten und die deutsche Schule besucht – zu erklären, dass ihre Mutter eine Deutsche sei. Diese, eine Halbjüdin, hieß nach ihrem Mädchennamen Annemarie Blankenstein. Der Beamte schüttelte den Kopf und meinte: „Sie gehören eigentlich nicht her, sondern in ein Asylantenheim." Da berief sich Mana auf mich als ihren Verlobten und erklärte, dass sie mit mir zusammen bleiben wolle. Ich bekräftigte das. Da drückte der Mann ein Auge zu: „Also gut, wenn das so ist, dann eben gut. Hier haben Sie Ihre Anfangsrechte", und damit übergab er ihr die erwähnten Papiere.

Wir waren als deutsche Aussiedler angenommen worden, und vielleicht konnten wir uns erst jetzt so richtig freuen. Wir hatten unser Ziel erreicht, unsere Flucht hatte ein gutes Ende gefunden. So dachten wir, leider etwas naiv, denn man konnte keineswegs schon von einem Ende, höchstens von einem trügerischen, sprechen. Ich musste auf meinem Laufzettel noch den Namen ändern, um wieder der zu werden, der ich eigentlich war, nämlich Ernst Buchner, doch das war eine Kleinigkeit, und der Name spielte bis zur Ausstellung des Registrierscheins überhaupt keine Rolle.

Wir bekamen ein Doppelzimmer im achten Stock des zweiten Hochhauses. Der Raum war sauber und gut gelüftet. In den Betten befand sich schneeweißes Bettzeug.

Wir lagen uns an diesem Abend noch lange in den Armen, wir liebten uns und fielen in einen kurzen, unruhigen Schlaf, erwachten wieder, sprachen erneut miteinander über alles Mögliche, besonders aber über unsere gemeinsame Zukunft, die uns in rosigem Licht erschien, für die allerdings nun eine neue Variante gefunden werden musste. Wir standen auf der Drehbühne des Lebens, die sich nun um etliche Grade weitergedreht hatte. Ja, die Welt sah wirklich anders aus, und wir waren einerseits übermüdet, andererseits zu aufgeputscht, um einen tiefen und erholsamen Schlaf zu finden.

***

Man sollte zwar niemals Dichter oder Schriftsteller paraphrasieren, doch mir fallen zu dem Herbsttag, an dem Mana mit ihrem gesamten Reisegepäck vor meiner Haustür aufkreuzte, nur die Worte ein: „Es war ein Herbsttag, wie ich keinen sah." Es war Herbst, ein sonniger, warmer Tag im Altweibersommer, kurz nach den überaus ereignisreichen beiden Monaten August und September, in denen ich mehr erlebt hatte als andere in einem halben oder sogar ganzen Menschenleben. Es war die Zeit, als sich Christiane auf ihrer Österreich-Tournee abgesetzt hatte und somit die Entscheidung für unser mühsam aufgebautes Verhältnis endgültig gefällt worden war. Es war auch die Zeit, da mein Freund Rudi Karbe in den Westen geflohen war, als ich unschuldigerweise in die ganze Geschichte mit der Passfälscherei hineingeschlittert bin, die Zeit, als mir Ingeborg Vollmann den großen, senffarbenen Briefumschlag von Rudi übergab, der in der Jackentasche ihres Verlobten, Konrad Lorenz, gefunden worden war, der einen stupiden Motorradunfall gehabt hatte. Es war die Zeit, da ich zum zweiten Mal in meinem Leben einen Besuchspass für eine Auslandsreise in der Hand hielt und in Windeseile entscheiden musste, ob ich davon Gebrauch machen sollte oder nicht.

Die Zeit drängte, der Brief war mit Tagen Verspätung bei mir eingetroffen, und wieder war es Mana, die mir die Entscheidung abnahm. Ich hätte sie jetzt, da sie zu mir zurückgefunden hatte, nicht allein lassen können. Es wäre nicht fair gewesen, sie im Stich zu lassen. Ich nahm den von Rudi ausgestellten Reisepass, riss die einzelnen Seiten heraus, verbrannte sie im Küchenherd und danach auch den grünen Umschlag, der nur schwer brennen wollte. Danach feierten wir meinen heldenmütigen Verzicht auf die Freiheit mit einem Gläschen guten Murfatlar-Kognaks.

Ich wohnte schon seit mehr als einem Jahr nicht mehr in meinem Elternhaus, denn mit unserem schönen, einträchtigen Familienleben war es vorbei. Mein Vater war im Gefängnis gestorben, angeblich Herzversagen, obwohl er im Leben niemals ein Herzleiden oder sonstige Beschwerden gehabt hatte. Doch diese Schreibmaschinen-Affäre mit den vielen Verhören hatte ihm arg zugesetzt und schließlich wohl auch seinen Tod verursacht. Ich glaube, mein Vater ist einfach aus lauter Gram gestorben.

Meine Mutter hatte sich nach seinem Tod nicht mehr zurechtfinden können. Sie lebte zwar physisch weiter, fand aber keinen Platz mehr in unserer Wohnung. Sie war innerlich gebrochen. Um aber doch noch für jemanden da zu sein, der sie dringend benötigte, übersiedelte sie nach Kronstadt zu ihrer Schwester, die sie mütterlich-liebevoll pflegte und betreute. Diese hatte sozusagen ihr ganzes Leben im Rollstuhl verbracht und war demzufolge recht hilfsbedürftig. Mir erklärte meine Mutter: „Unser Familienleben ist zerstört worden. Wir sind keine Familie mehr. Du, Ernsti, kommst sehr gut auch allein zurecht, doch deine Tante braucht dringend meine Hilfe. Ich werde zu ihr nach Kronstadt übersiedeln und dies als einen Ruf Gottes ansehen, dem ich folgen will."

Ich blieb allein und stellte fest: Das Alleinsein im Leben ist nicht einmal so unangenehm, doch nur so lange, bis man sich wirklich dessen bewusst wird, dass und wie allein man ist. Doch an einem schönen Herbsttag stand plötzlich Mana mit ihrem ganzen Reisegepäck vor meiner Tür. Ihr erster Weg vom Bahnhof hatte nicht zu ihren Eltern, sondern zu mir geführt. Das wollte schon etwas heißen.

Es war ein Altweibersommertag, Anfang Oktober, der sich plötzlich nach vielen Regentagen eingestellt hatte. Die Sonne schien mit letzter wärmender Kraft, beinahe schon wie ein fast erloschenes Feuer. Die Laubbäume hatten schon von grün, über gelb, rötlich und kupfern die gesamte Farbskala des Herbstes angenommen. Hie und da segelte auch schon ein rostbraunes Blatt sanft zu Boden. Nahm man es in die Hand, so zerfiel es zwischen den Fingern zu lauter Bröseln, die vom Wind in alle Richtungen verweht wurden.

Da stand nun Mana in den frühen Nachmittagsstunden mit ihren drei Gepäckstücken vor meiner Haustür und musste klopfen, da die Türglocke kaputt war. Ich saß an meinem Schreibtisch und hielt den aufgeschlagenen Reisepass in der Hand, den ich eben dem senffarbenen Umschlag entnommen hatte. Ich wurde aus meinen Gedanken gerissen, doch ich empfand es nicht als störend. Es klopfte rhythmisch: zweimal kurz, Pause, einmal kurz, dann betont lang. Das wiederholte sich einige Male und klang immer eindringlicher. Es war nicht zu überhören, dieses früher vereinbarte Klopfzeichen, das nur Mana und ich kannten. Sie stand vor der Tür.

Wenn ich heute an Mana denke, so sehe ich sie immer noch im Rahmen dieses bunten Herbstbildes stehen, ein Schattenriss im Gegenlicht. Als ich öffnete und sie mein Erstaunen sah, fragte sie nur: „Nimmst du mich bei dir auf?" Dabei lächelte sie so, als bäte sie um Vergebung, doch gleichzeitig drückte ihr Lächeln Nachsicht, aber auch Verlangen um Zusprache aus. Unsere Beziehung war in den letzten Monaten sehr abgekühlt, und wir hatten uns auch nicht mehr geschrieben. Statt einer Antwort öffnete ich die Haustür weit und half ihr, die beiden Reisekoffer und die Tasche in den Flur zu bringen. Das Gepäck hatte ihr der Fahrer, der sie im Taxi vom Bahnhof bis zu mir gebracht hatte, einfach vor die Tür gestellt. Es wurde der schweigsamste Abend und auch die schweigsamste Nacht, die wir je miteinander verbracht hatten. (Schon dadurch unterschied sie sich von jener Nacht im Nürnberger Durchgangslager.) Wir waren schweigsam, obwohl wir uns sehr viel zu erzählen gehabt hätten. Jedes Mal, wenn ich mich für etwas entschuldigen wollte, legte mir Mana ihre Fingerspitzen auf den Mund und küsste danach meine unausgesprochenen Worte von den Lippen weg. Die Geschichte von der Durchsuchung im Karbe-Haus, in die ich so unschuldig verwickelt worden war, die noch in mir brannte und die ich loswerden musste, hörte sie sich schweigend an. Vielleicht fühlte sie, dass ich mich durch das Erzählen von diesem noch frischen Erlebnis, das mich sogar im Traum verfolgte, befreien wollte. Danach meinte sie: „Eigentlich hättest du diesen kleinen Napoleon erkennen müssen, diesen Nelu Dragoman. Vor fünf Jahren, an meinem 18. Geburtstag, hatte er auch zu den geladenen Gästen gehört. Er war der Schützling meines Vaters, der immer von ihm behauptete, Dragoman sei ein fähiger Junge, den man unbedingt fördern müsse. Wahrscheinlich hätte mein Vater es gerne gesehen, wenn Nelu und ich uns besser verstanden hätten. Doch Dragoman, dieser junge Absolvent der Militärakademie, war bloß ein Angeber und trat immer sehr überheblich auf. Er trug immer seinen Pistolengurt umgeschnallt und legte die Jacke ab, damit jeder sehen konnte, wie gefährlich er war!"

Irgendwie erinnerte ich mich ganz dunkel an diesen jungen Mann, der mit seiner Waffe protzte. Ja, es war Nelu Dragoman, der wahrscheinlich auch über meine Freundschaft mit Rudi Karbe genau Bescheid wusste. „Das ist aber schon lange her", fuhr Mana fort, „doch du hattest ja damals nur für mich Augen, die vielen anderen waren dir gleichgültig." Sie lächelte wieder, so als wollte sie mir sagen, ich müsste mich nicht unbedingt an Nelu erinnern, dafür aber an die gemeinsam verbrachte Stunde im Keller ihres Hauses. Doch sie schwieg. Sie erzählte auch nichts von Rolf Kerner, mit dem sie in Klausenburg ein Verhältnis gehabt hatte. Sie schwieg sich einfach über alles aus. Doch auch ich war um nichts besser als sie. Ich sagte nichts über meine Beziehung zu Christiane Karbe, obwohl jetzt, nachdem sich Christi in den Westen abgesetzt hatte, unser Verhältnis so gut wie beendet war.

Beide hatten wir eine Niederlage erlitten, jeder für sich. Wir waren zwei Geschlagene, zwei Verlierer, die jedoch gewillt waren, einander reuevoll wieder aufzuhelfen. Beide waren wir um eine lebenswichtige Erfahrung reicher geworden und hatten nun eine Chance, unsere Beziehung neu aufzubauen.

Mana holte frisches Bettzeug aus dem Schrank: Ostdeutscher Damast mit gelber Musterung auf weißem Grund. Wortlos entkleidete sie sich und begab sich unter die Dusche, ohne die Tür zu schließen. Aus der Brause sprühte das Wasser wie ein Dampfkegel über ihr Gesicht und lief am Körper hinunter. Sie schien mir fraulicher geworden zu sein, ihre Hüften waren leicht gepolstert, auch ihre Brüste waren ein wenig voller geworden. Ich dachte daran, dass wohl viele beim Anblick dieser unter der Dusche stehenden Frau in Ekstase geraten würden. Ich selbst musste mich auch sehr beherrschen, verbarg aber mein Begehren durch meine lässige Haltung und spielte den abgebrühten Mann, der nicht mehr so leicht aus der Ruhe zu bringen ist, dem auch die schönste Frau unter der Dusche nichts Aufregendes mehr zu bieten hat. Ich nippte von meinem Kognak und sah Mana zu, wie sie zuerst auf ihren ganzen Körper das Duschgel auftrug und dann von Gesicht, Hals und Brüsten bis hinunter zur Scham, den Schenkeln und Beinen alles sauber abspülte.

Ich wartete und genoss das Bild. Wir hatten Zeit, viel Zeit für uns, für unsere aus einer Niederlage heraus neugeborene Liebe. Inzwischen hatte ich es gelernt, dass man sich für die Liebe, um sie überhaupt richtig zu empfangen, viel Zeit lassen muss.

Ich nahm das große Strandlaken, hüllte sie darin ein und trocknete sie ab. Es blieb nicht beim Abtrocknen des Körpers und beim Abtupfen der letzten Wassertropfen aus dem Gesicht. Die Nacht war warm und weich und herbstlich. Das Fenster war weit geöffnet, und erfrischende Herbstluft drang ins Zimmer. Mana und ich lagen schweigend nebeneinander. Nur unsere Hände und Lippen begegneten sich im Liebesspiel.

Wir liebten uns in dieser Nacht wie zwei Menschen, die fest davon überzeugt sind, dass sie für immer zueinander gehören. Doch wir hätten dieses Sich-Aufbäumen unserer Liebe nicht so intensiv empfunden, wenn nicht schon im Keim eine Trennung gelauert hätte. Es war die letzte Liebesnacht, die Mana und ich miteinander verbracht haben.

* * *

Es war eine laue Sommernacht, die wir in Nürnberg verbrachten. Wir schliefen nur schwer ein, weil unsere Nerven nach der langen Flucht noch immer nicht zu Ruhe gekommen waren. Wir fühlten uns wie plötzlich freigelassene Vögel, die sich aus Angst, wieder eingefangen zu werden, hoch in die Lüfte schwingen. Dieses erhabene Glücksgefühl der Freiheit konnten wir nicht so schnell verarbeiten. Wir sprachen über alles, was uns bewegte. Besonders wichtig war unsere Zukunft, unser gemeinsames Vorhaben, an einer der berühmten Hochschulen, in Heidelberg oder in Tübingen, einen Studienplatz zu belegen. Zwischen den Gesprächen liebten wir uns in dem Gefühl, auf diesen schneeweißen Federkissen einen Flug in die unendliche Weite des Weltalls zu unternehmen.

Am Morgen konnten wir uns eines Gefühls der Ungewissheit nicht erwehren. Was kommt nun auf uns zu? Wie geht es weiter mit dieser so schwer erworbenen Freiheit? Wir lebten schließlich in der Realität und wollten uns nicht so einfach von Träumereien fortreißen lassen. Wir mussten ganz einfach versuchen, diese Freiheit mit Papieren zu belegen. Es stand uns also ein anstrengender Tag bevor. Wir mussten den legalen Weg von Aussiedlern gehen, durch sämtliche Ämter hindurch.

Wir wussten, jeder Anfang ist schwer, doch wir gingen die Sache voller Optimismus an. Wir hatten unsere Laufzettel auf die Namen ausgestellt, die wir fortan tragen würden. Den Namen meines Vetters Helmut Knopp hatte ich einfach durchgestrichen und in Blockschrift meinen eigenen eingetragen. Mariana Banu wollte den Mädchennamen ihrer Mutter annehmen und Marianne Blankenstein heißen. Mit der Eintragung unserer neuen Namen hatten wir den ersten Schritt getan.

Mit unseren Laufzetteln machten wir uns auf den Weg und fühlten uns dabei fast wie bei einem Orientierungslauf. Es war früh am Morgen, und im Heim herrschte noch wohltuende Ruhe. Es war so still, dass wir beinahe meinten, auf Zehenspitzen gehen zu müssen. Doch ein dicker Teppichboden dämpfte jeden festeren Schritt. Wir hatten uns kaum etwas von unserem Zimmer entfernt, da ertönte plötzlich aus den Lautsprechern an den Wänden eine laute Männerstimme: „Wir wünschen allen Gästen im Haus einen schönen, guten Morgen. Damit aber bei der Erstellung der erforderlichen Papiere ein reibungsloser Ablauf gesichert wird, bitte folgende Informationen zu beachten ..." Wir zuckten zusammen. Die harte Männerstimme hatte scharf in die Stille geschnitten. Es handelte sich zwar um eine gut gemeinte Auskunft, doch der eindringliche Ton versetzte uns in Aufregung und erinnerte uns Aussiedler an eine militärische Einrichtung. Wir hatten plötzlich das Gefühl, uns nicht in einem Durchgangslager zu befinden, sondern eher in einem Gefängnis, in dem Verhaltensregeln durchgegeben wurden, denen man sich widerstandslos zu fügen hatte. Wir waren ohnehin schon gejagte Geschöpfe, eingeschüchtert und befangen. Jeder militärische Ton erinnerte uns an das politische System, dem wir eben erst entkommen waren.

Wir traten ins Freie, und die frische Morgenluft tat uns gut. Vor der Haupteingangsstelle, die im Block nebenan gelegen war und wo sich sämtliche Ämter befanden, die wir heute zu durchlaufen hatten, wogte bereits eine Menschenmenge. Wir konnten uns nur wundern, wie viele Freiheitssuchende sich hier schon eingefunden hatten, die alle nur ein und dasselbe Ziel verfolgten: eine endlich legalisierte Freiheit!

Die Wartenden wurden nur in kleinen Gruppen eingelassen. Dazwischen gab es kürzere oder längere Wartezeiten. Dann waren auch wir endlich an der Reihe und wurden mit einem Schub durch die Eingangstür gedrängt. Der Kampf um Freiheit wurde hier mit den Ellenbogen weitergeführt, wobei niemand zimperlich war. Wir waren aber im Gebäude und durften nun endlich auf dem deutschen Amtsschimmel reiten. Wir konnten jetzt die Dienststellen mit dem Laufzettel in der Hand durchkämmen.

Zuerst ging es in dem von Menschen vollgestopften Aufzug, in dem es kaum noch Luft zum Atmen gab, in das 2. Obergeschoss zur Röntgen-Abteilung. Ohne Stoßen und Drängen konnte man auch hier nicht mit einer Annahme rechnen. Der Freiheitslauf mit dem Zettel hatte begonnen, und da wollte man nicht der Letzte sein und womöglich als Verlierer dastehen. Links kamen die Frauen, rechts die Männer an die Reihe. Alles hatte hier seine Ordnung und setzte diszipliniertes Verhalten voraus. Dann hatten wir die Röntgen-Untersuchung geschafft und wandten uns der zweiten ärztlichen Kontrolle zu. Wir standen vor dem im Laufzettel vermerkten Zimmer Nr. 114 im ersten Stock. Auf der Tür las ich: „Dr. med. Irina Lupu-Wolff". Das muss wohl eine Ärztin aus Rumänien sein, dachte ich, vielleicht auch eine Aussiedlerin, die sich nicht so leicht von ihrem rumänischen Namen trennen konnte. Doch sie hatte ihrem Namen auch die deutsche Entsprechung hinzugefügt.

Als wir an der Reihe waren, empfing uns eine sehr gepflegte ältere Dame. Sie trug eine getönte Brille und hatte rötlich gefärbtes Haar. Ihr Ärztekittel war schneeweiß. Sie hatte Falten im Gesicht und war bestimmt schon reif für die Rente. Vielleicht aber übte sie ihren Beruf auch nur aushilfsweise, als Konsultationsärztin hier im Nürnberger Durchgangslager, aus. Sie sprach mit einer warmen Alt-Stimme, in leicht singendem Tonfall ein gutes Deutsch mit Zäpfchen-*R*. Sie stellte Routinefragen und vermerkte unsere Antworten auf einem Vordruck. Sie fragte nach Kinderkrankheiten und sonstigen ansteckenden Erkrankungen oder Leiden. Jedes Mal, wenn man eine Krankheit erwähnte, fiel sie in ihrem singenden Tonfall ein: „Ja, das haben Sie alles gut überstanden, und nun fühlen Sie sich wohl."

Doch im Laufzettel-Rennen durfte keine Zeit verloren werden. Wir hetzten weiter zur nächsten Dienststelle, der „Otto-Benecke-Stiftung". Dies war das Amt, das sich mit Ausbildungsproblemen beschäftigte. Es war für uns sehr wichtig, da wir ja beide studieren wollten. Auch bei diesem Amt mussten wir warten und nahmen auf den grauen Plastikstühlen vor der Türe Platz. Da knackte es plötzlich in der Sprechanlage, und eine Frauenstimme sagte: „Achtung, eine Durchsage! Frau Mariana Banu und Herr Ernst Buchner werden gebeten, sich bei Frau Dr. Lupu-Wolff, Zimmer 114, zu melden! Ich wiederhole ..."

Wir erschraken. Es ging uns durch Mark und Bein, wir wussten nicht, was man von uns wollte. Somit begaben wir uns unsicheren Schrittes zurück zur Ärztin. Sie empfing uns noch freundlicher als vorher, eher schon wie gute Bekannte, und nicht als Aussiedler-Patienten. „Seien Sie nicht böse, dass wir Sie über die Sprechanlage haben rufen lassen. Zwei Herren wünschen Sie zu sprechen. Ich bin da nur überflüssig!" Sie brachte an die Türe des Untersuchungszimmers einen Zettel an, auf dem mit grünem Filzschrift geschrieben stand: „Beratung! Bitte nicht stören!"

Die beiden Männer reichten uns die Hand und stellten sich vor. Sie baten um Erlaubnis, sich ebenfalls setzen zu dürfen, um ein wenig mit uns zu plaudern. Ich bemerkte: „Wir sind hier, wahrscheinlich wie auch Sie, nur zu Gast, und man hat uns über die Sprechanlage herbestellt. Also, worum geht's?" Doch die beiden überhörten absichtlich meine Frage, rückten sich umständlich ihre Stühle zurecht und kamen hinter uns zu sitzen. Wir saßen vor dem Schreibtisch der Ärztin, die so eilfertig ihr Kabinett verlassen hatte. Einer von ihnen sagte in gutem Hochdeutsch: „Ein schöner Rücken kann auch entzücken, doch uns wäre es lieber, wenn Sie sich mit dem Gesicht zu uns drehen, damit wir uns in die Augen sehen können. Wir haben ja voreinander nichts zu verbergen, gell?"

Hinter dem Schreibtisch stand auf einem Tischchen ein Kaffeeautomat, der gurgelnde Töne von sich gab, da das Wasser langsam zu Ende ging. Beide Herren sprangen wie aus der Pistole geschossen auf und machten sich am Kaffeefilter zu schaffen. Während sie uns beiden für wenige Augenblicke den Rücken zukehrten, warfen wir uns bedeutungsvolle Blicke zu. Wir hatten inzwischen begriffen, um was für Herren es sich hier handelte, auch wenn diese keine schwarzen Lederjacken trugen. Mana fletschte die Zähne. Das bedeutete, sie wollte diesen beiden Herren schon die Zähne zeigen. Ich nickte nur stumm. Wir hatten sie zwar erkannt, wussten jedoch noch immer nicht, was sie wollten und womit sie uns belästigen würden. Der Wortführer war stämmig, der andere schien etwas leidend zu sein, hatte eingefallene Wangen und hätte bei seiner Länge einen guten Basketballspieler abgegeben. Auf grünen Tellerchen reichten sie uns die mit Kaffee gefüllten Tassen, weiß mit grünen Ringen. Sie hatten uns erst gar nicht gefragt, ob wir überhaupt einen Kaffee mögen, sondern uns einfach Tassen und Tellerchen in die Hand gedrückt.

Nachdem auch die beiden Herren mit ihren vollen Kaffeetassen umständlich und mit witzigen Zwischenbemerkungen Platz genommen hatten, fragte ich erneut: „Also, worum geht es?" Es hätte ja auch sein können, dass sie uns für ihre schmutzige Spionagearbeit hier im Ausland, in der BRD, anwerben wollten. Doch nein, darum ging es nicht. Der grüne Stämmige, der Wortführer, legte ein Bein über das andere, brachte sich in Positur und sagte, meine Frage noch immer ignorierend: „Ihr habt eine lange Reise hinter euch." Er sprach nicht etwa von einer schönen, sondern bloß von einer langen Reise.

„Eigentlich müsst ihr ja todmüde sein von so einem langen und anstrengenden Weg." Woher wollte dieser Mann überhaupt wissen, wie lang und anstrengend unser Fluchtweg gewesen war? Ich wusste es nicht und ließ ihn weiter sprechen. „Sie sind ja aus Rumänien über die DDR hierher gekommen, nicht wahr?" Wie wir tatsächlich hergekommen waren, wussten sie nicht, wieso aber wussten sie dann etwas von der DDR? Erst jetzt fiel es uns wie Schuppen von den Augen. Man musste also schon in Rumänien etwas davon wissen, dass wir uns von der DDR-Reise in die Bundesrepublik abgesetzt hatten. Wieso war das so rasch gegangen? Unsere Reisegenossen hatten ihre Kulturreise durch die DDR ja noch nicht beendet. Es gab dafür nur eine Erklärung: Jemand aus der Gruppe hatte uns beschattet. Wir waren zwar, wie wir meinten, geschickt entkommen, doch unser Beobachter, in ständiger Verbindung mit der rumänischen Staatssicherheit, hatte unser Verschwinden sofort nach Rumänien gemeldet, telefonisch oder gar telegraphisch. Dem rumänischen Staatssicherheitsdienst bleibt also nichts verborgen, die Verbindung reißt auch im Ausland nicht ab. Dass man von unserer Flucht so früh Kenntnis bekommen hatte, störte uns weniger. Viel beunruhigender für uns war es, dass uns hier im Nürnberger Durchgangslager offenbar zwei Agenten des rumänischen Sicherheitsdienstes gegenübersaßen und mit uns Kaffee tranken. Diese faltengesichtige, in singendem Tonfall sprechende Frau Dr. Kurpfuscher hatte sich hier eingeschlichen. Ihre beiden Spionkollegen wurden jedes Mal und zum richtigen Zeitpunkt von ihr in Kenntnis gesetzt, wenn rumänische Landsleute hier eintrafen.

Wir wussten noch immer nicht, was diese beiden Herren eigentlich von uns wollten. Sie steuerten sehr vorsichtig auf das Kernproblem zu. „Ja, haben sich denn diese großen Anstrengungen überhaupt gelohnt?" fragte der Stämmige, heftig gestikulierend. Wir antworteten nicht sofort. Ich musste zuerst überlegen, worauf diese Frage abzielte. Doch dann meldete sich plötzlich, wie bei einem trotzigen Kind, mein Widerstandsgeist. „Ja, es hat sich gelohnt. Es muss sich wohl gelohnt haben, sonst wären wir doch nicht hier im Aussiedlerheim." Doch der Stämmige war nicht sehr einverstanden: „Der Schein trügt, es scheint Ihnen nur so, als hätten sich diese Anstrengungen bezahlt gemacht. In Wirklichkeit haben Sie ja auch erhebliche Verluste zu verbuchen." Ich widersprach: „O nein, wir mussten überhaupt keine Verluste einstecken." Der Starke jedoch gestikulierte weiter: „Sie vergessen darauf, dass Sie Ihr Zuhause aufgegeben haben, dass Ihre Eltern in einer schwierigen Situation zurückgeblieben sind und dass sich selbst Ihr hiesiges Leben in unsicheren Bahnen bewegen wird. Sie sind hier noch nicht mit dem Alltag konfrontiert worden, der sieht nämlich ein wenig anders aus ..."

Ich versuchte noch einige Male zu widersprechen, doch mein Wortgegner wurde konkreter und ging allmählich ins Rumänische über. Wahrscheinlich reichte sein deutscher Wortschatz doch nicht aus, um besondere Nuancen, mit denen er uns hätte überzeugen können, in seinem Gespräch auszudrücken. Er legte, rumänisch sprechend, mehr Redegewandtheit an den Tag.

Er wandte sich an Mana: „Ihr Vater lässt Sie sehr schön grüßen." Wir wussten sofort, was diese Worte zu bedeuten hatten. Diese beiden Herren handelten im Auftrag von Manas Vater, des obersten *Securitate*-Mannes von Hermannstadt. Der Stämmige wartete auf die Wirkung seiner Worte, doch unsere Gesichter blieben ausdruckslos, wie bei einem Verhör, bei dem man keine Gefühlsregungen zeigen durfte, das nun aber immer unangenehmer wurde.

„Sie, Fräulein Banu, sollten sich dessen bewusst sein, dass Sie durch Ihr Hierbleiben die Karriere ihres Vaters zu Hause nicht nur gefährden, sondern tatsächlich zerstören. Ihre Mutter ist kränklich, und ihr Zustand würde sich nur noch mehr verschlimmern, wenn Sie sich in den Westen absetzen. Und Ihnen, Herr Buchner – Sie heißen doch so und nicht Helmut Knopp –, Ihnen gibt Herr Banu zu bedenken, dass durch Ihr Hierbleiben Ihr Vater in die Strafanstalt kommen kann. Sie wissen ja, dass Herr Banu Ihren Vater verschont hat und mildernde Umstände walten ließ, bloß der guten Freundschaft zwischen Ihnen und seiner Tochter zuliebe." Dies war nun nicht mehr ein Zu-Bedenken-Geben, sondern eine ganz gemeine Drohung seitens des Sicherheitschefs. „Und noch etwas, Herr Buchner, denken Sie auch an Ihren Vetter Helmut Knopp, unter dessen Namen Sie hierher gekommen sind. Der würde große Schwierigkeiten bekommen und wer weiß, ob er noch ein Recht darauf hätte, sein Maschinenbau-Studium fortzusetzen. Um es kurz zu sagen: Durch Ihr Hierbleiben würden Sie nur Zerstörung und Schaden anrichten. Sie schaden Ihren Eltern, Ihren Verwandten und auch sich selbst. Deshalb lässt Herr Banu an Sie die gut gemeinte Aufforderung ergehen, in die Heimat zurückzukehren und dadurch alles ungeschehen zu machen. Seien Sie vernünftig und kehren Sie zurück. Betrachten Sie Ihren Fluchtweg als eine schöne und interessante Reise, dann wird sich alles zum Besten wenden."

Nachdem wir uns dies alles angehört hatten, arbeitete es in uns, und unser Gewissen begann sich zu regen. Mana und ich blickten uns betreten und ein wenig verlegen an. Unser Widerstand war gebrochen. Wir waren von den festen Händen der rumänischen Staatssicherheit wie ein mürber Teig durchknetet worden. Unsere Gegenüber merkten die Wirkung ihrer Argumente und machten weiter: „Warum haben Sie eigentlich diesen Schritt getan?" Unsere Antwort wurde gar nicht erst abgewartet. Es war auch nur eine rhetorische Frage, denn die Antwort darauf gab der Stämmige selbst. „Aus Unüberlegtheit, weil ihr beide noch sehr jung seid, noch nicht reif genug, um gleichzeitig auch zu überlegen, welche Folgen so eine überstürzte Handlung haben könnte. Ihr seid beide noch viel zu jung, um euer Leben so einfach zu zerstören. In eurer Heimat hattet ihr doch alles, was zum Leben notwendig war. Oder hat euch irgendetwas gefehlt? Seid ihr einmal nicht satt geworden? Habt ihr einmal hungern müssen? Oder vielleicht frieren, weil ihr keine Kleidung hattet? Sagt doch was, hat es euch an etwas gefehlt?"

Da konnte ich einfach nicht mehr an mich halten. Die Nerven gingen mir durch, ich verlor meine Beherrschung und schrie: „Ja, natürlich hat uns was gefehlt! Die Freiheit hat uns gefehlt!" Doch auch auf diesen meinen Ausbruch schien der grüne Stämmige gefasst gewesen zu sein. Er erwiderte ganz ruhig: „Was bedeutet schon dies große Wort Freiheit? Freiheit kann man ohnehin nur im Gegensatz zu Unfreiheit verstehen. Unfreiheit heißt aber nichts anderes als Gefangenschaft. Wisst ihr überhaupt, was Gefangenschaft bedeutet? Nein, ihr wisst das nicht, also könnt ihr auch nicht wissen, was Freiheit bedeutet. Es ist ein schönes, stolzes Wort, doch es geistert nur in eurer Vorstellung herum. Ihr stellt euch darunter eine problemlose Leichtlebigkeit vor." Ich hätte so viele Argumente gehabt, um dies Gespräch fortzusetzen, um zu widersprechen, doch ich hatte einfach keine Kraft mehr dazu. Mana und ich ließen die Köpfe hängen wie zwei Menschen, die eine Schlacht verloren hatten.

Dann ging der Wortführer zum Finale über. „Also, Sie wollen bestimmt nicht, dass jemand unter Ihrer unbesonnenen

Flucht und unter Ihrem Hierbleiben zu leiden hat. Deshalb fordern wir, beziehungsweise Herr Banu, Sie auf, zurückzukehren, so, als wären Sie gar nicht hier gewesen. Es ist kein Befehl", betonte er. Natürlich war es ein solcher, verbunden sogar mit einer Erpressung, die lautete: Kehrt zurück, sonst werfen wir deinen Vater ins Gefängnis. Tut, was ich euch rate, Ihr habt keinen anderen Ausweg. Ihr seht, wie weit mein Einfluss und meine Macht reicht. Der Mann setzte fort: „Es ist eine gut gemeinte Aufforderung, etwas Falsches rückgängig zu machen. Wir könnten auch von andern Mitteln Gebrauch machen, nämlich euch zu zwingen zurückzukehren. Doch das wollen wir nicht. Ihr beide seid doch so vernünftig einzusehen, dass wir es gut mit euch meinen. Für alle, für euch, für eure Eltern und Verwandten ist es das beste, wenn ihr einsichtig seid und aus Überzeugung heraus den Rückweg antretet."

Das Gespräch war zu Ende. Es hatte zwei Stunden gedauert, und die Kaffeetassen waren längst geleert. Wir wagten es nicht, einen Entschluss zu fassen, der eigentlich schon längst für uns gefasst worden war: Wir mussten zurück, das wurde mir nun endgültig klar. Wir waren dazu gezwungen, den Rückzug aus einer verlorenen Schlacht anzutreten, zwei verletzte Gefangene, die unter der Fahne der Freiheit gekämpft hatten. Diese wurde ihnen aber schon nach kurzer Zeit entrissen, und das bedeutete: Rückschlag und Niederlage.

Nun schaltete sich zum ersten Mal auch der dürre Agent ins Gespräch ein, der wahrscheinlich in dieser einstudierten Szene nur eine Nebenrolle zu spielen hatte. Er griff in die Jackentasche und holte zwei Reisepässe heraus. „Hier sind eure Pässe, die ihr bei eurer Ankunft an der Portierloge abgegeben habt." Wie sie es fertig gebracht haben, sie dort herauszuholen, war mir schleierhaft. Er fuhr fort: „Ihr könnt damit getrost wieder heimfahren, ihr werdet überhaupt keine Schwierigkeiten haben." Aus der Seitentasche seines Sakkos holte er zwei Fahrkarten heraus und gab sie uns mit den Worten: „Hier, diese gehören euch. Der Zug fährt um 14.12 Uhr vom Nürnberger Bahnhof ab. Ihr holt jetzt rasch euer Gepäck, und wir bringen euch im Auto hin. Für Essen und Trinken während der Reise haben wir auch schon vorgesorgt. Ihr seht, wir lassen unsere Landsleute nicht im Stich. Wir helfen ihnen, wo wir nur können."

Das war aber leider nur eine Hilfe, die uns dazu zwang, ins Leben der Unfreiheit zurückzukehren, wieder dorthin zu fahren, was wir als unser Zuhause bezeichneten.

* * *

Nun war ich wieder zu Hause in Stuttgart. In meiner aus freien Stücken gewählten neuen Heimat. Ich hatte meine erste Rumänienreise hinter mir. Ich hatte sie viele Jahre nach meiner Ausreise aus Rumänien mit einer bestimmten Absicht unternommen. Dabei hatte die unterbewusste Absicht die geplante fast schon gänzlich überdeckt. Ich war heimgekehrt, übermüdet und mit gedanklichem Ballast beschwert. Es ist schon merkwürdig mit diesem Zuhause eines Menschen, wie sehr er es sucht und besitzen will. Er möchte es nicht missen, er will es spüren und mit allen Sinnen wahrnehmen. Ein Leben ohne Zuhause ist wie ein Liedtext ohne Melodie, wie eine Blume ohne Duft. Und was ist eigentlich dies Zuhause? Für den einen ist es ein mit eigener Hand gepflanzter Baum, ein Schwalbennest unter dem Dachfirst, ein Blumenbeet mit Stiefmütterchen oder ein Lehnstuhl mit abgenützter Sitzfläche. Für den anderen ist es ein Berg, der in der Ferne seine Umrisse in den Himmel zeichnet, ein unkrautbewachsener Weg, der bei trockenem Wetter Staub unter den Schritten aufwirbelt, oder aber auch nur eine einzige Person, die immer einen Heiligenschein tragen wird. Vielleicht aber ist dies Gefühl von Zuhause sogar ein sonderbares Gemisch aus all diesen und noch vielen anderen Substanzen, die im Reagenzglas der Seele durchgeschüttelt werden und eine Reaktion eingehen. Aus dieser Reaktion setzt sich ein feiner, kristallklarer Niederschlag ab, der unter dem Begriff „Zuhause" zusammengefasst wird.

Für mich bedeutet mein jetziges Zuhause, das ich mir unter so schwierigen Bedingungen geschaffen habe, meine Stuttgarter Wohnung. Hier wohne ich als Mieter meiner Hausfrau, der Rentnerin Annemarie Schwaiger. Die Wohnung liegt im ersten Obergeschoss eines Einfamilienhauses mit drei Stockwerken. Es ist eine Zwei-Zimmer-Wohnung mit Küche, Nebenräumen und einem zur Straße gelegenen Balkon. Hier ist alles, was mein Zuhause ausmacht: Mein Schreibtisch vor dem Fenster mit der danebenstehenden Projektantentafel, der orangefarbene Teufelskopf als Tintenfass, ein Erbstück meines Vaters, die Keramik-Eule als Kerzenleuchter, mein breites, ausziehbares Bett, die antike Wanduhr im verzierten Holzgehäuse und noch vieles mehr.

Ich muss mit Erschrecken oder vielleicht auch zufrieden feststellen, dass bisher nur wenige Personen in meinem Leben eine Rolle gespielt haben. Solche, die mir tatsächlich etwas bedeutet haben, kann ich an zehn Fingern abzählen. Zu diesen hatte vor allem mein Vater gehört. Nicht, dass ich dadurch die Zuneigung zu meiner Mutter schmälern wollte, doch die innere Verbundenheit mit meinem Vater liegt wahrscheinlich in seiner Wesensart, von der sich sehr viel auf mich übertragen hat.

Damals, auf dem Nürnberger Bahnhof, als Mana und ich von den beiden rumänischen Sicherheitsagenten zum Schnellzug nach Wien gebracht wurden, der uns nach diesem missglückten Weg in die Freiheit wieder in die Heimat zurückbringen sollte, stand mir immer nur ein Bild vor Augen: Mein Vater in Ketten, als unschuldiger Gefangener und seiner Bewegungsfreiheit beraubt, in einer Zelle auf einer Holzpritsche sitzend in Einzelhaft. Mein Vater in einem Käfig, wo er von seiner Familie ganz ausgeschlossen war, zu der er einen so starken, einen für ihn lebenswichtigen Bezug hatte. Dies Bild war ausschlaggebend für Mana und mich, wieder heimzukehren.

Wir saßen eng beieinander im leeren Abteil, schweigend, Hand in Hand. Wenn wir ein paar Worte wechselten, so geschah es meist, dass der eine die Gedanken des anderen aussprach. Mana sagte das leise: „Ernsti, wer weiß, wozu es gut ist, dass alles so kam? Mein Vater hätte uns auch im Westen das Leben zur Hölle gemacht. Ich kenne ihn, er wäre zu allem fähig gewesen. Er ist rachsüchtig wie ein blutrünstiger Hund. Davor bleiben auch die engsten Familienmitglieder nicht verschont. Er schreckt vor nichts zurück. Man muss sich ohne Widerrede seinem Willen unterordnen. Außerdem musst du, Ernsti, auch an deinen Vater denken, der würde im Gefängnis zugrunde gehen, das würde ihn kaputt machen." Ich vermute heute, dass Mana nur mir zuliebe in diese Rückreise eingewilligt hatte. Sie wusste genau, wie sehr ich zu meinem Vater halte, und wollte mich nicht leiden sehen, wenn er meinetwegen ins Gefängnis gekommen wäre. Wir hatten damals ein Stück Freiheit für das Leben eines geliebten Menschen geopfert.

Bei meiner Rückkehr, als wir uns in die Arme fielen, konnte ich meinem Vater gegenüber einfach nicht die ganze Wahrheit bekennen. Nie hätte ich ihm sagen können: „Lieber Vater, deinetwegen, dir zuliebe bin ich ins Elternhaus zurückgekehrt. Nur um dich zu retten, um dich vor einer Gefängnisstrafe zu bewahren, bin ich aus dem Land, wo ich schon die Luft der Freiheit eingeatmet hatte, zurückgekehrt. Glaub mir, Vater, du bedeutest mir mehr als diese Freiheit, von der tatsächlich niemand genau weiß, was sie eigentlich ist. Du bist mir mehr wert als dieser eine Fingerhut Freiheit."

Nein, so etwas hätte ich meinem Vater nie sagen können. Der arme Mann hätte angenommen, ich wollte mich lustig machen über ihn. Immerhin hatte er mir den Ratschlag gegeben, wenn sich eine Möglichkeit bieten würde, mich in den Westen abzusetzen. Dafür hatte er mir auch sein letztes gespartes Geld, das für das Alter bestimmt und in D-Mark angelegt war, auf den Weg mitgegeben. Bei der Begrüßung sah ich allerdings zu Boden, als ich erklärte: „Hier bin ich wieder. Ich bin zu euch zurückgekehrt, es ging einfach nicht." Dabei schüttelte ich den Kopf. „Es ist uns nicht gelungen, auszubrechen, ich habe es mir einfach vorgestellt." Vater tröstete mich: „Das macht nichts, mein Junge, Hauptsache, du hast es versucht. Jetzt bist du wieder da, und ich freue mich, dass wir dich wieder haben." Dabei strahlte er übers ganze Gesicht, und man sah es ihm an, dass er glücklich war, mich wieder in die Arme schließen zu können.

Am nächsten Tag jedoch schlug die Bombe ein: Mein Vater hatte den dritten Vorladungstermin beim Gericht. Wir erwarteten alle, dass er nun endlich in diesem Flugblatt-Prozess freigesprochen würde, in den er durch den Besitz der Schreibmaschine der Marke Erika unschuldigerweise verwickelt worden war. Doch er wurde zu fünf Jahren Freiheitsstrafe ohne Bewährung verurteilt. Obwohl ich wegen der Erpressung und nur seinetwegen zurückgekehrt war, ist er zu dieser ungerechten Freiheitsstrafe verurteilt worden. Dieses Fehlurteil hätte mich damals fast um meinen Verstand gebracht. Es war und blieb eine himmelschreiende Ungerechtigkeit. Wäre Mariana Banu nicht die Tochter dieses Monstrums, dieses verräterischen Hundes und obersten Chefs der Staatssicherheit in

Hermannstadt gewesen, ich hätte diesen Unmenschen ohne mit der Wimper zu zucken erwürgen können. Doch mit der verstreichenden Zeit verraucht auch der größte Zorn. Somit blieb die Vernichtung und Erdrosselung dieses Menschen nur ein Wunschbild, das sich allerdings immer und immer wieder in meine Träume einschlich.

Fünfter Satz

Drei Menschen auf der Schwelle zum Tod und ein Mord

Wenn ein Mensch gestorben ist, so kann man die Akte seines Lebens schließen. Sein Tod kann nur aus der Sicht der Hinterbliebenen beurteilt werden. Je nach seinem Ruf zu Lebzeiten wird der große oder weniger große Verlust des Dahingeschiedenen beklagt. Das Bild des Verstorbenen lebt in der Vorstellungswelt der Hinterbliebenen weiter. Wenn man aber davon überzeugt ist, dass ein Mensch durch irgendwelche stupiden Umstände ums Leben gekommen ist und man sich schmerzerfüllt mit dem Verlust dieses Menschen abgefunden hat, so bedeutet es für die Hinterbliebenen einen unglaublich schweren Schock, wenn der Totgeglaubte plötzlich wieder auftaucht.

Rolf Kerner hatte als Redakteur des *Siebenbürger Tageblatts* mehr als einmal in der Abteilung „Anzeigen" ausgeholfen. Da waren nicht nur Geburtstagsglückwünsche und Hochzeitsanzeigen auf der letzten Seite des Blattes unterzubringen, sondern auch Vermissten- und Todesanzeigen. Ursprünglich war Kerner Kulturredakteur und zusammen mit zwei anderen Kollegen für das Feuilleton zuständig. Doch sie wechselten einander auch bei den Anzeigen und Kurznachrichten ab. Das machte keinen besonderen Spaß, gehörte aber jetzt auch zu den Redakteurspflichten, da das Personal auf ein Minimum reduziert worden war. So war Rolf Kerner quasi dazu gezwungen, durch die in der Zeitung veröffentlichten Anzeigen Freude oder Trauer und Leid über die Leser zu bringen, je nachdem, was der aufgesetzte Text beinhaltete. Dabei durfte er keine innere Anteilnahme zeigen, denn der Text sollte dem Wunsch des Auftraggebers entsprechen. Der Redakteur hatte nur alles in die entsprechende adäquate Form zu bringen.

Rolf Kerner erinnert sich noch genau an jenen Herbsttag. Es war der letzte Tag seines Blockpraktikums beim *Siebenbürger Tageblatt* als Student nach dem zweiten Studienjahr. Er befand sich im Sekretariat der Redaktion, von wo aus eine Tür direkt zum Chefredakteur Norbert Zügel führte. Von diesem wollte er eine Unterschrift für sein eben beendetes Praktikum holen. Kerner war gut gelaunt und hatte auch allen Grund dafür. Sein erstes Blockpraktikum hatte ihm nicht nur Spaß gemacht, sondern ihn auch endgültig von seinem zukünftigen Beruf überzeugt. Er konnte also guten Gewissens sein Studium fortsetzen. Plötzlich ging die Türe auf, und eine verweinte Frau trat herein. Rolf hätte sie beinahe nicht wieder erkannt. Es war die frühere Star-Zahnärztin Hermannstadts, die Mutter seines Freundes Winfried Algen. Die Frau sah heruntergekommen und verwahrlost aus. Dieser schlampig gekleideten Rentnerin, der vergessenen Zahnärztin Dr. Else Algen, hingen wirre Haarsträhnen ins Gesicht, in dem Verzweiflung geschrieben stand. Sie erkannte aber den jungen Mann im Sekretariat, der als Freund ihres Sohnes noch vor wenigen Jahren in ihrem Haus ein- und ausgegangen war. Rolf hatte sie höflich gegrüßt, doch sie erwiderte seinen Gruß nicht, duzte ihn so, wie sie früher alle Freunde ihres Sohnes geduzt hatte, und bat schnell und eindringlich: „Rolf, vielleicht kannst du mir helfen, ich suche meinen Sohn!" Rolf, der die ganze Tragik noch nicht erfasst hatte, erlaubte sich noch scherzhaft zu erwidern: „Aber Frau Algen, Sie können Ihren Sohn doch nicht so einfach wie einen Hausschlüssel verloren haben. Mein Freund Wini wird ja nicht spurlos verschwunden sein. Was heißt das überhaupt, Sie suchen Ihren Sohn?"

Frau Algen erzählte hastig und nach Worten ringend: „Wini ist weg, zu einer Prüfung nach Klausenburg, schon vor vier Wochen. Ja, heute sind es vier Wochen her, seit er weg ist und kein Lebenszeichen mehr gegeben hat. Außer einer Karte, die er gleich nach seiner Ankunft dort geschrieben hat. Er ist verschwunden. In Klausenburg habe ich ihn suchen lassen, dort ist er auch nicht mehr."

Sie weinte und wischte sich die Tränen aus den Augenwinkeln. „Bei der Polizei habe ich eine Suchanzeige aufgegeben, aber auch die haben ihn nicht gefunden." Nun flüsterte sie nur noch mit Rolf: „Ich habe auch meinen Bruder in Frankfurt angerufen. Ich dachte, vielleicht ist der Junge schwarz über die Grenze. Doch das hätte er mir gesagt, wenn er so was vorgehabt hätte. Nein, nein, auch mein Bruder weiß von nichts, er ist auch dort nicht! Wo kann er nur sein?"

Erst jetzt erkannte Rolf, wie ernst die Lage war, und er entschuldigte sich seines dummen, unüberlegten Witzes wegen. Er versuchte Frau Algen zu trösten und gleichzeitig eine Vermisstenanzeige zu formulieren. Etwas aber getraute er sich nicht der verstörten Mutter zu sagen: Wenn Winfried sich einen ganzen Monat lang nicht zu Hause gemeldet hatte, so musste ein sehr ernster, wenn nicht gar tragischer Grund dahinter stecken. Rolf befürchtete, dass man sich auf das Schlimmste gefasst machen müsste. Nicht einmal in Gedanken wollte er das hässliche, vernichtende Wort „Tod" verwenden. Es war ihm immerhin lieber, statt einer Todesanzeige eine Vermisstenanzeige aufzusetzen.

* * *

Nachdem sich Winfried Algen in jener sommerlichen Herbstnacht von seinen neu gewonnenen Freunden, den Schobels, im Versteck am Donauufer verabschiedet hatte, die vorausgeplante Startzeit streng einhaltend sich mit seinem kleinen, in eine Nylontüte gehüllten Rucksack auf dem Rücken zum Flussufer schlich, war er überzeugt davon, dass seine gut vorbereitete Flucht bereits so gut wie gelungen wäre. Das Durchschwimmen der Donau bis zum jugoslawischen Ufer betrachtete er nur als eine Zugabe, in der er seine Schwimmkünste unter Beweis stellen musste. Auf diese aber war Verlass, denn im Schwimmen konnte es ihm keiner so leicht nachmachen.

Trotzdem aber, sagte er sich, gibt es keinen Grund, nun übermütig zu werden. Im Gegenteil, nun müsse man genauso vorsichtig ans Werk gehen wie bisher. Er erreichte das Ufergebüsch und legte eine kurze Pause ein. Er sah sich um und war zufrieden. Die Landschaft um ihn herum schien den Atem angehalten zu haben. Bloß das Wasser floss träge dahin. Auf seiner Oberfläche tanzten und spiegelten sich Reflexe des Mondlichts.

Wini ging vorsichtig ins Wasser. Es war kalt, und er rieb sich mit beiden Händen warm. Dann glitt er lautlos ins tiefe Wasser. Als er den Grund unter den Füßen verlor, begann er mit gekonnten, eleganten Schwimmbewegungen im Kraulstil. Er achtete darauf, möglichst ohne Schwimmgeräusche vorwärts zu kommen. Etwa in der Mitte des Stromes angekommen, in dem er nun auch gegen die Strömung schwimmen musste, um nicht von der kürzesten Verbindungsstrecke abzuweichen, beabsichtigte er, sein Tempo etwas zu beschleunigen, selbst wenn es dadurch mehr Geräusche geben sollte. Da aber tauchte fast lautlos nur knapp 100 Meter flussabwärts ein vom träge dahinfließenden Wasser getriebenes Motorboot auf. Es musste aus einem versteckten Anliegeplatz hinter einer Flusskrümmung hervorgekommen sein. Plötzlich wurde der Motor angelassen, das Boot steuerte auf den Flüchtling zu. Leuchtraketen stiegen auf und erhellten die ganze Flusslandschaft. Wini erkannte blitzschnell, dass nicht sein Schwimmen, sondern der Rucksack ihn verraten hatte. Dieser war in Nylon gehüllt, das im Mondlicht glänzte. Er streifte den Rucksack vom Rücken, nahm ihn in die rechte Hand, schnellte wie ein Delphin aus dem Wasser und schleuderte das Gepäck wie einen Ball mit Wucht schräg gegen den Strom in die Richtung zum jugoslawischen Ufer. Später, wenn die Gefahr vorüber sein sollte, wollte er versuchen, seinen schwimmenden Rucksack mit den wenigen Habseligkeiten wieder einzuholen.

Ein Schuss zerriss die stille Vollmondnacht. Wini spürte einen stechenden Schmerz in der linken Schulter. Er war wie ein fliehendes Wild angeschossen worden, tauchte aber sofort unter. Es dauerte eine Minute, bis sein Kopf für Sekunden wieder zum Vorschein kam. Luft schöpfen, wieder untertauchen. Es war ein Taucherspiel auf Leben und Tod, die Wunde in der Schulter brannte wie Feuer. Er vernahm auch noch zwei Schüsse, offensichtlich hatten die Grenzer auf seinen an der Oberfläche schwimmenden Rucksack geschossen, denn Wini konnte ihn nicht mehr ausmachen.

Nun war Wini zwar ein freier Mann, doch im ersten Augenblick konnte er sich über diese Freiheit nicht freuen, weil ihm die schmerzende Wunde zu schaffen machte. Außerdem wusste er nicht, wie schlimm diese Verletzung war. Er tastete mit der rechten Hand die Wunde an der Schulter ab, aus der noch immer warmes Blut hervorquoll. Vielleicht war auch der Knochen verletzt. Um nicht zu verbluten oder durch das schmutzige Donauwasser eine Blutvergiftung zu bekommen, benötigte Wini dringend ärztliche Hilfe. Die Wunde brannte und schickte Schmerzwellen in die linke obere Brusthälfte. Der Rucksack war weg. Er hatte nicht einmal mehr ein Hemd, aus dem er sich einen Verband hätte machen können. Immerhin hatte das Motorboot aufgegeben und war verschwunden.

Frierend, ratlos und angeschossen saß er am Ufer der Freiheit und hatte nur seine blaue Badehose an. Er hatte sich natürlich die Freiheit etwas anders vorgestellt. Nun musste er die jugoslawischen Grenzer um Hilfe bitten, falls er einen von ihnen zu Gesicht bekam. Das musste möglichst bald geschehen, bevor er, durch den großen Blutverlust geschwächt, sich nicht mehr weiter schleppen konnte. Er machte seine letzten Kraftreserven locker, bedeckte mit der rechten Hand die Schusswunde und machte sich mühsam landeinwärts auf den Weg.

Aber er hatte Glück im Unglück. Es kam ihm ein Grenzsoldat entgegen, der mit dem Gewehr auf dem Rücken hier Wache schob. Wini aber konnte ihn nicht ansprechen. Nicht nur, weil er die serbische Sprache nicht beherrschte, sondern weil er einfach mit seinen Kräften am Ende war und mit erhobenen Händen wie ein zu Tode getroffener Freiheitskämpfer zu Boden sank. Bevor er in Ohnmacht fiel, hörte er noch einen schrillen Pfiff, einen Hilferuf des Grenzers, der andere Kollegen herbeiholen sollte. Dann umfing Wini dunkle Nacht.

Als Wini wieder zu sich kam, lag er in einem hellblau bezogenen Krankenbett, und das freundliche Gesicht einer jungen Krankenschwester beugte sich über ihn. Er öffnete erstaunt die Augen und versuchte sich zuerst wieder an alles zu erinnern. Er verstand gar nichts von dem, was diese freundliche Krankenschwester zu ihm sagte; sie versuchte es daraufhin mit Zeichensprache. Sie legte den Kopf auf die gefalteten Hände und mimte langes Schlafen. Wini begann zu verstehen. Er hatte einen langen, erholsamen Schlaf hinter sich. Er nickte und versuchte zu lächeln, doch es fiel etwas gequält aus, denn nun spürte er auch wieder den stechenden Schmerz in der linken Schulter. Er legte die Hand auf die schmerzende Stelle, die verbunden war. Der Verband war um seinen ganzen Oberkörper angelegt. Wini sagte der Schwester: „Ich Medizinstudent, Zahnmedizin", dabei zeigte er seine schönen Zähne und klopfte mit dem Finger darauf. Beide lachten darüber – der angeschossene Medizinstudent und die blutjunge Krankenschwester. „Ja, du piff-paff-puff – Donau." Nun aber sei er in Sicherheit und müsse gesund werden.

Winfried Algen hatte Glück mit dieser Krankenschwester. Sie kümmerte sich nun auch weiterhin um den gut aussehenden, athletisch gebauten Medizinstudenten. Was Wini aber noch nicht wusste, war, dass er noch nicht so frei war, wie er vermeinte. Inzwischen hatte sich die Lage an der jugoslawischen Grenze nämlich geändert. Die Serben waren nicht mehr so großzügig im Umgang mit den im Donaugrenzgebiet gefassten Flüchtlingen. Sie hatten sich für diese etwas einfallen lassen, um auch einen Profit von der Flüchtlingswelle zu haben. Es wurden Arbeitslager für die Flüchtlinge gebaut, in denen diese eine Freiheitsstrafe von 31 Tagen verbüßen mussten. Sie waren verpflichtet, gemeinsam mit serbischen politischen Häftlingen, je nach Jahreszeit entsprechende Feld-, Garten- oder Erntearbeiten zu leisten. Von dieser Strafarbeit blieben auch die Kranken und Verletzten nicht verschont.

Gegen diese Maßnahme konnte man sich nicht wehren. So kam es, dass Wini, dessen Verletzung noch gar nicht ausgeheilt war, schon nach 14 Tagen in dieses Arbeitslager gesteckt wurde. Zusammen mit den gesunden Häftlingen musste er Erntearbeiten verrichten, selbst wenn ihm dafür nur ein Arm zur Verfügung stand. Der linke Arm steckte durch einen fest abgebundenen Schulterverband in der Schlinge. Wini fügte sich in sein Schicksal und arbeitete tüchtig bei der Gemüseernte mit. Auch er lief wie seine Kumpanen hinter einem Traktor her und sammelte die herausgepflügten Kartoffeln oder Karotten einhändig in eine um seine gesunde Schulter geworfene Tragetasche. Es ging einigermaßen und erinnerte ihn an seine Schulzeit am Brukenthal-Lyzeum, wo die Kinder diese Herbstarbeiten bei Schulbeginn ebenfalls leisten mussten.

Von Zeit zu Zeit, beinahe schon auffallend häufig, besuchte ihn auch die hübsche Krankenschwester mit dem ständig strahlenden Gesicht. Da seine Kumpanen, die fast alle auch Flüchtlinge waren, nie Besuch bekamen, neckten sie Wini schon, dass seine Braut ihn besuchen käme. Diese brachte auch jedes Mal etwas Essbares, manchmal auch Früchte und Süßigkeiten mit, wovon er auch seinen Leidensgenossen etwas abgab.

Doch es kam der letzte Tag im Arbeitslager. Wini musste zugeben, dass der Abschied ihm beinahe schwer fiel. Trotz den vielen Tränen, die beim Abschied von der Krankenschwester geflossen waren, hatte Wini seinen begonnenen Einstieg in die Freiheit fortgesetzt. Nur zwei Tage nach seiner Entlassung aus dem serbischen Arbeitslager kreuzte er bei seinem Onkel in Frankfurt am Main auf.

Nun aber kam die schwerste Aufgabe auf ihn zu: Er musste Mutter und Schwester mitteilen, dass er im Westen bei Onkel Arnold gut angekommen war. Inzwischen waren acht Wochen seit seiner Abfahrt aus Hermannstadt vergangen.

Und dann war es soweit. Ein Telefonanruf ihres Bruders, der seiner Schwester eine freudige Überraschung bereiten wollte: „Sprich jetzt mit deinem Sohn!" Sie hörte die Stimme ihres totgeglaubten Sohnes: „Hallo, Mami, ich bin gesund und munter, hallo, hörst du mich?" Sie vernahm wohl die Stimme, konnte aber nicht mehr antworten. Sie hatte solch einen Schock erlitten, dass sie die Sprache verlor.

Winfried Algen hat, wie manch anderer auch, seine Freiheit bezahlen müssen. Und das nicht nur mit der Schusswunde am linken Oberarm, derentwegen er den Arm nicht mehr heben konnte. Doch er hatte immerhin dadurch einen Auftrieb erfahren, dass er seine serbische Krankenschwester zu sich in die Bundesrepublik gebracht hatte. Sie war jetzt nicht nur seine Frau, sondern leitete auch das Personal in der eigenen Zahnarztpraxis. Und heute ist Winfried Algen, der bestimmt von der Freiheit ein eigenes Lied singen kann, Star-Zahnarzt am Starnberger See.

* * *

Rolf Kerner war mit seiner Arbeit zufrieden. Er hatte heute an einem gewöhnlichen Wochentag beinahe Übermenschliches geleistet. Vormittags war er in der Redaktion seinen beruflichen Verpflichtungen nachgekommen. Zu Hause holte er dann die Kartoffelkiste aus der Vorratskammer und leerte sie aus. Auf dem Grund der Kiste lag in einer Nylontüte das Manuskript von Ernst Buchners Roman.

Er klopfte den Kartoffelstaub ab und trug die 163 DIN-A-4-Seiten in sein Arbeitszimmer. Es waren lose Blätter, nur von einer Schnur zusammengehalten. Dann holte er rasch seine Fotokopierinstallation hervor, die er sich selbst gebastelt hatte, schraubte seinen Fotoapparat der Marke „Zenit" an die verstellbare Schiene, schaltete die beiden seitlichen Halogenlampen ein, legte die erste Romanseite auf das Grundbrett und stellte die Schärfe des Objektivs ein. Dann kopierte er wie am laufenden Band. Er musste nur nach je 36 bis 38 Bildern einen neuen Film einlegen und darauf achten, dass sich die Schärfe nicht verstellt hatte. Die sechs Filme der Marke „AZO" enthielten nun die 163 fotokopierten Romanseiten und konnten an seinen Freund Ernst Buchner als Fotos von Urlaubs- und anderen Erlebnissen in die BRD geschmuggelt werden.

Aus der von Buchner angesuchten Freigabe für eine legale Veröffentlichung des Romans in der BRD war natürlich nichts geworden, obwohl sich auch Rolf Kerner sehr für diese Sache eingesetzt hatte und noch zweimal mit dem Kulturreferenten Românu in Verbindung getreten war. Dieser durchaus hilfsbereite und gebildete Mann hätte es gern möglich gemacht, doch auch ihm waren die Hände gebunden, er musste an sich denken und an seinen guten Posten als Kulturreferent. Er gab aber zu, dass dieser Roman zwar nicht gefährlich sei, doch nicht auf der ideologischen Linie liege, und man würde ihm das schlecht ankreiden, wenn er einen Roman, in dem solch ein Geschehen dargestellt würde, zwischen den Fingern durchrutschen ließe.

Dafür ließ nun Rolf Kerner diesen Roman durchrutschen, besser gesagt, er ließ ihn in die BRD schmuggeln. Er hatte Fragmente daraus gelesen und meinte, es wäre schade, wenn dieser Roman nicht veröffentlicht würde. Im Vergleich zu dem, was heute in Rumänien so gedruckt wird, sei er natürlich viel besser. Rolf war schließlich vom Fach und konnte das beurteilen.

Seine Leser waren der Meinung: „Dieser Kerner versteht was von Kunst und Literatur!" Doch auch seine Vorgesetzten schätzten ihn. Sie wussten, dass Rolf nicht geschwätzig war, was er sagte, hatte Hand und Fuß, und man konnte ihm stets Glauben schenken.

Vor zwei Jahren war sein früherer Chef als Chefredakteur zum *Neuen Weg* nach Bukarest versetzt worden. Dieser war für Rolf nicht nur Vorgesetzter gewesen, zwischen den beiden hatte sich eine Freundschaftsbeziehung entwickelt. Die Versetzung war damals ein großer Verlust für das *Siebenbürger Tageblatt*. Man spürte das Fehlen eines hellen Kopfes, eines klugen Menschen, wie Norbert einer gewesen war. Auch Rolf Kerner empfand diesen Verlust als besonders bedauerlich, da beide ein gemeinsames, größeres Zeitungsprojekt ins Auge gefasst hatten. Dies alles war nun hinfällig geworden. Allerdings blieb die Beziehung zwischen den beiden auch weiter bestehen.

Norbert schrieb einen privaten handgeschriebenen Brief an Rolf Kerner, in dem er ihm die Anstellung als Kulturredakteur beim *Neuen Weg* in Aussicht stellte. Die Stelle sei neu zu besetzen, und er würde sich freuen, wenn Rolf sich darum bewerbe. Er würde Rolf gern an seiner Seite haben und ihm auch bei der Einstellung behilflich sein. Er schrieb, dass er selbst die Auswahl der Bewerbungen treffe und dass sein Wort da eine große Rolle spiele. Allerdings sei da auch das Gutachten des Staatssicherheitsdienstes wichtig. Aber Rolf habe doch stets ein einwandfreies, „politisch gesundes" Verhalten gezeigt.

Das war die nächste Arbeit, die Rolf Kerner im Anschluss an das Fotokopieren anging. Er setzte sich an den Schreibtisch und antwortete auf den erst heute erhaltenen Brief Norberts. Darin dankte er für dieses einmalige Angebot. Rolf freute sich wirklich darauf, denn er sah darin eine Möglichkeit, endlich aus diesem Kleinstadtmilieu herauszukommen. Außerdem freute er sich, Mariana Banu wiederzusehen, die schon seit siebzehn Jahren in Bukarest lebte und nur sehr selten nach Hermannstadt zu Besuch kam. Auch dann war es immer nur für kurze Zeit, sie hatte es jedes Mal sehr eilig.

Woher aber kam bei Rolf am heutigen Nachmittag dieser überaus große Arbeitseifer? Das rührte von einem einfachen, kurzen, immerhin aber ganz besonderen Telefongespräch her: Mariana Banu war wieder mal für kurze Zeit in Hermannstadt und hatte ihren ehemaligen Studienkollegen und gewesenen Freund angerufen. Sie wollte gern mal wieder irgendwo in der Stadt einen Kaffee mit ihm trinken. Rolf schwelgte im Glück. In seinem Leben hatten bisher nur zwei Frauen eine Rolle gespielt: Gerlinde, Ehefrau und Mutter seines Sohnes, und Mariana Banu, in deren Gegenwart er jedes Mal schwach wurde und für die er bestimmt jedes Opfer gebracht hätte, wenn sie es nur von ihm verlangt hätte. Sie erwähnte, dass sie einen Besuch in der BRD machen wolle. So ergab sich eine günstige Gelegenheit, diese Filme Mariana mitzugeben. Auf sie war Verlass, und sie würde wahrscheinlich genauso alles für Ernst Buchner tun, wie er alles für Mariana Banu getan hätte. Übrigens stand es ja fest, dass sie Ernst Buchner treffen würde. Damit war es klar, dass Rolf die Gelegenheit beim Schopf packte und rasch den Roman fotokopierte.

* * *

Nach dem Brief an Norbert stand Rolf aber noch eine delikate Aufgabe bevor: Er musste einen Brief schreiben, der selbst so einem rede- und schriftgewandten Menschen, wie er einer war, äußerst schwer fiel. Rolf hatte seinen Vater ausfindig gemacht, den Mann, den er schon seit seinem 15. Lebensjahr suchte. Wie schreibt man nun im Alter von 38 Jahren einem wildfremden Mann, dass man sein Sohn sei, zumal der Vater keine Ahnung von seinem Glück hatte?

Vor zwei Wochen war ein kurzer Brief eingetroffen. Beigelegt war das Passbild eines älteren Herrn mit grau meliertem Haar mit tiefen Geheimratsecken, braunen Augen in einem vom Alter gezeichneten Gesicht. Das Deutsche Rote Kreuz hatte den Mann in Frankfurt am Main ausfindig gemacht und den Suchbrief des Sohnes an ihn geschickt. Ohne Anrede hieß es in dem Brief:

„Seien Sie bitte nicht böse, aber da muss ein Irrtum vorliegen. Ich habe zwar in früheren Jahren den Beruf eines Flugkapitäns ausgeübt, doch mein damals sechsjähriger Sohn ist zusammen mit meiner Frau durch eine Gasexplosion im eigenen Haus ums Leben gekommen. Seither habe ich nicht mehr geheiratet und folglich auch keine Kinder mehr gehabt. Es tut mir Leid, wenn ich Sie enttäusche und Ihnen schreiben muss, dass Sie nicht mein Sohn sind."

Rolf musste regelrecht beweisen, dass Harald Kerner doch sein Vater ist.

Er legte das erste und gleichzeitig letzte Farbfoto seines Vaters neben das letzte Schwarz-Weiß-Foto seiner Mutter, das er aus einer alten Schuhschachtel zwischen vielen anderen, meist schon vergilbten Fotos herausgesucht hatte. Dann sah er sich die beiden Bilder an: Das sind die Eltern, Mutter und Vater, nach achtunddreißig Jahren wieder nebeneinander, zwei unterschiedliche Passbilder auf der Schreibtischplatte unter den prüfenden Blicken des einzigen Sohnes.

Je aufmerksamer Rolf das Passfoto seines Vaters betrachtete, desto mehr konnte er eine gewisse Ähnlichkeit mit sich selbst feststellen, besonders im kantigen Kinn mit dem Grübchen in der Mitte. Doch dieser Beweis allein genügte nicht. Der Fall konnte nur geklärt werden, wenn er einen Brief mit der Erzählung seiner Großmutter schrieb, eine Kopie vom Passfoto seiner Mutter und ein Foto von sich selbst beilegte. Dann würde der Vater sich bestimmt zu seinem Sohn bekennen.

Rolf nahm einen Bogen Schreibpapier und begann den Brief an seinen Vater. Doch schon die Anrede versetzte ihn in Schwierigkeiten. Schließlich begann er mit „Lieber Vater". Zu dieser Anrede brauchte er sich nicht einmal sonderlich zu überwinden, hatte er doch diesen älteren Mann bereits als seinen Vater akzeptiert. Was nun im Brief folgte, war das, was Großmutter erzählt hatte. Es war sozusagen der Pilotengeschichte zweiter Teil. Den ersten Teil kannte ich gut, weil Rolf ihn mir erzählt hatte, als wir einmal über Menschenschicksale sprachen. Allerdings war damals nur von einem anonymen Piloten die Rede gewesen. Rolf erwähnte mit keinem Wort, dass es sein Vater gewesen war.

* * *

Doch zurück zu unserem Staatssicherheits-Flüchtlingsteam, bestehend aus 3 + 1 Personen. Mich hatten meine Peiniger bei Nacht und Nebel in einem unbekannten Wald ausgesetzt. Dazu hatte mich der kleine Napoleon, dieser gehässige Nelu Dragoman, mit einem Fußtritt ins Gebüsch befördert. Die Schlusslichter ihres Autos, eines roten Dacia 1300, waren in der Dunkelheit verschwunden.

Die Chefsekretärin des „Testlabors" saß am Steuer und chauffierte die drei Männer, die sich nicht nur im Freuden-, sondern auch im Alkoholrausch befanden. Sie waren davon überzeugt, mit den gefälschten Pässen bereits auch ihre Freiheit in der Tasche zu haben. Doch da täuschten sie sich gewaltig. Fast 24 Stunden waren vergangen, in denen weder die Chefsekretärin noch der Chef des „Testlabors" am Arbeitsplatz erschienen war. Als Vlad Cerlinca an diesem Morgen das Testlabor betrat, war er bereits Kandidat für den Direktorenstuhl. Er war aber nicht darauf vorbereitet, dass er noch am selben Tag zum Direktor dieses Zensur-Sicherheits-Institutes befördert und ernannt werden würde. Als nämlich weder die Chefsekretärin Violeta Moraru, noch der Chef Gheorghe Popescu zur Arbeit erschienen waren, meldete er dies dem Oberstaatssicherheitsamt, das sofort alle Grenzstationen verständigte und über die Flüchtlinge informierte. Außerdem wurden Polizeistreifen auf Bahnhöfen und an wichtigen Knotenpunkten im Straßennetz eingesetzt.

Im Verlauf des späten Vormittags kamen die Flüchtigen in Arad am Bahnhof an. Viele Reisende schwirrten durcheinander, ein fieberndes und buntes Kreuz und Quer durch den Bahnhof, so als hätte die Reiselust plötzlich alle Menschen gepackt. Die vier begaben sich in Richtung Bahnhofsrestaurant, wo sie sich für den nächsten Reiseabschnitt wieder fit machen wollten. Sie nahmen an einem Tisch Platz, und Violeta bestellte einen heißen Tee, Ghiţă ließ Champagner kommen – eine zu dieser Vormittagsstunde etwas unübliche Bestellung – sowie vier Portionen Kohlrouladen. Diese gehörten schon eher zu den rumänischen Gepflogenheiten. Dann nahm Violeta die Umhängetasche und begab sich damit zur Toilette.

Als sie von der Toilette zurückkam und sich bereits auf der Schwelle des Restauranteingangs befand, blieb sie plötzlich wie angewurzelt stehen. Neben dem Tisch, an dem die drei Männer saßen, standen zwei Milizleute. Die drei wurden aufgefordert, sich zu legitimieren. Mit einem Blick hatte Violeta die Gefahr erfasst, machte kehrt und ging schnurstracks auf den Wagen zu. Mit dem Auto zu flüchten wäre Wahnsinn gewesen. Sie holte darum alle ihre Sachen aus dem Wagen, räumte das Handschuhfach aus, steckte alles in ihren kleinen Reisekoffer, schloss die Wagentür ab und begab sich nochmals zur Toilette. Vorher konnte sie aber noch sehen, wie ihre drei Kumpanen abgeführt und in ein Polizeiauto verfrachtet wurden.

Violeta zog sich rasch um und verließ die Toilette in eleganter Damenkleidung auf Stöckelschuhen. Einem plötzlichen Geistesblitz folgend tat sie das einzig Richtige: Sie löste eine Fahrkarte für den erstbesten Schnellzug nach Bukarest. Ihr war inzwischen klar geworden, dass man sie suchte, dass sie irgendwie verraten worden waren und dass für sie nur noch der Rückzug, der unbemerkte Rückweg in Frage kam. Niemand würde sie in einem Zug suchen, der landeinwärts in die Hauptstadt fährt. In Bukarest angekommen, fuhr sie mit einem Taxi zur Nervenklinik, wo ihr Vetter, Radu Comănescu, ein angesehener und von den Patienten bevorzugter Neurologe war.

Violeta hatte Glück, Radu war eben im Dienst und konnte seiner hübschen Cousine helfen, nachdem sie ihm in fünf Minuten ihre so heikle Lage geschildert hatte. Per Einweisungsschein mit dem Datum vom Vortag internierte er die Patientin Violeta Moraru wegen akuter Schlafstörung in ein für Protegés bereitstehendes Einzelzimmer.

Das Manöver mit der Umkehr war gelungen. Beim Prozess, der einen Monat später stattfand, konnte man ihr überhaupt nichts nachweisen, weder eine Mitwisser- noch eine Mittäterschaft. Die drei Herren waren so galant gewesen und hatten sie fairerweise aus der ganzen Fluchtangelegenheit herausgehalten. Violeta wurde freigesprochen, verlor aber im Anschluss daran ihre Anstellung, denn Vlad Cerlinca wollte sie als Direktor nicht in seiner Nähe dulden.

Doch um Violeta Moraru brauchte man sich keine Sorgen zu machen. Wie eine Katze fiel sie wieder auf die Füße. Heute ist sie wieder Chefsekretärin, diesmal aber bei den Mercedes-Werken in Stuttgart. Ob sie wohl wieder auch die Geliebte des Chefs ist, weiß ich nicht. Doch genauso, wie man ihr die Fähigkeiten einer Sekretärin nicht absprechen kann, genauso wenig kann jemand ihre Liebeskünste in Frage stellen.

Die Urteile im Prozess fielen sehr unterschiedlich aus. Sandu kam noch glimpflich davon, weil er bei der Festnahme seinen Ausweis gezeigt hatte. Er erhielt nur einen schriftlichen Verweis, weil er sich auf Dienstreise begeben hatte, ohne sich vorher bei seinem Chef abzumelden. Auf dieser Dienstreise aber, so seine Aussage, habe er rein zufällig seine Freunde im Arader Bahnhofsrestaurant getroffen. Er behielt auch seine Anstellung als Sicherheitsbeamter in Hermannstadt. Obendrein durfte er wenig später sogar ausreisen und sich in der BRD niederlassen. Zur Zeit lebt er in einer Gegend, wo sich eine größere Anzahl deutscher Aussiedler aus Rumänien befindet und von wo er dem rumänischen Staat wahrscheinlich noch mancherlei Dienste erweist. Man vermutet, dass der oberste Chef der Hermannstädter Staatssicherheit schützend die Hand über diesen Mann gehalten hat, um ihn erneut zu einem guten Werkzeug zu machen.

Nelu Dragoman wurde von seinem Chef, dessen Schützling und Liebling er einst war, beim Prozess wie eine heiße Kartoffel fallen gelassen. Dafür aber setzte sich der Chef für Sandu beinahe väterlich ein. Dass sein Chef Ion Banu sich überhaupt nicht darum bemühte, Nelu durch irgendwelche Tricks freizubekommen, konnte dieser seinem früheren Chef sein Leben lang nicht verzeihen.

Der Hauptangeklagte war der Direktor des Testlabors, Gheorghe Popescu. Es gab kaum etwas, was ihm nicht zur Last gelegt werden konnte. Die Anklage umfasste: Vaterlandsverrat, Fluchtversuch, Aktenfälschung, Diebstahl, Betrug, Veruntreuung von Firmengeldern, Verstümmelung des eigenen Dienstausweises, aufhetzerisches Verhalten, Korruption, Immoralität, landesfeindliche Gesinnung u.a.m. Nach der Verkündung des Urteils – die Verhandlung war öffentlich – wurde anhaltend Beifall geklatscht. Man kann sich leicht vorstellen, wer diese Ehrengäste waren, die dem Prozess beiwohnen durften oder mussten. Das Urteil, das nach Monaten der Prozessführung ausgesprochen wurde, lautete: sieben Jahre Freiheitsentzug. Der Mann wurde nach Jilava abgeführt. Dort befand sich das „beste" rumänische Gefängnis, in dem dieser „unmenschliche Mensch" in der Gestalt eines ehemaligen Sicherheitsagenten am besten aufbewahrt werden konnte.

Sieben Jahre eines Menschenlebens, wenn auch unter noch so schlimmen und unmenschlichen Bedingungen zugebracht, vergehen einmal. Gheorghe Popescu, der Häftling Nr. 112, hat seine Strafe bis auf den letzten Tag, bis zur letzten Minute abgesessen. Er kroch aus dem Rattenloch Jilava, blinzelte ins grelle Tageslicht und ging breitspurig, um nicht das Gleichgewicht zu verlieren, denn er hatte das Gehen verlernt. Dies war aber nicht mehr der frühere Gheorghe Popescu, nicht mehr der schlanke, hochgewachsene junge Mann mit dem Aussehen eines Filmstars. Nein, was hier aus der Gruft ans Licht stieg, war ein lebendes Skelett. Was aber tut nun so ein Mensch, dem einfach alles genommen wurde, auch noch das Fleisch unter seiner Haut? Nun steht er nackt und hilflos mit dem kleinen Gnadengeschenk da, das er erhalten hat: die physische Freiheit. Der Urteilsspruch nach Verbüßung der Haftstrafe hieß: „Du musst weiterleben! Für einen Selbstmord reicht das Verständnis unseres allmächtigen Gottes nicht aus."

Und er lebte weiter. Anfangs wie ein scheues Tier, das sich von einer improvisierten Behausung zur anderen schleicht und sich von dem ernährt, was anfällt oder was man diebisch erwischen konnte. Popescu wusste einfach nicht, wohin er sich wenden sollte. Er hatte niemanden mehr auf dieser großen, weiten Welt. Ungewollt entwickelte er sich zu einem Naturmenschen, der die Wälder und Wiesen der Karpaten durchstreifte. Trotz großer Bemühung und gutem Willen konnte er nirgendwo eine Anstellung finden. Einen entlassenen Sträfling, selbst wenn dieser einmal Sicherheitsagent und Direktor eines Bukarester Instituts gewesen ist, stellt niemand ein. Er wurde Hirte und zog mit seinen Schafen über irgendwelche abgelegenen Bergwiesen in den Karpaten. Anfangs waren es nur wenige Tiere, die er auf die Weide führte, doch dann wuchs ihre Zahl, und man konnte ihn bei Hitze und Kälte in einem langen Schafspelz und einer Lammfellmütze auf dem Kopf, inmitten einer reichen Herde, begleitet von zwei großen Schäferhunden, über die Weideflächen der Südkarpaten ziehen sehen. Irgendwann soll Ghiţă sich einmal geäußert haben: „Ich habe eine Art Freiheit gefunden, die man auch im Westen nicht findet." Und wer dieses Stück Freiheit mal gekostet hat, den lässt sie nicht mehr los. Darauf trank er einen guten Pflaumenschnaps, denn die Champagner-Zeiten waren für immer vorbei. Sie sind für ihn durch eine endgültige Pflaumenschnaps-Zeit abgelöst worden.

Doch was war aus dem kleinen gehässigen Napoleon geworden, diesem abenteuerhungrigen, großmäuligen Nelu Dragoman? Am letzten Verhandlungstag stand der kleine Napoleon nicht mehr als solcher da, sondern als ein noch kleiner gewordener Pferdedieb mit blassen, eingefallenen Wangen. Den Urteilsspruch nahm er beileibe nicht stolz und gefasst hin, sondern eher wie ein mit Hausarrest bestrafter Junge. Er hatte Tränen in den Augen, und man wusste nicht, waren es Tränen des Zorns oder der Reue. Das Urteil, fünf Jahre Freiheitsentzug, kam für ihn unerwartet und schmetterte ihn völlig nieder.

Der eigentliche Auslöser dieses so groß angelegten Prozesses war Hermannstadts oberster Sicherheitschef, Oberstleutnant Ion Banu. Dieser hatte die ganze Karbe-Affäre ins Rollen gebracht und die beiden Prozesse zu einem einzigen wütenden Ungeheuer zusammenwachsen lassen. Was hatte nun dieser mit allen Wassern gewaschene Sicherheitsagent gemacht? Damals schon, als er Rudolf Karbe als Passfälscher entlarvt hatte und ihn gut für eigene Zwecke einspannen konnte, hatte er vorgebeugt: Für den Fall, dass die ganze

Angelegenheit auffliegen sollte, hatte er eine fiktive Sonderakte „Rudolf Karbe" angelegt. Diese Akte enthielt alles über den Passfälscher und war noch durch hinzukommende gefälschte Schriftstücke als Beweismaterial bereichert worden. Darin hieß es, dass Rudolf Karbe als Passfälscher in Verdacht geraten sei, der aber noch nicht durch einen schlagenden Beweis dingfest gemacht werden konnte, man sei ihm auf der Spur, doch könne man ihm noch nichts Stichhaltiges nachweisen. Auch das Resultat einer fiktiven Hausdurchsuchung war der Akte Karbe beigelegt. Diese Durchsuchung sei aber ergebnislos verlaufen, da man kein belastendes Material gefunden habe. So hatte Banu den Fall in einer gemeinen, ganz niederträchtigen Weise in der Hand. Ion Banu hatte den Beweis dafür in der Hand, dass er diesen Karbe verdächtigt hatte, ihn beschatten ließ. Vlad Cerlinca, der bei seinem Antritt als Direktor mit diesem Fall auftrumpfen wollte, hatte das Nachsehen. Ion Banu war ihm zuvorgekommen und stellte alle von Vlad Cerlinca gemachten Entdeckungen in den Schatten. Ion Banu stand wieder groß im Rampenlicht und wurde nach diesem Prozess zum General befördert. Er hatte allerdings auch seinen Schützling, Nelu Dragoman, opfern müssen oder wollte ihn sogar opfern, um ihn ein- für allemal aus seiner Nähe zu entfernen, wofür er aber auch bestimmt guten Grund gehabt haben dürfte.

Nelu wurde in die Strafanstalt Poarta Albă, Weißes Tor, eingeliefert, in der viele politische Häftlinge ihre Strafe verbüßten und diese allerdings teilweise auf dem Feld abarbeiten durften. Nelu aber konnte da nicht mithalten. Er war physisch äußerst schwach und anfällig für Krankheiten, so dass er die meiste Zeit in der Krankenstation des Gefängnisses verbrachte.

Doch die fünf Jahre Haft, vielleicht auch etwas weniger, weil er ab und zu mal Strohbündel auf einen voranfahrenden Traktor mit Anhänger geworfen hatte, gingen auch vorbei. Auch er war nicht mehr derselbe, als das Gefängnistor hinter ihm zuschlug.

Er trug noch die gleiche Kleidung wie bei seiner Festnahme auf dem Arader Bahnhof. Doch die Hosen schlotterten, und er musste sie mit einem Strick um die Hüften festbinden, weil er keinen Hosenriemen hatte. Er war kahl geschoren und zu leicht gekleidet, denn nun war Winter, den man besonders in der Dobrudscha zu spüren bekam. Mit seinem Taschentuch improvisierte er eine Kopfbedeckung und schritt dann durch das Schneegestöber auf den kleinen, verlassenen Bahnhof zu. Bei seiner Entlassung hatte er eine Freikarte für eine Bahnfahrt bis in seine Heimatstadt bekommen. Doch nach Hermannstadt, nach Hause, wollte er um keinen Preis. Nachdem sein Ziehvater gestorben war, war niemand mehr da, der ihm Pakete schickte. Außerdem hätte er es auch nicht ertragen, ehemaligen Kollegen zu begegnen, die ihm gegenüber auch noch Mitleid vorgetäuscht hätten. Das brauchte er alles nicht! Was er jedoch dringend benötigte, das war ein Wodka, um wieder Leben in sich zu spüren. Woher also nun etwas Scharfes nehmen? Er sah sich um. Auf der mit Schneematsch bedeckten Dorfstraße war fast keine Bewegung. Er war davon überzeugt, dass jeder Bauer in seinem Haus eigenen Schnaps hatte. Doch wie kommt man da ran? Er blieb kurz stehen, tippte sich dann mit dem Finger an die Stirne und schritt entschlossen auf das nächste Haus zu. Zuerst nahm er das Taschentuch vom Kopf, denn damit hätte ihn bestimmt niemand ins Haus gelassen. Er ging durch das Tor eines gepflegten Hauses. In diesem Haus war nur die Bäuerin. Ihr Mann war mit einer Fuhre Stroh unterwegs. Nelu bedauerte das und erklärte, dass er aus der Stadt hierher gekommen sei, um für seine Hochzeit Getränk einzukaufen. Er wollte einen guten, reinen Schnaps, denn nur ein solcher käme in Frage. „Kommen Sie, kosten Sie unseren Schnaps, der ist absolut sauber!" Sie führte den Städter in den Weinkeller. Als sie ein Glas zum Probieren holen ging, steckte sich Nelu eine Schnapsflasche in die Hose, wo sie von dem Strick festgehalten wurde, und machte sich schleunigst aus dem Staub.

Dies war sein erster Diebstahl, und er wunderte sich, wie leicht es eigentlich war, sich etwas Fremdes anzueignen. Ab nun lautete seine Devise: „Wenn man etwas braucht, nimmt man es sich eben!"

Im Laufe der folgenden Jahre nahm er sich noch oft, was er so alles brauchte. Doch bekanntlich geht der Krug nur so lange zum Brunnen, bis er zerbricht.

Aus dem einst so stolzen, nationalbewussten napoleonischen Sicherheitsagenten war ein raffinierter Dieb geworden, der sich buchstäblich alles nahm, was er brauchte. Darüber hinaus auch noch viel, was er nicht brauchte. Das brauchten dafür andere, und damit konnte man gut leben. Wert und Preis entsprachen jedes Mal der Nachfrage. Auch dieses hatte er gut gelernt.

Keiner weiß heute noch genau, wie er es schaffte, dieser Nelu Dragoman, der kein Zuhause mehr hatte, Fahrer eines großen Lasters zu werden, der die Strecke Kronstadt–Konstanza befuhr. Er war der Meinung, dass er viel sicherer fahre, wenn er nur ein wenig getrunken habe. So konnte man sich manchmal auch in ein waghalsigeres Überholmanöver einlassen. Gegen den Alkoholgeruch lutschte er gute ausländische Dragees. Je nach Grad der Trunkenheit steckte er eins, zwei, oder wenn's sehr schlimm war, sogar drei in den Mund und knabberte zusätzlich noch Kaffeebohnen, um nicht hinter dem Steuer einzuschlafen. Anfangs lief alles sehr gut.

Seine kleineren Gaunereien, seine größeren Diebstähle und seine Schwarzmarkt-Geschäfte erlebten sogar eine Blütezeit. Doch es genügte ihm nicht mehr, eine Flasche verschwinden zu lassen oder eine Wurst zu klauen. Dies machte keinen Spaß mehr und war sozusagen unter seiner Würde. Was ihn wirklich anregte, das waren die großen Dinger, richtige Diebstähle. Nelu Dragoman, in der Unterwelt als „Nicu der Kleine" bekannt, war stets sprungbereit, auf alles gefasst und für alles vorbereitet. Er arbeitete viel vorsichtiger als bisher.

All die Diebstähle in größerem Stil waren nur möglich, weil Nelu die Strecke Kronstadt–Konstanza befuhr und somit Zutritt zum Hafen hatte. Von dort holte er hauptsächlich Lebensmittel für Kronstadt ab, wobei immer und jedes Mal alles genau stimmte. Es fehlte niemals auch nur eine Flasche Jamaika-Rum oder ein halbes Pfund Kaffee. So war er allmählich zu einem Vertrauensmann im Transportunternehmen geworden. Man konnte sich auf ihn verlassen und wusste, dass die Ladung, wenn auch nicht immer zeitgerecht, so doch jedes Mal vollständig ankam. Dass Nelu Dragoman auch mal einen Schnaps trank, wusste man im Unternehmen genau. Man drückte aber ein Auge zu, schließlich tranken alle Chauffeure hin und wieder ein Bier oder einen kleinen Schnaps auf ihren anstrengenden Fahrten.

Von seinen Nebengeschäften hatten seine Chefs keine Ahnung. Auf einer gut vorbereiteten Fahrt war er einmal mit einer ganzen Fracht gestohlener Ware unterwegs, die er durch Fälschung des Lieferscheins entwendet hatte. Er hatte auch etwas von Rudi Karbe gelernt, das heißt, er hatte die Idee des Fälschens übernommen.

Vor der Einfahrt zum Hafen wechselte er blitzschnell die Nummernschilder und veränderte auch sein Äußeres, weil ihn so viele bei den Hafenbehörden und unter den Hafenarbeitern kannten. Alles sollte zwischen 5 und 6 Uhr morgens bei einem großen Unternehmen abgeliefert werden und in den Kellerräumen der betreffenden Fabrik verschwinden, die allerdings nicht im Frachtbrief angeführt war. Auf diesem stand die Anschrift eines Unternehmens, das zwar existierte, aber nie eine so große Bestellung aufgegeben hatte.

Alles war bisher gut gelaufen, und Nelu konnte sich beinahe schon zufrieden die Hände reiben. Die heiße Ware war fast schon unter Dach und Fach, er war nahe am Bestimmungsort in Kronstadt angelangt. Ihm hüpfte schon das Herz vor Freude. Doch es war noch dunkel, die Stadt schlecht beleuchtet, und auch der Nebel behinderte die Sicht. Nelu war diesmal weniger vom Alkohol benebelt, sondern vollkommen übermüdet nach diesem in sein normales Programm eingeschobenen Blitztransport. Da geschah es an einer Straßenkreuzung nahe dem Bestimmungsort: Die Fußgängerampel zeigte Grün. Ein Mann humpelte, auf einen Spazierstock gestützt, langsam über die Zebrastreifen. Weil aber die Stadt wie ausgestorben dalag und keine Menschenseele weit und breit zu sehen war, überfuhr Nelu die Kreuzung bei rotem Licht. Plötzlich war da ein Mensch vor seinem Kühler. Nelu machte geistesgegenwärtig eine Vollbremsung, doch vergebens. Mit der linken Ecke der Stoßstange schleuderte er den Mann vom Zebrastreifen weg an den Randstein. Der Überfahrene schrie wie am Spieß, so dass einige Fensterläden aufgingen und Neugierige den Kopf herausstreckten. Andere Schaulustige, nur mit dem Morgenrock bekleidet, umringten die Unfallstelle. Da erschien auch schon die Verkehrspolizei. Nelu war geliefert. Er wurde wegen eines schweren Verkehrsdelikts angeklagt, wegen Trunkenheit am Steuer, wegen der gestohlenen Fracht, die nun niemandem mehr gehören wollte, zu der sich niemand mehr bekannte, so dass dadurch auf einmal das ganze Fälschungsmanöver aufflog. Nelu erhielt einige Jahre Gefängnis, die er diesmal in Schässburg zu verbüßen hatte.

Im weiteren Leben Nelus schien das Gefängnis sein eigentliches Zuhause zu sein. Als fahrender Häftling sozusagen bereiste er die schönsten Gefängnisse auf rumänischem Boden, beinahe wie ein Tourist, der Sehenswürdigkeiten sammelt. Für ihn bedeutete Freiheit nur die Unterbrechung zwischen zwei Gefängnisstrafen, die Zeit, in der er, auf freien Fuß gesetzt, die Strecke zwischen einem Gefängnisort und dem anderen durchmaß und ein Wiedersehen mit seinen Gleichgesinnten feierte.

Als Nelu Dragoman wieder einmal eine Strafe im Schässburger Gefängnis abzusitzen hatte, lernte er einen ehemaligen Staatsanwalt kennen, der wegen Bestechungsgeldern, die er jahrelang in seine Tasche hatte fließen lassen, eingesperrt worden war. Von diesem erfuhr nun Nicu der Kleine eine aufregende Geschichte aus dem Leben des gefürchteten Staatssicherheitschefs Ion Banu.

* * *

Alecu Grigore, der Staatsanwalt, konnte gut erzählen. Stoff für seine Geschichten hatte er genug. Während seiner langjährigen Dienstzeit als Staatsanwalt des Hermannstädter Gerichtshofes hatte er viel erlebt. Er konnte viel erzählen über Kläger, Angeklagte und Zeugen, die vor Gericht, genau wie auch vor Gott, alle gleich sind. Jeder fühlt sich ungerecht behandelt, fordert sein Recht. Da ist es für einen Richter schon schwierig, einen gerechten Urteilsspruch zu fällen, dazu auch noch im Kommunismus, wo so viele haarsträubende Paragraphen die Bewegungsfreiheit des Menschen einschränken. Hinzu kommen auch noch etliche Freunde, die man schützen muss und die ein gutes Wort für andere einlegen, doch auch viele Feinde, die zu bestrafen sind. Von einem der Wahrheit entsprechenden Urteil kann überhaupt nicht die Rede sein. Wenn man als Staatsanwalt dann eingesehen hat, dass es einen idealen Richtspruch überhaupt nicht gibt, so macht man eben aus seinem Beruf das Beste und sieht seine Aufgabe darin, den Freunden zu helfen, natürlich nicht immer gratis.

Der ehemalige Staatsanwalt Alecu Grigore und sein Leidensgefährte Nicu der Kleine saßen nebeneinander auf einer harten Holzpritsche. Es gibt wohl in einem Gefängnis nichts erholsameres, als mit jemandem sprechen zu dürfen. Diesmal lauschte Nicu der Kleine.

Der ehemalige Anwalt und der ehemalige Sicherheitsagent hatten sich vorher nicht gekannt. Als sie sich kennenlernten, stellten sie einige Gemeinsamkeiten fest: Beide stammten aus Bukarest, beide wurden nach Beendigung der Hochschule nach Hermannstadt geschickt. Damals wurden die höheren Ämter in den Provinzstädten von Bukarest aus mit Vertrauensleuten besetzt. Ion Banu war als Abteilungsleiter einer Dienststelle des Sicherheitsdienstes und Alecu Grigore als Staatsanwalt an den Gerichtshof Hermannstadts gekommen. Banu war schon immer ein ehrgeiziger Streber gewesen. Er war der jüngste Agent im Rang eines Hauptmanns, und alle Türen standen ihm offen. Es dauerte nicht lange, bis er zum obersten Staatssicherheitsmann, zum Chef der Hermannstädter Staatssicherheit befördert werden sollte. Doch da gab es etwas, was ihn beinahe seine ganze Macht gekostet hätte. In dieser Angelegenheit wandte er sich vertrauensvoll an seinen Landsmann Alecu Grigore, der ihm, ohne ein Honorar zu verlangen, hilfsbereit zur Seite stand.

Seine Mahlzeiten nahm der junge *Securitate*-Hauptmann, damals noch Junggeselle, in der Partei-Kantine ein. Das Mittagessen schmeckte ihm zwar dort nicht sonderlich, doch er würgte es hinunter und spülte dann mit einem guten Tropfen nach. Diese Gewohnheit hatte er auch früher als armer Schlucker gehabt. Es war seine liebste Beschäftigung, diese „Alkoholspülung" nach dem Mittag- und oft auch nach dem Abendessen. Ein bisschen einsam fühlte er sich schon in dieser ihm fremden Kleinstadt.

In der Partei-Kantine war damals eine neue Küchenhilfe beschäftigt. Das Mädchen war etwa 18 Jahre jung und sah gut aus. Braune Rehaugen, kurze, dunkle Haare, saubere weiße Küchenschürze und weißes Kopftuch. Hin und wieder musste sie auch mal als Bedienung aushelfen. Das gefiel ihr besser als den Salat zu schnippeln. So geschah es, dass ihr, während sie bediente, ein junger Mann auffiel, wahrscheinlich auch ein Parteigenosse von kräftigem Körperbau, mit sinnlichen Lippen und sehr guten Manieren. Auch Ion Banu fiel das Mädchen mit seinen lachenden Augen auf. Wenn sie ihn bediente, dann schmeckte ihm das Essen besser, dann war die Suppe nicht mehr so sauer, dass sie einem den Mund zusammenzog, und das Fleisch war nicht mehr so zäh, dass man es kaum kauen konnte.

Ab und zu wechselten sie ein paar höfliche Worte. Aus den Worten wurde ein kleines Verhältnis. Sie hatte nachgegeben, im guten Glauben, dass sie beide einmal vor dem Traualtar ein Paar würden. So dachte sie, so hoffte sie, und wahrscheinlich wäre sie die glücklichste Frau unter der Sonne gewesen, wenn sie diesen stolzen Mann zum Ehegatten bekommen hätte. Doch es wurde nichts daraus, selbst als aus diesem Verhältnis ein Kind hervorging, das dieser hübschen jungen Frau zum Verhängnis werden sollte. So weit der romantische Teil der Geschichte, die aber nun hässlich und unmenschlich weitergeht.

Als die junge Corina ihrem stolzen Freund Ion Banu glückstrahlend mitteilte, dass sie schwanger war und ein Kind von ihm, den sie so sehr liebte, erwarte, wirkte er beinahe wie erschlagen. Genau das war es, was ihm jetzt fehlte: ein uneheliches Kind, nun, da er kurz vor seiner Beförderung stand. Außerdem war er schon längst versprochen und verlobt mit einer Bukaresterin. Nein, dieses Kind musste weg. Doch als er ihr sagte, das Kind müsse abgetrieben werden, protestierte sie: „Nein! Das Kind lasse ich mir nicht nehmen. Das Kind bringe ich zur Welt. Auch ohne deine Hilfe, ohne deine Zusage, auch ohne dich überhaupt. Doch eines sage ich dir: Das Kind wird deinen Namen tragen, und damit basta!" Schon am nächsten Tag ging sie zu ihrem Kreisarzt Dr. Dan Dragoman. Die Schwangere wurde in ein Register eingetragen und musste sich nun den Voruntersuchungen und der ärztlichen Betreuung unterziehen. Laut Gesetz geschah das mit allen Schwangeren. Abtreibungen waren strengstens verboten.

Trotzdem borgte sich Ion Banu die Summe von 10 000 Lei zusammen – soviel kostete eine illegale Abtreibung. Der Arzt, der solche Abtreibungen vornahm, riskierte allerdings Kopf und Kragen. Würde man ihn fassen, so hätte er nicht nur mit einer Geldstrafe zu rechnen, sondern man entzöge ihm auch die Approbation als Arzt.

Banu hatte den Quacksalber ausfindig gemacht, war mit ihm handelseinig geworden, legte das Geld auf den Tisch und forderte: „Wir müssen dieses Kind aus der Welt schaffen!"

Nun begann der Kampf um dieses Kind, das Corina unter allen Umständen zur Welt bringen wollte, auch gegen den Willen des Vaters und gegen seine zornigen Drohungen und Wutausbrüche.

Doch ein Unglück kommt selten allein. Als schwangere Küchenhilfe konnte sie den Dunst, der beim Kochen entstand, nicht mehr vertragen. Häufig stellte sich Übelkeit ein, die sie rasch auf die Toilette trieb, wo sie sich dann im hohen Bogen erbrach. Dies blieb ihren Kolleginnen und Kollegen, die sie ständig beobachteten und hinter ihr herumspionierten, nicht verborgen. So kam es, dass der Küchenchef sie zu sich zitierte: „Ab morgen erscheinst du mir nicht mehr hier! Ich weiß nicht, was du hast, möchte es auch gar nicht wissen, doch ich brauche keine Küchenhilfe, die mir in den Suppentopf speit!" Somit stand sie von heute auf morgen auf der Straße. Sie trug ein Kind im Leib und getraute sich deshalb nicht, in ihr Heimatdorf zu ihren Eltern zurückzukehren. Dort hätten alle mit dem Finger auf sie gezeigt und sie Hure genannt. Sie wollte und musste leben und durfte nicht schlapp machen, denn bald hatte sie für zwei zu sorgen. Zuerst half ihr Ion Banu. Es war der erste Lichtschimmer in ihrer verzweifelten Lage. Sie freute sich schon und dachte: Wie anständig von ihm, es wird sich doch noch alles einrenken. Jetzt kümmert er sich ja doch um mich, und wenn das Kind mal da ist, wird er uns bestimmt nicht im Stich lassen und uns mit offenen Armen aufnehmen.

Sie konnte nicht ahnen, wie falsch ihre Überlegungen waren, denn Ion Banu arbeitete bereits daran, diese junge Frau mit dem Kind, das er nicht haben wollte, aus seiner Nähe zu entfernen. Durch seine neu geschaffenen Beziehungen in Hermannstadt hatte er sie als Postangestellte im nahegelegenen Erholungskurort Salzburg/Ocna Sibiului untergebracht. Dort hatte sie einen liebenswürdigen Chef, der nach einer dreimonatigen Probezeit mit ihr sehr zufrieden war. Er schenkte ihr volles Vertrauen und übergab ihr sogar den Zweitschlüssel des Tresors.

So hatte sie sich mehr oder weniger unter den Schutz dieses netten Herrn begeben, dem sie aber aller Wahrscheinlichkeit nach auch sehr gut gefiel. Es kam aber zwischen ihnen zu keinen Intimitäten. Er blieb distanziert und rücksichtsvoll, denn ihr gewölbter Bauch war schon deutlich zu erkennen.

An einem Vormittag dann geschah es: Polizei kam ins Haus, die Postdienststelle wurde geschlossen, zwei Inspektoren prüften die Buchhaltung. Corina wusste, dass alles stimmte und sie ein reines Gewissen haben konnte. Doch die Untersuchungen der Polizei hatten ein anderes Ergebnis: Es wurde die Unterschlagung einer riesigen Summe festgestellt, Corina war die Hauptverdächtigte. Der Chef wusch seine Hände in Unschuld und konnte beweisen, dass er ihr vertrauensvoll die gesamte Buchhaltung überlassen hatte. Sie jedoch hatte sein Vertrauen missbraucht: Unter allen fehlenden Beträgen stand ihre Unterschrift.

Nun hatte der Staatsanwalt Alecu Grigore zum ersten Mal die Möglichkeit, dem noch unbekannten Sicherheitsagenten Ion Banu eine Gefälligkeit zu erweisen. Er tat es auch, es kostete ihn ja nichts und festigte nur seine Beziehung zu dem so angesehenen Staatssicherheitsmann. Eine allein stehende, dazu noch schwangere Frau ins Gefängnis zu bringen war keine Kunst.

Die junge Frau brachte in der provisorisch eingerichteten Geburtsstation des Gefängnisses ein gesundes Kind zur Welt. Es war ein Sohn, dem sie den Namen des Vaters gab, der das Kind nicht haben wollte: Nelu Banu. Als Banu jedoch erfuhr, dass das Kind sogar seinen Namen trug, hatte er einen glänzenden Einfall. Er strengte einen Prozess wegen Verleumdung gegen die Frau an und bestritt die eigene Vaterschaft.

Nun musste der Staatsanwalt Alecu Grigore schon etwas besser vorbereitet sein als für den ersten Prozess und mit schmutzigeren Mitteln ans Werk gehen. Doch es ließ sich ohne weiteres aus einem Vater ein Nichtvater machen, was im Falle einer Mutter durchaus schwieriger gewesen wäre. Doch auch im Falle der Mutter hätte Alecu Grigore es möglich gemacht. Er verstand es einfach, mit Zeugen und Paragraphen zu zaubern. Er stellte Ion Banu sogar einen guten Advokaten zur Verfügung, auf den hundertprozentig Verlass war. Und so wurde das Unmögliche möglich: Während des Prozesses wurde festgestellt, dass Ion Banu nicht der Vater des Kindes war. Diese Schlampe und Hure hatte das Kind von einem Sträfling empfangen, der schon seit geraumer Zeit wegen Diebstahls hinter Gittern war.

Man kann sich leicht vorstellen, dass diese tapfere junge Frau mit ihren Kräften am Ende war. Sowohl physisch als auch psychisch. In ihrem Alter konnte sie es einfach nicht fassen, dass es so viel Gemeinheit, so viel Schmutz und Dreck auf dieser Welt gibt. Nach einem Nervenzusammenbruch wurde sie in eine Heilanstalt eingewiesen. Weil sie geistig nicht mehr zurechnungsfähig war, wurde ihr das Kind abgenommen und in einem Waisenhaus untergebracht. Die Mutter aber, diese einstmals kerngesunde, junge Frau, ging in der Anstalt kümmerlich zugrunde. Nie wurde sie besucht, die Eltern hatten sie längst abgeschrieben, niemand wollte sich zu ihr bekennen. Sie starb jung, doch ungeliebt und vergessen von allen.

Es gab aber doch einen Menschen, dem dieser Fall nahe ging. Er wollte zwar mit der Sache an und für sich nichts zu tun haben, doch er besuchte hin und wieder Corina in der Anstalt. Diese jedoch erkannte ihn nicht mehr. Zu sehr war sie bereits zerstört und gebrochen, als dass sie ihren Kreisarzt, Dr. Dan Dragoman, hätte erkennen können.

Später dann, als in Hermannstadt bereits Gras über diesen aufregenden Fall gewachsen war, entschloss sich Dr. Dragoman zu einem Akt der Menschlichkeit: Gemeinsam mit seiner Frau, mit der er keine Kinder haben konnte, holte er den kleinen Nelu aus dem Waisenhaus und adoptierte ihn. Nun hatte das Kind eine richtige Familie und hieß Nelu Dragoman.

Nachdem der ehemalige Staatsanwalt mit der Geschichte zu Ende war, rutschte Nelu auf der Pritsche unruhig hin und her. Er fand keine Ruhe und stellte noch unzählige Fragen, die aber leider nicht mehr beantwortet werden konnten, da der Staatsanwalt bereits alles erzählt hatte, was er wusste. Nicht einmal der Familienname der jungen Frau Corina fiel ihm mehr ein. Er erinnerte sich nur noch daran, dass Ion Banu sich für den gewonnenen Prozess erkenntlich gezeigt hatte, indem er ihm ein gemästetes, geschlachtetes Schwein ins Haus lieferte.

Nelu konnte an diesem Abend nicht einschlafen. Er wälzte sich im Bett hin und her und stellte allerlei Überlegungen an. Alles lief darauf hinaus, dass sein Hass gegen Ion Banu, der sich als sein leiblicher Vater entpuppt hatte, nur noch mehr geschürt wurde. Nelu sagte sich, lieber keinen Vater haben als solch ein Individuum wie Banu, der schon so viele Menschen auf dem Gewissen hatte und nicht zuletzt auch ihn, Nelu. Mitten in der Nacht riss er ein Streichholz an. Bei diesem spärlichen Licht zählte er auf einem Taschenkalender die Tage, die er noch in Haft zu verbüßen hatte. Nun wusste er genau, was er zu tun hatte und wohin ihn sein erster Weg in der Freiheit führen würde. Es waren nur noch so wenige Tage zum Absitzen, dass er sie beinahe an den Fingern abzählen konnte.

* * *

Ein Mensch kann im Leben nicht immer nur Pech haben. Irgendwann muss ihn einmal auch das Glück anlachen. Doch auf welche Art und Weise Glück und Pech im Leben verteilt sind, in welchem Verhältnis sie während eines Menschenlebens miteinander stehen, weiß niemand. Vielleicht ist es aber auch so, dass man genau dann, wenn man nicht darauf gefasst ist, vom Glück oder vielleicht von einer Pechsträhne ereilt wird. „Glück" und „Pech" sind keine philosophischen Begriffe, sondern einfache, volkstümliche Ausdrücke. Allerdings können sie leicht auch in die Sprache der Mathematik umgesetzt werden. Fest steht, dass das Glück mit dem positiven, das Pech mit dem negativen Vorzeichen der Mathematik ausgedrückt werden kann. Bestimmt ist es nicht so im Leben, dass Glück und Pech einander die Waage hielten. Wahrscheinlich aber gibt es kein Leben ohne diese Polarität.

* * *

Damals, als ich von Ingeborg Vollmann den senffarbenen Briefumschlag, diese Versandtasche mit Rudis Brief und dem auf meinen Namen ausgestellten gefälschten Besuchspass für die Bundesrepublik erhielt, erkannte ich, dass ich eigentlich mit Mariana Banu Glück hatte. Gerade damals kam sie mich besuchen, und ihr zuliebe verzichtete ich auf eine Flucht in den Westen. Ich kann aber noch weiter zurückgehen und feststellen, dass ich auch Glück hatte, dass Ingeborgs Verlobter, Konrad Lorenz, der mir diesen Brief schon vor zwei Tagen bringen wollte, einen Motorradunfall hatte. Hätte ich nämlich Pass und Brief früher erhalten, so hätte ich mich bestimmt zur Flucht entschlossen und wäre wahrscheinlich an der Grenze geschnappt worden. Bereits am ersten Abend, nachdem Rudi Karbe in dem Mercedes der Meiers über die Grenze gefahren war, sind sämtliche Grenzübergänge für alle Reiselustigen mit Besuchspässen gesperrt worden. Schon damals wusste man, dass sich mindestens zwei Personen aus dem Testlabor auf der Flucht in den Westen befanden. Dementsprechend wurden an allen Grenzübergängen die Kontrollen verschärft.

Es ist schon makaber, wenn man durch das Pech anderer selbst Glück hat!

Auf der Zibinsbrücke war der Unfall geschehen. Ein Laster erwischte Konrad und schleuderte ihn ans Brückengeländer. Er sackte zusammen und blieb bewusstlos liegen. Alle Wiederbelebungsversuche im Krankenhaus blieben erfolglos. Der Chefarzt nickte nur traurig mit dem Kopf, was so viel bedeutete, dass der Patient den Kampf um sein Leben verloren hatte. Er war klinisch tot. Der Arzt versuchte, der Verlobten dies alles schonend und taktvoll beizubringen. Er übergab ihr auch den senffarbenen Umschlag. Nachdem sich Ingeborg Vollmann nach dem Weinkrampf etwas erholt hatte, bat sie den Arzt, er möge die Eltern des Verunglückten in Wolkendorf bei Kronstadt verständigen. Sie selbst sei außerstande, den Eltern die Todesnachricht zu übermitteln. Der Arzt beschwichtigte sie und versprach, dass das Krankenhaus diese Aufgabe selbstverständlich übernehmen werde.

Eine stämmige Oberschwester übernahm die Aufgabe, den Eltern die Todesnachricht telefonisch zu übermitteln. Dabei fügte die Oberschwester noch etwas hinzu: „Bitte, ich möchte Sie darauf aufmerksam machen, dass hier in Hermannstadt die Särge Mangelware sind. Es ist fast unmöglich, einen Holzsarg aufzutreiben. Wenn Sie an die Beerdigung denken, so wäre es gut, wenn Sie den Sarg von dort, wo Sie sich jetzt aufhalten, mitbringen könnten. Dieser Rat ist gut gemeint – als Oberschwester kenne ich die Zustände hier genau."

Die Eltern blieben sprachlos. Der Sohn ist tot, und nun sollten sie auch noch einen Sarg aus dem Urlaub mitbringen. Die beiden fügten sich in ihr Schicksal, das sie auf so eine harte Probe gestellt hatte, besorgten einen Sarg und kamen geschlagen und geistesabwesend an. Sie verstanden kaum noch, worum es eigentlich ging.

Der nicht mehr zum Leben erwachte Konrad Lorenz wurde auf einem weißen Krankenbett hinunter in den Keller gerollt und dort auf eine schwarze Bank gelegt. Dann wurde er mit einem weißen Leintuch bedeckt und dem Frieden der hier Ruhenden überlassen.

Doch da bewegte sich etwas unter dem weißen Leintuch. Langsam kehrte das Leben in Konis Körper zurück. Zuerst atmete er nur ganz fein. Doch dann wurde sein Atem immer kräftiger, beinahe wie ein Blasebalg. Konrad Lorenz öffnete die Augen, doch es war dunkel um ihn herum. Nur in Gedanken sah er eine Szene wie im Traum vor sich abrollen: Er saß auf dem Motorrad, wollte überholen, doch dann kam ein Riesenlaster, der ihn buchstäblich auf die Hörner nahm. Wie einen Kaskadeur sah er sich durch die Luft fliegen, mit dem Kopf auf das Brückengeländer zu. Er stierte ins schmutzige Zibinswasser in der Tiefe, dann sah er nur noch flimmernde Sternchen, und es wurde wieder dunkel und schwarz um ihn. Sein Gesicht war von Schweißperlen bedeckt, der Kopf glühte, und mehr unbewusst wischte er den Schweiß mit dem weißen Leintuch ab, das ihn im Gesicht störte. Er zitterte und rollte sich fester in dieses dünne Tuch ein. In dieser kühlen Umgebung fror es ihn jämmerlich. Es muss wohl Nacht sein, dachte er, doch wo war er nur? Lag er auf dem Asphalt der Straße, auf dem Fußboden zu Hause? Die harte, kalte Holzunterlage fühlte sich keineswegs wie ein Krankenbett an. Obwohl er das Leintuch bereits vom Gesicht weggezogen hatte, sah er gar nichts. Er hob die Hand, sah sie nicht, doch er spürte sie, genau wie auch seine Beine. Alles spürte er, bloß im Mund schmeckte er Blut.

Doch als er schwungvoll aufstehen wollte, war er wie gefesselt, alle seine Glieder waren bleischwer. Er bewegte diese wie in einer Aufwärmungsphase während der Sportstunde. Durch die Bewegungen rutschte er von der Bank, fiel auf den Bauch, auf die Hände, mit der Stirne auf den gefliesten Boden. Nun aber tastete Koni den Fußboden ab, stellte fest, dass es sich um Fliesen handelte, und wollte sich erheben. Das ging aber nicht, und so kroch er unter großen Anstrengungen und Schmerzen bis zu dem Lichtstreifen, der in ungefähr drei Meter Reichweite von ihm war. Als er die Hand in das Licht hielt, verspürte er einen Luftzug und gab sich Rechenschaft, dass die Helligkeit aus einem anderen Raum kam.

Das langsame Öffnen der Türe verursachte ein quietschendes Geräusch, das in der Stille, die hier herrschte, doppelt laut widerhallte. Dann schwankte Koni wie ein Betrunkener, mit dem umgehängten Leintuch wie ein Gespenst aussehend, über die Türschwelle. Die diensthabende Krankenschwester, die eben mit einem Tablett voller Fläschchen, Phiolen, Spritzen und Arzneimittel vorbeikam, ließ vor Schreck das Tablett fallen und stürzte laut um Hilfe rufend davon. Nun erst merkte Koni, dass er sich in einem Krankenhaus befand, und wunderte sich über das sonderbare Verhalten dieser Schwester.

Langsam, sich an die Wand stützend, ging er mit kleinen, ungelenkigen, trippelnden Schritten den Korridor entlang. Sein Mund war ausgetrocknet; wenn er sich die Lippen leckte, schmeckte es nach Blut. Jetzt spürte er es auch: Die Oberlippe war eingerissen. Doch er hatte Durst. Viel hätte er um einen Becher mit frischem Trinkwasser gegeben. Er näherte sich langsam der nächsten Türe. Diese ging plötzlich vor ihm auf, und ein Arzt kam heraus, der wahrscheinlich die Schreckensrufe der Krankenschwester gehört hatte. Dieser Mann war zwar auch sichtlich erschrocken, er hatte sich aber sofort in der Gewalt, und ohne ein Wort zu diesem totgeglaubten Patienten zu sagen, war er sofort bereit, Koni zu helfen. Der Arzt war nur darum bemüht, den Patienten im Leintuch rasch bis zum nächsten freien Bett zu bringen. So kam Koni aus der Totenkammer von der schwarzen Bahre wieder in ein sauber bezogenes Bett in ein Einzelzimmer im ersten Stock.

In das am frühen Morgen noch verschlafene Ärzteteam kam Bewegung. Die Nachtwache war noch nicht zu Ende, denn der totgeglaubte Patient musste dringend versorgt werden. Da war der Name „Konrad Lorenz" fein säuberlich mit einer Damenhandschrift eingetragen. Uhrzeit, Diagnose, Todesursache waren da genau vermerkt. Der vom Chefarzt eigenhändig ausgestellte Totenschein mit dem Datum von gestern befand sich ebenfalls, mit einer Büroklammer angeheftet, im Register. Nun aber lebte dieser Tote, und man musste den Totenschein unbemerkt verschwinden lassen.

Wie stellt man es nun so ganz unauffällig an, diesen Toten aus dem Register der Verstorbenen in ein Register der Lebenden zu übertragen? Man musste eben fälschen. Es war zwar Urkundenfälschung, doch was tut man nicht alles, um aus einem Toten einen Lebenden zu machen!?

Inzwischen war für das alte Ehepaar Lorenz ein trüber Urlaubstag angebrochen, vielleicht der trübste Tag ihres ganzen Lebens, da sie die Nachricht vom Tode ihres einzigen und geliebten Sohnes erfahren hatten. Doch sie durften nicht an ihren Kummer denken, denn zum Weinen würde noch Zeit genug bleiben. Sie mussten sich darum kümmern, ihren Sohn, so wie er es verdient hatte, in einem richtigen Eichensarg zu bestatten. Diesen mussten sie aus Kronstadt besorgen. In einem Kronstädter Bestattungsgeschäft kauften sie einen der zwei letzten Holzsärge. Am Bahnhof gaben sie den schweren Eichensarg als Mitgepäck auf.

Dann standen sie vor der Portierloge des Krankenhauses. Sie wussten ja gar nicht, an wen sie sich überhaupt zu wenden hatten. Bei einem Kranken ist das sehr einfach: Da fragt man einfach nach der Zimmernummer. Doch wie macht man im Krankenhaus einen Toten ausfindig? Man fragt nach der Totenkammer. Doch der Pförtner sagte: „Augenblick mal" und nahm sich das Register vor, in dem die Todesfälle der letzten Tage vermerkt waren. Merkwürdig. Da tauchte kein Konrad Lorenz auf. Hingegen war die vierte Zeile von unten mit einem Papierstreifen überklebt, auf dem irgend ein Unbekannter eingetragen war. Keiner der da Eingetragenen hieß Konrad Lorenz. Das war nun schon mehr als merkwürdig. Da rückt ein älteres Ehepaar mit einem Eichensarg an, doch ihr Sohn steht in keinem Sterberegister. Was für eine Schlamperei in der Registratur dieses Krankenhauses!

Sie verlangten den Chefarzt der Unfallstelle zu sprechen, der bereits wieder im Dienst war. Man ließ ihn durch die Sprechanlage zum Tor rufen. Der Oberarzt kam freudestrahlend auf das ältere Ehepaar zu und sagte: „Sie sind die Eltern von Konrad Lorenz? Ja, ich habe eine gute Nachricht für Sie: Ihr Sohn lebt. Wir haben ihn gerettet. Es ist uns gelungen, ihn aus der Gewalt des Todes zu befreien!" Die Mutter konnte nur „Oh Gott!" hervorstoßen. Der Vater sagte nichts mehr. Die Knie wurden ihm weich, und indem er versuchte, sich krampfhaft an dem Vorbrett der Portierloge festzuhalten, sank er zu Boden. Er wurde rasch auf einer Trage ins Haus gebracht. Doch er wachte nicht mehr auf, der Schock war zu groß gewesen. Die Mutter hatte zwar ihren Sohn behalten, dafür aber ihren Mann verloren.

* * *

Wenige Monate später, als Konrad Lorenz schon wieder gesund und kräftig im Motorradsattel saß und die Straßen Hermannstadts unsicher machte, sorgte seine Mutter in einer Kommode für Ordnung. Sie war allein und suchte sich nach beide uns durch sein Dazwischendrängen nicht hatten finden können.

Nun saßen wir beide, Christiane und ich, im Wohnzimmer, das die Karbes nach dem Muster ihres Wohnzimmers in Hermannstadt eingerichtet hatten. Dieser Versuch war aber missglückt, beim Betrachter wurde zwar der Eindruck des Bekannten erweckt, doch auch gleichzeitig die Überzeugung, dass man es mit einer Nachahmung zu tun hat, die eine kühle, unpersönliche Wirkung auslöst. Dies vergrößerte die Distanz zum Betrachter und ließ keine Identifizierung mit der gegenwärtigen Lage zu. Diese Feststellung der missglückten Nachahmung ihres Wohnzimmers behielt ich jedoch für mich.

Christiane – das musste ich mir eingestehen – sah gut aus, jünger, als gewöhnlich eine Frau im Alter von 37 Jahren aussieht. Sie trug einen langen schwarzen Hosenrock und eine braune langärmelige Bluse. Das blonde Haar trug sie nicht mehr wie früher zu einem Pferdeschwanz zusammengebunden. Es fiel gekräuselt auf die Schultern herab. Sie sah ausgeruht und unverbraucht aus, natürlich nicht mehr so mädchenhaft und zierlich wie früher, doch immerhin ohne gravierende Spuren der Zeit. Sie sah tatsächlich begehrenswert aus.

Ihr Verhalten mir gegenüber könnte man mit folgenden Worten ausdrücken: „Ernsti! Vergessen wir einfach nach so vielen Jahren, was geschehen ist. So Schlimmes war ja auch nicht geschehen, das wir uns nicht gegenseitig vergeben könnten. Komm, wir schlagen einfach eine Brücke über diese Zeit, betrachten sie als einen leeren Zeitraum, in dem wir uns einfach aus den Augen verloren haben. Komm, lass uns einen neuen Anfang machen."

Ja, vielleicht hätte sie es so oder so ähnlich sagen wollen. Doch sie war befangen, und das wahrscheinlich deswegen, weil sie diese vielen Jahre über nur mit ihrem Bruder zusammen war.

So saßen wir am rechteckigen Tisch, der eine mit Kacheln ausgelegte Tischplatte hatte und eine seitlich angebrachte Kurbel, mit der man die Höhe der Tischplatte verstellen konnte. Wir saßen auf einer Ledergarnitur, tranken Kaffee aus modernen, bauchigen Keramiktassen und hatten beide das Gefühl, eine Chance verpasst zu haben in diesem kurzen

Leben, das immer kürzer wird, je länger man lebt. Es waren die Umstände, die keine Verbindung zwischen uns zuließen. Doch trotz diesem Gefühl, das wahrscheinlich in uns beiden aufkam, waren unsere Blicke irgendwie scheu; wohl aus Verlegenheit sprachen wir pausenlos, wenn es auch nur belanglose oder banale Dinge waren, über die wir anfangs sprachen.

Plötzlich schellte die Türglocke. Ihr schrilles Läuten schnitt hart in unsere so schwer und mühsam sich anbahnenden Annäherungsversuche. Ich blickte Christiane fragend an, als ob ich wissen wollte: „Erwartest du Besuch?" Sie schüttelte bedauernd den Kopf. Sie hob den Hörer der Sprechanlage ab und setzte sich mit dem Besucher in Verbindung. Es war ihr Bruder Rudi, der, obwohl er seinen eigenen Hausschlüssel besaß, nicht von ihm Gebrauch gemacht hatte. Er hatte es vorgezogen, die Rückkehr ins eigene Haus lieber rücksichtsvoll und dezent durch Klingeln anzumelden. So taktvoll war Rudi übrigens immer gewesen. Er sagte Christiane über die Sprechanlage, dass er nochmals heraufkommen wolle, um mit mir zu sprechen. Oben angekommen sagte er: „Ernsti, mein Auto streikt. Würdest du mir deinen Wagen leihen, damit ich nach München zur Ausstellung fahren kann? Die Zeit eilt, und diese Leute dort warten auf mich. Natürlich werde ich mich dafür erkenntlich zeigen."

Das war ja nun wirklich kein Problem, einem guten Freund meinen Wagen zu borgen. Es war tatsächlich wichtig für Rudi, nach München zu den letzten Vorbereitungen für seine Ausstellung zu kommen. Ich sagte: „Rudi, das ist doch selbstverständlich, dass ich dir meinen Wagen gebe. Wir beide haben uns im Leben doch schon anders geholfen." Ich musste an das viele Geld denken, mit dem mir Rudi während der Schulzeit immer ausgeholfen hatte, und dass er mir das Geld immer so zugesteckt hatte, dass es nicht nach einem Geschenk aussah. Rudi war immer für mich da gewesen, was ich auch an Rechnungen zu begleichen hatte.

Rudi nahm den Schlüssel meines Wagens von mir in Empfang und sagte: „Bis spätestens 20 Uhr bin ich wieder zurück. Tschüss!" Wiederum schloss Christiane hinter ihm die Tür, so, als wollte sie nun ungestört mit mir diese Nachmittagsstunden bis acht Uhr abends verbringen.

An dieser Stelle muss ich noch etwas über das Ausborgen meines Wagens erwähnen. Das Auto ist hier im Westen ein Gebrauchsgegenstand wie jeder andere auch, und es ist fast so, dass ein Auto jemandem geliehen wird, wie man einem Freund einen Kugelschreiber reicht. Bei mir sah das allerdings ein wenig anders aus. Es dürfte vielleicht befremdlich klingen und bei meinen Mitmenschen nicht unbedingt auf Verständnis stoßen. Bei mir hatte sich im Laufe der Zeit eine gewisse Beziehung auch zu toten Dingen aus meiner Umwelt ergeben. So gesehen, muss man es bei mir als ein Opfer ansehen, dass ich den Wagen verliehen habe.

Christiane setzte sich ganz nahe neben mich auf den Zweisitzer der Ledergarnitur, unmissverständlich nahe. Ich roch ihre Frische und ihr betörendes Parfüm. Christiane strich sich das blonde gelockte Haare aus dem Gesicht. Es war wie eine Verlegenheitsgeste, da sie anscheinend nicht wusste, wie sie beginnen sollte. Dann erzählte sie, ohne mich anzusehen, so, als spräche sie mit einer imaginären Gestalt. Sie redete wie ein Tonbandgerät zu jemandem, der eigentlich neben ihr saß: „Weißt du, Ernsti, damals hatten wir dir öfter gesagt, dass mein Verlobter Erwin zu Besuch käme. Wir haben dir zu verstehen gegeben, dass dann an dem Wochenende deine Anwesenheit unerwünscht sei. Doch diesen Erwin, meinen Verlobten, hat es nie gegeben. Das war bloß eine Erfindung von Rudi. Ich hatte gar keinen Verlobten und war auch niemals verlobt. Rudi brauchte diese fiktive Person, um sich zu schützen. Nicht vor dir, sondern vor den gehässigen Angriffen der Staatssicherheit, die ihm vorwarfen, dass er mit mir, seiner eigenen Schwester, ein Verhältnis hätte." Hier unterbrach ich sie: „Und warfen sie ihm das zu Unrecht vor?" Christiane sah mich scharf an und sagte: „Ernsti, darüber möchte ich lieber nicht sprechen." Sie senkte den Kopf und fuhr fort: „Und dieser Erwin, diese fiktive Person, war für dich niemand anders als der Staatssicherheitsmann Ion Banu. Er war bei uns eingeladen, und du durftest nichts davon wissen. Rudi hatte damals begonnen, für ihn zu arbeiten, und das durfte niemand erfahren. Er wurde von Banu erpresst, obwohl dieser sich als unser Freund ausgab. Er verlangte immer mehr von Rudi. Er forderte auch noch etwas, wofür ich mich auch heute noch schäme. Nein, es ist nicht, was du denkst, er hatte keine sexuellen Wünsche. Er verlangte ein Foto von mir und dir. Wir wussten nicht, wofür oder wozu er solch ein Foto brauchen könnte. Damals, Ernsti, als wir uns liebten, damals, das erste Mal, haben wir im Wohnzimmer am Klavier dies Foto gemacht. Ich zeige es dir."

Christiane erhob sich, um das Foto zu holen. Ich betrachtete es. Christiane und ich in einer verliebten Stellung, sie am Klavier sitzend, ich stehend hinter ihr. Ich war ihr liebevoll zugekehrt und streichelte ihr Gesicht. Ich musste zugeben, es war ein gelungenes Foto. Es enthielt eine eindeutige Aussage, strahlte Atmosphäre aus. Im Bild sah man auch das Schattenspiel der durchs Fenster scheinenden Nachmittagssonne. So lieb also hatte ich Christiane damals! Ich gab das Bild zurück, es gehörte nicht mir. Es war überhaupt ohne meine Zusage, ohne mein Wissen gemacht worden. Ich schwieg. Ich merkte, Christiane wollte noch etwas hinzufügen: „Ja, Ernsti, und Rudi bat mich, ich solle mich bei dir dieses Fotos wegen auch in seinem Namen entschuldigen. Er hätte es einfach nicht fertiggebracht, sich selbst zu entschuldigen. Er und ich wollen nun hoffen, dass du uns schon verziehen hast, nun, nach so langer Zeit. Und weißt du, es ist wirklich ein sehr gutes Foto geworden. Es gehört zu seinen besten Kunstfotos, das er auch in der jetzigen Ausstellung zeigen will."

Ich schwieg und hing meinen Gedanken nach. Warum musste dies Foto überhaupt entstehen? Was steckte dahinter? Was hatte Ion Banu damit vorgehabt? Ich sah Christiane traurig an und sagte: „Du hast mich also verkauft, mich verkauft, wo ich dich damals so lieb hatte. Du hast mich deinem Bruder und der Staatssicherheit verkauft? Was soll ich da noch von dir denken?" Christiane schmiegte sich an mich. „Ernsti, ich habe dich nicht verkauft. Ich habe dich trotz der großen Zuneigung meinem Bruder gegenüber wirklich geliebt. Glaub es mir!" Sie hatte Tränen in den Augen, die aber nicht die Härte und Verkrampfung ihres Gesichtsausdruckes lösen konnten.

Nun lag es an mir, zu verzeihen. Doch da war irgend etwas in mir, das es nicht zuließ. Ich hätte einfach sagen können: „Was war, ist gewesen. Freuen wir uns am Jetzt, an der Gegenwart." Wir hätten lieb zueinander sein können, wir hätten uns befreit von allem, von diesem ganzen Ballast und Schmutz, wir hätten uns sorgenlos lieben können. Statt dessen saßen wir da, steif, kühl, beinahe einander fremd. Es war, wie wenn ich durch eine starke Welle der Gedankenflut weit weg von

Christiane in ein düsteres, stürmisches Meer abgetrieben worden wäre, in dem ich mich nur mit Mühe über Wasser halten konnte.

* * *

Christiane hatte die Augen geschlossen. Sie hatte die Beichte hinter sich und war sichtlich erleichtert. Sie hatte sich zumindest jetzt, nach so langer Zeit, von etwas befreit, was sie seit ihrer Flucht in den Westen belastet hatte. Und was war es, worin bestand diese ganze Belastung? In einem Liebesfoto, das sie mit mir ohne meine Einwilligung und ohne mein Wissen für die Staatssicherheit gemacht hatte, um sich und ihren Bruder zu retten. Doch an die Folgen hatte sie nicht gedacht. Damals nicht und jetzt wahrscheinlich auch nicht. Mich störte eigentlich nicht das Foto, das übrigens sehr gelungen, durch Zufall ein Kunstfoto war. Mich störte, dass es für irgendwelche, mir noch unbekannte, schurkische Zwecke angefertigt worden war, von denen Christiane und Rudi auch heute noch keine Ahnung hatten.

Doch allmählich dämmerte es mir. Ich konnte gut kombinieren und erinnerte mich: Mariana hatte sich damals, als sie nach ihren missglückten Prüfungen zu mir gekommen war, plötzlich ohne nähere Erklärung, ohne Aussprache von mir abgewendet und war nach Bukarest gefahren. Für immer von mir weg. Sollte vielleicht dieses Foto der Grund dafür gewesen sein?

Christiane merkte, dass ihr Geständnis nicht die erwartete Wirkung hatte. Sie sagte: „Ernsti, wir haben einen guten Kognak im Haus, einen Remy Martin. Ich glaube, wir könnten beide gut einen Schluck davon vertragen." Sie stand auf, um den Kognak zu holen, drehte sich aber dann nochmals zu mir und bemerkte: „Du nimmst die Sache von damals viel zu tragisch. Im Grunde genommen ist niemand zu Schaden gekommen. Du musst verstehen, es war eine Möglichkeit, von diesem Agenten loszukommen. Gut, wir kamen nicht los, doch du musst auch uns verstehen...". Sie sprach immer von „uns", von Rudi und sich selbst.

Mir war es inzwischen gelungen, mich an Einzelheiten der damaligen Ereignisse zu erinnern. Ich wollte Details erfahren: „Wie ist euch das aber technisch gelungen, uns beide am

Klavier zu fotografieren?" Christiane sah eine Möglichkeit, die unliebsame und gespannte Atmosphäre zwischen uns zu lockern. „Nun", erwiderte sie, „das war ganz einfach. Rudi hatte drei der in der Vitrine an der Wohnzimmerwand ausgestellten Fotoapparate mit dem Objektiv zum Klavier ausgerichtet und die Auslöser durch versteckte Nylonschnüre mit drei verschiedenen Klaviertasten verbunden, die in etwa den Klick-Tönen der Apparate entsprachen. Da brauchte ich nur die entsprechenden Klaviertasten anzuschlagen, und die Auslöser funktionierten auch ohne Elektronik. Ganz einfache Auslöser. Und weil ich nicht genau wusste, wie diese funktionieren, hatte ich vor den Augen dieser Fotoapparate buchstäblich Angst. Ich konnte nie mehr in die Vitrine mit den Apparaten sehen. Sie waren für mich wie einäugige Spione."

Aus einer grünen Flasche, die sie aus der kleinen Bar an der Wohnzimmerwand geholt hatte, füllte sie Kognak in die Schwenker. Ich trank hastig. Es ging mir aber davon nicht besser, denn ich musste immer wieder an Mariana denken.

Christiane kam um den Tisch herum zu ihrem Sitzplatz neben mir. Sie setzte sich aber nicht, sondern zwängte sich zwischen den gekachelten Tisch und meine im rechten Winkel gestellten Beine. Nun stand sie aufrecht zwischen meinen Beinen und beugte sich über mich. Sie sagte nichts, streichelte mein Haar und bedeckte mein Gesicht mit Küssen, die ich jedoch nicht erwiderte. Ich bat nur: „Gib mir noch einen Schluck aus der grünen Flasche. Ich glaube, ich muss über einen Punkt hinwegkommen." Sie füllte nochmals nach.

Da schrillte plötzlich das Telefon und riss uns zurück in die Wirklichkeit. Christiane ging ans Telefon. Ich hörte nicht, was am anderen Ende des Drahtes gesprochen wurde, doch ich vernahm, wie Christiane sagte: „Nein, ich bin nicht die Ehefrau, ich bin seine Schwester." Da merkte ich, wie Christiane plötzlich kreidebleich wurde und mit dem Hörer in der Hand zu Boden sank. Geistesgegenwärtig sprang ich auf, nahm ihr den Hörer aus der Hand und fragte in die Muschel: „Was ist los?" Eine volle Frauenstimme, ähnlich der einer Rundfunksprecherin, sagte kühl und teilnahmslos: „Herr Rudolf Karbe hatte einen Autounfall. Er ist auf dem Weg zum Krankenhaus seinen inneren Verletzungen erlegen." Ich fragte noch nach dem Wann und Wo. Die Stimme gab eine kurze, präzise Auskunft: „Vor einer Stunde auf der A 8 Augsburg – München."

Unmöglich. Nein, nein, das durfte nicht wahr sein. Ich fragte noch völlig verwirrt: „Ist er tödlich verunglückt?" Ich versuchte noch einiges zu erfahren, doch vergebens. Die Frau mit der Ansagerinnenstimme sprach ihr Beileid aus, gab mir noch die Telefonnummer des Augsburger Krankenhauses und hängte dann ein.

Nun musste ich mich um Christiane kümmern. Ich füllte rasch einen Becher mit Zitronensprudel, den ich im Kühlschrank entdeckt hatte. Diesen reichte ich ihr. Sie saß auf dem Boden, umschlang mit beiden Armen ihre Knie und hatte den Kopf gesenkt. Sie hatte den Augenblick der Ohnmacht überstanden, konnte aber noch nicht sprechen. Ihre Zunge war schwer. Sie nahm das Glas mit dem Sprudel und trank es gierig aus. Sie versuchte zu sprechen, sprach jedoch wirr und zusammenhanglos. Sie sagte, mehr für sich: „Wir müssen warten, auf ihn warten, auf Rudi bis 8 Uhr abends warten, dann ist er da, dann muss er zurück sein." Doch Rudi kam nicht zurück. Er kam nie wieder zurück.

Ich nahm Christiane in die Arme und trug sie wie damals, als wir uns zum ersten Mal geliebt hatten, in ihr Zimmer. Hier legte ich sie aufs Bett. Sie rollte sich zusammen wie ein schutzbedürftiges Kind. Es fröstelte sie, und sie zitterte. Ich deckte sie warm zu und setzte mich neben sie auf den Bettrand. Inzwischen war es fast dunkel geworden. Ich sah auf die Uhr: Noch nicht einmal 6 Uhr nachmittags, doch die Dunkelheit war schon eingefallen, als hätte sich unter dem Himmel ein schwarzes Tuch wie eine Zeltplane gespannt, die alle Sonnenstrahlen, die von oben kamen, auffing und verschluckte. Wir standen unter diesem schwarzen Tuch der Dunkelheit an diesem kalten Novembernachmittag und mussten uns des künstlich erzeugten elektrischen Lichtes bedienen, um nicht ganz von der Finsternis verschluckt zu werden.

Ich war zwar zutiefst betroffen und ergriffen, immerhin aber beherrscht. Irgendwie zwingt einen das Leben, auch mit dem Tod des Nächsten fertig zu werden – das Leben geht weiter. Es dreht sich wie ein Riesenrad, in dem jeder einzelne von uns in einer Kabine sitzt, irgendwo angebracht am schwarzen Rad. Dies dreht sich langsam. Dann wirst du während dieser Fahrt nach oben oder über den Höhepunkt hinaus schon wieder abwärts plötzlich von einer unsichtbaren Hand gepackt. Auf einer unsichtbaren Plattform angekommen hörst du die tiefe, herrische Stimme: „Aussteigen!" Du hast nicht die Möglichkeit nach dem Warum und Wieso zu fragen. Muss es sein? Darf ich nicht noch ein Stück weiterfahren? Es hat mir doch so gut gefallen, dieses Hin- und Herschaukeln auf dem Lebens-Riesenrad. Nein, der Befehl lautet hart und eindeutig: „Aussteigen!" Für immer.

* * *

Ich blieb noch in Augsburg. Ich konnte Christiane in diesem Zustand nicht allein lassen. Außerdem war auch noch mein Wagen, mein grüner Audi 80, an diesem tragischen Unfall auf der A 8 Augsburg – München beteiligt gewesen, und ich wusste nicht einmal, was genau geschehen war. Ich weiß wohl, dass ein Unfall rasch geschehen kann. Besonders auf der Autobahn geht das alles blitzschnell, in einem Bruchteil einer Sekunde.

Im Stillen machte ich mir Vorwürfe, Rudi meinen Wagen geliehen zu haben. Rein gefühlsmäßig hatte ich den Eindruck, dass bei diesem Unfall etwas nicht in Ordnung war. Meinem Freund zuliebe musste ich deswegen Nachforschungen anstellen, das war ich ihm und mir schuldig. Ich musste mit Leuten sprechen, die etwas von diesem Unfall wussten, mit Ärzten, Krankenschwestern oder auch mit Augenzeugen, falls es solche gab. Vor allem aber musste ich mit dem Abschleppdienst Kontakt aufnehmen, der meinen Wagen wahrscheinlich zu einer ADAC-Werkstatt gebracht hatte.

Ich wusste nicht, womit ich beginnen sollte. Auch musste ich mich um Christiane kümmern, die einen aufgelösten und verstörten Eindruck machte. Sie konnte sich um nichts kümmern, nicht einmal um das Begräbnis ihres Bruders. Es war noch Samstagvormittag, an dem man noch irgendwie an die Leute im Dienst – auch nicht an alle – herankommen konnte. Am Sonntag war es nirgendwo möglich, noch etwas auszurichten, und dann hätte ich erst Montag wieder weiter machen können. Doch, wie gesagt, die ganze Last fiel auf mich.

Zuerst setzte ich mich in Rudis Auto, in seinen Opel Ascona, und prüfte, ob der Wagen tatsächlich nicht mehr anspringen wollte und ob das nicht nur eine Ausrede von Rudi war, um sich meinen Wagen zu leihen. Wenn dem aber so war, weshalb solch eine Inszenierung? Nein, das darf es nicht gewesen sein. Es stellte sich auch tatsächlich heraus, dass sein Auto nicht ansprang. Das war geklärt: Der Anlasser war kaputt. Soviel verstand auch ich von Autos, um das eindeutig feststellen zu können. Bisher stimmte es also.

Nun stieg in mir der Verdacht auf, es könnte vielleicht Selbstmord gewesen sein. Dies erforderte eine genaue Prüfung seines Seelenzustandes in der Zeit vor dem Unfall. Da hätte mir Christiane gut helfen können, doch ich wollte mit ihr nicht darüber sprechen, um nicht auch noch bei ihr Zweifel zu wecken. Ich musste das alles mit mir allein ausmachen und auch allein die Ermittlungen anstellen. Wäre es Selbstmord gewesen, hätte ich nichts mehr ermitteln müssen, der Fall wäre abgeschlossen. Doch es ist nicht wahrscheinlich, dass ein Mensch, der sich so sehr eine eigene Ausstellung seiner Arbeiten wünscht und dem dies erst nach sehr langer Zeit gelingt, sich am Vorabend der Vernissage das Leben nimmt.

Nein, so viel ich über Selbstmord nachdachte, musste ich dies als Motiv des Autounfalles ausschließen. Es war kein Selbstmord!

Ich musste etwas Konkretes über den Unfall erfahren. Ich rief das Krankenhaus in Augsburg an, das angeblich den Rettungswagen auf die A 8 geschickt hatte, in dem Rudi dann auf dem Weg zum Krankenhaus seinen Verletzungen erlegen war. Es war mir wichtig, die Besatzung dieses Rettungswagens ausfindig zu machen und mit jemandem aus diesem Team zu sprechen. Ich rief also das Krankenhaus an und muss zugeben: Die deutsche Bürokratie funktioniert einwandfrei. Man muss nur nachfragen und bekommt fast immer eine sehr genaue Antwort, an der nicht zu zweifeln ist. Ich erhielt sogar den Namen des Arztes und der Krankenschwester, die den Verletzten, Rudolf Karbe, am Unfallort versorgt und im Krankenwagen auf dem Weg zum Augsburger Krankenhaus betreut hatten. Der Arzt sei leider nicht zu sprechen, er habe dienstfrei, dafür aber die Krankenschwester Hildegard Magert. Ich fuhr mit einem Taxi zum Krankenhaus. Die Schwester sah wirklich mager und abgearbeitet aus, kein Wunder, bei dem Mangel an Pflegepersonal in den Krankenhäusern. Man hatte den Eindruck, dass sie unter Magersucht leidet. Ich sprach mit ihr, doch besonders freundlich war sie nicht. Vielleicht auch deshalb, weil so viele Angehörige der Patienten sich bei ihr nach dem Wohlergehen ihrer Verwandten erkundigten.

Zuerst wollte sie wissen: „Wer sind Sie? Sie wissen doch, dass wir einer Schweigepflicht unterliegen. Wir dürfen nur den engsten Familienangehörigen Auskunft erteilen."

„Ja, das weiß ich. Doch außer der Schwester des Verunglückten gibt es niemanden mehr von der Familie, der sich für ihn interessiert. Die Schwester jedoch hat bei der Nachricht über den Verkehrsunfall einen Schock erlitten. Sie ist noch nicht ansprechbar, und da habe ich als guter Freund diese unliebsame Aufgabe übernommen, von der ich, glauben Sie mir, gar nicht begeistert bin."

„Tja" meinte sie spitz, „was wollen Sie eigentlich wissen?"
„Ich hätte gerne erfahren, wie sich der Unfall ereignet hat."
„Ja, glauben Sie, wir sitzen wie die Fernsehzuschauer vor der Flimmerkiste und gucken uns den Unfall an? Wir werden herbeigerufen, wenn alles schon geschehen ist. Wir müssen Erste Hilfe leisten, die Verunglückten noch an der Unfallstelle versorgen und sie dann bis zum Krankenhaus betreuen. Dort werden sie dann von anderen Ärzten und Schwestern übernommen. Was soll ich Ihnen sagen? Wenn man so betrunken ist, wie dieser Mann, dieser Karbe, es war, dann setzt man sich nicht ans Steuer. Da müssen Sie mir schon recht geben." Ich muss sehr erstaunt dreingesehen haben, denn sie fuhr fort: „Oder würden auch Sie vielleicht mit so viel Promille im Blut die Straßen unsicher machen? Sich in Ihren Wagen setzen, und auf geht's in die weite Welt?"

Mir verschlug es die Sprache. Rudi betrunken am Steuer, das passte doch gar nicht zu ihm. Rudi war doch kein Trinker. Oder sollte er in der Zwischenzeit Alkoholiker geworden sein? Das konnte ich nicht glauben. Handelte es sich vielleicht um eine Verwechslung? Das fragte ich die Schwester, doch diese sagte nur kurz: „Ich verwechsle nicht die Unglücksfälle wie die Serienfilme im Fernsehen." Die Frau schien es mit dem Fernsehen zu haben.

Dann überlegte ich weiter: Wie war das überhaupt möglich, dass er sich in so kurzer Zeit betrunken hatte? Sollte er nach Verlassen des Hauses in meinem Wagen – mittags hatten wir nur jeder eine Flasche Bier getrunken – bei einer Gaststätte eingekehrt sein, um sich dort dem stillen Suff zu ergeben und nachher erst auf die Autobahn zu fahren? Rein zeitlich gesehen wäre das schlecht gegangen. Für mich war es ein Rätsel. Ich fragte noch: „Wie haben Sie das festgestellt, dass der Verunglückte angetrunken am Steuer gesessen hatte?" „Entschuldigen Sie", sagte Schwester Magert, „Sie stellen recht dumme Fragen. Um die Ursache eines Unfalls zu ermitteln, wird dem Fahrer am Unfallort noch eine Blutprobe entnommen." Sie versuchte, das Gespräch zu beenden, ihre Zeit schien kostbar zu sein.

Genau so hatte ich es mir eigentlich vorgestellt. Mein Gefühl sagte mir, dass etwas an dem Autounfall, bei dem Rudi Karbe tödlich verunglückt war, nicht stimmte. Je mehr ich nach der Unfallursache zu forschen begann, desto mysteriöser wurde die Angelegenheit.

Was ich vorläufig wusste, war, dass mein Freund Rudi Karbe betrunken am Steuer gesessen und in diesem Zustand auf der A 8 einen Unfall gebaut hatte. Die Frage für mich war: Wie war Rudi in den betrunkenen Zustand gekommen? Wo und warum hat er sich in so kurzer Zeit volllaufen lassen? Beim Verlassen des Hauses hatte doch gar nichts darauf hingedeutet. Außer dieser wichtigen Frage wusste ich noch immer nicht, wie sich der Unfall zugetragen hatte und in welchem Zustand sich mein Wagen befand. Wer sollte mir da eine Antwort geben können? Wer käme da noch in Frage? Die Verkehrspolizei und der Abschleppdienst.

Mit einem Taxi kehrte ich unverrichteter Dinge in die Karbe-Wohnung zurück.

Christiane lag noch immer geistesabwesend und vor sich hin starrend im Bett. Sie wies alles, was ich ihr anbot, kopfschüttelnd zurück. Sie sagte aber, dass ihr Telefon schon einige Male geläutet habe, doch sie habe nicht abgehoben, sie wünsche niemanden zu sprechen. Doch nun läutete es wieder, und ich nahm den Anruf entgegen. „Hier ist Günter Wedel von der Verkehrspolizei. Wir haben wiederholt versucht, im Haus Karbe jemanden zu erreichen, doch da scheint niemand zu Hause gewesen zu sein. Wir hätten gerne nach dem gestrigen Autounfall, bei dem der Fahrer des Wagens S-EB 443 tödlich verunglückt ist, mit jemandem aus der Familie Kontakt aufgenommen. Ist da jemand, der ansprechbar ist? Dumme Frage, Entschuldigung, und übrigens unser Beileid. Ich nehme an, dass wir mit Ihnen sprechen können. Sie sind doch ansprechbar, gell? In welchem Verwandtschaftsgrad stehen Sie zum Verunglückten?"

Dieser Mann hatte einen gesunden Redefluss, er hätte auch Rundfunksprecher werden können. Erst jetzt kam ich überhaupt dazu, etwas zu erwidern: „Sehen Sie, ich stehe in überhaupt keinem Verwandtschaftsverhältnis zum Verunglückten. Ich bin nur sein Freund und halte mich zufällig seit gestern hier im Hause auf." Da war der Polizist vom Dienst schon etwas enttäuscht und meinte: „Gibt es denn keinen Verwandten des Verunglückten im Haus?"

„Doch", erwiderte ich, „die Schwester des Verstorbenen. Doch sie ist leider nicht ansprechbar, seit sie die schockierende Todesnachricht erfahren hat. Außer ihr hat der Verunglückte keine anderen Verwandten." Es entstand eine kurze Pause, in der der Polizist wahrscheinlich überlegte.

Dann sagte er: „Also gut, vielleicht können auch Sie uns helfen und uns ein paar Fragen beantworten. Es gibt einige Ungereimtheiten in diesem Fall. Kommen Sie, wenn möglich, zur Polizeidienststelle." Er gab mir die Adresse.

Ich glaubte, dass ich jetzt die Fahrkosten für ein Taxi nicht scheuen durfte. In Anbetracht des Geschehenen fiel diese Auslage gar nicht mehr ins Gewicht. Außerdem diente sie zur Aufklärung eines rätselhaften Verkehrsunfalls.

Bevor ich fuhr, beauftragte ich telefonisch das Bestattungsunternehmen „Alexander" mit der Beerdigung meines Freundes. Ich bestellte eine Feuerbestattung am Montag mit der Urnenbeisetzung am Mittwoch. Ich musste eigenmächtig handeln, weil Christiane vollkommen teilnahmslos und apathisch war und alle Fragen nur mit „Ja" und „Nein" beantwortete. Im Allgemeinen war sie mit allem, was ich unternahm, einverstanden. Sie ließ mir freie Hand, weil sie keine Kraft hatte, sich aufzurichten und selbst Entscheidungen zu treffen.

Mein bestelltes Taxi wartete vor der Tür. Während der Fahrt marterte mich ein furchtbarer Gedanke. Ich ging nochmals das mit dem Polizeibeamten Wedel geführte Telefongespräch durch und analysierte es. Ich fragte mich, wieso plötzlich diese kurze Pause entstanden ist. Und ich erschrak. Es lief mir kalt über den Rücken. Dies Zögern in der Antwort des Beamten könnte auf einen Verdacht zurückzuführen sein, der plötzlich im Polizisten aufgekommen sein muss, als er erfahren hatte, dass ich kein Familienmitglied, sondern nur ein Freund des Verunglückten bin, der sich zufällig seit gestern im Haus Karbe aufhält und bereits erklärt hat, sozusagen als Ersatz für das einzige Familienmitglied, die Schwester des Toten, die noch am Leben, jedoch nicht vernehmungsfähig war, hilfsbereit einzuspringen. Dieser Polizeibeamte musste unwillkürlich gedacht haben: Wie viele Zufälle gibt es in diesem Fall? Da kommt einer auf Besuch, gibt sich als guter Freund aus, leiht dem Freund seinen Wagen (warum?) und schickt dann seinen guten Freund (wer weiß, aus was für Gründen?) in den Tod, getarnt durch das Verschulden des Verunglückten am Autounfall (damit der Besucher nicht als Mörder dasteht), denn er muss doch irgendwie den Schwager beseitigen, weil dieser (wahrscheinlich) sein Verhältnis mit der Schwester stört (aus irgendwelchen noch unbekannten Gründen). Sonderbar. So etwas hätte man ohne weiteres auch annehmen können. Nur gut, dass es die Schwester und nicht die Ehefrau des Freundes ist, denn dann wäre der Verdacht noch größer und gewiss auch erhärtet gewesen. (Es wusste ja hier in der BRD – glaube ich – niemand, dass Bruder und Schwester ein mindestens so gutes Verhältnis hatten, wie es Mann und Frau in einer Ehe haben.) Es hätte für mich schlimme Folgen haben können, wenn man das gewusst hätte.

* * *

Auf dem Polizeirevier verhielt sich Günter Wedel ganz anders als die Krankenschwester Hildegard Magert. Er war jung, etwa um die dreißig, blond und blauäugig, strotzte vor Gesundheit und war einer der ehrgeizigen Karrieretypen der Polizei. Er war freundlich und höflich, redete zwar ein bisschen zu viel, doch ich stufte ihn wenn nicht als gebildeten, so doch als den Anstand wahrenden Polizisten ein.

„Ja", meinte Herr Wedel, „das ist eine traurige Angelegenheit, dieser Verkehrsunfall, eine tragische Angelegenheit und ein stupider Unfall. Fast alle Autounfälle sind stupid, und man hätte sie vermeiden können, wenn man ... ja, wenn man die Verkehrsregeln und die Verkehrsgesetze berücksichtigt hätte. Es ist nur schade, dass die Schwester des Verunglückten Karbe noch nicht vernehmungsfähig ist. Am liebsten hätte ich mit ihr gesprochen, da der Verstorbene ja sonst niemanden anders hatte, keine Ehefrau, und ja, auch keine Kinder, auch keine unehelichen, gell? Oder gibt es doch noch jemand Nahestehenden, irgendwo, muss nicht Augsburg sein?"

„Nein, Herr Wedel, es gibt niemanden", sagte ich mit Bestimmtheit, „außer mir, und, wie ich Ihnen schon am Telefon gesagt habe, ich bin mit den Geschwistern Karbe, mit ihr und ihm, gut befreundet, seit unserer gemeinsamen Schulzeit eng befreundet."

„Ja", meinte Herr Wedel, „dann müssen wir eben mit Ihnen Vorlieb nehmen. Sie sind ja nicht böse, dass wir Sie jetzt belästigen. Sie bringen sicher auch das nötige Verständnis auf für unsere Untersuchung dieses Verkehrsunfalls, bei dem ein Mensch den Tod gefunden hat. Sie wissen ja, jeder Unfalltote ist schon ein Toter zu viel. Auf alle Fälle ist es ein Unterschied, ob ein kranker Mensch, dem nicht mehr geholfen werden kann, stirbt, oder ob ein gesunder Mensch bei einem Verkehrsunfall ums Leben kommt. Außerdem haben die Angehörigen eines Verkehrstoten das Recht darauf, zu erfahren, wie das Unglück geschehen ist. Ja, und das ist es ja eben. Sie sind kein Verwandter, allerdings – wie Sie sagen – eine nahe stehende Person. Und, tja, wenn ich die Sache richtig beurteile, so stecken eigentlich auch Sie in diesem Fall drin, Herr Buchner. Wir wissen, dass der Verunglückte nicht mit seinem Auto, dem Opel Ascona, sondern mit Ihrem Wagen, dem Audi 80, verunglückt ist." Er sah mich dabei scharf an.

„So ist es", sagte ich kurz. Er überlegte jetzt wahrscheinlich, wie er das Gespräch weiterführen sollte, welche Form er ihm geben sollte, denn das Gespräch schien sich in ein Verhör zu wandeln. Und er sagte sich wahrscheinlich, dass jedes Verhör am besten dort angesetzt wird, wo der Anfang zu vermuten ist. Auf diesen Fall übertragen, schien der Anfang in meinem Besuch zu liegen, der mich zu den Freunden nach Augsburg geführt hat. Er fragte sich, was wohl der Grund meines Besuchs gewesen sein dürfte. Bekanntlich gehören Warum-Fragen zu einem Verhör. Zur Aufklärung eines Falles muss man die Ursache und das Motiv kennen, und dies lässt sich nur auf Grund der Antworten auf Warum-Fragen ermitteln. Und ich, der ich selbst Ermittlungen zu diesem Autounfall anstellen wollte, wurde nun selbst in ein Ermittlungsverfahren verwickelt.

„Warum kamen Sie zu diesem Zeitpunkt, ich meine den Tag des Verkehrsunfalles, gestern, Freitag, zu den Geschwistern

Karbe auf Besuch?" Er fügte rasch hinzu: „Wenn Sie den Grund nicht nennen wollen, müssen Sie mir das nicht sagen, ich meine, wenn es sich hier um intime Angelegenheiten handeln sollte. Im allgemeinen dürfen Sie auch die Aussage verweigern, das steht Ihnen frei." (O, das war ein guter, alter Trick, der sogar mir als Laien bekannt war, denn wenn man eine Aussage verweigert, dann steckt immer etwas Verborgenes dahinter, das vielleicht sehr rasch Licht in die ganze Affäre bringen könnte.) „Ich formuliere die Frage auch anders: Hatten Sie irgendeinen besonderen Grund, auf Besuch zu kommen, oder kamen Sie rein zufällig, weil Sie sich sagten: Ich möchte gern mal meine Freunde wiedersehen?"

„Ja, beides stimmt", sagte ich. „Es lag ein besonderer Anlass vor, und gleichzeitig hatte ich auch Lust, meine Freunde wieder zu sehen."

„Wann hatten Sie Ihre Freunde das letzte Mal besucht?" Ich dachte nach und sagte etwas unsicher: „Das war vor einigen Jahren, ja, es dürften wohl seit meinem letzten Besuch einige Jahre vergangen sein."

„Welches war der Anlass, von dem Sie sprachen? Oder möchten Sie lieber nicht darüber sprechen?"

„Doch", sagte ich, „es ist kein Geheimnis. Ich wurde persönlich von Herrn Karbe zu seiner ersten Eigenausstellung in München eingeladen."

„Ja," meinte Herr Wedel, etwas leiser, mehr für sich, „das ließe sich bestimmt auch nachweisen." Und zu mir gewandt etwas lauter: „Übrigens: Könnte das auch seine Schwester bezeugen?"

„Ja, natürlich. Doch, Moment mal, da hab ich den Beweis." Ich hatte Rudis Schreiben mit der Einladung nach dem Durchlesen zu Hause in mein schwarzes Täschchen gesteckt, in dem ich auch meine Akten aufbewahre, weil ich, mehr zum Spaß, Rudi auf einen Druckfehler in der Einladung aufmerksam machen wollte. Ich entnahm meinem schwarzen Ledertäschchen den Brief und hielt ihn dem Polizeibeamten hin.

„Donnerwetter", meinte Herr Wedel, „Sie sind ja gut vorbereitet." Damit meinte er wohl die Vorbereitung aufs Verhör, da ich entlastende Dokumente als Beweismaterial auf den Tisch legen konnte. Er pfiff durch die Zähne und sagte: „Sieh mal an", nahm den Brief mit der Einladung, überflog ihn und notierte sich die Adresse der Ausstellung.

Nun verschränkte er die Arme und stand, halb sitzend, halb an die Schreibtischplatte gelehnt, vor mir und fragte: „Warum haben Sie Ihrem Freund den Wagen geliehen, und warum ist er nicht mit seinem eigenen Wagen gefahren?" Ich erzählte und erklärte dabei die näheren Umstände. Der Polizist machte sich in einem Schreibblock Notizen.

„Wir würden überhaupt keine Ermittlungen anstellen, wenn Sie nicht großzügigerweise dem Freund Ihren Wagen zur Verfügung gestellt hätten und wenn es nicht noch andere Ungereimtheiten in diesem Unfall geben würde. Ich sagte Ihnen aber bereits am Telefon, dass es solche gibt, und die müssen wir klären." Nun beging ich vollkommen unbewusst und naiv einen Fehler, denn ich sagte spontan: „Ja, ja, das habe ich auch schon gemerkt, dass an diesem Autounfall nicht alles mit rechten Dingen zugegangen ist." Da wurde der junge Beamte mit seinem kühlen, forschenden Blick stutzig. Er sah mich misstrauisch an und fragte kurz: „Was haben Sie gemerkt?" Um seine Zweifel zu zerstreuen, sagte ich rasch: „Na ja, das mit der Trunkenheit am Steuer, das kann nicht stimmen." Herr Wedel forschte weiter: „Woher wissen Sie aber, dass Ihr Freund betrunken am Steuer gesessen hat?"

„Ich war heute morgen im Krankenhaus und habe mit der Schwester gesprochen, die den Verunglückten am Unfallort und auf dem Weg zum Krankenhaus versorgt hat."

„Oh, Sie scheinen ja Ermittlungen auf eigene Faust anzustellen. Bitte, ich habe nichts dagegen, doch ich sage Ihnen was: Viel wird dabei nicht herauskommen."

Er schien sich irgendwie in seiner Berufsehre verletzt zu fühlen, da ich mir nichts, dir nichts einfach begonnen hatte, Erkundigungen über den Verlauf des Unfallgeschehens einzuholen, so, als ob ich kein Vertrauen in die Polizei hätte, und sagte weiter: „Sie können uns ruhig vertrauen, wir sind gewissenhaft in unserem Beruf. Beim kleinsten Verdacht wird nachgeforscht. Doch wovon Sie sprachen, die Trunkenheit am Steuer, die ist eben ein Indiz, das entlastend wirkt und für einen gewöhnlichen Autounfall spricht, der durch das Verschulden des betrunkenen Fahrers verursacht wurde. Es sind leider andere Ungereimtheiten, die diesen Fall nicht als einen der alltäglichen Verkehrsunfälle erscheinen lassen."

Nun entstand eine Pause, während der der Polizeibeamte wahrscheinlich überlegte, ob er über diese Ungereimtheiten vor mir sprechen sollte oder nicht. Dann hatte er sich entschieden:

„Sehen Sie, wir waren, das heißt, unser Polizeiauto war vor dem Rettungswagen an der Unfallstelle. Wir waren vorher durch einen anonymen Telefonanruf darauf aufmerksam gemacht worden, dass auf der A 8 ein schwarzer Mercedes mit Stuttgarter Nummer (genaues Kennzeichen unbekannt) waghalsige, verkehrsgefährdende Überholmanöver durchführt und mal mit erhöhter, dann wieder mit störend verminderter Geschwindigkeit ständig die Spur wechselt. Auf diese Meldung hin, die leider unterbrochen wurde, so dass wir weder den Anrufer, noch das Kennzeichen des Fahrzeugs erfahren konnten, sind wir dann losgefahren. Wir sind dann im Eiltempo die Strecke Augsburg – München abgefahren und sind so mehr zufällig zur Unfallstelle gekommen. In dem Augenblick, als wir dort ankamen, sahen wir einen Wagen, vermutlich einen schwarzen BMW, von der Unfallstelle wegfahren. Darin saßen zwei Männer, die laut Aussage der ersten Fahrer, die hinter der Unfallstelle stehen geblieben waren, dort Erste Hilfe geleistet hatten. Sie haben aber unser Kommen nicht abgewartet und sind eilig weggefahren. Warum, wissen wir nicht. Diese Leute werden nun gesucht, das haben wir über Funk gleich weitergegeben.

Nun geht es um Folgendes: Von all diesen Ungereimtheiten haben wir bisher nur eine geklärt, nämlich die Frage, weshalb der Fahrer in einem fremden Wagen verunglückt ist. Alle anderen Rätsel bleiben offen. Wir wissen nicht, wer uns angerufen hat, von wem diese warnende Meldung ausgegangen ist. Vielleicht war es sogar der Verunglückte selbst, der sich durch diesen Verkehrsrowdy bedroht gefühlt hat. Wir wissen es nicht. Genauso gut kann es auch jemand anders gewesen sein, dem dieses gefährliche Fahren aufgefallen ist. Wir haben leider keine Hinweise darauf, wir haben das Telefongespräch nicht aufgenommen und kennen auch das Kennzeichen des Stuttgarter Wagens, des schwarzen Mercedes, nicht. Wir wissen nicht, ob der vom Unfallort verschwundene BMW identisch ist mit diesem angeblich schwarzen Mercedes des anonymen Anrufers und ob nicht die Insassen dieses Autos Fahrerflucht begangen haben, denn wir fanden an dem grünen Audi, der rechts vorn beschädigt ist, überall schwarzen, abgesprungenen Lack, der sich ausnahm wie auf grüne Farbe kopierte, fleckenähnliche Druckerschwärze. So, nun kennen Sie auch die Ungereimtheiten dieses Falles. Doch die Tatsache, dass der Fahrer unter Alkoholeinfluss gestanden hat, beweist, dass dieser Verkehrsunfall mit tödlichem Ausgang durch eigenes Verschulden geschah, selbst wenn ein anderes Fahrzeug am Unfall beteiligt war. Verstehen Sie das?"

Ja, ich verstand alles, nur dass Rudi sich in so kurzer Zeit betrunken haben soll (wo und warum?) blieb mir immer noch ein Rätsel.

Allmählich gewann ich den Eindruck, dass Herr Wedel mich nicht mehr im Visier hatte. Wahrscheinlich hatte er sich darüber Rechenschaft gegeben, dass ich mit dem Ausleihen meines Wagens keine hinterlistigen Absichten verfolgt hatte. Dafür sprach schon, dass ich erstens nicht ungerufen auf Besuch zu den Karbes gekommen war und dass ich zweitens überhaupt keinen Grund dazu hatte, meinen Freund von zu Hause wegzuschicken. Dies hätte wahrscheinlich auch Christiane bezeugen können.

Herr Wedel entschloss sich zu einem weiteren Schritt, der mir, als verhörter Person, eigentlich einen gewissen Vorteil gab, oder tat er das doch mit Hintergedanken? Er öffnete die Schublade seines Schreibtisches und sagte: „Hier sind Fotos vom Unfallort, so wie wir den verunglückten Wagen vorfanden, ohne daran etwas verändert oder entstellt zu haben. So etwas gehört zu unserer Routinearbeit."

Er reichte mir den Umschlag. Schon beim ersten Foto überlief mich ein Schauer. Der prüfende Blick des Polizeibeamten ruhte auf mir, ich spürte das, konnte jedoch meinen Gefühlsausbruch nicht unterdrücken, den ich mit entsprechenden Worten begleitete. Das verunglückte Auto, mein Wagen, mit Rudi Karbe, dem verunglückten Fahrer, sah grauenhaft aus. Ich konnte mir überhaupt nicht vorstellen, wie Rudi doch noch lebend hatte geborgen werden können.

Doch Herr Wedel war mit seiner Vorführung noch nicht fertig. Später fragte ich mich, was ihn wohl dazu bewogen haben mochte, mir diesen Autounfall in seiner Gesamtheit vorzuführen. Nachträglich sah ich ein, dass er einfach das Bedürfnis hatte, mit jemandem über diesen, ihm außergewöhnlich erscheinenden Autounfall zu sprechen, sich jemandem mitzuteilen, selbst wenn dies eine Verdachtsperson war. Einerlei, er musste darüber sprechen, weil ihm eben dieser Fall ein dem so plötzlichen Tod ihres Mannes immer eine stille Beschäftigung im Haus.

Es fielen ihr auch die letzten Urlaubsfotos in die Hand, die sie in Wolkendorf gemacht hatten, kurz bevor sie die Nachricht vom Unfall des Sohnes erreicht hatte. Die Bilder waren nach ihrer eiligen Heimkehr achtlos in der Kommode gelandet. Nun sah die Mutter sie sich genauer an, und ein Lächeln huschte über ihre Lippen. Mit einem der Bilder setzte sie sich auf den Bettrand und betrachtete es genauer. Dies Bild erinnerte sie an ihre schöne und schreckliche Zeit. Die Tränen begannen zu rinnen. Auf dem Bild war ihr Mann noch rüstig und sah gut aus. Er neigte sich liebevoll zu ihr, um ihr etwas zu sagen. Sie, klein und schmächtig, sah mit ihren ergrauten Haaren viel älter aus als er. Nun hob sie den Blick vom Foto und starrte ins Leere, weit weg durch die Zimmerwand in jene Zeit hinüber. Unwillkürlich dachte sie: „Wie gut, dass wir damals aus unserem Urlaub den Sarg mitgebracht hatten, denn wie hätten wir sonst den armen Alten beerdigen können?" Immer noch mit dem Bild in der Hand auf dem Bettrand sitzend: „Ja, der Alte hatte den Sarg für sich selbst gekauft. Wer hat noch die Möglichkeit, sich fürs eigene Begräbnis den Sarg zu beschaffen? Wie seltsam dies Leben doch ist. Er hat noch den Sarg gesehen, in dem er nachher beigesetzt wurde."

Schon nach wenigen Monaten hatte die Frau vergessen, für wen sie ursprünglich den Sarg gekauft hatten.

* * *

Rolf Kerner hatte an diesem Morgen etwas mehr Sorgfalt auf Körperpflege und Kleidung verwendet. Er war fast schon ein wenig aufgeregt, was er sonst bei keinem noch so feierlichen beruflichen Anlass war. Auch in seiner Kleidung war er diesmal beinahe zu eitel und zu jugendlich. Das Geheimnis für seine übertriebene Pedanterie war der Telefonanruf seiner ehemaligen Studienkollegin Mariana Banu. Sie hatten sich lange nicht mehr gesehen und nun für heute nachmittag ein Treffen vereinbart. Rolf überlegte, wohin er Mariana zum Mittagessen einladen könnte. In Hermannstadt gab es leider keine so große Auswahl an Gaststätten wie etwa in Klausenburg oder gar in Bukarest. Nun war ja Mariana in ihrem Verhalten bestimmt schon durch das Leben in der Großstadt geprägt worden. Außerdem nahm Rolf sich vor, Mariana keine verfänglichen Fragen zu stellen, da er wusste, dass ihre Ehe nicht glücklich war. Wahrscheinlich würde auch sie nicht gern über dies für sie abgeschlossene Kapitel sprechen wollen.

Rolf freute sich auf diese Begegnung wie ein Kind. Selbstverständlich durfte seine Frau Gerlinde nichts von dem Treffen erfahren. Sie war sehr eifersüchtig und hätte die Begegnung ihres Mannes mit seiner gewesenen Jugendfreundin falsch ausgelegt. Bestimmt hätte Gerlinde eine aufgefrischte Liebesaffäre vermutet.

Rolf konnte es sich leisten, in der Redaktion ohne weitere Begründung ein auswärtiges Interview anzumelden, so dass er getrost fehlen konnte. Er war sozusagen dienstlich unterwegs und niemandem Rechenschaft darüber schuldig, wo er sich während seiner Dienstzeit aufhielt.

Als Mariana Banu um 12 Uhr mittags an dem verabredeten Treffpunkt erschien, hatte Rolf schon seit etwa 10 Minuten ungeduldig auf sie gewartet. Doch sie kam langsam, ließ sich an diesem kühlen Novembertag Zeit und erfreute sich an den bekannten Wegen, die sie wieder durch ihre Heimatstadt gehen durfte. Sie freute sich über die fast schon kahlen Bäume, die vom Raureif überzogen waren und aussahen, als hätte man ein weißes Netz über sie geworfen. Sie sog die schneidend kalte Luft ein, die bereits nach Schnee schmeckte. Die gesamte Stadtkulisse nahm sie wie einen Holzschnitt in sich auf, wie ein Bild, von dem sie Abschied nehmen musste.

Irgendwie genoss sie es, an diesem nebligen Novembertag durch die Stadt zu gehen, in der sie vielleicht den schönsten Teil ihres Lebens verbracht hatte, die Zeit, als sie mit Ernst Buchner zusammen war. Es war zwar keine sorglose, jedoch eine viel leichter verlebte Zeit, die viel zu rasch vorantrieb und einen in jeder Beziehung nüchterner und zweifelnder werden ließ. Sie sah sich die Bäume an. Baumskelette im Nebel, dachte sie. So wie auch die Menschen, die diese Jahreszeit ihres Lebens erreichen, entblättert sind, entkleidet, schutzlos in Wind und Nebel dem Untergang geweiht und bei denen es fraglich ist, ob sie noch die Kraft aufbringen, einen neuen Frühling zu erleben.

Eigentlich stellte auch Mariana keine großen Ansprüche mehr an die Zeit, die sie noch bewusst zu leben hatte. Nach langer Zeit hatte sie endlich einen Besuchspass erhalten und spielte mit dem Gedanken, sich für immer im Westen niederzulassen. Sie glaubte, dass sie sich diese Freiheit im Laufe der Jahre verdient hatte. Das durfte natürlich niemand wissen, am allerwenigsten ihr Vater, der kategorisch gegen solch einen Plan gewesen wäre.

Rolf Kerner begrüßte Mana mit einer innigen Umarmung und sagte: „Du siehst sehr gut aus!" Er log wie ein Schüler, der ein kommunistisches Parteigedicht ideologisch zu interpretieren hatte. Er log schlecht. Mariana wusste es. Sie sah nämlich gar nicht gut aus. Sie hatte Ringe unter den Augen und ein schmales Gesicht mit eingefallenen Wangen. Die Krankheit stand ihr ins Gesicht geschrieben, obwohl sie ihre Blässe durch einige kosmetische Mittel etwas überdeckt hatte. Man sah, dass sie litt. Doch sie lächelte Rolf an, obwohl sie wusste, dass er log, und sagte nur: „Danke!"

Dieses Leiden, das Mariana Banu so voller Gewalt gepackt hatte, war auf eine ganz alltägliche Entdeckung zurückzuführen. Alles begann an einem heißen Sommertag und liegt gar nicht so weit zurück. Als sie nach einem heißen und anstrengenden Arbeitstag nach Hause kam, war sie fast verdurstet. Sie holte sich eine kleine Limonadenflasche aus dem Kühlschrank, setzte sie an und trank sie gierig aus. Dabei verschluckte sie sich. Ein Tropfen musste in die Luftröhre gelangt sein. Sie hustete so stark, dass sie im Gesicht rot anlief. Dabei legte sie die Hand an den Hals. Was sie da spürte, das war ein kleiner Knoten an der Schilddrüse, der beim Abtasten mit den Fingern noch spürbarer wurde. Seither betastete sie öfter ihren Hals und stellte fest, dass der kleine Knoten größer wurde und sich bereits wie eine Haselnuss anfühlte. Vor nur zwei Wochen dann hatte sie sich auf Anraten der Ärzte einer Operation unterzogen. Dabei war ihr der Knoten entfernt worden. Doch das Geschwür war bösartig. Obwohl der Chirurg gute Arbeit geleistet und präventiv mehr als nur die Geschwulst herausgeschnitten hatte, blieb die Gefahr von Metastasen bestehen. Mariana blieb also auch weiterhin krebsverdächtig. Sie wusste genau Bescheid um ihren Zustand, und auch die Ärzte hatten sich über ihre Lebenserwartung sehr vorsichtig ausgedrückt.

Es stand für Mariana 50:50. Sie spürte, dass sie nicht mehr viel Zeit haben würde, im Leben noch etwas Außergewöhnliches zu beginnen. Was aber hätte dieses Außergewöhnliche auch sein können? Vielleicht aber war auch das schon außergewöhnlich, bewusst zu leben und einfach das zu tun, was man für wichtig hält. Ja, sie wollte in den Westen, den sie einmal für ganz kurze Zeit ausgekostet hatte und der ihr durch die Bevormundung und Gehässigkeit ihres Vaters geraubt worden war.

Als Rolf und Mana dann an einem Tisch im „Römischen Kaiser" saßen und schon über alles mögliche gesprochen hatten, meinte Rolf: „Du willst also auf Besuch in die BRD fahren?" „Ja", erwiderte Mana, „das habe ich vor." Doch Rolf forschte weiter: „Hast du die Absicht, dort zu bleiben? Ich meine, dich für immer in den Westen abzusetzen?" „Nein, nein, Rolf. das geht ja nicht. Dazu bin ich zu sehr ein Kind der hiesigen Hauptstadt", log sie. Sie log nicht, weil sie vielleicht an Rolfs Verschwiegenheit gezweifelt hätte, nein, sie wusste, Rolf konnte schweigen wie ein Grab. Doch sie log, weil sie einfach seinen traurigen Blick nicht hätte ertragen können. Sie wusste um seine Gefühle ihr gegenüber, und wenn Mana diese auch nie mehr hätte erwidern können, so hatte sie doch so viel Taktgefühl, ihn nicht zu verletzen. Außerdem hatte er ihr gesagt, dass er möglicherweise als Redakteur nach Bukarest zum *Neuen Weg* wechseln werde und dass er sich darauf freue, weil sie sich dann öfters würden sehen können.

Rolf und Mariana führten das Gespräch mit taktvoller Verlogenheit und frischten Erlebnisse aus der Studentenzeit auf. In Wirklichkeit war es für Mariana Banu ein Abschied von allem; von Rolf, von dieser Stadt, von dem, was einst zu ihrer Beziehung gehört hatte. Für Rolf hingegen war es ein zartes Aufglimmen eines schon längst erloschenen Feuers; er sehnte sich heimlich nach einem Wiederaufleben der Klausenburger Studentenzeit.

„Weißt du, Rolf, mein Vater darf von meiner Auslandsreise nichts wissen. Wie immer hätte er etwas dagegen einzuwenden. Ich brauche seine Ratschläge nicht mehr und hasse seine belastenden Nebenaufträge, die er mir wahrscheinlich mitgeben würde." Rolf verstand. Er kannte den Chef des Staatssicherheitsdienstes nur zu gut.

„Ja, Rolf, selbstverständlich nehme ich die sechs Filme mit dem fotokopierten Roman für Ernst mit. Aber du musst mir die Filme zum Bahnhof bringen, denn mein Vater schnüffelt überall herum, und ich möchte durch nichts bei ihm Verdacht erwecken. Ursprünglich wollte ich von hier mit einem direkten Zug nach Wien fahren, doch das geht jetzt leider nicht, weil mein Vater mich wieder um eine Gefälligkeit gebeten hat. So was ist selbstverständlich für ihn. Ich soll für ihn einen Briefumschlag mit wichtigen Dokumenten für das Oberstaatssicherheitsamt mitnehmen. Er meinte, das eile und sei sehr wichtig. Der alte Schweinsbauch hat wieder mal was vernachlässigt. Ich hätte ihm einfach nicht sagen können, das geht nicht, weil ich nicht nach Bukarest fahre. Dann hätte der schlaue Fuchs bestimmt was vermutet und, durchtrieben wie er ist, hätte er womöglich noch Erkundungen beim Bukarester Passamt eingeholt. Dem ist alles zuzutrauen. Also schweige ich still, füge mich wie eine wohlerzogene Tochter und fahre morgen Abend mit dem Zug um 20 Uhr nach Bukarest. Erst in der Nacht darauf geht's dann per Schlafwagen nach Wien. Wenn du also diese Filme schicken willst, bringst du sie mir vor meiner Abfahrt auf den Bahnhof zum Bukarester Zug. Abgemacht?"

Rolf überlegte noch, ob er Mana etwas darüber erzählen sollte, dass er seinen Vater gefunden hatte. Doch dann unterließ er es, weil er befürchtete, bei Mana nicht das erwünschte Verständnis zu finden. Er hätte sie auch gut mit einem Besuch bei seinem Vater beauftragen können, doch schließlich und endlich war es eine Angelegenheit, die nur ihn selbst etwas anging. Er musste schon selbst daran arbeiten, seinen Vater im Westen besuchen zu können – oder dass sein Vater, wenn es Alter und Gesundheitszustand erlauben, ihn einmal hier in Rumänien besuchen würde. Hier konnte niemand die Aufgabe eines Vermittlers übernehmen.

* * *

Rolf Kerner schritt vom Bahnhof kommend seiner Wohnung zu. Ihn fror, und er hatte den Kragen seiner Jacke hochgeschlagen. Der Wind blies heftig, und die Kälte hatte sich in seine Knochen geschlichen. Er war pünktlich zur Abfahrtszeit des Bukarester Zuges am Bahnhof erschienen, hatte Mana das Päckchen mit den sechs Filmen übergeben und sie hatte es in der Manteltasche verschwinden lassen. Dann hatten beide auf den Zug gewartet, der mit einer gewissen Verspätung eintraf. Rolf war Mana noch beim Einsteigen mit ihrem großen

Reisekoffer behilflich. Dann hatte er dem abfahrenden Zug nachgewinkt und sich auf den Heimweg begeben. Die Luft roch nach Schnee, und das Weihnachtsfest war nicht mehr fern. Während ihn fror und er seine Hände tief in den Hosentaschen vergrub, musste er unwillkürlich an den Abschied von Mana denken. Warum hatte sie eigentlich plötzlich Tränen in den Augen? Sie hatte sie sich zwar rasch mit den Fingern weggewischt, doch Rolf war es nicht entgangen. Weshalb sollte ihr dieser Abschied so schwer gefallen sein? Vielleicht weil sie nun für längere Zeit verreisen würde? Doch auch sonst hatten sie sich jahrelang nicht gesehen, und Mana hatte nie geweint. Er hatte immer angenommen, dass Mana gar nicht weinen könne, weil sie meist unnahbar und kühl gewirkt hatte. War sie nun traurig, weil sie sich von mir verabschiedet hat? Auszuschließen ist das ja nicht, doch wenn ich diese Stelle als Redakteur beim „Neuen Weg" bekomme, werden wir doch noch Gelegenheit haben, uns öfter zu sehen. Freudentränen über ein bevorstehendes Wiedersehen mit Ernst Buchner konnten es allerdings auch nicht gewesen sein. Seltsam, diese Mana hat ihm, seit er sie kennt, immer nur Rätsel aufgegeben.

Fast erfroren kam er zu Hause an. Seine Frau und sein Sohn schliefen schon. Rolf setzte sich noch an seinen gewohnten Platz, nahm sich das Flugzeugmodell vor und begann zu basteln. Er wollte dieses ferngesteuerte Modell bis Weihnachten fertigstellen. Es sollte ein Geschenk für den Sohn Mark werden. Er konnte also nur daran arbeiten, wenn Mark schlief, da es ja eine Überraschung werden sollte.

* * *

Inzwischen saß Mariana Banu im ungeheizten Abteil eines in Richtung Bukarest sausenden Schnellzuges. Sie hüllte sich in ihren warmen, braunen Mantel und war froh darüber, allein im Abteil zu sein. Der Zug fuhr durch die schwarze Nacht und ratterte über die schlecht zusammengefügten Schienen. Er wiegte sie mal hin, mal her und ließ eine einschläfernde Melodie ertönen. Doch sie fand keinen Schlaf. War es nun weibliche Neugier oder war es wieder dieses Misstrauen ihrem Vater gegenüber, das sie dazu brachte, die graue Versandtasche mit dem großen Briefumschlag hervorzuholen. Die nur schlecht klebende Versandtasche war leicht zu öffnen. Ohne den Briefumschlag einzureißen holte sie die sechs maschinengeschriebenen Bögen hervor, die jeweils zwei zu zwei geheftet waren. Sie begann zu lesen. Es waren drei Gutachten der Sicherheitsagenten über Personen, die von der Staatssicherheit untersucht und beobachtet worden waren. Die erste und zweite Charakterisierung interessierten Mariana nur wenig, weil sie die Personen nicht kannte. Doch beim dritten Typoskript fiel ihr beinahe alles aus den Händen. Es war, von ihrem Vater unterzeichnet, die Charakterisierung des Redakteurs Rolf Kerner. Sie las mit gesteigertem Interesse das Gutachten über Rolf, der vorgeschlagen worden war, die Stelle eines Kulturredakteurs beim *Neuen Weg* in Bukarest zu bekleiden. Sie traute ihren Augen nicht, was sie da zu lesen bekam. Allmählich wurde es ihr klar, dass Rolf mit solch einer Charakterisierung nie die Stelle eines Kulturredakteurs bekommen würde. Ihr Hass gegen den eigenen Vater erreichte einen neuen Höhepunkt. Da gab es also einen Menschen, ganz abgesehen davon, dass es ein Freund von ihr war, der seine Lebenslage verbessern wollte und der das auch aller Wahrscheinlichkeit nach verdient hatte. Ihr Vater aber sägte ihn einfach ab und erklärte ihn für „untauglich für das kommunistische Zeitungswesen". So ein Mensch habe in der Publizistik einfach nichts zu suchen. Er zeige zwar keine antikommunistischen Tendenzen, nehme dafür aber immer wieder kommunistische Stolperer in Schutz. Er versuche auf psychologische Weise, ihr Verhalten zu entschuldigen. Mit solch einem Mann ließe sich einfach kein Kommunismus aufbauen, hieß es da.

Sie überlegte, was sie für Rolf Kerner tun könnte. Wenn mein Vater nicht mein Vater gewesen wäre, oder besser, wenn mein Vater gar nicht existiert hätte, dann wäre mein Leben gewiss anders verlaufen, sagte sie sich. Sie hatte sich bewusst, meist aber unbewusst seinem Willen untergeordnet. In entscheidenden Situationen galt immer nur sein Wort. Obwohl sie sich immer wieder gegen diese Bevormundung aufgelehnt und bewusst Widerstand geleistet hatte, unterlag sie doch meist, vielleicht auch aus purer Schwäche, dem dominierenden Einfluss des Vaters.

Diesmal aber musste sie schlauer sein als er und ihm ein für allemal entkommen. Sie hatte eine Flucht über die rumänische Grenze angetreten, wenn auch mit Besuchspass und legal. Es war eine Flucht vor ihrem Vater, vor seinem Machtmonopol. Freiheit bedeutete für Mariana Banu die Abnabelung von diesem schwarzen Ungeheuer, das Ion Banu hieß.

Der Zug, in dem sie in ihren langen braunen Mantel eingehüllt saß, legte an Geschwindigkeit zu. Er hatte schon fast eine Stunde Verspätung, der Lokführer wollte sie aufholen. Mariana wurde mal nach links, mal nach rechts geworfen. Auch das Lesen war in diesem nur spärlich beleuchteten Zugabteil unmöglich geworden. Mariana legte die Papiere wieder in den großen Briefumschlag zurück und ließ ihn in einer ihrer tiefen Manteltaschen verschwinden.

Nein, diese gehässigen Charakterisierungen durften niemals ihren Bestimmungsort erreichen. So viel Zeit musste sie sich nehmen, um zu Hause diese Charakterisierungen, zumindest die von Rolf Kerner, ihrem Empfinden nach und ehrlich richtig zu stellen. Sie sah auf die Uhr. Es war 5 Minuten nach 22 Uhr. Der Zug hatte also genau nach einer Stunde Fahrt nur wenig aufgeholt und raste noch immer mit erhöhter Geschwindigkeit auf die erste größere Ortschaft, auf Fogarasch, zu, wo laut Fahrplan nur ein kurzer Aufenthalt vorgesehen war. Plötzlich aber kreischten die Räder, aus höchster Geschwindigkeit bremste der Zug ruckartig, so dass Mariana mit Wucht an die gegenüberliegende Wand geschleudert wurde. Das Aufkreischen der Räder wurde von einem furchtbaren Krach begleitet, der nach aufeinander schlagenden Metallkörpern klang. Dann wurde es schwarz um sie, und es war ihr, als fiele sie in einen tiefen, dunklen Schacht hinab.

* * *

Rolf Kerner bastelte noch immer eifrig am Flugmodell. Diese Tätigkeit übte auf ihn eine erholsame Wirkung aus. Er konnte dabei den Gedanken so gut freien Lauf lassen und sie ordnen. Außerdem kamen ihm beim Basteln immer die besten Einfälle für seine Artikel und Rezensionen. Heute aber war es anders. Er konnte sich weder richtig auf die Arbeit konzentrieren noch irgendeinen vernünftigen Gedanken fassen. Diese Sache mit Mana, das Treffen, das leider nicht wie erwartet ausgefallen war, hatte ihn aufgewühlt und ihn etwas aus dem Gleichgewicht gebracht. Am meisten beschäftigten ihn Manas Tränen, für die er mehrere Hypothesen aufstellte. Allerdings fand er keine klare Antwort darauf. Jedes Mal, wenn er besonders intensiv nachdachte, rutschte ihm entweder eine Schraube aus den Fingern, oder aber der Schraubenschlüssel glitt ab. Es war kein richtiges Basteln, und er hätte gut daran getan, die ganze Arbeit einfach liegen zu lassen, da er einfach nicht damit vorankam. Doch er musste unbedingt bis zu den letzten Abendnachrichten um 23.45 Uhr wach bleiben. Das gehörte zu seinem Programm, und davon wich er nicht ab.

Da ertönte endlich das Pausenzeichen des Bukarester Rundfunksenders. Die genaue Zeit wurde angegeben, das fünfmalige Piepsen erklang, und nach der gewohnten Melodie begannen die Berichte: „Genosse Nicolae Ceauşescu, der Staatsführer der Sozialistischen Republik Rumänien, Erster Sekretär der Rumänischen Kommunistischen Partei, Oberbefehlshaber der rumänischen Streitkräfte, hat eine chinesische Delegation empfangen ..." Dann ging es weiter: „Der Bukarester Sender meldet sich mit den letzten Abendnachrichten. Um 22.15 Uhr Bukarester Zeit ist der Schnellzug Nr. 486 Curtici–Arad–Bukarest bei der Einfahrt in den Bahnhof Fogarasch mit einem aus demselben Bahnhof ausfahrenden Personenzug zusammengestoßen. Krankenwagen, Ärztepersonal und Soldaten der dortigen Militäreinheit sind noch im Einsatz. Die Unfallursache ist wahrscheinlich menschliches Versagen. Es wird angenommen, dass der Lokführer das Haltesignal bei der Einfahrt nicht beachtet hat. Noch sind aber die Ermittlungen und Aufräumungsarbeiten im Gange. Die Zahl der Todesopfer und Verletzten beläuft sich schätzungsweise auf 120 Personen."

Rolf ballte die Fäuste. Oh nein, das darf doch nicht sein. Und doch, es war der Zug, mit dem Mana gefahren war, der Schnellzug nach Bukarest. Nun war an Schlaf nicht mehr zu denken. Rolf überlegte, was da wohl zu tun wäre. Sollte er ein Taxi bestellen, damit zur Unfallstelle fahren und einen Artikel über diesen schrecklichen Unfall schreiben? Eigentlich aber dachte er nur an Mana. Wie hatte sie wohl dies Zugunglück überstanden? War sie überhaupt noch am Leben? Bei diesem Gedanken stockte ihm der Atem. Nein, er wollte nicht an den Unfallort, schon gar nicht, weil Mana im Zug war. Wäre sie nicht dort gewesen, so hätte er mit der notwendigen Distanz zum Geschehen bestimmt einen gut dokumentierten Bericht vom Unglücksort verfasst. Als Rolf weiter überlegte, sagte er sich, dass, wenn Mana Hilfe braucht, er selbst gar nichts tun könnte. Dafür befanden sich bereits andere Helfer vor Ort.

Am Morgen hörte er die Frühnachrichten, die aber den gleichen Text brachten wie die Abendnachrichten. Rolf zog sich rasch an und war der erste in der Redaktion, was sonst nicht üblich war. Sogar die Putzfrau wunderte sich darüber, dass er, wie sie sich rumänisch ausdrückte, „noch mit der Nacht im Kopf" im Dienst erschienen war. Doch er hatte einen Einfall. Er wollte genau erfahren, ob Mana sich unter den Verletzten oder gar Toten befand oder, hoffentlich, unter den unverletzten Überlebenden zu suchen war. Das konnte er als Redakteur des *Siebenbürger Tageblatts* ohne weiteres erfahren.

Er setzte sich telefonisch mit dem Bahnhofsvorsteher in Fogarasch in Verbindung und bat um die Liste der bei der Zugkatastrophe Verunglückten. Er erfuhr, die Liste sei lang und würde ihm per Telex in die Redaktion geschickt. Nun hieß es für Rolf wieder warten. Er konnte sich jedoch auf keine Arbeit konzentrieren. Es gelang ihm nicht einmal, die Rezension über das vom Hermannstädter Theater aufgeführte Bühnenstück *Nathan der Weise* von Gotthold Ephraim Lessing nochmals zu überarbeiten. Der Kugelschreiber zitterte in seiner Hand. Er konnte einfach keinen klaren Gedanken fassen.

Dann kam endlich das Telex. Er setzte sich an den Schreibtisch und begann, die Liste durchzusehen. Er musste staunen: Die Leute dort hatten saubere Arbeit geleistet und die Liste in drei Rubriken aufgefächert: Verletzte, Schwerverletzte und Tote. Rolf konnte nicht rasch genug die Namen überfliegen. Es flimmerte ihm vor den Augen. Als er schon fast am Ende der dritten Rubrik angekommen war, stieß er unter Nummer 119 auf den Namen „Mariana Banu". Der letzte tödlich verunglückte Reisende trug die Nummer 126. Rolf erstarrte. Er saß an seinem Schreibtisch und hatte einfach keine Kraft, sich zu erheben. Immer wieder las er Manas Namen.

Rolf überlief ein kalter Schauer. Mana ist tot, und ich habe sie noch vor zwölf Stunden auf den Bahnhof begleitet. Wir haben einander zugewinkt, sie hatte Tränen in den Augen. Hatte sie vielleicht eine Vorahnung von dem, was da auf sie zukommen würde? Sollte dies die Erklärung für ihre Trauer gewesen sein?

Was aber sollte Rolf nun tun? Er wusste es: Ein einziger nur war berechtigt, vom Tode Marianas zu erfahren. Das war sein Freund Ernst Buchner. Er hätte jetzt ein Telefongespräch nach Stuttgart anmelden können, doch er hätte kaum oder vielleicht nur zusammenhanglos mit Ernst sprechen können. Es war ihm klar, er musste es sich nun endgültig eingestehen, dass Mariana nur Ernst Buchner wirklich geliebt hatte. Wahrscheinlich ist es in jeder Beziehung so, dass der eine Partner mehr liebt als der andere. So war es auch zwischen Ernst und Mariana.

Rolf erhob sich schwer vom Stuhl. Er richtete sich auf, doch für heute war sein Arbeitstag beendet. Er hätte heute nichts schreiben können. Die dringenden Arbeiten überließ er den Kollegen und begab sich zur Post, wo er ein Eiltelegramm an Ernst Buchner aufgab.

* * *

Der Schauplatz der Zugkatastrophe war ein einziges Trümmerfeld. Die zwei bei Schneegestöber an einem späten Novemberabend aufeinander geprallten Lokomotiven hatten sich regelrecht aufgebäumt und ineinander verkeilt. Dabei hatte der Schnellzug weitaus mehr Schaden erlitten. Sämtliche Waggons waren durch den Aufprall vom Gleis geschleudert worden. Einige waren einfach umgekippt, andere hatten sich losgerissen und lagen verstreut zu beiden Seiten der Schienen.

Hätte man aus einem Hubschrauber einen Blick auf den Unglücksort geworfen, so wäre es einem nicht zu glauben gekommen, dass aus diesem Trümmerhaufen noch Überlebende geborgen wurden. Und doch gab es mehr Überlebende als Tote.

Als sich der Unfall ereignete, saß Mariana Banu allein in einem der mittleren Abteile des vorletzten Waggons. Vorher hatte sie sich noch in ihren warmen, braunen Mantel gehüllt, da das Abteil nicht geheizt war. Durch den Aufprall wurde sie mit dem Gesicht in die gegenüberliegende Polsterung geschleudert. Dieser Aufprall war für sie wie ein Fausthieb, sie blieb bewusstlos auf dem Boden des Abteils liegen. Dieser vorletzte Waggon war übrigens der einzige, der sich nicht auf die Seite gelegt hatte, weil die Wucht des Aufpralls bereits geschwächt dort angekommen war. Der letzte Waggon allerdings schleuderte und hatte sich dadurch am meisten von der Unfallstelle entfernt. Aus diesem letzten Waggon war auch niemand mehr ausgestiegen.

Als Mana wieder zu Bewusstsein kam, wusste sie zuerst gar nicht mehr, wo sie sich befand. Alles war in Finsternis getaucht. Sie vernahm die mit Alarm heranfahrenden Krankenwagen, hörte Schreie und Jammern. Nun war sie wieder vollends da. Wie lange sie auf dem Boden des Abteils gelegen hatte, wusste sie allerdings nicht. Sie erhob sich und sah zum Fenster hinaus. Doch es war dunkel, und ein dichtes Schneegestöber hatte eingesetzt. Doch sie wusste es nun: Ein Zugunglück war geschehen, in dem sie mitten drin war. Doch sie lebte noch und musste jetzt zusehen, möglichst rasch von hier wegzukommen.

Sie tastete sich im Gang vorwärts bis zur Seitentür am Ende des Waggons. Doch die Tür klemmte und war nicht aufzukriegen. Da sah sie plötzlich, dass am Ende ihres Waggons eine freie Öffnung war. Sie starrte in das Schneegestöber und sprang mit einem großen Satz hinaus. Sie landete nicht sehr sanft im morastigen Schneematsch auf den Schienen, rappelte sich auf und begann zu laufen, als ob es um ihr Leben ginge. Sie lief auf die ersten Lichter des Bahnhofs zu. Nur weg, weg von hier, weg von diesem großen Leid, das sie einfach nicht ertragen konnte.

Bald erreichte sie die ersten Lichter. Es war ein kleiner Park, der an den Bahnhof anschloss. Sie lief zum Taxistand. Ein älterer Fahrer fragte sie: „Wohin soll's sein? Sie sollten sich lieber mal diese beiden Züge ansehen, die sich einen Kuss gegeben haben. Oder haben Sie fürs Küssen nichts übrig?" Mana war es wirklich nicht nach Scherzen zumute, und sie sagte ernst: „Bitte nach Hermannstadt. Rasch, ich werde Sie gut bezahlen!"

Der Fahrer fuhr durchs Schneegestöber in Richtung Hermannstadt, ohne seinen Gast noch mit weiteren Fragen zu belästigen. Mana schlief in der Polsterung des gut geheizten Dacia-Wagens ein. Sie schlief, bis der Fahrer sie weckte und fragte: „Wohin wollen Sie eigentlich? Wohin soll ich Sie bringen?"

„Zum Römischen Kaiser, bitte". Dies Hotel kannten auch auswärtige Fahrer, außerdem wollte Mana nicht mit einem Taxi vor der Haustüre ankommen. Sie holte verstohlen 100 DM aus ihrem ledernen Brustbeutel und bezahlte den Fahrer. Dieser war überglücklich über solch einen Verdienst nach einer Nachtfahrt. Mana wartete, bis er wieder abgefahren war und begab sich dann zu Fuß zu ihrem Elternhaus.

In ihrem Inneren hatte sie jedoch so viel Wut und Hass gegen ihren Vater gespeichert, dass sie sich nun zu einem Entschluss durchrang. Was sie zu tun gedachte, war zwar von ihrem Standpunkt aus gerechtfertigt, niemals aber vor Gericht oder gar vor Gott. Dies Eisenbahnunglück war ausschlaggebend für ihren Entschluss. Mariana sah die ganze Sache so an, als ob ihr Vater sie einfach in den Tod getrieben hätte, indem er ihr auftrug, wichtige Papiere nach Bukarest mitzunehmen. Er hatte ihr einfach diese Reise aufgezwungen, weil er immer zuerst seine eigenen Interessen vertrat. Mit diesen Überlegungen hatte sie zwar nicht ganz recht, aber sie deutete die Geschehnisse einfach so. Da sie nun dem Tod um Haaresbreite entkommen war und sich zu jenen zählte, die aus diesem Unfall mit dem Leben davongekommen waren, wollte sie sich an ihrem eigenen Vater für das Leid, das er ihr und vielen anderen zugefügt hatte rächen, indem sie diesen Mann einfach aus der Welt schaffte.

Festen Schrittes ging sie auf ihre Elternwohnung zu. Von Zeit zu Zeit leckte sie sich die Schneeflocken von den aufgesprungenen Lippen oder benetzte diese mit Schnee von Mauervorsprüngen. Sie erreichte die Haustür, schloss auf und fand ihren Vater nicht im Bett schlafend, sondern wie immer betrunken im Lehnstuhl sitzend mit der Wodka-Flasche neben sich, obwohl es schon tiefe Nacht war.

* * *

Zur selben Zeit befand sich Nelu Dragoman, kurz vorher aus einer Strafanstalt entlassen, ebenfalls in Hermannstadt. Er hatte wieder wegen eines Verkehrsunfalls eine Strafe absitzen müssen. Auch er begab sich bei nächtlichem Schneegestöber zum Haus des Sicherheitsagenten Ion Banu. Dort angekommen, umschlich er das Haus. Er entdeckte die Tochter des Chefs, Mariana, sie kam erst jetzt heim. Er versteckte sich im Garten des Nachbarhauses. Ihn fror in seiner leichten Windjacke.

Nun legte er sich auf die Lauer und wollte auskundschaften, wer sich möglicherweise noch im Hause Banu aufhielt. Er bereute es, dass er nicht früher gekommen war. Dann wäre Mariana nicht zu Hause gewesen, und er hätte sein Vorhaben mit Leichtigkeit durchführen können. Nun musste er abwarten. Er wusste, dass er sich zu diesem Haus, das er übrigens gut kannte, nur über die ausgebaute Dachgeschoss-Wohnung und durchs Gästezimmer Zutritt verschaffen konnte. Dieses Gästezimmer konnte er aber nur über eine Leiter erreichen, die hinter dem Haus an zwei großen Haken waagerecht am Steinsockel hing. Vorerst aber musste er unter dem dichten Strauchwerk von beschneiten Fliederbüschen warten, bis sich eine günstige Gelegenheit bieten würde, unbemerkt ins Haus einzudringen.

Doch er musste nicht allzu lange warten. Wieder erschien die Tochter des Chefs. Diesmal trug sie einen kleinen Reisekoffer in der Hand. Sie verschloss die Tür und verließ das Haus zu Fuß. „Ist die aber geizig geworden", wunderte sich Nelu. „Nicht mal bei diesem Scheißwetter bestellt sie sich ein Taxi und geht stattdessen zu Fuß zum Bahnhof." Er überlegte still weiter: Nun hat meine Stiefschwester das Haus verlassen. Wie würde sie das wohl aufnehmen, wenn ich ihr sagen würde: „Hallo, Schwesterchen, guck nicht so blöd, ich bin ja dein Stiefbruder. Wahrscheinlich würde sie sich denken, ich hätte den Verstand verloren. Kein Wunder aber, wenn sie so reagiert. Sie hat bestimmt nie etwas von den Eskapaden ihres Vaters erfahren."

Reine Luft für Nelu Dragoman. Jetzt konnte er ungestört sein Vorhaben durchführen, da der Alte nun voraussichtlich allein war. Er kletterte über den Zaun, lehnte die große Leiter an die Wand und stieg durch das Fenster ins Gästezimmer. Bisher war Nelu laut Plan gut vorangekommen. Nun befand er sich im Bereich des gefürchteten Staatssicherheitsmannes Ion Banu. Draußen tobte das Schneegestöber unvermindert weiter. Beinahe wäre Nelu in Versuchung gekommen, es sich hier im Gästezimmer gemütlich zu machen und ein wenig zu schlafen. Doch das gehörte nicht zu seinem Plan, den er unter allen Umständen durchführen wollte: Ein Mann wie dieser

Banu, der sein Vater war, verdiente es nicht besser, er musste mit dem Leben bezahlen.

Der Wind verfing sich im Gebälk des Dachstuhls, und man hörte die Holzbohlen knarren.

* * *

Rolf Kerner schlief nach den Anstrengungen des vergangenen Tages wie tot. Als er am Morgen erwachte, war draußen alles tief verschneit, schwerer, wässriger Schnee, der aber nicht lange liegen bleiben würde. Rolf zog sich an, frühstückte automatisch und begab sich dann in die Redaktion. Da war der Teufel los. Nachdem schon das gestrige Zugunglück für die Schlagzeile sorgte, traf eine weitere Schreckensnachricht ein: Der oberste Staatssicherheitsmann Hermannstadts, Ion Banu, war ermordet worden. Sein diensthabender Chauffeur hatte ihn gestern Abend im Lehnstuhl sitzend tot aufgefunden. Dazu musste in der morgigen Zeitung auf der ersten Seite ein großer Artikel mit dem Bild Banus erscheinen.

Als Rolf Kerner diese Nachricht erfuhr, wusste er zuerst nicht, ob er lachen und sich freuen sollte. Hier in der Redaktion durfte er auf keinen Fall seinen Gefühlen freien Lauf lassen. Er hatte es gelernt, auch vor den Kollegen immer eine Maske aufzusetzen, da man nicht wusste, wer von ihnen ein Spitzel war. „Das ist einfach unglaublich, das ist ein großer Verlust für unseren Sicherheitsdienst!", so seine gespielte Entrüstung. Insgeheim jedoch dachte er anders: Selten kommt etwas besseres nach! Seine Gedanken gingen weiter. Wie sehr hätte sich Mariana über diesen Mord gefreut. Sie hatte ihren Vater gehasst und hätte dies Attentat aus vollstem Herzen begrüßt.

Wenn Mana noch am Leben gewesen wäre, dann hätte er sich mit ihr zusammen über den Tod ihres Vaters freuen können. So aber stand er diesem Ereignis ziemlich gleichgültig gegenüber. Für Rolf stand dieser Mord im Schatten des viel tragischeren Zugunglücks. Deshalb verurteilte er auch seine Kollegen und die gesamte Belegschaft, die diesem Mord mehr Aufmerksamkeit schenkten als der Zugkatastrophe.

Ist das überhaupt möglich, dass diese Menschen hier in der Redaktion und wahrscheinlich alle führenden Köpfe politisch so vergiftet sind, dass sie den Tod eines einzelnen Menschen, sei es auch ein Sicherheitsagent, höher bewerten als den Tod 120 anderer, einfacher Menschen? Die Namen auf der Todesliste sagten zwar nicht viel aus, doch deren Familien litten darunter bestimmt viel mehr als die gesamte Staatssicherheit wegen eines einzelnen Menschen. Dies alles schien Rolf ungerecht. Das Zugunglück war schon fast in Vergessenheit geraten, es wurde durch den Verlust eines einzelnen Menschen regelrecht überschattet.

Er behielt seine Gedanken lieber für sich und sagte auch niemandem, in was für guten Beziehungen er zur Tochter des Ermordeten gestanden hatte. Niemand erfuhr, dass sie in der Todesliste der Verunglückten eingetragen war. Er schwieg wohlweislich über alles. Schon ein einziger Satz von ihm hätte ihn in den Verdacht bringen können, etwas mit dem Mord an Banu zu tun zu haben. Er stellte fest, dass weder die Zeitungsleute noch die Kriminalpolizei Kenntnis davon hatten, dass Banus einzige Tochter zwei Stunden vor dem Mord an ihrem Vater beim Fogarascher Zugunglück ums Leben gekommen war. Sie begannen, Mariana als einzige Erbin in Bukarest zu suchen. Doch wie sollten sie sie finden, da sie bereits seit zwei Tagen nicht mehr unter den Lebenden weilte?

In der Redaktion war eine fieberhafte Tätigkeit ausgebrochen, alle arbeiteten mit, als ginge es darum, eine Jubiläumsausgabe herauszubringen. Es wurde geschrieben auf Teufel komm heraus, dann wieder durchgestrichen, geändert, weggelassen. Viel Papier wanderte in den Papierkorb. Der Redaktionschef war in heller Aufregung und hatte Angst, es könnte etwas schief gehen, das heißt, etwas erscheinen, womit die Behörden nicht einverstanden wären. Es könnten sich doch Äußerungen einschleichen, die politisch angezweifelt werden könnten, oder man stellte zu waghalsige Hypothesen zu diesem Mord auf. So musste der Chef all das Zeug selbst durchlesen und beurteilen, was so stehen bleiben konnte und was nicht.

Am dritten Tag war es dann so weit. Der Täter war gefasst und somit der Mord aufgeklärt worden. Rolf musste über die Promptheit der Kriminalisten staunen, über deren Spitzfindigkeit, Reaktionsfähigkeit und die Art und Weise, wie sie in diesem Fall ihren Beruf ausgeübt hatten.

Der Mörder, bereits in Gewahrsam, hieß Nelu Dragoman und war als kleiner Gauner und Taschendieb bekannt. Nachdem er den Chef des Staatssicherheitsdienstes mit dessen eigener Pistole erschossen hatte, war er durch das Fenster und über eine an der Hauswand angelehnte Leiter entkommen. Vorher aber hatte er noch ein wenig Goldschmuck, eine Wurst, Käse und Brot mitgehen lassen und obendrein aus einer Wodkaflasche noch einen tiefen Zug genommen. Seine Fingerabdrücke am Flaschenhals hatten ihn verraten.

Aus der Sicht der an den Ermittlungen beteiligten Kriminalisten lag der Fall wie folgt:

Am Mittwoch, einem normalen Arbeitstag, war der Chef des Staatssicherheitsdienstes nicht an seinem Arbeitsplatz erschienen. So etwas war in all den Jahren noch nie vorgekommen. Niemand wusste über seinen Verbleib Bescheid, niemand traute sich, auch nur Vermutungen zu äußern, denn Banu war ein gefürchteter Chef und konnte tun und lassen, was er wollte. Deshalb durfte sich niemand einmischen oder ihm gar nachspionieren. Er wurde also vermisst, öfters von seiner Sekretärin oder Abteilungsleitern zwecks Unterschriften gesucht, doch die Leute kamen jedes Mal an die verschlossene Türe. Erst bei Dienstschluss begann man, sich regelrecht Sorge um den Chef zu machen. Die einen vermuten, er sei auf einer Dienstreise, die anderen dachten insgeheim, dass er sich wieder mal arg besoffen hatte und nun ausschlafen müsse, und andere wieder meinten, jeder Mensch könne und dürfe auch einmal krank werden. Auf alle Fälle aber hätte er zumindest eine kurze, telefonische Nachricht durchgeben können. Doch diese war ausgeblieben. Nun machte man sich ernsthaft Sorgen um ihn. Durch den Chauffeur des Chefs aber kam dann endlich Licht in die ganze Angelegenheit.

Der Chauffeur Ionel Tobaru hatte Nelu Dragoman etwa um 2.45 Uhr um das Haus der Banus schleichen sehen. Am anderen Tag jedoch hatte er das schon fast vergessen. Man denkt eben nicht einen ganzen Vormittag über so einen Kerl nach, der sich, wer weiß aus welchem Grund, vor Banus Haus aufgehalten hatte. Als jedoch sein Chef am Tag darauf nicht im Dienst erschienen war, hatte Tobaru es mit der Angst zu tun bekommen. Er spürte, dass da etwas nicht stimmte. Besorgt erzählte er dies abends seiner Geliebten, bei der er sich für die angeblich zwei Tage dauernde Dienstreise aufhielt. Irgendwie war er ja auch selbst davon betroffen, denn morgen sollte er mit seinem Chef zurückkommen, doch woher sollte er diesen nehmen? Wo war er nur? Weshalb antwortete er nicht am Telefon? Ebenso wenig auf das Läuten der Türglocke, und in dem Zimmer, in dem er sich Abend für Abend aufhielt, ging nach Einbruch der Dunkelheit auch kein Licht an. Da hatte Lenuța, seine Geliebte, eine Idee: „Geh doch mal rüber, da stimmt was nicht. Dem muss was zugestoßen sein. Vielleicht ist er betrunken aus dem Bett gefallen und hat sich beide Beine gebrochen. Du weißt ja nicht, was alles passieren kann." Tobaru ließ sich überreden. Lenuța gab ihm etwas Werkzeug mit, um in die Wohnung zu gelangen. Und so berichtete Ionel Tobaru später dem Kriminalinspektor Sorin Șoimeanu:

„Dann ging ich am Abend zu meinem Chef nach Hause, weil ich mir ja doch Sorgen um ihn machte. Er ist ja mein Chef ..." „Er *war* Ihr Chef", verbesserte ihn der Inspektor. „Gut, doch damals wusste ich ja noch nicht, dass er nicht mehr am Leben ist. Da kam ich an die verschlossene Türe. Niemand öffnete mir. Es schien mir doch verdächtig, dass der Chef weder im Dienst erschienen noch zu Hause war und auch telefonisch nichts von sich hatte hören lassen. Da musste ich mit Gewalt ins Haus hinein. Vom Nachbarn holte ich mir etwas Werkzeug, öffnete damit die Tür, knipste im Flur das Licht an und begab mich zum Zimmer, in dem er sich meistens aufhielt." „Woher wissen Sie das?" „Seit vielen Jahren schon bin ich der Chauffeur von Genosse Banu und war des Öfteren auch in seiner Wohnung." „Waren Sie beide gut befreundet?", hakte der Inspektor nach. „Ja, ja, wir sind gut befreundet ...", „*waren*", verbesserte der Kriminalist. „Nun ja, wir waren es. Manchmal haben wir abends auch Schach miteinander gespielt, manchmal ging das die ganze Nacht hindurch. Und dann", fuhr Tobaru in seinem Bericht fort, „machte ich im Zimmer des Chefs das Licht an und erschrak. Ion Banu saß in einer furchtbaren Stellung auf seinem gewohnten Platz im Lehnstuhl. Der rechte Arm hing schlaff über die Armstütze hinunter, der Kopf war auf die Brust gefallen und seine Brust blutüberströmt. Das war ein grässlicher Anblick. Zuerst dachte ich an Selbstmord, doch die Schusswaffe lag weit von ihm auf seinem Bett. Schließlich jagt sich ein Mann nicht drei Schüsse in den Leib und wirft dann die Pistole aufs Bett ..."

„Lieber Genosse Tobaru, bitte überlassen Sie das uns. Wir werden es selbst beurteilen, ob es hier um Mord oder Selbstmord geht."

Tobaru fuhr fort: „Ich habe in der Waffe sofort die Dienstpistole des Chefs erkannt." „Wieso?", wollte der Kriminalist wissen. „Weil unsere Männer alle nur diesen einen Waffentyp haben und weil mir der Chef öfter seine Waffe gezeigt hat. Einmal sind wir sogar mit seiner Dienstpistole auf Hasenjagd gegangen." „Halt", unterbrach ihn der Inspektor. „Sie sollen nur erzählen, was Sie gesehen haben." Tobaru war etwas enttäuscht darüber, dass er nun nicht von der aufregenden Hasenjagd erzählen durfte. „Ja", sagte er, „Sie glauben mir nicht, aber wir waren wirklich auf der Hasenjagd, und wir ..."

„Halt", wurde er erneut unterbrochen, „das gehört nicht her, und das werden Sie auch niemandem mehr erzählen! Verstanden?! Es gab keine Hasenjagd mit der Dienstpistole Ihres Chefs! Kapiert? Das fehlte noch, dass das in allen Zeitungen erscheint, dass der Chef mit seiner Dienstpistole auf Hasenjagd gegangen ist. Dadurch würde nur der Tod dieses verdienten Mannes ins Lächerliche und Groteske gezogen. Wie geht es also weiter?" „Das wäre eigentlich alles. Übrigens habe ich nichts im Hause berührt und auch die Pistole nicht in die Hand genommen. Von wegen Spurensicherung. Dabei hatte ich sie doch während der Hasenjagd in der Hand ..."

Allmählich verlor der Kriminalist die Beherrschung. „Halten Sie sich endlich an die Tatsachen!"

„Na ja, die Hasenjagd ist ja eine Tatsache, sie hat bestimmt stattgefunden, glauben Sie mir ..."

„Was geschah dann, als Sie Ion Banu im Lehnstuhl tot aufgefunden haben?" fragte der Beamte, schärfer als er es eigentlich vorhatte. „Nun, da sah ich mich noch einmal im Zimmer um und dachte, wer ihn wohl getötet haben könnte. Wer hasste ihn? Ich konnte mir nicht denken, wer da in Frage käme, denn eigentlich hat er nur Freunde ..." *„Hatte"*, verbesserte Şoimeanu. „Ja, und dann sah ich auf dem Tisch eine silberne Schmuckkassette stehen, der Deckel war geöffnet, die Kassette leer. Der Familienschmuck war weg." „Woher wissen Sie, dass dort der Familienschmuck aufbewahrt wurde?" „Als wir damals von der Hasenjagd heimkehrten, sagte mein Chef: Nun trinken wir noch einen Wodka. Wissen Sie, wir haben auch auf der Hasenjagd getrunken. Es war schrecklich kalt ..." „Genug davon! Passen Sie jetzt auf: Das Wort ‚Hasenjagd' im Zusammenhang mit Ihrem gewesenen Chef will ich nicht mehr hören." „Sie sagten aber, ich solle mich an die Tatsachen halten. Da muss ich doch genau erzählen, wie das war. Genosse Banu hatte in seinem Zimmer immer eine Reserveflasche Wodka versteckt, und zwar in einem Fach in der Bibliothek. Dort befand sich auch die Kassette mit dem Familienschmuck. Wodka und Schmuck, seine liebsten Dinge, an denen sein Herz hing, bewahrte er dort auf. Dann nach der Ha... zu Hause holte er eine Flasche aus diesem Geheimfach und zeigte mir auch den Schmuck. Der war wunderschön. Es war nicht viel da, doch alles wunderschön und aus reinem Gold. Ja, ich habe aber nichts berührt, weder die Pistole, noch die Kassette. Auch ans Telefon ging ich nicht, weil ich ja wusste, dass Sie Spuren sichern wollen. Gerne hätte ich aber einen Schluck Wodka genommen, doch die Flasche war leer. Dann habe ich das Werkzeug zurückgetragen und habe beim Nachbarn wie ein echter Bettler um einen Schluck Wodka gebeten. Den habe ich auch bekommen. Dann habe ich mich in den Dienstwagen gesetzt und bin zur Polizei gefahren. Ich hatte Glück, dass gerade Sie im Dienst waren, denn Sie können mich am besten verstehen ..." „Im Dienst *sind*", wurde er wiederum verbessert. „Mehr kann ich Ihnen aber nicht sagen." „Na gut, halten Sie sich zu unserer Verfügung, wir werden Sie noch brauchen." Dann fuhr Şoimeanu mit einem Kriminalistenteam, das er in Windeseile zusammengestellt hatte, zum Tatort.

Ion Tobaru ging aber nicht nach Hause. Er war ja offiziell immer noch auf einer zweitägigen Dienstreise und ging also wieder zu Lenuţa. Aus der zweiten Liebesnacht wurde jedoch nichts. Tobaru war viel zu sehr mit sich selbst beschäftigt. Immer wieder musste er an seinen ermordeten Chef denken und daran, was er seiner Frau zu Hause erzählen würde. So dachte er sich eine Geschichte aus: Als ihn seine Frau zur Rede stellte und wissen wollte, weshalb er sie belogen hatte und warum sie erst alles aus der Zeitung erfahren musste, sagte er eiskalt: „Ich wollte dich mit dieser grässlichen Mordgeschichte verschonen. Ich hatte Mitleid mit dir und wollte nicht, dass du dich unnötig aufregst. Doch was ich dir jetzt sage, darfst du niemals bei der Kripo erzählen, sonst sperren sie mich womöglich noch ein und glauben, dass ich den Chef getötet hätte. In Wirklichkeit aber war es mit diesem Mord an meinem Chef so: Du weißt also, wir sind beide nach Bukarest gefahren. Besser gesagt, wir sollten fahren und sind aber nur bis Voila gekommen. Mein Chef klagte über Magenschmerzen und bat mich dann umzukehren, da er diese Reise bis Bukarest nicht überstehen könne. So fuhr ich ihn wieder heim und wollte nach Hause kommen, zu dir, zu euch, zur Familie. Doch der Chef bat mich, bei ihm zu bleiben. Er fühle sich schlecht und habe Angst allein. Das war etwas Neues, da er doch nie Angst hatte, wenn er allein war. Wahrscheinlich muss er etwas gewusst oder eine Vorahnung gehabt haben. Was hätte ich tun sollen? Ich dachte mir, du weißt, dass ich auf einer Dienstreise bin, und wirst dir bestimmt keine Sorgen um mich machen. Deshalb hatte ich dem Chef zugesagt. Außerdem kann man dem eigenen Chef nicht gut *nein* sagen, das musst du auch einsehen. Dann riet ich ihm, er solle es mit einem Wodka versuchen, so was täte gut und helfe gegen Magenschmerzen. Er öffnete eine Flasche, wir tranken und erzählten. Dann aber schickte er mich in den Keller, um noch eine Flasche zu holen. Der Wodka hatte ihm gut getan, und er hatte sich wieder ein wenig erholt. Als ich aus dem Keller mit einer vollen Flasche zurückkam, hörte ich Stimmen. Ich blieb stehen. Sonderbar, dass zu dieser Zeit noch jemand auf Besuch gekommen war. Ich schlich nahe an sein Zimmer heran und versteckte mich hinter der weit geöffneten Zimmertür. Dann hörte ich einen Mann sprechen und erkannte ihn an der Stimme. Ich weiß nicht, ob du dich an ihn erinnern kannst, es war ein ehemaliger Sicherheitsagent, der bei uns gearbeitet hatte und der wegen Urkundenfälschung im Gefängnis gelandet war. Ich vernahm einen heftigen Wortwechsel, und dann knallte es auch schon! Schrecklich! Mein Chef war sofort tot, und ich habe mir vor Angst fast in die Hosen gemacht. Wenn mich der Mörder gesehen hätte, so hätte er bestimmt auch mich niedergeknallt. Doch ich blieb hinter der Tür versteckt und wartete, bis er verschwunden war. Durch den Türspalt sah ich, wie er sich den Inhalt der Kassette mit dem Familienschmuck in die Jackentasche steckte. Dann verschwand er, und ich war wie gelähmt vor Schreck. Mein erster Gedanke war, die Polizei zu verständigen, doch ich musste ja den Fall anders erzählen, als er wirklich war. Wahrscheinlich hätten sie mich sonst als

Täter festgenommen. Außerdem konnte ich auch nicht gleich anrufen, verstehst du, ich hatte nicht die Nerven dazu. Außerdem waren überall meine Fingerabdrücke, die ich ja auch noch beseitigen musste. Dann fuhr ich einfach kopflos davon, und zwar wieder bis nach Voila. Ich wusste einfach nicht, was ich tun sollte. Ich habe mir dort ein Hotelzimmer genommen und mich versteckt. Erst abends kam ich dann wieder zurück, entschlossen, den Mord zu melden. Allerdings habe ich ihn anders erzählt, als er wirklich war. Von diesem Mörder habe ich nichts gesagt. Allerdings musste ich doch erklären, dass ich ihn bei einem Spaziergang durch die Gegend zufällig gesehen habe, wie er um Banus Haus herumschlich." „Wo aber warst du dann in der zweiten Nacht?" wollte seine Frau wissen. „Na wo denn? Die haben mich doch auf dem Polizeirevier festgehalten, weil ich als Täter verdächtigt wurde und auch jetzt noch werde. Ich muss ihnen noch mindestens den Hinweis auf den möglichen Täter geben. Sonst lassen sie mir keine Ruhe und werden mich immer wieder rufen."

Am frühen Morgen des dritten Tages – es war noch dunkel – begab sich Ionel Tobaru zur Kripo und erzählte, was er beobachtet hatte. Man holte sogar den Kriminalinspektor Sorin Şoimeanu aus dem Bett. Unter dem Siegel der Verschwiegenheit – er hatte natürlich ein Recht darauf, dass seine Aussagen streng vertraulich behandelt würden – gestand er dann seine Beobachtung in der Mordnacht, dass er Nelu Dragoman um Banus Haus hatte schleichen sehen.

* * *

Nun, ein eben aus dem Gefängnis entlassener Sträfling war nicht schwer zu finden. Er hatte schon so viel auf dem Kerbholz, dass das Gefängnis schon beinahe zu seinem Zuhause geworden war, und seine Akte mit den entsprechenden Fotos lag griffbereit. In einer Mediascher Kirche wurde er dann festgenommen. Er hatte sich hierher begeben, um sich zu wärmen, und nicht etwa, um zu beten. Er gab sofort zu, in der Wohnung am Tatort gewesen zu sein, doch er bestritt hartnäckig, den Sicherheitschef Banu erschossen zu haben. Als er ins Haus einbrach, sei Banu schon tot gewesen, und auch den Schmuck habe er nicht gestohlen. Diesen hatte man bei ihm tatsächlich auch nicht gefunden. Er gab immerhin zu, die Essensvorräte aus dem Haus gestohlen zu haben. Die Schmuckkassette hatte auch er geöffnet und leer auf dem Tisch vorgefunden.

* * *

Nachdem man den kleinen Taschendieb Nelu Dragoman – den man in seiner großen Zeit als *Securitate*-Offizier auch manchmal den „Napoleon" nannte – am frühen Vormittag in der Mediascher Kirche gestellt hatte, wurde er sogleich nach Hermannstadt gebracht. Nelu war beinahe froh, dass man ihn geschnappt hatte. Der Winter war angebrochen, überall war es kalt, und er hatte ohnehin nicht gewusst, wohin er gehen sollte. Er hatte keine Verwandten, Freunde oder gute Bekannte. Sein Zuhause war die Strafanstalt. Dort würde man gut überwintern können. Für eine gestohlene Wurst würde er wahrscheinlich den ganzen Winter über eingekastelt werden. Das rechnete er sich so aus. Allerdings hatte er diesmal die Rechnung ohne die Mordkommission gemacht.

Sofort wurde die Erfolgsmeldung verbreitet, dass der Mörder Ion Banus gefasst worden sei. Auch die nötigen Einzelheiten und Begleitumstände des Geschehens wurden den Zeitungen mitgeteilt. Somit war der Fall für die Öffentlichkeit endgültig aufgeklärt. Nelu wurde einfach als Mörder hingestellt, so als ob es überhaupt keine Zweifel über das Mordmotiv gäbe. Nicht aber auch für den Leiter der Kriminaldienststelle, Sorin Şoimeanu. Schon nach dem ersten Verhör mit Nelu Dragoman waren ernstliche Zweifel in ihm wach geworden.

Er musste zugeben, dass dieser Mordfall lange nicht so einfach war, wie er anfangs ausgesehen hatte. Es tauchten gewisse Rätsel auf, die er aus rein privaten aber auch professionellen Gründen klären wollte. Für die Öffentlichkeit war der Fall geklärt: Ein Gauner und Taschendieb namens Nelu Dragoman, mehrmals vorbestraft, war in die Wohnung des Sicherheitsagenten Ion Banu eingebrochen, wurde beim Diebstahl des Familienschmucks überrascht und tötete Banu durch drei Schüsse aus der Dienstpistole des Ermordeten. Schluss. Punkt. Ein richtiger Raubmord!

Doch für Sorin Şoimeanu, der mit Leib und Seele Kriminalist war, gab es zu viele Ungereimtheiten. Schließlich war er kein Anfänger mehr und hatte bereits viele komplizierte und verwickelte Mordfälle aufgeklärt. Er verstand, dass man dem Volk den Mund stopfen musste, indem man eine rasche und endgültige Lösung anbot, um die Gemüter zu beruhigen und einem eventuellen revolutionären Aufruhr vorzubeugen. Das war ihm schon klar. Doch sein kriminalistischer Instinkt sagte ihm, dass da irgend etwas nicht stimmte. Was war es aber? Er wusste es nicht und wollte deshalb an diesem Fall weiterarbeiten.

Zu Hause, umgeben von Fachliteratur, dachte Şoimeanu weiter über diesen Fall nach:

1. Wenn ich ganz ehrlich bin, so muss ich zugeben, dass eigentlich jeder Bürger Hermannstadts, einschließlich meiner Kollegen, als Verdachtperson in Frage kommt. Banu war nicht nur unbeliebt, er wurde sogar gehasst. Beinahe jede zweite Person aus dieser Stadt hätte einen Grund dafür gehabt, sich an Banu für irgend etwas zu rächen. Vielleicht aber waren es sogar mehrere Täter, da ja auch mehrere Schüsse abgefeuert worden sind.

2. Die Mordwaffe ist gefunden worden, und sie wurde als Dienstpistole des Ermordeten identifiziert. Die auf dem Waffenschein eingetragene Seriennummer stimmt überein mit der Nummer auf der Pistole. Allerdings sind keine Fingerabdrücke auf der Pistole gefunden worden, was so viel bedeutet, dass es keine Affekttat war, sondern ein genau geplanter Mord. Der Täter hat entweder die Fingerabdrücke mit einem Lederlappen weggewischt oder Handschuhe getragen. Doch dieser arme Teufel, dieser Nelu Dragoman, hat bestimmt keine Handschuhe besessen, es sei denn, dass er vorher welche gestohlen hätte. Da ergibt sich dann eine Zwischenfrage: Wem sind am Tage vor dem Mord ein Paar Handschuhe gestohlen worden? Denn zum Kaufen hatte der doch kein Geld. Und da ist noch etwas. Die Dienstpistole des Ermordeten hat bestimmt nicht so griffbereit für jeden auf dem Tisch gelegen. Der Täter muss die Waffe erst gesucht haben. Wo hat er sie gefunden? Oder ist er rein zufällig darauf gestoßen? Vielleicht aber kannte sich der Mörder im Haus gut aus. Letzteres scheint mir wahrscheinlicher.

3. Da ist diese Schmuckkassette, die viele Rätsel aufgibt. Darauf haben sich nur die Fingerabdrücke der Tochter feststellen lassen. Es wäre ja auch normal, dass die Tochter, während sie zu Hause war, diese Kassette öfter in die Hand genommen hat. Dass sie sich jedoch den ganzen Schmuck, der hier so gut verwahrt war, nach Bukarest mitgenommen hätte, ist unwahrscheinlich. Sie hätte vor allem keinen Grund dazu gehabt, da ja doch alles aus diesem Haus ihr gehört. Schließlich ist sie Alleinerbin. Und dass sie nur den Schmuck mitgenommen hat und von den vielen vorhandenen Wertgegenständen überhaupt nichts, ist auch nicht glaubhaft. So würde keine habgierige Frau handeln.

4. Ein Telefon im Haus ganz ohne Fingerabdrücke, das gibt es ebenfalls nicht. Es sei denn, dass man den Hörer samt Gehäuse nach jedem Gespräch säuberlich mit einem Lappen gereinigt hätte. Doch weshalb? Um die eigenen Fingerabdrücke oder jene der Tochter verschwinden zu lassen? Und warum das? Weil man nicht zu den Personen gehörte, die rechtmäßig und oft dieses Telefon benützen. Die Tochter beispielsweise hätte keinen Grund gehabt, ihre Fingerabdrücke und die ihres Vaters abzuwischen.

5. Zeitpunkt des Mordes. Um 1.45 Uhr wurde der angebliche Mörder von *vis à vis* gesichtet. Er behauptet jedoch, Ion Banu schon tot vorgefunden zu haben. Wann also wurde dieser erschossen? Die Gerichtsmedizin konnte 1.45 Uhr angeben. Somit fällt der Verdacht auf Nelu Dragoman. Sollte während dieser fraglichen Zeit noch jemand das Haus betreten haben? Und wie? Mit einem Nachschlüssel? Auf alle Fälle durch die vordere Eingangstür.

6. Weitere Augenzeugen unter den Nachbarn gab es nicht. Die Tochter des Ermordeten ist noch immer nicht erreichbar. Man konnte sie noch gar nicht vom tragischen Tod ihres Vater verständigen. Doch es stimmt, sie hat Urlaub, aber niemand weiß, wo sie ihn verbringt, weder die Berufskollegen noch die Nachbarn. Zum letzten Mal soll sie fast eine Woche vor dem Mord bei sich zu Hause

gesehen worden sein, und zwar von einer Nachbarin, von der Mariana ein paar Zwiebeln für ein Mittagessen ausgeborgt hatte. Sie schien freundlich und gut aufgelegt gewesen zu sein, wie eben eine Frau im Urlaub.

Der Zettel, auf dem Sorin Şoimeanu seinen Punkt Nr. 7 notiert hat, ist leider verloren gegangen. Auch später konnte sich Şoimeanu nicht mehr daran erinnern, welche Überlegungen er unter diesem Punkt festgehalten haben könnte.

8. Das Alibi des Chauffeurs müsste nochmals überprüft werden. Schließlich hätte jede andere bezahlte Frau bezeugen können, mit einem Mann eine Nacht verbracht zu haben. Doch die eigene Ehefrau sagt aus, dass ihr Mann auch zu Hause gewesen sei, dass er allerdings etwas später in der Nacht nach Hause gekommen sei, zum Zeitpunkt des Mordes aber schon im eigenen Bett geschlafen habe. Hier ergibt sich eine Reihe sonderbarer Ungereimtheiten.

9. Zwei junge Staatssicherheitsmänner, die vor nicht allzu langer Zeit eingestellt worden sind und ebenfalls zu Banus Gefolgschaft gehören, haben sich zur Mordzeit in einem Park in der Nähe von Banus Haus aufgehalten. Beide waren schwer betrunken und hatten im nächtlichen Schneegestöber mit ihren Dienstpistolen ein Zielschießen veranstaltet. Bloß so, zum Zeitvertreib, zum Spaß. Abgesehen davon, dass ihnen bereits der *Securitate*-Ausweis entzogen worden ist, müsste auch dieser Zwischenfall genauer untersucht werden. Die beiden können sich nämlich nicht mehr genau daran erinnern, wo sie überall herumgeschossen haben. Insgesamt sind sechs Schüsse aus den beiden Dienstpistolen abgegeben worden. Die Nachbarn haben sich bei der Polizei wegen Ruhestörung beschwert, und so wurden die zwei, weil sie nicht mehr richtig laufen konnten, von der Polizei gefasst. Auch der angebliche Mörder, Nelu Dragoman, bezeugt, diese Schüsse gehört zu haben, als er sich an das Haus heranschlich. Allerdings behauptet er, dass es nur drei Schüsse gewesen seien.

10. Ion Banus Gesicht und das blutdurchtränkte Hemd stanken arg nach Wodka. Bestimmt hat sich Banu nicht vor der Tat das Gesicht mit Wodka eingerieben. Nein, es muss ihm jemand Wodka aus der Flasche ins Gesicht geschüttet haben. Doch warum? Auf dem Flaschenhals befinden sich nur die Fingerabdrücke von Nelu Dragoman, und dieser scheint dies auf keinen Fall getan zu haben. Bestimmt hätte er sich lieber den Wodka in die eigene Kehle geschüttet – was er ja auch getan hat –, als ihn vor lauter Wut und Hass in Banus Gesicht zu gießen. Wer sollte das gewesen sein? Oder hat das alles nichts mit dem Mord zu tun und war nur ein Ablenkungsmanöver? Eine gewollte Verstellung der Tatumstände?

Dies ist der Zehn-Punkte-Katalog des Kriminalinspektors Sorin Şoimeanu, mit dem er sich in seiner Freizeit beschäftigte. Er wollte den Mord unbedingt aufklären. Nelu Dragoman kam für ihn als Mörder nicht in Frage. Er war als Notlösung für die Öffentlichkeit vorgeschoben worden.

Zur Vervollständigung sei noch hinzugefügt: Trotz großen professionellen Anstrengungen dieses geübten Kriminalisten ist es nie gelungen, diesen Mord aufzuklären. Sorin Şoimeanu hat noch lange Zeit an diesem Fall herumgeknobelt, bis er letzten Endes dann doch aufgeben musste. Er schloss die Akte und gab zu: Dies ist ein Fall wie in guten Kriminalromanen, wo viele Täter in Frage kommen, wo alle ein Mordmotiv haben und wo derjenige, der es getan hat, einfach nicht zu ermitteln ist, weil es letzten Endes alle getan haben. Der Täter handelte im Namen aller, die bereit gewesen wären, Ion Banu zu töten. Der Einzelne geht in der Masse unter, er hat im Auftrag aller gehandelt und nach gemeinsamem Willen. So ist es dann nicht mehr wichtig, wer es getan hat, denn der eine war nur das ausführende Instrument der anderen potentiellen Mörder. Doch hier war es nun doch nicht ganz so wie in einem guten Krimi, in dem zuletzt dann doch immer der Täter gefunden wird, um die Geschichte abzurunden. Ohne *happy end* könnte man die Gerechtigkeit in Zweifel stellen, weil das Gute nicht über das Böse gesiegt hat. Deshalb muss ich meine Aussage berichtigen: Diese Erzählung ist wie eine gute Kriminalgeschichte, die sich jedoch in Wirklichkeit zugetragen hat und in der der Mörder nie gefasst werden konnte.

Das aber liegt an anderen, komplexeren Umständen. Außerdem gibt es in diesem Mordfall einen weiteren Widerspruch: Der Täter ist nie entlarvt worden, obwohl es Personen gibt, die genau wissen, wer die Tat begangen hat.

Schon eine Woche nach dem Mord musste der Kriminalinspektor einige Leute von der Verdachtsliste streichen. Doch es kamen immer wieder auch neue hinzu, die den Mord an Ion Banu hätten begangen haben können. Reichlich spät erfuhr er dann, dass die Tochter des Chefs, die wegen der Schmuckkassette in Verdacht geraten war, ihren Vater getötet zu haben – und was für eine Sensation wäre das gewesen: Vatermord!! – selbst bei einem Zugunglück in der Mordnacht ums Leben gekommen war. So wurde ihr Name von der Liste der Verdächtigen mit einem dicken, schwarzen Stift gestrichen. Von derselben Liste wurde auch der Fahrer gestrichen, denn der Kriminalist war zur Einsicht gekommen, dass dieser Mensch der einzige Freund und Anhänger Ion Banus war. Er hatte kein Tatmotiv und hätte am liebsten versucht, seinen erschossenen Chef wieder zum Leben zu erwecken.

Bei Nelu Dragoman, der zu 50 Prozent in Frage kam, konnte Sorin Şoimeanu unmöglich noch die letzten 50 Prozent zusammenklauben. So kam der Inspektor zur Schlussfolgerung, dass er diesen Mord niemals würde aufklären können, er nicht und auch kein anderer nach ihm. Freilich *hat* es einen Täter gegeben, doch dieser trat in der Vielzahl potentieller Mörder nicht besonders in Erscheinung.

Und dieser ernste, nüchterne Mann Şoimeanu, der schon rein berufsmäßig nur mit exakten Fakten arbeitete und nie gefühlsmäßige Eindrücke und poetische Verfälschung duldete, hatte, natürlich nur für sich, als Antwort für die Lösung dieses Falles die Vision eines Bildes: In der Mitte eines großen Platzes, der für Massendemonstrationen und Ansprachen geeignet ist, steht der große, mächtige und gefürchtete Oberstleutnant Ion Banu, Chef der Staatssicherheit in Hermannstadt. Er steht unbeirrt mit hungrigem Machtblick da. Doch er steht allein und merkt nicht, dass die Riesenmenge des Volkes aus den Gebäuden, aus den vom Platz strahlenförmig abgehenden Straßen herauskommt und dass sich die Menschen die Hand reichen. Sie bilden eine Kette, einen großen Kreis um ihn, als wollte sie die *Hora Unirii* (1856 von Vasile Alexandri aus

Anlass der Vereinigung der Moldau mit Muntenien und Oltenien zu Rumänien verfasstes Tanzlied) um ein Denkmal herum tanzen. Der Menschenkreis tanzt und trippelt mit kleinen Schritten immer näher und näher an den denkmalhaften Staatssicherheitsmann heran. Dann wird der Kreis immer enger und dichter. Die Lücken schließen sich, und fast ist es schon so, dass der eine Tänzer dem anderen auf die Füße tritt. Ion Banu steht noch immer da. Als er merkt, dass die Tanzenden ihm Feuerblicke zuwerfen, weiß er noch immer nicht, ob es sich in ihren Augen um das Feuer der Freude handelt, angefacht vom Rhythmus des Tanzes, oder ob das Feuer des Hasses in ihren Augen glimmt. Er beginnt zu sprechen: „Halt! Bleibt stehen! Was wollt Ihr von einem Denkmal? Ich stehe für Euch hier." Doch die tanzende Menge kommt schweigend immer näher und näher. Seine Worte gehen in der Klängen der Musik unter. Plötzlich merkt er, dass die ihn bedrängende Menge bewaffnet ist. Jeder einzelne hat eine Pistole in der Hand, alles Dienstpistolen der *Securitate*. Da beginnt er zu schreien: „Was wollt Ihr von mir? Ich hab euch doch nichts getan!" Auf der Stirne perlt ihm der Angstschweiß, und in seinen Augen kann man Todesangst lesen. Doch es hört ihn keiner. Als dann der Kreis der tanzenden Masse so eng geworden ist, dass keiner mehr mit den eigenen Beinen auf dem Boden stehen kann, schießt plötzlich einer, einer von vielen, der in der Nähe des lebenden Ion-Banu-Denkmals stand. Keiner weiß, wer es gewesen ist. Nach den drei tödlichen Schüssen tanzt die Menge wieder auseinander. Nun wird keine Kette mehr gebildet, jeder tanzt für sich allein seiner Wohnung zu und verschwindet im Haus.

Es muss noch etwas gesagt werden: Wahrscheinlich ist es doch so, dass in jedem Menschen, sei er noch so schlecht, durchtrieben, niederträchtig und zum Mord fähig, auch ein guter Kern steckt. Nelu Dragoman hat alles gestanden, was zu gestehen war. Doch den Mord wollte er nicht gestehen, und er verschwieg auch, dass er aus dem Zimmer des Ermordeten eine Flasche Wodka gestohlen hat. Noch etwas war, das er aber auch für sich behielt, obwohl ihn die Aussage vielleicht entlastet hätte. Er erwähnte beim Verhör mit keinem Sterbenswörtchen, dass die Tochter des Ermordeten, Mariana Banu, seine Stiefschwester, in der Mordnacht spät heimgekommen war. Nach einer halben Stunde hatte sie dann das Haus mit einem kleinen Reisekoffer wieder verlassen. Dies behielt er immer für sich, obwohl er seine Lage durch so eine Aussage erheblich hätte verbessern können. Er wurde erneut zu einer langen Haftstrafe verurteilt, diesmal wegen Mord und Diebstahl.

* * *

Als Mariana Banu in dieser kalten Nacht ihr Elternhaus mit einem kleinen Reisekoffer und einem schwarzen Umhängebeutel im Schneetreiben verließ, ging sie zu Fuß zwei Straßen weiter, bog zweimal um je eine Straßenecke und ging schnurstracks auf ein Taxi zu, das sie telefonisch gerufen hatte. An ihrer Kleidung hatte sie nichts verändert. Sie trug den langen braunen Mantel, den sie zu Hause mit einem feuchten Tuch gereinigt hatte, das sie in ihrer Zerstreutheit ebenfalls in einer der großen Manteltaschen verschwinden ließ. In diesen Riesentaschen befand sich schon allerlei, unter anderem der Zettel mit Ernst Buchners Anschrift und das Päckchen mit den sechs Filmen. Sie trug noch immer ihre schon etwas durchnässten braunen Lederstiefel und den um den Kopf gebundenen grünen Schal. Wahrscheinlich hatte sie vor dem Weggehen noch rasch ihr Make-up aufgefrischt. Einige wenige Kleidungsstücke und kleinere Andenken aus ihrem Zimmer und ein Schwarz-Weiß-Foto aus ihrer Kommode, das sie dort so lange Zeit unter einem Stoß Bettwäsche aufbewahrt hatte, packte sie in einen kleinen Reisekoffer. Außerdem nahm sie Geld von ihrem Vater mit, gespartes Geld, an dem es im Hause Banu nie gefehlt hatte. Doch sie nahm nicht alles Geld mit, und die Sparbücher ließ sie unberührt liegen.

Sie schritt auf das Taxi zu, und als sie eben einsteigen wollte, hörte sie ganz in der Nähe drei Schüsse knallen, die sich anhörten, als wären sie auf einer Jagd abgegeben worden. Sie zuckte zusammen, und auch der Fahrer erschrak. Er steckte den Kopf zum Fenster hinaus und blickte gegen den Himmel, weil er wahrscheinlich das Aufsteigen von Leuchtkugeln erwartete. Doch nichts dergleichen geschah. Es blieb still und dunkel, und niemand fand eine Erklärung für die Schüsse.

Mariana war überreizt und übernächtigt. Kein Wunder, dass sie zusammenzuckte, denn ihre Nerven waren von den Ereignissen dieser Nacht schon arg strapaziert worden. Sie hatte bereits manches nicht Alltägliche erlebt und spürte nur den Wunsch zu schlafen, einfach einzuschlafen, und wenn es ginge, für immer. Doch bevor sie tatsächlich einschlief, fragte der Fahrer noch, wohin die Reise gehen solle. Müde, wie sie war, antwortete Mariana nur „Ans Ende der Welt." Der Fahrer lachte, interpretierte diese mysteriösen Worte auf seine Art und fuhr sie zum Bahnhof. Dort angekommen wollte der Fahrer sein Geld haben und sagte: „Liebe Frau, wir sind hier. Die Fahrt kostet 27 Lei", – die restlichen 3 Lei waren schon als Trinkgeld eingerechnet –, „also 30 Lei insgesamt". Sie erwachte und erschrak. Sie wusste nicht, wo sie sich befand und schrie: „Du Schwein, du willst wieder was von mir haben, du willst mich missbrauchen!" Der durch diese Worte eingeschüchterte junge Fahrer sagte aber: „Liebe Frau, ich will sie nicht missbrauchen. Ich will nur mein Geld für die Fahrt haben." Dann erwachte Mariana vollends. Es war ihr peinlich, und sie entschuldigte sich beim Fahrer und fragte ihn, ob er Lust hätte, 2000 Lei zu verdienen: „Klar, hätte ich Lust, wer hätte das nicht, doch wie?"

„Es handelt sich um eine Taxifahrt nach Bukarest." Der Fahrer kratzte sich hinter dem Ohr und meinte, das sei ein schwieriges Problem. Mit diesem Taxi, das dem Staat gehöre, dürfe er die Grenzen des Bezirks nicht überschreiten. Doch irgendwie ließe es sich schon machen, doch nicht um 2000, sondern um 3000 Lei. Er müsse den Nachtdienst über Funk absagen und dann müsse er auch noch den Sprit einkalkulieren. Der sei nur schwer zu beschaffen und auf dem Schwarzmarkt schon recht teuer. Mariana willigte ein. Geld hatte ihr nie etwas bedeutet, und ohnehin würde sie das rumänische Geld nicht mehr lange brauchen. Der Fahrer meldete über Funk sein Taxi als defekt ab. Sie fuhren zu ihm nach Hause. Dort stiegen sie in einen Dacia 1300 um. In Rumänien gab es außer Dacia so gut wie keine anderen Autos. Nur hie und da sah man noch ein altes, fast ausgedientes Auto anderen Typs. Ab ging's nach Bukarest.

Kurz vor 7 Uhr morgens war Mariana wieder zu Hause in ihrer Bukarester Wohnung. Zuerst musste sie noch ein paar Stunden schlafen, obwohl sie auch die ganze Zeit über im Auto geschlafen hatte. Es war eine lange Nacht, die sie hinter sich hatte, und sie wusste nicht einmal, wie sie diese richtig einschätzen sollte. Es war eine Nacht, in der ihr Schutzengel ihr beigestanden und sie auf Schritt und Tritt beschützt hatte. Sie wunderte sich über die Großzügigkeit Gottes, der sie mit dem Weiterleben beschenkt hatte. Sie wurde trotz ihrer Krankheit zum Weiterleben ermutigt, von Gott auserkoren als Überlebende eines schrecklichen Zugunglücks. Eigentlich hätte sie dies alles, diese neue Aufforderung zum Leben, die neu erworbene Freiheit, als Gnadengeschenk betrachten müssen, doch sie grämte sich, weil sie nicht herausfinden konnte, wodurch sie sich dieses Geschenk überhaupt verdient hatte. Das Geschenk stammte aus einer kalten Novembernacht mit Schneegestöber und unzähligen Tränen des Leids. Es war eine Nacht, die nahe der festlichsten Zeit des Jahres, der Weihnachtszeit, lag. Sie wollte es als eine Fügung Gottes verstehen, dass sie unverletzt aus dem verunglückten Zug herausgekommen war, als eine Aufforderung weiterzuleben und die neu erworbene Freiheit auszubauen. Bis wohin auszubauen? Sie dachte an Ernst Buchner, jetzt öfter als sonst. Ob sie wohl in ihm dieses Ausbauen ihrer neu erworbenen Freiheit sah? Konnte sie durch ihn wieder ein Stück von dem zurückbekommen, was ihr einst gestohlen worden war? Zumindest einige Splitter davon, die sich wieder zu einem Mosaik zusammensetzen könnten. Sie dachte an ihn und erschrak, als sie sich Rechenschaft darüber gab, dass sie mehr an ihn als an ihre beiden Kinder, Romeo und Iulia, gedacht hatte. Die Kinder waren bei einer Freundin gut versorgt. Irgendwie war sie durch diese erlebnisreiche, traurige Novembernacht wieder wachgerüttelt worden. Sie fühlte sich lebensfähig und lebensstark und sagte sich, nun dürfe sie ihr Leben erst recht nicht einfach wegwerfen oder sich von ihrer Krankheit unterkriegen lassen. Vielleicht würde es sich wirklich lohnen, mit der inneren Befreiung auch in der äußeren Freiheit zu leben. Vielleicht ist noch ein Mensch da, der mich mit meinen beiden Kindern auch braucht, bei dem ich spüre, dass er mich braucht, ja vielleicht ...

Mit solchen Gedanken schlief sie ein und schlief, bis ihr die Vormittagssonne ins Gesicht schien. Sie wachte auf. Sie verspürte wild hämmernde Kopfschmerzen, die es ihr nicht erlaubten, einen vernünftigen Gedanken zu fassen. Sie hatte Migräne, und obwohl sie bereits zwei schmerzstillende Tabletten geschluckt und einen starken Kaffee getrunken hatte, ließen die Schmerzen nicht nach. Es war eine hartnäckige

Migräne, ausgelöst wahrscheinlich durch die Ereignisse der Nacht, die im Traum verarbeitet worden waren.

Doch sie hatte noch einiges zu tun und musste planmäßig vorgehen, da sie das Land mit ihrem Besuchspass so rasch wie möglich verlassen wollte. Auch die Kopfschmerzen durften kein Hindernis bei ihren Vorbereitungen sein. Sie prüfte nochmals, ob die Türe auch fest verschlossen war. Die Rollläden am Fenster ließ sie oben, wie sie es auch zuvor waren, doch sie prüfte, ob die Vorhänge gut zugezogen waren. Nun war sie für niemanden mehr zu sprechen, auch am Telefon nicht. Dann setzte sie sich an die Schreibmaschine und tippte ein neues Gutachten der Staatssicherheit für Rolf Kerner. Auch die beiden anderen Charakterisierungen verbesserte sie nach Gutdünken. Dann legte sie alle drei in einen neuen Umschlag und klebte die entsprechenden Briefmarken drauf. Als sie mit der Arbeit fertig war, bestellte sie in der Reiseagentur für den Nachtzug eine Fahrkarte 1. Klasse nach Stuttgart, mit Umsteigen in Wien. Dann packte sie den aus der Elternwohnung mitgebrachten kleinen Reisekoffer um und nahm noch eine Reisetasche hinzu. Über den Verlust ihrer Sachen, hauptsächlich der Kleidungsstücke aus dem großen Reisekoffer und der Kosmetikartikel in ihrer braunen Umhängetasche, war sie überhaupt nicht traurig. Sie hatte ohnehin schon viel zu viel Kleidung und konnte solch einen Verlust sehr gut verkraften. Als das Reisegepäck fertig war, verspürte sie auch keine Kopfschmerzen mehr. Die waren wie weggewischt, und zum ersten Mal seit langer Zeit freute sie sich wieder auf eine Reise.

* * *

Ungefähr zum gleichen Zeitpunkt, als das von Inspektor Sorin Şoimeanu zusammengestellte Kriminalisten-Team am Tatort Ermittlungen anstellte und mit großer Geschicklichkeit und Genauigkeit Spuren sicherte, saß Mariana Banu, die Tochter des Ermordeten, im Schnellzug Richtung Arad – Curtici – Wien – Stuttgart. Der Schnellzug musste eine andere Strecke nehmen, weil die Aufräumarbeiten nach der Zugkatastrophe in der Nähe des Fogarascher Bahnhofs noch nicht beendet waren.

Mariana hatte die Ereignisse dieser kalten Novembernacht gut weggesteckt. Es war ihr jetzt, als sie gemütlich in ihrem warmen Abteil 1. Klasse saß, als machte sie einen Transport in einem großen Vogelkäfig mit, in dem sich viele kleine freiheitsliebende Vögel befanden, die heimlich und leise zwitscherten und nur darauf warteten, mit diesem schaukelnden Transportkäfig in die Freiheit, zurück in die Natur, gebracht zu werden. Dort würden sich dann die Gittertüren öffnen, und der steile Flug in die Freiheit könnte beginnen.

Sechster Satz

Und dreimal der Tod

Die Monate des Jahres fielen rasch durchs Sieb der Zeit. Je nachdem wie inhaltsreich oder inhaltslos sie sind, verrinnt die Zeit sehr unterschiedlich. Die Zeit zu messen ist eine Erfindung des Menschen. Diese vierte Dimension, „die Zeit", ist für denjenigen, der auf sie zugeht oder den die Zeit durchläuft, sehr relativ bezüglich Wahrnehmung und Fassbarkeit.

Für mich hatte sich die Zeit quasi verdichtet. Die Ereignisse hatten sich überstürzt, und mir war, als wäre alles an einem einzigen Tag geschehen, besser gesagt, in einer einzigen dunklen Nacht. Seit meiner ersten Rumänienreise im April und Mai waren bis November, wie man leicht nachrechnen kann, fast sechs Monate verstrichen. Da fand ich eines Tages in meinem Postlädchen einen Brief der Geschwister Karbe, von Rudi Karbe geschrieben. Er enthielt eine kurze Nachricht, die besagte, dass es ihm endlich nach so vielen Jahren gelungen sei, eine eigene Ausstellung in München zu eröffnen. Er hatte sich sehr schwer durchgesetzt. Das wunderte mich, denn an seinem Talent dürfte es ja nicht gelegen haben. Doch woran? Also, es sei nun so, dass endlich sein lang ersehnter Traum in Erfüllung gehe, schrieb er voller Stolz. Beigelegt war für mich auch eine offizielle Einladung zur Vernissage dieser Ausstellung, die eine Zusammenstellung von Arbeiten aus den Gebieten Graphik, Malerei und Fotografie zeigte. Sie sollte Samstag stattfinden, doch in seiner persönlichen Einladung hieß es: „Lieber Ernsti, wenn du Lust und Zeit hast und wenn du auf deine Freunde nicht ganz vergessen hast, so würden wir uns sehr freuen, dich schon Freitag bei uns begrüßen zu dürfen. Du weißt ja, es hat bei uns nie an Gesprächsstoff gemangelt. Mach es bitte möglich und komm!"

Und was geschieht zuerst, wenn man solch einen Brief bekommt? Erinnerungen steigen auf, werden wach und zwingen einen in die Knie. Man glaubt immer, wenn man nach langer Zeit wieder zu den Menschen zurückkehrt, die man einmal gern mochte, dass es immer noch so wie früher ist. Doch die Zeit sorgt dafür, dass es nie mehr so sein kann.

In uns und mit uns sind Veränderungen geschehen, äußere und innere. Meist sind die inneren Veränderungen größer als die äußeren. Doch man möchte es gern sehen, dass es irgendwie doch eine Anknüpfung an einmal erlebte Zeiten sei. Bei nüchterner Überlegung muss man sich dann aber eingestehen, dass es keinen Anschluss gibt, dass im verstrichenen Zeitraum viele Keile zwischen die Beziehungen geschlagen wurden. Trotzdem aber hofft man immer wieder, es könnte doch mal wieder ein solch vollkommener, nahtloser Anschluss erreicht werden.

Einfach ausgedrückt: Ich dachte, ein Orts- und Luftwechsel täte mir bestimmt gut. Und dann musste ich auch zugeben, dass die Geschwister Karbe mir einst sehr viel bedeutet haben. Also sah ich keinen Grund, sie nicht zu besuchen, nachdem ein greifbarer Anlass zu diesem Besuch gegeben war. Ich packte meine Reisetasche, warf sie ins Auto und fuhr nach Augsburg zu den Karbes. Vorher hatte ich meine Hausfrau über meine Reise in Kenntnis gesetzt.

Die Fahrt am Freitagvormittag war angenehm und durch keinen Verkehrsstau getrübt. In bester Stimmung erreichte ich die Wohnung der Karbes in Augsburg. Christiane erwartete mich mit einem Mittagessen. Danach saßen wir gut gelaunt wie alte Freunde beieinander, die sich nach vielen Jahren wieder sehen, und kramten in unseren Erinnerungen. Beim Dessert – es gab Apfelstrudel mit Vanillesauce und Sahne – sagte Rudi Karbe völlig unerwartet: „Ernsti, es tut mir Leid, dich zu enttäuschen. Ich muss unbedingt nochmal nach München, um die letzten Anordnungen zu erteilen, wie einzelne Arbeiten ausgestellt werden müssen. Du verstehst ja, ich dachte, es wäre schon heute alles abgeschlossen. Doch es scheint nicht ganz nach meinen Erwartungen gelaufen zu sein. Spätestens um 20 Uhr bin ich wieder zurück. Dann machen wir uns einen gemütlichen Abend. Ich habe allerlei kulinarische Überraschungen und einen ausgezeichneten Wein. Du bist nicht böse. Christiane wird mich in meiner Abwesenheit vertreten. Also bis nachher." Er griff nach der Aktentasche und verließ das Haus.

Wieder einmal hatte es den Anschein, wie damals vor Jahren, als böte er Christiane und mir die Möglichkeit an, allein zu sein. So, als ob er Reue zeigte, dass er damals vor Jahren Christiane und mir irgendwie im Wege gestanden hat, da wir

Mysterium schien. Doch bevor er in seiner Vorführung fortfuhr, fragte er mich unverhofft: „Sagen Sie mal, Herr Buchner, hatte eigentlich Herr Karbe Feinde?" Ich musste ein wenig nachdenken, bevor ich antwortete: „Eigentlich war Herr Karbe ein sehr zurückgezogener Mensch. Er hat nie jemanden belästigt oder provoziert und hat mehr für sich gelebt. Freunde wird er wohl nicht viele, aber Feinde bestimmt überhaupt keine gehabt haben. Ich glaube nicht, doch muss ich leider hinzufügen, dass ich schon seit einigen Jahren nicht mehr mit ihm zusammen war. Da weiß ich eben weder über seine Freunde noch über eventuelle Feinde Bescheid."

Herr Wedel stemmte die Arme in die Hüften und sagte: „Wenn Herr Karbe, der Verunglückte, keine Freunde und keine Feinde hatte, müsste man die Nachforschungen und Ermittlungen eigentlich einstellen. Wenn Sie aber Lust haben, dann zeige ich Ihnen, wie sich dieser Verkehrsunfall allen bisherigen Ermittlung zufolge zugetragen hat." Wir gingen zu einem Tisch hinüber, auf dem eine Verkehrslandschaft in Miniatur aufgebaut war. Wedel wählte von den vielen kleinen naturgetreu nachgebauten Pkw einen Audi und stellte ihn auf eine der nachgebildeten Miniatur-Autobahnen. Er setzt das Auto auf die zweite, die Überholspur, der zweispurigen Autobahn und führte den Autounfall vor. Er sagte: „Dies ist Ihr Wagen mit dem Fahrer Karbe am Steuer. Der fährt auf der linken Spur mit etwa 110 km/h (auf alle Fälle über 100 km/h). Da kommt so ein Mercedes oder ein BMW mit größerer Geschwindigkeit, als der Audi sie hat, auf dem rechten Fahrstreifen angebraust." Herr Wedel nahm einen kleinen schwarzen Mercedes in die Hand. „Dieser Wagen blinkt links, er zeigt das Überholmanöver an und möchte jetzt auf die Überholspur kommen, weil vor ihm ein Fahrzeug viel zu langsam fährt, beispielsweise ein schwer beladener Lastkraftwagen." Herr Wedel stellte vor den schwarzen Mercedes einen Lastkraftwagen. „Nun ist aber der Zwischenraum nicht groß genug, um risikolos nach links auszuscheren und sich in den Verkehrsfluss der Überholspur einzureihen. Und gerade in dem Augenblick, als dieser schwarze Mercedes den grünen Audi auf der Überholspur in seinem Seitenspiegel sieht und die Distanz wahrscheinlich falsch einschätzt, zischt er links heraus, kommt gut auf die Überholspur. Dann aber muss er aus irgendeinem Grund plötzlich gebremst haben, während die

Autobahn eine schön in weitem Bogen verlaufende Rechtskrümmung nimmt. Möglicherweise haben auch alle anderen Autos auf dem Überholstreifen bis hin zum schwarzen Mercedes gebremst. Derjenige, der nun nicht mehr rasch genug bremsen kann, ist der grüne Audi, weil auch der Abstand zu seinem Vordermann, zum schwarzen Mercedes, zu klein ist und weil der Fahrer durch den Alkoholgehalt im Blut nur verminderte Reaktionsfähigkeit besitzt. Da, an dieser Stelle ist es geschehen. Der Audi bremst (die Bremsspur war deutlich erkennbar), gerät außer Kontrolle, fährt auf seinen Vordermann, den schwarzen Mercedes, auf, will anscheinend links am Mercedes vorbei – warum nicht rechts, wäre die Frage – und saust mit Geschwindigkeit in die rechte Leitplanke, die eine weite Rechtskrümmung beschreibt."

„So, das war's", sagte Herr Wedel und blickte auf die Uhr. „Mittagszeit, Herr Buchner. Nun wissen Sie alles über den Unfall, alles, was auch wir wissen, nicht weniger und wahrscheinlich auch nicht mehr. Sollte Ihnen trotzdem noch etwas zum Unfall einfallen, so rufen Sie mich an, ja, und seien Sie so gut, halten Sie sich zu unserer Verfügung. Wie lange bleiben Sie noch hier auf Besuch?"

Ich zuckte die Achseln. „Vorläufig bleibe ich noch, wahrscheinlich bis nach dem Begräbnis." Es ist eigentlich sonderbar. Da komme ich auf die Einladung meines Freundes hin her nach Augsburg zu seiner Ausstellung und gehe nun auf sein Begräbnis.

Um diese Mittagsstunde machte ich auch noch den dritten Weg, den ich mir ohnehin vorgenommen hatte, noch bevor ich die Fotos vom Unfall gesehen hatte. Ich suchte die Autowerkstatt auf, deren Anschrift mir Herr Wedel freundlicherweise gegeben hatte. Er meinte etwas sarkastisch: „Gehen Sie hin, dort finden Sie Ihren Blechhaufen." Und ich ging. In der Werkstatt fand ich zwei Automechaniker vor, die eben in der Mittagspause waren und ihr Mitgebrachtes verzehrten. Hier in Deutschland ist man in der geheiligten Mittagspause kein gern gesehener Besucher und auch als Kunde nicht willkommen. Trotzdem sprach ich den einen an und fragte nach dem gestern von der A 8 abgeschleppten Audi. Der Mechaniker ließ sich nicht stören, kaute an seinem Fleischkäse-Brot weiter und nahm noch einen Schluck Bier aus der Flasche, bevor er mir gelangweilt antwortete: „Weiß ich nicht, ich war gestern nicht im Dienst, mein Kollege auch nicht." Er zeigte auf einen anderen Automechaniker, der auf einem kleinen, schmierigen Hocker saß. „Ich kann Ihnen nichts sagen, tut mir Leid. Doch was hier im Hof herumsteht, sind alles Unfallwagen. Wenn Sie den gesuchten noch erkennen, ist er da oder nicht. Ich weiß es nicht. Gucken Sie mal – ich jedenfalls hab Mittagspause." „Gut, danke, ich werde mich mal umsehen", sagte ich und spazierte ein bisschen durch den Hof. Ich musste nicht lange zwischen diesen Blechhaufen herumirren, denn mein Wagen, der auch nur noch ein Trümmerhaufen war, befand sich an die Werkstattwand angeschoben, so wie er vom Laster des Abschleppdienstes heruntergeworfen worden war. Beim Anblick meines Wagens blutete mein Herz. Das war einmal ein Auto und würde nie mehr wieder eines werden können. Ich trat näher, weil ich mir die eingedrückte Stelle um den rechten Scheinwerfer genauer ansehen wollte, wo auf einem vergrößerten Foto die wie schwarze Druckerschwärze aussehende abgesprungene schwarze Farbe zu sehen war. Diese Farbe stammte angeblich von einem schwarzen Mercedes oder einem BMW, auf den der grüne Audi von hinten oder auch seitlich aufgefahren sein sollte. Ich betrachtete die Stelle genauer. Von der schwarzen Farbe war nichts zu sehen, dafür aber sah ich abgewetzte grüne Farbe und verkittetes Blech, von dem die Farbe weggeschabt oder weggefeilt worden war. Es sah so aus, wie wenn jemand die schwarzen Flecken und Streifen absichtlich mit einem Spachtel entfernt hätte.

* * *

Der Leichnam meines toten Freundes wurde zur Bestattung freigegeben. Die Unfallursache war laut polizeilicher Feststellung Trunkenheit am Steuer. Das war klar und deutlich, doch konnte ich mich nicht so einfach mit diesem Gedanken abfinden. Ich konnte immer noch nicht glauben, dass Rudi sich einfach betrunken ans Steuer gesetzt haben soll. Wenn Rudi noch am Leben wäre und alles gehört hätte, was ihm nachgesagt wurde, dann hätte er bestimmt aus vollem Halse gelacht. In Gedanken hörte ich sein Lachen, ein tiefes, herzhaftes Lachen über die Ursache seines Todes. Rudi hatte doch nie getrunken. Bloß hie und da mal, fast ausnahmslos abends, einen guten Tropfen, aber es musste schon etwas sehr edles sein, meist ein goldgelber, halbtrockener Wein. Doch fror mir das Lachen auf den Lippen ein, denn Günter Wedel von der Verkehrspolizei und ich wussten genau, dass dieser Verkehrsunfall nicht zu den alltäglichen Unfällen zählte. Leider maß Herr Wedel meinem Einwand bezüglich Alkoholkonsum überhaupt keine Bedeutung bei. Für ihn war die Ursache des Unfalls klar; es waren andere Einzelheiten, die ihn daran störten.

Von den Begräbnissen, bei denen ich als Trauergast oder als Leidtragender zugegen war, hatte ich noch keines dieser Art erlebt, wo sich nur wenige Trauergäste einfanden. Der Sarg war geschlossen, weil Christiane ihren toten Bruder nicht mehr sehen wollte. Sie wollte ihn lebend in Erinnerung bewahren. Es war beinahe peinlich, dass so wenige um einen Menschen trauern, der zu Lebzeiten mindestens so gut oder so schlecht war wie alle seine Mitmenschen auch. Ich möchte sogar betonen, dass er vielleicht ein ehrenwerteres und humaneres Leben geführt hatte als viele andere, die ihn vielleicht kannten, jedoch nicht zu seinem Begräbnis erschienen waren. Die wenigen Menschen aber, die sich zu dieser letzten Stunde bei der Trauerfeier vor der Feuerbestattung eingefunden hatten, wurden von etlichen Unbekannten unterstützt, die vom Friedhof kommend, eben einen anderen Toten ehrenvoll zu Grabe getragen hatten. Sie versammelten sich nun hier, weil es ihnen wahrscheinlich aufgefallen war, dass diese Trauerfeier nicht genügend besucht sei. Vielleicht aber taten sie es bloß aus Neugier oder dem Pfarrer zuliebe. Von den Anwesenden in der Kapelle kannte ich niemanden, und auch Christiane sah nur wenige Bekannte. Auch die Handvoll Berufskollegen ihres verstorbenen Bruders kannte sie nicht. Diese hatten jedoch einen schönen großen Kranz mit gelben Blumen mitgebracht.

Doch einen der schaulustigen Trauergäste erkannte ich. Es war der junge, blonde Mann von der Verkehrspolizei, Herr Günter Wedel. Ich traute zuerst meinen Augen nicht. Wieso war er hier erschienen? Was sollte ihn hergeführt haben? Es kam mir wie in einem Kriminalfilm oder -roman vor, wo am Grabe des Ermordeten, unbemerkt und im Hintergrund stehend, auch der Kriminalinspektor auftaucht. Er will die Trauergäste ein bisschen genauer unter die Lupe nehmen, weil er den Mörder unter ihnen vermutet. Auf die Idee, dass er sich meinetwegen und vielleicht auch wegen Christiane hier aufhielt, kam ich überhaupt nicht. Aus einer Diskussion jedoch, die wir zu dritt anschließend an die Trauerfeier führten, konnte ich entnehmen, dass dem doch so war. Ich gelangte jedenfalls zur Überzeugung, dass Günter Wedel Gespenster sah. Er hatte also den Verdacht nicht ganz fallen lassen, dass Christiane und ich etwas mit diesem Unfall zu tun haben könnten. So versuchte er nun, sich Aufschluss darüber zu verschaffen.

Nach Beendigung der Trauerfeier standen Christiane und ich vor dem Ausgang der Kapelle und nahmen die Kondolenzen der wenigen Trauergäste entgegen. Christiane sah blass aus und machte einen müden und schlaffen Eindruck. Die schwarze Kleidung aber stand ihr gut. Sie sah so feierlich aus, als ob sie aus irgendeinem Konzertsaal gekommen wäre, wo sie selbst bei einem Klavierkonzert mitgewirkt hatte. Die Trauer um ihren verlorenen Bruder, der ihr nicht nur Bruder war, hatte tiefe Falten in ihrem Gesicht hinterlassen. Sie war ernst und fühlte sich irgendwie gedemütigt durch diesen harten Schicksalsschlag. Die wenigen Trauergäste, die an uns vorbeikamen, uns still mit Worten des Beileids die Hand reichten, gingen ungezählt und mehr phantomhaft an uns vorbei. Die meisten reichten auch mir die Hand, in der Annahme, ich sei der Schwager des Verstorbenen.

Günter Wedel hielt sich anstandsvoll zurück und ließ die Trauergäste passieren. Er wartete ab und war der Letzte, der Christiane die Hand reichte und sich gleichzeitig vorstellte. Christiane nahm das gelassen und ohne besondere Gefühlsregung zur Kenntnis. Er sagte: „Frau Karbe, ich bedaure, dass Ihr Bruder unter solch stupiden Umständen ums Leben gekommen ist. Wir alle aber haben Menschen verloren, die uns nahegestanden haben, und wir werden immer wieder Menschen verlieren, solange wir leben. Es ist schmerzvoll, doch wir müssen uns immer wieder aufrichten, denn wir, die Lebenden, wollen dem Tod möglichst fernbleiben. Wir verdrängen ihn aus unserem Gedächtnis. Wir können ihn nicht akzeptieren, doch er ist überall da. Er lauert hinter jeder Ecke, hinter jeder Unebenheit des Lebens. Doch das geschenkte Leben muss gelebt werden, und man darf dabei nicht ans Ende denken."

Christiane hörte sich dies Gerede stumm und gelangweilt an. Wie konnte überhaupt ein Fremder ihre schmerzvolle Lage verstehen? Der konnte ja gar nicht in ihr Inneres blicken, wie das dort aussah, wie schwarz und ausgehöhlt sie innen war, was für eine schwarze, hässliche Winterlandschaft sich in ihr festgefroren hatte. In dieser eisigen Landschaft hatten nur noch Kummer und Trauer Platz. Da hatte auch der Schnee seine Leuchtkraft verloren. Wie viel Trost konnte ihr schon dieser fremde Mann zusprechen, was konnte er ihr schon sagen?
Doch Herr Wedel sprach weiter: „Wenn es Ihnen nichts ausmacht, so würde ich Sie zusammen mit Ihrem Freund zu einem Tränenbrot einladen. Verstehen Sie mich, bitte, nicht falsch. Es soll keine Anspielung sein, und bitte fassen Sie diese Einladung nicht als Belästigung auf, sondern als eine gut gemeinte, freundschaftliche Geste. Wenn Sie aber lieber mit Ihrem Freund allein sein wollen, so möchte ich mich nicht aufdrängen."
Christiane sah ihn mit ihren dunklen Augen an, die noch verweint waren. Sie nickte stumm. Wir hatten die Einladung angenommen. Ich meinte, wir sollten das aber umgekehrt machen, und er solle unser Gast beim Tränenbrot sein, weil dies doch eher der Lage entsprach. Doch er beharrte auf seiner Einladung. Wir suchten zu dritt eine kleine Gaststätte auf und ließen uns zum Mittagessen nieder. Es dauerte ziemlich lange, bis ein Gespräch zustande kam, obwohl Herr Wedel sehr darum bemüht war, eines in Gang zu bringen. Christiane schwieg meistens. Anfangs sprachen wir nur über das, was wir zu essen gedachten, dann über das, was wir vorgesetzt bekamen und danach über das, was wir gegessen hatten. Das Gespräch wurde erweitert zum beliebten Thema „kulinarische Genüsse". Es schien fast, als leitete Herr Wedel absichtlich das Gespräch weit weg vom philosophischen Thema über Leben und Tod, weg von dem Ereignis, aus dessen Anlass wir hier in der Gaststätte eingekehrt waren. Dann aber fiel der Inspektor plötzlich mit der Türe ins Haus und wandte sich an Christiane: „Es tut mir aufrichtig Leid, dass Ihr Bruder bei einem solch rätselhaften Verkehrsunfall ums Leben gekommen ist." Und Christiane, der gegenüber ich überhaupt nichts von einem eventuellen absichtlich herbeigeführten Verkehrsunfall erwähnt hatte, um sie nicht noch

mehr in Verwirrung zu bringen, reagierte darauf sehr erstaunt: „Was heißt das, rätselhafter Verkehrsunfall?" Sie hielt im Essen inne und sah Herrn Wedel fest an. Dieser wunderte sich: „Wieso fragen Sie danach? Hat Ihnen denn Herr Buchner nichts von den Ungereimtheiten dieses Falles erzählt?" Ich fiel ein: „Nein, Herr Wedel, ich habe Frau Karbe nichts davon gesagt, und Sie hätten sich doch auch etwas rücksichtsvoller verhalten können." Doch Wedel antwortete rasch: „Ihre Freundin hätte ja ohnehin alles erfahren, spätestens beim ersten Verhör, zu dem ich sie geladen hätte. Außerdem wusste ich nicht, Herr Buchner, dass Sie Geheimnisse vor Ihrer Freundin haben." Ich fühlte mich in meiner Ehre verletzt und erwiderte: „Ich habe keine Geheimnisse vor meiner Freundin, und sollte ich welche haben, so ist das ganz allein meine Sache. Ihnen aber habe ich mehr Taktgefühl zugetraut, Herr Wedel." Christiane musste nun auch noch diesen kleinen Streit schlichten, der, man könnte fast sagen, absichtlich von diesem Polizeimann heraufbeschworen worden war.

Der Polizist war doch aus beruflichen Gründen mit uns hier zusammengekommen und hatte uns eben jetzt einem psychologischen Test unterzogen. Er prüfte genau unser Verhalten in dieser Situation. Er musste mit dem Ergebnis zufrieden sein, denn unser Verhalten war echt, nicht gespielt, das hätte auch ein Blinder sehen können. Dieses Aufhorchen Christianes bei den Worten des Polizisten über den rätselhaften Verkehrsunfall sagte allein schon alles aus. Es sprach uns beide von jeder Schuld frei. So kann man nur reagieren, wenn man tatsächlich nichts mit den Ungereimtheiten dieses Verkehrsunfalls zu tun hat. Wir haben beide bei diesem Test gut abgeschnitten, und das Großartige war, dass uns Herr Wedel es gar nicht spüren ließ, dass er uns einem Test unterzogen hatte. Er bewies in diesem Verhör tatsächlich sehr viel Taktgefühl, so dass es gar nicht an ein Verhör erinnerte.

Wir waren zwar die kleinste Trauergemeinschaft bei einem Tränenbrot, aber es wurde ein langes Mittagessen, das sich bis zum Abendessen ausdehnte. Wir sprachen nicht nur über den Unfall, sondern auch über vieles andere, was allerdings zum Leben und nicht zum Tod gehört. Viel später erst rückte Herr Wedel mit der Sprache heraus und sagte das, was ihm tatsächlich wichtig erschien und was allerdings zum Verkehrsunfall und nicht zu unserem so angeregten auflockernden Gespräch passte. Doch es gehörte mit zu den Gründen, die ihn bewegt hatten, unser Trauergast zu sein. „Ich dachte gar nicht, dass wir so zügig im Ermittlungsverfahren zu diesem Unfall vorankommen würden. Mein Instinkt, dass etwas in diesem Fall nicht stimmt, hat mich nicht getäuscht. Ich hatte Sie, Frau Karbe und Herr Buchner, schon Samstagnachmittag angerufen, doch es hat niemand abgehoben. Sie wollten verständlicherweise nicht gestört werden, nehme ich an. Gell? Einerlei. Ich hätte Ihnen, Herr Buchner, eine interessante Nachricht mitteilen wollen, da Sie ja auch daran interessiert sind, die Dinge um diesen mysteriösen Verkehrsunfall aufzuhellen; Sie haben ja schon im Krankenhaus mit Ihren persönlichen Ermittlungen begonnen. Also, wenn wir beide zusammen arbeiten, kommt mehr heraus. Es bringt mehr, das wissen Sie doch?" Christiane und ich nickten, und sie beteiligte sich an unserem Gespräch. Was mir wahrscheinlich nie gelungen wäre, ist diesem sympathischen Polizeimann gelungen: Er hatte Christiane aus ihrer schmerzerfüllten Verkrampfung gelöst.

„Ja", meinte Herr Wedel. „Samstagnachmittag liefen bei uns zwei Meldungen fast gleichzeitig ein. Die eine kam aus Stuttgart und zeigte einen Autodiebstahl an. Die andere kam aus München und meldete das Auffinden des gestohlenen Wagens, der bei Fürstenfeldbruck in einer verlassenen Gegend abgestellt worden war. Es war ein schwarzer Mercedes mit Stuttgarter Kennzeichen. Wir suchen zwar einen schwarzen BMW, haben jedoch einen schwarzen Mercedes gefunden, der am Verkehrsunfall, den wir jetzt bearbeiten, beteiligt war. Die linke rückwärtige Seite um den Kotflügel herum ist arg beschädigt und weist Spuren grüner Farbe auf, des Lacks, den Ihr Audi 80 hat. Und nun sind wir nicht nur einen, sondern zwei Schritte vorangekommen. Wir haben nun den schwarzen Mercedes, von dem die Rede war im anonymen Telefongespräch von der A 8." „Ja, gut", meinte ich, „das wäre ein Schritt voran. Wo bleibt aber der zweite?" „Der zweite Schritt ist darin zu sehen, dass wir jetzt auch eine Person haben, die möglicherweise in diesen Verkehrsunfall verwickelt ist, nämlich den Besitzer des schwarzen Mercedes mit Stuttgarter Kennzeichen. Vielleicht aber auch nicht. Ich habe jedenfalls den Mann für morgen zum Verhör zitiert. Der

Besitzer hatte den Wagen Donnerstagabend vor seinem Haus abgestellt und den Diebstahl erst Samstagmittag bemerkt und sofort gemeldet. Wahrscheinlich wird dieser Mann auch für die Zeit von Donnerstag bis zur Feststellung des Diebstahls am Samstag ein gutes und prüfbares Alibi haben. Morgen werde ich mehr wissen. Eines steht jedoch fest: Der schwarze Mercedes war am Unfall beteiligt, und die Insassen des Autos haben mit ihrem gestohlenen Wagen Fahrerflucht begangen."

Ja, das war allerdings eine heiße Spur, der man unbedingt nachgehen musste, wollte man diesen mysteriösen Fall aufklären.

Herr Wedel fragte: „Sagt Ihnen der Name Alexander Nedeler vielleicht etwas?" Christiane und ich sahen uns an und verneinten. „Warum fragen Sie, was ist mit diesem Namen?"

„Dies ist die Person, die den gestohlenen Wagen bei der Polizeibehörde gemeldet hat. Vielleicht aber erkennen Sie jemanden, der auf diesem Foto abgebildet ist." Wedel zog ein Farbfoto aus der Tasche, auf dem drei Männer bei einer Grill-Party abgebildet waren. „Woher haben Sie dieses Foto?", wollte ich wissen. „Es wurde nebst anderem Kleinkram im Handschuhfach des schwarzen Mercedes gefunden." Ich sah mir das Foto genau an. Da war aufsteigender Rauch vom Grill zu sehen und drei Männer, die um diesen Grill herumstanden. Alle drei hatten lachende, erhitzte Gesichter. Ich sah sie mir genau an. Einer von ihnen, groß und stämmig mit Schmerbauch, kam mir igendwie bekannt vor. Ich wusste jedoch nicht gleich, wo ich dies Gesicht schon einmal gesehen hatte. Doch dann blitzte es. Diesen Mann hatte ich damals bei der Hausdurchsuchung vor so vielen Jahren im Karbe-Haus gesehen. Er gehörte zu meinen drei Peinigern von damals, zu diesem 3+1-Team, das damals im Karbe-Haus die gefälschten Reisepässe gesucht und dabei viel Mobiliar zertrümmert hatte. Es war das Gesicht dieses athletischen Typen, des guten Freundes des kleinen gehässigen Napoleons. Das war Sandu Nedelea. Ja, er war es. Allerdings etwas älter und mit Schmerbauch, doch seine Gesichtszüge hatten sich mir damals sehr gut eingeprägt. Er war es, der jetzt den deutschen Namen Alexander Nedeler trug. Sein rumänischer Name ließ sich so am besten ins Deutsche übersetzen. Das war er, dieser Sportler in „*Adidaşi*" (so die in Rumänien übliche Bezeichnung für Turnschuhe nach der bekannten Marke), der die Falltür zum

Dachboden im Karbe-Haus mit seinem breiten Rücken aufgestoßen hatte. Ich nickte und sagte: „Ja, der eine von den dreien ist mir bekannt, den kenne ich, den kenne ich von ..." Da stockte ich. Mein Gegenüber hätte mich wahrscheinlich nicht verstanden, wenn ich die ganze Situation geschildert hätte, in der ich diesem Mann, einem rumänischen *Securitate*-Mann, seinerzeit begegnet war. Ich betonte es aber nochmals: „Den kenne ich." Herr Wedel sah mich fragend an. Es war verständlich, er wollte wissen, woher. Christiane konnte sich nur an den Namen erinnern, nicht aber auch an sein Gesicht. Nun mussten wir aber doch etwas über die Zeit erzählen, in der Rudi Karbe in Rumänien Pässe gefälscht hatte, um den Deutschstämmigen von dort zur Flucht in den Westen zu verhelfen.

Ich bin davon überzeugt, dass es für den Polizeimann Günter Wedel einer der aufregendsten Nachmittage wurde. Und weil mich die Ehrlichkeit dieses Mannes so überraschte, konnte auch ich nicht mit meinen Feststellungen, die ich in der Autowerkstatt gemacht hatte, hinter dem Berg halten und berichtete darüber, ohne mich dabei brüsten zu wollen, dass ich irgendwelche wichtige Entdeckungen gemacht hätte. Wenn man nun meine Feststellung, dass jemand die verräterische schwarze Farbe mit Messer oder Spachtel weggeschabt hatte, damit vergleicht, dass am aufgefundenen gestohlenen Mercedes grüner Farblack hängen geblieben war, schien alles noch konfuser. Das reimte sich wiederum nicht. Der eine schabt die verräterische schwarze Farbe ab, und der andere (oder derselbe) lässt die genauso verräterische grüne Farbe kleben. Da wartete auf Herrn Wedel noch ein gutes Stück Arbeit. Doch es schien mir, dass sein Beruf ihn fasziniere, und da scheute er eben die Arbeit nicht.

Die Zeit verging sehr rasch. Wir saßen noch immer am Mittagstisch. Unseren Kaffee hatten wir auch schon getrunken, und allmählich wurde es Zeit, sich zu erheben, um anderen Platz zu machen, die hier ihr Abendessen einnehmen wollten.

* * *

Christiane Karbe und ich waren Mittwoch um 12 Uhr mittags nach der Beisetzung der Urne vom Friedhof heimgekehrt. Ein schwerer Weg hatte uns hingeführt, ein leichterer und vielleicht auch erleichterter zurück. Es war ein nasskalter, nebliger Novembertag, an dem die Sonne nicht die Kraft hatte, die dichten Nebelschwaden zu durchbrechen. Jeder hing seinen eigenen Gedanken nach. Ich wusste es nicht, doch ich spürte es, dass wir beide, Christiane und ich, über ganz verschiedene Erlebnisse nachdachten. Wir waren, obwohl wir nebeneinander gingen, gedanklich sehr weit voneinander entfernt. Christiane hatte sich zwar wieder in der Gewalt, und dazu hatte Günter Wedel ein gut Teil beigetragen, aber sie hatte doch ihre Bedenken, wenn sie diese auch nicht konkret äußerte. Wie wird es nun weitergehen ohne Rudi, ohne diesen Menschen, dem sie ein und alles war und der ihr bestimmt auch sehr viel bedeutet hatte? Sie hatte ihm sozusagen ihr bisheriges Leben geschenkt, es vertrauensvoll in seine Hände gelegt. Er war ihr immer und in allen Lebenslagen eine große Stütze gewesen. Wie sollte sie nun, so allein und auf sich angewiesen, weiterleben? Dazu auch noch in der Wohnung, in der sie mit Rudi siebzehn Jahre zusammen gelebt hatte.

Und woran dachte ich? Ich musste immer wieder daran denken, wie leicht mein Freund Rudi Karbe jedes Mal den Tücken des Lebens entkommen ist. Wie gut hatte er doch stets Lagen höchster Gefahr gemeistert, wie wendig war er in solchen Schlüsselsituationen des Lebens gewesen. Von ihm hatte ich immer angenommen, dass er einfach nicht unterzukriegen war, dass ihm alles gelingt, was er anpackt, und dass er beinahe unsterblich sei. Und gerade er mit seiner Wendigkeit, mit seiner Geschicklichkeit und mit all seinen anderen Qualitäten musste durch einen provozierten Unfall ums Leben kommen!

Rudi Karbe hatte sich damals, als er seine Flucht in die Freiheit antrat, von einem Ehepaar in einem weißen Mercedes mitnehmen lassen und als Vorwand eine fiktive Ausstellung in München angegeben, die er noch rechtzeitig erreichen wollte. Nun hatte er seine wirkliche Eigenausstellung, die ihm vielleicht sein ganzes Leben bedeutet hätte, nicht mehr erreicht. Auf dem Weg zu seiner Ausstellung fand er den Tod – auch eine Form der Freiheit – bei einem beabsichtigten Verkehrsunfall, an dem ein schwarzer Mercedes beteiligt gewesen ist. Irgendwie hatte sich für ihn der Kreis der Freiheit geschlossen, oder – anders ausgedrückt – die äußere Freiheit wurde durch die absolute Freiheit abgelöst. Nun brauchte er nicht mehr diese schwer erkämpfte Freiheit, diesen Fingerhut Freiheit im Leben zu verteidigen, um die man mit so viel Verbissenheit und unter Atemnot ringt. Er hatte ausgekämpft.

Christiane und ich setzten uns an den gekachelten Tisch in der Sitzecke. Wir saßen beinahe so wie vor wenigen Tagen, als Rudi noch von der Haustür umgekehrt war, um mich zu bitten, ihm meinen Wagen zu leihen. Allerdings saßen wir diesmal nicht nebeneinander, sondern im rechten Winkel einander zugekehrt. Sie füllte zwei Schwenker mit Kognak, dem guten Remy Martin. Nun hätte sich Christiane neben mich setzen müssen. Nun war sie frei, nun hätte sie nicht einmal mehr ein schlechtes Gewissen haben müssen. Nun war sie aller Verpflichtungen enthoben. Doch sie war nicht nur frei, sie war auch allein und hätte jetzt jemanden gebraucht. Doch sie setzte sich nicht neben mich, und ich tat es auch nicht. Wir saßen nun schweigsam da, tranken guten Kognak und waren in zwei verschiedenen Welten. Immer wieder musste ich an Mariana Banu denken und daran, mit wie viel Leichtigkeit und Natürlichkeit sie diese siebzehn Jahre Getrenntsein bewältigt hatte. Das hatte ich feststellen können, als ich vor einigen Monaten in Rumänien zu Besuch war. Ich musste an sie denken, wie sie damals vor siebzehn Jahren, als Rudi in die Bundesrepublik geflohen war, vor meiner Haustür dunkel als Schatten erschienen war und einfach fragte: „Nimmst du mich auf?" Doch schon am nächsten Tag war alles zu Ende. Ob ein Foto, dieses dezente Liebesfoto, der Grund ihres plötzlichen Verschwindens war? Ich weiß es bis heute nicht.

Christiane und ich saßen gedankenversunken da, jeder mit sich beschäftigt. Wieder war es fast so wie damals, als der Anruf aus dem Krankenhaus kam und meldete, dass Rudi tödlich verunglückt sei. Auch jetzt schrillte plötzlich das Telefon. Wir schreckten aus unserem Nachdenken auf. Christiane bat: „Heb du ab, ich bin für niemanden zu sprechen, ja, außer wenn es Herr Wedel ist, doch sonst für niemand anderen!"

Ich hob ab und meldete mich: „Bei Karbe ... Ja, ich bin am Telefon. Grüß Gott, Frau Schwaiger." Es war meine Hausfrau, die sicherlich wegen meines langen Fernbleibens von zu Hause besorgt war. „Ja, Frau Schwaiger, ich habe nicht vergessen, wo ich wohne." Ich empfand diesen Anruf als belästigend. Wollte meine Hausfrau mir nun vorschreiben, wann ich zu Hause zu erscheinen hätte und wann nicht? Im Grunde genommen war ich ihr doch nicht Rechenschaft schuldig. Doch sie entschuldigte sich in ihrem Schwäbisch: „Det verstehn Sie falsch, ich will net stören, doch da kam so ein Telegramm ins Haus für Sie aus Rumänien und ich hab's net angerührt, das heischt, net geöffnet und ich weiß net, ob's was Wichtiges für Sie ischt oder net, aber det muss ich Ihnen schon sage, gell?"

Die arme alte Frau! Sie war ewig besorgt um mich und meinte es immer gut. In diesem Telegramm, das sie in Empfang genommen hatte, sah sie eben etwas besonders Wichtiges, was mich interessieren dürfte. „Liebe Frau Schwaiger, dann sagen Sie mir mal, von wem es ist, öffnen Sie es und lesen Sie mir den Inhalt vor." Sie erwiderte: „Gut, dann warten's mal, ich soll erscht meine Brille holen." Nach einer kurzen Pause meldete sie sich wieder: „Der wo des Telegramm geschrieben hat, isch ein Herr Rolf Kerner, und er telegrafiert: Mariana Banu isch tot. Kam bei einem Eisenbahnunglück ums Leben. Komm her. Erwarte dich. Gruß Rolf."

Ich hatte den Eindruck, dass sich alles um mich drehte. Zuerst Rudi, nun Mariana. Was ist da los? So viele Schicksalsschläge hintereinander, sollte da ein neuer Rekord aufgestellt werden? Rudi Karbe hatte mir als Freund viel bedeutet, doch was hatte mir Mariana Banu im Leben bedeutet? Das hätte ich wahrscheinlich in keinem Superlativ ausdrücken können. Es war mir, als hätte ich ein Stück von mir verloren.

Christiane wartete auf eine Erklärung. Ich log: „Diese Leute haben mir die Kündigung durch die Post geschickt. Ich habe meine Anstellung verloren." Warum log ich? Ich glaube, ich wollte ihr nicht die Genugtuung geben, den Verlust einer geliebten Freundin als Trost zu empfinden, dass ich ebenso wie sie einen geliebten Menschen verloren hatte. Außerdem wusste Christiane nichts von meiner Beziehung zur Tochter des *Securitate*-Chefs von Hermannstadt. Ich hätte ihr viel zu viel erklären müssen. So hatte ich nun nur den einen Wunsch, rasch weg, zuerst nach Stuttgart und dann nach Rumänien. Ich musste wenigstens ein letztes Mal Mariana Banu, wenn auch tot, wiedersehen.

Und ich sagte zu Christiane: „Es tut mir Leid, aber ich muss nach Hause. Du verstehst, ich muss die Dinge mit meiner Anstellung regeln. Viel wird nicht mehr zu machen sein, aber ich versuch's." Dann fügte ich einen Satz hinzu, der nicht absichtlich, sondern rein zufällig genau so ausfiel wie der Satz, den Christiane mir beim Abschied sagte, als sie auf ihre Österreich-Tournee fuhr und sich dabei in den Westen absetzte. Ich sagte: „Christiane, wenn ich wiederkomme, wird sich alles ändern. Ich verspreche es dir." Ich glaube nicht, dass sie es als eine Anspielung auf ihre Worte von damals verstand – ich hatte sie auch nur rein zufällig so formuliert. Sie hatte ihre Worte von damals bestimmt schon längst vergessen.

* * *

Ich fuhr mit dem erstbesten Zug nach Stuttgart zurück. Ich saß an diesem kalten Novembertag im gut geheizten Zugabteil und konnte einfach nichts lesen, es fehlte mir die innere Ruhe. Ich konnte mich trotz spannender Lektüre der jüngsten politischen Ereignisse nicht richtig auf das Gelesene konzentrieren. Ich musste unwillkürlich an das Werbefernsehen denken, wo eine Männerstimme nach einer Bildsequenz, in der die Hausfrau ihre Geldbörse vergessen hat und das erst beim Zahlen an der Kasse feststellt, dies mit fester, sicherer Stimme so kommentiert: „Oft ist die Ursache ein Mangel an Konzentrationsfähigkeit. Da fehlt Lecithin. Deshalb nehmen Sie täglich ..."

Ich saß im Zug, konnte nicht lesen, musste denken und hätte am liebsten das Denken mit einem Schalter abgestellt, aber es gab keinen solchen Schalter. „Mariana Banu ist tot" hämmerte es in meinen Schläfen. „Tot – tot – tot", tönten auf den Schienen auch die Räder, die einen rhythmischen, monotonen und unmelodischen Todesgesang sangen. Der Tod im Rad, der Tod unter den Rädern, denn Mariana war doch bei einem Zugunglück ums Leben gekommen. Ich hatte gerade in den letzten Tagen, als ich in Augsburg war, in Christianes Gegenwart so oft an Mariana denken müssen. Nun war es nicht mehr wichtig, ob sie jemals das Foto gesehen hatte, das zum Zwecke der Erpressung für die *Securitate* angefertigt worden war, das Foto, auf dem Christiane und ich als zwei sich Liebende in einer Filmszene abgebildet waren, die aber keine war, wo Echtheit und Natürlichkeit zumindest von einem Partner nicht gespielt war, denn ich wusste ja nichts davon, dass ich fotografiert wurde. So lieb hatte ich Christiane damals, und vielleicht war ich mir gar nicht bewusst gewesen, dass ich sie überhaupt so sehr liebte.

Und wie sah es jetzt in Augsburg aus mit meiner Liebe zu Christiane? Sie hatte an Kraft und Urwüchsigkeit verloren, die Leuchtkraft unserer Liebe war einfach erloschen, obwohl wir es vielleicht gewollt hätten, dass die Liebe von damals in uns wieder auflebte. Vor allem Christiane war sehr darum bemüht, einen Anschluss an die Zeit von damals zu finden, aber es ließ sich nicht erzwingen, und es scheint mir, als hätte der Tod unseres gemeinsamen Freundes, der Tod ihres Bruders, uns beide wider Erwarten auseinander getrieben.

Wir hatten angenommen, dass wir Rudis wegen nicht zueinander finden konnten, dass er zwischen uns beiden stand. Doch in Wirklichkeit war er das Bindeglied gewesen, das uns beide zusammengehalten hatte. In dem Augenblick, als er uns durch den Tod entrissen wurde, trennte uns eine Lücke.

Christiane hätte mir nie Mariana ersetzen können, denn für sie gab es keinen Ersatz. Ich hatte nur den einzigen Wunsch, Mariana nochmals zu sehen, auch wenn sie nicht mehr zu sprechen war.

Als ich in meiner Stuttgarter Wohnung ankam, war mir alles gleichgültig, das Leben war für mich sehr flach geworden, es war nichts mehr da, was mir die Kraft gegeben hätte, etwas Sinnvolles zu tun.

Das einzig Sinnvolle in diesen Augenblicken schien mir, mit dem nächsten Zug nach Rumänien zu fahren, um noch einmal die Frau zu sehen, wenn auch tot, die eine so große Rolle in meinem Leben gespielt hatte. Es blieb mir nicht viel Zeit, große Vorbereitungen für meine Reise zu treffen. Aber ich musste unbedingt einige Lebensmittel nach Rumänien mitnehmen, denn meinem Freund Rolf Kerner und seiner Familie stand ein schwerer Winter bevor. Sie hatten sicher außer den kleinen Kartoffeln, die in der Kartoffelkiste mein Romanmanuskript verdeckten, nichts anderes zum Essen. Da ich kein Auto mehr hatte, bestellte ich mir eine Fahrkarte für den Abendzug und eilte dann in die Stadt, um vor der Sperrstunde noch kurz ein paar Einkäufe zu tätigen. Ich dachte auch an einige Geschenke, um diesen Menschen, zumindest dieser einen Familie, ihr Weihnachtsfest damit wenigstens äußerlich zu erhellen, denn sie mussten Weihnachten hinter herabgezogenen Rollläden feiern; sichtbares Feiern des Weihnachtsfestes war im kommunistischen Rumänien verboten. Dabei musste ich an Mariana Banu denken, deren Familie in ihrem Elternhaus den Weihnachtsbaum immer hinter einem Vorhang versteckt im Wohnzimmer geschmückt hatte. Niemand durfte wissen, dass der oberste Staatssicherheitsmann Hermannstadts trotz seinen kommunistischen Anschauungen ebenso wie alle anderen Bürger versteckt Weihnachten feierte.

Bald darauf saß ich im Zug nach Rumänien mit nur wenig und in aller Eile zusammengestelltem Reisegepäck. Es schien mir, als kämpfte sich die Lokomotive dem Wind entgegen, der in das geöffnete Abteilfenster pfiff. Schneidend kalte Luft drang ins Abteil. Ich schloss das Fenster wieder, um die Kälte nicht an mich herankommen zu lassen. Der Wind pfiff sein Klagelied, ein Lied vom Auslöschen eines Menschenlebens, das nur ich aus dem Gepfeife des Windes und aus dem Rattern der Räder heraushörte. Was besagt das schon, dass ein Menschenleben der sieben Milliarden Erdbewohner ausgelöscht wurde? Gar nichts, rein gar nichts, wenn man bedenkt, dass täglich unzählige Menschenleben von Gottes Hand ausgelöscht werden, von der sanften, uns beschützenden Hand des großen Weltzeremonienmeisters, ja, aber auch viel mehr neue Erdenbürger das Licht unserer Welt zum ersten Mal erblicken.

Doch was für ein Monat ist dieser Monat November, und was für ein Jahr ist dieses, das Revolutionsjahr 1989! Alle Menschen, alle Völker wollen die Freiheit, die jahrelang ersehnte Freiheit, die legendäre Freiheit der Urmenschen. Der frische Wind, der anfangs in Europa wehte, der von Gorbatschow, von seiner Perestroika und seiner Glasnost ausging, ist zum Orkan angewachsen und rüttelt am Fundament des kommunistischen Bollwerks. Die Freiheitswelle hatte ihren Urquell im ungarischen Becken, in einem Staat, der sich kekker als die anderen dem Kommunismus widersetzt hat. Von hier aus setzte sich die Welle fort über Polen, die Tschechoslowakei, Bulgarien und die DDR. Alle geknechteten Völker, die durch die Knute des Kommunismus im Zaum gehalten wurden, schreien nach Freiheit. Es ist ein nicht aufzuhaltender Freiheitsdrang, der sich in den Völkern Europas Bahn bricht, nicht zu bremsen ist und bis hin zum Bau des „Europäischen Hauses" führen wird. Noch hat der Funke in Rumänien nicht gezündet, doch die einmal gelegte Zündschnur des Verlangens nach Freiheit kann nicht mehr niedergetreten und nicht zerrissen werden.

Und was schreien die unzufriedenen, geknechteten Volksmassen? „Nieder mit der Kommunistischen Partei, nieder mit dem Kommunismus!" Der arme Marx und der arme Engels und der arme Lenin, diese drei großen Lehrer der Menschheit, sie haben es so gut mit den Menschen gemeint, und es ist so schlecht ausgefallen. Wie gut und wie schön sich diese weisen Lehrer den Kommunismus ausgedacht haben! Wie schlau auch immer dieser ausgetüftelt worden ist, in der Praxis hat die angewandte kommunistische Theorie versagt. Anscheinend war diese Idee der Gleichheit, der Einigkeit und der Brüderlichkeit auf dem Prinzip des Kommunismus nicht zu verwirklichen. Warum eigentlich nicht? Woran sollte das gelegen haben? Oder sollten die Menschen dafür noch nicht reif genug oder überhaupt unfähig sein?

Es bleibt ein Paradoxon, wenn nicht ein Geheimnis, denn die Theorie ist einfach wunderbar, märchenhaft, doch die Ausführung war despotenhaft. An der Theorie scheint es also gar nicht zu liegen, sondern nur an der Auslegung und Ausführung, doch kein einziges Volk scheint den Kommunismus richtig angegangen zu haben, kein Volk hat die Ausführung der kommunistischen Prinzipien bewältigt, weil sich eben nicht alle Theorien in die Praxis umsetzen lassen, und vielleicht auch deshalb, weil der Mensch, so wie Gottfried Benn es sagt, doch „das Schwein" bleibt, der Mensch, der nur theoretisch zur Humanität fähig ist, denn im Augenblick danach ist er genauso fähig zu töten und zu morden.

Die Müdigkeit stand mir ins Gesicht geschrieben. Ich betrachtete mich im kleinen Spiegel, der an der Abteilwand angebracht war. Auch durch ein Lächeln hätte ich das müde Gesicht im Spiegel nicht auffrischen können. Ich sah müde und ungepflegt aus. Es kam mir vor, als hätte ich überhaupt in den letzten Tagen vergessen zu schlafen. Ich öffnete wieder das Abteilfenster. Die herbe, frische Luft tat mir gut. Wir fuhren in den Budapester Bahnhof ein. Als unser Zug mit reichlichem Quietschen anhielt, fuhr am Nebengleis der Gegenzug aus Bukarest ab. Er setzte sich ganz langsam in Bewegung. Seltsamerweise hatte ich das Gefühl, dass unser Zug fuhr und der andere stand.

Plötzlich hatte ich den Eindruck, dass sich im Gegenzug in Richtung Wien aus einem der Abteilfenster Mariana Banu herauslehnte. Doch der Zug beschleunigte, und ihr Gesicht war nur für Sekunden erkennbar. Dann verschwand ihr Bild und auch der Zug. Ich ließ mich rasch auf meinen Sitz zurückfallen und legte mir die Hand an die Stirne. Es musste schon schlimm um mich bestellt sein. Ich hatte Halluzinationen. Ich sah im Gegenzug Mariana Banu, die nach Wien fuhr oder aber gar in die BRD. Dabei war sie doch bei einem Eisenbahnunglück ums Leben gekommen, und ich war eben im Begriff, zu ihrem Begräbnis zu fahren. Was für Sinnestäuschungen das doch waren. Entweder war ich total übermüdet oder gar krank. Ich musste wohl fiebern, meine Stirne fühlte sich heiß an. Ich hatte mich bisher auf dieser Fahrt intensiv mit Mariana beschäftigt, war übermüdet, sah dann eine ihr ähnliche, dunkelhaarige Frau im Abteilfenster des Gegenzuges und erkannte in dieser fremden Frau durch Verwirrung meiner Sinne meine geliebte Mariana, die ich doch unbedingt nochmals sehen wollte. Also sah ich sie als Trugbild. Anscheinend produzierten meine gereizten Nerven dies Bild Marianas im Abteilfenster des in Richtung Wien abfahrenden Zuges. Schlaf war das, was mir jetzt fehlte.

* * *

Nach einer langen, ermüdenden Bahnreise stand ich nun mit meinem Reisegepäck, Koffer und Reisetasche, auf dem Mediascher Bahnhof, denn mein Schnellzug aus Wien, der „Wiener Walzer", fuhr nicht durch Hermannstadt. Ich musste also irgendwie von hier nach Hermannstadt gelangen und dachte gar nicht daran, einen langsamen Personenzug zu besteigen, der in allen kleinen Ortschaften hielt und sich im Schneckentempo bewegte.

Ich hatte Glück, dass man mich als Ausländer noch ins Land einreisen ließ, denn Rumänien stand kurz vor dem 14. Kongress der Rumänische Kommunistische Partei, der in Bukarest im „Palast der Nation" stattfinden sollte. Drei Tage nach meiner Einreise sperrte Rumänien seine Grenzen für Ausländer und riegelte sich so hermetisch gegen die Außenwelt ab, um eventuellen Spionageakten vorzubeugen. Rumänien war zur Zeit das einzige Land im Ostblock, in dem sich nichts regte, in dem alle Formen des diktatorischen Kommunistensystems starr erhalten geblieben waren und in dem das Volk, unter der Peitsche des *Conducătors* gehalten, nicht aufmucken konnte. Zumindest nach außen gab Rumänien dieses Bild ab, in Wirklichkeit jedoch begann es auch hier zu kochen und zu brodeln, auch wenn nur einzeln und verstreut Blasen aufstiegen, die unter dem strengen, wachsamen Auge der *Securitate* zerplatzten.

Der Mediascher Bahnhof machte einen verwahrlosten, vernachlässigten Eindruck. Alles schien grau und von den vielen Schloten der Industriewerke verrußt zu sein, vor allem von denen im Nachbarort Kopisch, das einer der größten Schandflecken Rumäniens war, was den Umweltschutz betrifft.

Das schwache Licht eines trüben Donnerstagnachmittags überzog das verrußte Bahnhofsgelände. Die eben angehende Bahnhofsbeleuchtung verstreute ein spärliches schmutziges Licht, das kaum ausreichte, die Fahrkartenabfertigung und den Bahnhofsbetrieb abzuwickeln. Trotzdem herrschte auf dem Hauptbahnsteig und in der Bahnhofshalle eine gewisse Geschäftigkeit und eine gewisse Erregtheit, denn die Menschen bewegten sich hin und her, standen in kleineren Grüppchen beieinander und schienen alle irgendeinen Vorfall, den sie einer Zeitung entnommen hatten, heftig mit einer gewissen Art von Verstohlenheit und Zurückhaltung zu diskutieren, sich immer wieder vergewissernd, dass sie um sich herum keine unerwünschten Zuhörer hätten. Ein halbwüchsiger Junge in einem karierten abgetragenen Pullover verkaufte mit dem monotonen Ausruf: „Neue Nachrichten!" ein Lokalblatt, dessen Inhalt wahrscheinlich diese Gespanntheit und Gereiztheit mit den anschließenden Debatten unter den Reisenden ausgelöst hatte. Da packte auch mich die Neugierde. Ich hatte natürlich kein rumänisches Geld, doch ich wusste, dass jede rumänische Ware mit Naturalien, schwarz natürlich, käuflich war, auch Zeitungen. Ich ging auf den Zeitungsjungen zu, gab ihm eine Tafel Schokolade, Kaugummi und eine Pakkung Marlboro-Zigaretten aus meiner Manteltasche und verlangte dafür dieses Lokalblatt. Er strahlte übers ganze Gesicht und fragte gleich, ob ich nicht zwei oder mehrere Zeitungen haben möchte, ich dürfe mir auswählen, was ich wolle. Eine Zeitung genügte mir aber, und ich zog mich in eine Ecke zu einem geschlossenen Fahrkartenschalter zurück, der von oben her von einer am Draht hängenden Glühbirne ohne Lampenschirm beleuchtet war, und entfaltete die Zeitung, um endlich herauszufinden, was es da so Aufregendes zu lesen gab.

Auf der dritten Seite fand ich die Schlagzeilen: „General Ion Banu, Leiter der Bezirks- und Stadtdienststelle der *Securitate*, in seiner Wohnung erschossen aufgefunden." Gleich darunter, etwas kleiner, aber auch fettgedruckt, stand: „Dem Mörder auf der Spur". Ich musste die Schlagzeilen zweimal lesen. So richtig konnte ich es nicht fassen, dass dieser Mann, der mein Leben meine ganze Jugend über bis zu meiner Ausreise in die BRD mit seiner Gehässigkeit und mit Intrigen überschattet und durchsetzt hatte, nun tot war. Der uns beiden, seiner Tochter Mariana und mir, nur Steine in den Weg gelegt hatte und es nicht duldete, dass Mariana und ich auch nur Umgang miteinander pflegten, dass dieser Mann nun tot sein sollte.

Ich wusste nicht: Sollte ich nun einen Freudensprung tun, oder sollte ich es eher mit Gelassenheit und Bedauern hinnehmen, dass die Familie Banu, die zu den angesehensten Familien der Stadt gehört hatte, nun völlig ausgestorben war. Eigentlich hätte ich allen Grund dazu gehabt, mich über den Tod dieses Tyrannen zu freuen, aber ich hatte leider den Menschen verloren, mit dem zusammen ich mich am meisten darüber hätte freuen können, nämlich Mariana Banu. Und ich dachte: Wie schade, dass Mariana diesen Tag des Todes ihres gehassten Vaters nicht erleben durfte. Ich glaube, so unglaublich das auch klingen mag, sie hätte sich wahrscheinlich von allen Bürgern dieser Stadt am meisten über den Tod ihres Vaters gefreut, denn der war ja für sie kein Vater, er war ein Unmensch, einer, der im wahrsten Sinne des Wortes über Leichen ging.

Und wie merkwürdig, fuhr ich in meinen Überlegungen fort, der *Securitate*-Chef Ion Banu war so kurze Zeit nach dem Tod der Tochter durch Mord umgekommen. Eigentlich sah ich keinen Zusammenhang, doch es war trotzdem sonderbar, es sah so nach höherem Gericht aus, nach einem Eingriff der Gerechtigkeit, der zu bedeuten schien: Warum soll dieser Machthaber, dieser Unmensch Ion Banu, noch weiter leben und sein *Securitate*-Unwesen treiben, wenn das einzige

Mitglied der Familie Banu, das sich immer gegen die *Securitate* und deren Machtmonopol aufgelehnt hatte, nicht mehr leben durfte? Gerecht wäre es von der göttlichen Instanz gewesen, diesen Unmenschen aus dem Verkehr zu ziehen und stattdessen die Tochter am Leben zu lassen, doch wer weiß schon, welches die Spielregeln der göttlichen Gerechtigkeit sind.

Ich komme also aus der BRD nach Rumänien, nach Hermannstadt, um auf Marianas Begräbnis zu gehen, um sie noch einmal zu sehen und ihr die letzte Ehre zu erweisen, und erfahre auf dem Mediascher Bahnhof aus einer Zeitung, dass ihr Vater ebenfalls tot ist, dass er ins Jenseits befördert wurde durch eine Person, die wahrscheinlich guten Grund hatte, dies Ekel von einem Mann über den Haufen zu schießen. Und es gab viele in Hermannstadt, die, sagen wir, fast ein Anrecht darauf gehabt hätten, diesen Mann mit dem, was ihnen eben in die Hand kam, zu töten, ohne danach Gewissensbisse haben zu müssen. Es waren viele, die sich diesen Mord herbeigewünscht haben.

Ich ging durch die Bahnhofshalle auf den unbeleuchteten Parkplatz vor dem Bahnhofsgebäude und klopfte an die Fensterscheibe eines Taxis, in dem ein Mann mit einer grauen Lederschildkappe hinter dem Steuer saß und mit geöffnetem Mund schlief. Er sah wie leblos am Steuer hängend aus. Ich musste nochmals an die linke Türscheibe klopfen, bis der Fahrer merkte, dass er einen Fahrgast hatte. Er rieb sich die Augen und versuchte, einen Vertrauen erweckenden, möglichst ausgeruhten Eindruck zu erwecken. Er hörte sich mein Anliegen an: „Eine Fahrt nach Hermannstadt", er rechnete in Gedanken und sprach laut vor sich hin: „Das wären 50 km bis hin, 100 km hin und zurück. Dafür brauche ich 10 Liter Benzin." Er dachte nach. „Ja", sagte er dann, „es geht, ich habe im Gepäckraum noch einen Benzinkanister von 10 Litern, und im Tank dürften auch noch etwa 7 Liter Benzin sein." Dann sagte er sofort: „Die Fahrt kostet einen 10-Liter-Benzinbon und 400 Lei."

Ich fragte ihn, ob er zufrieden sei, wenn ich ihm einen Benzinbon für 20 Liter, ein halbes Kilo Kaffee, zwei Päckchen Marlboro und eine Tüte Süßigkeiten für Weihnachten gebe. Die Bezahlung schien angemessen zu sein, er nickte zufrieden.

Er fuhr gut und schnell, und es stellte sich heraus, dass er vor einem Jahr noch Fahrlehrer war, aber seine Anstellung verloren hatte, weil er mit seinem Chef über dessen ungerechte Behandlung der angestellten Fahrlehrer in Streit geraten war und dann einfach wegen angeblicher Untauglichkeit gekündigt worden war. Seit damals mache er nun Schwarzfahrten, um sich über Wasser zu halten, denn das Leben hier sei hart und die Lebensmittel seien immer knapper geworden, erklärte er.

Alles Dinge, die ich schon kannte. Hier in Rumänien wurde fast nur über die miserable Versorgung, über die nicht ausreichenden Lebensmittel und über neue Dekrete gesprochen, die Restriktionen aller Art in der Lebensweise der Menschen verhängten. Ich stellte fest, dass die Lage hier in Rumänien seit meiner letzten Reise im April nicht gleich schlecht geblieben war, sondern dass sie sich noch mehr verschlimmert hatte.

Vor Rolf Kerners Haus angekommen, bezahlte ich den gekündigten Fahrlehrer und läutete. Nur Gerlinde und der Sohn Mark waren zu Hause. Gerlinde machte mir Vorwürfe, kein Telegramm mit meiner Ankunftszeit geschickt zu haben, denn sie hätte mich gern mit ihrem Dacia aus Mediasch abgeholt. Ich sagte ihr, dass ich mich aus traurigem Anlass Hals über Kopf zu diesem Rumänienbesuch entschlossen hätte.

Rolf war noch in der Redaktion; auch er musste seinen Beitrag für den Monster-Artikel „Mord am *Securitate*-Chef Ion Banu" leisten. Als er heimkam, setzten wir uns in die beiden großen gepolsterten Lehnsessel, tranken einen von mir mitgebrachten Johnny Walker mit Eiswürfeln, und ich erholte mich ein wenig von den Strapazen der Reise.

„Was geht hier in der Stadt eigentlich vor?", wollte ich wissen. „Das stimmt doch, dass jemand den *Securitate*-Boss gekillt hat, oder?"

„Ja, das stimmt, das ist keine Zeitungsente, und sie haben auch schon den Mörder gefunden, einen kleinen Taschendieb. In Mediasch in der evangelischen Kirche haben sie ihn gestellt. Er hat sich angeblich nicht einmal zur Wehr gesetzt, es scheint fast so, als hätte er sich einfangen lassen. Und auch wenn er selbst nicht der Mörder war, so wird er es offiziell bestimmt sein, denn einen Schuldigen mussten sie ja finden, und das musste rasch geschehen, damit man wieder die Ordnung herstellt und damit man der Öffentlichkeit zeigt, wie gut, wie sicher und wie rasch die *Securitate* arbeitet und die Probleme löst. Morgen erscheint schon die ganze Story mit Bildmaterial auf der ersten Seite, mit allem drum und dran, schrecklich aufgebauscht, verfälscht und rot verfärbt. Man sieht überhaupt nur noch Rot, eine andere Farbe oder Färbung ist ja nicht zugelassen. Angeblich soll es ein Raubmord gewesen sein, denn beim Täter hat man auch Ion Banus Siegelring in der Jackentasche gefunden. Doch wir Zeitungsschreiber können das auf die Wahrheit hin nicht prüfen, wir müssen schreiben, was man uns aufträgt, und müssen vor allem auch auf die Formulierung achten."

Rolf hatte dennoch vor, einen längeren Artikel über das Eisenbahnunglück bei Fogarasch zu schreiben. Ob er ihn dann auch wirklich in der Zeitung würde unterbringen können und dürfen, war schon eine andere Frage. Er wollte aber mindestens den Versuch unternehmen, in einem gut dokumentierten Zeitungsartikel für die Familienangehörigen, die Verluste bei diesem Eisenbahnunglück zu beklagen hatten, trostspendende Worte zu finden.

Aus diesen und noch anderen Gründen fuhren Rolf und ich am nächsten Morgen in seinem gelben Dacia 1300 zur Unfallstelle, dem Fogarascher Bahnhof. Rolf nahm auch seine Fototasche mit und meinte scherzhaft:

„Ernsti, du bist jetzt ein Fotoreporter, wir beide sind vom *Siebenbürger Tageblatt* und wollen eine Reportage über dieses Eisenbahnunglück schreiben. Du brauchst einfach nur hinter mir herzugehen, denn ich habe einen Ausweis, aber du hast keinen, und du kommst auch nicht aus dem Westen, gut verstanden, deshalb ziehst du jetzt für ein paar Stunden wieder einmal rumänische Kleidung an."

Das war schon schwieriger, denn ich war an Statur größer als Rolf, doch ich fand in seinem Schrank ein älteres Hemd und einen Pullover, der mir allerdings etwas eng war, den ich aber mit einer weiten Fischerwindjacke bedeckte. Für meine Hosen gab es keinen Ersatz. Ich passte nicht in Rolfs Hosen. Ich sah zwar nicht westlich, dafür aber wie ein Angler aus – mir fehlte bloß die Angelrute –, der wer weiß wo und wer weiß in was für trüben Gewässern fischen wollte. Auf keinen Fall aber sah ich wie ein Reporter aus. Rolf fand mich aber als Fotoreporter gut, und wir fuhren ab.

Die Unfallstelle war immer noch nicht vollständig geräumt. Zwar waren die Schienen notdürftig repariert und die Eisenbahnlinie wieder in Betrieb genommen worden, doch einzelne Waggons lagen noch immer verstreut auf dem Gelände neben den Schienen. Arbeiter waren am Werk und bemühten sich mit lauten Zurufen und Kommandos, die Trümmer der beim Zusammenstoß entgleisten Waggons mit Kränen wegzuräumen. Rolf nahm seine Kamera und fotografierte die Aufräumungsarbeiten. Im Lichte des sich aufhellenden Tages, der von Nebelschwaden durchzogen war, sah das nicht einmal so schlecht aus.

Dann stapften wir über eine gefrorene Schneedecke von der Unfallstelle zum Bahnhofsgebäude, wo Rolf seinen Dacia abgestellt hatte. Er wollte unbedingt den Bahnhofsvorsteher Marin Slatu sprechen. Wir traten in sein Büro, wo Slatu umringt von Schreibtischen saß. Man sah, er hatte viel zu tun. Er war durch dieses Eisenbahnunglück ins Schussfeuer geraten. Telefone läuteten, Beamte des Bahndienstes wollten ihn sprechen, von draußen wurde an eine Glasscheibe geklopft, die eine Verbindung zum Wartesaal herstellte und hinter der normalerweise ein Auskunftsbeamter hätte sitzen müssen, der aber fehlte. Herr Slatu hielt sich allein in diesem Raum auf und versuchte, mit diesen chaotischen Zuständen fertig zu werden.

Und jedem wäre es aufgefallen, dass hier keine Ordnung herrschte. Rolf zeigte Slatu seinen Presseausweis und erinnerte ihn daran, dass er gleich am Morgen nach dem Unfall, der sich Dienstagabend ereignet hatte, die Liste mit den Verunglückten angefordert hatte. Genosse Marin Slatu erinnerte sich daran. „Ja", meinte er, „was wollen Sie eigentlich noch wissen? Der Fall ist so gut wie abgeschlossen." Etwas Neues oder etwas Anderes könne er nicht mehr sagen. Doch wenn wir Fragen hätten, stehe er zu unserer Verfügung. Und Rolf hatte Fragen. „Welches war die eigentliche Ursache dieses Eisenbahnunglücks?" Marin Slatu antwortete ohne Umschweife und direkt, als ob er das Statement auswendig gelernt hätte: „Die Ursache war grobe Fahrlässigkeit des Lokomotivführers des Schnellzuges 464 Arad–Bukarest. Der Lokführer hat ein Signal übersehen, das die Einfahrt in den Fogarascher Bahnhof sperrte."

Ich schaltete mich ein mit der Frage: „Ist der Lokführer noch am Leben?" Marin Slatu sah mich verständnislos an und stellte eine Gegenfrage: „Ist das überhaupt wichtig, ob dieser Mann, der berufsmäßig versagt hat, noch am Leben ist?" Dann antwortete er mit einem Kopfschütteln: „Leider nicht, sonst hätten wir eine Bestätigung dieser Annahme. Auch sein Lehrling ist tödlich verunglückt, und so müssen wir uns mit der Tatsache des menschlichen Versagens hier abfinden, ohne eine Erklärung zu bekommen."

Das eben schien der Punkt zu sein, wo die eigentliche Ursache des Eisenbahnunglücks nebelhaft verschleiert bleiben wird, denn immer wird dem Toten die Schuld in die Schuhe geschoben. Die Schuld war abgewälzt, vielleicht auch hat sich der Bahnhofsvorsteher die Hände in Unschuld gewaschen, fest stand, dass es einen Schuldigen gab, der tot war und jede Aussage mit ins Grab genommen hatte. Diese Haltung nahmen alle Genossen in führenden Stellungen im Kommunismus ein: Einen Schuldigen, einen Sündenbock musste man finden, und der geeignetste Schuldige war der Tote. Der schwieg. Rolf versuchte gar nicht erst, sich hier als Detektiv oder Untersuchungsrichter aufzuspielen, sondern er sammelte Material für seine Reportage und stellte noch einige Fragen. Unter anderem wollte er wissen, was mit den tödlich Verunglückten geschehen sei. Genosse Marin Slatu antwortete brav: „Die meisten der tödlich Verunglückten, die in der Leichenschauhalle des städtischen Krankenhauses aufgebahrt sind, wurden von ihren Angehörigen identifiziert und abgeholt. Allerdings sind auch etliche Leichen da, die sich einfach ihrer Verstümmelung wegen nicht identifizieren lassen und wo sich auch bis zum heutigen Tag noch niemand von Seiten der Angehörigen gemeldet hat. Entweder diese Personen werden nicht vermisst, was durchaus wahrscheinlich ist, oder sie haben keine Angehörigen mehr, die sich um eine tödlich verunglückte Person hätten kümmern können. Genauere Informationen sind beim städtischen Krankenhaus einzuholen."

„Und was ist mit dem Reisegepäck und den persönlichen Sachen der Verunglückten geschehen?" „Die übrig gebliebenen Kleidungsstücke, die Reiseutensilien aus dem Gepäck der Verunglückten, das, was an Sachen am Unfallort zurückgeblieben war und aufgelesen wurde, ist in eine Sporthalle gebracht worden und befindet sich dort ausgestellt. Jeder, der nachweisem kann, dass er Angehöriger eines verunglückten Reisegastes ist, darf sich dort einfinden und das Eigentum des Verunglückten mitnehmen. Natürlich hat dort alles ein geordnetes Vorgehen, aber auch Sie haben dort mit Ihrem Ausweis Zutritt."

Genosse Marin Slatu war so freundlich und stellte uns einen Schein aus, auf dem vermerkt war, dass wir von der Presse sind und somit unbehelligt in diese Sporthalle Zutritt haben. Auf dem Weg zu dieser Sporthalle fragte ich Rolf: „Warum willst du dir eigentlich diese Sammelstelle ansehen? Nimmst du das mit hinein in deine Reportage?"

Rolf hielt im Gehen inne. Auch ich blieb stehen, weil ich ja seine Antwort hören wollte. Er sagte: „Ich sag dir, warum ich hin will. Nicht aus Neugierde und nicht, weil ich mir Material für meine Reportage verspreche, sondern aus dem einzigen Grund, weil ich die sechs Filme mit deinem fotokopierten Roman wiederhaben will, die ich Mana vor der Abreise für dich mitgegeben hatte. Wenn diese *Securitate*-Männer der Sache nachgehen, bekommen wir noch Schwierigkeiten."

Vor dem Eingang der Sporthalle standen zwei Soldaten mit Gewehren, als ob sie ein Botschaftsgebäude oder wer weiß was für Schätze und Heiligtümer bewachen würden. In der Vorhalle saßen zwei Männer in Zivilkleidung an einem kleinen Tisch, die ein weißes Band mit dem Rot-Kreuz-Zeichen um den rechten Oberarm trugen. Vor sich hatten sie Listen liegen. Sie unterhielten sich bei unserem Eintritt angeregt über etwas, was offensichtlich nicht im Zusammenhang mit dem Eisenbahnunglück stand, denn sie lachten auch zwischendurch, und das Lachen passte so gar nicht hierher. Der eine streckte mir schon die Hand entgegen und wollte mir mit gespielt ernster Miene Beileid wünschen. Wir winkten aber ab und sagten: „Wir sind von der Presse" und zeigten nochmals unseren beglaubigten Eintrittsschein vor, der von diesen beiden Männern gar nicht mehr beachtet wurde. Sie forderten uns sogar auf, wir sollten uns alles genau ansehen, es lohne sich, denn so was hätten wir noch nie gesehen, was ja allerdings auch stimmte. Doch sie taten so, als ob wir uns hier in einer Ausstellung oder in einem neu eingerichteten Museum befinden würden. Sie stellten sich auch beide vor, indem sie deutlich ihre Namen nannten. Sie hofften, dadurch ebenfalls in die Zeitung zu kommen. Darauf wären sie gewiss sehr stolz gewesen. Rolf notierte ihre Namen in seinem Notizblock, nur um bei diesen Leuten den Eindruck richtiger Journalisten zu erwecken. Doch er meinte auch, dass wir uns allein gut zurechtfinden würden, und ließ durchblicken, dass die Begleitung dieser beiden so hilfsbereiten Männer vom Roten Kreuz nicht unbedingt erwünscht sei. Sie verstanden das und ließen uns in der Turnhalle frei umhergehen. Rolf nahm auch seinen Fotoapparat zur Hand und fotografierte zuerst einmal mit Weitwinkelobjektiv die Sporthalle, die zum Glück durch große Glasscheiben oben und seitlich, durch die das Tageslicht milchig hereinfiel, gut beleuchtet war.

Es sah hier in der Sporthalle wie auf einem in Auflösung begriffenen Flohmarkt aus, bloß ohne Stände, ohne Händler und ohne die feilschenden Menschen, die dem Markt die spezifische Atmosphäre geben. Die zusammengetragenen Fundobjekte waren in Dreierreihen im Turnsaal auf Bänken, auf Sportkästen und auf Schaumgummimatten ausgebreitet, fast nach Artikelware geordnet und zusammengestellt, wie zum Verkauf angeboten. In einer der drei Reihen lagen hauptsächlich ganz gebliebene Gepäckstücke: Koffer (abgeschlossene), an denen die Schlüssel fehlten, Koffer, bei denen der Deckel zurückgeschlagen war, damit die Kleidungsstücke und Objekte von den Angehörigen der Verunglückten besser zu erkennen waren und als vermisstes Eigentum identifiziert werden konnten. Daneben standen Reisetaschen mit zugezogenem Reißverschluss oder geöffnet, Einkaufsnetze mit Konserven und Lebensmitteln, die schon einen unangenehmen Geruch nach verfaultem Obst und Gemüse und verwestem Fleisch verbreiteten, ja, auch ganze Säcke, die oben abgebunden waren, standen da, von denen man nicht so genau wusste, was sie enthielten.

In der mittleren Reihe lagen Gepäckstücke, die aus den Fugen gegangen waren. Koffer mit abgerissenem Deckel, eingeschlitzte Reisetaschen, aus denen die Kleidung hervorquoll, bodenlose Koffer, wo nur noch der Kofferrahmen übrig geblieben war, und kleinere, halb oder vollständig entleerte Einkaufstaschen, aus denen wahrscheinlich beim Aufprall der Züge alles herausgefallen war.

Die dritte Reihe war sozusagen die schöne Reihe mit Exponaten, in der einzelne Kleidungsstücke und Objekte ausgestellt waren, die aus den beschädigten, zertrümmerten und bodenlosen Gepäckstücken stammten. Jemand hatte hier versucht, wie in einer Ausstellung die gefundenen Objekte zu sortieren, nach Gebrauchsartikeln zu gruppieren und eine sinnvolle Ordnung herbeizuführen. Mäntel kamen zu Mänteln – darunter auch einige wertvollere Pelze –, Kosmetikartikel wurden auf einer Turnmatte ausgestellt, Handtaschen und Täschchen aller Art waren an die hochgehobenen Holme des Barrens gehängt oder unter dem Barren nebeneinander gestellt, ja, auch Augengläser und Sonnenbrillen waren auf einem gepolsterten Sportkasten ausgelegt, und sogar Armbanduhren und Schmuck waren in einem kleinen alten Museumstisch unter Glas ausgestellt. Ich hatte den Eindruck, dass von allen Gebrauchsgütern des menschlichen Lebens, von allem, was Menschen zum Leben benötigen, etwas hier vorhanden war, und ich schritt mit Unbehagen die Reihen dieser Objekte ab, die nicht freiwillig von ihren Besitzern aufgegeben worden waren.

Obwohl wir aufmerksam die Reihen abschritten, entdeckten wir nichts, was wir als Besitztum Manas hätten identifizieren können. Wir suchten nach Manas braunem Wintermantel, fanden ihn aber nicht. Wir waren enttäuscht, ließen es uns aber nicht anmerken, suchten weiter, und Rolf machte ab und zu ein Foto mit Blitzlicht, denn der Tag war düsterer geworden.

Allmählich füllte sich die Sporthalle, Menschen kamen und schritten die Reihen entlang wie auf einem Flohmarkt, beäugten alles und suchten. Doch man sah es ihnen an, dass sie nicht aus Neugierde und Schaulust hergekommen waren. Drei Soldaten hielten sich nun bereit und halfen vor allem den älteren Leuten, die Koffer auf deren Fingerzeig hin zu öffnen und ihnen überhaupt bei ihrer Suchaktion behilflich zu sein. Das war uns recht, denn wir beide konnten uns jetzt freier und unbeaufsichtigt bewegen. Rolf raunte mir zu: „Komm zu den Taschen, da müsste ich Manas braune Umhängetasche erkennen, denn die hatte sie mit, als ich mich von ihr am Bahnhof verabschiedete. Die würde ich bestimmt wieder erkennen." Wir gingen nochmals zurück zum Barren. Rolf ging aufmerksam die einzelnen Hand- und Umhängetaschen durch. „Da ist sie!" Rolf hielt sie in den Händen. „Dies ist sie!" Er öffnete rasch den Verschluss. Ja, es war Manas Tasche: ein kleiner Spiegel und Kosmetika, kein Reisepass, dafür aber ein Dienstausweis mit Manas Foto, eine Packung Papiertaschentücher und ein Schlüsselbund mit kleinen Schlüsselchen, aber keine Hausschlüssel. Und ich sagte: „Rolf, das Zeugs kann hier bleiben, die Filme sind nicht da." Aber jetzt wussten wir wenigstens, woher der Name der Verunglückten genommen war: von ihrem Dienstausweis. „Rolf", sagte ich „wir müssen doch auch ihr Reisegepäck finden. Du musst das doch erkennen, denn du warst ihr doch beim Einsteigen behilflich." „Ja", sagte Rolf, „das ist so eine Sache. Genau habe ich mir das in der Dunkelheit nicht angesehen. Doch wir wollen mal in der Reihe der unbeschädigten Gepäckstücke nachsehen, ob wir dort etwas finden."

Wieder schritten wir die erste Reihe ab, es schien sich niemand um uns zu kümmern, denn es kamen immer wieder neue Besucher. „Da ist er", sagte Rolf, „das könnte er sein." Es war ein Koffer aus Veloursleder, ein schöner, ausländischer Reisekoffer. Rolf ließ die beiden seitlich angebrachten Kofferschlösser aufschnappen. Wir erkannten einige Kleidungsstücke Manas, das heißt, Rolf erkannte sie, ich hätte das wahrscheinlich nicht gekonnt. Wir wühlten im Koffer, weil wir feststellen wollten, was noch alles darin war, aber wir fanden nichts als Kleidungsstücke und Schuhe. Und dann fand ich ein kleines Täschchen, in dem Modeschmuck war, den ich rasch durch meine Finger gleiten ließ. Darunter war auch ein handgearbeitetes Kupferarmband mit eingefassten Porzellanreliefs, das ich in einer Kunstgalerie gekauft und Mana zu ihrem 20. Geburtstag geschenkt hatte. Ich nahm es an mich, blickte mich um und ließ es in meiner Hosentasche verschwinden; keiner im Raum hatte etwas davon gemerkt. Dieses Armband wollte ich mir doch als Erinnerung an Mana mitnehmen. Ansonsten zeigten wir für nichts Interesse. Die gesuchten Filme hatten wir auch im Koffer nicht gefunden, und die Reisetasche Manas konnten wir nicht ausfindig machen. Für angebliche Reporter hatten wir uns schon auffallend lange hier in der Sporthalle aufgehalten. Wir mussten den Rückweg antreten.

Und jetzt, nachdem wir die Gewissheit hatten, dass Mana verunglückt war, da wir ja doch ihre Handtasche und eines ihrer beiden Gepäckstücke gefunden hatten, wollte Rolf unbedingt auch zum Leichenschauhaus der städtischen Klinik.

Aber er warnte davor, zu sagen, dass wir von der Presse seien. „Ja nichts davon erwähnen, denn dann haben die Ärzte irgendwie Vorbehalt, dann ist ihre Auskunft schon entstellt, und sie versuchen, für die Zeitung mit Fachtermini eine medizinische Aussage zu machen. Und das brauchen wir ja nicht, was wir brauchen, ist die Wahrheit, und ob dieser Arzt uns die sagen wird, bleibt noch dahingestellt, wir wollen's versuchen, indem wir uns als weitläufige Anverwandte der tödlich verunglückten Mariana Banu ausgeben."

Dr. Ilie Sona, den wir aufsuchten und auch sprechen konnten, sprach mit uns im Korridor, ohne uns in sein Sprechzimmer zu bitten, er hatte wahrscheinlich auch schon die Nase voll von den vielen Menschen, die hier wegen ihrer verunglückten Angehörigen vorsprachen. Er sagte aber ohne Umschweife: „Fast alle Angehörigen haben sich die Toten abgeholt, zurückgeblieben sind nur drei Tote, die aber dermaßen verstümmelt sind, dass sie nicht genau identifiziert werden konnten. Die Namen haben wir aus Ausweisen. Die Angehörigen dieser Toten wurden über das Bürgermeisteramt angeschrieben und benachrichtigt, sie haben sich jedoch bis jetzt nicht eingefunden."

Wenn sich bis heute Nachmittag kein Angehöriger mehr meldet, würden diese Toten in Metallkisten in einem Sammelgrab beigesetzt und damit seien dann auch die Bestattungen der Verunglückten abgeschlossen.

Wir bedankten uns für diese genaue Information und sagten auch gar nicht mehr, weswegen wir eigentlich gekommen waren. Der Arzt fragte auch nicht danach, wahrscheinlich hätte Rolf dann letzten Endes doch gesagt, dass wir von der Presse sind. Wir verließen das Krankenhaus, ohne in der Leichenschauhalle gewesen zu sein.

Wir waren froh, wieder an der frischen Luft zu sein. Ich sagte zu Rolf: „Nein, das mache ich nicht mit, am Sammelgrab zu stehen und um einen Menschen zu trauern, von dem ich gar nicht die Gewissheit habe, dass er tatsächlich im Sarg liegt, dann lieber nicht, und es bleibt wenigstens dieser Mensch so in meinem Gedächtnis, wie ich ihn kannte, und ich könnte genauso gut auch an anderer Stelle um diesen Menschen trauern." Rolf gab mir recht, und wir fuhren unverrichteter Dinge heim, außer dass Rolf Material für seine Reportage sammeln konnte und ich ein Andenken an Mana in meiner Hosentasche trug.

* * *

„Und du willst schon zurück? Kaum gekommen, willst du schon wieder abhauen?", fragte Rolf. Ich nickte resigniert, denn auch ich hatte mir das Ergebnis dieser Reise anders vorgestellt. Ich hätte Mariana Banu gerne nochmals gesehen, wenn auch im Sarg, aber richtig aufgebahrt, nicht verstümmelt und vielleicht so, dass ich sie überhaupt nicht wiedererkenne. Aber wie so oft im Leben steht die Wirklichkeit im Widerspruch zur Erwartung. Es kam so weit, dass ich mich überhaupt fragte, weshalb ich hierher gekommen war. Ich wollte nur rasch wieder heim, obwohl ich nicht genau wusste, was ich mir eigentlich von meinem Zuhause erhoffte, denn der Mensch, dem eigentlich mein Leben gegolten hat, war nun nicht mehr, und ich musste mich nach etwas Neuem, Sinnvollem umsehen.

Ich fuhr am dritten Tag nach meiner Ankunft wieder in die BRD zurück, eine Reise, die mir fast endlos schien. Die Natur schien leblos; wenn ich zum Abteilfenster hinaussah, waren nur erstarrte Baumgerippe zu sehen, die wie hilfesuchend ihr Geäst dem Himmel entgegenstreckten. Alles Grau in Grau, graue Bahnhöfe, die ihre Farben verloren hatten, entfärbte Landschaft, nur noch Schwarz-Weiß. Und in mir sah es wie draußen aus, wie diese verschmutzte, graue Bahnhofslandschaft. Ein Kommen und Gehen sich müde schleppender Gedanken. Dann war ich wieder in Stuttgart, wieder zu Hause.

Gerade jetzt, da die Völker Europas im Begriff waren, sich von den Fesseln des Kommunismus zu befreien, gerade jetzt musste ich erleben, wie mich schicksalhafte Umstände einschnürten. Ich war in eine Art seelische Gefangenschaft geraten, aus der ich mich erst einmal durch eigene Kraft befreien musste.

Ich durchquerte die Stuttgarter Bahnhofshalle und trat mit meinen beiden fast leeren Gepäckstücken vor das Bahnhofsgebäude. Ich stieg in ein Taxi ein, nannte dem Fahrer meine Adresse und schloss die Augen, weil ich einfach keine Lust hatte, mit dem Fahrer Konversation zu führen. Dieser schaltete das Autoradio ein, und es meldete sich eine volle, männliche Rundfunkstimme: „Die Zeit: Es ist in fünf Sekunden elf Uhr. Hier der Süddeutsche Rundfunk Stuttgart. SDR-Nachrichten: Ost-Berlin: Weitere Grenzübergänge zwischen Bundesrepublik und DDR sind geplant ..."

Welch ein beispielhaftes Vorgehen der Brüder und Genossen in der DDR, die durch friedliche Demonstrationen den Kommunismus niedergetreten und die kommunistischen Machthaber vom Thron gestürzt haben. Die Deutschen haben es der Welt gezeigt, gerade sie, auf denen der Schandfleck lastet, den faschistischen Welteroberungskrieg begonnen zu haben, die Deutschen, die sich den Ruf eines kriegerischen Volkes aufgeladen hatten, gerade die Deutschen haben es der Weltöffentlichkeit gezeigt.

Wie bewundernswert das ist, wenn sich zwei voneinander getrennte und verfeindete Brüder zur Aussöhnung die Hände reichen. Die beiden deutschen Staaten machen die ersten zaghaften Annäherungsversuche. Deutschland strebt sehr zum Missfallen der Großmächte und der Weltöffentlichkeit eine Wiedervereinigung an. Deutschland, das gespaltene Land und Volk, will wieder zu einem einzigen Nationalstaat zusammenwachsen. Der deutsche Bundeskanzler Helmut Kohl schloss eine seiner Ansprachen an das deutsche Volk mit den Worten: „Gott schütze und behüte unser deutsches Vaterland."
Gott, o Gott, du bist grausam mit unserem deutschen Volk umgegangen, hast uns vielleicht schon über unsere Schuld hinaus bestraft und uns die deutschen Königskinder, die beiden Geschwister, das Ostkind und das Westkind voneinander getrennt, lass uns wieder zu einer Königsseele zusammenwachsen, zu einem einzigen, vernünftig denkenden und gesunden und lebensfähigen Wesen, zu einem mit Herz und Vernunft regierten Staat zusammenwachsen, damit wir der Welt beweisen können, dass wir nicht das kriegerische Germanenvolk sind, sondern die friedfertige, vernunftbegabte, zivilisierte Volksvereinigung, die sich als beflissener und hilfespendender Mieter und Einwohner im mittleren Stockwerk des freien europäischen Hauses einen neuen Namen zu machen versucht und vom alten schlechten Ruf schrittweise etwas abbaut. Und bei der Wiedervereinigung soll es dann auf unser aller großes deutsches Ehrenwort nicht wieder und nie mehr

heißen: „Deutschland, Deutschland über alles", über alle anderen, sondern „Deutschland, Deutschland für alle", die uns mögen, Deutschland ein guter, zuverlässiger und hilfsbereiter Nachbar im großen Europäischen Hause.

Aus dem Autoradio tönt Musik, Musik, die einem in die Ohren geht und die sich dort festsetzt: „Wir sind grenzenlos/ Noch nie war die Hoffnung so groß/Europa. Europa ..."

Da staunt man schon, wie viel Vernunft sich plötzlich in die Hirne der Menschen geschlichen hat.

Das Taxi hielt vor meiner Wohnung, meinem neuen Zuhause. Meine Hausfrau, Frau Annemarie Schwaiger, stand vor dem Tor mit Briefen und Zeitungen in der Hand. Ich zahlte, entstieg dem Taxi und nahm meine beiden federleichten Gepäckstücke in Empfang. Frau Schwaiger stand da, als hätte sie sechs Tage vor dem Tor auf mich gewartet. Sie klatschte die Hände zusammen, sah mich mit ihren kleinen, blinzelnden Augen freundlich an und sagte: „Tes ischt aber schön, dat Se wieder da sind!" „Ja", sagte ich, „ich bin wieder zu Hause, und Sie wissen ja, Frau Schwaiger, überall ist es schön, aber zu Hause ist es doch am schönsten." „Ja, ja", sie nickte verständnisvoll mit dem Kopf, aber nur kurz, denn sie musste mir etwas Wichtiges sagen. Sie kräuselte die Stirn und rieb sich mit dem Handrücken die Nase: „Herr Buchner, Sie haben Besuch." Ich sah sie neugierig an und fragte: „Was für Besuch?"

Sie sprach jetzt wie ein Wasserfall. „Wissen's, da ischt eine Dame, die kommt schon alle Tag her und meint, sie ischt Ihre Verlobte, und tes haben Sie mir net gesagt, dat Sie verlobt sein. Und sie ischt schon dat dritte Mal hier und sucht Sie. Und ich hab gesagt, dat Sie verreischt sein, wo hab ich net gesagt, aber die Dame sagte, es macht nicht, ich warte trotzdem. Und sie sitzt auf der Treppe vor Ihrer Tür und wartet auf Sie, aber ich hab mich net getraut, ihr den Hausschlüssel zu Ihrer Wohnung zu geben, man weiß ja net, wen man da in die Wohnung rein lässt, aber hinauswerfen wollte ich sie auch net, da tät mir dat Herz brechen, und ich hab ihr gesagt, kommen's zu mir und warten's in meiner Wohnung, aber dat wollt sie net, sie tut auch net viel reden und wollt nur warten, da hab ich sie warten lassen, aber ich weisch net, ob das richtig ischt."

Irgendwie kam es mir merkwürdig vor, dass eine Frau plötzlich auftaucht und so hartnäckig auf mich wartet, sich obendrein noch als meine Verlobte ausgab, wo ich doch niemals verlobt war und es auch nicht bin, die Einladung der Hausfrau, in der warmen Wohnung zu warten, ausschlägt und so einfach auf mich wartet, ohne überhaupt zu wissen, wann ich nach Hause komme.

Plötzlich durchfuhr mich ein Gedankenblitz, ich ließ mein Reisegepäck einfach los, es fiel meiner Hausfrau vor die Füße, und ich stürzte auf den Hauseingang zu. Frau Schwaiger sah mir entsetzt nach. Mich am Treppengeländer haltend und hochziehend, lief ich die Treppen zu meiner Wohnung hinauf, immer zwei Stufen auf einmal nehmend. Und dann, als ich um die Ecke bog, stoppte ich im Lauf und blieb wie versteinert stehen, alles drehte sich um mich herum, ich musste mich am Treppengeländer festhalten und sah nach oben, wo sich das ganze Treppenhaus mit mir drehte. Ich sah die Frau auf dem Treppenabsatz zu meiner Wohnung. Sie saß still da, in einen braunen Mantel gehüllt. Sie regte sich nicht. Und ich keuchte und wischte mir mit der Hand übers ganze Gesicht. Sollte ich wieder so ein Trugbild vor Augen haben, eine Fata Morgana, wie auf meiner Rumänienreise? Ich senkte den Blick zu Boden, und das Blut raste durch meine Adern. Die braune Wachsfigur auf der Treppe vor meiner Haustür war Mariana Banu. Sie sah mich kommen und verharrte reglos in ihrer Stellung. „Mana!", brachte ich mühsam über die Lippen. „Mana!", wiederholte ich lauter, und sie stand langsam auf und sagte: „Ich habe hier auf dich gewartet. Ich wusste, dass du kommen wirst."

Wir fielen uns in die Arme. Ich glaubte zu träumen, ich konnte einfach nicht fassen, dass Mana, die Totgeglaubte, zu deren Begräbnis ich nach Rumänien gefahren war, dass diese Frau am Leben ist, vor mir steht und ich sie in den Armen halten darf.

Laut sagte ich zu ihr: „Bist du es, Mana, bist du es wirklich? Du bist also nicht tot, in Rumänien giltst du als tödlich verunglückt." „Ja", sagte Mana, „ich weiß es. Für die Menschen dort gelte ich als tot, für die bin ich ein Mensch, der für immer von der Bildfläche verschwunden ist."

„Du lebst also", sagte ich, wie um das so richtig zu fassen. Alles kam mir unecht und unwirklich vor, so wie wenn sich alles nur in den Wunschbildern eines Traumes abspielte. Und wir ließen uns beide auf dem Treppenabsatz nieder. Wir saßen eng beieinander, wir hielten uns an den Händen. Wir schwiegen. Und Mana fragte wie damals: „Nimmst du mich auf?" Das Sprechen fiel mir schwer, eine Rührung hatte sich erst jetzt bei mir eingestellt, und ein leichtes Zittern durchfuhr meinen Körper. Ich blickte Mana in die graugrünen Augen, und sie hielt unbeirrt meinem Blick stand. Ich hatte plötzlich das Gefühl, den Himmel in den Händen zu halten, und hätte in diesem Augenblick die Augen für immer schließen mögen, aber es war nur dieser eine Augenblick, auf den hin man ein Leben hin leben könnte, und ich hätte mit niemandem auf dieser ganzen Welt tauschen wollen. Ich hatte vorher gar nicht gewusst, dass es solche Augenblicke gab.

„Wie bist du da, Mana?" fragte ich in einer unglaubwürdigen Art. Und wir saßen noch immer vor der Haustür und hatten beide jedes Zeitgefühl verloren. „Mana, dein Vater ist tot, jemand hat ihn erschossen, stell dir vor, der ist nicht mehr, der ist weg!" sagte ich mit Begeisterung.

„Ja", sagte sie, „ich weiß es, ich habe es erfahren, ich lese Zeitungen", sagte sie teilnahmslos. „Ja, und freust du dich denn gar nicht? Mana, begreif doch, wir sind ihn los!" Mana schüttelte langsam den Kopf, ihre lang herabfallenden Haare pendelten hin und her, ihr Gesicht verdeckend. Sie sagte: „Nein, ich kann mich nicht freuen. Jetzt nicht, jetzt nicht mehr. Er hat uns unsere Jugend gestohlen, er sorgt auch noch im Grab dafür, dass wir nicht zueinander finden."

„Aber Mana", versuchte ich zu beschwichtigen, „jetzt bist du ja da, ich lasse dich nicht wieder weg, du musst bei mir bleiben." Mana machte eine müde, bejahende Kopfbewegung. Ich dachte: Der Tod ihres Vaters geht ihr doch sehr nahe, obwohl sie dies nach außen hin nicht zeigen will. Sie hatte sich den Tod des verhassten Vaters wahrscheinlich immer nur theoretisch herbeigewünscht, und nun, da dieser Unmensch endlich aus der Welt geräumt war, jetzt tat es ihr Leid um ihn, weil er, ja, weil er ja doch ihr Vater war, aber sie hätte wahrscheinlich nie zugegeben, dass es ihr um ihren Vater Leid tat.

Der Mittag wurde zum Nachmittag, und der Nachmittag floss in den Abend ein.

* * *

Sandu Nedelea war vom 3+1-Team, das im rotem Dacia türmen wollte und am Arader Bahnhof geschnappt wurde, am besten davongekommen. Den Sportsmann hatte sein Chef, Ion Banu, als Vertrauensmann, als Drahtzieher im ausländischen *Securitate*-Bespitzelungsnetz eingesetzt und in die BRD geschickt. Somit genoss er nicht nur das Recht auf eine freie und freiwillige Rückkehr in seine Heimat auf Abruf, sondern er war auch zu einer der führenden *Securitate*-Persönlichkeiten im Spionagedienst des Auslands aufgerückt: Kurze Zeit nach dem Aufsehen erregenden Prozess in der Hauptstadt, in dem zwei Prozesse zu einem einzigen, monströsen Prozess zusammengewachsen waren und in dem eigentlich nur zwei Schuldige, ein Haupt- und ein Nebenschuldiger, gefunden und mit Dreck bespien wurden, um ein abschreckendes Beispiel nicht nur für die Volksmasse, sondern auch für die tapferen Männer aus den Reihen der *Securitate* zu statuieren, und als gewissermaßen schon etwas Gras über die Sache gewachsen war, wurde der *Securitate*-Mann als Sportlehrer mit richtig abgeschlossenem 10-Semester-Sportstudium mit Diplom und einigen Dienstjahren in das friedliche Süddeutschland eingeschleust.

Man muss die Sache so betrachten. Der gefürchtete *Securitate*-Chef, General Ion Banu, hatte sich Sandu Nedelea als williges Werkzeug ausgesucht, weil er sich von diesem Mann all das versprach, was für solch eine schwierige Aufgabe und solch einen diffizilen Spionagedienst im Ausland an Qualitäten vorhanden sein musste, um eine erfolgreiche Durchführung und Durchsetzung aller Aufträge zu garantieren. Somit wurde der schon in Rumänien neu geborene, mit dem guten deutschen Namen Alexander Nedeler bedachte Sportler von seinem Vorgesetzten mit Schwerthieb von seinem früheren Leben befreit, das er vergessen konnte, um sich auf seine neue Identität zu konzentrieren. Und das tat Sandu Nedelea auch. Der neue Name wurde ihm schon bis zu seiner Abreise in den Westen gut vertraut, seine deutsche Abstammung und seine Sportlerlaufbahn und Sportlehrertätigkeit auch.

Doch Alexander Nedeler dachte gar nicht daran, als Sportlehrer ungezogenen und ausgelassenen Grünschnäbeln und Besserwissern mühselig das Geräteturnen, die Leichtathletik oder das Schwimmen beizubringen, nein, dazu verspürte er nicht die geringste Lust. Deshalb schrieb er sich zu einer Art

Umschulung ein, die ihm als deutschstämmigem Aussiedler aus Siebenbürgen das Arbeitsamt finanzierte. Er absolvierte einen dreijährigen Umschulungskurs für Heilgymnastik und hatte damit ein deutsches Diplom in der Hand, das ihm zu weiteren Verbesserungen seiner Lebenslage verhalf.

Die größte Furcht der *Securitate* bestand darin, dass sich im Westen rumänische Patrioten zusammenschließen und durch ihre Gegenpropaganda das rumänische Volk aufwiegeln könnten oder dass diese vom Ausland her einen Staatsstreich in die Wege leiten könnten. Nedelers Aufgabe bestand nun darin, alle solch eventuellen antikommunistischen Aktionen gegen das Ceaușescu-Regime schon im Keim zu ersticken. Wichtig war nur das Resultat: Kein staatsfeindlicher Rumäne oder keiner der nationalen Minderheit angehörender und aus Rumänien stammender Mensch mit regimefeindlichen Ideen und Absichten durfte sein Spielchen treiben. Nein, dem musste das Handwerk gelegt werden, und vor allem durften die aus dem Land geflohenen Gelehrten, Wissenschaftler und Schriftsteller keine staatsfeindlichen Ideen gegen Rumänien propagieren, das musste unterbunden werden, wenn auch einige Aufwiegler mit dem Leben würden bezahlen müssen. Punkt. Gnadenlos vorgehen, wachsamen Auges sein und immer die Lage unter Kontrolle behalten, das war die Devise der *Securitate* auch im Auslandsdienst.

Alexander Nedeler erwarb eine Lizenz für die Gründung eines neuen, modernen Fitness-Zentrums, für das er das Haus einer Rentnerin übernahm, die Sportlehrerin war und eine Heilgymnastik-Anstalt geleitet hatte und sich nun zur Ruhe setzen wollte. Nedeler übernahm das ganze Haus zu äußerst günstigen Bedingungen der Ratenzahlung mit der Klausel, dass sich die Rentnerin das Wohnrecht in einem der beiden im ersten Stockwerk gelegenen 6-Zimmer-Appartements bis zu ihrem Tode vorbehielt. Die andere Wohnung bezog Herr Nedeler und war glücklich und zufrieden. In den unteren Räumen hatte er die Heilgymnastikräume zu einem Fitness-Zentrum umbauen lassen, ohne dabei große Veränderungen vorzunehmen. Das Schwimmbecken musste nur ein wenig modernisiert werden, und Ankleidekabinen und Duschen waren auch schon vorhanden, nur noch die sportliche Apparatur musste er vervollständigen und den letzten medizinisch-sportlichen Erfordernissen für Fitness und Training anpassen. So weit, so gut. Was fehlte ihm sonst noch? Eine Frau im Haus, denn sonst wäre es ihm ja in diesem schönen großen Haus mit dem großen Garten einsam gewesen. Und diese Frau war auch rasch gefunden. Es war nicht Liebe, was die beiden zusammengeführt hatte, weder auf den ersten Blick noch auf den zweiten, es war eher ein Ehebündnis, das auf der Grundlage des gemeinsamen Zieles, der gemeinsamen Arbeit und des gemeinsamen Auftrags beruhte. Seine Frau, Greta Tîmplaru, jetzige Grete Nedeler (geb. Tischler), war Telefonistin bei der Post.

Was hat diesem Mann letztendlich das Genick gebrochen? Es war eine Kette verhängnisvoller Umstände, und der Auslöser war eine im Handschuhfach vergessene, harmlose Fotografie, auf der Ernst Buchner eine Person, nämlich Herrn Nedeler, erkannte und ihn als *Securitate*-Mann Sandu Nedelea identifizierte. Ohne diesen Hinweis hätte der Mann sich im Rentenalter ruhig in seiner inzwischen erworbenen Schweizer Villa zur Ruhe setzen können. Doch mit meiner bescheidenen Beihilfe, mit dem kleinen Hinweis und durch meine so hartnäckig geäußerten Zweifel an einem zunächst fast natürlich erscheinenden Autounfall ist Günter Wedel mit seinen Kollegen einem ganzen Spionagering auf die Spur gekommen.

Das Fitness-Zentrum „Nedeler" funktionierte und florierte. Wochenlang zeigte sich Nedeler tagsüber nicht in den unteren Räumen. Die Rentnerin, die ehemalige Eigentümerin des Hauses, war verstorben und hatte Herrn Nedeler als Alleinerbe eingesetzt, da sie keine Angehörigen hatte.

So sah es damals aus. Heute ist es nicht mehr ganz ausgeschlossen, dass nicht eine seiner Assistentinnen der alten Dame mit einer Spritze auf raschem Weg ins Jenseits verholfen hat. Denn diese, eine zuverlässige, dürre Krankenschwester, war Herrn Nedeler hörig und arbeitete später als Krankenschwester im Augsburger städtischen Krankenhaus. Sie war diejenige, die Rudi Karbe am Unfallort und auch bei seiner kurzen Fahrt ins Krankenhaus und seiner Reise in den Tod versorgt und betreut hat. Heute muss sie sich wegen mehrfachen Mordes vor Gericht verantworten.

* * *

In dem Augenblick, als Günter Wedel seinen Verdacht auf Mord durch einen provozierten Verkehrsunfall anhand kleinerer Beweise bestätigt fand, schaltete er sofort die Dienststelle der Kriminalpolizei und auch den Verfassungsschutz ein, denn er vermutete, dass hinter diesem raffiniert ausgeklügelten und skrupellos durchgeführten Autounfall mehr als nur die Beseitigung einer Person steckte. Und durch diesen einen Verkehrsunfall gelang es der Kriminalpolizei, eine ganze Reihe von Morden aufzuklären, auch solche, die nur geringe Querverbindungen zur *Securitate* hatten, die auch im Westen für das diktatorische Ceaușescu-Regime operierte.

Herr Wedel ließ nicht locker und stürzte sich kopfüber in die Arbeit. Als ich mich auf meiner zweiten Rumänienreise befand, begann er, die kleineren und größeren Ungereimtheiten genauer zu untersuchen. Zunächst begann er mit einem unwesentlich scheinenden Detail: Er fragte sich mit Recht, wie überhaupt der Täter oder die Täter, die den Verkehrsunfall provoziert hatten, davon wussten, dass sich die Polizei bei der Spurensicherung am Unfallort so sehr für die haftende schwarze Lackfarbe am grünen Audi interessieren würden. Zwei Schlussfolgerungen zog Herr Wedel aus diesen Überlegungen. Erstens wollte der Täter verhindern, dass die Polizei den schwarzen Wagen (Mercedes) als am Autounfall beteiligten Wagen identifizieren konnte, und zweitens, dass der Täter in der Nähe der Autowerkstatt zu suchen ist. Und wie so oft im Leben verhalf ein Zufall zur Bestätigung der Annahme, dass in den eigenen Reihen ein Verräter sitzt, der etwas mit diesem Verkehrsunfall zu tun hat.

Eines kalten Novembervormittags erhielt Herr Wedel einen Telefonanruf. Er hob den Hörer ab, am anderen Ende der Leitung sprach eine Männerstimme: „Ich möchte Herrn Günter sprechen." Günter Wedel antwortete kurz: „Ja, ich bin's." Die Männerstimme beeilte sich zu sagen: „Mensch, komm dir doch den Wagen abholen, wir brauchen den Platz!" „Ja", antwortete Wedel, „woher rufst du an?" „Mensch, na von hier aus der Werkstatt. Komm rasch, wenn's geht am Vormittag oder in der Mittagspause. Tschüss!", und hängte ein.

Günter Wedel hatte diesen Telefonanruf wegen einer Verwechslung des Namens erhalten. Er hatte nicht ihm, sondern einem jungen Mann gegolten, Elmar Günter, der im Fotolabor der Polizeidienststelle tätig war. Und eine innere Stimme sagte

Günter Wedel, dass mit diesem Wagen, der aus der Werkstatt abzuholen sei, etwas nicht in Ordnung war. Wedel ging hinüber zum Fotolabor und informierte Elmar Günter über den Anruf und bot gleichzeitig an, seinen Dienstkollegen in die Werkstatt zu fahren, da er ja selbst keinen Wagen zur Verfügung habe. Dass dies dem Laborfotografen recht war, ist zu bezweifeln, aber er konnte dieses freundschaftliche Angebot schlecht ausschlagen.

Während der Fahrt fragte Wedel den Laborangestellten, was für Reparaturen denn am Wagen, der abzuholen war, durchzuführen waren, und Elmar Günter antwortete: „Ach, wissen's, im Allgemeinen habe ich mit meinem Wagen, den ich schon seit drei Jahren fahre, fast keine Probleme, nur geht halt doch hin und wieder mal was kaputt, und diesmal mussten die Bremsen neu gemacht werden, das war jetzt fällig, und Sie wissen's ja selbst, in einem Autohaus mit Namen ziehen diese Burschen einem die Haut ab, dort zahlt man schon den Blick unter die hochgehobene Motorhaube, und da geh ich lieber zu einem Freund in diese Werkstatt und lasse den Wagen dort richten, es kommt wesentlich billiger."

Wedel bemerkte aber in der Werkstatt, dass am Auto ein Blechschaden repariert worden war, denn es hatte einen neuen Lackanstrich an ausgebesserten Stellen der linken Seite um die Scheinwerfer herum erhalten. Herr Wedel jubelte innerlich, ließ sich jedoch nichts anmerken und schwieg auch vorerst über seine Entdeckung. Doch er freute sich, denn er hatte den zweiten Wagen, den schwarzen BMW, gefunden, der am Unfall Rudi Karbes beteiligt gewesen war, und den er mit eigenen Augen bei seiner Ankunft an der Unfallstelle hatte abfahren sehen und bei dem er das Autokennzeichen nicht mehr rechtzeitig hatte lesen können.

So einfach war das, und obendrein hatte er auch zwei Täter oder auch nur Komplizen gefunden.

Günter Wedel stand in Gedanken versunken allein in seinem Dienstzimmer vor dem Tisch, auf dem die Miniatur-Verkehrslandschaft nachgestellt war. Jetzt wusste er, wie dieser brutale Verkehrsunfall verursacht worden war, obwohl er diesen Alexander Nedeler noch gar nicht verhört hatte. Was der ihm zu sagen hatte, hätte ohnehin wenig zur Aufklärung dieses Verkehrsunfalls beigetragen, denn Herr Wedel musste sich ja auf Lügen, auf ein Vertuschen, auf ein gut zurechtgelegtes Alibi gefasst machen.

Und er nahm noch ein Spielauto zur Hand, einen schwarzen BMW, und stellte ihn hinter den grünen Audi 80. Und er dachte: „Diese Banditen haben den armen Karbe mit zwei Autos auf der Autobahn gejagt, und ja, vielleicht oder fast sicher waren es drei oder gar vier Autos, die diesen Wagen bedrängt und gejagt haben, zwei Autos sind bekannt, doch mussten mindestens noch eines oder zwei für einen simulierten Stau auf der Autobahn sorgen, damit sich der Unfall in einer quasi Verkehrslücke abspielte. Deshalb gab es auch keine Augenzeugen, denn die Fahrer, die dem Unfall am nächsten waren, konnten nur darüber Auskunft geben, dass der Unfall schon geschehen war, als sie zur Unfallstelle kamen. Und das Telefongespräch von der Autobahn wurde auch von einem Mittäter geführt und war ein reines Ablenkungsmanöver. Es wurde auf keinen Fall vom Verunglückten selbst geführt, und durch dieses Gespräch sollte die alleinige Schuld auf die oder den Täter des schwarzen Mercedes abgewälzt werden, denn der wurde sozusagen als Ausstellungsobjekt zurückgelassen. Nicht dort war es wichtig, die Spuren des Zusammenstoßes mit dem grünen Audi 80 zu vertuschen, sondern die Unfallspuren am schwarzen BMW mussten unbedingt beseitigt werden. Der zurückgelassene schwarze Mercedes konnte ruhig als gestohlener Wagen geopfert werden, denn dafür musste ja die Versicherung aufkommen. Obendrein war dadurch auch noch ein gutes Geschäft zu machen, denn der Wagen war versichert. Doch die Täter hatten nicht damit gerechnet, dass der zweite am Unfall beteiligte Wagen durch einen Zufall ebenfalls entdeckt wird; dieser Wagen sollte den Unfall unbeschädigt überstehen. Er muss aus Zufall oder Ungeschicklichkeit beschädigt worden sein.

* * *

Der Monat Dezember dieses Jahres machte seinem Namen keine Ehre. Obwohl der vorangegangene Monat kalt und winterlich war und einen harten Winter versprach, ließ sich der Dezember weich und mild an und stand im Widerspruch zu allen Wetterprognosen, die einen eisigen und schneereichen Winter vorausgesagt hatten.

Harald Kerner führte ein Einsiedlerleben. Er hatte keine Freunde, wenig Bekannte, und er versuchte, auf sich selbst angewiesen, allein mit dem Alltag fertig zu werden. Er hatte sich entschieden geweigert, in ein Altenheim zu gehen. Er war noch ziemlich rüstig mit seinen 68 Jahren, sah älter aus, als er war und lebte zurückgezogen, vielleicht auch deshalb, weil sein bisheriges Leben eine einzige Kette von Enttäuschungen war. Zwar war er noch bis zu seinem 65. Lebensjahr tätig und arbeitete bei einem Schuhabsatz- und Schlüsseldienst in einem großen Einkaufszentrum, aber seine Rente fiel klein aus, da ihm seine Jahre, in denen er als Pilot geflogen war, in der BRD nicht anerkannt worden waren.

Er klagte nicht über sein Leben, aber er fand es auch nicht als gottbegünstigt, denn zu viel hatte sich im Leben gegen ihn gewendet. Er konnte die wirklich erfreulichen Stunden, die ihm das Leben beschert hatte, an den Fingern abzählen. Zwei bescheidene Hobbys, die sein Leben würzten, waren ihm noch geblieben: die Ausführung kleinerer Reparaturen aller Art – darin zeigte er große Genauigkeit und tat es mit viel Liebe zur Arbeit – und die Nachrichten in Rundfunk, Fernsehen und in der Presse. Ja, es schien so, als ob dieser gute Mann geradezu nachrichtensüchtig war, denn was in dieser Hinsicht in der Welt zu hören, zu sehen und zu lesen war, musste er unbedingt erfahren.

Als er von seinem ihm zur Gewohnheit gewordenen Mittagsspaziergang zurückkehrte, sperrte er seinen Briefkasten auf und entnahm die Tagespost, die diesmal nicht, wie sonst, vor seinem Spaziergang gekommen war. Unter der üblichen Post war auch ein Brief aus Rumänien. Und er sah sich den Absender an und dachte: Aha, das ist wieder dieser gewisse Rolf Kerner aus Rumänien! Was der nur von ihm wollte? Er hatte ihm doch geschrieben, dass von einer Vater-Sohn-Beziehung nicht die Rede sein könne.

Harald Kerner, der Mann mit dem zerfurchten Gesicht, dem das Leben hart zugesetzt hatte und der sich seit dem tragischen Verlust seiner Frau und seines sechsjährigen Sohnes bei einer Gasexplosion nie wieder so richtig im Leben hatte aufrichten können, setzte sich auf seinen Lieblingsplatz: auf die blaue Eckbank in der Küche mit dem Blick zum Küchenfenster, von wo aus er einen schönen Ausblick auf den Stadtrand hatte. Er wollte in aller Ruhe diesen Brief seines Namensvetters lesen, denn er war von Natur aus neugierig, und es interessierte ihn nicht nur, was in der großen Welt geschah, sondern auch das Schicksal einzelner Menschen, und er hatte schon öfter den Gedanken erwogen, einmal sein eigenes erlebnisreiches Leben zu Papier zu bringen. Er fühlte sich aber dieser Aufgabe nicht gewachsen, da er in seinem Leben zwar mehrere Berufe erlernt und auch einige ausgeübt hatte, ohne sie gelernt zu haben, aber er hatte sich niemals im Schreiben geübt, er spürte große Unsicherheit, was Orthographie und sprachlichen Ausdruck anbelangte.

Einer Tischlade, in der peinliche Ordnung herrschte, entnahm er ein kleines Federmesser mit in Messing gefassten Elfenbeinbelägen, ein Schmuckstück und das einzige Erbstück, das ihm von seinem Vater geblieben war, und setzte die scharfe Klinge an die Ecke des weißen Briefumschlages an, indem er mit der Spitze unter den schlecht klebenden Dreieckdeckel des Briefumschlages fuhr. Das Aufschlitzen des Briefes verursachte ein feines, sägendes Geräusch. Er nahm den geöffneten Briefumschlag von der Tischplatte und entnahm ihm ein gefaltetes, mit Tinte beschriebenes, vierseitiges Briefpapier. Aber als er mit einem schwungvollen Griff den gefalteten Briefbogen aus dem Kuvert nahm, segelten zwei dem Brief beigelegte Schwarz-Weiß-Fotos auf die Tischplatte, wobei eines davon auf der Bildseite liegen blieb und nur die weiße Rückseite zeigte. Er nahm zunächst das Bildchen zur Hand, das mit der Bildfläche zu ihm gekehrt war und fuhr ein bisschen zusammen. Er sah das Bildnis eines jungen Mannes, das auch ein Passfoto von ihm selbst in seinen jungen Jahren hätte sein können. Etwa so musste er ausgesehen haben, als er Rumänien für immer den Rücken kehrte.

Und dann nahm er das zweite Passfoto von der Tischplatte und zuckte ein zweites Mal zusammen. Er sah ein blondes Mädchen mit kurzem Haarschnitt und der so schön gewölbten Stirn. Er kannte das Mädchen, er kannte es nur zu gut: „Das ist doch Senta, das ist doch..." Er stockte, der Familienname wollte ihm nicht gleich einfallen. „Das ist doch Senta ... Seiler." Nun war ihm der Name wieder eingefallen, und er sagte ihn laut vor sich hin, wie wenn er zu einem Gesprächspartner spräche, der ihm gegenüber sitzt.

Er nahm den Briefbogen zur Hand und versank in die Lektüre des Briefes. Dann hielt er im Lesen inne, und sein Blick schweifte zum Fenster hinaus, glitt in die vor dem Fenster ausgebreitete Landschaft und bahnte sich einen Weg durch die von Bäumen durchbrochene Nebellandschaft. Alles nackte Bäume im Nebel, hilflose Bäume, die mit ihren schwarzen Fangarmen in der Luft, an den Nebelschwaden Halt suchten. Sie versuchten, irgend etwas aus der Ferne mit ihren Armen einzufangen. Und je weiter sein Blick die verstreuten Bäume durchdrang, desto dichter wurde der Nebel, und die letzten Bäume in der Ferne wurden vom milchigen Nebel verschlungen. Doch aus dieser dichten Nebelwand schienen die Bäume herauszusteigen und menschliche Gestalt anzunehmen. Es waren Menschen, die aus dem dichten Nebel auf ihn zukamen, Menschen, die er kannte, alles Personen, die sich einstmals um ihn herum bewegt hatten und nun zu ihm sprachen. Und noch einmal lebte in ihm ein Geschehen auf, das weit entrückt war, noch einmal konnte er ein Bild eines längst gelebten, verflossenen Stückes Leben einfangen:

Da stand er wieder in seiner dunkelblauen Pilotenuniform vor den Trümmern seines Hauses. Ja, jetzt steht er da mit aschfahlem, versteinertem Gesicht, mit vor Entsetzen geweiteten Augen und der Gebrochenheit seiner Kräfte, unfähig, überhaupt noch etwas zu denken, geschweige denn, etwas zu tun. Er war es aber nicht gewohnt, nichts zu tun, dazustehen und tatenlos diesen Trümmerhaufen anzustarren. Er will sich in die Trümmer des Hauses stürzen, um noch etwas von dem, was ihm gehörte, zu retten. Zwei Feuerwehrleute, die sein Vorhaben bemerkt hatten, sprangen fast gleichzeitig hinzu und hielten den Mann zurück, ihn an beiden Armen festhaltend, denn das war ein gefährliches Vorhaben. Es bestand Einsturzgefahr. Und er sinkt überwältigt von der Kraftanwendung der beiden Männer in die Knie und sagt: „Oh Gott, du hast mir alles genommen, alles, was mein Leben war." Und dann sah er zum Himmel auf. Die Wolken zogen in großen Formationen über ihn hinweg. Und ganz leise bewegte er seine Lippen: Und dies ist mein Geburtstagsgeschenk zu meinem 30. Geburtstag. Er hatte buchstäblich alles verloren: seine Frau, seinen sechsjährigen Sohn, seine Wohnung, sein Zuhause, seine Urkunden und fast auch seine Identität, denn von all seinem Besitztum ist ihm nur noch sein Personalausweis in der Innentasche seiner Pilotenuniformjacke geblieben, und der lautete auf Hari Cornea. Er hieß nicht Kerner, denn als er auf die Fliegerschule kam, musste sein Vater einwilligen, dass der deutsche Name Kerner romanisiert werde und von nun an Cornea laute, denn der rumänische kommunistische Staat billigte nicht, dass ein Deutscher im rumänischen Flugdienst TAROM tätig war.

So wurde aus Harald Kerner der geschätzte und zuverlässige, überall gern gesehene Flieger Hari Cornea, und der Name half ihm natürlich auch beim Einsatz auf Auslandsflügen, wo hauptsächlich Vertrauensmänner (sprich *Securitate*-Leute) flogen, die auch im politischen Sinn einwandfrei und makellos waren. Aber Hari Cornea war kein *Securitate*-Mann und bekam trotzdem internationale Flüge, weil er einer der besten rumänischen Flieger war, weil man ihn brauchte. Bis zu diesem Tag der Gasexplosion brauchte, an dem er mit einem Schlag alles verloren hatte.

Wenn dir Böses zustößt, dann stehst du allein da, zwar gibt es Höflichkeitsfloskeln und leere, sehr gewählte, vielleicht auch tröstende Worte, aber du musst einsehen, dass es eben nur in den Wind gehauchte Worte sind. So ging es auch dem Piloten Hari Cornea, der zwar vom Flughafen-Direktor höchst persönlich ein Angebot erhielt, den Bereitschaftsraum zunächst als Notunterkunft benützen zu dürfen, aber schon nach zwei Wochen wurde der Raum dringend für andere Zwecke gebraucht, und der Leiter des Flughafens entschuldigte sich, aber er unterstand auch, wie er sich ausdrückte, höheren Befehlen.

Und von den Behörden war schon gar keine Hilfe zu erwarten, die hatten auch keine freien Wohnungen zur Verfügung, das stimmt, aber es kümmerte sie auch wenig, ob einer, auch gerade wenn er Flieger ist, jetzt keinen Schlafplatz mehr hatte und einfach unter der Zibinsbrücke übernachten musste. Schon nach drei Wochen merkte Harald Kerner, dass er einfach allein, von allen verlassen dastand. Und es kam noch schlimmer. Man fragt sich mit Recht, was kann noch Schlimmeres auf einen nackten Menschen zukommen, der alles im Leben verloren hat? Ja, das noch Schlimmere war die *Securitate*. Aber zunächst gab es doch noch einen Menschen auf dieser weiten Welt, der ihm eine Hand reichte. Und das war Senta Seiler, die beste Freundin seiner Frau.

Er hatte beide Mädchen damals am selben Tag, zur selben Stunde kennen gelernt, als er von einem kurzen Linienflug aus Klausenburg zurückgekehrt war. An der Bar saß ein blondes Mädchen mit kurzem Haarschnitt und plauderte mit der Serviererin hinter der Bar. Hari setzte sich auf den freien Barhocker neben das blonde Mädchen. Sie kamen durch die üblichen Blödeleien ins Gespräch, und es stellte sich heraus, dass die Brünette Marion hieß und einen Ferienjob hier in der Flughafenbar angenommen hatte und dass die Blonde Senta war, die ihre Freundin in der Bar besuchte. Doch wie das im Leben ist, die Entscheidung hängt in solchen Fällen von Kleinigkeiten und von übernatürlichen, göttlichen Hinweisen oder abergläubischen Zeichen ab, und damit war die Entscheidung getroffen, das Urteil gefällt, und Senta war aus dem Rennen um den Flugkapitän ausgeschieden, aber nicht um die Freundschaft mit Marion betrogen worden, denn die Frauen hielten nach wie vor fest zusammen, was auch bei befreundeten Frauen, wenn es um einen Mann geht, eine Seltenheit ist.

Nun ja, wer konnte mehr Mitgefühl aufbringen und ehrliche Anteilnahme für den schwer geschädigten Flieger zeigen als Senta Seiler, die ja den Verlust einer guten Freundin zu beklagen hatte. Anfangs war Harald Kerner störrisch und schlug jede Hilfsbereitschaft von seiten der Freundin seiner Frau aus und wollte eigentlich von niemandem, ob Mann oder Frau, etwas wissen, aber dann, als die Lage so ernst wurde, dass er nirgendwo mehr einen Schlafplatz hatte, nahm er das Angebot an und zog als Untermieter ins Haus der Familie Seiler, wo er ein ganz kleines Zimmer mit Bett, Schrank, Tisch und Stuhl als Notbehelf für den Anfang zugewiesen bekam.

Und all das spielte sich wie das Aufkeimen einer neuen oder erneuten Liebe zwischen Senta und Harald ab. Allerdings etwas einseitig, denn Senta war die Frau, die den Mann mit Zuneigung, Hingebung und beinahe mütterlichem Trost und Fürsorge umwarb, und Harald war der Mann, der es sich gefallen ließ und überhaupt erst einsehen musste, dass sein eigenes Leben trotz des Verlustes seiner geliebten Frau und des über alles geliebten Kindes nicht ausgelöscht war und dass er, wenn er sich nicht für Selbstmord entschieden hatte, weiterleben müsse. Und für Senta war es schwer, sich überhaupt einen Platz in Haralds Denken zu erobern, geschweige denn einen Platz in seinem Liebesleben einzunehmen. Der Versuch hatte sich aber gelohnt, und es schien fast so, als wäre Harald über den Berg, so, als hätte er zwar nicht seine tödlich verunglückte Frau vergessen, aber als wäre er geneigt, einen neuen Lebensabschnitt zu beginnen und damit auch eine neue Liebesbeziehung mit Ausblick auf eine erneute Eheschließung zu knüpfen. Zumindest sah das Ganze so aus, es war aber auch durch andere, von außen einwirkende Faktoren gestört, denn seit der Gasexplosion rücke Harald Kerner ständig die Geheimpolizei auf den Hals.

Für das erste Mal, als ihn die *Securitate* zu einem Gespräch zitierte, hatte Harald Kerner durchaus Verständnis, denn es wurden alle überlebenden Hausbewohner (ausgenommen die Kinder) vernommen, wahrscheinlich deshalb, damit man sich ein Bild machen konnte, wie sich diese Katastrophe ereignet hatte und weil damals die Ursache der Gasexplosion nicht bekannt war. Aber beim zweiten Mal schon war es ihm unverständlich, weshalb man ihn, und zwar ihn allein, wieder bestellt hatte, um „bei der Aufklärung der Gasexplosion" mitzuhelfen. Beim zweiten Gespräch aber, das wie ein Verhör geführt wurde, merkte er, was sie von ihm wollten: ein Geständnis aus ihm herauspressen, dass er selbst diese Explosion im eigenen Haus ausgelöst hätte, als Sabotageakt, um ein im zweiten Stockwerk über seiner Wohnung eingerichtetes *Securitate*-Nest zu zerstören.

Beim dritten Verhör hatte sich dann bei Harald Kerner so richtig Verzweiflung eingestellt, denn er konnte sich fast nicht mehr zur Wehr setzen. Und das war gerade am Tag, als Senta einen Gynäkologen aufgesucht hatte, um sich ihre Schwangerschaft bestätigen zu lassen.

Als Hari Cornea schweißgebadet von diesem Verhör das Gebäude der *Securitate* verließ, dachte er gar nicht mehr an die Familie Seiler, auch nicht an Senta, sondern nur noch daran, wie er auf dem schnellsten Wege dieses miserable *Securitate*-Land verlassen könnte. Er hatte einen Bruder, der als Agronom-Ingenieur in Glogowatz bei Arad auf einer Staatsfarm tätig war, und wusste, dass er mit dem Entschluss zur Flucht vielleicht ihm, mehr noch als sich selbst, eine besonders große Freude bereiten würde, denn der Bruder hatte diesen Wunsch schon seit Jahren immer wieder geäußert, zumal er eine Freundin in Österreich hatte. Harald ging in die Fleischergasse zum Postamt und gab ein Telegramm für seinen Bruder auf: „Füttere den Vogel. Ich komme. Dein Bruder

Harald." Diese verschlüsselte Zeile bedeutete einer Absprache gemäß: „Tank das Flugzeug auf", den Doppeldecker, der für landwirtschaftliche Zwecke zur Bekämpfung der Colorado-Kartoffelkäfer verwendet wurde. Dies bot ihnen die Möglichkeit, nach Jugoslawien hinüberzufliegen.

Harald ging gar nicht mehr in seine Wohnung, ins kleine Zimmer, von wo er überhaupt nichts mitzunehmen hatte, weil er ja nichts besaß. Was er noch hatte, war in seinen Hosentaschen. Er löste sich eine Fahrkarte nach Arad, und weg war er. Senta Seiler aber wartete auf Harald, um ihm die freudige Nachricht mitzuteilen, dass er Vater werde. Doch Harald kam nie wieder zurück und ließ auch nie wieder von sich hören. Er war für die Menschen in Rumänien gestorben. So konnte man ihm auch keinen Vorwurf machen, dass er nichts davon wusste, einen strammen Sohn, einen Stammhalter zu haben.

Jetzt wusste er es, jetzt wusste er es nach 37 Jahren, nach einem halben Menschenleben, das ihn fast rund um die Welt geführt hatte. Ja, das hatte er nicht wissen können, dass eine schwangere Frau zu Hause auf die Rückkehr ihres Geliebten wartete, der einfach von ihr wegging, ohne ihr Ade zu sagen, und sie im Stich ließ. Und sie hatte, als sie vom Arzt nach Hause kam, den ganzen Tag über mit der freudigen Nachricht auf ihren Geliebten zwischen Hoffen, Freude und Bangen gewartet, so sehr gewartet, dass sich ihr Falten auf der Stirne gebildet hatten und ihr Gesicht lang und länger wurde; ihre Enttäuschung war nicht mehr zu übersehen. Und statt des erwarteten Geliebten erschien am Abend die Geheimpolizei mit einem Haftbefehl in ihrem Haus, der auf den Namen Hari Cornea ausgestellt war, und mit einem Hausdurchsuchungsbefehl. Man kann sich vorstellen, was nun alles auf diese arme Familie zukam, die einem Obdachlosen ein Quartier geboten hatte.

Nein, das konnten sie dieser Familie nicht verzeihen, dass sie diesen Spion zunächst einmal bei sich beherbergt hatte, ihm ein Versteck angeboten und ihm dann auch noch zur Flucht verholfen hatte. Entsprechend ihrem Grad der Gereiztheit und Wut fiel auch die Hausdurchsuchung aus. Sie wüteten nicht nur im kleinen Zimmer, das Herr Kerner für einige Monate bewohnt hatte, sondern im ganzen Haus und vor allem in der Werkstatt des Herrn Seiler. Was sie suchten? Ja, die

Seilers wussten es auch nicht, sonst hätten sie den *Securitate*-Männern vielleicht behilflich sein können. Vermutlich suchten sie nach Zündschnur, Sprengstoff, Sprengstoffköpfen, Sprengsätzen, nach allem, was mit Explosion in Zusammenhang zu bringen ist, und vielleicht suchten sie auch eine Sende- und Empfangsstation, mit deren Hilfe der Spion Cornea mit dem Westen in Verbindung gestanden hatte. Diese Männer schlugen alles kurz und klein, so dass die Aufräumungsarbeiten nach dieser erfolglosen Hausdurchsuchung länger als ein Jahr dauerten und die letzten Spuren erst lange danach beseitigt wurden, als der kleine Rolf Kerner, der den deutschen Namen des Vaters trug, schon längst auf der Welt war, ja, als dieser schon laufen konnte.

Sentas Eltern konnten sich anfangs nicht so richtig über dieses Kind freuen, denn ihre Tochter starb kurze Zeit nach der Geburt des Kindes an einer Embolie, und so war ein Waisenkind mehr auf der Welt. Doch die Großeltern sorgten dafür, dass ihr Enkelkind es nie zu spüren bekam, dass es eine Waise war. Sie waren vorbildliche Eltern und sorgten dafür, dass der Junge ein Studium absolvierte, einen Beruf ergriff und dass aus ihm ein Mensch wurde, der im Leben seinen Mann stehen konnte. Und dieser Mann ist der Zeitungsreporter Rolf Kerner, der für das *Siebenbürger Tageblatt* schreibt.

Harald Kerner saß noch immer unbeweglich mit aufgestützten Ellenbogen, zwischen denen der Brief lag, und stützte den Kopf, indem er das Kinn in die Handballen der aufgestützten Arme drückte, und starrte zum Fenster hinaus in die Nebellandschaft. Er holte umständlich ein Taschentuch aus der Hosentasche und fuhr damit über die Nase und in die Augenwinkel, dann nahm er aus der Tischlade genauso umständlich weißes Briefpapier und einen Kugelschreiber hervor und schrieb: „Mein lieber Sohn ..."; dabei lösten sich wieder ein paar Tränen aus den Augen, und eine fiel genau auf das Wort „Sohn". Dann schrieb er weiter, langsam, mit zittriger Hand, mit langen Pausen zwischen den einzelnen Sätzen. Am Schluss hieß es: „Wenn alles gut geht, sehen wir uns in ein paar Tagen zu Weihnachten. Ich komme Dich besuchen. Dein Vater Harald Kerner."

* * *

Alexander Nedeler, der Boss des Spionage-Fitness-Zentrums in Stuttgart, erschien zum Verhör bei der Augsburger Polizei als Sportmanager, um äußerlich so in Erscheinung zu treten, wie er sich in der Öffentlichkeit gab und wofür er auch von allen anderen, mit denen er in Berührung kam, gehalten werden sollte. Herr Wedel hatte eine Einladung an Herrn Nedeler gerichtet, in der das Wort „Verhör" nicht vorkam, nein, es handelte sich eher um einen Aufforderungsbrief, höflich verfasst, in dem Herr Wedel um ein aufklärendes Gespräch mit Herrn Nedeler bat, das er im Interesse des Geschädigten führen wolle, da der von noch unbekannten Dieben gestohlene schwarze Mercedes nun gefunden worden sei und der Wagen seinem rechtmäßigen Besitzer wieder übergeben werden sollte – allerdings sei er in einem bedauerlichen Zustand. Also, es war eine gut begründete, höfliche Einladung, ohne dass darin eine Anschuldigung oder eine Misstrauen erweckende Bemerkung zu lesen gewesen wäre.

Diese Haltung der Unschuld und des Geschädigten nahm auch der Sportmanager ein. Aus seiner Sicht hatte er recht, denn schließlich war er ja der Kläger und nicht der Angeklagte, und wenn er der Einladung der Augsburger Polizei Folge leistete, so müsste sein Erscheinen von der Polizeibehörde als ein bereitwilliges Entgegenkommen seinerseits gewertet werden. Und Herr Nedeler konnte es sich leisten, den Termin bei der Augsburger Polizei zu verschieben, denn er war jemand in Stuttgart. Er war Vorsitzender eines Sportvereins, galt als einer der Experten im modernen Fitness-Training und versah auch ein Amt innerhalb der Sportbekleidungswerbung. Er verlegte den Einladungstermin mehrere Male aus vorgegebenen und erlogenen Gründen. Endlich erschien er an einem wintermilden Dezembertag, etwa zwei Wochen vor Weihnachten. Inzwischen war er selbstverständlich über das Auffinden des Wagens offiziell unterrichtet worden, hatte von seiner Versicherung das große Geld kassiert und fuhr auch schon wieder einen funkelnagelneuen Mercedes, keinen schwarzen, diesmal war es ein dunkelblauer.

Wedel erwartete seinen Gast zur festgesetzten Zeit am vereinbarten Tag, er hatte mit seinen Stuttgarter Kollegen, mit denen er in diesem Fall Hand in Hand arbeitete, für die

Zeit, zu der Herr Nedeler bei ihm im Büro saß, eine Hausdurchsuchung in seiner Abwesenheit angeordnet, die zwar nicht ganz legal war, da es keinen Hausdurchsuchungsbefehl gab, aber man musste hier auch gegen das Gesetz handeln, wenn man überhaupt an diesen aalglatten Sportsmann herankommen wollte.

Als Frau Grete Nedeler auf das Läuten der Türglocke den Hörer der Sprechanlage abhob und fragte: „Ja, wer dort?" und sie die Antwort erhielt: „Polizei", war sie etwas verdutzt, nicht erschrocken. Die Polizisten zeigten ihre Ausweise, Grete Nedeler sagte fassungslos: „Wir hatten noch nie Polizei im Haus."

Als die vier jungen Polizisten ins Haus traten, blickten sie sich erstaunt um, und einer, die Hände in die Hüften gestemmt, pfiff durch die Zähne: „Ischt das aber 'ne Wucht, diese Wohnung!" Sie waren überwältigt von der mit Kunstgeschmack eingerichteten Wohnung, die von draußen gesehen eine solch geschmackvolle Innenarchitektur gar nicht ahnen ließ. Trotz gründlichem Suchen konnten sie einfach nichts finden, was auch nur den leisesten Verdacht hätte erwecken können, dass dieser Mann krumme Dinge drehe oder dass der Mann gar ein gefährlicher Spion sei. Aber da waren noch die Kellerräume. Also trabten die vier Männer dorthin. Ja, wie erwartet: Nichts Verdächtiges, oder doch? Da stand an der Tür „Trockenkammer", und als der eine der Polizisten die Tür öffnete, fand er statt zum Trocknen aufgehängter Wäsche einen Berg voller Lebensmittel und zwei große Gefriertruhen. Ungesetzlich war das nicht, nur wunderlich, merkwürdig: Wofür sollte sich dieser Mann solche Nahrungsmittelvorräte angeschafft haben? Ja, das fiel auf, und es sah nicht danach aus, als ob Nedeler hier Vorbereitungen für eine groß angelegte Party getroffen hätte. Einer der Polizisten fragte die Frau des Hauses: „Wozu sind diese Nahrungsvorräte hier? Haben Sie vielleicht Angst, es könnte eine Hungersnot ausbrechen?" Sie lachte, schüttelte den Kopf und sagte: „Nein, ganz und gar nicht, aber wissen Sie, wir, mein Mann und ich stammen aus Rumänien. Allerdings sind wir vor vielen Jahren ausgewandert, aber wir haben die Menschen dort nicht vergessen, wir schicken Hilfsgüter nach Rumänien."

Das war ja rührend, und der Polizist, der danach gefragt hatte, schämte sich. Aber er wunderte sich doch, dass nur Spezialitäten und keine Grundnahrungsmittel, deren das rumänische Volk entbehrte, hier aufgestapelt waren. Richtig aber, die Erklärung der Frau war keine Lüge; es stimmte, denn die Polizisten stießen auch auf Verpackungsmaterial: zusammengelegte Pappkartonschachteln, Klebestreifen, Nylontüten, Schreibzeug und ein Adressbuch, das aufgeschlagen auf einem rechteckigen Holztisch lag und auf dem quer über die Seiten eine Schere lag. Während die anderen weitere Räume im Kellergeschoss besichtigten, fotografierte der eine rasch die einzelnen Seiten dieses Adressbuchs. Aber im Grunde genommen schien darin alles in Ordnung zu sein, und wer dachte schon, dass dieser Verdächtige eine solch humane Einstellung hatte und dem hungernden Volk in Rumänien Hilfsgüter zukommen ließ.

Aber dann kamen die vier Polizisten zu einem Raum, der als einziger im ganzen Haus abgeschlossen war. Auf der Türe stand „Audio-visueller Vorführungsraum", also laut Beschilderung ein Raum, in dem den im Fitness-Zentrum trainierenden Kursteilnehmern mit Hilfe audio-visueller Mittel theoretische Kenntnisse vermittelt werden. Frau Nedeler meinte, dass ihr Mann versehentlich abgeschlossen und den Schlüssel bei sich habe, und einen zweiten oder gar einen dritten Schlüssel gebe es nicht. Merkwürdig: ein für ein Sportzentrum so wichtiger Raum abgesperrt, der Schlüssel dafür nur in einem Exemplar vorhanden und dazu noch beim Chef selbst, der hier weder Theorie noch Praxis im Fitness-Zentrum lehrte. Also, mit einem Wort, der Raum war für die übrigen Trainer und die Kursteilnehmer nicht zugänglich. Eben wollte der hier Dienst versehende Sportlehrer das Haus verlassen. Einer der Polizisten hielt ihn zurück. „Moment mal, haben Sie keinen Schlüssel zu diesem Raum?" „Nee", war die Antwort, „den hat nur der Chef, aber wir brauchen ihn auch nicht, Theorie können wir auch vor Ort im Trainingssaal machen, und wenn wir den Raum brauchen, melden wir uns Tage vorher beim Chef an, der uns dann den Schlüssel gibt. Aber wie gesagt, er wird nicht sehr gebraucht, die Leute wollen Sport machen, nicht Theorie, die haben sie satt, die wollen direkt ans Gerät ohne viele langweilige Erklärungen. Und dann, ja, wenn ein internationales Fußballspiel im Fernsehen übertragen wird, dann sehen wir es uns in diesem Raum an, und meist ist auch der

Chef dabei, doch sonst brauchen wir diesen Raum eigentlich nicht."

„Es tut uns Leid, liebe Frau Nedeler, aber wir müssen die Türe öffnen, das heißt, aufbrechen, für den angerichteten Schaden kommt die Polizeidienststelle auf."

Also Werkzeug aus dem Werkzeugkasten, der im Auto lag, der Geschickteste der Polizisten setzt dem Schloss zu, es gab nach, die Tür öffnete sich. Ein ganz normaler, allerdings gemütlicher Konferenzraum mit einem Tisch in U-Form, vor dem in der Mitte der Öffnung ein Fernseher, darunter auf einem Fernsehkästchen ein Videogerät stand. Gediegene gepolsterte Stühle um den Tisch. Zu beiden Seiten waren auch die üblichen eingebauten Hausbars, die beide erstaunlich gut mit den besten Getränken versorgt waren, na ja, leider nur alkoholisches Getränk und kein einziges Sportlergetränk, keine Milch, keine Fruchtsäfte, keine Cola, nichts an Getränken, die einen durstigen Sportler wieder hätten fit machen können – nur scharfe Getränke und edle Tropfen, so als wolle man die Sportler hier zu lahmen Enten machen. Merkwürdig für einen Vorführungsraum in einem Fitness-Zentrum.

Der eine der Polizisten blickte auf die Uhr und sagte den anderen: „Es ischt schon nach zwölf, da ischt Mittagspause." Doch die anderen suchten unbeirrt an den Wänden weiter und sahen in die Lädchen und Schränke, von denen sie wiederum einige abgesperrt fanden. Ohne noch nach Erlaubnis zu fragen und ohne sich zu entschuldigen, brachen sie die versperrten Türen auf. So machten sie noch kurz vor Toresschluss eine enorme Entdeckung. Der Leiter dieser Durchsuchungsequipe hatte eben gewaltsam eine Schranktür in der Wand geöffnet. Auf den ersten Blick sah man Sportartikel und Geräte wie einen Ball, einen einzigen Fußball, einen Speer, einen Diskus, einen Medizinball, aber auch eine kurze, kleine Handwerkerleiter und einen in Zellophan eingewickelten Blumenstrauß, der so echt aussah, als wäre er eben aus einer Blumenhandlung gebracht und hier eingesperrt worden und warte darauf, jemandem eine Freude zu bereiten. Der Polizist griff auch gleich nach dem Blumenstrauß, weil ihm die Zusammenstellung dieses Stilllebens merkwürdig erschien. Doch der Strauß war nicht leicht, wie erwartet, er war schwer, und zwischen den Blumen versteckt war ein kleiner Fotoapparat. Die Linse sah aus wie eine der schönen Plastikblumen, und der Auslöser befand sich genau am unteren Ende in der Mitte der zum Strauß gebundenen Blumen. Eine geniale Idee. Damit sollten also Fotos geschossen werden, wahrscheinlich unerlaubte Fotos. Was sollte mit dieser Attrappe getarnt werden? Und was bedeuteten diese anderen Requisiten?

Er nahm den Fußball zur Hand, doch der wäre ihm beinahe aus den Händen gefallen, denn der Fußball war nichts anderes als ein ausgestopftes, echtes Fußballleder mit einem Fotoapparat im Inneren; das Objektiv war genau am Ventil, und der Auslöser war ein kaum sichtbarer schwarzer Knopf. Also ein Fußball auch zum verbotenen Fotografieren bestimmt. Wer sollte denn unbemerkt auf dem Sportplatz fotografiert werden? Und dann die Handwerkerleiter, was hatte diese mit Sport zu tun? Rein gar nichts, dafür aber mit einem Handwerker. Die Doppelleiter hatte einen als oberste Sprosse eingebauten Werkzeugkasten, der aber gar keiner war, sondern die Attrappe eines Werkzeugkastens, in der sich ein Camcorder mit einer seitlichen Linse befand.

Diese ganze Fotoausrüstung wurde in ein Auto verladen, die Mappe mitgenommen, und um 12.30 Uhr verabschiedeten sich die Polizisten von der Frau des Hauses. Sie mussten zufrieden sein, denn sie waren ganz unverhofft auf Beweismaterial gestoßen, nach dem sie seit 9 Uhr morgens gründlich, aber zunächst vergeblich, gesucht hatten. In der Polizeidienststelle musste dieses gefundene Material gesichtet werden.

Für Herrn Wedel wurde das Verhör, besser gesagt die freundschaftliche Aussprache mit der Verdachtsperson Alexander Nedeler zum langweiligsten Verhör seiner bisherigen Karriere. Er spürte, dass Nedeler andauernd log, zwar sehr geschickt und gekonnt, aber alles, was er auf Wedels Fragen antwortete, war fadenscheinig. Wedel konnte ihm nichts entgegenhalten und nicht das Gegenteil beweisen. Wedel musste öfters verstohlen auf seine Uhr schauen, aber er konnte seinen Gesprächspartner nicht entlassen, bevor nicht der erlösende Anruf aus Stuttgart kam, der die Hausdurchsuchung im Haus der Nedelers für beendet erklärte. Aber Wedel notierte jeden Satz, den sein Gesprächspartner von sich gab und den er möglicherweise für eine Lüge hielt, in seinen Notizblock und versah die einzelnen Sätze mit einer fortlaufenden

Nummer. Während des Gesprächs nahm er auch Telefonate entgegen und sprach mit den Anrufern, die teilweise fingiert waren, da Wedel darum gebeten hatte, ihn anzurufen, damit er das Gespräch mit Nedeler so lange hinausschieben konnte, bis die Stuttgarter Kollegen das Ende ihres Auftrags meldeten. Einmal auch verließ er absichtlich den Raum mit irgendwelchen völlig unwichtigen Papieren, um sich den Anschein der Dringlichkeit dieser Abfertigung und Erledigung dieses Schreibkrams zu geben und um Nedeler aus dem Nebenraum durch einen kleinen Türspion zu beobachten.

Während sich Nedeler ungestört fühlte und unbeobachtet glaubte, griff er kurzerhand nach dem Notizblock, in dem sich Wedel während des Gesprächs Aufzeichnungen gemacht hatte und den er absichtlich aufgeschlagen auf dem Schreibpult zurückgelassen hatte. Nedeler las die Notizen und konnte sich wohl Rechenschaft darüber geben, dass Wedel ihm seine Aussagen nicht abgenommen hatte oder zumindest, dass er an der Wahrheit seiner Aussagen zweifelte. Dann legte Nedeler den Block rasch wieder zurück. Wedel, der solche Szenen durch den Türspion beobachtet hatte, konnte den Raum wieder betreten, so tun, als hätte er nichts bemerkt und das Gespräch wieder aufnehmen.

Es war Mittagspause, und die Kollegen verließen die Dienststelle, nur Wedel musste so tun, als ob er dies Gespräch aus Gründen beruflichen Interesses weiterführen müsste. Erst um 12.45 Uhr kam der erlösende Anruf aus Stuttgart, und Herr Wedel konnte seinen langweiligen Gesprächspartner entlassen.

* * *

Das gesamte im Fitness-Zentrum der Familie Nedeler bei der Hausdurchsuchung beschlagnahmte Material wurde auf der Polizeidienststelle sorgfältig geprüft und analysiert. Dabei ergaben sich mehrere Alexander Nedeler belastende Fakten.

1.) Was zunächst die Namen im Adressbuch anbelangte, ergab die Untersuchung, dass es sich um Personen handelte, die in Rumänien hohe politische Ämter bekleideten, das heißt, es waren alles hohe Parteifunktionäre und führende Kräfte der *Securitate*, darunter auch der Chef des Staatssicherheitsdienstes des Kreises Hermannstadt, Ion Banu. Die nahe liegende Schlussfolgerung, die sich daraus ergab, war die, dass das Ehepaar Nedeler zwar rührseligerweise „Hilfsgüter" nach Rumänien schickte, aber nicht den Armen und Unterdrückten, sondern hohen Parteifunktionären und *Securitate*-Leuten.

Hier verließ die bayerisch-schwäbische Polizei ihr sprichwörtlicher Ordnungssinn, und wer immer diese Akte studiert, wird vergeblich auf ein „Zweitens" warten.

Auch das Bildmaterial, die 63 Videokassetten und die vielen Fotos aus der beschlagnahmten Mappe wurden in genauer Prüfung und stundenlanger Vorführung gesichtet und geordnet. Bei den Videokassetten ergab sich folgende Aufteilung: 30 Videokassetten mit Sportthematik, die unter Umständen tatsächlich als Anschauungsmaterial im Sportunterricht hätten Verwendung finden können und wohl auch im Fitness-Zentrum beim Medienunterricht gezeigt worden waren, 14 Krimis und Thriller, sieben Videokassetten pornographischen Inhalts und schließlich 12 Kassetten, die keiner der genannten Kategorien zugeordnet werden konnten; sie waren laienhaft gefilmt und enthielten zunächst rätselhafte Darstellungen von Häusern, Wohnorten, Gärten, Hotels, Autos und unbekannten Personen. Beispielsweise eine junge Dame, die eben vom Einkaufszentrum kommend einem jungen Mann begegnet, einem Bekannten; die beiden begrüßen sich herzlich und umarmen sich. Dann wieder ein gut gekleideter Herr, der aus dem Torbogen einer Bankfiliale tritt und unschlüssig einige Meter weiter stehen bleibt und auf seine Armbanduhr sieht, als hätte er hier in der Nähe eine Verabredung und die Zeit des Treffens wäre noch nicht eingetreten, oder auch eine Liebesszene zweier junger Leute, die sich unbeobachtet fühlen und wo es in gieriger, übereilter Weise zu einem Geschlechtsakt kommt.

In dieser Art und Weise ging es weiter, aber immer waren es nur wenige Personen, die hier ihren Auftritt hatten, meistens aber nur eine Einzelperson. Alles in allem langweilige Videoaufnahmen, die trotzdem aber einen gewissen Zweck verfolgten. Der Sinn dieser Aufnahmen wurde allerdings erst deutlich, als festgestellt werden konnte, dass auf den Kassetten Personen zu sehen waren, die nicht mehr unter den Lebenden weilten. Einer der Polizisten erkannte auf einem der Videos einen rumäniendeutschen Schriftsteller namens Borkler, der vor etwa drei Jahren Selbstmord begangen hatte, indem er sich vom Balkon im sechsten Stockwerk eines

Frankfurter Hotels gestürzt hatte. Und bald stellten die Polizisten fest, dass auch andere der auf den Kassetten dargestellten Personen auf die seltsamste Weise verschwunden waren, und jedes Mal war als Todesursache „Selbstmord" angegeben. Darüber hinaus waren auch Personen abgelichtet oder gefilmt, die bei Verkehrsunfällen umgekommen waren. Die Überzeugung, zu der die Stuttgarter Polizei gelangte, war erschreckend: Auf diesen zwölf Videokassetten waren Personen dargestellt, denen nachspioniert wurde. Wenn die *Securitate* zum entscheidenden Schlag gegen sie ausholen wollte, so dienten diese Bilder den Tätern zur Identifikation des Opfers, das durch einen vorgetäuschten Selbstmord oder Verkehrsunfall ums Leben kommen sollte.

Durch dieses Material wurde Nedeler und seine Ehefrau überführt, und es wurden noch zahlreiche Personen verhaftet, die in diese vorgetäuschten Selbstmorde und Autounfälle verwickelt waren. Ein ganzer Spionagering wurde ausgehoben.

Bald darauf, eine Woche vor Weihnachten, schrillte bei mir zu Hause eines Abends das Telefon. Eine mir nur allzu gut bekannte Frauenstimme sprach mit einem fast schon übererregt freudigen Klang, den Hörer ganz dicht an den Mund haltend: „Ernsti, hier Christiane, rat mal, wer bei mir ist und dich gern sprechen möchte?" Mir war nicht zum Scherzen zumute. Ich hatte andere Sorgen, Sorgen um Mariana, und sagte kurz angebunden und nicht auf diesen freudig erregten Ton eingehend, der auch von einigen Gläschen zu viel herzurühren schien: „Keine Ahnung, wer das ist." „Na warte mal, ich rufe ihn dir ans Telefon!"

Es war Günter Wedel, der Leiter der Augsburger Verkehrspolizei. Ob das nun reiner Zufall war, dass sich Herr Wedel im Hause Christiane Karbes aufhielt, weiß ich nicht, doch es war eher anzunehmen, dass Herr Wedel schon ein vertrauter, häufiger Gast im Hause war, der sich wahrscheinlich nicht nur deshalb dort aufhielt, um mit Christiane über den Autounfall zu sprechen, bei dem ihr Bruder tödlich verunglückt war, nein, dazu hatte Christianes Stimme einen viel zu freudigen, gurrenden Klang, den ich kannte, gut kannte. „Günter Wedel am Apparat, und entschuldigen Sie bitte die so späte Störung, aber Christiane hat mich bewogen, mit Ihnen zu sprechen, weil wir eben im Gespräch auf Sie gestoßen sind, und da wollte ich Christianes Bitte nicht abschlagen. Im

Grunde genommen ist es nichts Außergewöhnliches, was ich Ihnen mitteilen möchte, aber ich dachte, es dürfte Sie wohl interessieren, denn Sie waren doch der erste, der an der Normalität des Verkehrsunfalles, bei dem Herr Karbe ums Leben kam, zweifelte, und dann erst haben sich diese Zweifel auch auf mich übertragen. Um es kurz zu machen: Wir haben den Täter gefasst und auch noch einige Personen mehr, die hier ihre Hand im Spiel hatten, und falls Sie Näheres darüber erfahren wollen, rufen Sie mich an einem der Vormittage in meiner Dienststelle an, ich gebe Ihnen gern genaue Auskunft darüber, ja, falls es Sie weiter interessiert. Eines muss ich sagen", betonte er, „Sie hätten sicher auch einen guten Kriminalbeamten abgegeben. Ich gratuliere, Sie haben eigentlich den Stein ins Rollen gebracht, und aus Ihren Ermittlungen, die Sie anfangs eigenmächtig angestellt haben, sind wertvolle Hinweise hervorgegangen. Nochmals vielen Dank."

„Keine Ursache", sagte ich, „mein Anteil war doch gar nicht so groß, Sie übertreiben. Ich bin aber froh, dass dieser Fall aufgeklärt wurde."

„Ja", erwiderte Wedel, „da wäre noch etwas zu sagen, und ich überlege, ob das nun angebracht ist oder nicht, ich möchte Sie damit keinesfalls beunruhigen oder Ihnen gar einen Gewissenskonflikt aufbürden, aber ich tue es doch, Sie sind doch ein Mann, den nicht so leicht etwas aus der Bahn werfen kann. Also: Im beschlagnahmten Material, das wir von der Hausdurchsuchung im Hause Nedeler haben, war auch eine Videoaufnahme, auf der Ihr grüner Audi 80 sehr deutlich zu sehen ist, hingegen keine Personenablichtung, weder von Ihnen noch von Ihrem Freund Rudolf Karbe. Und dieser Umstand legt die Annahme nahe, dass der Verkehrsunfall Ihnen zugedacht war und nicht Ihrem Freund, und nur einer Verwechslung zufolge, einem Versehen zufolge, bei dem Ihr Freund im verfolgten grünen Audi 80 saß, kam er ums Leben. Der Anschlag hat aber offenbar Ihrer Person gegolten."

Ich konnte nicht gleich antworten und hielt wie erstarrt den Hörer fest ans Ohr gepresst. Es lief mir eiskalt über den Rücken, und ich fragte, weil ich endlich etwas sagen musste: „Sind Sie sich dessen sicher?"

„Ja, Herr Buchner, da bin ich mir ganz sicher, aber lassen Sie sich deshalb keine grauen Haare wachsen, und vielleicht sind Sie dadurch vorgewarnt und sind ein bisschen auf der

Hut. Ja, obschon wir diese Leute gefasst haben, vielleicht nicht alle, und in Haft genommen haben. Aber Sie wissen doch, wie das mit dem Vorbeugen ist, besser so, als gar nicht. Gute Nacht und, wie gesagt, seien Sie mir nicht böse dieser Störung wegen."

Ich setzte mich in den gepolsterten Lehnstuhl. Es hämmerte in meinen Schläfen. Ich hatte heftige Kopfschmerzen, und es war mir übel. So also, der provozierte Verkehrsunfall hatte mir gegolten, nicht meinem Freund. Ich atmete schwer. Es war kaum zu fassen.

Die Wanduhr tickte laut. Es war spät abends am 17. Dezember, einem Datum, das sich mir aus zwei Gründen so gut ins Gedächtnis eingeprägt hat.

* * *

Seit Harald Kerner erfahren hatte, dass er einen Sohn hat, war seine Ruhe dahin. Der sonst so ausgeglichene, ruhige und besonnene Mann, der sich sein Leben im Alter nach gewissen Prinzipien eingerichtet und gewisse Lebensgewohnheiten angenommen hatte, die den Ablauf seines Tagesprogramms bestimmten, war plötzlich aus diesem Lebensrhythmus herausgerissen. Ich weiß nicht, ob das für einen alten Menschen gut ist, plötzlich im Alter mit solch einer überwältigenden Nachricht konfrontiert zu werden. Vielleicht wäre es besser gewesen, wenn Harald Kerner niemals etwas von der Existenz eines Sohnes erfahren hätte, denn seit jenem Tag konnte er an nichts anders mehr denken. Er war ein anderer Mensch geworden, der ohne Rücksicht auf sein Alter dazu bereit war, alles daranzusetzen, seinen Sohn in die Arme zu schließen, auch wenn er sich dabei psychisch übernehmen würde, aber er musste es tun, denn sein Leben hatte ganz unerwartet einen Sinn bekommen, der seinen künstlich zurechtgelegten Lebenssinn einfach wegfegte.

Sein dem Sohn versprochener Weihnachtsbesuch war in den Vordergrund gerückt, alles andere schien Nebensache zu sein, und nur auf diesen Besuch stellte er sich ein, indem er mit Einkäufen begann, die kein Ende mehr nahmen. Zum Basteln und für kleinere Reparaturen hatte er überhaupt keine Geduld mehr. Allerdings ging er mit den Händen in den Hosentaschen durch seine Wohnung und hörte nach wie vor die Nachrichten aus aller Welt. Aber seit er am 17. Dezember in den Abendnachrichten von den verstärkten Unruhen in Rumänien und den blutigen Auseinandersetzungen der Demonstranten mit den bewaffneten Einheiten der *Securitate* erfahren hatte, war auch noch seine letzte Ruhe dahin, denn nun sah er auch seine Reise nach Rumänien gefährdet, auch wenn er es dem rumänischen Volk, zu dem er doch als rumänischer Bürger dreißig Jahre seines Lebens gehört hatte, von Herzen wünschte, sich von dem Staatsterror des Ceauşescu-Regimes zu befreien. Und seit er wusste, dass sein Sohn in Hermannstadt lebte, war ein Teil seines abhanden gekommenen Patriotismus und seiner Heimatverbundenheit zurückgekehrt, und er fieberte mit diesen Menschen mit, die um ihre Freiheit kämpften. Seit der ersten Meldung über die Unruhen in Rumänien verfolgte er mit großer Anteilnahme den weiteren Verlauf der Dinge, wie sich die Lage zuspitzte und sich die Ereignisse überstürzten.

Der Tag seiner Abreise war nahegerückt, und sein Reisegepäck war sorgfältig zusammengestellt. Leider hatte er viel zu viel eingekauft und musste beim Einpacken auf so manches verzichten, was ihn dazu verpflichtete, eine noch aufmerksamere Auslese an Kleidungsstücken und Lebensmitteln zu treffen, ohne dabei auf die Weihnachtsgeschenke zu verzichten. Es tat ihm um nichts Leid, was er eingekauft hatte, auch wenn manche Artikel nicht gerade billig waren, aber er musste sich gewissen Vorschriften fügen, die bei einem Flug jedem Passagier nur ein gewisses Gewicht an Gepäck zulassen. Und was er zu viel eingekauft hatte, wollte er später alles mit der Post schicken. Was ihn aber besorgte, war die gespannte Lage, bei der man nicht wusste, ob Ausländer noch ins Land gelassen werden, denn die *Securitate*-Männer und die Armeetruppen, die sich auf die Seite des Volkes gestellt hatten, lieferten sich heftige Straßengefechte. Besorgt war er schon, aber er hatte keine Angst.

Am Vorabend seiner Abreise stand sein so sorgfältig zusammengestelltes Reisegepäck griffbereit in seiner Wohnküche, zwei große Reisekoffer aus feinem, schwarzem Leder und eine kleinere schwarze Umhänge-Reisetasche. Er setzte sich auf seinen Lieblingsplatz in der Küche und schaltete den Fernseher ein, um die Abendnachrichten zu sehen und sich so ein noch besseres Bild über die Lage in Rumänien zu machen, um vielleicht Meldungen zu hören, die sich auf eine Beruhigung der dortigen Lage beziehen. Während das musikalische Motiv der Sendung erklang, erschienen unten am Bildschirm die Schlagzeilen der Nachrichtensendung:

„Aufstand in Rumänien"

„Weitere Kämpfe in Panama"

„Brandenburger Tor wird morgen geöffnet."

Nach der allbekannten Titelmusik hob der Sprecher an und sagte:

„Guten Abend! Liebe Zuschauer, ich begrüße Sie zur Heute-Sendung. In Rumänien spitzt sich die Lage dramatisch zu. In Bukarest, meldet die Nachrichtenagentur TANIO, ist heute auf wehrlose Demonstranten geschossen worden. Mehrere tausend Menschen zogen dessen ungeachtet durch die Innenstadt und riefen ‚Freiheit!' und ‚Nieder mit der Diktatur!' Über der Stadt kreisten Hubschrauber, Panzer rollten durch die Straßen. Dabei, so heißt es, seien Studenten niedergewalzt worden. Die Geheimpolizei ‚Securitate' schießt auf alles, was sich bewegt. Am Vormittag hat der kommunistische Diktator Ceauşescu auf einer von seinen Parteigängern organisierten Kundgebung gesprochen. Seine Rede, die im Rundfunk und Fernsehen übertragen wurde, brach plötzlich ab. Man hörte Pfiffe, Schreie und auch Explosionen. Der Sender spielte minutenlang Musik, bevor Ceauşescu weitersprach. Und hier ein Bildbeitrag dazu..."

Harald Kerner hielt sich mit beiden Händen am Tisch fest. Er schüttelte den Kopf. Es sah nicht gut aus in Rumänien. Ob es den Menschen wohl gelingen wird, den Diktator zu stürzen? Ob die Menschen überhaupt den Mut und die Kraft haben, diese schwierige Lage zu meistern? Und wie sollte es in Hermannstadt aussehen? Ja, auch von dort sind doch Unruhen gemeldet worden. Wie es aber genau aussah, davon würde er sich schon morgen bei seiner Ankunft selbst überzeugen können. Nein, er denkt gar nicht daran, auf seine Reise zu verzichten, einen schlappen, feigen Rückzieher zu machen. Wenn man ihn nur ins Land hineinließe, denn wenn er einmal dort ist, würde er auch vor Gewehrfeuer nicht zurückschrecken. Ursprünglich wollte er seinem Sohn ein Telegramm schicken, um ihm die Zeit seiner Ankunft mitzuteilen, doch unter den jetzigen Umständen hielt er das nicht mehr für angebracht, denn vielleicht würde sein

Sohn sich seinetwegen in Gefahr begeben, wenn er ihn vom Hermannstädter Flughafen abholte.

Obwohl Harald Kerner zeitig zu Bett ging, weil ihm eine so anstrengende Reise bevorstand, konnte er nicht einschlafen. Diese Reise hatte sein Leben umgekrempelt. Er wälzte sich im Bett hin und her, und er sah immer wieder die beiden kleinen Fotos in Vergrößerung vor sich, mal das eine, die junge, blonde Senta, und mal das andere, den Mann, der sein Ebenbild aus jungen Jahren sein könnte, seinen Sohn.

Ja, er hätte damals von Senta nicht weggehen dürfen, aber es war Verzweiflung, äußerste Verzweiflung, die ihn aus diesem Land vertrieben, Verzweiflung, die sich durch die gehässige Anschuldigung von Seiten der *Securitate* bei ihm eingestellt hatte. Wer weiß, ob man ihn nicht verhaftet hätte, ob er nicht hinter Gitter hätte sitzen müssen, wenn er geblieben wäre? So hatte er den letzten Weg der Freiheit gewählt, hatte aber das Zusammenleben mit einer Frau, die ihn liebte, und einem Sohn, den sie ihm geboren hatte, für einen Fingerhut Freiheit eingetauscht. Ja, er hatte die Wahl, aber diese Wahl hatte nicht er selbst, sondern seine Verzweiflung entschieden.

Harald Kerner saß im Flugzeug, das vom Frankfurter Flughafen abgehoben hatte und nach Bukarest flog. Als das Flugzeug die Landeerlaubnis erhalten hatte, setzte es zur Landung an, steuerte auf die Landungspiste zu und setzte auf, so wie das auch Harald Kerner fachmännisch zugab: Es war eine reibungslose, weiche Landung. Zwar gab es viel Militär auf dem Flughafen, und der ganze Flughafen war durch einen Gürtel von schweren Panzern und Soldaten hinter Artilleriegeschützen abgesichert, doch es wurde nicht geschossen. Die Aufregung und der bedrohliche Zustand der Alarmbereitschaft waren deutlich spürbar. Es gab verschärfte Kontrollen bei den angekommenen Ausländern, wobei aber hauptsächlich nach Waffen und Munition gesucht wurde. Alles in allem ging alles zwar hektisch, aber doch geregelt zu. Die Fluggäste wurden über Lautsprecher aufgefordert, sich in der Flughafenhalle aufzuhalten und diese ja nicht zu verlassen. Für die Bukarester wurden zum Transport Militärfahrzeuge zur Verfügung gestellt, in denen bewaffnete Soldaten als Begleiter und zum Schutz in die Innenstadt mitfuhren, und für den Weiterflug nach Hermannstadt wurde ein Flugzeug bereitgestellt, das neben drei erst angekommenen ausländischen Fluggästen hauptsächlich einheimische Bürger aufnahm und den Hermannstädter Flughafen anzufliegen versuchte, von wo aus keine Besorgnis erregenden Meldungen durchgegeben worden waren.

Also bestieg Harald Kerner dieses kleine, klapprige Flugzeug, ein Typ, den er früher auch schon geflogen hatte. Er sprach anderen Fluggästen Mut zu, die beim Anblick dieser alten Schrottkiste ziemlich beunruhigt und skeptisch dreinschauten. Obwohl sich die großen Tragflächen wie beim leicht gleitenden Flug der Raubvögel bewegten und man den Eindruck hatte, dass das Flugzeug jeden Augenblick seine Flügel verlieren und in die Tiefe stürzen würde, verlief der Flug normal. Er war ja kurz, er dauerte nur eine gute Stunde.

Das Flugzeug setzte auf der Landebahn auf und rollte aus. Plötzlich war Gewehrgeknatter zu hören, Artilleriegeschosse antworteten. Man sah deutlich, wie das Flughafengebäude von kreisenden Hubschraubern aus beschossen wurde und wie sich die Soldaten, die mit der Absicherung und Verteidigung des Flughafens betraut waren, mit Geschossen aus Artilleriegeschützen zur Wehr setzten. Es krachte und blitzte, und es stieg Rauch auf. Ein Gebäudeteil des Flughafens musste in Brand geraten sein. Alle Passagiere mussten, soweit es ihnen der Platz erlaubte, zwischen den Sitzen in die Knie gehen. Im Flugzeug wurde es atemberaubend still, nur draußen hielt das Feuergefecht noch eine Weile an. Doch genauso rasch, wie es eingesetzt hatte, war es auch abgeklungen, und die Sonne schien unbeeindruckt weiter. Der Flugplatz badete in einer bleichen, winterlichen Mittagssonne.

Und dann, als alles sich beruhigt hatte, wurde die Gangway herangerollt, die Tür geöffnet und der Ausstieg freigegeben. Harald Kerner beeilte sich, der erste zu sein, weil er seine Ungeduld schon nicht mehr zügeln konnte. Er wollte hinaus, hinaus ins Freie, hinaus zu seinem Sohn, denn jetzt war er da, und ein Traum, zumindest ein Lebenstraum, war fast Wirklichkeit geworden. Er nahm seine kleine Umhängetasche in die Hand und stieg die Gangway hinunter. Er sah sich um, es folgte ihm niemand. Den anderen saß noch die Furcht dieses kriegsähnlichen Vorgangs im Nacken, verständlicherweise getraute sich niemand, das offene Flugfeld zu überqueren und zum Flughafengebäude zu gehen. Nur Harald Kerner getraute sich, er hatte keine Angst, ja, Angst gab es für ihn nicht, Angst hatte er niemals gekannt, und er ging aufrechten Ganges über den zementierten Platz, immer das Gebäude, sein Ziel, auf das er zusteuerte, im Auge behaltend. Und plötzlich, wie aus den Wolken gefallen, tauchte ein Hubschrauber auf und flog in bedrohlicher Tiefe über seinen Kopf hinweg, und es knatterte wieder in Richtung des Flugzeugs, dem Harald Kerner soeben entstiegen war. Er blieb plötzlich stehen, ließ die Tasche zu Boden fallen und fasste sich mit beiden Händen an die Brust, die schmerzende Stelle in seiner Herzgegend mit verkrampften Händen bedeckend. Er brach zusammen. Von einer Kugel tödlich getroffen sackte er zu Boden, vornüber gebeugt mit der rechten Schulter auf den Betonboden, krümmte sich nochmals im Schmerz und streckte dann alle Glieder von sich.

* * *

Mariana Banu hatte sich seit ihrer Ankunft in der BRD, seit damals, als ich sie von dem Treppenabsatz vor meiner Haustür aufgelesen hatte, gut erholt. Sie war nicht mehr so bleich im Gesicht und sah nicht mehr so abgezehrt aus. Sie war wieder etwas rundlicher geworden, und oftmals zeigte sich ein Schimmer Rot auf ihren Wangen. Manchmal gar glühten sie vor Freude und Erregung, und manchmal spiegelte sich auch kindliches Staunen, gemischt mit vernunftdiktierter Beherrschung in ihrem Gesicht: Ein Zwischending zwischen Überraschung, kindlichem Übermut und Gedämpftsein durch das Wissen, erwachsen zu sein. Aber sie war förmlich aufgeblüht und schien die ganze Last ihrer Sorgen und Kümmernisse abgeschüttelt und verdrängt zu haben. Sie schien überhaupt alles um sie herum, was Last oder Verpflichtung war, was sie irgendwie in ihrem freien Tun hätte einschränken können, verdrängt zu haben. Ich musste sie eines Abends sogar daran erinnern, dass sie auch Kinder hatte, die bestimmt darauf warteten, von ihrer lieben Mutter ein Weihnachtsgeschenk zu erhalten.

„Ja", meinte sie langsam, „die Kinder, ja, die Kinder sind groß geworden, es sind keine kleinen Kinder mehr."

„Ja, aber auch die großen Kinder warten auf ein Geschenk von ihrer Mutter, auch wenn es nur eine Kleinigkeit ist", versuchte ich sie zu stimulieren.

„Ja, ja, sie warten. Sie sind ja gut aufgehoben." Sie nickte. „Sie werden von meiner Freundin fast wie von einer Mutter betreut. Sie lieben meine Freundin wie eine Mutter, vielleicht mehr noch als mich." Sie nickte traurig mit dem Kopf.

„Ja, so ist es", fuhr sie fort, „ich war weniger mit meinen Kindern zusammen, als andere Frauen mit ihnen waren, die sie betreut haben. – Weißt du, Ernsti, ich war ihnen keine gute Mutter, nicht dass ich sie nicht lieb gehabt hätte, aber ich habe mich viel zu wenig um sie gekümmert und sie immer wieder abgeschoben. Und Kinder sind eben wie Mimosen, sie spüren das, wenn der Mutter andere Dinge wichtiger erscheinen als ihre eigenen Kinder. Nein, es tut mir Leid, dass ich es sagen muss, aber ich habe nicht alles für meine Kinder getan, was ich hätte tun können. Ich habe meine Kinder immer entweder als Spielzeug benützt, oder wenn ich es nicht mochte, sie anderen Menschen zur Erziehung überlassen. Doch ich habe sie nie spüren lassen, dass es ihnen an etwas fehlt. Sie hatten immer alles. Und so werden sie beide auch Weihnachtsgeschenke bekommen, die sind schon in meiner Tasche."

Dann dachte sie nach und sagte: „Ja, ich habe mich zu wenig um meine Kinder gekümmert, und es ist schade, wir hatten nie ein richtiges Familienleben, ja, weil auch der Vater fehlte und ja, nicht weil ein Mann fehlte, sondern weil der Vater fehlte, und das mit dem Familienleben ist so, dass ich selber doch auch zu Hause kein Familienleben hatte, und vielleicht weil ich es mir so sehr gewünscht hatte, es einmal mit meiner eigenen Familie zu führen, ist nichts daraus geworden. Es hilft alles nichts," sagte sie resigniert, „was man sich wirklich im Leben wünscht, geht nie in Erfüllung."

Ich versuchte, ihr diese fixe Idee, sie wäre eine Rabenmutter, auszureden und sagte, dass eben die Umstände so gewesen sein müssen, die es nicht zuließen, dass sie ihren Kindern gegenüber anders handle und dass sie jetzt ja die Möglichkeit habe, vieles von dem, was missglückt war oder was versäumt wurde, nachzuholen.

Doch sie nickte wieder traurig mit dem Kopf, so, als ob sie sagen wollte: Jetzt ist es ohnehin zu spät. Ich ließ aber nicht locker und wollte sie im Punkte Wiedergutmachung bei ihren Kindern beeinflussen und bestärken. Und ich sagte: „Auch ich werde deinen Kindern Weihnachtsgeschenke kaufen. Die schicken wir dann schön eingepackt nach Paris und bringen die Kinder über Neujahr zu uns, damit wir einmal gemeinsam feiern."

„Du vergisst, dass die Kinder schon groß sind, Julia ist 17 und Romeo 15. Die wollen sich doch mit Freunden ihresgleichen vergnügen, nicht mit uns." Dabei machte sie ein trauriges Gesicht, so als ob tatsächlich nichts mehr nachzuholen wäre, was einmal versäumt worden ist.

Schon am nächsten Tag machte ich meine Ankündigung wahr, und wir gingen Weihnachtsgeschenke für Manas Kinder kaufen. Doch auch Mana bekam von mir ein vorgezogenes Weihnachtsgeschenk: einen hellbraunen Ledermantel, der ein Ersatz für ihren braunen Stoffmantel sein sollte, in dem sie hier in der BRD angekommen war. Überhaupt war es eine Vorweihnachtszeit, die eigentlich bis zum Stichtag, dem 17. Dezember, durch nichts getrübt war. Ich muss fast sagen, dass ich selten so sorgenlos wie in dieser Zeit der Zweisamkeit mit Mana gelebt habe. Es schien, als hätte sich bei uns alles zum Guten gewendet, als hätte sich das Schicksal mit uns beiden ausgesöhnt und versuchte nun, uns Wiedergutmachung für das Fehlurteil zu gewähren, das es damals gefällt hatte, als mich Mana an jenem Herbsttag vor nunmehr 18 Jahren ohne eine Erklärung oder eine stichhaltige Begründung verließ. Wenn ich aus meinem Projektionsbüro um 16 Uhr nach Hause kam, stand sie am Fenster unseres Schlafzimmers, drückte ihre Nase platt und sah zum Fenster hinaus, ob ich komme. Und sie kam mir, die Tür weit öffnend, bis zum ersten Treppenabsatz entgegen, jedes Mal mit einem neuen Vorschlag, was man noch gemeinsam unternehmen könnte. Irgendwie hatte sich bei ihr eine Unrast eingestellt, deren Ursache ich auf ein Nachholbedürfnis ihrerseits zurückführte. Sie wollte alles sehen, alles erleben, was es nur gab, und schreckte auch vor physischen Anstrengungen nicht zurück.

Wir hatten vereinbart, dass sie sich erst nach Silvester in Nürnberg bei der Aussiedlerstelle melden solle, wo sie ihren Antrag auf Aufnahme und auf die deutsche Staatsbürgerschaft als Spätaussiedlerin stellen wollte, und bis dahin sollte sie die Möglichkeit haben, einmal richtig auszuspannen.

Das Erste, was wir tun mussten, um uns ungezwungen und frei bewegen zu können, war der Kauf eines neuen Autos. Gleich am 16. Dezember, an meinem ersten Winterurlaubstag, suchten wir in Stuttgart das große Autohaus „Kobber" auf. Wir hatten Glück: Ein Jahreswagen Audi 80 1,6 S, silbermetallic mit nur 1200 km auf dem Tacho wurde zum Verkauf angeboten. Er sah wie neu aus, und Mana meinte, dass ihr dieser Wagen sogar besser gefalle als mein alter grünmetallischer Audi, dem ich noch immer im Stillen nachtrauerte. Zum Geld, das ich von der Versicherung bekommen hatte, musste ich noch etwas hinzulegen und erstand den Wagen um einen angemessenen Preis, und Mana war überglücklich, den „Silberfuchs" zu haben, wie sie den Wagen taufte. Sie setzte sich ans Steuer und machte die Probefahrt. Sie fuhr gut. Ihre Routine im Autofahren rührte von ihrer Fahrpraxis im Bukarester Straßenverkehr her, wo meistens nicht so geregelt und so ordentlich gefahren wird wie auf deutschen Straßen.

Und dann kam dieser Tag, den ich nie vergessen werde, der 17. Dezember.

Diesmal kam der Vorschlag von mir. Wir fuhren am Vormittag nach Rothenburg ob der Tauber. Ich wollte Mana einmal eine alte Stadt zeigen, deren mittelalterlicher Stadtkern noch gut erhalten ist und wo man sich als Besucher mit ein bisschen Phantasie tatsächlich in jene alte Zeit versetzen kann. Wir schlenderten Hand in Hand durch die Altstadt; Mana trug ihren neuen, hellbraunen Ledermantel mit einem dazu passenden braunen Schal mit Blumenmotiven. Ich hielt sie fest an der Hand, damit sie mir niemand aus der alten Zeit rauben konnte, ich hatte Angst um sie, eine unbegründete Angst, irgendjemand oder irgendetwas könnte sie mir entreißen, von meiner Seite wegreißen.

Wir gingen langsam, ohne Hast und Eile, nach dem Maß der mittelalterlichen Zeit zu „Käthe Wohlfahrts Christkindlmarkt und Weihnachtsdorf", eine Weihnachtsstadt in Miniatur, in der die weltgrößte Auswahl an Weihnachtsartikeln zu finden ist, die Weltruhm erlangte und sogar ganzjährig geöffnet ist. Es gibt hier alles, was irgendwie im Zusammenhang mit dem Weihnachtsfest steht, angefangen mit Krippenspielen über Weihnachtsständer und -bäume, über Weihnachtsschmuck bis zu Artikeln, die zur Verschönerung einer festlich gedeckten Weihnachtstafel dienen, bis hin zu Verpackungsdosen und -schachteln, Weihnachtspapier und bunten Bändern und Schleifen.

Ich glaube nicht, dass jemand, der in dieses Schmuckkästchen eintritt, nicht mit wenigstens einer gekauften Kleinigkeit in einer Plastiktüte herauskommt, auf der ein reich geschmückter Weihnachtsbaum mit dem großen Holz-Nussknacker davor abgedruckt ist, dazu zwei kleine Mädchen: Eines von ihnen erfreut sich an einem am Baum aufgehängten Schaukelpferdchen, und das andere kleine Mädchen hält die hölzerne Hand des Riesen-Nussknackers dankbar mit beiden Händen fest umklammert.

Das kindliche Lächeln war die ganze Zeit über, die wir in diesem Haus verbrachten, nicht aus Manas Gesicht gewichen, und mehr als einmal gab es kurze Jubelschreie und Freudenausbrüche über eine Kuriosität, die man hier zu sehen bekam.

Mana sagte zu mir gewandt: „Wir schmücken dieses Jahr den Weihnachtsbaum nur mit weißem Christbaumschmuck. Wir machen einen Weihnachtsbaum in Weiß, ganz in Weiß, wie ein beschneiter, weißer Tannenbaum, ohne ihn zu überladen, ohne viel Zierrat!"

Ich nickte und gab natürlich mein Einverständnis, denn mir gefiel Manas kindliche Freude. So kaufte sie weiße Kerzen, weißen Christbaumschmuck, weißen Flaum, weiße Glaskugeln. Und mit zwei weißen Plastiktüten schickten wir uns an, dieses Weihnachtsparadies zu verlassen. Ich trat hinaus auf die Straße, und Mana blieb vor einem Schaufenster stehen, in dem ein Nussknacker in Übergröße mit gezwirbeltem Schnurrbart und großen, schwarzen Augen in einer Husarenuniform stramm stand. Als ich einen Blick zurückwarf, um Mana zu suchen, sah ich, wie sie plötzlich, an der glatten Scheibe des Schaufensters Halt suchend, zusammenbrach. Sie hatte einen Schwächeanfall und war in Ohnmacht gefallen. Ich eilte rasch hinzu, aber sie war schon am Boden, und ich versuchte, sie wieder hochzuheben, doch sie war schwer wie Blei und sagte mit schwacher Stimme: „Nicht, nicht, lass mich hier sitzen!" Sie saß mit dem Rücken ans Schaufenster gelehnt, in dem der Nussknacker stand, atmete tief ein und stieß die Luft mit gerundetem Mund aus. Sie war kreideweiß im Gesicht, und ich wollte wieder zurück ins Haus gehen, um einen Krankenwagen zu rufen. Sie sagte nur: „Es ist schon vorbei."

Sie erholte sich ohne fremde Hilfe, und während der Fahrt zurück sagte sie ernst und mit starrem Blick auf die Fahrbahn Worte, die wie ein Geständnis kamen: „Ernsti, ich muss es dir doch sagen, ich bin krank, nicht so einfach krank, nicht

Grippe, nein, ich bin schwer krank." Ich sah sie von der Seite kurz an, sie wandte aber den Kopf ab, und ich fragte: „Ist es wirklich so schlimm, wie du sagst?"

Ich hörte aber keine Antwort auf meine Frage. Sie hielt die Augen geschlossen und nickte langsam mit dem Kopf, was ich nicht gleich sehen konnte, weil ich den Blick nicht von der Fahrbahn wenden wollte. Aber mir schien es doch merkwürdig, dass sie diesen Ohnmachtsanfall jetzt so tragisch nahm und sich als todkrank erklärte. Ich suchte einen Parkplatz, wo ich stehen bleiben konnte und Mana wieder ein bisschen Mut zusprechen wollte, denn dieser Schwächeanfall hatte ihr doch arg zugesetzt. Doch ich fuhr weiter, denn Mana war inzwischen neben mir, nur durch den Gurt gesichert, eingeschlafen. Als der Wagen vor dem Haus hielt, stieg ich gleich aus und witzelte, indem ich auf die andere Seite des Wagens ging, den Wagenschlag öffnete und feierlich, unterwürfig sagte: „Madame, wir sind zu Hause, darf ich Ihnen beim Aussteigen behilflich sein?" Mana sah mich müde und verschlafen an, ohne auch nur ein Lächeln ob meines Diener-Spiels anzudeuten. Nein, sie saß unbeweglich da und sah mich mit ihren großen graugrünen Augen mit starrem Blick an, wie dieser Nussknacker im Schaufenster, vor dem sie zusammengesunken war. Ich musste ihr beim Aussteigen behilflich sein, und wir stiegen langsam die Treppe zu unserer Wohnung hoch.

Mana ging gleich ins Schlafzimmer, ohne dabei meine Hilfe in Anspruch zu nehmen.

Ich hatte den Eindruck, dass sie sich wieder erholt hatte, dass sie aber müde war und sich niederlegen wollte, um ihre Schwäche durch einen gesunden Schlaf zu überwinden. Sie zog sich langsam aus und legte ihre Kleider auf einen Stummen Diener, der ans Bett gerückt war. Sie trat nackt vor den großen Schrankspiegel und betrachtete sich darin. Ich stand in der Tür und sah ihr zu, wie sie ihren Körper zuerst und dann ihr Gesicht im Spiegel prüfte. Sie umfasste dann ihre festen Brüste mit den Händen und musterte weiter ihren Körper. Ich näherte mich ihr langsam, trat dicht hinter sie und umschlang sie mit den Armen. Dann fuhr ich mit den Händen abwärts und streichelte ihre Hüften, fuhr mit der linken Hand über ihren Venusberg und die zusammengepressten Schenkel. Wir sahen unsere Gesichter im Spiegel. Mana sah müde aus und hatte Ringe unter den Augen. Sie schüttelte den Kopf und sagte: „Nein, Ernsti, lass das, ich bin müde. Ich möchte schlafen. Ich muss jetzt schlafen." Nachdem ich sie nochmals im Spiegel betrachtet hatte, sagte sie, indem sie die Fäuste in die Hüften stemmte: „Nicht wahr, Ernsti, ich bin noch zu jung zum Sterben?" Dabei sah sie mich im Spiegel traurig an. Ich war von diesen Todesgedanken überrascht und antwortete: „Wer wird jetzt, in unserem Alter, an den Tod denken? Wir müssen leben, und deshalb bist du ja auch zu mir gekommen, damit wir endlich so leben, wie wir uns das in unserer Jugend immer ausgemalt hatten. Du wirst nur sehen, es wird bestimmt alles wieder gut werden."

Auf diese Worte drehte sie sich brüsk zu mir um, umschlang mich mit den Armen, legte den Kopf an meine Brust und sagte ganz leise: „Ernsti, ich will noch nicht sterben, ich will noch... ich will noch..." Sie brach den Satz ab und weinte, sie weinte herzzerreißend wie ein kleines Mädchen. Ich nahm sie auf die Arme und trug sie ins Bett, deckte sie mit einer Daunendecke zu und setzte mich zu ihr an den Bettrand. Und wenn sie bis dahin alles, was ihr lästig war, woran sie sich nicht erinnern wollte und was sich gegen ihr Freiheitsverlangen stellte, verdrängt hatte, so war dies alles nun plötzlich wieder an die Oberfläche gedrungen. Es schien so, als machte sie Anstalten, verschiedene Dinge, die sie belasteten, zu bereinigen, weil sie eine böse Todesahnung hatte.

„Weißt du, Ernsti, wenn ich einmal nicht mehr bin, dann würde ich dich schön bitten, auch ab und zu mal nach den Kindern zu sehen, damit sie doch noch jemanden haben, der sich um sie kümmert." Ich versuchte, ihr diese fixe Idee des Sterbens auszureden, doch sie sagte: „Eigentlich hast du von meinen Kindern niemals Fotos gesehen und weißt ja gar nicht, wie sie aussehen. Bitte schau in der Innentasche meines braunen Koffers nach, dort sind ein paar Bilder, bring sie her." Ich öffnete ihren Reisekoffer und nahm eine Handvoll Bilder heraus. Eines davon rutschte aus dem Bilderhaufen heraus und flatterte wie ein Nachtfalter zu Boden. Ich hob das Bild auf und erschrak. Es war das gleiche Foto, das mir Christiane in Augsburg gezeigt hatte. Auf dem Foto war ich mit Christiane in einer verliebten Stellung am Klavier abgebildet. Ich hielt in der rechten Hand dieses Foto und in der linken den dünnen

Stoß der übrigen Fotos. Ich hielt das Foto wie ein Vorzeigebild mit zwei Fingern und fragte Mana: „Wie kommst du zu diesem Foto?"

„Ja", erwiderte sie, „das ist eine lange oder eine ganz kurze Geschichte. Mein Vater hatte mir damals, bevor ich für immer nach Bukarest fuhr, dieses Foto gegeben. Du hast doch diese Frau geliebt, oder nicht?" Ich wusste nicht gleich, was ich darauf antworten sollte, doch dann sagte ich: „Und wenn das auch so gewesen ist, was war falsch dran, hätte ich mich verstellen oder es verheimlichen sollen? Aber das eine sage ich dir: Als du mich besuchen kamst, war mit dieser Frau schon alles vorbei, und du warst diejenige, die von mir weg ist, eigentlich ganz ohne Begründung weg."

„Ja", meinte Mana, „das stimmt. Weißt du, Ernsti, die meisten Missverständnisse der Menschen rühren daher, dass sie sich nicht aussprechen. Und wenn ich dich damals nicht so sehr geliebt hätte, wäre ich niemals nach Bukarest gefahren. Aber zu wissen, dass du mich nur aus Mitleid bei dir aufgenommen hast und am nächsten Tag zu deiner Freundin gehst, hätte ich nicht ertragen können. Du hast mir auch nichts von dieser Freundin erzählt. Ich wusste gar nichts davon. Heute weiß ich es, und ich weiß auch, dass ihr nicht zusammengeblieben seid. Ich wusste es schon damals, als ich in Bukarest war, doch es war zu spät. Überhaupt gibt es Dinge im Leben, die man nie wieder gutmachen kann."

Ich erwiderte nichts, doch nach so vielen Jahren war mir der Zusammenhang von Foto und Mana endlich klar. Nun wusste ich auch, weshalb sie mich damals so plötzlich, mir ganz unverständlich, verlassen hatte. Ich wusste nun auch, wer daran schuld war, dass sie mich verlassen hatte. „Ja", sagte Mana, „wir haben Jahre versäumt, die wir nie wieder einholen können, es reicht die Zeit nicht dazu."

Und dann sagte sie: „Richtig, auch deinen Roman habe ich mitgebracht, Rolf hatte ihn auf sechs Filme fotokopiert und mich gebeten, sie mitzubringen. Greif in die Manteltasche meines braunen Stoffmantels und hol dir das kleine Päckchen heraus." Ich aber blieb sitzen. Nun war mir mein Roman überhaupt nicht mehr wichtig, irgendwie schien er mir ein Objekt zu sein, das nur so lange von Bedeutung war, als es unerreichbar war und unter Verbot stand. Und so muss es wohl mit allen Dingen im Leben sein: Verbot schafft Neugier und den Ehrgeiz, in den Besitz von Gütern oder Sachen zu kommen, die vielleicht überhaupt nicht lebensnotwendig sind.

Was für ein Tag heute war! Sonntag, der 17. Dezember, der 3. Advent. Ein reicher oder auch armer Tag. Heute würde ich sagen, ein reicher Tag. Damals meinte ich, dass es ein armer Tag war, der mir zwar eine Hand hingehalten, aber mit zwei Händen geraubt hat, dieser arme und reiche Tag, der noch nicht zu Ende war.

Der Nachmittag schlich dahin, es brannten schon drei Kerzen am buschigen, aus Tannenzweigen geflochtenen Adventskranz, der mit vier roten Bändern an einem roten Holzständer hing. Mana schlief noch, und ich saß vor den brennenden Kerzen und starrte in die fast unbeweglichen Flammen, die etwas Beruhigendes und etwas Beschauliches an sich hatten und zur Besinnlichkeit anhielten. Was für ein ereignisvolles Jahr dies war, nicht nur für mich, sondern für die ganze Welt und insbesondere für die Menschen und Völker Europas. Ich ging die einzelnen Stationen meines privaten Lebens durch und stellte fest, dass die Kette der sich überstürzenden Ereignisse in diesem Jahr für mich mit meiner ersten Rumänienreise begonnen hatte.

Der eigentliche Vorwand war, mir meinen Roman zu bringen, von dem ich annahm, dass er mein Leben ausmache, der mir so viel bedeutete, weil ich dachte, alles an Wissen und Erfahrung eines Zwanzigjährigen hineingelegt zu haben. Ich war so sehr mit dem Roman verbunden, dass ich meinte, ohne diesen Roman nicht mehr auskommen zu können, er schien mir das Wichtigste auf dieser Welt. Und jetzt? Jetzt liegt er da und müsste nur veröffentlicht werden. Aber er hat für mich seine Bedeutung verloren, für andere vielleicht nicht, für den Leser nicht, glaube ich, aber für mich ja, er ist durch das erlebnisreiche Geschehen dieses Jahres, durch andere Dinge, die in den Vordergrund gerückt sind, für mich entwertet worden. Er enthält für mich nicht mehr das frühere Lebenselixier.

Wie leicht doch Dinge entwertet werden. Es muss nur ein Stern vom Himmel fallen, und der Wert der Welt ist ein anderer. Es muss nur das Wasser in einer Ortschaft versiegen, und die Existenz der Menschen dort ist in Frage gestellt; das Wasser nimmt den Wert des Goldes an oder wird noch kostbarer.

So leicht und so rasch, von unzähligen Faktoren abhängig, ändert sich der Wert aller Dinge. Ich wollte den Roman, mein Buch, haben und bin auf etwas gestoßen, was mir weit wichtiger erschien: auf eine Beziehung mit einem Menschen, die aus unerklärlichen Gründen in die Brüche gegangen ist. Solch eine Ungewissheit kann einen ein Leben lang verfolgen. Man will es wissen, und man lässt nicht ab, bevor man es nicht weiß. Wahrscheinlich ist dies der Forschungstrieb des Menschen, dass der Mensch sich auch den größten Gefahren aussetzt, nur um zu wissen, wie das ist und warum es so ist und nicht anders, und bevor man nicht weiß, lässt man von diesem Ding nicht ab. Unergründliches schafft keine Befriedigung. Wer sich damit zufrieden gibt, versumpft im Leben. Wer nicht ständig nach dem Sinn der Dinge fragt, hat sein Leben für beendet erklärt. Und nur wer fragt, hat die Möglichkeit, einmal eine Antwort zu bekommen.

Ja, was für ein ereignisreiches Jahr, auf Weltebene gesehen. Da haben sich ganze Völker von den Handschellen des Kommunismus befreit: zuerst Ungarn, dann Polen, dann die Tschechoslowakei, und nun ist Rumänien im Begriff, es zu tun, wenn ihm die Kraft dazu reicht, denn Hass und Verbissenheit, die sich in 45-jähriger Knechtschaft gespeichert hatten, waren immens. Es gärte und brodelte im rumänischen Volk. Ich möchte keineswegs die Geschichte verfälschen, aber ich erdreiste mich zu sagen, dass der rumänische Aufruhr seine allerersten Anfänge in Hermannstadt nahm, als Folge des Mordes an dem Chef der Staatssicherheit, Ion Banu. Denn damals, Anfang November, als Banu erschossen wurde, war dies der erste Schreckschuss, der das ganze rumänische Volk alarmierte. Dies bedeutete: Die Zeit ist gekommen, es ist so weit, sie ist reif, die ganze verhasste rumänische Geheimpolizei zu vernichten mitsamt ihrer Spitze, dem *Conducător* Nicolae Ceaușescu. Denn damals, als der Mord an Banu in allen Medien breitgetreten wurde, war das kein abschreckendes Beispiel mehr, es war vielmehr eine Ermutigung es weiterzuführen: So müsste mit allen Köpfen der *Securitate* verfahren werden. Niederknallen die Tyrannen! Die beabsichtigte Abschreckung und Einschüchterung blieb aus, nein, sie verwandelte sich ins Gegenteil: in ein Zeichen der Entmachtung, in ein Signal des Aufstandes, ein Wegweiser in die Freiheit. Und wenn man zu jener Zeit in Hermannstadt mit Leuten sprach, so merkte man, dass ihre Lippen zwar sagten: „Das ist schlimm, dass Banu getötet wurde ..." Doch ihr Gesichtsausdruck sagte etwas anders: „Das war richtig!" Und irgendwie schlich sich in alle Menschen, die jahrelang von der *Securitate* gepeinigt worden waren, die Freude über diesen Mord, die Hoffnung, dass die Ketten des Kommunismus gesprengt werden könnten. Und von hier aus, von diesem anfangs nur privaten Racheakt, sprang dann der Funke nach Temeswar über, weil dort schon ein Mann saß, der sich wiederholte Male gegen die Ungerechtigkeit, gegen den Staatsterror aufgelehnt hatte und der glücklicherweise von der *Securitate* noch nicht mundtot gemacht worden war: der ungarische Pfarrer László Tökes. Und dieser sorgte jetzt, da die Zeit gekommen war, dafür, dass die Menschen in Temeswar geschlossen auf die Straße gingen, dass es sie nach Gerechtigkeit dürstete und dass sie sich getrauten, „Freiheit!" und „Nieder mit der Ceaușescu-Diktatur!" zu skandieren.

Am 17. Dezember erfuhren Mana und ich aus den 19-Uhr-Nachrichten vom Anwachsen der Unruhen in Temeswar und von den vielen, die hier gefallen sind, weil brutal in die Menschenmassen geschossen wurde, es war ein wahres Massaker, es war ein kriegsähnlicher Zustand, es drohte der Ausbruch eines Bürgerkrieges.

Aber erst am 21. Dezember, nachdem am Vorabend der Ausnahmezustand in Temeswar ausgerufen worden war, brach der Aufruhr auch in der Hauptstadt aus, und dort waren die Fronten klar: Auf der einen Seite das nach Rache dürstende, geknechtete Volk, zu dem sich auch die rumänische Armee bekannte, und auf der anderen Seite die gefürchtete *Securitate* mit dem Diktator Ceaușescu an der Spitze. Und nun waren die Tage des *Conducătors* gezählt.

Mit Mana aber wurde es nicht besser. Sie war müde und matt, fühlte sich abgespannt, lag zeitweise ganz apathisch im Bett und starrte mit einem trüben, verschwommenen Blick vor sich hin. Ich bestand darauf, einen Arzt zu Rate zu ziehen. Doch sie fasste mich erschrocken am Arm und sagte: „Bitte, bitte, nur das nicht, nur kein Arzt, ich weiß schon, was ich habe, ich kenne meine Krankheit, und diese Ärzte wissen ja nichts, die können mir ohnehin nicht helfen". Von einer Einlieferung in ein Krankenhaus wollte sie schon gar nichts hören. „Wenn du das tust, dann verlasse ich dich, dann fahre ich zu meinen Kindern nach Paris". Das wollte ich nicht, nicht dass ich sie nicht zu ihren Kindern ließe, aber ich wollte nicht, dass sie mich wieder verließe.

Es mischte sich in diese Krankheitssymptome auch eine gewisse starre Gefasstheit hinsichtlich der Folgen ihrer Krankheit, der letzten Konsequenz, die sie zu tragen bereit war und die sie als hart und starrsinnig erscheinen ließ. Es fiel mir auf, dass sich ihr Gesichtsausdruck verhärtet hatte, wie mit einer Maske, als wollte sie sagen: „Ich weiß um mich, um meine Krankheit, um das Ende, und ich erlaube niemandem, auch nur mit einen Handgriff in dieses Krankheitsgeschehen einzugreifen, um mein Leben zu verlängern."

Ich dachte bei mir: jetzt vor Weihnachten nicht, aber danach werde ich ein Machtwort sprechen und Mariana auch gegen ihren Willen in ein Krankenhaus einliefern lassen, denn schließlich muss man ihr mit Gewalt helfen und versuchen, ihre Krankheit in den Griff zu bekommen.

Was mich aber mehr beunruhigte als ihre Appetitlosigkeit und ihre Müdigkeit, war ihre Teilnahmslosigkeit allen Dingen gegenüber. Selbst dass das rumänische Volk, dem sie angehörte, um seine Freiheit kämpfte, ließ sie unberührt. Sie hörte sich zwar die Nachrichten an, sprach mit mir auch darüber, aber es lag keine Begeisterung darin.

An den drei letzten Tagen vor Weihnachten waren wir damit beschäftigt, unser Weihnachtsfest vorzubereiten. Dies war ein Anlass, sich zu betätigen. Das Nachdenken über die Krankheit und deren schlimme Folgen wurde verdrängt. Es gab genügend zu tun, die Weihnachtsfeier, auch wenn nur zu zweit, gut und mit kleinen Überraschungen vorzubereiten.

Zwei Tage vor Weihnachten war ich mit meinem Wagen unterwegs, um letzte Besorgungen für Weihnachten zu machen. Mana und ich hatten uns ein kleines Ritual zusammengestellt – wie es wahrscheinlich in jedem Haus üblich ist –, wie wir gedachten, das Fest weihnachtsgemäß und feierlich zu begehen. Mana gab sich dabei große Mühe, keinen müden Eindruck zu machen. Sie war es, die Vorschläge machte, die ich natürlich schon ihretwegen alle akzeptierte.

Es war aber so, dass mich die Ereignisse in Rumänien, wo ein ganzes Volk auf die Straße gegangen war, um für die Freiheit zu kämpfen, die ganze Zeit über in Spannung hielten. Ich fühlte mit ihnen und wünschte mir, es möge ihnen gelingen, diese Freiheit auch zu erreichen. Die ganze Welt nahm Anteil an diesem Befreiungskampf, und viele Sender, auch anderer Staaten, brachten laufend Informationen über die Lage in Rumänien. Im Auto hörte ich die Nachricht: Der Verteidigungsminister Vasile Milea hat Selbstmord begangen, weil er den Schießbefehl auf das demonstrierende Volk verweigert hat. Hinter dieser Meldung steckte wahrscheinlich mehr. Dass Milea den Schießbefehl nicht erteilt hatte, bedeutete erstens, dass er einer Befehlsverweigerung wegen erschossen worden war und nicht, wie es hieß, Selbstmord begangen hatte. Zweitens bedeutete es, dass die Armee auf der Seite des Volkes stand, und das wiederum ließ auf ein Gelingen dieser Revolution hoffen. Dies war ein Schlüsselgeschehen während des Aufbegehrens des rumänischen Volkes. Es wurden auch Meldungen durchgegeben, dass Ceaușescu die Flucht ergriffen habe. Es wurden Vermutungen laut, denen zufolge Ceaușescu auf der Flucht nach Peking, nach dem verbündeten China sei. Doch dies waren nur Gerüchte.

Es war Heiliger Abend. Ich hatte auf der Straße bei einem Türkenmädchen, das ärmlich gekleidet war und den Eindruck eines hungernden Kindes erweckte, ein kleines Bäumchen gekauft, und Mana hatte es mit dem Weihnachtsschmuck, den wir auf dem Rothenburger Christkindlmarkt gekauft hatten, ganz in Weiß geschmückt. Bei ihrem Ohnmachtsanfall damals, als sie zu Boden stürzte, war sie unglücklicherweise auf eine der Plastiktüten gefallen, in der die weißen Glaskugeln waren, doch drei davon waren heil geblieben und konnten als Weihnachtsschmuck verwendet werden.

Das Bäumchen in Weiß sah wie in einer Winterlandschaft aus, schneebedeckt, friedlich und fast unwirklich zu der in diesem Jahr unwirklich warmen Winterszeit. Es waren schwarze Weihnachten, die wir mit einem kleinen weißen Tannenbaum in meiner Stuttgarter Wohnung feierten. Wir hatten uns beide festlich gekleidet. Mana sah in ihrem dunklen Kleid wie eine Märchenprinzessin aus, zwar bleich im Gesicht, jedoch mit roten, glühenden Lippen. Unter dem Bäumchen lagen kleinere Päckchen, auch die für ihre Kinder, die wir noch nicht abgeschickt hatten. Die Kerzen brannten, Glocken läuteten. Wir saßen still und nachdenklich da und dachten an uns und vielleicht nicht nur an uns, sondern auch an andere, die jetzt nicht feiern können, weil dort geschossen wird, weil die Kugeln aus den Gewehrläufen keine Weihnachtskugeln sind. Ich öffnete eine Flasche Sekt und füllte zwei Gläser. Mana und ich tranken uns zu. „Frohe Weihnachten!" Wie froh waren sie wirklich? Wie froh müssen sie für das rumänische Volk sein, für die Menschen, die jetzt dort um ihre Freiheit kämpfen und vielleicht nicht vor einem geschmückten Tannenbaum sitzen, sondern in Panzern hinter Artilleriegeschützen, hinter Sandsäcken oder hinter Mauern verschanzt, um die Freiheit aus der Weihnachtszeit heraus zu erkämpfen?

Auch wenn es der Heilige Abend war, konnten wir nicht auf die Nachrichten verzichten. Wir mussten doch auf dem Laufenden bleiben. Es war der dritte Tag nach dem Sturz des Diktators, der sich auf der Flucht befand. *Securitate*-Einheiten leisteten Widerstand am Stadtrand Bukarests, wohin sie sich zurückgezogen hatten, und der Flughafen Otopeni war heftig umkämpft. Es war ein unruhiger Heiliger Abend in Rumänien; das Land konnte nicht zur Ruhe kommen, weil der Diktator noch nicht gefasst war. Es fehlte dieses eine zum Gelingen der Revolution.

Mana war liebesbedürftig, aber nicht mehr liebeshungrig. Sie wollte mich neben sich haben und auch an der Hand halten, doch sie wollte nicht mehr als das. Es schien so, als hätte sie einen Weg der Läuterung angetreten, auf dem körperliche Liebe nicht mehr erlaubt ist, so, als müsste sie später jemandem Rechenschaft darüber ablegen, was für Liebessünden sie im Leben begangen hatte. Sie schmiegte sich gern ganz eng an mich, mich ständig festhaltend, wie wenn sie Angst hätte, ich könnte sie allein lassen.

Der erste Weihnachtstag war wie ein Frühlingstag, nur dass Bäume und Pflanzen kein Grün zeigten, da sie sich auf die Winterszeit eingestellt hatten. Von nirgendwo waren Schneeflocken zu erwarten, gemäß der Wettervorhersage auch kein Regen: Es war eine warme Weihnachtszeit, gewärmt durch die Sonnenstrahlen, die ihr Licht überall verstreuten, wo Weihnachtsbäume standen.

Gerade Mana, von der ich immer behauptet hatte, dass sie das Lächeln erfunden hätte, hatte das Lächeln verlernt. Seit ihrem ersten Schwächeanfall hat sie nie mehr gelächelt. Sie war müde, vielleicht auch vom Feiern bis in die späten Abendstunden. Sie sah blass aus und hatte einen ernsten, versteinerten Gesichtsausdruck. Ich setzte mich zu ihr an den Bettrand. Sie sah mich traurig an, so, als ob sie sagen wollte: „Was für Weihnachten sind das, die weh tun, die mich überall im Körper schmerzen?" Ich legte ihr die Hand auf die Stirn. Sie hatte Fieber, sie glühte. Ich wollte ihr eine Tablette zum Einnehmen geben, doch sie schüttelte widerwillig den Kopf, und ich sagte: „Morgen müssen wir zum Arzt, es geht so nicht mehr weiter." Und überraschend nickte sie langsam und gab ihre Zustimmung. Also war ihr Widerstand doch gebrochen, und sie akzeptierte es, sich von einem Arzt untersuchen zu lassen. Das war kein schlechtes Zeichen, und ich streichelte ihr Gesicht, das sich feucht anfühlte. Am Vormittag hatte Papst Johannes Paul II. in seiner Weihnachtspredigt an das Leid der Rumänen erinnert und für das Land um einen besonderen Segen gebetet. Mana hatte aufgehorcht, so als fände sie dies überaus wichtig.

Man sah es ihr an, sie wollte mir unbedingt etwas sagen, was sie quälte, sie musste sich etwas von der Seele reden: „Ernsti, weißt du, du weißt es nicht, aber ich habe meinen Vater getötet. Er hat mein Leben zerstört, und ich habe seines ausgelöscht, für immer ausgelöscht." Ich blickte Mana an, doch sie sah starr vor sich hin, ohne mich überhaupt zu beachten. „Ja", sagte sie, „ich habe ihn erschossen", und sie machte es mit der rechten Hand vor, indem sie zwei Finger wie eine Pistole in Richtung der Fensterscheiben hielt, und sagte: „Piff, paff, puff – aus, tot!" Dann sah sie mich mit großen erschreckten Augen an. „Ernsti, ich habe ihn umgebracht, ich habe ihn ermordet."

Ich schwieg. Meine Hände wurden feucht, ich hatte den Eindruck, betäubt zu sein, wie von einem Schlag ins Gesicht, und ich sagte: „Du hast getan, was andere auch getan hätten." „Ja", sagte sie, „aber es war mein Vater." Dann fügte sie mit zusammengepressten Lippen hinzu: „Weißt du, Ernsti, was mich so sehr erschreckt, ist, dass ich überhaupt keine Reue empfinde, ich habe überhaupt nicht das Gefühl, eine Mörderin zu sein, obwohl ich es bin." Ich versuchte sie zu beruhigen: „Du bist doch keine Mörderin, das war bei dir Notwehr." Doch ich war mir dessen bewusst, dass ich log. Und Mana wusste es auch und sagte: „Du brauchst mich nicht zu trösten, denn ich weiß, was ich bin, aber er hat so viele Menschen getötet, dass dieser Mord vergleichsweise zu den vielen eigentlich keiner ist. Ich habe ihn gehasst, er war mir niemals ein Vater, ich habe es nicht empfunden."

Sie hatte sich in Wut gesteigert und verausgabt. Sie lag da mit Schweißperlen auf der Stirn. Ich holte ein feuchtes Tuch und tupfte ihr die Stirne ab. Dann sagte sie mit schwacher Stimme noch einmal, was ich schon kannte: „Wenn ich einmal nicht mehr bin, dann sorge auf die Kinder, weißt du, Romeo ist erst fünfzehn und Julia erst siebzehn, und Julia ist ..." sie stockte, „sie ist deine Tochter." Ich sah sie überrascht an. „Ist das wahr? Und das sagst du mir erst jetzt?" Ich war ganz aus der Fassung gebracht. „Wie", fragte ich, „wie ist das möglich?" Sie sah mich an: „So ist das möglich. Du hattest dich aber nie mehr nach mir erkundigt, und ich hätte es dir auch niemals gesagt, wenn nicht ..." Sie hüstelte und hatte einen längeren Hustenanfall.

Ich stand auf und ging im Zimmer umher. Es war stickig warm, und ich öffnete das Fenster. Dann ging ich wieder ans Bett zu Mana, und sie bat: „Ernsti, bring mir etwas zu trinken, aber nicht Limonade, lieber einen Schluck Sekt, meine Kehle ist so trocken, bitte!" Ich öffnete eine Sektflasche und füllte uns beiden je einen Kelch ein. Sie trank gierig alles. Dann legte sie den Kopf seitlich aufs Kissen und schloss die Augen. Sie öffnete sie aber gleich wieder und sagte: „Ernsti, bitte halt das Pendel der Wanduhr auf, es tickt so laut." Ich trat zur Wanduhr und legte das schlagende Uhrpendel still. Nun war es totenstill im Raum, und das weiße Weihnachtsbäumchen sah plötzlich wie ein toter, weißer Schwan aus, ein Schwan, der von den Wellen getragen den Todesfluss hinabschwimmt. Auf Zehenspitzen verließ ich den Raum und setzte mich im Wohnzimmer vor den Fernseher zu den Abendnachrichten. Die Sprecherin meldete: „Der gestürzte Diktator, der rumänische Parteichef und seine Frau wurden zum Tode verurteilt, und das Urteil ist bereits vollstreckt worden ..." Ich rief ins Nebenzimmer, so dass es Mana auch mitbekam: „Hörst du, Mana, der Diktator ist tot!" Und ich wiederholte: „Der *Conducător* ist tot!" Ich eilte zu Mana. „Hörst du, der *Condu* ..." Mana öffnete die Augen und hatte einen leeren Blick. Ich trat ans Bett und schüttelte sie sanft. „Hörst du, Mana, hörst du?" Ihre ausgetrockneten Lippen bewegten sich mühevoll, und sie antwortete: „Ja, er ist tot ..." Ihr Kopf fiel zur Seite, sie verdrehte die Augen. Ich klopfte ihre Wangen, doch sie bewegte sich nicht mehr. Sie war tot. Ich drückte ihr die aufgerissenen, ins Leere blickenden Augen zu und deckte sie zu, wie wenn sie jetzt noch frieren könnte.

Dann trat ich mit den Händen in den Hosentaschen ans geöffnete Fenster und blickte hinaus. Draußen war der Mond aufgegangen, eine weiße Scheibe Mond, der weiße Mond von Stuttgart, und er hing wie eine weiße Oblate im tiefen Blau des Himmels, wie von unsichtbaren Schnüren festgehalten, ein schwebender, großer, weißer Mond. Und ich sah hinaus auf die Straße, wo Jugendliche ein Auto umringten, das mit weit geöffneten Türen dort stand und aus dem laute Musik zu hören war. Zwei junge Leute, ein etwa siebzehnjähriges Mädchen und ein etwa gleichaltriger Junge, waren besonders übermütig. Sie hatten ihre Jacken abgelegt und tanzten nach den Rhythmen der laut dröhnenden Musik Lambada. Es lag Lebenshunger und Lebensgier in ihren betont erotischen Bewegungen. Die anderen umringten sie und klatschten den Takt dazu. Draußen war Leben, hier drinnen war der Tod. Nur eine Glasscheibe trennte das Leben vom Tod, eine zerbrechliche Scheibe, über der eine Mondscheibe schwebte.

Ob ich wohl Angst habe vor dem Tod? Ob mich der Tod hier im Zimmer mit Angst ausgefüllt hat? Ich muss den Kopf schütteln, ich muss verneinen, denn nur wer Angst hat vor dem Leben, hat auch Angst vor dem Tod. Mana sah im Tod aus, als ob sie schliefe, wie ein mutwilliges Kind, das nach einem Tag des Herumtollens endlich eingeschlafen und friedlich zur Ruhe gekommen ist. Sie schläft, sie schläft für immer und hat ihre ewige Freiheit gefunden, nach der sie ein Leben lang verzweifelt gesucht hat. Und was machen alle anderen Menschen, die sich über den ganzen Erdball verstreut wie Ameisen bewegen? Sie befinden sich geschäftig in hastiger und verzweifelter Bewegung, sie irren umher, sie weinen und lachen, und sie suchen, sie suchen vielleicht auch Nahrung, und nicht nur zum Sattwerden, sondern auch geistige Nahrung. Und was sie tun, scheint alles einen Sinn zu haben. Wofür das alles? Alles nur für einen Fingerhut Freiheit.

Zugabe

Was ist eigentlich diese Freiheit, die sich einem beim Versuch, ihrer habhaft zu werden, immer wieder entzieht, die sich nicht fassen, sondern nur erobern lässt, die, sei es vom Einzelnen oder von einem ganzen Volk, erkämpft werden will? Wenn man glaubt, sie zu besitzen, ist sie verflogen, oder wenn man sich in Sicherheit wähnt, stolzer Besitzer dieser Freiheit zu sein, stellt man fest, dass sie einem unendlich viele Türen und Tore geöffnet hat und durch das Offenstehen der Möglichkeiten einen in ein Dilemma versetzt hat, man weiß nicht wohin. Und man stellt fest, dass einen das Bewusstsein um den Besitz der Freiheit erst recht am Platz festgenagelt hat, und kaum hat man sich versehen, ist die Freiheit schon wieder entflohen.

Die Freiheit ist wie ein riesengroßes dünnes Tuch aus feinem, zartem Gewebe, ein Riesenschleier, der die Farbe der Luft hat und sich über uns vom Luftstrom getragen bewegt, ein flatterndes Tuch, das vom Wind gebläht über uns in Wellen daherflattert und einmal greifbar nahe ist und dann wieder aus weiter Ferne winkt, aber immer gegenwärtig ist und das wir eigentlich niemals aus den Augen verlieren können, weil dieses weiße Tuch niemals für immer verschwindet. Und wenn nun dieser hauchdünne Freiheitsschleier ganz nahe ist, so greift man danach, und dem einen oder anderen mag es wohl gelingen, einen kleinen Zipfel dieses Tuches zu fassen, mit dem er sich einhüllt. Aber diese hauchdünne Riesenplane hat besondere Eigenschaften. Beispielsweise kann sich der gefasste Zipfel vom großen Freiheitsschleier abtrennen, wie eine Schuppe aus dem gewundenen, gewellten Hautgewand fallen lassen, ohne dabei im Freiheitsflattern gestört zu werden, ohne im Weiterfliegen vom Wind durchweht Schaden zu nehmen, und der abgetrennte Zipfel der Freiheit hüllt nunmehr den Besitzer ein und stülpt sich wie ein durchnässtes Tuch über ihn, wie eine Glasglocke, unter der man Atembeschwerden hat, nachdem die Luft aufgebraucht ist, und bald erkennt, dass irgendwo draußen das eigentliche Tuch der Freiheit flattert. Und von Menschen, denen es gelungen wäre, das ganze Riesentuch der Freiheit einzufangen, haben wir niemals gehört, zumindest wir Erdenbürger, die wir am Leben sind, nicht, denn die sind niemals mehr zur Erde zurückgekehrt. Von der Kunde der eingefangenen Freiheit hat niemand etwas vernommen. Es ist aber nicht auszuschließen, und es ist als wahrscheinlich anzunehmen, dass sich dieses Riesentuch der Freiheit vom Himmel aus leichter einfangen lässt.

ENDE